BASTEI
LÜBBE

Von Diana Beate Hellmann erschien bei BASTEI-LÜBBE:

11478 Zwei Frauen

Diana Beate Hellmann

LARAS GESCHICHTE

BASTEI LÜBBE

BASTEI-LÜBBE-TASCHENBUCH
Band 12522

Lizenzausgabe: Bastei Verlag Gustav H. Lübbe GmbH & Co., Bergisch Gladbach
Printed in Germany
Einbandgestaltung: KOMBO KommunikationsDesign, Köln
Titelfoto: Autorin
Satz: Dörlemann Satz, Lemförde
Druck und Bindung: Elnerdruck, Berlin
ISBN 3-404-12522-3

Der Preis versthet sich einschließlich
der gesetzlichen Mehrwehrtsteuer

Die Lieblingsgeschichte meiner Kindheit war die Legende vom achten Schöpfungstag. Darin heißt es, daß Gott an jenem Sonntag der Welt sein größtes und schönstes Geschenk machte: Er schuf das Pendant.

Seither gibt es für einen jeden von uns einen Menschen, der all das hat, was man selbst nicht hat, und dem all das fehlt, was man selbst besitzt. Und trotzdem sind die beiden einander so ähnlich, daß jeder von ihnen getrost selbstsüchtig sein darf, ohne den anderen damit zu verletzen. Weil die Liebe zum eigenen Ich zugleich auch die Liebe zum anderen ist. Weil ihre Seelen eins sind ...

Es war am achten Schöpfungstag, und der Teufel jubelte. Was nutzte den Menschen die Liebe, wenn sie nicht damit umgehen konnten? Und was nutzte ihnen ein Pendant? Er würde dafür sorgen, daß sie es niemals fänden ...

Inhalt

Erstes Buch
Michael

Somewhere out there,
Beneath the pale moonlight,
Someone's thinking of me
and loving me tonight . . .

Die letzten Meter waren immer die schlimmsten. Der schmale Kiesweg war steil, so daß man leicht ausrutschte, und da er mitten durch die Weinberge führte, war die Luft extrem feucht und nahezu unnatürlich warm. Laras Gesicht war schweißnaß, und ihre Beine waren schwer wie Blei; sie keuchte wie ein Marathonläufer auf der Zielgeraden. Aber um in ihren geliebten Klostergarten zu kommen, war ihr keine Anstrengung zu groß. Auch an jenem Nachmittag fand sie, daß es wieder mal die Mühe wert gewesen war. Sie hatte den Gipfel des Monte Carmelo erklommen, und nun lag ihr ganz Ligurien zu Füßen. Das Panorama war von schier überwältigender Schönheit.

Als Lara noch ein Kind gewesen war, hatten ihre Eltern ganz in der Nähe des Klosters ein Sommerhaus besessen. Von der Terrasse aus hatte man einen wundervollen Blick aufs Mittelmeer, und an klaren Tagen konnte man am Horizont sogar die großen Frachter erkennen, die den Hafen von Genua ansteuerten. Heute gab es dieses Haus nicht mehr. Man hatte es abgerissen, die umliegenden Gärten planiert, und wo Lara einst in mädchenhafter Unschuld von ihrem Märchenprinzen geträumt hatte, stand jetzt eine jener modernen Ferienanlagen aus Beton und Stahlrohr, die vom Animationsprogramm bis zum Zimmer-Service so ziemlich alles boten, nur keine Gemütlichkeit. *Pietra 2000* nannte sich dieses Urlaubs-Utopia.

Lara seufzte und zündete sich eine Zigarette an. Nichts war mehr so, wie es einmal gewesen war; alles war anders geworden, auch sie selbst. Früher war sie ein Mensch gewesen, der sich nicht hatte »abfinden« wollen, der widerspenstig und halsstarrig war und das Leben als eine einzige große Herausforderung betrachtete, allzeit bereit, sich aufzulehnen – ob nun gegen die anderen oder gegen sich selbst. Einmal hatte sie sogar gewagt, es mit dem Schicksal aufzunehmen, und das war ihr großer Fehler gewesen.

Wer sich Gottes Ratschlag widersetzte, der wurde zu einer verlorenen Seele!

Lara Laddock hatte im Alter von neunzehn Jahren an Krebs sterben sollen und sich beharrlich geweigert. Sie gewann den Kampf. Doch war es ein trügerischer Sieg. In der Welt, in der sie fortan leben mußte, gab es keinen Platz mehr für sie; denn der Himmel hatte sie trotz allem von seiner Liste gestrichen.

Es dauerte Jahre, bis Lara sich dessen bewußt wurde. Und es dauerte noch einmal Jahre, bis sie bereit war, dieses Los auch anzunehmen. Seitdem lebte sie endlich im Einklang mit sich selbst, und darauf war sie stolz; denn es gab nur wenige Menschen, die so etwas von sich behaupten konnten.

Es war der 10. April 1992. Für die Jahreszeit war es ungewöhnlich warm, zumindest tagsüber. In den Nächten kühlte es sich immer noch sehr stark ab, und dieses Wechselspiel der Natur hatte zur Folge, daß von Genua bis Ventimiglia wild gehustet und geprustet wurde. Lara zählte zu den wenigen Glücklichen, die es bisher noch nicht erwischt hatte.

Langsamen Schrittes schlenderte sie durch den Klostergarten. Die Mönche pflegten das ihnen anvertraute Fleckchen Erde mit bedingungsloser Hingabe. Die Sträucher waren stets formschön gestutzt, in den Blumenbeeten fand sich kein einziges Unkraut, und der Rasen war makellos wie in Wimbledon vor dem Turnier. Lara kam gern her. Wenn der Frieden und die Liebe zum Leben irgendwo auf dieser Welt ein Zuhause hatten, dann war es hier, hoch über der italienischen Riviera, dem Himmel zum Greifen nahe, behütet und bewacht von altehrwürdigen Pinien und majestätisch emporragenden Zypressen.

Sie warf ihre Zigarette auf das frisch gesprengte Gras und trat mit dem Fuß darauf. Die Mönche hatten sich zur Vesper versammelt; aus den ockergelb gestrichenen Klostermauern klangen feierliche Gesänge. Es gab Tage, an denen Lara nur ungern um diese Zeit herkam, denn sie hatte eine ausgeprägte Phantasie, und wenn die gerade mal wieder Purzelbäume schlug, konnte sie die mystisch anmutende Szenerie der abendlichen Kloster-Idylle in die verrücktesten Visionen stürzen. Brian hatte für diese Auswüchse nie Verständnis gehabt, und Fabrizio hatte sie deshalb vorsichtshalber erst gar nichts davon erzählt. Männer waren da wohl einfach anders als Frauen. Was sie nicht auf Anhieb mit dem Verstand erfassen konnten, nannten sie einfach hysterisch.

Lara ging zu ihrer Lieblingsbank. Sie stand am Rand des Klostergartens, umrahmt von riesigen Rosenbüschen, unmittelbar vor dem steil abfallenden Steinhang. Von hier aus konnte man an Tagen wie diesem bis nach Frankreich sehen. Sie setzte sich und streckte ihre langen Beine aus. Die Jeans warfen dicke Falten. Sie hatte bestimmt zehn Pfund abgenommen, seit sie die Hose gekauft hatte. Sie bewegte die Hände wie ein Pianist kurz vor dem alles entscheidenden Konzert. Ihre Ringe drehten sich um die eigene Achse und schlugen aufeinander. Schon das Geräusch erfüllte sie mit Wohlbehagen. Und wie wunderbar kalt ihre Finger waren . . .

Vor der Küste kreuzten zahlreiche Segelboote, in Albenga war die große Regatta. Sie fand jedes Jahr um diese Zeit statt und endete mit einem Feuerwerk. Damit begann für die Einheimischen die Saison. Es galt nun, die Strände aufzubereiten und die Bars, Restaurants und Hotels zu öffnen, die den Winter über geschlossen geblieben waren. In wenigen Wochen kamen dann die Touristen, fielen ein wie eine Heuschreckenplage . . .

Seufzend griff Lara nach dem Skizzenblock, den sie die ganze Zeit über wie ein Baby im Arm gehalten hatte. Vielleicht war das ja jetzt die Gelegenheit, auf die sie gewartet hatte, die friedliche Stimmung, die Ruhe vor dem Sturm. Ihr Bleistift flitzte über das Papier . . .

»Scheiße!«

So lautete fünf Minuten später das Ergebnis. Die neueste Zeichnung sah nicht anders aus als die hundert zuvor. Sie zeigte zwei dämliche Frauen! Zwei nichtssagende, unsinnige, doofe Frauen!

Lara atmete tief durch und lehnte sich zurück. Es wäre klug gewesen, Boscos Einladung anzunehmen. Der Ausflug nach Portofino hätte ihr bestimmt gutgetan. Doch als sie ablehnte, hatte sie ja noch geglaubt, gerade in einer ungeheuer kreativen Phase zu sein, die sie auf gar keinen Fall unterbrechen wollte . . . Sie stöhnte und zündete sich eine weitere Zigarette an.

Gallinara und die Berge lagen im typisch ligurischen Dunst. Das war ein gutes Zeichen; das schöne Wetter würde noch eine Weile anhalten. Sie sog den Rauch so tief ein, wie sie eben konnte. Es war gut, hier zu leben. Nach Ligurien gekommen zu sein war vermutlich der einzige richtige Entschluß in ihrem Leben gewesen. Ansonsten war alles schiefgelaufen – teils, weil das Schicksal es so gewollt hatte, teils aber auch aus Selbstverschulden. Es lohnte nicht, darüber nachzudenken. Sie warf die Zigarette den Steinhang hinunter und fing leise an zu summen: *Somewhere out there* ... Das war ihr Lieblingslied.

So ganz allmählich senkte sich die Sonne. Nicht mehr lange, und sie würde hinter den Bergen verschwinden und jenes zarte Abendrot zurücklassen, an dem Lara sich täglich aufs neue ergötzte. Diese Welt war voller Wunder. Und ein Gott, der fähig gewesen war, so eine wundervolle Welt zu erschaffen, dieser Gott war zu allem fähig ...

Das französische Fernsehen hatte gerade mit seiner abendlichen Nachrichtensendung begonnen. Wenn Michael es richtig deutete, ging es im ersten Bericht um einen Mann, der seine Ehefrau erschlagen und anschließend in formschöne Einzelteile zerlegt hatte. Schon bei der Vorstellung, es könnte so gewesen sein, zuckte es ihm in den Fingern.

Michael Landers stand in seinem Schlafzimmer vor dem Spiegel und zog sich um. Er war nach wie vor ein gutaussehender Mann, das sagte er sich immer wieder. Natürlich waren die Jahre nicht spurlos an ihm vorübergegangen. An den Schläfen wurde das dunkelblonde Haar so ganz allmählich grau, auf der Stirn und vor allem um die Augen herum zeigten sich die ersten tiefen Falten, aber all das war eher kleidsam als störend. Auch das sagte er sich immer wieder ... In letzter Zeit sagte er sich diese Dinge nur leider immer öfter, und das beunruhigte ihn ein wenig.

Aus den Kinderzimmern drang höllischer Lärm. Diana und Andrew stritten so laut, daß Michael es durch zwei Verbindungstüren deutlich hören konnte.

»Gib ihn mir sofort zurück!« kreischte das Mädchen. »Das ist *mein* Gameboy!«

»Hol ihn doch, hol ihn doch!« gab der Junge halb singend, halb brüllend zurück.

»Du bist zu klein für so was.«

»Hol ihn dir! Hol ihn dir!«

»Du wirst ihn kaputtmachen!«

»Krieg mich doch! Krieg mich doch!«

Andrew stürmte aus dem Zimmer auf den Korridor hinaus, den leidigen Gameboy schwenkend wie die Nationalflagge.

»Du miese, kleine Ratte!«

Michael schaltete den Fernsehapparat lauter. Es gab Tage, an denen ihn das Geschrei seiner Kinder ganz besonders störte, und heute war ein solcher Tag. Die laufende Nachrichtensendung machte ihn allerdings auch nervös. Drei Jahre war es nun her, seit er das Haus in Castellar, hier an der Côte d'Azur, gekauft hatte, und obwohl er seither fast jedes Wochenende herkam, sprach er außer »Papa Noël« immer noch kein Wort Französisch.

Er griff zu seiner Fernbedienung und trommelte darauf herum. Fußball war langweilig, und den Brillantring für dreihundert Mark konnte er nicht bestellen, weil seine Kreditkarte nicht bereit lag. Die Sex-Szene in der Seifenoper war erst recht zermürbend. So sehr Michael sich auch reckte, die Brustwarzen der Frau waren auch am untersten Bildrand nicht zu erspähen. Und Kinder, die heulten, weil ihre Lieblingshose aufgrund des verkehrten Waschmittels schmutzig geblieben war, solche Kinder hatte er selbst. Im laufenden Spielfilm wurde immerzu geschossen, das gleiche galt für den Kriegsbericht aus Bosnien . . . 32 Programme, und keines taugte!

Andrew und Diana erklärten das Wohnzimmer zum offiziellen Austragungsort ihres jüngsten geschwisterlichen Machtkampfes.

Das war genau das Richtige an diesem Freitagabend. Der Raum war schon für die Party geschmückt, und deshalb stand kein Sessel und kein Beistelltischchen so, wie die Kinder es gewöhnt waren. Das erhöhte die Spannung um ein Vielfaches, stieß man beim Jagen und Gejagtwerden doch immerzu gegen irgendwelche Möbel.

Das Aufregendste war natürlich, um das Buffet herumzurennen. Gerade erst hatte Diana bei dem Versuch, Andrew den Gameboy zu entreißen, einen Zipfel des Tafeltuchs erwischt, da wollte Andrew seiner großen Schwester auch schon ins Gesicht spucken, traf unglücklicherweise aber nur den in einer frischen Papaya angerichteten

Geflügelsalat. Es fiel gar nicht weiter auf, und solange Diana ihn nicht bei der Mama verpetzte ...

Aileen saß in ihrem Schlafzimmer vor der Frisierkommode. Es war schon kurz vor sieben Uhr, und sie war immer noch nicht angezogen; in den Haaren steckten noch die Lockenwickler ... Die Gewalt, mit der Michael sie gezwungen hatte, Hals über Kopf die heutige Party zu arrangieren, ließ Schlimmes ahnen. Aileen wußte, daß sie ihre gesamte Kraft brauchen würde, um diesen Abend durchzustehen, doch wußte sie nicht, woher sie diese Kraft nehmen sollte. Sie war so müde in letzter Zeit, so unbeschreiblich müde.

Sie stützte ihre Hände auf das warme Holz und stand auf. Irgendein Kleid mußte doch in den fünf Metern Kleiderschrank zu finden sein. Das blaue hatte sie bei der letzten Party getragen, und schwarz machte sie so blaß. Rot fand Michael lächerlich an ihr, und das weiße mit den Glitzersteinen war sie leid. Das geblümte mit den Volants war an und für sich sehr hübsch. Aber es hatte nur gerade mal achthundert Mark gekostet, und deshalb hatte sie sich nie sonderlich wohl darin gefühlt.

Aus dem Erdgeschoß vernahm sie ein lautes Klirren und Scheppern. Sofort sah sie vor ihrem geistigen Auge das Buffet, das sie den Tag über mit soviel Mühe aufgebaut hatte. Wenn sie Pech hatte, lagen die gefächerten Gewürzgurken jetzt auf der dreistöckigen Mousse-au-chocolat-Torte, oder die mit frischem Dill geschmückten Spargelröllchen bohrten sich wie Speere in die mit Gänseleberpastete gefüllten Avocado-Hälften.

Sie rannte auf den Korridor. Michaels Schlafzimmertür war zu einem Spalt geöffnet, und sie ärgerte sich, nicht eben noch die Lockenwickler aus dem Haar gerupft zu haben. Aber sie würde es auch so schaffen; sie schaffte es schließlich seit zwanzig Jahren. Immer schneller und fester wurde ihr Schritt, und sie legte bewußt den Kopf in den Nacken.

»Diana! Andrew! Was treibt ihr da? HÖRT SOFORT AUF DAMIT!!!«

Die Kinder nahmen das Geschrei ihrer Mutter gar nicht zur Kenntnis. Andrew hatte seiner Schwester gerade erfolgreich gegen die Schienbeine getreten und rüstete nun hastig zum Rückzug, wohl, um sich unter seinem Bett zu verstecken, bis Dianas vom Schmerz geschürte Wut ein wenig verraucht war. Doch war Diana mit ihren zwölf Jahren nicht nur doppelt so alt wie ihr Bruder, sie hatte auch fast doppelt so lange Beine.

»Na warte!« kreischte sie noch. »Wenn ich dich kriege, schlage ich dich tot!« Dann stürmte sie auch schon hinter Andrew die Treppe hinauf.

»Diana ist doof!« tönte der siegessicher. »Diana ist doof!«

»Hör auf, immer alles zweimal zu sagen, ich bin nicht taub!«

»Aber zu doof, um es zu verstehen, wenn ich es nur einmal sage!«

»Du dämlicher Pfurzknoten, du!«

Im nächsten Moment hatte sie ihn auch schon erwischt, biß ihm kräftig in die Wade, krallte sich ihren heißgeliebten Gameboy und verpaßte ihrem Brüderchen alsdann eine Ohrfeige, daß es knallte. Auf der Stelle schossen Andrew Krokodilstränen in die Augen, und er holte ganz tief Luft, um auch nur ja richtig losbrüllen zu können . . . da erblickten beide Kinder ihre Mama, die hoch oben auf dem Treppenabsatz stand. Das änderte alles. Diana lächelte verlegen, Andrew tat so, als wäre gar nichts passiert.

»Habt ihr mich nicht gehört?« Aileen stand da wie ein Fels in der Brandung.

Diana schluckte. »Er hat mir meinen Gameboy weggenommen, und er –«

»Das ist gar nicht wahr!« fiel Andrew ihr ins Wort. »Sie hat ihn nur mal wieder rumliegen lassen, und was man findet, darf man behalten, hat Papa gesagt.«

Aileen biß sich auf die Unterlippe. Zu diesem Thema hätte sie einiges zu sagen gehabt, aber das verkniff sie sich.

»Kein Wort mehr!« meinte sie deshalb nur.

»Aber –«

»Kein Wort will ich hören!« Sie packte ihre Kinder wie junge Katzen beim Nacken und führte sie ab.

»Aber Mama . . .!«

»Kein Wort, hab' ich gesagt!«

Im Vorübergehen sah sie, daß Michael seine Schlafzimmertür inzwischen fest geschlossen hatte. Alles in ihr krampfte sich zusammen. Aileen hatte sich ihr Leben so ganz anders vorgestellt; es hätte alles so schön sein können . . .

Ambrosio war mit Leib und Seele Seemann. Früher hatte er große Fahrten gemacht, heute reichten ihm die seichten Gewässer Liguriens. Die unverzichtbare Zigarre zwischen die Zähne geklemmt, steuerte er seine *Monello* durch die schmale Fahrrinne und malte sich dabei aus, was er mit dem Geld aus der unerwarteten Charter so alles anstellen könnte.

Ein gewisser Aldo Morelli hatte an jenem 10. April 1992 sein einziges Kind mit einem norwegischen Geschäftsmann verheiratet. Die Trauungszeremonie und das anschließende Hochzeitsmahl hatten in Portofino stattgefunden, und am Abend hatte Ambrosio die gesamte Gästeschar dann an Bord genommen, um sie nach Alassio zu bringen. Dort hatte Signor Morelli gleich ein ganzes Hotel angemietet. Für den schönsten Tag im Leben seiner Serafina war ihm offenbar nichts zu teuer.

»Der weiß nicht aus noch ein vor lauter Glück«, brüllte Gianni gegen den Wind. Er war Ambrosios Erster Offizier – und zugleich sein letzter. Als »Mädchen für alles«, wie er sich selbst gern nannte, war er an jenem Freitagabend die meiste Zeit an Deck, denn Ambrosio hatte große Sorge, der erlauchten Hochzeitsgesellschaft könnte es an irgend etwas fehlen.

Bosco lachte schallend, als er das hörte.

»Wo die erlaucht sind, möchte ich wissen!«

Für seine Begriffe waren die noblen Herrschaften fast schon zu normale Menschen. Die verrücktesten Bauerntänze wurden vollführt, und Vater Morelli sang im Duett mit Serafina *O sole mio*, und alle, alle weinten, weil es so schön war.

»Weiß mein Brüderlein, daß er da nicht gerade eine Gruppe von Betschwestern über das Mittelmeer schifft?«

Gianni legte vielsagend den Zeigefinger auf seine Lippen. »Für Brosi stammt Morelli aus Venedig und ist Anwalt!«

Bosco grinste. Wenn Gianni nicht gewesen wäre, hätte sein Bruder sicher schon längst am Hungertuch genagt und ihm womöglich auf der Tasche gelegen.

In der Höhe von Genua kehrte Gianni auf die Brücke zurück.

»Alles in Ordnung?« fragte Ambrosio sofort. Zahlungskräftige Kunden mußte man zufriedenstellen, sonst empfahlen sie einen nicht weiter.

»Wenn man davon absieht, daß das hier die letzten Vorräte sind.« Gianni stellte zwei Bierdosen auf die Ablage. »Magst du?«

Ambrosio blickte verzückt in die Nacht. »Ich glaube, ich werde mir von dem Geld ein neues Gewehr kaufen.«

Gianni lachte laut auf. »Träum doch nicht, Brosi! Francesca nimmt dir jede Lira ab, und dafür gibt es dann neue Sommerschuhe für die Kinder.« Er öffnete eine der Bierdosen und setzte sie genüßlich an. »Die saufen da oben wie die Löcher. Das faßt man nicht.«

»In Skandinavien soll der Alkohol furchtbar teuer sein.«

»Das mag ja sein. Nur sind das beileibe nicht alles Norweger da oben. Zwei sind dabei . . . das müssen Franzosen sein.«

Bei der nachfolgenden Schilderung wurde es Ambrosio ganz warm, nicht ums Herz, wohl aber ein Stückchen tiefer. Er war jetzt seit einunddreißig Jahren mit Francesca verheiratet, und für seine Verhältnisse war er ihr stets ein guter Ehemann gewesen. Schließlich war ja alles relativ. Vor der Heirat hatte er immerhin wie ein Vielfraß gelebt und alles mitgenommen, was sich bot. Nach der Heirat war er dann Francesca zuliebe zu einem Feinschmecker geworden. Nur ganz besonders süße Früchtchen vermochten ihn da noch zu verlocken, und auch das wurde mit der Zeit immer seltener. Das machte das Alter. Man erkannte plötzlich, daß es unsinnig und vor allem auch viel zu anstrengend war, auf jeden schönen Baum zu klettern. Manchmal reichte es aus, ihn einfach nur anzusehen . . .

»Sag mal, Gianni, wärest du wohl so nett . . .«

Er war so nett. Er fühlte sich großartig, wenn er das Steuerrad der *Monello* in seinen Händen hielt – wie ein richtiger Kapitän.

Michael hatte den Streit seiner Sprößlinge in allen Phasen mitbekommen. Als er dann das Klirren von Glas hörte, war er neugierig geworden und wäre am liebsten ins Wohnzimmer geeilt, denn vielleicht waren ja Aileens »amuses geules« zu Bruch gegangen. Vielleicht hatte es sogar die verzickten Eier erwischt, die sie zu jeder Party verbrach!

Er wollte sich gerade vergewissern, ob es Grund zum Jubeln gab, als Aileen aus ihrem Schlafzimmer schoß und den Korridor herunterstürmte. Sogleich schloß Michael fest die Tür. Es war schlimm genug, diese Frau zu sehen; sie auch noch hören zu müssen, war einwandfrei zuviel, vor allem, wenn sie erregt war. Aileens Stimme war von Natur aus hell und dünn und wurde bei Wutanfällen so schrill wie das Kreischen einer Sirene. Außerdem hatte Michael endlich ein Fernsehprogramm gefunden, das ihn länger als drei Sekunden zu fesseln vermochte. Kanal 21, ein deutsches Kabelprogramm, brachte eine Gameshow, die von der Konkurrenz produziert wurde. Entsprechend interessiert verfolgte er das Geschehen. Das Konzept der Show war gut, und auch die Dekoration und das Publikum stimmten. Nur der Moderator namens Sam Leeland war eine Zumutung, aber das hatte Michael ja vorausgesehen.

Er setzte sich auf sein Bett und schaute gebannt auf den Bildschirm.

»Ich habe gehört, daß Sie ein begeisterter Fußballfan sind«, sagte der Mann im Fernsehen gerade zu einem seiner Kandidaten.

»Ja . . . äh . . .«, erwiderte der, ». . . ich . . . ich spiel' auch selber, aber . . . äh . . .«

»Welche Position?«

»Äh . . . zur Zeit bin ich Auswechselspieler, aber . . . äh . . .«

»Nun ja, wollen wir dieses Thema mal nicht vertiefen! Schließlich sind wir ja zum Spielen hier und nicht zum Reden!«

Diana stürzte zur Tür herein. »Andrew hat mir meinen Gameboy weggenommen!« warf sie ihrem Vater an den Kopf. »Und er hat gesagt, ich wäre doof, und da habe ich ihm eine –«

»Schau dir das an!« fiel Michael seiner Tochter ins Wort und wies auf den Fernsehapparat. »Der Mann kann einfach nicht mit Menschen umgehen. Er fängt eine Unterhaltung an, aber jeder spürt, daß er gar nicht wirklich interessiert ist an seinen Kandidaten. Und das darf man nicht spüren. Selbst wenn es tausendmal so ist.«

Die eigentliche Show hatte inzwischen begonnen. »Die erste Frage!« sagte der Moderator feierlich zu seinem Kandidaten. »Wer ließ bei

Gewitter einen Drachen steigen, um mehr über die Elektrizität zu erfahren?«

Der zuvor nicht gerade wortgewandt wirkende Hobbyfußballer antwortete prompt: »Doktor Frankenstein!«

Der Fernsehmann stutzte. »Das war Benjamin Franklin . . .«

Michael lachte laut auf. »Humorlos ist er auch noch! Das hab' ich ja im Urin gehabt! Deshalb wollte ich die Show nicht machen. Weil sie mir *den* Typ da aufzwingen wollten. Und? Ich hab' mal wieder recht gehabt!« Selbstzufrieden schlug er sich auf die Oberschenkel.

»Papa?«

»Was ist denn, Schatz?«

Diana schluckte. Sie haßte es, wenn ihr Vater mit ihr sprach, ohne sie dabei anzusehen.

»Andrew hat mir meinen Gameboy weggenommen«, hob sie trotzdem noch einmal an und diesmal wesentlich bestimmter als beim ersten Versuch. »Er hat ihn mir weggenommen, und er hat gesagt, ich wäre doof und –«

Michael stöhnte. »Sag deiner Mutter, sie soll Andrew endlich auch einen kaufen. Ich kann den Streit um das elende Ding nicht mehr ertragen.«

Damit war die Unterhaltung für ihn beendet, und er konzentrierte sich wieder ganz auf die laufende Fernsehshow.

Diana ärgerte sich darüber. Sie war zwar noch ein Kind, und sie kannte jede Menge Erwachsene, die gegen ihren Vater nicht ankamen, aber wie diese Leute wollte sie nicht sein.

»Mama hat uns jetzt beide bestraft«, beklagte sie sich deshalb weiter, »dabei habe ich doch –«

Die Verbindungstür flog auf, und Aileen stand da. In der Zwischenzeit war sie zwar frisiert, nur immer noch nicht angezogen. Das fiel Diana sofort auf. Ihr Vater war nur selten da, aber wenn er da war, trug ihre Mutter meist tief ausgeschnittene, spitzenbesetzte Morgenmäntel. Dieser hier war aus einer schweren, weißen Seide, und der Anblick war Diana dermaßen peinlich, daß sie das Unbehagen körperlich spüren konnte.

»Du hast doch wohl hoffentlich gehört, was ich gesagt habe«, fuhr Aileen ihre Tochter mit schriller Stimme an. »Ab ins Bett! SOFORT!«

Das Mädchen streckte sich. Wenn sie sich größer fühlte, fühlte sie sich zugleich auch immer erwachsener und stärker.

»Papa hat gesagt, daß du Andrew auch endlich einen Gameboy kaufen sollst«, erklärte sie sehr selbstbewußt, »damit er –«

»Sofort, Diana!!! Ich wiederhole mich nicht gern.«

In alle ihrer Hilflosigkeit schaute das Mädchen zu seinem Vater hinüber. Der stand inzwischen mitten im Raum und trommelte wieder wie wild auf der Fernbedienung des Fernsehapparates herum. Er hatte ihnen den Rücken zugedreht . . .

Kaum daß Diana fort war, schloß Aileen die Tür und lehnte sich dagegen. Sie spürte, wie heftig ihr Herz klopfte, und sie hatte große Angst, Michael würde es hören. Sie waren so selten allein in einem Raum. An das letzte Mal konnte sie sich kaum noch erinnern.

»Kann ich irgend etwas für dich tun?« erkundigte sie sich mit sanfter Stimme.

Er antwortete nicht, bearbeitete nach wie vor seine Fernbedienung.

Das tat er oft. Es war ein Wunder, daß er an seinen Daumen nicht schon dicke Hornhaut hatte. Sie spürte, wie sie zu lächeln begann.

»Möchtest du etwas trinken? Oder soll ich dir irgend etwas zu essen heraufbringen?«

Michael atmete tief durch. »Wenn du das Zimmer verlassen würdest, wäre ich schon wunschlos glücklich!«

Aileen biß sich auf die Unterlippe. Michael war die große Liebe ihres Lebens. Ihn glücklich zu machen war das einzige, was sie je gewollt hatte.

»Du bist müde, nicht wahr? Du solltest mal richtig ausschlafen . . .«

Er stöhnte. »Um mich von meinem Leben mit dir zu erholen, müßte ich mindestens zwanzig Jahre schlafen, und das kann ich mir nicht leisten.«

Aileen zwang sich, diese Worte nicht an sich heranzulassen, bedeckte mit der Hand ihr tiefes Dekolleté, dann entdeckte sie Michaels Koffer und stellte ihn aufs Bett, fing an, ihn auszupacken.

»Hast du schon deine neue Tagesdecke gesehen?« fragte sie.

Michael hatte sie gesehen. Gleich als er zur Tür hereingekommen war, hatte er sie gesehen und sich sofort darüber geärgert. Das reichte. Mehr Aufmerksamkeit mußte dem kobaltblauen Biest aus gesteppten Seidensatin seines Erachtens nicht beigemessen werden. Er zündete sich eine Zigarette an.

»Mußt du dich mit aller Gewalt kaputtmachen, Mike?«

Neben seinem Bett stand eine angebrochene Flasche Whiskey. Er griff danach, entkorkte sie mit den Zähnen, wie es die Hollywood-cowboys immer machten, und nahm einen kräftigen Schluck.

Aileen schüttelte verständnislos den Kopf. Wer den Begriff »das Kind im Manne« geprägt hatte, mußte Michael gekannt haben, daran bestand für sie nicht der geringste Zweifel.

»Muß das blaue Hemd gewaschen werden?« fragte sie.

»Ja.«

»Und das weiße?«

»Ja.«

»Und was ist mit dem –«

»Es muß alles gewaschen werden!«

»Ah ja ... die Schuhe sollte ich dir ja wohl auch mal besser putzen. Hattest du nur die mit?«

»Nein.«

»Und wo sind die anderen?«

»Die habe ich an.«

»Ah ja ...«

Aileen hatte inzwischen ihre berühmten »Häufchen« gemacht. Das erste mußte in die Waschmaschine, das zweite in die Reinigung, das dritte wurde geputzt, das vierte einfach nur weggeräumt.

»Ich hatte mir schon Sorgen gemacht«, sagte sie, während sie Michaels Koffer im Schrank verschwinden ließ. »Ich dachte, die Maschine landet um vier, und als du nicht –«

»Was soll das?« Abrupt drehte Michael sich um und sah ihr erstmals in dieser Woche ins Gesicht.

Aileen spürte, wie ihre Knie zu zittern begannen.

»Wir haben uns doch noch nie miteinander unterhalten können«, belehrte sie ihr Mann. »Das weißt du genau. Deine Konversationsversuche sind seit zwanzig Jahren wie eine Überdosis Valium für mich. Hab also endlich mal ein bißchen Mitleid!«

Sie senkte den Kopf, und er sah es voller Wonne.

»Hast du Sandrine erreicht?«

Aileen nickte.

»Und?«

»Sie kommt.«

»Und was ist mit Elisabeth?«

»Die kommt auch, und Isabelle kommt auch, und Cissy bringt sogar ihren neuen Freund mit . . .«

Michael lachte. Es war ein böses Lachen, es klang hämisch und bitter zugleich. »Siehst du!« meinte er. »Man muß euch Weiber nur dressieren. Ich werfe das Stöckchen, ihr pariert!«

Er stellte sich vor den Spiegel und begann seine Fliege zu binden.

Aileen umklammerte die Türklinke. Sie mußte sich mit Gewalt zusammennehmen, um nicht in Tränen auszubrechen, denn das hätte alles nur noch schlimmer gemacht.

»Ich werde jetzt die Kinder ins Bett bringen«, sagte sie leise. »Es wäre nett, wenn du ihnen auch noch gute Nacht sagen würdest. Sie sehen dich selten genug.«

Sie öffnete die Tür und ging hinaus, und Michaels Hände begannen zu zittern. Er war jetzt siebenundvierzig Jahre alt, und er hatte es weit gebracht in seinem Leben, und er war immer noch ein gutaussehender Mann . . . Er war nur leider nicht so groß gewachsen, wie er es gern gewesen wäre, und er war auch nicht sonderlich muskulös, und eine klassische Männer-Schönheit war er auch nicht. Dafür war seine Nase zu stark gebogen, und die Augen standen zu eng beieinander, und die Lippen waren viel zu schmal . . . Im Spiegel sah er, wie die Zimmertür ins Schloß glitt . . .

Früher hatte er Aileen einfach nur nicht sonderlich leiden können. Inzwischen stellte er jedoch immer häufiger fest, daß er sie richtig gehend haßte. Und in diesem Augenblick haßte er sie mehr als jemals zuvor.

Auf dem Oberdeck der *Monello* tanzte das Brautpaar zu den Klängen von Elvis Presleys *Love me tender*, und ein Teil der Gäste sah ihnen zutiefst gerührt dabei zu.

»Schöne Uhr«, meinte der Vater des Bräutigams und wies auf Morellis Super-Rolex.

»Kann ich dir billig besorgen«, griente der. »Du gehörst ja jetzt zur . . . Familie!«

Zur gleichen Zeit entwickelte sich das Zwischendeck zusehends zu einem Zufluchtsort für die ersten Alkohol-Opfer. Einige lagen einfach nur da und starrten mit glasigen Augen in den nachtblauen Himmel, andere hingen über der Reling und beglückten die Fische mit den halbverdauten Überresten der Hochzeitstafel.

Gianni hatte nicht übertrieben. Neben einem der Rettungsboote fand sich das, was Ambrosio sogleich ein »ULO« taufte: ein *u*nbekanntes *l*iegendes Objekt. Selbiges hatte zwar einwandfrei zwei Köpfe, vier Arme und vier Beine, aber wie all das zusammengehörte und wo unten und oben war, das ließ sich nicht ausmachen. Einwandfrei waren das Franzosen. Keine andere Nation konnte auf so eine Idee kommen.

»Du mußt deine Knie weiter nach außen drehen«, verlangte die Stimme einer Frau.

»Dann brech' ich mir die Hüften«, entgegnete die Stimme eines Mannes.

»Aber ich muß dazwischen. – So geht das nicht.«

»Komm mehr vor!«

»Au!«

»Mehr!«

»Nun zieh doch nicht so!«

»Du mußt den Rücken mehr durchbiegen . . . Ja . . . genau so . . . ist das geil!!!«

»Dreh dich ein bißchen, dreh dich . . . noch ein bißchen . . . oh . . .«

»Er fällt raus!«

»Ooohhh . . .!«

»Er fällt raus!!!«

»Aua!«

»Steck ihn wieder rein!«

»Ich kann nicht.«

»Steck ihn wieder rein!!!»

»Wo ist er denn?«

Ambrosio hatte in seinem Leben schon so manches gesehen, so etwas jedoch noch nicht.

»Na?« fragte Gianni, als sein Kapitän wieder auftauchte.

Ambrosio verzog das Gesicht. »Dafür sind Francesca und ich einfach schon zu alt«, sagte er. »Außerdem scheint die Nummer gefährlich zu sein. Wenn ich richtig verstanden habe, ist ihm gerade der Pimmel weggekommen!«

Gianni brach in schallendes Gelächter aus. Ambrosio griff nach der Bierdose, die Gianni für ihn requiriert hatte. Männerhumor machte durstig, aber gerade das war ja das Schöne an der Sache, wenn die Francescas dieser Welt das auch nicht wahrhaben wollten. Er leerte die Bierdose in zwei langen Zügen und zerdrückte sie in der Hand, wie er es als junger Mann immer getan hatte, und warf sie lässig nach hinten.

»Hab' ich dir je von Lydia erzählt?« fragte er, während er sich eine neue Zigarre zwischen die Zähne steckte.

Lydia war eine Prostituierte gewesen, die er vor vier Jahrzehnten mal am Hafen von Neapel aufgegabelt hatte.

»Die machte es für fünftausend Lire, Gianni – ohne Gummi! Und Sachen konnte die! Die Frau mit der endlosen Kehle, die Nummer mit dem Autoreifen . . . mach mal das Kästchen da unten auf!«

Gianni brachte eine Flasche Rotwein zum Vorschein und war sichtlich beglückt. Es versprach nun auch für sie ein schöner Abend zu werden.

»So eine hatte ich auch mal«, erklärte er. »Die nahm ihn in den Mund, bis er so hart war, daß man den Nachttisch damit hätte entzweischlagen können. *Mach mir den Hengst!* hat sie dann immer gehechelt. *Mach mir den Hengst!*«

Ambrosio öffnete die Weinflasche. Sie waren kurz hinter Genua, gerade erst hatten sie die Hafenanlagen passiert. Die nächsten drei Stunden wollte er so richtig genießen. Schließlich hatte man vom Leben immer nur das, was man sich daraus machte.

Aileen trug einen Traum von einem Kleid. Der weit schwingende Rock war aus türkisfarbenem Chiffon, und das enge Corsagen-Oberteil war mit glitzernden Pailletten besetzt.

»Du siehst großartig aus!« sagte Jeff Barton, als er – wie üblich – eine gute halbe Stunde vor allen anderen Gästen erschien.

Aileen versuchte zu lächeln, aber es gelang ihr nicht.

»Das sagst du immer«, erklärte sie und nahm Jeffs Begrüßungsküsse in Empfang. »Vielleicht sollte ich mich mal in einen verschlissenen Kartoffelsack hüllen.«

»Auch dann würde ich nichts anderes sagen können.«

Jeff Barton war früher einmal Michaels bester Freund gewesen. In ihren New Yorker Sturm-und-Drang-Jahren hatten sie sich lange Zeit ein Apartment geteilt und bei der gleichen Firma gearbeitet. Dann hatte Michael sich selbständig gemacht, und Jeff war sein Partner geworden. Seit nunmehr zehn Jahren leiteten sie gemeinsam *Landers & Barton* in der Frankfurter City und galten inzwischen als die besten in ihrer Branche, vor allem aber als ein eingeschworenes Team, das bedingungslos zusammenhielt. Die Wahrheit sah nur leider ganz anders aus.

Noch größer als die beruflichen Mißverhältnisse waren die privaten. Jeff vergötterte Aileen und konnte nicht mit ansehen, wie Michael sie behandelte. Wenn sie seine Frau gewesen wäre, hätte er sie auf Händen getragen und alles in seiner Macht Stehende versucht, sie glücklich zu machen. Doch war sie nun mal nicht seine Frau, und für Aileen gab es nur Michael. Trotz allem, was er ihr täglich aufs neue antat, liebte sie ihn mehr als alles andere auf dieser Welt, und deshalb blieb für Jeff nur die Rolle des treuen Freundes. Die spielte er jedoch nach all den Jahren mit Bravour, da gab es nichts.

Um am Abend dieses 10. April 1992 bei Aileen zu sein, war er beispielsweise schon um halb fünf in der Frühe aufgestanden und ins Büro gefahren. Als Cissy Andrews, Michaels Sekretärin, kam, hatte er bereits das Gros der Dinge erledigt, die Michael ihm vor seiner Reise nach London aufgetragen hatte. Am Mittag kletterte er dann in seinen Sportwagen und raste mit einer verbotswidrigen Durchschnittsgeschwindigkeit die achthundertundfünfzig Kilometer nach Menton. Das Fräulein Andrews und ihr Begleiter, die sich im Fond des Wagens verkrochen hatten, sprachen während der Fahrt kaum ein Wort. Vermutlich schnürte die Angst ihnen die Kehlen zu. Aber darauf konnte Jeff keine Rücksicht nehmen. Er mußte zu Aileen, denn er wußte, daß Aileen ihn brauchen würde.

Mittlerweile war es kurz vor neun Uhr. Jeff saß im Wohnzimmer auf der Couch und sah Aileen dabei zu, wie sie einen Cocktail für ihn mixte. Sie war jetzt achtunddreißig Jahre alt, und wie es schien, wurde sie mit zunehmendem Alter immer schöner. Ihr Gesicht war so ebenmäßig geschnitten, daß es ihn jedesmal an das einer griechischen Göttin erinnerte. Das glatte, naturblonde Haar fiel ihr weich über die Schultern . . . Es gab nur wenige Blondinen, die braune Augen hatten. Aileen hatte die schönsten Mandelaugen, die Jeff sich vorstellen konnte, und sie war so wunderbar groß gewachsen und trotz der beiden Kinder so makellos schlank . . . Er konnte sie stundenlang ansehen und immer wieder etwas Neues an ihr entdecken.

Aileen reichte ihm seinen Cocktail und setzte sich neben ihn.

»Trinkst du nichts?«

»Besser nicht . . .«, erwiderte sie und wies dabei nach oben.

Jeff seufzte. »Ist er wieder mal in Stimmung?« Das hatte er geahnt.

»Ich hatte vierundzwanzig Stunden Zeit, um die Party hier zu organisieren.«

»Da war er aber diesmal sogar noch großzügig!« Jeff hatte schon Feste erlebt, die binnen kürzerer Zeit aus dem Boden gestampft wurden.

»Und?« fragte er. »Hatte er wieder mal plötzlich und unerwartet das dringende Bedürfnis, uns alle an seinem geschäftlichen Erfolg teilhaben zu lassen?«

Aileen schüttelte traurig den Kopf. »Ich habe ihn gestern morgen angerufen . . . und dabei habe ich mich erdreistet, ihm ein gemütliches Sonntagsessen mit mir und den Kindern vorzuschlagen. Er ist hochgegangen wie eine Rakete und hat mir erklärt, jede sogenannte Gemütlichkeit in meiner Gegenwart wäre wie ein Anfall von Angina Pectoris für ihn!«

Jeff verzog seinen Mund zu einem fassungslosen Lächeln. Er hatte derartige Sprüche schon oft gehört und regte sich längst nicht mehr so darüber auf wie früher. Er griff nach Aileens Hand und drückte sie.

»Michael hat ziemlich viel um die Ohren«, sagte sie leise. »Jetzt auch noch diese drei Tage London . . . Er ist erst vor zwei Stunden hier angekommen . . .«

Sie sahen einander an, wie sie es seit zwanzig Jahren taten. »Er tut mir so leid, Jeff . . . die viele Arbeit im Büro, und dieses Japan-Projekt scheint sehr viel umfangreicher zu sein, als er zu Anfang gedacht hat. Das setzt ihm wahnsinnig zu; er schuftet im Schnitt achtzehn Stunden pro Tag –«

»Und in den verbleibenden sechs Stunden? Schläft er da, oder betrügt er dich mit anderen Frauen?«

Mit flehendem Blick sah Aileen ihm in die Augen. Er kannte diesen Blick. Sie tat alles, um Michael in Schutz zu nehmen, und fürchtete nichts mehr, als dabei keine Unterstützung zu bekommen. Jeff wußte das. Aber in Momenten wie diesem konnte er einfach nicht über seinen Schatten springen.

Traurig entzog sie ihm ihre Hand.

»Entschuldige«, sagte er.

»Schon gut.«

»Weißt du –«

Ihre Unterhaltung stockte. Michael kam. Sein Schritt war so fest, daß die Holzdielen bedrohlich knarrten. Jeff drehte sich gar nicht erst um. Er wußte auch so schon, welches Bild ihn erwartete. Michael hatte sich in Schale geworfen, trug einen Smoking und seine so heißgeliebte Fliege . . . die durfte bei großen Auftritten nie fehlen. Mister Landers war ein eitler Gockel und liebte es maßlos, wie ein solcher durch die Welt zu stolzieren.

»Oh, wie schön!« rief Michael aus, noch während er hoheitsvoll die Treppe herunterschritt. »Jeff ist da! Ich dachte schon, du wärest tot, mein Lieber, es stank so fürchterlich von Frankfurt her.«

Jeff verzog keine Miene, und auch Aileen blieb starr und stumm.

Michael registrierte das. »Ich komme ungelegen«, schlußfolgerte er. »Sicher warst du gerade mal wieder dabei, meine Frau darüber aufzuklären, was für ein trübsinniges Dasein sie fristet.« Er seufzte dramatisch. »Ach ja, Jeff, wenn wir dich nicht hätten, würde Aileen ein Vermögen für einen Psychiater ausgeben.« Mit einem triumphalen Lächeln auf den Lippen baute er sich vor seiner Gattin auf. »Mach mir was zu trinken, Darling! Zu irgend etwas mußt du ja gut sein!« Dann wandte er sich an Jeff. »Alles in Ordnung im Büro?«

Jeff atmete tief durch. »Nur die Leute von *Heck-Meck* haben heute früh noch mal angerufen«, sagte er dann. »Wir –«

»Hör mir doch auf mit dieser australischen Holzfäller-Show!«

»Wir müssen uns aber nächste Woche entscheiden, und ich habe heute gesagt –«

»Aber ich habe mich doch längst entschieden, Jeffy! Oder dachtest du etwa, du hättest in unserer Firma mehr zu sagen als ›Ja, Michael!‹«

Jeff sagte nichts dazu. Der Klügere gibt immer nach, so hieß es schon im Volksmund.

Michael flegelte sich auf die Couch und begutachtete Aileen. Wie sie sich wieder mal herausgeputzt hatte! Aileen war zu allem fähig – und zu allem bereit, was noch wesentlich schlimmer war. Er hätte auf den Teppich kotzen und von ihr verlangen können, es aufzulecken. Sie hätte es getan, demütig und voller Liebe!

»Schau sie dir an!« tönte er da auch schon. »Ist Aileen nicht großartig? Endlich habe auch ich es erkannt, und deshalb habe ich jetzt auch großartige Dinge mit ihr vor. Willst du wissen, was?«

Jeff seufzte. »Eigentlich nicht!«

Aus Michaels Augen sprühten die Funken. »Um so besser«, meinte er, »und zwar habe ich kürzlich gelesen, daß man in einigen Militärdiktaturen den Regimekritikern Brechmittel spritzt, um Geständnisse zu erzwingen. Diese Medikamente kosten aber unheimlich viel Geld, und wo die Leute so viel von dem Zeug brauchen und so wenig Kohle haben, habe ich jetzt beschlossen: Ich schicke ihnen unsere Aileen! Wetten, daß ein einziger Blick in ihr von Leidensfähigkeit und Mitgefühl gezeichnetes Gesicht selbst einen potentiellen Märtyrer zum Erbrechen bringt?«

Jeff konnte sich nur mühsam beherrschen. »Du läßt nach, Michael«, sagte er mit scheinbarer Gelassenheit. »Das war weder witzig noch sonderlich intelligent.«

»Schade, daß es dir nicht gefallen hat.«

Aileen reichte ihrem Mann den Cocktail, den er hatte haben wollen.

»Aber nicht doch, Darling!« meinte Michael sogleich. »Eine gute Sklavin macht so etwas sehr viel freundlicher.«

»Michael!« rief Jeff empört aus.

Der spielte das Unschuldslamm. »Aber was ist denn?« fragte er seinen Kompagnon, als könnte er sich dessen Erregung überhaupt nicht erklären.

Wieder versuchte Jeff, so etwas wie Gelassenheit an den Tag zu legen. »Auf Dauer wird dieser ewige ›Blick zurück im Zorn‹ langweilig. Du bist nicht Jimmy Porter, und Aileen ist nicht Alison, mach dir das doch endlich mal klar!«

Michael grinste nur, als er das vernahm. »Daß du literarisch so bewandert bist, beeindruckt mich sehr, Jeff. Wenn man dich so ansieht, kommt man nicht mal drauf, daß du lesen kannst.«

Aileen spürte, wie sie zu zittern begann. Langsam setzte sie sich zu den beiden Männern aufs Sofa, zu Jeffs freudiger Überraschung dicht neben ihn und nicht wie sonst neben Michael.

Der nahm das gar nicht zur Kenntnis. »Ich muß dich allerdings darauf aufmerksam machen«, belehrte er Jeff, »daß deine Literatur-Kenntnisse ausgesprochen lückenhaft sind. Jimmy Porter protestiert mit seinen Attacken nämlich gegen die seines Erachtens so gefühllos gewordene Welt. Ich habe indes ganz andere Motive. Ich tue es aus Güte. Ich *muß* mich Aileen gegenüber schlecht benehmen, Jeff, denn wenn ich es nicht täte, hättest du keinen Grund mehr, sie zu trösten. Und was würde dann aus dir?« Ohne Luft zu holen, wandte er sich Aileen zu. »Du stehst gerade!« spuckte er ihr ins Gesicht. »Tu mir doch rasch noch ein bißchen mehr Eis hinein!« Er hielt ihr sein Glas hin und lachte dabei wie der Teufel höchstpersönlich.

Jeff wurde heiß und kalt zugleich. Er kannte Michaels Launen und wußte aus trüber Erfahrung, daß diese bisweilen hochherrschaftlich waren. So arg wie heute hatte er es jedoch schon lange nicht mehr getrieben.

»Stimmst du dich schon mal ein?« wollte er deshalb wissen.

Michael grinste. »Merkt man das?«

Jeff schaute ihm tief in die Augen. »Tu uns allen einen großen Gefallen!« bat er dann. »Benimm dich heute abend ausnahmsweise mal nur wie ein Schwein – und nicht wie ein Wildschwein!«

Michael grinste nur noch mehr. »Das ist aber ziemlich viel verlangt, Jeffy . . . wo ich gerade heute so gut drauf bin . . .!«

Aileens Zittern war inzwischen so heftig geworden, daß sie sich kaum noch auf den Beinen halten konnte. Diese Ouvertüre hier ließ auf die Oper schließen, die ihr bevorstand . . . Sie warf zwei weitere Eiswürfel in das Glas ihres Mannes . . .

»Bitte!«

Ohne ein Wort des Dankes nahm er es, stand auf und lief scheinbar ziellos durchs Wohnzimmer; es sah aus, als wollte er sich nur ein wenig Bewegung verschaffen. In Wahrheit hatte Michael jedoch einen triftigen Grund für seine Patrouille. Er wollte nachsehen, ob Andrew und Diana bei ihrem Kampf um den Gameboy nicht vielleicht doch ... Suchend schaute er sich um. Das Buffet war perfekt wie immer ... aber die verzickten Eier fehlten! Michael konnte sein Glück kaum fassen, einer seiner schönsten Träume war Wirklichkeit geworden: Heute würde er nicht auf diese ekelhaften, mit Curry- und Paprika-Creme gefüllten Dinger schauen müssen! Und nicht nur das, es kam noch besser: vor der alten Eichentruhe, die er so häßlich fand, lagen ein paar Glassplitter, die Aileen bei ihren hastigen Aufräumungsarbeiten offenbar übersehen hatte. Hoffentlich trat sie morgen früh in eine der Scherben. Sie ging doch so gern auf nackten Füßen ins Wohnzimmer, wenn alle anderen noch schliefen. Da kniete sie sich dann auf den Teppich und sammelte Flusen auf ...

Der Teppich! Michael hätte am liebsten die ganze Welt umarmt, heute schien sein Glückstag zu sein. Der chinesische Seidenteppich hatte dicke Fettflecke! Das waren bestimmt die Eier gewesen ... Oh, Michael Landers liebte seine Kinder! In diesem so denkwürdigen Augenblick liebte er sie mehr als alles andere auf der Welt.

Ebenso plötzlich, wie er mit seiner Besichtigungstour durch das eigene Wohnzimmer begonnen hatte, hörte Michael wieder damit auf. Mit starrem Blick schaute er auf den großen Korb, der neben dem Buffet auf der Erde stand.

»War Rotkäppchen hier?«

Aileen versuchte, möglichst unbefangen zu lachen. »Das ist von Jeff«, sagte sie mit bebendem Stimmchen. »Nachträglich ... zum Geburtstag ...«

»Ach ja ...?«

»Ich werde es später erst auspacken ...«

Für einen kurzen Moment war Michael sprachlos. Der aus schmukken Weiden geflochtene Korb war prall gefüllt mit in Stanniolpapier gewickelten Päckchen. Er kniete sich davor und fing an, das silbern glitzernde Wirrwarr auseinanderzunehmen. Jeff wollte sich darüber beschweren, aber Aileen hieß ihn mit einer fahrigen Handbewegung zu schweigen.

Michael wollte nicht glauben, was er sah: Vor ihm tat sich ein komplettes Fondue-Set auf, einschließlich mehrerer Tellerchen und Schüsselchen und eines vollständigen Sortiments der verschiedensten Saucen . . . Ganz langsam erhob er sich und baute sich vor Jeff auf, schaute ihm geradewegs ins Gesicht.

»Sag mal«, fragte er ihn ganz ernst, »bist du eigentlich schwul?«

Aileen wurde rot.

»Wie kommst du denn auf so was?« hauchte sie.

Michael nahm diesen Einwurf gar nicht wahr. Noch immer sah er Jeff fest in die Augen. »Oder bist du einfach nur impotent?«

Jeff bewahrte Haltung. Haltung war das Wichtigste im Leben, das hatte er frühzeitig gelernt.

»Was soll das, Michael?« erkundigte er sich schließlich mit betont sonorer Stimme.

»Es gibt keine Freundschaft zwischen einem Mann und einer Frau. Nicht, wenn beide gesund und normal sind.«

Michael sagte das mit derartiger Überzeugungskraft, daß sowohl Jeff als auch Aileen auf einmal ganz konsterniert waren. Sie senkte verlegen den Blick. Er schluckte.

»Du bist krank!« meinte er dann. »Du bist einfach krank, Mike!«

Michael legte den Kopf tief in den Nacken und blickte auf die beiden herab. Sein Gesichtsausdruck wurde immer ernster. »Nein«, sagte er schließlich mit ungewöhnlich sanfter Stimme, »ich bin im Gegensatz zu euch noch am Leben . . .«

Lara hatte ihre Stereoanlage bis zum Anschlag aufgedreht. In Augenblicken wie diesem brauchte sie laute Musik. Sie mußte so laut sein, daß sie das Gefühl hatte, sie würde davon erschlagen.

Nach ihrer Rückkehr vom Monte Carmelo war sie sofort in ihr Atelier gestürzt. Dank der Halogenleuchten, die sie letzten Herbst dort installiert hatte, war sie nicht mehr auf das Tageslicht angewiesen und konnte nun auch in der Nacht arbeiten. Wenn sie arbeiten konnte!

Die Skizzen stapelten sich, und die Leinwand war zum Teil noch gar nicht trocken, wenn Lara sie bereits von der Staffelei riß und auf den großen Abfallhaufen warf.

Seit einer Woche ging das jetzt so, es war der reinste Alptraum. In den frühen Morgenstunden des 3. April hatte Lara Laddock »aus dem Bauch heraus« eine Bleistift-Skizze angefertigt und dabei die ganze Zeit über jene eigenartige Erregung verspürt, die sie immer nur dann empfand, wenn ES im Spiel war. Danach war sie dann in eine Art von Tiefschlaf gefallen, doch als sie daraus wieder erwachte, war ihr, als wäre der Faden gerissen, mehr noch, als hätte es niemals so etwas wie einen Faden gegeben! Die noch vor wenigen Stunden als so übermächtig empfundene Erregung wandelte sich in Fassungslosigkeit. ES war in die Katakomben seines geheimen Reiches zurückgekehrt. ES ließ Lara zurück mit einer Schwarz-Weiß-Skizze, die zwei blöde Frauen zeigte, die eine klein, kahl, böse, die andere groß, langhaarig und nichtssagend . . .

Vom *One moment in time* sang Whitney Houston, von dem einen entscheidenden Augenblick zur richtigen Zeit. Das war das Geheimnis des Lebens. Wer zum rechten Zeitpunkt am rechten Ort das Rechte tat, der hatte gewonnen, und Lara wollte gewinnen – unbedingt und um jeden Preis!

»Du Biest, du!« schrie sie und schleuderte den Pinsel gegen die Leinwand. Die Farbe spritzte in alle Himmelsrichtungen.

Die Küchenuhr zeigte 23.13 Uhr, und draußen war es stockfinster, denn der Mond war gerade hinter einer dicken Wolke verschwunden. Lara schaltete die Musik ab und blickte wehmütig aus dem Fenster. Wenn sie Boscos Angebot angenommen hätte, wäre es ihr jetzt sicher besser gegangen. Vor ihrem geistigen Auge sah sie sich lachen und tanzen und trinken und flirten . . . leben . . . Sie zündete sich eine Zigarette an, es war sicher schon die fünfzigste an diesem Tag.

Bosco hieß eigentlich Natalino, doch niemand nannte ihn so. Für die Leute hier war er Bosco. Er hatte noch zwei Brüder, die mit nicht weniger abenteuerlichen Vornamen geschlagen waren: Ambrosio und Dyonisio. Alle drei waren in ihrer Jugend zur See gefahren. Dyonisio war schließlich in Singapur hängengeblieben. Verheiratet mit einer Thailänderin, betrieb er dort zwei gut florierende Souvenirläden und kam nur selten nach Europa.

Auch Natalino hatte die Seefahrt aufgegeben. Von der Mitgift seiner Frau Antonella kaufte er die einzige Bar am Ort, die zum einen direkt am Meer lag und zum anderen von jeder Menge Palmen und Zedern umsäumt war. Wie mitten im Wald fühlte man sich, wenn man dort saß, wie mitten im »bosco« – das hatte Natalino seinen Namen eingebracht.

Der einzige der Brüder, der dem Meer treu geblieben war, war Ambrosio. Seine *Monello* war sein ganzer Stolz. Sie faßte sechshundert Passagiere und diente während der Sommermonate als Ausflugsdampfer für die Touristen. Drei- bis fünfmal täglich legte sie in Alassio ab, umkurvte die Insel Gallinara, fuhr in den Hafen von Noli ... Dieses Geschäft war zwar äußerst einträglich, doch währte die Saison ja nur von Mitte Mai bis Ende September. In der übrigen Zeit herrschte Flaute, so daß Ambrosio für jedes Zubrot dankbar war.

An jenem 10. April 1992 hatte er ganz besonders großes Glück gehabt, und an diesem Glück hätte Lara teilhaben können. Bosco und Antonella hatten sie mehrmals aufgefordert mitzukommen.

»Bei vierhundert Gästen fallen drei mehr oder weniger doch gar nicht auf.«

Doch Lara lehnte ab – wegen der Arbeit. Jetzt tat ihr das leid, denn sie war müde und enttäuscht. Nichts war so gediehen, wie sie es sich erhofft hatte, und außerdem ... Sie zuckte zusammen, so sehr erschrak sie, als sie ganz ohne Vorwarnung in ihr Gesicht sah. Es spiegelte sich in der Fensterscheibe. Sie sah ja zum Fürchten aus! Das lange Haar war so fettig, daß es an der Kopfhaut klebte, und unter den großen Augen lagen tiefe Schatten, die Wangen waren eingefallen ...

Sie überlegte, wann sie zum letztenmal etwas gegessen hatte, und hob ihren Pullover. Die Beckenknochen traten weit vor, und so öffnete sie den Küchenschrank und holte ein Minuten-Süppchen heraus. Das war jetzt genau das Richtige. Sie brauchte nur eine Tasse kochendes Wasser einzurühren und ein Ei zuzugeben.

Jedesmal, wenn sie das machte, mußte sie an Jan zurückdenken, an ihre kurze Frankfurter Zeit, in der sie aus lauter Liebe zu ihm in einer Wohngemeinschaft gelebt hatte. Es war entsetzlich gewesen, mit sieben fremden Menschen ein Klo zu teilen, immerzu nachsehen zu müssen, wann man Küchendienst hatte, niemals wirklich für sich zu sein. Das einzig Erfreuliche waren die Minuten-Süppchen gewesen. Irena, eine der Mitbewohnerinnen, war fast schon süchtig gewesen nach diesen Dingern und hatte Lara schließlich damit angesteckt. Es wurde zu einem Sport. »Wessen Ei bleibt ganz?« hieß die alles entscheidende Frage. Es war nämlich gar nicht so einfach, das Ei aufzuschlagen, es in das kochende Gemisch gleiten zu lassen und umzurühren, ohne das Eigelb dabei zu beschädigen. Dazu bedurfte es schon eines ganz enormen Fingerspitzengefühls, und jede der beiden Frauen wollte es besser können als die andere. Manchmal hockten sie die halbe Nacht in der Küche und vertilgten ein Minuten-Süppchen nach dem anderen, nur um die Siegerin des Abends zu ermitteln . . . Jan fand das unbegreiflich. Aber Jan hatte ja nie allzuviel begriffen. Was das anging, war er nicht anders gewesen als Brian und Fabrizio, nur noch ein wenig verschlossener und sehr viel härter . . . Man hatte ihn schließlich nicht umsonst »El Brutalo« genannt . . .

Lara seufzte und nahm ein zweites Ei aus dem Kühlschrank.

»Weißt du was?« rief sie nach hinten. »Irgend jemand hat mal behauptet, die Erinnerungen wären das einzige Paradies, aus dem man nicht vertrieben werden kann. – Julien?«

Er antwortete nicht.

Laras Erinnerungen waren die Hölle, aus der sie täglich aufs neue in die Zukunft floh. Sie schaute auf das zweite Ei in ihrer Hand und legte es zurück, schloß den Kühlschrank und die Augen.

»Ich liebe dich, Julien . . .«

Die von Patina überzogene Kupferkuppel des Doms war selbst in der völligen Dunkelheit deutlich zu erkennen. Ihr sanftes Grün berührte den nachtschwarzen Himmel, so daß es schien, als würden die Welten miteinander verschmelzen.

Es war kurz vor Mitternacht, und Lara ging auf ihrer Terrasse auf und ab. Sie hatte drei Strickjacken übereinander angezogen, aber der kalte Wind fand trotzdem immer noch einen Weg auf ihre Haut. Großmutter hatte in diesem Punkt recht gehabt: Das wärmste aller Jäckchen war und blieb das »Cognäckchen«. Nur waren Laras Schnapsvorräte leider aufgebraucht, und sie verspürte nicht die geringste Lust, jetzt noch mal auszugehen, um Nachschub zu besorgen.

Das Meer glitzerte wie ein mit unzähligen Brillanten geschmücktes Vlies aus mitternachtsblauer Seide. Dreißig Jahre waren vergangen, seit Lara in diesem Wasser um Haaresbreite ertrunken war. Wenn ihr Vater nicht unentwegt »Schwimm, Lara, schwimm!« gerufen hätte, wäre ihr vieles im Leben entgangen – ihr wäre allerdings auch sehr vieles erspart geblieben . . . Aber Papa hatte ja auch nie verlieren können; das hatte sie wohl von ihm geerbt . . . Nun war er schon so lange tot . . .

Sie zündete sich ein Zigarette an. In der Ferne fuhr ein Zug vorüber; es war der Riviera-Express. Er kam jeden Abend um diese Zeit, und wie dieser Zug war wohl auch das Leben. Die Menschen reisten vom Gestern ins Morgen, der eine besser, der andere schlechter, und Gott hielt Seine Hand über einen jeden von ihnen. Er wachte auch über Lara Laddock; sie merkte nur manchmal nichts davon.

Sie saugte an ihrer Zigarette, als hinge ihr Leben davon ab. Die Ringe an ihren Fingern waren immer noch so weit wie am Nachmittag, und auch ihre Hose saß nicht wesentlich strammer. Das Minuten-Süppchen hatte also offenbar keine größeren Schäden angerichtet.

Sie hörte das Läuten einer Schiffsglocke und blickte auf. Ambrosios *Monello* war hell erleuchtet, und wie es schien, ging es an Bord ziemlich hoch her; denn der Wind stand so, daß Lara deutlich die Musik hören konnte. Sie lächelte. Vielleicht war es klug gewesen, nicht mitzufahren. In ihrer Verfassung hätte sie sicher doch nichts davon gehabt.

Sie löschte ihre Zigarette, indem sie die Kippe in ihrem bevorzugten Aschenbecher verschwinden ließ. Dann ging sie hinein und schloß die Terrassentür hinter sich, ließ die Jalousien herunter. Noch wenige Minuten, und die Glocken des Doms läuteten den neuen Tag ein. Morgen sah sicher schon alles ganz anders aus. Morgen konnte sie bestimmt wieder richtig arbeiten . . .

Früher war die Malerei nur ein Hobby für Lara gewesen. Doch seit etwa anderthalb Jahren war das anders. Sie wurde immer verbissener, wenn es galt, einen Farbton zu mischen, einen richtigen Schatten zu legen – oder aus einer Bleistift-Skizze ein Ölgemälde zu machen.

Sie knipste das Licht im Badezimmer an und beschloß, unter die Dusche zu gehen. Vielleicht hob das ja ihr Wohlbefinden. Und wenn nicht, würde sie alles Julien erzählen! Der war ein guter Zuhörer, vor allem, wenn er, wie heute, den ganzen Tag über allein gewesen war. Bestimmt hatte er schon große Sehnsucht nach ihr.

Sie öffnete die Schlafzimmertür zu einem Spalt und lugte hinein.

»Hallo, mein lieber Schatz! In zehn Minuten bin ich da, okay? Und dann nehm' ich dich mit in mein Bett ... ausnahmsweise!«

Die Feierlichkeiten auf der *Monello* steuerten unerbittlich auf ihren Höhepunkt zu. Um Schlag Mitternacht sollte es soweit sein, keinen Augenblick früher, keinen später. Vater Morelli hatte zwar schon soviel getrunken, daß er plötzlich zwei Rolexuhren an seinem Armgelenk sah, aber zwei Sekundenzeiger waren ja zuverlässiger als einer, und das war das Gute an der Sache.

Die Gäste verfielen in frenetischen Jubel, als die siebenstöckige Hochzeitstorte enthüllt wurde, und Serafina nahm feierlich das große Messer in Empfang. Auf diesen Moment wartete ein gutes sizilianisches Mädchen ein ganzes Leben lang. Gleich würden sie den Kuchen der süßen Glückseligkeit anschneiden, und danach würde sie dann ihren Brautstrauß in die Menge werfen, damit bald eine andere an ihrer Stelle war. Sie hatte ihn ihrer Cousine versprochen. Mit ihren dreiundzwanzig Jahren war die längst schon fällig, denn sie sollte schließlich nicht als alte Jungfer enden.

Auch auf der Brücke wurde inzwischen gnadenlos gefeiert.

»Kennst du den Witz von dem Amerikaner und der Deutschen, die im Bett liegen?« grölte Ambrosio. »*Du! Du!* sagt sie immerzu. *Oh, du! ... Du!* Da schaut er plötzlich auf und meint: *Shut up, I do my best!!!*«

Obwohl seine Englischkenntnisse nicht die besten waren, verstand Gianni die Pointe und konnte sich kaum mehr beruhigen.

»Sag mal«, hörte er Ambrosio da auf einmal mit ernster Stimme sagen, »spinn' ich?«

Gianni wußte zunächst nicht, was sein Kapitän meinte. Doch dann sah er diesen Punkt in der Ferne, der immer näher kam.

»*Du* spinnst nicht ...«, sagte er mit zitternder Stimme.

Mit einem Schlag war Ambrosio wieder nüchtern. Eine halbe Flasche Rotwein und ein Bier waren schließlich nicht die Welt.

»Warum dreht der nicht ab?« brüllte er.

»Der sieht uns offenbar nicht!«

»Das gibt es doch nicht!«

Blitzschnell raste dieser kleine Motorflitzer auf die *Monello* zu und drohte dreihundertsechsundneunzig Menschen ins Verderben zu stürzen.

»Dreh ab, Junge! Dreh ab!!!«

Ambrosios Nerven waren zum Zerreißen gespannt.

»Der Kerl muß blind und taub sein!« winselte Gianni.

Ambrosio umklammerte das Steuerrad, daß die Knöchel weiß hervortraten. Er hätte das Bier und den Wein vielleicht doch nicht trinken dürfen. Vor allem hätte er längst auf Francesca hören sollen, aber vielleicht war das hier ja auch nur die Strafe für seine Geldgier . . . Im nächsten Moment schwenkte er den Dampfer hart Backbord.

Serafina fiel in die Sahnetorte, und ihr Brautstrauß schlug gegen Antonellas Kopf. Vater Morelli prostete seinem Schwiegersohn zu. »*Porca madonna!*« lallte er. »Jetzt geht die Party richtig los . . .«

»Was war das?« Antonella klammerte sich an ihren Mann.

Bosco schaute aufs Meer hinaus. »Irgend so ein Irrer . . .« Das Motorboot war schon längst aus seinem Blickfeld verschwunden.

Ambrosio atmete tief durch, und Gianni pfiff erleichtert durch die Zähne und klopfte seinem Kapitän anerkennend auf die Schulter.

»Das ist gerade noch mal gutgegangen . . .«

Es gab Menschen, die schliefen bei geöffnetem Fenster und achteten penibel darauf, daß die Raumtemperatur niemals achtzehn Grad Celsius überschritt. Lara Laddock pflegte in einer Art von Gruft zu nächtigen, bei mindestens fünfundzwanzig Grad und mit Rolläden, die so fest heruntergezogen waren, daß selbst der penetranteste aller Sonnenstrahlen nicht hindurchzudringen vermochte. Wenn Lara schlief, schlief sie so. In den letzten anderthalb Jahren schlief sie allerdings kaum noch. Auch am Morgen des 11. April zeigte ihr Wecker gerade mal 4.17 Uhr, als sie aufwachte.

Sie stöhnte laut auf. »Kein Mensch kann überleben, wenn er nie mehr als dreieinhalb Stunden schläft!«

Lara haßte das frühe Erwachen. Wenn sie abends nicht einschlafen konnte, lenkte sie sich irgendwie ab, sah fern, las oder machte sich neuerlich an ihre Arbeit. Wachte sie aber in aller Herrgottsfrühe auf, war sie zu nichts von alldem fähig. Dann fror sie immer so, vor allem ihre Füße waren entsetzlich kalt, und es kratzte in ihrem Hals, und der Tag, der sich vor ihr auftat, schien endlos zu sein.

Sie kletterte aus dem Bett und zog die Jalousien hoch. Draußen war noch finstere Nacht.

»Was machst du eigentlich, wenn du nicht schlafen kannst?« fragte sie Julien. »Trinkst du warme Milch mit Honig? Oder Whiskey?«

Julien antwortete nicht, aber er lächelte vielsagend.

»Na ja, ich hoffe schwer, es ist Whiskey . . .«

Sie zündete sich eine Zigarette an. Das war morgens immer ihre erste heilige Handlung, und abends war es ihre letzte. Dazwischen lagen etwa vierzig bis sechzig weitere »Lungenbrötchen«, aber darüber machte sie sich nur selten Gedanken. Sie hielt es da ganz mit ihrer seligen Großmutter. »Wer raucht, der stirbt!« hatte die immer gesagt. »Und wer nicht raucht, der stirbt auch. Also: rauch!«

Auf bloßen Füßen lief Lara in ihr Atelier und schaltete sämtliche Lampen ein. »Weißt du, was ich mir wünsche?« rief sie Julien zu. »Daß ich eines Morgens hier hereinkomme, und irgendein Heinzelmännchen hat aus der gottverdammten Skizze das Bild gemacht, das ich mir vorstelle!«

Sie betrachtete die Zeichnung wieder mal von allen Seiten. Die beiden Frauen schienen irgend etwas gemein zu haben, und doch waren sie grundverschieden . . . Lara wußte genau, daß es so sein mußte – die eine war starr, und die andere war in Bewegung – sie wußte nur nicht, wie sie es ausdrücken sollte.

Sie ging ins Schlafzimmer zurück und fing an, sich anzuziehen. Ihre Beckenknochen traten noch weiter vor als am Vortag, und sie strich genüßlich über ihren so herrlich flachen Bauch.

»Kommst du mit, Julien?«

Er schwieg wie immer, und sie griff zu den Jeans und dem Pulli vom Vortag, die neben dem Bett auf der Erde lagen. Die Hose starrte vor Dreck, und der Pullover war völlig verfilzt und ausgeleiert, aber das war jetzt genau das Richtige. Wenn sie arbeitete, lief Lara gern herum wie Vincent van Gogh, kurz bevor er sich sein Ohr abschnitt.

»Dann geh' ich eben allein, mein Schatz!«

Sie schnappte sich ihre drei Strickjacken und den langen, handgearbeiteten Wollschal, den Antonella ihr letztes Jahr zu Weihnachten geschenkt hatte. Dann setzte sie ihren Walkman auf und gab Julien den üblichen Abschiedskuß.

»Bis nachher!«

Lara wohnte im Obergeschoß des einzigen Hochhauses von Pietra Ligure. Es lag unmittelbar am Meer und bildete in gewisser Weise die Grenze zwischen der historischen Altstadt und dem Neubau-Viertel, das sich bis weit ins Hinterland zog.

Sieben Jahre war es her, seit Bosco ihr diese Wohnung verschafft hatte. Sie war selbst für ligurische Verhältnisse ausgesprochen teuer gewesen, aber da Brian bei der Scheidung eine hohe Abfindung gezahlt hatte, konnte Lara sich diesen Luxus leisten.

Das »Luftschloß«, wie sie ihr Heim nannte, verfügte über etwa hundert Quadratmeter Wohnfläche und eine breite Rundum-Terrasse, die vom frühen Morgen bis zum späten Abend Sonne hatte. Abgesehen vom Schlafzimmer boten alle Räume die herrlichsten Ausblicke. Von Wohnzimmer und Küche sah man bis zur Isola Gallinara, und hinter den großen Fenstern des Ateliers taten sich die Gebirgskämme der ligurischen Alpen auf. Die zentrale Lage erhöhte den Komfort noch um ein weiteres. In fünf Minuten war man auf der Autobahn Genua–Nizza, ebensolange dauerte es zu Fuß bis zum Bahnhof, und die Geschäfte, die vornehmlich in der Altstadt lagen, waren gar nur einen Steinwurf entfernt.

Es war kurz nach fünf Uhr, als Lara an jenem Morgen das Haus verließ. Sie nahm den Hintereingang und bog gleich in die Via Garibaldi ein. Das war die Hauptgeschäftsstraße der Stadt, die Einheimischen nannten sie »die Gasse«. Tagsüber ging es hier ziemlich hektisch zu. Um so mehr genoß Lara die frühe Stunde, da die Gasse noch ihren wahren Zauber entfaltete. Verzückt lauschte sie dem Widerhall ihrer Schritte und beobachtete, wie ihr Körper im fahlen Schein der Straßenlaternen gespenstisch lange Schatten warf. Das Gros der Häuser stammte aus dem 13. Jahrhundert und stand unter Denkmalschutz. Sie wirkten verwittert und gebrechlich, ganz so, als würden sie im nächsten Moment wie Pappmaché zusammenstürzen. Doch hatte dieses Mauerwerk nicht umsonst Generationen von Menschen überdauert. Es war wesentlich stabiler, als es aussah. Es spiegelte nur die Flüchtigkeit des Seins, und dafür wurde es mit Unsterblichkeit belohnt.

Am Ende der Via Garibaldi stand die alte Turmuhr. Sie war ein wahres Schmuckstück romanischer Architektur, das man in den vergangenen Jahren mit sehr viel Geld und mit großer Liebe zum Detail restauriert hatte. Dort ging es links in die Via Riccheri, die zum Dom führte und zum ehemaligen Palast der Familie Doria. Lara bog rechts ein, in die Via Stella. Durch die gelangte man geradewegs zur Mole.

»Somewhere out there, beneath the pale moonlight
Someone's thinking of me and loving me tonight . . .«

Es war noch wesentlich kühler, als Lara erwartet hatte. Fest wickelte sie sich in ihre drei Strickjacken und schlang den langen Schal nicht nur um ihren Hals, sondern auch um Kopf und Ohren.

»Somewhere out there, someone's saying a prayer
We'll find one another in that great somewhere out there . . .«

Lara liebte dieses Lied, wie sie es liebte, bei Sonnenaufgang auf der Mole zu sitzen. Das war so schön, daß sie manchmal sogar dankbar war für ihre Schlafstörungen.

»And even though I know how very far apart we are
It helps to think we might be wishing on the same bright star . . .«

Das Licht war so eigenartig um diese Zeit. Es war schon da, und doch war es noch nicht wirklich präsent, ganz so, als wäre auch die Sonne zu so früher Stunde noch müde.

»When the night winds ask to sing their lonesome lullaby
It helps to think we're sleeping underneath the same big sky . . .«

Ähnlich war es mit dem Wind. Man spürte ihn, aber er bewegte nichts, er blies noch nicht, er gähnte nur, und ebenso machte es das Meer, dessen Wellen sich flach und lang und leise, ja, fast ein bißchen tolpatschig in ihrem Bett rekelten . . .

»Somewhere out there, if love can see us through
Then we'll be together, somewhere out there,
Out where dreams come true . . .«

Lara schaltete den Walkman ab. Ihre Kindheit war nicht gerade ein Zuckerschlecken gewesen. Die Mutter hatte ganz und gar für den Vater gelebt und der Vater ganz und gar für seine Arbeit, und wegen dieser Arbeit war die Familie ständig umgezogen, so daß Lara nirgendwo Wurzeln schlagen konnte. Das ließ sie früh in eine Traumwelt flüchten. Sie begann zu malen, und zu Anfang malte sie immer das gleiche Motiv: das Meer. Denn das Meer war der einzige Ort auf der Welt, an dem Lara Laddock ein Gefühl von Heimat hatte.

Sie spulte die Kassette zurück. An diesem Morgen brauchte sie ihr Lieblingslied gleich noch einmal. *Somewhere out there* . . . irgendwo da draußen . . .

Die Promenade von Pietra Ligure war mit die schönste der gesamten Riviera di Ponente. Sie war fast drei Kilometer lang und wurde von Palmen, Agaven und Orangenbäumen gesäumt. An der Meerseite fand sich alle paar Meter eine Strandbar, sogenannte *Bagnis*, in denen die Touristen während der Saison ihre Liegestühle, Sonnenschirme und Umkleidekabinen mieteten. Auf der Landseite war ein Geschäft neben dem anderen, und mittendrin lag Boscos Goldgrube. Sie war die einzige Bar am Ort, die den ganzen Winter über geöffnet blieb, und war allein schon deshalb zu einem beliebten Treffpunkt für die Einheimischen geworden. Auch Lara ging fast jeden Tag dorthin, manchmal nur, um Bosco und Antonella kurz zu sehen. Immerhin verdankte sie den beiden ihr Leben.

So ganz allmählich färbte sich der Horizont golden, und Lara schlenderte die menschenleere Strandpromenade hinunter. Die Geschäfte waren zum Teil richtiggehend verbarrikadiert. Stahlgitter und Holzverschläge, metallene Jalousien . . .

Lara Laddock war allein auf dieser Welt. Aber vielleicht waren ja all die vielen anderen Menschen ebenso allein wie sie und wußten es nur noch nicht. Vielleicht schenkten ihre »Nester« ihnen ja nur eine scheinbare Geborgenheit. Sie schafften sich Dinge, die sie Zukunft nannten, und wollten fest daran glauben, daß Schicksalsschläge nur etwas für die anderen waren – für die Laras dieser Welt . . . und vielleicht war dem ja auch so. Vielleicht lebten die Menschen ja tatsächlich in einem geheimnisvollen Kollektiv und waren sich dessen nur nicht bewußt. Vielleicht kam auf eine Gruppe von soundsovielen Wesen immer eine Lara, und vielleicht mußte diese eine dann all das durchmachen und ertragen, was den anderen erspart blieb . . .

Lara entdeckte einen geeigneten Blumenkübel und stach ihre neueste Zigarettenkippe in die feuchte Erde. Wie ein großer, gelber Tennisball kroch die Sonne den Horizont empor, und Lara verspürte auf einmal große Lust, zum Wasser hinunterzugehen. Sie nahm ihren Schal vom Kopf, kletterte über die kleine Begrenzungsmauer, die den Strand von der Promenade trennte . . . Es hätte nicht viel gefehlt, und Hassan wäre mit einem blauen Auge aufgewacht.

Hassan war einer von »Laras Negern«. Davon gab es viele in der Gegend, zumindest während der Saison. Die meisten kamen Mitte bis Ende Mai aus Südspanien, Sizilien oder Griechenland, wo sie überwintert hatten. Nur Hassan blieb das ganze Jahr. Tagsüber lief er mit seinem Bauchladen den Strand entlang und versuchte, Uhren, Schmuck und sonstiges zu verkaufen, nachts schlief er am Strand – auf seinem »Geschäft«.

Lara mochte »ihre Neger«, und sie kämpfte mit Vehemenz dafür, daß man sie anständig behandelte. Wie schlecht es ihnen in ihren Heimatländern ergangen war, mußte schließlich für jeden offensichtlich sein, der über eine gewisse Sensibilität verfügte.

Sie wühlte in ihren Hosentaschen und zog einen Tausend-Lire-Schein heraus, steckte ihn dem schlafenden Hassan zwischen die Finger, dann lief sie zum Meer hinunter. In ihren dicken Turnschuhen machte sie sich auf den Weg Richtung Borghetto San Spirito, einen kleinen Ort, von dem es hieß, er wäre unterirdisch mindestens doppelt so groß und die heimliche Hauptstadt der ligurischen Mafia. Aber die Leute redeten ja immer viel.

Abdul war auch schon da. Er war gerade dabei, seinen Gebetsteppich auszulegen. Abdul, ein Araber, stand abends immer auf der Strandpromenade und verkaufte seine Bilder. Er war ein sehr gläubiger Mann und ein kluger, geschäftstüchtiger und reicher obendrein. Lara hatte ihn ausgesprochen gern und war im letzten Winter häufig Gast in seiner Familie gewesen. Ein kosmopolitisches Leben, eine Begegnung mit Menschen unterschiedlicher Kulturen, war von immenser Bedeutung für sie. Sie war bereit, mit einem Chinesen, einem Indianer, einem Neger und einem grünen Marsmännchen drei Wochen lang einen Iglu zu teilen, hätte aber nie und nimmer auch nur einen einzigen Nachmittag in der Gesellschaft der Frauenliga von Greenwich Village oder des Sauerländischen Gebirgsvereins verbracht. Das war auch nur eine Form von Intoleranz und Beschränktheit, dessen war sie sich durchaus bewußt, doch konnte und wollte sie nichts daran ändern. Sie schob es einfach darauf, daß sie selbst soviel unterschiedliches Blut in sich hatte.

Unermüdlich erklomm die Sonne den Horizont. Der Himmel riß auf, und das war wundervoll anzusehen. Lara blieb stehen, um das Wunder in seiner Gesamtheit zu genießen. Da ... sie erschrak. Da war etwas. Da lag etwas am Strand.

Im ersten Moment glaubte sie, es müßte sich um ein Stück Treibholz handeln, doch je näher sie kam, desto deutlicher erkannte sie, daß das Etwas ein menschlicher Körper war ... Sie fragte sich, ob die ersten Neger vielleicht schon gekommen waren, aber dazu war es noch viel zu früh, und außerdem schliefen sie nie so weit vorn, weil es dort viel zu kalt und zu feucht war ...

Immer schneller wurde Laras Schritt, immer klarer wurde das Bild: Es war ein Mensch, der dort lag, ein Mann. Und er rührte sich nicht ...

Savona war mit nahezu 80 000 Einwohnern eine der größten Städte im Umkreis und verfügte daneben über einen der wohl bedeutendsten Häfen Italiens. Jenseits der Landungsbrücken war die Hauptstelle der ligurischen Küstenwache. Die Wasserschutzpolizei hatte Aileen dort hingebracht.

Eingewickelt in mehrere Wolldecken, saß sie in einem der Büros auf einem wackligen Holzstuhl und starrte mit leerem Blick vor sich hin. Sie konnte keinen klaren Gedanken fassen. Sie fühlte nicht einmal etwas. Aileen Landers, die sonst immer so sehr schnell weinte, war jetzt zu keiner Träne fähig. Ihr war, als säße sie unter einer Glasglocke, in der langsam aber sicher der Sauerstoff knapp wurde. Nur bruchstückhaft nahm sie wahr, was um sie herum geschah.

Die beiden Beamten, die sich seit ihrer Ankunft hier um sie kümmerten, waren ausgesprochen nett. Der eine war ein Mann von etwa dreißig Jahren, der weder englisch noch deutsch sprach. Mit

Hilfe seiner Kollegin hatte er das Protokoll aufgenommen und führte nun ein Telefongespräch nach dem anderen. Aileen bekam nur Fetzen mit: ... *mare* ... *nave* ... *acqua* ... *morto* ... Es war schrecklich, Menschen reden zu hören, ohne zu verstehen, was sie sagten. Aileen fühlte sich ausgesperrt aus ihrem eigenen Leben.

Die junge Franca hatte ihr übersetzt, was geschehen war. Michaels Boot war um Haaresbreite mit einem Vergnügungsdampfer zusammengestoßen, um 0.08 Uhr kurz vor Albenga. Im Fahrwasser des großen Schiffes war die Yacht beinahe gekentert, und dabei war Michael über Bord gestürzt. Niemand hatte es bemerkt, weder der Kapitän des Dampfers, der folglich auch keine diesbezügliche Meldung gemacht hatte, noch Aileen. Dazu war sie viel zu sehr mit sich selbst beschäftigt gewesen. Eben noch hatte ihr Mann sich aufgeführt wie ein blutrünstiges Tier, da brauste auch schon dieses große weiße Ungeheuer auf sie zu, und sie versuchte verzweifelt, sich irgendwo festzuhalten. Das Boot wurde emporgeschleudert und schlug wieder auf, und Aileen klammerte sich an die Reling und schrie ... Nach einer Ewigkeit kehrte dann endlich wieder so etwas wie Ruhe ein. Die Yacht preschte zwar immer noch mit rasender Geschwindigkeit weiter, aber sie lag zumindest wieder in der Spur. Aileen wagte, die Reling loszulassen. Ihr Knie schmerzte entsetzlich, und außerdem schien sie sich die rechte Schulter gezerrt zu haben ...

»Michael?«

Erst da fiel ihr auf, daß er nicht da war.

»MICHAEL???«

Immer wieder rief sie seinen Namen, aber Michael war nicht da, und der Beinahe-Zusammenstoß hatte das Auto-Pilot-System beeinträchtigt, so daß der schwimmende Sarg mit mörderischer Geschwindigkeit aufs offene Meer hinausraste, geradewegs in die Fahrrinne der großen Tanker und Passagierschiffe ...

Irgendwann ging dann das Benzin aus. Das war Aileens Rettung. Und dank der präzisen Angaben eines Kapitäns namens Ambrosio tauchte knapp drei Stunden später ein Suchtrupp der savonesischen Wasserschutzpolizei auf.

Da die Meerestemperatur derzeit nur bei etwa zehn Grad lag und Michael überdies zum Zeitpunkt des Unfalls sehr betrunken gewesen war, rechnete niemand damit, daß er sich hatte retten können. Trotzdem versprach man Aileen, eine große Suchaktion zu starten.

»Es muß nur erst hell werden, Mrs. Landers, vorher hat es keinen Zweck!«

Sie fragte sich, ob es überhaupt einen Zweck hatte. Aileen wußte nicht, was sie denken sollte. Ihr Verstand und ihr Gefühl waren wie in Watte gepackt, und Vergangenheit, Gegenwart und Zukunft schienen zu einem einzigen wirren Film zu verschmelzen. War es nicht erst gestern gewesen, daß sie Michael zum ersten Mal begegnete? Natürlich! Sie war achtzehn Jahre alt und hatte ihren ersten Job, arbeitete in der Verwaltung von MACY's, dem größten Kaufhaus der Welt . . . Nein! . . . Sie war gerade fünfundzwanzig geworden und lag im Kreissaal. Diana mußte mit einer Saugglocke auf die Welt geholt werden, und Aileen schrie um ihr Leben, und Michael war nicht da . . . Er war nie dagewesen, wenn sie ihn am meisten brauchte . . .

Franca reichte ihr ein Glas, das eine wässrige Flüssigkeit enthielt.

»Wir haben Ihre Familie verständigt, Signora Landers. Es wird jemand kommen, um Sie abzuholen.«

Franca war der zweite Beamte im Raum. Sie war noch sehr jung und ein Typ, den man gemeinhin »rassig« nannte. Ihre Augen waren ebenso tiefschwarz wie ihr Haar, und ihre Haut war von Natur aus stark gebräunt. Leider litt sie unter dem, was so vielen rassigen Frauen Kummer bereitete. Die feinen Härchen auf ihren Armen und Beinen, und vor allem die um den Mund herum waren auch tiefschwarz. Offenbar rückte sie ihnen manchmal mit Gewalt zu Leibe und riß sie aus. Dafür sprachen die vielen kleinen roten Wunden, die hier und da zu sehen waren.

Aileen roch am Glas und zog angewidert die Nase kraus. »Was ist das?«

»Es wird Ihnen guttun«, entgegnete Franca.

Aileen war da zwar nicht so sicher, nahm aber trotzdem einen kleinen Schluck. Sofort mußte sie husten, und Franca machte ein zufriedenes Gesicht.

»Das ist ein ganz hervorragender Grappa«, meinte sie stolz. »Der beste, den es hierzulande gibt.«

Das glaubte Aileen gern. Das Zeug war so scharf, daß sie das Gefühl hatte, ihr würden gleich die Augen aus dem Kopf fallen. Aber vielleicht war es ja genau das, was sie jetzt brauchte.

Lara rannte die letzten Meter, doch hatte sie das Gefühl zu schweben. Im Fallwind der Erinnerung glitt sie vom Heute in ihr Gestern und flog vorüber an Bildern der Vergangenheit, die sie längst vergessen zu haben glaubte.

Der Mann, der dort bäuchlings am Strand lag, hatte fast nichts an, und seine nackten Beine wurden von den Wellen umspült, seine Hände krallten sich in den nassen Sand, seine Haut war bläulich verfärbt . . . Lara bezweifelte, daß er noch lebte. Sie kniete sich neben ihn und berührte seine Schultern. Sie waren eiskalt und hart wie Stein. Vorsichtig drehte sie ihn auf den Rücken. Er war noch nicht alt, höchstens Mitte Vierzig. Seine Lippen waren aufgeplatzt, und darüber lag ein weißlicher Pelz. Auch das kurze Haar war vom Salzwasser völlig verklebt. Er atmete nicht.

Lara riß sich den Walkman herunter und legte ihren Kopf auf die nackte Brust des Fremden. Es war nichts zu hören, und auch an seinen Handgelenken war kein Puls zu fühlen. Erst als sie die Fingerspitzen auf seine Halsschlagader legte, erst da spürte sie ein schwaches Pochen.

Hastig drehte sie ihn wieder auf den Bauch, legte seinen Kopf auf die Seite, setzte sich auf sein Hinterteil und stemmte die Arme mit ihrem gesamten Körpergewicht in seinen Rücken. Wenn er Wasser in der Lunge hatte, so kam es jetzt heraus. Doch nichts geschah.

Panik machte sich in Lara breit. Sie brauchte dringend einen Krankenwagen. Ein Notarzt mußte her, ein Fachmann, der genau wußte, was in einem Fall wie diesem hier zu tun war. Sie stand auf und sah sich verzweifelt um. In der Ferne entdeckte sie Hassan und Abdul, die inzwischen nebeneinander im Sand saßen und rauchten. Lara sprang aufgeregt hin und her und schwenkte wild die Arme.

»Hilfe! – Hassan! Abdul!! – Helft mir!!!«

Es dauerte eine Weile, bis die beiden Männer sie überhaupt wahrnahmen. Dann winkten sie freundlich zurück . . .

Ähnlich wie ihr war es Bosco damals ergangen, das hatte er ihr oft genug erzählt. Er rief um Hilfe, aber niemand hörte ihn, und um das nächste Telefon zu erreichen, hätte er die junge Frau in seinen Armen alleinlassen müssen – und dann wäre sie vielleicht gestorben, einsam und verlassen, ohne daß jemand ihre Hand hielt. Das hatte er nicht übers Herz gebracht. Gesagt hatte er ihr das bestimmt schon tausendmal, verstehen konnte Lara es erst jetzt.

Behutsam drehte sie den fremden Mann wieder auf den Rücken. Dann hockte sie sich hinter ihn, griff mit beiden Armen unter seine Achseln und zog ihn zentimeterweise nach hinten. Die Beine mußten aus dem kalten Wasser heraus, unbedingt und so schnell wie möglich.

In der Zwischenzeit war die Sonne endgültig aufgegangen, und es wurde merklich heller und wärmer. Lara nahm ihren langen Wollschal ab und legte ihn dem Fremden unter den Kopf. Sie tätschelte seine Wangen, aber er rührte sich nicht. Sie schlug immer fester zu, doch auch das bewirkte nichts. Ihre Augen füllten sich mit Tränen. Immer wieder, dachte sie. Immer wieder gab es irgend jemanden auf dieser Erde, der einfach nicht mehr weiterkonnte; der so verzweifelt war, daß er alles hinwarf; der niemanden hatte, der ihn liebte; der von keiner Menschenseele gebraucht wurde . . . Gestern war sie es gewesen, heute traf es diesen Mann hier . . .

Hastig zog sie ihre drei Strickjacken aus, schob ihre Arme unter den Brustkorb des Fremden und richtete ihn vorsichtig auf. Sie legte seinen Kopf gegen ihren, klemmte ihre Beine um seine Hüften, dann bedeckte sie mit den Wollsachen seinen nackten Rücken . . .

Eine ganze Nacht hatte Bosco damals so dagesessen und Lara wie ein Kind in seinen Armen gewiegt. Manchmal bekam man offenbar die Chance im Leben, dem Schicksal eine Schuld zurückzuzahlen . . .

Michael spürte seinen Körper nicht, nur seine Augen. Sie brannten wie Feuer, und als er versuchte, sie zu öffnen, war ihm, als hätte man die Lider zugeklebt. Er hatte viel zuviel getrunken letzte Nacht. Das war das einzige, woran er sich im ersten Moment erinnern konnte. Einen Whiskey nach dem anderen hatte er in sich hineingeschüttet, und das war jetzt die Quittung dafür . . . Auf seiner Stirn lag etwas Warmes und Weiches, es fühlte sich an wie der Mund einer Frau.

Allem Schmerz zum Trotze öffnete er die Augen. Die Sonne schien ihm geradewegs ins Gesicht, und er sah das Meer und schneeweißen Sand . . .

»Heh?« sagte eine weibliche Stimme. *»Tutto à posto?«*

Er versuchte, seinen Kopf ein wenig zu drehen, und blickte in zwei große, grüne Augen.

»Che cosa ha preso? Valium? Mogadan? Dalmadorm?«

Er verstand kein Wort.

»Lexotanil? Limbatril? Oxazepam?«

Er schluckte.

Die Frau lächelte sanft, ließ jedoch im nächsten Moment einen Wortschwall auf ihn niedergehen, der alles andere als freundlich klang.

»Wenn Sie mir nicht sagen, was für ein Gift Sie geschluckt haben«, schimpfte Lara in ihrem stark ligurisch gefärbten Italienisch, »werde ich soviel Meerwasser in Sie hineinpumpen, daß Sie nicht nur das Zeug, sondern gleich auch noch den Heiligen Geist mitauskotzen. Okay?«

Das abschließende »Okay?« ließ Michael hoffen.

»Sprechen . . . sprechen Sie englisch . . .?« fragte er mit heiserer Stimme.

»Ja.« Lara war mehr als erstaunt.

»Wo . . . wo bin ich hier?«

»In Pietra Ligure.«

»Wo?«

»In Pietra Ligure!« wiederholte sie ziemlich fassungslos.

»Und wo ist das?«

Lara wollte es nicht glauben. »In Ligurien«, sagte sie und fügte vorsichtshalber noch hinzu: »In Italien.«

Michael war, als schlüge ihm jemand eine Faust in den Magen. Gestern abend war er noch in Menton gewesen. Wieso war er also jetzt in Italien? Das Boot, durchfuhr es ihn, er hatte das neue Boot startklar gemacht . . .

Lara erschrak, als der fremde Mann in ihren Armen auf einmal so heftig zu zittern begann. Es tat weh, Abschied von dieser Welt zu nehmen, das wußte sie aus eigener Erfahrung. Noch schmerzhafter war jedoch die Erkenntnis, daß die andere Welt einen nicht haben wollte, daß man aufwachte und sich an dem Ort wiederfand, dem man mit aller Macht hatte entfliehen wollen.

Sie legte den Fremden in den Sand, deckte ihn mit den Strickjakken zu und strich ihm liebevoll übers Haar. Das hatte Bosco bei ihr damals auch so gemacht.

»Ganz ruhig!« sagte sie. »Keine Angst! Sie brauchen keine Angst mehr zu haben! Es wird alles wieder gut . . .« Sie lächelte. »Das ist ja das Schlimme im Leben . . .«

Er starrte sie an.

»Wußten Sie das nicht? Sie haben im Dreck gesessen und sich beschwert. Und prompt liegen Sie jetzt im Dreck! Wenn Sie wieder drin sitzen, finden Sie dann, daß alles wieder gut ist . . . Scheiß-Spiel, nicht wahr?«

Noch immer starrte er sie an. Sie war noch sehr jung und hatte langes, von der Sonne gebleichtes Haar. Es verdeckte den Großteil ihres Gesichts. Michael sah nur ihren Mund und die Augen, diese übergroßen, grünen Augen . . .

»Wer sind Sie?«

Er bekam keine Antwort darauf.

»Seien Sie ganz ruhig!« sagte die Fremde nur immer wieder, nahm sein Gesicht in beide Hände und strich mit den Daumen über seine ausgetrockneten Lippen. »Ganz ruhig! Alles wird gut!«

Allmählich ließ sein Zittern nach, und Lara war erst einmal erleichtert. »Meinen Sie, daß Sie aufstehen können?« fragte sie ihn.

»Ich weiß nicht . . .«

»Wollen Sie es mal versuchen?«

»Nein!«

»Soll ich vielleicht besser einen Krankenwagen holen?«

Michael geriet nahezu in Panik, als er das hörte.

»Nein«, rief er hastig und konnte sich selbst nicht verstehen. »Nein, ich –«

»Okay, okay!« beschwichtigte sie ihn sofort. »War ja nur eine Frage.«

Sie spürte deutlich, daß dieser Mann große Angst hatte, und wovor, war ihr sonnenklar. Selbstmörder waren in den Augen der Ärzte Geisteskranke. Hatte man sie »gerettet«, sperrte man sie sofort ein. Sie kamen in die Klapsmühle und wurden niedergespritzt, bis jedes Gefühl in ihnen gestorben war – jedes, nicht nur das eine entscheidende, das Auslöser gewesen war für die Verzweiflungstat. Lara wußte das, und dieser fremde Mann schien es auch zu wissen. Sie war bereit, ihm zu helfen. Schließlich hatte Bosco ihr die Qualen einer psychiatrischen Zwangsbehandlung damals auch erspart.

Sie griff nach Michaels Hand, und er nahm erschüttert zur Kenntnis, daß er das zwar sah, aber nicht fühlte.

»Haben Sie irgendwo Schmerzen?« wollte sie wissen.

». . . Nein.«

»Spüren Sie ihre Fußspitzen?«

»Nein . . .«

»Spüren sie denn das hier?« Sie kniff mit ihren langen Fingernägeln in seinen Handrücken, und er war zutiefst entsetzt.

»Nein!!!«

Sie lächelte. »Na, dann werde ich mich mal an die Arbeit machen!«

Den Augenblick, da Michael von seinem Boot gestürzt war, würde er nie im Leben vergessen können. Das Wasser war im ersten Moment wie eine Betonwand gewesen. Er schlug auf und wollte schreien, aber da zog es ihn auch schon herunter, warf ihn wieder empor, und er rang nach Luft, hustete um sein Leben . . . Schier endlos währte dieser Alptraum, dann wurde es plötzlich ruhig und still. Und erst da wurde es wirklich dramatisch.

Schlagartig war er nüchtern gewesen. Er war allein, mitten im Meer, und das Wasser war so kalt, daß es schon nach kurzer Zeit kaum auszuhalten war. Von panischer Angst erfaßt, paddelte er mit den Beinen. Wie oft hatte er mit den Kindern geschimpft, weil sie ohne Schwimmweste an Bord gegangen waren! Dabei hatte er selbst auch nie eine getragen, aus Prinzip nicht, weil es so unsportlich aussah und so wenig sexy. Das hier hatte er jetzt davon!

Seine Augen tränten vom Salzwasser, doch nach einer Weile ließ das nach, und er entdeckte in der Ferne eine Lichterkette. Das war die Küste. Da mußte er hin. Also fing er einfach an zu schwimmen.

Irgendwann – für seine Begriffe hatte es Stunden gedauert – spürte er dann wieder Boden unter seinen Füßen. Er versuchte, an Land zu kommen, aber das Ufer war ausgesprochen steinig, und so rutschte er immer wieder aus, fiel hin . . . Danach erinnerte er sich an gar nichts mehr. Das nächste, was er mitbekam, war, daß er in den Armen dieser fremden Frau lag . . .

Michael fand es bewunderungswürdig, mit welcher Energie sie seine Glieder massierte. Sie schien überhaupt sehr viel Energie und Kraft zu haben, und das beruhigte ihn. Noch nie zuvor in seinem Leben war er ähnlich handlungsunfähig gewesen, nicht einmal nach seiner Blinddarmoperation, die mittlerweile schon mehr als vierzig Jahre zurücklag. Aus eigenem Antrieb konnte er gar nichts tun; er konnte nicht einmal mehr Entscheidungen treffen. Da war es gut, jemanden an der Seite zu haben, der willig und in der Lage war, ihm die Verantwortung abzunehmen.

»Wie heißen Sie?«

Auch dieses Mal gab Lara keine Antwort. Statt dessen fing sie an zu lachen. Zuerst klang es noch eher wie ein Kichern, doch dann wurde es immer heftiger und lauter.

»Was ist?«

Sie konnte kaum antworten. »Ach . . .«, gluckste sie, »ich . . .« Ihr Lachen wirkte irgendwie ansteckend. Er wußte zwar nicht, worum es ging, lachte aber mit.

»Andere Leute finden höchstens schon mal Muscheln am Strand«, klärte sie ihn schließlich auf, »und was finde ich? Einen tiefgefrorenen Mann . . .!«

»Ich bin sogar schockgefrostet!« entgegnete er und fühlte sich für einen kurzen Augenblick richtig wohl. Dann mußte er plötzlich an Cissys Busen denken und an die bunt bedruckten Leggings der verrückten Madame Tourreau – und an Aileens Gesicht, als er ihr das Kleid vom Leib riß . . . die Party . . . er hatte eine große Party gegeben. Das Haus in Castellar platzte fast aus den Nähten, so viele Gäste waren gekommen.

Eine ganz bezaubernde Winterlandschaft!« meinte Jean-Luc Tourreau, der älteste Sohn der verrückten Madame Tourreau, die das Anwesen neben dem der Landers bewohnte. »Wo haben Sie die her?«

»Mein Mann hat sie von einer seiner Geschäftsreisen mitgebracht«, erwiderte Aileen und wirkte richtig glücklich dabei.

»Die Farbgebung ist so ungewöhnlich.«

»Das liegt daran, daß der Maler nie Weiß zugemischt hat, wenn er ein Blau aufhellen wollte. Statt dessen hat er immer ein helleres Blau dazu genommen.«

»Ach . . .!«

»Das gibt dem Bild soviel Tiefe.«

Jean-Luc war *schwer* beeindruckt. »Sie haben sehr viel Ahnung von Malerei, Mrs. Landers.«

Aileen lächelte. »Ich habe mich früher mal intensiv damit beschäftigt«, sagte sie, »überhaupt mit Kunst. Heute habe ich keine Zeit mehr dazu, allein schon wegen der Kinder . . .«

Michael lehnte etwas abseits an der Bar und schaute mit dumpfem Blick zu seiner Frau hinüber. Alle Welt behauptete, sie wäre eine Schönheit, nur er konnte es nicht so empfinden. Ihm war ihr Gesicht zu schmal und zu blaß, und die Nase war ihm zu spitz und zu lang, und er fand, daß ihr Mund zu klein war, und die Haare waren ihm zu hell. Für Michaels Augen sah Aileen einfach langweilig aus. Und dann hatte sie auch noch immer diesen entrückten Blick und dieses ach so sanfte Lächeln auf den Lippen . . . Er goß sich einen mehrstökkigen Whiskey ein und leerte das Glas in einem Zug.

Jeff plauderte angeregt mit der alten Mrs. Chandler. Sie war die Witwe eines amerikanischen Bankiers und lebte seit mehr als zwanzig Jahren an der Côte d'Azur. Trotz dieser langen Zeit hatte sie sich nie so recht an das Leben in Frankreich gewöhnen können.

»Die Franzosen sind immer so unhöflich«, mäkelte sie auch jetzt. »Wenn man ihre Sprache nicht spricht, ist man verloren.«

»Nun ja«, meinte Jeff, der stets für alles und für jeden eine Entschuldigung parat hatte, »wir Amerikaner sind da nicht besser.«

»Wir sind aber doch auch eine Nation, Mr. Barton, und nicht nur ein unbedeutendes Ländchen, das bis heute nicht auf eigenen Beinen stehen kann.«

Daß Europa auch nur eine von vielen US-Kolonien war, konnte selbst Jeff nicht bestreiten. Was heute drüben »in« war, war es spätestens morgen hier.

»Das hält nun wiederum unsere Wirtschaft in Gang«, lachte Mrs. Chandler. »Ich nenne Europa ja immer unser Legoland. Und dank des Übereifers der Deutschen ist dieses Legoland inzwischen beachtlich groß geworden. In ein paar Jahren werden wir im Ostblock die besten Geschäfte machen. Mein Mann würde sagen ...«

Mrs. Chandler zitierte immer, was ihr verstorbener Mann zu diesem oder jenem sagen würde, und allein schon deshalb konnte Michael sie nicht leiden. Er haßte Menschen, die keine eigene Meinung hatten, und noch mehr haßte er Frauen, die keine eigene Identität besaßen. Madame Chandler gab es gar nicht wirklich. Sie war ein Leben lang die Frau ihres Mannes gewesen, und seit dessen Tod war sie nun seine Witwe – sonst nichts!

Michael goß sich einen weiteren Whiskey ein. Dann begann er, durch die Gästeschar zu patrouillieren.

Von den insgesamt dreiundsiebzig Leuten, die Aileen am Vortag erst eingeladen hatte, waren weit über sechzig erschienen. Dabei klagten sie sonst immer, wie voll doch ihre Terminkalender wären und wie rechtzeitig sie alles wissen müßten, um gegebenenfalls noch umdisponieren zu können. Die Leute waren bei jeder Party die gleichen, und sie sprachen auch immer über das gleiche. Bei »Austernherz im Kiwi-Bett« und ähnlichen Köstlichkeiten plauderte man über so wichtige Dinge wie »Paris ist die einzige Stadt auf dem Kontinent, in der es sich leben läßt«.

Michael ödete dieses Geplänkel an. Trotzdem gab er mindestens zweimal im Monat eine Party, und das seit Jahren. Früher hatte er das aus rein beruflichen Gründen getan, einfach um Leute kennenzulernen und im Gespräch zu bleiben. Heute waren seine Motive andere. Er konnte seit einiger Zeit nur noch schwer allein sein. Er wurde auch immer rastloser. Wenn er zwischen seinen zahlreichen Terminen schon mal eine Stunde Zeit hatte, raste er sogleich quer durch die Stadt, um eine Partie Tennis zu spielen. Fand sich auf die Schnelle kein Partner, kaufte er sich einfach eine Trainerstunde oder begnügte sich mit der Ballmaschine; er wollte ja nur beschäftigt sein. Deshalb schwang er sich auch jeden Freitagnachmittag in seinen Wagen und fuhr nach Castellar. Dabei war die linke Fahrspur der Autobahn weit mehr für ihn als eine Asphaltschneise, sie war Ausdruck seines

Lebensgefühls. Er beanspruchte sie für sich, indem er von Frankfurt bis Menton mit Blinker und Lichthupe alles beiseitedrängte, was ihm vor den Kühler geriet, und das Gaspedal so fest durchtrat, daß er samstags oft Muskelkater im rechten Bein hatte. Nur selten nutzte er das Wochenende, um sich auszuruhen. Meist arbeitete er Dinge auf, zu denen er unter der Woche nicht gekommen war, oder aber er sprach seitenlange Aktennotizen auf Band, die Cissy Andrews dann später abtippen mußte. Kein Mensch brauchte diese Notizen, niemand sah sie sich jemals wieder an. Sie zu diktieren war auch nur eine Beschäftigungstherapie, wie das Tennisspielen, wie die Parties ... Michael wußte nicht mehr, wann das angefangen hatte. Er wußte nur, daß es immer schlimmer wurde. Und in letzter Zeit waren dann auch noch diese eigenartigen Angstzustände dazugekommen. Immer häufiger war ihm, als käme irgend etwas auf ihn zu; als raste er mit überhöhter Geschwindigkeit auf eine tiefschwarze Betonwand zu; als würde er an einem Abgrund stehen und Gefahr laufen, jeden Moment in die Tiefe zu stürzen. Michael sprach mit niemandem über seine Gefühle, denn er wußte nicht, wie er diesen emotionalen Irrwitz hätte erklären sollen: Er hatte Angst, aber er wußte nicht wovor; er spürte eine Bedrohung, aber er wußte nicht, welcher Art sie war; er hatte eine tiefe und schmerzhafte Sehnsucht, aber er wußte nicht, wonach ... Über derartige Ungereimtheiten zu sprechen war unmöglich. Er wollte sich schließlich nicht lächerlich machen.

Isabelle war auch da. Sie war inzwischen mit einem Architekten aus Cannes verheiratet und zwinkerte Michael zu. Er zwinkerte zurück, lächelte Sandrine an.

»Mein Gott!« rief er aus, als er ihren dicken Bauch sah. »Schon wieder?«

Sandrine errötete, und ihr Mann reckte stolz den Hals.

»Aber Sandrine«, flötete Michael, »hast du immer noch nichts von Sperma light gehört? Macht nur noch schwanger, nicht mehr dick!«

Elisabeths Gatte, Inhaber eines Mentoner Reisebüros, prahlte mit seinem Kunstverständnis.

»Meine Frau und ich gehen ja mindestens einmal im Monat ins Theater oder in die Oper, und als wir beim letzten Mal –«

»Haben Sie *Rigoletto* gesehen?« fragte Isabelle.

»Wir haben Abonnement.«

Dem alten Professor Rosenstein fielen fast die Augen aus dem Kopf. Dieser Mann war einer der wenigen Gelehrten, die es heutzutage noch gab. Als Jude, der die Nazi-Zeit überlebt hatte, war Rosenstein schon vor Jahren in Menton seßhaft geworden und hatte eine Vielzahl von Büchern über eine Vielzahl von Themen geschrieben, in denen er gleichermaßen bewandert war. Er besaß gleich mehrere Doktortitel, und sein Lebenswerk war für Studenten in aller Welt Pflichtlektüre. Michael kannte nur ein einziges Wesen, das in der Lage war, so einen Mann aus der Fassung zu bringen . . .

Trotz Laras intensiver Bemühungen blieben Michaels Arme und Beine steif wie Bretter. Nur in den Fingerspitzen bekam er langsam wieder ein bißchen Gefühl. Angenehm war das jedoch nicht.

»Es brennt wie Feuer . . .«

»Ich weiß. Und das ist erst der Anfang. Das wird alles noch sehr viel schlimmer werden.« Liebevoll sah sie ihn an. »Sind Sie sicher, daß ich keinen Krankenwagen holen soll?«

Da war er sich sogar ganz sicher. Spätestens in der Notaufnahme würde man ihn nach seinem Namen fragen und wissen wollen, wie er hergekommen war. Dann mußte er alles erzählen, und das konnte er nicht . . . nicht jetzt . . .

Lara zog ihm eine ihrer drei Strickjacken an. Die zweite wickelte sie um seinen Bauch, die dritte um seinen Hals.

»Sieht ziemlich witzig aus!« meinte sie, als es vollbracht war. »Wenn ich Sie so auf meine Terrasse setze, fliegen die Möwen kreischend davon.«

Michael fand das zwar nicht gerade schmeichelhaft, doch waren dies wohl weder Ort noch Zeit für irgendwelche Eitelkeiten.

Die Fremde legte seine Arme um ihren Hals, umfaßte seinen Oberkörper mit einer Art von Klammergriff und klemmte seine Beine zwischen ihre. Dann hievte sie ihn hoch – was auch tatsächlich gelang.

»Sie sind Krankenschwester?« fragte er, atemlos vor Erstaunen.

»Ich hab' den großen Krüppelpaß«, erwiderte sie, »Krankenschwestern haben nur den kleinen.«

Mit dieser Antwort konnte er zwar nichts anfangen, doch hatte er zur Zeit andere Sorgen.

»Ich hab' überhaupt kein Gefühl in meinen Füßen . . .«

»Das kommt schon«, gab Lara ruhig zur Antwort.

»Aber wie lange wollen wir denn hier so stehenbleiben?«

»Wer sagt denn, daß *Sie* stehen, guter Mann . . .?«

Michael erschrak. Diese fremde Frau war ungemein schlank, fast schon mager, vierzig Pfund leichter als er war sie allemal. Trotzdem trug sie sein gesamtes Gewicht . . .

»Wo macht man den großen Krüppelpaß?«

Sie lachte. »Ich hab' da jede Menge Adressen.«

Sie verharrten geraume Zeit in ihrer so eigenartigen Umarmung, und dabei wurde Michael mit jeder Sekunde klarer, welchen Sinn das Spielchen hatte. Seine Füße begannen nun ebenso zu brennen wie die Hände. Es war, als würden sie immer dicker und schwerer, als müßten sie jeden Moment platzen.

»Spüren Sie jetzt den Sand unter sich?«

»Ja . . .«

»Dann lasse ich Sie jetzt ganz langsam los.«

Michael Landers war niemals wehleidig gewesen. Das hätte er sich gar nicht erlauben können. Sobald er äußerte, leichte Kopfschmerzen zu haben, fiel Aileen mit all ihrer grauenhaften Fürsorge über ihn her, als läge er bereits im Sterben, und so hatte er stets vorgezogen, die Zähne zusammenzubeißen. Doch hier war jetzt keine Aileen, und Schmerzen wie diese hatte er noch nie gehabt. Sie trieben ihm die Tränen in die Augen. Keinen Schritt konnte er auf diesen Beinen tun, keinen einzigen Schritt.

Die Fremde sah das aber offenbar anders. »Stillstand ist Rückgang!« erklärte sie ihm. »Außerdem können wir die Möwen auf meiner Terrasse unmöglich noch länger warten lassen.«

Sie legte seinen Arm um ihre Schultern und krallte ihre Hand fest um seine Hüfte.

»So, und jetzt immer schön ein Beinchen vor das andere setzen, erst das rechte, dann das linke . . .«

Michael wollte es nicht glauben. Diese Lady Eisenarm an seiner

Seite ließ einfach nicht locker. Wie es schien, war sie zu keinerlei Mitgefühl fähig; sie zwang ihn zu laufen, obwohl sich bei jedem Schritt spitze Messer in seine Beine bohrten.

»Ist es noch weit?« fragte er schon nach den ersten Metern.

»Gleich da drüben!« entgegnete sie und wies auf ein Hochhaus, das erdbeerfarben gestrichen war.

»O mein Gott . . .!«

»Das schaffen wir schon!«

Der Optimismus dieser Frau war offenbar grenzenlos.

Es waren etwa hundert Meter vom Strand bis zu Laras Haus. Normalerweise brauchte Michael für so eine Strecke keine zwanzig Sekunden. Jetzt hatte er nach mehr als zehn Minuten gerade mal die Hälfte geschafft und ließ sich erschöpft auf der kleinen Begrenzungsmauer nieder, die den Strand von der Promenade trennte. Mittlerweile schmerzte sein ganzer Körper, als fielen Tausende von Ameisen darüber her, und er sah alles wie durch einen dichten Nebel. Er konnte nicht einmal erkennen, was für ein Monstrum da mitten auf der Straße stand. Es war groß und hoch und rund, und es glitzerte silbern . . .

»Was ist das?«

»Was?«

»Das da!«

»Das ist das beliebteste Kinderkarussell hier im Ort«, erwiderte Lara. »Es ist zur Zeit nur noch abgedeckt, weil sie es immer erst kurz vor Ostern in Betrieb nehmen.«

Sie griff nach seiner Hand. Der Puls raste. Und er, er starrte auf das große, hohe, runde, silbrige Monstrum und wußte auf einmal, daß man ihm seine Kinder wegnehmen würde. Er würde sie niemals wiedersehen. Kein Gericht der Welt erlaubte einem Mann wie ihm, seine Kinder zu sehen, einem Mann, der . . .

»Kommen Sie!« sagte die Fremde an seiner Seite und nahm ihn wieder in ihren Klammergriff. »Der Tiefkühl-Mann braucht dringend eine Salve Mikrowellen.«

Das Haus, in dem Lara wohnte, galt als eine der besten Privatadressen in der Gegend. Es verfügte über insgesamt achtundzwanzig

Eigentumswohnungen verschiedener Größe, von denen Lara eines der beiden Penthouses besaß. Das andere stand leer, seit Fabrizio fort war.

Bisher hatte sie den Luxus, hier zu leben, immer sehr genossen. Sie brauchte niemals eine Treppe oder ein Fenster zu putzen, sie konnte die Waschmaschine, den Trockner und die Mangel im Keller benutzen, sie hatte einen hervorragenden Einstellplatz für ihr Auto, einen Hausmeister, den man sogar mitten in der Nacht anrufen durfte, wenn mal eine Glühbirne ausgefallen war ... Am Morgen des 11. April hätte sie jedoch auf all diese Annehmlichkeiten gern verzichtet, wenn da nur nicht die Signora Palini gewesen wäre, die sogenannte Portinaia. Sie war gerade dabei, die Tageszeitung zu lesen, als Lara und Michael zur Tür hereinkamen. Der Unterkiefer klappte ihr herunter beim Anblick des Pärchens, doch faßte sie sich schnell wieder. Das war sie ihrem Berufsethos schuldig.

»*Buon giorno, Signora!*« grüßte sie freundlich, als wäre alles wie immer. »*Come sta?*«

»*Sto bene!*« erwiderte Lara im Vorübergehen. »*Grazie.*« An nichts war ihr zur Zeit weniger gelegen als an einem Plausch über ihr wertes Befinden.

Signora Palini erhob sich von ihrem Stuhl und folgte den beiden zum Aufzug. »*Posso aiutare?*« erkundigte sie sich höflich.

Das war typisch ligurisch. Die Leute hier taten nichts unaufgefordert, und sie stellten auch nie irgendwelche Fragen. Wenn man sie um etwas bat oder freiwillig erzählte, waren sie zu allem bereit und die besten Zuhörer. Ohne konkrete Aufforderung lief jedoch nichts. Nur Bosco bildete in dieser Hinsicht eine Ausnahme. All die anderen waren wie Signora Palini, die dastand und durch den fremden Mann an Laras Seite hindurchsah, als wäre er gar nicht da. Er war ihr schließlich nicht vorgestellt worden.

»Soll sie helfen?« flüsterte Lara Michael ins Ohr.

»Um Gottes willen!« entgegnete er spontan.

Diese Frau mit der geblümten Kittelschürze und den blutroten Stoffpuschen an den Füßen war ihm unangenehm, wenn er auch auf Anhieb nicht hätte sagen können, warum.

Lara nahm seine klare Antwort zur Kenntnis und wandte sich wieder der Portinaia zu.

»*No, grazie*«, erklärte sie ihr und fügte hinzu: »*E un amico. Vogliamo prendere la colazione insieme.*«

»*Ah . . .!*« Das Gesicht der Alten nahm schier entgeisterte Züge an.

Lara wuchtete Michael in den Aufzug.

»Was haben Sie ihr gesagt?« wollte er wissen.

»Daß Sie ein Freund sind und daß wir gemeinsam frühstücken wollen.«

Er konnte sein Erstaunen nicht verbergen. »Haben Sie immer so lädierte Freunde?«

»Hinterher sehen die meisten so aus wie Sie!«

Davon war Michael überzeugt. Diese Lady Eisenarm an seiner Seite hatte den Teufel im Leib, das sah man ihr schon an. Sie zählte zu jenen Frauen, die er »potent« nannte. Mit der im Bett mußte man auf alles gefaßt sein. Die stellte Ansprüche, die nahm – und trotz seines Zustands konnte er sich bildhaft vorstellen, was sie dafür zurückgab . . . Wie groß sie war! Das hatte er bisher noch gar nicht bemerkt. Sie war fast ebenso groß wie er . . .

Er lächelte sie an. »Wie heißen Sie?« erkundigte er sich dann noch einmal, nachdem er bisher keine Antwort auf diese Frage bekommen hatte.

Sie atmete tief durch. »Laddock«, erwiderte sie dann, »Lara Laddock! Und fragen Sie mich jetzt bloß nicht, ob meine Mutter während der Schwangerschaft für einen gewissen Herrn Doktor Schiwago geschwärmt hat! Das fragt man mich nämlich immer.«

Er lächelte. »Stellen Sie sich vor, Ihr Vater wäre ein erklärter Fan von Rin-Tin-Tin gewesen.«

Der Fahrstuhl hatte das oberste Stockwerk erreicht, und ein langer Korridor tat sich vor Michael auf. Das Kribbeln und Brennen in seinem Körper hatte inzwischen nachgelassen, aber dafür hatte er jetzt die herrlichsten Krämpfe. In den Füßen fing es an, kroch die Waden und die Oberschenkel hoch . . . Es dauerte nur Sekunden, und er hatte das Gefühl, sein ganzer Körper wäre ein einziger Krampf.

»Das kommt von der Unterkühlung«, sagte Lara. »Sie haben es aber gleich geschafft . . . nur noch die paar Meter.« Mit dem einen Arm hielt sie ihn fest, während sie mit der anderen Hand umständlich den Wohnungsschlüssel aus ihrer Hosentasche fingerte.

Michael versuchte, sich zusammenzunehmen, aber es tat einfach zu weh. Ihm war auf einmal so schwindlig, und er bekam kaum Luft, und –

»Mir wird schlecht«, sagte er noch.

Dann hatte Lara Laddock ein echtes Problem.

In der Zwischenzeit war es kurz vor acht Uhr, und die Sonne strahlte, der Himmel war blau und wolkenlos . . . Ironie des Schicksals nannte man das.

Solange Aileen zurückdenken konnte, war an den traurigsten Tagen ihres Lebens stets das herrlichste Wetter gewesen. Und nicht nur das! Nach der Beerdigung ihres Vaters verließ sie an der Hand ihrer Mutter den Friedhof. Eine Gruppe von Schulkindern kam ihnen entgegen. Sie hatten hitzefrei und waren auf dem Weg ins Freibad, lachten, scherzten, schleckten Eis . . .

Dann war da der Tag gewesen, an dem Michael die Scheidung einreichte. Er sagte es ihr beiläufig beim Frühstück und ging danach dann einfach ins Büro, ohne ihr Gelegenheit zu einer Aussprache zu geben. Aileen drehte fast durch. Barfuß, in einem Négligé aus azurblauer Seide, lief sie ihrem Mann nach, stürmte auf die Straße – und fand sich im nächsten Moment inmitten einer Horde bunt bemalter und wild kostümierter Leute wieder, die johlten und grölten. Es war Fastnacht, und der Wettergott hatte es ausnahmsweise mal gut gemeint mit den Närrinnen und Narren. Aileen begann hysterisch zu schreien. Sie sah Michaels Wagen aus der Tiefgarage fahren, und im nächsten Moment sah sie Diana, die damals noch nicht zur Schule ging. Auch sie trug nur ihren Schlafanzug, und ihre Augen waren voller Angst, bis sie ihre Mutter erblickte. Dann legte sich plötzlich ein verzücktes Lächeln auf ihre Lippen, und sie bückte sich, hob eine Handvoll Bonbons auf, einen kleinen Blumenstrauß . . .

»Guck mal, Mama, guck mal!«

Ein Clown, dessen blutrote Mundwinkel bis zu den Ohrläppchen reichten, drückte Aileen einen feuchten Kuß auf die Wange.

»Helau . . .!«

So war es immer gewesen im Leben der Aileen Landers. Ihre innere, kleine Welt zerbrach, und die große Welt da draußen schien das auch noch zu feiern, bei strahlendem Sonnenschein unter wolkenlosem Himmelszelt! Noch nie war ihr das so bewußt geworden wie an diesem 11. April 1992. Die Natur machte sich lustig über sie, ja, sie meinte, das Hohnlachen des Meeres deutlich hören und sehen zu können. Tiefblau war sein spöttisches Grinsen, wie sanftes Geplätscher klang sein hämisches Kichern ...

Aileen war so in ihren Gedanken versunken, daß sie gar nicht bemerkte, wie sich die Tür des Büros öffnete. Erst als Jeff schon mitten im Zimmer stand, blickte sie auf.

»Um Gottes willen!«

Im nächsten Moment kniete er auch schon vor ihr auf dem Fußboden und umschlang ihre Hände.

»Ich bin so froh, daß dir nichts passiert ist.«

Sie blieb stumm und starr.

»Ich habe mich so gesorgt, Aileen, das kann ich gar nicht beschreiben. Als ihr nicht zurückkamt, bin ich zum Hafen gefahren und hab' gesehen, daß Michaels Boot weg war, und da – am liebsten hätte ich sofort die Polizei verständigt, nur ...«

Er sprach nicht weiter, denn wie es schien, hörte Aileen ihm gar nicht zu. Sie sah mehr durch ihn hindurch, als daß sie ihn ansah.

»Sind die Gäste noch lange geblieben?« fragte sie leise.

Er schluckte. »Die meisten sind früh gegangen.«

»Ich habe ihn nie verstanden, Jeff ...«

Er war zutiefst erschüttert und küßte ihre Hände.

»Wir alle haben ihn nie verstanden«, fuhr sie fort. »Und nun ist er tot, und keiner von uns hat ihn –«

»Er ist nicht tot, Liebes, glaub mir das! Michael lebt, das weiß ich.«

Aileen biß sich so fest auf die Unterlippe, daß es blutete. »Was soll ich bloß den Kindern sagen? Wie soll ich ihnen beibringen, daß ihr Vater –«

»Sie werden ihn finden, Aileen. Ich bin mir ganz sicher, daß er noch lebt.«

Sie empfand gar nichts bei diesen Worten, die sie trösten sollten, weder Hoffnung noch Schmerz. Sie merkte nur auf einmal, wie Jeff ihre Hände umklammerte, und das war ihr äußerst unangenehm. Sie zog sie weg und hüllte sich noch fester in ihre Wolldecken als bisher.

»Wissen die Kinder Bescheid?«

»Sie haben noch geschlafen, als der Anruf kam«, gab Jeff zur Antwort. »Die Tourreau ist bei ihnen.«

»Die Tourreau???« Auf einmal war Aileen wieder ganz da.

»Sie hat sieben Kinder großgezogen, und sie war die einzige, die –«

»Aber –«

»Ich hätte Cissy gebeten zu kommen, aber die hat mich hergefahren und –«

»Was???« Aileen fiel von einem Trauma ins andere. »Aber Jeff! Cissy hat in dieser Stadt hier die unglücklichste Zeit ihres Lebens verbracht! Was, wenn sie diesem Mauro zufällig über den Weg läuft, wenn er –«

»Das kann nicht passieren«, fiel Jeff ihr ins Wort. »Sie wartet im Wagen, und außerdem hat sie ja jetzt ihren Edy ...«

So langsam beruhigte Aileen sich wieder und nickte nachdenklich.

»Das ist ein netter, junger Mann«, sinnierte sie, »findest du nicht?«

»Sie passen gut zusammen. Da hast du recht.«

»Hoffentlich werden sie glücklich miteinander ... Sie hätten es verdient ...«

Wieder griff Jeff nach Aileens Händen und küßte sie.

»Alle Menschen haben das verdient«, sagte er, »nicht nur ein paar Auserwählte.«

Das klang gut, doch glaubte Aileen nicht so unbedingt an den Wahrheitsgehalt dieser Worte. Deshalb wollte sie sich Jeff im ersten Moment auch gleich wieder entziehen. Doch dann blickte er auf und sah sie an, und da hatte sie auf einmal das Gefühl, als sähe sie sein Gesicht in diesem Augenblick zum allerersten Mal.

Es war so ein gutmütiges Gesicht, mit sanften Augen und einem Mund, dessen Lächeln weich und zärtlich war ... Ja, Jeff war anders als Michael, ganz und gar. Er war drei Jahre jünger und groß und bullig – er wirkte wie einer jener braven Brummbären, von denen schutzbedürftige Frauen so oft und gern träumen ... Wie ein Kind schlang Aileen ihre Arme um seinen Hals.

»Du darfst mich nie verlassen, Jeff, versprichst du mir das? Du mußt immer bei mir bleiben, solange ich lebe. Du darfst mich jetzt nicht im Stich lassen. Wir brauchen dich ...«

Jeff wußte nicht, wie ihm geschah. Zwanzig Jahre lang hatte er jeden Abend vor dem Einschlafen von Aileen geträumt. Er hatte sich vorgestellt, wie sie ihm heiße Liebesschwüre ins Ohr hauchte, wie sie sich an ihn schmiegte und sie eine gemeinsame Zukunft planten. Jetzt schienen all diese Träume Wirklichkeit zu werden . . .

Er spürte, wie ihm kalt wurde. Vorsichtig, langsam und dennoch bestimmt löste er sich von ihr, und dabei war ihm, als würde er sich aus dem Strick des Henkers befreien.

»Kann ich . . . kann ich irgend etwas für dich tun?« fragte er dann. Seine Stimme zitterte. »Möchtest du, daß ich dir etwas zu essen besorge oder was zu trinken?«

Aileen sah ihn schweigend an. Ihr langes Haar hing strähnig herunter, die Augen glänzten und waren rot gerändert, und das Gesicht war noch wesentlich schmaler als sonst . . . so hatte er sie noch nie gesehen.

Plötzlich begannen ihre Lippen zu zittern. »Jeff?«

Er versuchte zu lächeln, aber es wurde nichts Rechtes daraus.

»Mein Knie tut so weh, Jeff . . . und meine rechte Schulter . . . und ich . . .«

Sie konnte nicht weitersprechen; sie wußte selbst nicht, warum. Ihr gesamter Körper stand unter einer schier unerträglichen Spannung, ihr Kopf drohte zu platzen, und sie hätte am liebsten laut geschrien . . . Da kamen auf einmal die erlösenden Tränen, plötzlich und unerwartet, es war, als bräche das ganze Unglück ihres Lebens in einer einzigen Springflut aus ihr heraus.

Jeff hatte das Gefühl, aus einem Alptraum zu erwachen. Hastig griff er unter die dicken Wolldecken, untersuchte mit fachmännisch scheinendem Blick Aileens verletztes Knie, für das sich bisher noch niemand interessiert hatte.

»Du mußt unbedingt ins Krankenhaus damit«, sagte er. »Nicht daß sich das entzündet! Mit so etwas ist nicht zu spaßen. – Laß mich die Schulter –«

Er erschrak so sehr, daß ihm das Wort auf den Lippen erstarb. Aileens Oberkörper war von blauen Flecken und Kratzspuren übersät, und ihr Kleid war völlig zerrissen . . . Das konnte unmöglich bei dem Bootsunfall geschehen sein, das mußte andere Gründe haben . . .

»Was hat er dir angetan, Aileen? – Du mußt es mir sagen! – Was hat dieses Schwein dir angetan???«

Jeffs Augen füllten sich mit Tränen, und Aileen sah es und verspürte auf einmal so etwas wie Glück. So sehr liebte er sie also! Er liebte sie so sehr, daß er um sie weinte . . .

Im Sommer 1981 starb der Vater von Laras Freundin Jennifer. Er wurde in Cincinnati beigesetzt, und Lara flog von Miami dorthin, um an der Beerdigung teilzunehmen. Ein halbes Jahr zuvor war ihr eigener Vater gestorben. Sie kannte die Qual, die Jennifer jetzt durchlitt; sie wußte um das tiefe schwarze Loch, das der Tod der Eltern in den Seelen ihrer Kinder hinterließ. Doch in all seiner Tragweite erfaßte sie den Verlust, den sie selbst erlitten hatte, erst in dem Moment, da sie ihrer Freundin gegenüberstand. Bis dahin war der Schmerz über Vaters Tod nur ein Gefühl gewesen, jetzt bekam dieses Gefühl auf einmal ein Gesicht und einen Körper. Lara berührte es: Sie nahm Jennifer in die Arme.

Ähnlich wie damals empfand sie auch jetzt. Der fremde Mann war nur ein anderer Schmerz, sein Name war Einsamkeit. Lara wußte, wieviel Kraft man brauchte, seinem Leben ein Ende zu machen. Wer diese Kraft aufbrachte, konnte alles schaffen; denn niemand war lebensfähiger als ein Mensch, der die Angst vor dem Tod besiegt hatte.

Es brauchte jedoch sehr viel Zeit, bis man das begreifen wollte, und diese Zeit war in aller Regel eine schmerzliche. Am Anfang stand das Selbstmitleid, für das die Unbedarften so wenig Verständnis hatten und das für die Betroffenen so ungemein wichtig war. Selbstmitleid öffnete die Seele. Es zeigte die wahren Gefühle in überzeichneter Form und offenbarte so Ängste und Sehnsüchte, vor allem aber erlittene Wunden. Das machte wütend, und aus der Wut erwuchs jener Mut der Verzweiflung, der bekanntlich Berge versetzt.

Zwischen beiden Extremen lag dann der berühmte Mittelweg. Eines Tages war man bereit, ihn zu beschreiten, und erst damit war ein Weiterleben möglich.

Auch der fremde Mann vom Strand würde irgendwann soweit sein. Lara nahm sich vor, ihm bis dahin jede Hilfe zu geben, die er haben wollte. Das war sie ihrem Leben schuldig und denen, die es ihr bewahrt hatten.

Von seinem eigenen Jammern kam Michael wieder zu sich. Im ersten Moment wußte er überhaupt nicht, was das alles zu bedeuten hatte. Er lag in einer Badewanne, und eine langhaarige Brünette fügte ihm unbeschreibliche Qualen zu, indem sie unentwegt eine vollaufgedrehte Handdusche über seinen Körper hielt.

»Aufhören!« wimmerte er. »Hören Sie auf damit! Das tut weh!«

Lady Eisenarm schien das nicht sonderlich zu rühren. »Was meinen Sie, wie das erst mal ist, wenn ich warmes Wasser nehme?« sagte sie nur.

»Aber das kocht doch jetzt schon . . .«

»Es ist eiskalt.«

»O Gott . . .!«

Lara blieb stur bei der Sache. Sie selbst hatte damals zwei Stunden in der engen Duschkabine verbracht. Bosco hielt sie fest, Antonella bearbeitete ihren Körper . . . Es war äußerst schmerzhaft gewesen und unvorstellbar anstrengend.

»Ich bin umgefallen«, sagte Michael, »nicht wahr?«

»Formschön die Wand lang«, erwiderte Lara, ohne aufzublicken, »sah richtig gut aus.«

»Und wie haben Sie mich da weggekriegt?«

Sie grinste. Daß ihr das gelungen war, kam wirklich einem Wunder gleich. Den bewußtlosen Körper durch den Korridor zu schleifen war noch das Wenigste gewesen, denn dank der jahrelangen, täglichen Arbeit an der Staffelei hatte Lara eine ganz ausgezeichnete Armmuskulatur. Die nutzte ihr jedoch wenig, als es galt, das »Strandgut« in die Badewanne zu schaffen. Wie vor einer unlösbaren Mathematikaufgabe hatte sie gestanden und schließlich beschlossen, es einfach mal portionsweise zu versuchen. Sie klappte Michaels rechten Unterschenkel über den Badewannenrand, dann den linken, umfaßte den Rest seines Körpers mit nunmehr ja fast schon geübtem Griff . . . Die elegantesten Figuren gaben Romeo und Julia '92 nicht unbedingt ab . . .

»Aber das kränkt uns ja nicht«, sagte sie. »Das Ergebnis zählt, und das Ergebnis ist gut.«

»Ja?«

»Immerhin hat Ihr Gesicht jetzt wieder ein bißchen Farbe.«

»Hatte es die denn verloren?«

»Sie hatten sehr viel Ähnlichkeit mit einem toten Fisch. Nur die Schuppen fehlten, die trüben Augen waren schon da.«

Michael fand die Formulierung köstlich, war aber nicht in der Lage, irgend etwas darauf zu erwidern. Sein Kopf glitt tiefer und tiefer ins Wasser, und er konnte die Augen kaum noch offenhalten . . .

Lara erschrak. Da hatte sie diesen fremden Mann nun vom Tod zurück ins Leben befördert, und nun drohte er, in ihrer Badewanne zu ertrinken. Bisher hatte sie seinen Körper noch so einigermaßen dirigieren können, aber jetzt, da er naß war, klappte das nicht mehr. Hastig zog sie ihre dicken Turnschuhe aus, stieg mit den Beinen ins Wasser und setzte sich auf den Wannenvorsprung, auf dem sonst immer ihre Handtücher lagen.

». . . Was ist? . . .«

»Helden ertrinken im Meer, mein Lieber. Ich versuche, Ihnen einen peinlichen Nachruf zu ersparen.«

Michael spürte, wie er lächelte. Seit seiner Kindheit hatte er sich nicht mehr so sicher und so geborgen gefühlt wie jetzt. Sein Kopf lag auf Laras Busen, und sein Körper lag zwischen ihren Schenkeln, und mit der einen Hand strich sie ihm immer wieder über das Gesicht und über die Haare. Die andere lag auf seiner Brust. Es war eine schmutzige Hand. Unter den Fingernägeln war grüne, blaue und gelbe Farbe. Er schloß die Augen. Und dabei wünschte er sich, für immer hierbleiben zu können, in dieser Badewanne, mit dieser fremden Frau, die großes Glück gehabt hatte, nicht Rin-Tin-Tin zu heißen . . .

Laras Gefühle waren ganz andere. Sie kam zum erstenmal nach mehr als zwei Stunden ein wenig zur Ruhe, und das gereichte ihrem Innenleben nicht unbedingt zum Segen. Sie bekam Angst.

Sie erinnerte sich auf einmal an jene Nacht, in der Miriam starb. Es war ihr Wunsch gewesen, ihr Leben zu beenden, und Lara hatte dies akzeptiert und tatenlos dabei zugesehen, wie ihre liebste Freundin diese Welt verließ. Damit hatte sie sich schuldig gemacht, wie sie sich Jahre später noch einmal schuldig machte, als sie vor ihrem todkranken Vater stand und den behandelnden Arzt bat, alle lebenserhaltenden Maßnahmen sofort abzubrechen.

Ein drittes Menschenleben durfte sie sich nicht auf das Gewissen laden. Es durfte nicht noch einmal passieren – aber wenn sie nicht achtgab, starb ihr dieser fremde Mann unter den Händen . . .

Michael fiel von einem Traum in den anderen. Er war in Castellar. Es war ein glühend heißer Sommertag, und er lag in seinem Swimming-pool, und das Wasser wiegte seinen Körper, die Sonne streichelte seine Haut . . .

»Mickey?«

Seine Mutter stand am Beckenrand, und ihr Bauch war so dick, daß der Bademantel vorn sehr viel kürzer war als hinten.

»Was würdest du davon halten, Mickey, ein Brüderchen oder ein Schwesterchen zu haben?«

»Ich weiß nicht . . .«

»Möchtest du denn lieber ein Geschwisterchen oder einen Hund?«

»Einen Hund!«

Die alte Frau lachte, und er wandte den Kopf und sah seinen Vater, der ein Baby in den Armen hielt.

»Er ist ein brillanter Anwalt! Der beste, den es jemals gab!«

»Wo ist mein Hund?« schrie Michael.

Die Eltern kicherten.

»So klein, wie du bist, Mickey, wirst du niemals Basketball-Spieler werden.«

»Ich wollte einen Hund . . .«

»Hör auf zu heulen!« Das Gesicht des alten Mannes, der sein Vater war, verzerrte sich zu einer Grimasse. »Natürlich studierst du Betriebswirtschaft. Das tun ja alle, die zu sonst nichts taugen.«

Michael wollte schreien, aber er brachte keinen Ton heraus. Diana war auf einmal da. Sie hatte einen Walkman auf den Ohren und einen Gameboy in der Hand, und sie schwebte gut zwei Meter über der Erde, wie ein Engel.

»Diana?«

Sie hörte ihn nicht, und auch Andrew nahm ihn nicht wahr. Er stand auf einer Marmorsäule und stopfte Kartoffelchips in sich hinein, Kekse und Schokolade, von Fett triefende Hamburger und himmelblaue Schaumkugeln . . .

»Nein, Andrew!«

Der Junge zerplatzte wie ein mit Wasser gefüllter Ballon, und eine rote Brühe ergoß sich über strahlend weiße Fliesen. Aileen eilte herbei und fing an zu wischen.

»Du könntest ruhig mal ein wenig achtsamer sein, Mike. Glaubst du, es macht mir Spaß, ständig hinter dir herzuputzen?«

Sie trug Cissys Kleid, das Kleid, das Cissy auf der Party getragen hatte . . .

Die Party . . . die vielen Menschen . . . und diese Musik . . . sie wurde immer lauter . . .

Cissy Andrews trug ein hautenges, schwarzes Abendkleid, das vorn wie hinten extrem tief ausgeschnitten war. Professor Rosensteins Gelehrten-Blick klebte auf dem Rest, auf den hochhackigen Schuhen und den glänzenden schwarzen Nahtstrümpfen, auf dem kunstvoll aufgesteckten, blonden Haar, dem großen, tiefrot geschminkten Mund . . .

Aileen umarmte Cissy so herzlich, daß es fast schon peinlich war. Und wie sie sich freute, den Schönling an ihrer Seite kennenzulernen!

Michael spürte, daß ihn schon wieder der Hafer stach, und er strömte auf das Grüppchen zu.

»Hallo, mein Engel!« begrüßte er Cissy. »Für das Kleid da brauchst du ja einen Waffenschein!«

Sie lächelte. »Ich weiß schließlich, was ich dir schuldig bin, großer Boß!«

»Braves Mädchen! Trügest du in meiner Gegenwart jemals einen hochgeschlossenen Pulli, würdest du auch eine ganz üble Überraschung erleben.« Ohne Vorwarnung wandte er sich dem Typ zu, der mit Cissy gekommen war. »Ich habe ihr nämlich noch nie ins Gesicht geschaut«, klärte er ihn auf, »ich gucke immer ein Stück tiefer. Sind Sie Skilehrer?«

Der junge Mann war sichtlich verwirrt. »Woher wissen Sie das?«

Michael grinste böse. »Na, unsere Cissy bringt sich doch aus jedem Skiurlaub einen Yeti mit. Andere sammeln Pokale.«

»Aber Michael . . .«

»Was denn, Aileen? Wir haben doch alle unseren Spleen. Und wie heißt es so schön: Wer keine Neurosen hat, der hat nicht gelebt!«

Jeff, der inzwischen dazugekommen war, fand Michaels Bemerkungen ungeheuerlich.

»Wie kannst du Cissy nur in eine solche Situation bringen?« ereiferte er sich. »Und was redest du da überhaupt? Der Skilehrer, den sie vor drei Jahren in den Ferien kennengelernt hat, der –«

»Das war ich!« fiel der Schönling ihm ins Wort.

Michael tat ehrlich überrascht. »Oh«, rief er aus, »soviel Treue hätte ich Cissy gar nicht zugetraut. Aber vielleicht ist ihr Spitzname ja auch nichts als üble Nachrede. Man nennt sie das einundzwanzigste Loch vom Golfplatz in St. Tropez. Sagen Sie bloß, das haben Sie nicht gewußt?«

»Michael!!!«

»Ja, Aileen?«

»Ich bitte dich . . .«

»Nun sei doch nicht gleich beleidigt!« lachte er ihr ins Gesicht. »Nur weil ich ausnahmsweise mal auf jemand anderem herumhacke als auf Dir! Du bekommst deinen Teil schon noch, keine Sorge!«

Davon schien Aileen zwar auch überzeugt zu sein, doch hatte ihres Erachtens das eine mit dem anderen wohl nichts zu tun. Mit einem unverbindlichen Lächeln auf den Lippen wandte sie sich an Cissy und ihren Begleiter.

»Kommt erst mal richtig herein!« forderte sie die beiden auf. »Ich gebe euch was zu trinken, zeige euch, wo das Buffet ist und was es so alles gibt –«

»Aileen war im letzten Leben Neger«, fiel Michael ihr da auch schon wieder ins Wort, »deshalb dient sie so gern.« Er grabschte nach Cissys Brüsten. »Prächtig sind die, einfach prächtig!«

»Michael!«

»Möchtest du auch mal, Jeffy?«

»Michael . . .« Cissy schielte zu ihrem Schönling hinüber. Sie hatte niemals einen Hehl daraus gemacht, daß die Anzahl von Liebhabern, die ihren Lebensweg pflasterten, schon lange nicht mehr überschaubar war, aber gewisse Grenzen gab es ihres Erachtens nun doch.

Michael hob die Hände, ganz die reine Unschuld. »Hat Yeti auch einen Vornamen?« brach er seine plumpen Vertraulichkeiten ab.

»Yeti ist nur mein Künstlername«, entgegnete der sofort, »im wirklichen Leben heiße ich Edy.«

Michael gab sich beeindruckt. »Schlagfertig, der Junge!«

»Er ist ja auch nur nebenher Skilehrer«, erklärte Cissy, »eigentlich studiert er Sportmedizin.«

»Wie weitsichtig gedacht!« tönte Michael sogleich. »Zuerst die alten Weiber die Piste hinunterschubsen, und dann für teures Geld ihre gebrochenen Knochen gipsen. Tüchtig, tüchtig! Ist Eddie auf allen Gebieten so tüchtig?«

Er klopfte auf Cissys Hinterteil, während er das fragte, und Edy sah es voller Groll.

»Ich heiße Edy«, erklärte er dementsprechend gereizt.

»Sag' ich doch!«

»Nein, Sie haben mich Eddie genannt.«

»Und wo ist da der Unterschied?«

»Eddie ist eine Abkürzung für Edwin oder für Eduard. Edy indes ist ein vollständiger Name.«

Michael schaute dem jungen Mann fest in die Augen. Er sah ausgesprochen gut aus, und er schien auch nicht dumm zu sein. Um so unbegreiflicher war, daß er sich an einem Mädchen wie Cissy vergriff.

»Sind Sie Schweizer?«

»So ist es!« erwiderte Edy.

»Oh, das erklärt vieles. Es gibt Ihnen sozusagen mildernde Umstände. Die Schweizer sind ja alle ein bißchen beschränkt. Liegt wohl an den vielen Bergen, die nehmen die Sicht. Sie heißen nicht zufällig Mattli mit Nachnamen?«

Edy war sprachlos, was Michael natürlich nur noch mehr inspirierte.

»Ich war da nämlich mal in so einem Kuhkaff im Gebirge«, fuhr er fort, »und da bin ich abends noch mal eben kurz über den Friedhof gegangen, um ein bißchen frische Luft zu schnappen, und da steht da doch auf jedem zweiten Grabstein der Name Mattli! Das Zimmermädchen im Hotel hatte an jeder Hand sechs Finger, und der Sohn des Hauses hatte gleich zwei Klumpfüße, aber das hat mich dann natürlich nicht weiter verwundert. Aus welchem Dörfli kommen Sie denn?«

Edy mußte an sich halten. Er stammte aus Zürich, aber er wollte Michael den Spaß nicht verderben, und überdies konnte er ihm wohl nur auf diesem Weg beweisen, daß es auch noch andere Menschen mit Hirn gab.

»Aus Oberälpli!« antwortete er deshalb wie aus der Pistole geschossen.

Michael zuckte nicht mit der Wimper. Es kam selten vor, daß er auf ein ebenbürtiges Gegenüber traf, und in diesem Fall hier erstaunte es ihn besonders. Aber das wollte er sich nicht anmerken lassen.

»Ah, das hätte ich wissen müssen!« fuhr er deshalb einfach fort. »Man merkt Ihnen das Weltstädtische schließlich deutlich an! Immerhin können Sie zusammenhängende Sätze bilden!«

Er packte Cissy beim Kinn und sah ihr tief in die Augen. »Ziehst du ernsthaft in Erwägung, den da zu heiraten?«

Sie hüllte sich in sibyllinisches Schweigen. Das tat sie meist in solchen Fällen. Es schien ihr das Vernünftigste zu sein, denn sie wollte es sich mit Michael nicht verscherzen. Immerhin zahlte er ihr ein Jahresgehalt von achtzigtausend Mark, und es gab nur herzlich wenige Sekretärinnen, die so großzügig entlohnt wurden.

Edy behagte es ganz und gar nicht, wie Michael und Cissy einander ansahen, und er ballte die Hände zu Fäusten. Aileen bemerkte das und griff ein, bevor die Angelegenheit noch peinlicher werden konnte, als sie es ohnehin schon war. Sie reichte Cissy und Edy ein Glas Champagner.

»Laßt uns erst mal anstoßen!« rief sie dann betont fröhlich. »Trinken wir auf euch beide! Auf daß es eine Liebe ohne Ende gibt!«

»So einen Mist kannst auch nur du von dir geben!« knurrte Michael.

Cissy schmunzelte.

»Heirate nie einen Fisch!« riet Michael ihr daraufhin. »Wenn ein Fisch das Maul aufmacht, kommt nur eines raus: Blubb!«

Er nahm Aileen das Champagnerglas aus der Hand.

»Prost, Yeti!«

Aus dem Hintergrund drangen Vivaldis *Vier Jahreszeiten*, das war Jeffs Lieblingsmusik. Bisher hatte Michael das noch gar nicht so recht wahrgenommen. Das tat er erst jetzt, und es erklärte ihm seine Angriffslust. Er haßte dieses Gedudel, und er haßte Hühnerbein im

Mandelteig, ihm wurde fast schlecht bei soviel Ambiente. Zielstrebig ging er zum Buffet und studierte die zahlreichen Platten und Schüsseln, die Aileen im Laufe des Tages angerichtet und wie immer großartig garniert hatte. Es war nicht einfach, aus hundert Canapés das herauszufischen, das die restlichen neunundneunzig unweigerlich zum Einsturz brachte. Aber was das anging, hatte Michael ein unfehlbares Augenmaß. Es dauerte nur fünf Minuten. Danach sah das Buffet aus, als wäre ein Orkan darüber hinweggegangen, und Michael war mächtig stolz auf sich.

Er genehmigte sich einen weiteren Whiskey. Der wievielte es war an diesem Abend, hätte er nicht sagen können. Es war ihm aber auch gleichgültig. Er hatte oft das Bedürfnis, sich zu betrinken, und heute war mal wieder so ein Tag.

Die verrückte Madame Tourreau unterhielt sich angeregt mit dem ehrwürdigen Professor Rosenstein. Das hieß, daß er schwieg und sie redete, denn das war die einzige Möglichkeit, mit diesem Mann zu kommunizieren. Die Alte machte das großartig, Michael hatte seine helle Freude.

»Ich habe eine ganze Horde Kinder aufgezogen, Herr Professor. Sieht man mir gar nicht an, nicht wahr? Sieben Kinder hab' ich. Sie können sich gar nicht vorstellen, was für ein Theater das immer war ...«

Der Professor lächelte, ein bißchen verkrampft zwar, aber immerhin.

»So eine große Familie ist ein echtes Schicksal«, meinte sie. »Da geht's immer rund. Der eine macht sich in die Hose, der andere fällt aufs Maul und haut sich die Schneidezähne raus ... Ich hatte einen Vierundzwanzig-Stunden-Tag, wenn Sie verstehen, was ich meine. Und nebenher hab' ich ja auch noch gearbeitet, als Bedienung ...« Sie trank ihren Grappa wie Wasser. »... Da waren die Kinder aber schon aus dem Gröbsten raus, als ich damit angefangen habe. Da kamen schon die anderen Sorgen, die Schuhe wurden halt immer größer.« Sie lachte. »Wissen Sie, Herr Professor, da saß ich einen Sonntagnachmittag ausnahmsweise mal so ganz allein im Wohnzimmer und hab' mal wieder alles so durchgerechnet. Und da stell' ich auf einmal fest, daß wir im Monat fast 10 000 Francs feste Ausgaben haben und nur 8000 Francs feste Einnahmen. Tja, . . . und da hab' ich mir gedacht: Frau, nun ist die Zeit gekommen, jetzt mußt du dich selbst verwirklichen.«

Rosenstein fing an zu lachen. Es war das erste Mal, daß Michael diesen Mann lachen sah, aber er konnte es gut verstehen. Die alte Tourreau mußte man einfach gern haben, sie war das pure Leben.

Sie war schon achtundsiebzig Jahre alt, sehr klein und so korpulent, daß man es getrost fett nennen konnte. Trotzdem ließ sie es sich nicht nehmen, stets nach dem neuesten Schrei der Mode gekleidet zu sein. In jüngster Zeit trug sie vorwiegend bunt bedruckte Leggings und sogenannte Ballerinas aus Lackleder. Das Haar war momentan zartlila gefärbt. In der Weihnachtszeit war es noch karottenrot gewesen, angereichert mit ein paar apfelgrünen Strähnen.

Allein schon wegen ihres Äußeren empfand Aileen die verrückte Madame Tourreau als eine Zumutung. Als sie am Abend des 10. April feststellte, daß sich dieses Fischweib auch noch ausgerechnet an Herrn Professor Rosenstein herangemacht hatte, trieb sie die beiden erbarmungslos auseinander. Dann versuchte sie, den Professor dazu zu bringen, doch mal von ihrer köstlichen Mousse-au-chocolat-Torte zu probieren. Er lehnte dankend ab.

»Ich hoffe, die Dame hat Sie nicht allzusehr belästigt«, sagte Aileen und wirkte sehr verlegen dabei.

Der Professor schüttelte den Kopf.

»Sie ist eine ziemlich penetrante Person, aber mein Mann hat ein Herz für sie, und deshalb –«

Sie sprach nicht weiter. Michael stand nur einen knappen Meter von ihr entfernt und hörte jedes Wort mit. Aileen schluckte und wandte sich noch intensiver als bisher dem Professor zu.

»Leben Sie eigentlich das ganze Jahr hier in Menton?«

»Nein, Mrs. Landers.«

»Wo dann?«

»Außerhalb.«

»Und wo genau?«

Rosenstein legte den Kopf weit in den Nacken und sinnierte eine ganze Weile. Dann lächelte er auf einmal und meinte: »Ich glaube, es wäre *zu* kompliziert zu erklären . . .«

Aileen versuchte, tief durchzuatmen. Sie hatte auf dem Gebiet des Smalltalk eine Menge Erfahrung, aber mit einem derart zähen Gesprächspartner wie diesem Mehrfach-Doktor hatte sie es bisher noch nie zu tun gehabt. Trotzdem quälte sie sich weiter.

»Es soll ja sehr schön da draußen sein ...«

»Ja«, bestätigte der Professor.

»Haben Sie dort ein Haus?«

»Ja.«

Aileen umklammerte ihr Champagnerglas, daß nicht mehr viel gefehlt hätte, und es wäre ihr zwischen den Händen zerbrochen. Rosenstein sah das und empfand aufrichtiges Mitgefühl. Er wußte, wie »spritzig« er war, nicht umsonst nannte man ihn hinter vorgehaltener Hand die »Charme-Kanone«. Doch niemand konnte aus seiner Haut.

»Wir haben dort gebaut«, hörte er sich da auf einmal sagen, und niemand war in diesem Moment erstaunter darüber als er selbst. Nur selten sprudelten so viele Worte hintereinander aus ihm heraus.

Aileen nahm das Geschenk dankbar an. »Wir?« erkundigte sie sich. »Sind Sie verheiratet?« Das konnte sie sich offenbar gar nicht vorstellen.

»Ja«, antwortete Rosenstein.

»Haben Sie auch Kinder?«

»Ja.«

»Und wie viele?«

»Eines.«

»Junge oder Mädchen?«

»Ein Mädchen.«

Jeder andere wäre in einer solchen Situation bewußtlos zu Boden gesunken oder hätte zumindest einen doppelten Cognac gebraucht – nicht so Aileen! Michael, der die ganze Konversation verfolgt hatte, schloß die Augen. Sein Herz raste, und er bekam auf einmal kaum noch Luft, und am liebsten hätte er sich hingestellt und laut geschrien.

Auf weichen Knien schlich er zur Treppe und ging langsam nach oben. Er brauchte dringend ein paar Minuten Ruhe.

Erschöpft setzte er sich auf sein Bett, stützte die Ellenbogen auf die Oberschenkel, vergrub sein Gesicht in den Händen. Irgend etwas stimmte nicht mit ihm. Sein Leben war zwar schon seit Jahren ein

Teufelskreis, doch hatte er trotzdem bis vor kurzem immer noch über eine gewisse Bewegungsfreiheit verfügt. Jetzt war der Kreis jedoch plötzlich so eng geworden, daß er sich wie ein bleischwerer Ring um ihn schlang, fester und fester; nicht mehr lange, und er würde ihn zerquetschen ...

Da kam sie wieder, diese Angst, dieses grauenhafte Gefühl, es käme irgend etwas Schreckliches auf ihn zu. In letzter Zeit kamen diese Anfälle immer häufiger.

Er stand auf und ging ins Bad, um sich die Hände zu waschen. Das tat er oft, ohne daß ein triftiger Grund vorlag. Es war einfach angenehm, die Hände unter das warme Wasser zu halten. Aus dem Kinderzimmer drang ein leider nur zu vertrautes Geräusch. Andrew weinte im Schlaf. Das tat er fast jede Nacht. Er lag auf dem Bauch, Arme und Beine weggestreckt, und schluchzte in die Kissen. Michael drehte den Wasserhahn immer weiter auf. Es dampfte schon, es tat fast schon weh ...

Zwei Stunden hatte Michael tief und fest geschlafen. Nur wenn Lara zwischendurch heißes Wasser nachlaufen ließ, öffnete er schon mal kurz die Augen.

Den Fremden wieder aus der Badewanne herauszubekommen war ein Kunststück für sich, und sie dankte einmal mehr an diesem Tag ihrem Schicksal, den großen Krüppelpaß seinerzeit »summa cum laude« abgeschlossen zu haben. Sie ließ das Wasser ablaufen und begann den Mann abzutrocknen, worüber dieser aufwachte und die allgemeine Lage ziemlich fassungslos zur Kenntnis nahm.

»Könnten Sie sich auf den Bauch drehen?« fragte sie ihn.

Er versuchte es und war regelrecht stolz auf sich, als es beim dritten Anlauf endlich klappte.

»Und jetzt knien Sie sich bitte hin!«

Auch das schaffte er.

»Legen Sie Ihre Arme um meinen Hals ... langsam aufstehen ... den Fuß über den Badewannenrand ... gut machen Sie das ... und schön fest auftreten ... jetzt das andere Bein ... jawohl, ganz prima ... und hinsetzen!«

Michaels Gleichmut wandte sich so langsam aber sicher seinem

Ende zu. Der Zustand völliger Hilflosigkeit, den er am Strand noch einfach hingenommen hatte, beschämte ihn jetzt so sehr, daß er am liebsten in Tränen ausgebrochen wäre. Doch wollte er das Bild vom Jammerlappen nicht gänzlich perfekt machen. Es reichte auch so schon. Zittrig wie ein Tattergreis hockte er auf dem Badewannenrand und mußte zulassen, daß die junge Lady Eisenarm ihn abfrottierte wie ein Kleinkind.

»Ich komme mir so furchtbar blöd vor . . .«

»Ihr Männer solltet mal ein Kind kriegen!« lachte sie. »Wenn Sie je ein Kind gekriegt hätten, wüßten Sie, was es heißt, sich blöd vorzukommen. Wenn Sie pressen sollen und sich statt dessen bescheißen . . .«

Sie zog ihm ihren Bademantel über, und er sah an ihrem Gesicht, daß er darin wohl ähnlich erschreckend aussah wie in den Strickjacken.

»Stellen Sie mich doch als Vogelscheuche hin!« schlug er in einem verzweifelten Anflug von Galgenhumor vor. »Für Hunderttausend im Jahr bin ich dabei.«

»Aber höchstens Lire!« meinte Lara. »Dollars sind da nicht drin, mein Lieber!«

Wieder wuchtete sie ihn hoch, als hätte sie zeit ihres Lebens nichts anderes getan. Ihre Augen waren grün wie die einer Katze. Solche Augen hatte Michael noch nie zuvor gesehen. Noch während er das dachte, griff die Katze unter den Bademantel nach seiner Unterhose, dem einzigen Kleidungsstück, das ihm bislang noch geblieben war. Das Entsetzen darüber stand ihm wohl im Gesicht geschrieben, denn Lara grinste auf einmal so boshaft.

»Keine Sorge!« erklärte sie ihm. »Ich vergewaltige nur einmal im Monat einen Mann, und der letzte war vorgestern dran.«

»Das beruhigt mich . . .«

»Dann sind Sie aber leicht zu beruhigen.«

Er sah, wie sie sein letztes ihm noch verbliebenes Eigentum in die Badewanne warf.

»Wir lassen es trocknen, okay?«

Er schluckte. Wenn seine Psyche diesen Tag hier überstand, würde ihm wohl niemals wieder etwas peinlich sein.

Nach dem »Auftauen«, wie Lara es genannt hatte, klappte es mit dem Laufen noch wesentlich schlechter als vorher. Michaels Beine waren weich wie Butter und wollten ihn einfach nicht tragen. Lara schien das nicht anders erwartet zu haben. Sie schleppte ihn ins Schlafzimmer und legte ihn aufs Bett. Tatenlos sah Michael dabei zu, wie sie seine Beine auf die Matratze legte und ihn fest zudeckte. Er konnte sich nicht rühren. Und ihm war immer noch so schwindlig. Und er schwitzte auch plötzlich so sehr.

Lara ging in die Küche, um eine Flasche Mineralwasser zu holen. Der Fremde hätte schon viel eher etwas trinken müssen, warf sie sich vor. Bosco und Antonella hatten ihr damals literweise Flüssigkeit eingeflößt, und das hatte bestimmt einen guten Grund gehabt.

Als Michael die große Flasche sah, stöhnte er herzergreifend.

»Nicht noch mehr Wasser!«

»Es muß sein!«

»Bitte nicht . . .«

Lara hatte Mitleid und setzte sich zu ihm auf die Bettkante. Seine Augen glänzten bedrohlich, und er atmete nur sehr kurz und flach. Sie legte ihre Hand auf seine Stirn. Sie glühte. »Ich frage Sie noch einmal«, sagte sie leise, »wollen Sie nicht lieber ins Krankenhaus?«

Michael hatte das Gefühl, sein Herz würde zerspringen.

»Nein.«

»Darf ich denn einen Arzt holen?«

»Nein.«

»Ich habe Angst, daß wir hier einen großen Fehler machen!«

Mit flehendem Blick sah er sie an. »Ich will keinen Arzt.«

Sie atmete tief durch. »Gut. Kann ich Sie denn kurz alleinlassen?«

Michael spürte, daß ihm die Tränen kamen. Er wollte nicht, daß sie ging. Schon die Vorstellung machte ihm angst.

»Kommen Sie wieder?«

Sie lächelte. »Dachten Sie, ich überlasse Ihnen meine Wohnung?«

In der Altstadt von Pietra hatte der morgendliche Alltag begonnen. Die Frauen hasteten von einem Geschäft ins andere, um ihre Einkäufe zu tätigen; denn eine brave ligurische Hausfrau hatte nur ein Hobby: zweimal täglich aus frischer Ware ein Menü mit mindestens drei Gängen zu kochen! Lara hatte diesem Merkmal der hiesigen Mentalität noch nie etwas abgewinnen können. Am Morgen des 11. April war sie aber regelrecht zornig darüber. Sie hatte es eilig, und sie wollte rennen, aber die vielen Frauen mit ihren vielen Taschen und ihren vielen Kindern zwangen sie, so etwas wie einen Slalom zu vollführen. Aus den Augenwinkeln sah sie Signora Palini. Sie stand vor dem Eingang von Bertinottis Supermarkt und plauderte mit der Besitzerin. Über welches Thema war klar. Als Portinaia saß man schließlich am Nabel der Welt.

Lara machte sich Sorgen. Der fremde Mann in ihrem Bett war wesentlich schlimmer dran, als sie es damals gewesen war. Um eine Katastrophe abzuwenden, mußte sie entweder Bosco fragen oder aber auf alte Hausrezepte vertrauen. Daß Omas Allheilmittel gegen kalte Füße half, wenn man die halbe Nacht im Mittelmeer verbracht hatte, wagte sie jedoch zu bezweifeln.

Der Weg zu Boscos Bar war ihr noch nie so lang erschienen. Die Enge der Gasse tat das ihre dazu, so daß Lara schließlich wutentbrannt ausscherte und durch einen der Tunnel schlüpfte.

Diese Gewölbe verbanden die Via Garibaldi mit der Strandpromenade und sahen nicht gerade heimelig aus. Sie waren dunkel und muffig und schmal und meist nicht höher als einen Meter, aber an diesem Samstagmorgen hatte Lara keine Zeit für irgendwelche Empfindlichkeiten.

»*Ciao, tesoro!*« Hassan, der Neger, stand jenseits des Tunnels und freute sich, sie zu sehen.

Sie freute sich weniger. »*Ciao!*« gab sie deshalb kurz zurück und wollte gleich weiterrennen. Aber Hassan hielt sie fest.

»Hier!« sagte er und reichte ihr ihren Walkman. »Hast du heute morgen am Strand liegenlassen.«

»Oh . . .« Lara spürte, daß sie rot wurde, und konnte sich nicht erklären, warum.

»Waren die tausend Lire von dir?«

»Ja.«

Er bleckte seine strahlend weißen Zähne und erklärte, er hätte sich frische Brötchen davon gekauft, und außerdem wollte er ihr schon lange mal erzählt haben . . .

Lara war nicht in der Lage, seinen Worten zu folgen. Etwas anderem galt ihre Aufmerksamkeit. Vor der Küste kreuzten Boote der Wasserschutzpolizei, und ein Hubschrauber donnerte über sie hinweg . . . Mein Gott! dachte sie. Was, wenn der Mann in ihrem Bett gar kein Selbstmörder war? Er konnte ebensogut ein Schwerverbrecher sein, der landesweit gesucht wurde. Und so einen hatte sie dann in ihre Wohnung gebracht!

Aber das war ja mal wieder typisch! Sie hatte ihre Psychotherapie eben viel zu früh beendet. Sie litt immer noch unter ungesättigten Mutterinstinkten; sie hatte immer noch nicht verkraftet, niemals wieder ein Kind in den Armen zu halten, es zu wiegen und zu lieben und zu streicheln. Also streichelte sie einfach fremde Männer, wenn sie gerade mal welche am Strand fand. Was, wenn er bei ihrer Rückkehr aus dem Bett sprang und sie mit einem Rasiermesser skalpierte?

»Schönen Tag noch!« unterbrach sie Hassans Monolog über seinen kenianischen Freund Sam, der seit kurzem unverschämterweise die gleichen Uhren verkaufte wie er. Dann drehte sie sich um und ging.

Nein! Der Mann in ihrem Bett war kein Verbrecher! Ihr Verstand mochte das vielleicht nicht ausschließen, aber ihr Gefühl fand den Gedanken lächerlich, und Lara Laddock zog es vor, im Zweifelsfall auf ihr Gefühl zu vertrauen. Schließlich hatte sie diesem Menschen das Leben gerettet und damit auch eine gewisse Verantwortung übernommen. Sie mußte den Fremden schützen, bis er wieder für sich selbst sorgen konnte. Das hieß, daß sie mit niemandem reden durfte, nicht einmal mit Bosco.

Antonella war gerade dabei, den Asphalt der Strandpromenade zu fegen. Als eines von vielen ligurischen Grippe-Opfern hustete sie unentwegt, und ihre Nase tropfte, ihre Augen tränten.

»Salve!« rief sie Lara zu und lechzte danach, daß die sich nach ihrem Befinden erkundigte.

Aber Lara grüßte nicht einmal, sondern stürmte gleich ins Innere der Bar.

Bosco deckte die Tische. Er war ein kleiner Mann, der laut Aussage seiner Frau dreiundfünfzig Jahre alt war. Dem Ansehen nach hätte er ebensogut erst fünfundvierzig oder aber auch schon sechzig sein können. Sein Haar war schon seit Jahren grau, sein Schnurrbart immer noch tiefschwarz, er hatte große, braune Augen, extrem kurze Beine und einen ungemein voluminösen Bauch, weil er so leidenschaftlich gern aß und trank. Er war ein herzensguter Mensch, zugleich aber auch ein cleverer Geschäftsmann. Er verstand es glänzend, jeden Gast, der nach Pietra kam, nachhaltig davon zu überzeugen, daß man nur in seiner Bar den Kaffee oder den Apéritif nehmen konnte. Das gelang ihm, weil er mit Abstand die größten Mengen zu den niedrigsten Preisen bot, und das konnte er sich wiederum leisten, weil er von allen die meisten Gäste hatte.

»Bist du schon wieder auf, oder warst du gar nicht im Bett?« rief er fröhlich, als er Lara erblickte. »Du hast was versäumt gestern abend, es war ein irres Fest. Nur am Ende gab es –«

»Ich brauche eine Flasche Cognac!« schnitt Lara ihm das Wort ab.

Er stutzte und sah sie genauer an. Die Spitzen ihrer langen Haare waren naß, der Pulli auch, ihre Hosenbeine ...

»Es ist ganz egal, welchen. Gib mir irgendeinen!«

Langsam ging er hinter den Tresen.

»Willst du dich betrinken, oder willst du jemanden betrunken machen?«

Sie antwortete nicht.

»Ich hab' gehört, du hättest Besuch. Und der Herr sah wohl ganz so aus, als hätte er schon mehr als genug gepichelt.«

Auch dazu sagte Lara nichts. In Augenblicken wie diesem haßte sie es, in einem so winzigen Nest zu leben, in dem jeder jeden kannte und jeder über jeden alles wußte, zumindest aber zu wissen glaubte.

Bosco bückte sich und holte eine Flasche Vecchia Romagna aus dem Vorratsschrank. Es war eine mit schwarzem Etikett, den trank Lara ganz besonders gern. Er griff nach einer Lage Papier, um die Flasche darin einzuwickeln, aber Lara riß sie ihm vorher schon aus der Hand und warf einen 10000-Lire-Schein auf die Theke.

»Den Rest kriegst du morgen!« sagte sie – dann war sie auch schon wieder weg.

Michael lag da und starrte aus dem Fenster. Die Aussicht war nicht gerade berückend. Er sah einen alles überragenden Baukran und die oberste Etage des Nebenhauses, das offenbar noch im Rohbau war. Ein paar Handwerker waren gerade dabei, Fensterscheiben einzusetzen.

Es war eigenartig. Da hatten ihn nun monatelang die verrücktesten Ängste geplagt, und jetzt, da er in einem fremden Land in dem Bett einer völlig fremden Frau lag und jeden Grund gehabt hätte, ängstlich zu sein, jetzt fühlte er sich auf einmal ruhig und ausgeglichen wie seit Jahren nicht mehr. Vielleicht lag es daran, daß plötzlich alles vorbei zu sein schien. Er brauchte sich nicht mehr davor zu fürchten, gegen eine schwarze Wand zu rasen. Es war geschehen. Der Alptraum war Wirklichkeit geworden, und nun begann etwas Neues – was immer das auch sein mochte.

Zum ersten Mal fragte er sich, ob Aileen wohl auch ins Wasser gestürzt war. Bisher hatte er noch keinen einzigen Gedanken daran verschwendet. Aileen war eine schlechte Schwimmerin, und sie hatte Angst vor dem Meer. Wenn es ihr ebenso ergangen war wie ihm, war sie ertrunken. Aber irgendwie berührte ihn das nicht im geringsten. Natürlich war er verantwortlich für das, was geschehen war, und dessen war er sich auch voll bewußt. Aber ein Schuldgefühl deswegen wollte sich bei ihm nicht recht einstellen. Alles war weit weg, weit weg von hier.

Sein Blick glitt durch das fremde Schlafzimmer. Es war nicht sonderlich groß und auch nicht gerade luxuriös ausgestattet. Auf dem Boden lag ein zartgrauer Marmorboden, wie man ihn in dieser Gegend häufig fand. Rechts und links der breiten Ehebetten waren Nachttische aus hellem Holz, und auf dem einen stand ein Foto. Es zeigte einen äußerst attraktiven Mann, der ihm irgendwie bekannt vorkam. Ansonsten gab es nur noch einen riesigen Kleiderschrank, und die Wände waren weiß gekälkt; überall hingen Gemälde.

Im Gegensatz zu Michaels seelischem Zustand war sein körperlicher mehr als schlecht. Sein Kopf glühte, und seine Augen brannten, und er fror erbärmlich. Seine Zähne schlugen so fest aufeinander, daß seine Ohren es fast schon als Geräuschbelästigung empfanden, und sein gesamter Körper zitterte, als läge er in einem jener Massagebetten, die jetzt so sehr in Mode waren. Man warf zwei Markstücke ein und wurde dafür eine halbe Stunde lang durchgerüttelt, weil das angeblich beruhigte . . .

Er hörte, wie ein Schlüssel ins Schloß gesteckt und gedreht wurde. Dann waren da Schritte, die zunächst immer näherkamen, sich dann aber wieder entfernten. Porzellan klapperte, Glas klirrte . . . Wenn Aileen tot war, durfte er jetzt endlich leben. Dann mußte er nicht mehr heimlich in der Nacht zu seinen Kindern schleichen, um sie mal in die Arme zu nehmen. In Aileens Gegenwart war so etwas nie möglich gewesen. Er brauchte Andrew nur mal über das Haar zu streichen, schon schrie ihr Blick *Ich will das auch!*, und da sie es nicht bekam, rächte sie sich auf der Stelle.

»Andrew! Räum das hier weg, sofort!«

In den letzten Jahren hatte er äußerste Härte anwenden müssen, um schon mal mit den Kindern allein zu sein.

»Ich fahre mit den beiden in die ›Taunus-Therme‹ und will nicht, daß du mitkommst!«

Mit von Tränen verschleiertem Blick nahm Aileen solche Sätze hin. Kamen sie dann von ihrem Ausflug zurück, lag die Mutter mit schwerer Migräne auf dem Sofa, sprach drei Tage kein Wort und nahm Andrew und Diana damit auf Dauer jede Lust auf Alleingänge mit dem Vater.

So hatte sie ihm die beiden systematisch entfremdet.

»Er liebt euch, Kinder, glaubt mir das!«

Sie sagte es ihnen so lange, bis sie es nicht mehr glauben konnten. Aber das würde sich nun ja ändern. Wenn sie tot war, wurde alles gut . . .

»Das sieht ja nicht gerade schön aus!«

Lara hatte sich auf die Bettkante gesetzt, ohne daß es Michael aufgefallen war. Jetzt drehte er sich zu ihr und schaute sie an, aber er konnte ihr Gesicht kaum erkennen, alles war so verschwommen . . . Er spürte, wie sie ihm über die Stirn strich, und ihre Hand war wunderbar kalt. Seine Haut war naß, und er sah, wie sie seinen Schweiß an ihrem Arm abwischte. Aileen hätte so eine Sauerei nie gemacht. Die wäre aufgestanden und hätte ein frisches Handtuch geholt. Niemals hätte sie seine Absonderungen an ihren keimfreien Körper gelassen . . .

»Hier!« sagte Lara und hielt ihm gleich zwei Gefäße auf einmal unter die Nase. Das eine war eine Tasse mit dampfendem, offenbar so dickem Kaffee, daß ein Löffel darin stehen konnte, das andere war ein Wasserglas voller Cognac.

»Meine Oma hat immer gesagt, wenn einem davon nicht warm wird, ist man schon tot und weiß es nur noch nicht.« Sie lächelte ihn an. »Sie müssen es wechselweise trinken: einen Schluck Kaffee, einen Schluck Cognac, einen Schluck Kaffee . . .«

Michael spürte, wie sie ihre Hand unter seinen Kopf schob und ihn zu sich drehte. Die Getränke-Kombination war eine reine Qual. Seine Kehle brannte, als hätte man ein loderndes Feuer darin entzündet.

»Das ist immer so«, meinte Lara. »Sie müssen es trotzdem ganz austrinken! Und ein bißchen schneller, bitte, sonst wirkt es nicht.«

Ihre Stimme klang hart, aber ihr Blick war ganz weich. Sie machte sich Sorgen, und sie hatte wohl auch Angst, das war ihr anzusehen. Schluck für Schluck flößte sie ihm die gesamte Ration ein, stellte das Cognacglas schließlich weg und schenkte noch mal Kaffee nach.

»Können Sie die Tasse allein halten?«

». . . Ja . . .«

»Ich muß irgendwo ein Fieberthermometer haben, ich weiß auf Anhieb nur nicht, wo. Ich geh' mal suchen, ja?«

». . . Ja . . .« Es fiel ihm schwer, dieses eine Wort herauszubringen.

»Trinken Sie den Kaffee schön aus!«

». . . Ja . . .« Nach dem dritten Mal war er völlig erschöpft.

Sie ging wieder aus dem Zimmer, und Michael starrte auf die vielen Gemälde an der Wand. Er konnte sie nur schemenhaft erkennen, aber das reichte auch, denn die Motive waren erschreckend. Auf einem der Bilder waren ein Mann und eine Frau zu sehen. Er lachte aus vollem Halse, dabei hielt sie mit verzweifelter und zugleich zorniger Miene ein Messer in ihrer Hand und stach es gerade zum soundsovielten Mal in seine Brust.

Auf einem anderen Bild war eine Frau zu sehen, in deren Herz ein Pfeil steckte. Die Wunde selbst blutete nicht, aber dafür schoß ein Blutschwall zwischen ihren Schenkeln heraus.

Das grausigste Gemälde war das mit der Puppe. Man hatte ihr die Arme und Beine abgeschlagen, die Gliedmaßen lagen noch neben ihr, und diese Puppe hatte Laras Gesicht, den gleichen Mund, die gleichen Augen ...

Lara war überzeugt, ein Fieberthermometer zu besitzen, und sie vermutete, daß sie es im Badezimmer aufbewahrte. Doch in ihrem Spiegelschrank fand sich lediglich das seit langem vermißte Nähzeug, und in ihrem Kosmetikkoffer lag der eine weiße Sommerschuh, von dem sie den anderen letzte Woche erst weggeworfen hatte, weil man mit nur einem Schuh ja so schlecht laufen kann.

Also mußte das Thermometer im Wohnzimmer sein. Dort hatte sie seit Tagen aufräumen wollen, aber niemals Zeit dazu gehabt. Auf dem Boden lagen stapelweise Zeitungen und Magazine. Überall waren Musikkassetten und Videofilme; die Hälfte ihres Geschirrs stand gebraucht herum. Doch vom Fieberthermometer fehlte jede Spur.

Da es unmöglich im Atelier sein konnte, weil sie da nur ihre Mal- und Zeichengeräte aufbewahrte, blieb nur noch die Küche. Und tatsächlich: der kleine Racker lag friedlich im Besteckkasten, direkt neben dem Tortenheber.

»Ich wußte doch, daß ich eines besitze, ich –«

Ziemlich erschüttert blieb sie im Rahmen der Schlafzimmertür stehen.

Der fremde Mann in ihrem Bett hatte sich auf den Bauch gedreht und weinte bitterlich. Die Kaffeetasse war ihm aus der Hand geglitten – vermutlich vor lauter Zittern – und ihr Inhalt hatte sich über das Bettzeug ergossen. Das war offenbar zuviel für ihn gewesen.

Lara stellte die Tasse auf den Nachttisch und holte ein Handtuch. Der Fremde schluchzte wie ein Kind, und das war einzig und allein ihre Schuld, das wußte sie genau. Jeder Mensch hätte an seiner Stelle geweint, nur sie nicht. Sie war es gewöhnt, völlig hilflos zu sein, in einem Bett zu liegen und ins Kissen zu sabbern, festzustellen, daß das rechte Bein von der Matratze gerutscht war, festzustellen, daß sie nicht in der Lage war, es aus eigener Kraft wieder zurückzulegen, zu beschließen, nach der Schwester zu klingeln ... Wie oft hatte sie auf die Schelle geschaut, die man in ihrer Handfläche angebunden hatte. Sie brauchte nur die Finger zu krümmen, um sie zu betätigen, aber das konnte sie nicht. Sie schaffte es einfach nicht ... Sie erinnerte sich auch noch gut an den sogenannten »Galgen«, der über fast jedem Krankenhausbett hing. Frisch Operierte zogen sich daran hoch. Krebskranken Mädchen gelang es nicht einmal, ihn zu berühren. Stundenlang hatte sie dagelegen und versucht, mit den Fingerspitzen an die schmale Stange zu reichen. Aber sie hatte sie immer wieder verfehlt.

Ja, Lara Laddock war daran gewöhnt, hilflos und damit für andere eine Last zu sein. Der fremde Mann in ihrem Bett hatte so etwas offenbar aber noch nie erlebt. Folglich demütigte es ihn, auf jemand anderen angewiesen zu sein. Er schämte sich seiner Menschlichkeit, die zur Zeit alles andere als würdevoll war.

Lara setzte sich zu ihm und strich ihm über das Haar. Er wimmerte nur noch mehr. Er ahnte ja nicht, wie es war, wenn man nicht nur zitterte und schwitzte, sondern zudem auch noch alles unter sich ließ und stank wie ein Schwein.

Ihr Haar und ihr Pulli waren in der Zwischenzeit wieder trocken, nur ihre Hosenbeine waren immer noch naß. Also zog sie die Hose aus und kletterte zu dem Fremden ins Bett.

Michael spürte, wie sie ihn in die Arme nahm. Ihr Körper war wunderbar kalt, und er hätte gern etwas gesagt, wußte aber nicht, was. Ein paar Gläser Whiskey zuviel hatten sein Leben zerstört. Wenn Aileen nicht ertrunken war, hatte sie sich sicher schon längst bei Jeff ausgeweint, und der hatte daraufhin sicher schon längst Anzeige erstattet, und damit war Michael am Ende. Aus. Vorbei. Und alles wegen Aileen! Sie war an allem schuld, an seinem ganzen Unglück . . .

Sein Körper glühte, und Lara preßte ihn ganz fest an sich. Wenn sie manchmal nicht mehr aus noch ein wußte, war sie meist allein. Beim letzten Anfall hatte es draußen auch noch geregnet. Prompt war sie spazierengegangen, um sich und der Welt zu beweisen, daß sie nicht einmal einen Schirm besaß.

Im Rückblick waren diese Begebenheiten heiter, doch wenn man drinsteckte, sah das anders aus. Dann sehnte man sich nach jemandem, der einen festhielt, der einfach nur da war und keine lästigen Fragen stellte.

Es dauerte eine ganze Weile, bis Michael den Mut fand, sich

umzudrehen und Lara sein Gesicht zu zeigen. Sie lächelte, und er sah sie aufmerksam an. Sie war von eigenartiger Schönheit und wesentlich älter, als er auf Anhieb gedacht hatte. Nur ihr Körper sah aus wie der eines jungen Mädchens. In ihrem Gesicht war eine Menge Leben zu erkennen. Diese Augen hatten viel geweint, dafür sprachen die vielen zarten Falten, und ihr Mund hatte viel gelacht. Auf der Nase waren ein paar Sommersprossen . . .

Lara wischte ihm die Tränen vom Gesicht. Er hatte wunderschöne Augen. Sie waren von ungewöhnlich tiefem Blau, so eine Farbe hatte sie bisher nur einmal gesehen. Im Herbst, wenn die Ausläufer des Mistral bei strahlender Sonne über Ligurien hinwegfegten, dann hatte das Meer die Farbe dieser Augen.

»Wollen Sie gar nichts über mich wissen?« hörte sie ihn fragen.

Sie schaute ihn nachdenklich an. »Sie würden mir ja doch nicht die Wahrheit sagen. – Und außerdem reicht mir für den Moment das, was ich bereits über Sie weiß. Es reicht schon für ein ganzes Melodram . . .«

Die junge Ärztin im Krankenhaus von Savona war ratlos. Sie hatte zwar Medizin studiert, doch hatte niemand ihr beigebracht, wie man sich verhielt, wenn der Patient eine ganz offensichtlich mißhandelte Frau war, deren Ehemann keinen Zentimeter von ihrer Seite wich. Sie versorgte Aileens Wunden und kam dabei zu dem Schluß, daß es sicher das Vernünftigste wäre, gar nichts zu tun.

»Es ist nur eine leichte Prellung, Signora.«

»Muß sie hierbleiben?«

»Nein, Signor. Sie können sie mit nach Hause nehmen.«

Jeff konnte sich den feindseligen Blick der Dame nicht erklären und zweifelte überdies an ihrer Kompetenz. Sie war noch so jung und außerdem zwei Köpfe kleiner als er.

»Komm, Aileen, stütz dich auf mich! Wenn's nicht besser wird, gehen wir in Menton noch mal zu einem Fachmann.«

Cissy wartete vor dem Hauptportal. Im Gegensatz zum Vortag trug sie jetzt verwaschene Jeans und einen hochgeschlossenen Wollpullover. Etwas anderes hatte sie in der Eile nicht finden können.

Um kurz nach sechs Uhr morgens hatte Jeff im Hotel angerufen und sie gebeten, ihn nach Savona zu fahren.

»Du kennst dich da doch aus.«

Edy lag dicht neben ihr, und es war kaum eine Stunde vergangen, seit sie es zum letztenmal miteinander getrieben hatten. All das war vergessen, als sie Savona hörte. Das war ein magisches Wort, das bedeutete Mauro. Und Mauro war Liebe.

Als sie in die Stadt hineinfuhren, war es Cissy, als würden alle Bilder der Vergangenheit wieder lebendig. Sie fürchtete sich auf einmal davor, jenen Mann wiederzusehen, den sie so sehr geliebt und der sie so sehr enttäuscht hatte. Vor dem Büro der Küstenwache ließ sie Jeff aussteigen und blieb selbst im Wagen sitzen. Sie wollte kein Risiko eingehen.

Mit den Stunden änderte sie ihre Meinung dann, und als Jeff sie bat, zum nächsten Krankenhaus zu fahren, kam es ihr vor wie ein Wink des Schicksals. Sie fuhr zum ersten, das ausgeschildert war. Bestimmt war es das, in dem Mauro arbeitete. Bestimmt stand er gleich vor ihr und nahm sie reumütig in die Arme.

Sie wartete zwei Stunden. Dann sah sie Aileen und Jeff kommen, und sie lief los, um das Auto vom Parkplatz zu holen. Es hatte also doch nicht sein sollen. Aber vielleicht, dachte sie, war es auch besser so. Immerhin hatte sie ja Edy.

Auf der Rückfahrt wurde kein einziges Wort gesprochen. Cissy starrte mit leerem Blick auf die Fahrbahn. Jeff hielt unentwegt Aileens Hand, und Aileen selbst war nur körperlich anwesend. Ihre Gedanken waren ganz woanders. Sie versuchte verzweifelt zu verstehen, warum alles so gekommen war, ob sie einen Fehler gemacht hatte und wenn ja, welchen. Sie hatte doch immer nur das Beste gewollt. Das hatte sie Michael gestern doch noch gesagt. Sie war doch nur traurig gewesen, weil er den Kindern diese dumme Geschichte erzählt hatte. Sie schloß die Augen und hatte das Gefühl, alles noch einmal zu erleben . . .

Die Party war in vollem Gange, und Michael war auf einmal nicht mehr da. Sie ging nach oben, weil sie sich Sorgen um ihn machte. Die Tür von Andrews Zimmer war nur angelehnt, und sie hörte deutlich Michaels Stimme.

»Es war einmal ein junger Mann«, sagte er, »der träumte vom ganz großen Glück. Von Geld. Von Macht. Und von Liebe. Aber er nahm sich nie die Zeit, seinen Träumen nachzugehen. Und das muß man tun, weil man sonst nämlich nicht bekommt, was man will – oder aber man bekommt es ganz anders, als man es sich vorgestellt hat. Der Mann hatte Angst, die Zeit, die er auf seine Träume verwenden müßte, würde ihm später fehlen, und deshalb rannte er einfach drauflos. Und eines Tages war er dann zwar reich, und er hatte auch ziemlich viel Einfluß, nur glücklich . . . glücklich war er nicht geworden. Und die Liebe, die hatte er auch nicht gefunden. Trotzdem ist er einfach weitergerannt, wie ein Hamster in seinem Rad, immer weiter, immer schneller . . . ohne von der Stelle zu kommen . . .«

Den Rest hatte Aileen dann nicht mehr mitbekommen. Unfähig, sich von der Stelle zu rühren, lehnte sie sich gegen die Wand neben der Kinderzimmertür . . . Irgendwann stand Michael dann auf einmal vor ihr und blitzte sie an, als wäre sie der Teufel in Menschengestalt.

»Hast du wieder mal gelauscht?« zischte er sie an.

»Es war Zufall, Mike . . . ich bin raufgekommen, weil –«

»Diese Zufälle kenne ich!«

Er schnippte seine Zigarettenasche auf ihre innig geliebte Perserbrücke, und sie wischte sich die Tränen vom Gesicht.

»Warum mußt du die Kinder in alles hineinziehen?« hauchte sie.

Er lachte. »Wieso hineinziehen? Die Kinder sind schon mittendrin, und das seit Jahren!«

Aileen schossen die Tränen in die Augen; sie konnte nicht anders.

»Mußt du immer gleich heulen?« fuhr Michael sie an. »Das ändert doch nichts. Du hast vielleicht das Beste für die Kinder gewollt, aber du machst ihnen das Leben zur Hölle. Ihnen und mir.«

»Sag so was nicht!« schluchzte Aileen.

»Es ist aber die Wahrheit!«

»Wir lieben dich, Michael . . .«

»Aber darum geht es doch gar nicht.«

»Ich würde dir so gerne helfen . . . ich kann kaum noch mit ansehen, wie unglücklich du bist . . .«

»So ein Quatsch!« schimpfte Michael und schnippte die Asche gleich noch einmal auf den Teppich.

»Sag mir, was ich tun soll! Ich tu' es. Ich tu' alles.«

Michael stöhnte laut auf und lehnte sich nun seinerseits gegen die Wand.

Aileen erschrak. Er war alt geworden, das hatte sie noch nie so deutlich gesehen wie in diesem Augenblick. An seinem Hals quollen dick und blau die Adern hervor, und er schob den Unterkiefer vor, als wollte er im nächsten Moment zubeißen. Ja, er war ein alter Mann geworden, und er sah aus, als sei er im Begriff, den Verstand zu verlieren. Noch ein falsches Wort von ihr, und er würde womöglich tot umfallen, und wenn nicht heute, dann vielleicht morgen oder nächste Woche, wenn sie nicht in seiner Nähe war, wenn sie ihn nicht festhalten konnte ...

»O Gott!« schluchzte sie. »Du bist einfach überarbeitet, du mutest dir viel zuviel zu. Irgendwann wirst du uns noch mal zusammenbrechen ...«

Die Tränen rannen ihr über das Gesicht.

»Du kannst dir nicht vorstellen, wieviel Angst ich um dich habe. Wenn dir etwas passieren würde, Mike, und wenn ich mir dann den Vorwurf machen müßte, daran mitschuldig zu sein, weil ich dich nicht rechtzeitig zurückgehalten habe ... ich könnte das nicht aushalten ... ich ...«

Sie legte ihre Hände auf seine Wangen.

Das machte ihn fassungslos, und für den Bruchteil einer Sekunde schien die Zeit stillzustehen.

»Faß mich nicht an, Aileen!« sagte er dann ganz leise, so leise, daß Aileen sofort zurückwich.

»Entschuldige!«

»Ich hasse es, von dir so angefaßt zu werden, das weißt du genau.«

»Ja, ja ...«, wimmerte sie, »aber was soll ich denn tun? Ich sorge mich nun mal um dich. Du bist in einer Krise, und ich möchte dir so gern –«

»Ich bin in keiner Krise!« tobte Michael.

»Doch.«

»Nein, Aileen. Ich liebe dich nicht, und ich habe dich noch nie geliebt. Wie oft soll ich dir das denn noch –«

»Man nennt das Midlife-crisis, was du durchmachst. Ich weiß das, und ich kann mir auch sehr gut vorstellen, wie schrecklich –«

»Meine sogenannte Midlife-crisis hat an dem Tag begonnen, an dem ich dir begegnet bin, und da war ich siebenundzwanzig!«

Aileen starrte ihn ungläubig an.

»Ich halte das bald nicht mehr aus, Aileen ... ich werde noch verrückt ...«

Er trat die Zigarette auf dem Teppich aus und lief mit Riesenschritten in sein Schlafzimmer und knallte die Tür hinter sich zu.

Er merkte das sicher schon gar nicht mehr. Daß man Türen auch anders schließen konnte, hatte er bestimmt längst vergessen ...

Das mußte es gewesen sein. Mehr als dieses vergleichsweise harmlose Streitgespräch auf dem Korridor hatte Aileen sich nicht zuschulden kommen lassen. Aber es hatte ja wohl ausgereicht. Verstehen konnte sie es nicht. Aber vielleicht verlangte das ja auch niemand von ihr.

Die verrückte Madame Tourreau hatte die Kinder dazu gebracht, im Garten zu spielen. So verrückt war sie also nun doch nicht. Auf Andrews Frage, wo die Eltern wären, erklärte sie, die wären mit Jeff und Cissy nach Nizza gefahren, um Besorgungen zu machen. Nachdem das auch Diana überzeugt hatte, machte die Alte sich daran, das Haus wieder auf Vordermann zu bringen. Sie schob die Möbel an ihre eigentlichen Plätze zurück, packte die Reste des Buffets in Plastikfolien und legte sie in den Kühlschrank, spülte sämtliche Gläser und Teller und Bestecke ... Als die drei zurückkamen, saß sie auf einem Schemel in der Küche und lauschte ihrem Lieblingslied, das gerade aus dem Radio klang, Edith Piafs *Je ne regrette rien.*

Was danach kam, geriet für Jeff zu einem einzigen emotionalen Drahtseilakt. Seine Stimmungen schwankten zwischen Wut und Hilflosigkeit, und er konnte sich keines dieser Gefühle erklären.

Cissy und ihr Schweizer fuhren noch am gleichen Abend. Sie nahmen den Nachtzug Nizza–Paris und von dort einen Flieger nach Frankfurt.

»Irgend jemand muß schließlich am Montag im Büro sein«, sagte Cissy beim Abschied, und in diesem Moment hätte Jeff Jahre seines Lebens dafür gegeben, wenn er dieser Jemand gewesen wäre.

Der Abend schleppte sich dahin. Die Kinder verkrochen sich in ihre Zimmer und spielten: Diana trommelte auf ihrem Gameboy herum, Andrew baute aus Legosteinen eine Ritterburg.

Aileen lag auf dem Wohnzimmersofa und starrte stumm an die Decke. Wenn Jeff sich zu ihr setzte, schien sie das nicht einmal zur Kenntnis zu nehmen. Er kam sich irgendwie überflüssig vor und versuchte, sich zu beschäftigen. Aber es gelang ihm nicht einmal, Zeitung zu lesen. Er hatte das Gefühl, nicht die nötige Ruhe dazu zu haben, und ein schlechtes Gewissen machte ihm der Versuch von Ablenkung obendrein.

Die alte Madame Tourreau war noch bis zum späten Abend mit den Aufräumungsarbeiten beschäftigt. Gegen 22.00 Uhr brachte sie dann ein Abendessen. Es bestand aus dick belegten Sandwiches, frisch gebackenen Crèpes und einer selbstgemachten Vanille-Sauce.

»Nehmen Sie das weg!« stöhnte Aileen, als sie das große Tablett sah. »Sag ihr, sie soll das wegtun!«

Jeff war die Situation peinlich. »Sie hätten sich nicht soviel Mühe machen sollen«, sagte er mit belegter Stimme.

»Das hab' ich gern getan.«

»Nun reicht es aber für heute. Sie –«

»Ich muß nur noch ein paar Teller spülen, und dann bin ich auch schon weg.«

»Die können Sie doch in die Maschine tun.«

»Mit der Hand werden sie sauberer. Wollen Sie wirklich gar nichts essen, Sie beide?«

Jeff fühlte sich inzwischen so unwohl in seiner Haut, daß er nach einem der Sandwiches griff.

Die alte Tourreau seufzte. »Lächerlich für einen so großen Mann. Aber gut. Bringe ich den Rest nach oben. Die Kinder –«

»NEIN!«

Aileen, die bisher so dagelegen hatte, als würde sie gar nichts mitbekommen, war auf einmal vollkommen da.

»Nein, nein, nein!!!« herrschte sie die alte Frau an. »Wenn meine Kinder Hunger haben, werden sie sich schon bemerkbar machen.«

Die Nacht geriet zur Qual. Aileen war nicht bereit, ins Bett zu gehen, und Jeff wollte sie nicht allein lassen. Er stellte die Stereoanlage an, und sie fing an zu weinen. Er machte die Musik immer lauter und betete um ein Gewitter. Blitz und Donner hätten ihn vielleicht noch mit dem Schicksal versöhnen können . . .

Am Sonntagmorgen hatte er dann endgültig das Gefühl zu ersticken. Die alte Tourreau deckte im Garten den Frühstückstisch. Es sah aus wie in einer Filmszene von Visconti, und so ähnlich lief auch alles ab. Aileen nagte an einem trockenen Zwieback und »erzog« ihre Kinder, die auf einmal wie aufgedreht waren. Andrew schlug mit der Hand in den Erdbeeryoghurt und wollte unbedingt an den Strand. Diana zerquetschte das weichgekochte Frühstücksei zwischen den Fingern und wischte sie anschließend an ihrem weißen Baumwollkleid ab.

»Ich guck' jetzt fern, *Knight Rider* kommt.«

Aileen blieb ruhig. »Ihr geht jetzt beide nach oben und räumt zur Strafe eure Zimmer auf! Und dann zieht ihr euch um, und wir spielen eine Partie Boccia.«

Dieses Programm wurde dann auch tatsächlich durchgezogen, und Jeff war nahe daran zusammenzubrechen. Er wollte weg. Er mußte weg. Unbedingt.

Im Verlauf des Nachmittags rief dann auch noch mehrmals die savonesische Wasserschutzpolizei an, um mitzuteilen, daß man Michael immer noch nicht gefunden habe. Jeff stand kurz davor, einfach davonzulaufen, doch meinte das Schicksal es gut mit ihm.

Am frühen Abend war Cissy am Apparat.

»Ich bin jetzt wieder in Frankfurt, Jeff, und ich war auch schon kurz im Büro.«

»Und?«

»Die Australier haben ein Fax geschickt. Sie wollen bis Donnerstag eine endgültige Entscheidung wegen *Heck-Meck*.«

Cissy Andrews hatte schon längst aufgelegt, als Jeff immer noch so tat, als würde er mit ihr telefonieren. Er wußte, daß Aileen lauschte.

Ja, er konnte verstehen, daß Cissy betrübt war, das waren sie ja alle. Selbstverständlich würde er die Geschäfte erst mal weiterführen, als wäre dies nur ein Übergang.

»Muß das wirklich sein?« stöhnte er schließlich. »Also, ich weiß nicht . . . ich würde lieber hierbleiben . . . Aileen ist verständlicherweise sehr . . . nun gut, wenn es nicht anders geht . . .«

Eine knappe Stunde später war Jeff auf dem Weg nach Frankfurt. Er fühlte sich von einer unerträglichen Last befreit, und während aus dem Autoradio Vivaldis *Vier Jahreszeiten* klangen, lächelte er zuversichtlich vor sich hin.

Michael war nicht tot, davon war er überzeugt. Michael durfte einfach nicht tot sein . . .

Wenn Lara später an jenes Wochenende zurückdachte, dann fragte sie sich jedesmal, wie sie all das durchgestanden hatte. Nach dem vielen Kaffee und dem Cognac fiel Michael in einen tiefen Schlaf. Er hörte auf zu schwitzen und bekam die rosige Gesichtsfarbe eines Babys, und Lara hatte den Eindruck, damit wäre das Schlimmste überstanden.

Sie ging ins Bad und betrachtete sich im Spiegel. Die dunklen Ränder unter den Augen verdankte sie der fehlenden Nachtruhe und die glänzende Haut dem Umstand, daß sie sich am Morgen nicht gewaschen hatte. Sie hatte nicht einmal ihre Zähne geputzt. *Wash and go* stand auf der neuen Shampoo-Flasche. Sie nahm einen ihrer Lippenstifte und verbesserte die Aufschrift: *Go and wash!*

Draußen war es sommerlich warm. Wenn Lara den Tag über nicht gerade im Schlafzimmer war, um nach dem Fremden zu sehen, saß sie auf der Terrasse und rauchte, als würde sie dafür bezahlt. Nach wie vor kreuzten Boote der Wasserschutzpolizei vor der Küste, und in regelmäßigen Abständen überflogen auch immer wieder Hubschrauber das Gebiet. Jedesmal bekam Lara ein dumpfes Gefühl im Magen. Sie kam sich in diesen Augenblicken so dumm vor. Sie hatte irgendwie geglaubt, der Fremde sei auch einer jener Menschen wie sie, die nirgendwo einen Platz hatten. Aber der Mann in ihrem Bett wurde offenbar vermißt . . . oder stand er vielleicht doch auf der Fahndungsliste? VERMISST! schrie alles in ihr, und sofort fühlte sie sich einsam und leer und hoffnungslos . . . Es waren all jene Empfindungen, die sie längst überwunden zu haben glaubte.

Die Sonne ging unter, und Lara drückte ihre neueste Zigarettenkippe mit noch sehr viel größerer Gewalt als sonst in ihren bevorzugten Aschenbecher.

Sie mußte dankbar sein. Sie war jetzt vierunddreißig Jahre alt und immer noch am Leben. Auf Knien mußte sie Gott dafür danken.

»Was für eine Scheiße!« hörte sie sich laut und deutlich sagen. »Was für eine beschissene, dämliche Scheiße!!!«

Sie lief in die Küche und holte die angebrochene Cognac-Flasche aus dem Schrank. Sich selbst etwas vorzumachen war so ziemlich das Schlimmste, was man tun konnte. Den Krebs in ihrem Körper hatten sie damals vielleicht in seine Schranken gewiesen. Doch die Frau Lara Laddock war trotzdem an ihm gestorben. Für sie gab es keinen Platz mehr in dieser Welt; denn sie war kein wirklicher Mensch mehr, sie war nur ein Schatten ...

Und wenn nun die Schattenmenschen die einzig Wirklichen waren? Lara stutzte. Vielleicht war das mehr als ein Gedanke, vielleicht war das die große Wahrheit. Sie stellte die Cognac-Flasche wieder zurück und ging ins Schlafzimmer.

Michael schlief nach wie vor tief und fest, und kurz vor Mitternacht überfiel auch Lara eine bleierne Müdigkeit. Sie legte sich zu dem Fremden auf das breite Ehebett. Sie hatte es in ihrer Zeit mit Fabrizio angeschafft, und in all den Jahren kein einziges Mal »auf seiner Seite« geschlafen. Das tat sie jetzt zum erstenmal, und es hatte eine enorme Wirkung. Sie fragte sich plötzlich, wo Fabrizio wohl gerade war, was er gerade tat und ob er wohl noch manchmal an sie dachte. Als ihr darüber die Tränen kamen, ärgerte sie sich maßlos. Es war albern, nach all den Jahren immer noch um diesen Mann zu weinen. Bestimmt war die Müdigkeit daran schuld; sie mußte endlich mal ein bißchen schlafen ...

Etwa zwanzig Minuten später saß Lara senkrecht im Bett. Da waren so eigenartige Geräusche ... sie machte Licht. Der fremde Mann an ihrer Seite schnappte nach Luft wie ein Fisch auf dem Trockenen. Er zitterte am ganzen Körper, und Lara sprang auf und klaubte alles an Decken und Handtüchern und Wollsachen zusammen, was sie im Haus hatte. Sie deckte ihn damit zu, aber es half nur wenig.

Nach dem Schüttelfrost kam ein neuer Fieberschub. Diesmal überschritt die Temperatur die dramatische Vierzig-Grad-Grenze, und Lara schien die Lage selbst mit Wadenwickeln und Eiskompressen nicht mehr in den Griff zu bekommen. Sie machte sich die heftigsten Vorwürfe. Sie war nun mal nicht Florence Nightingale, auch wenn sie sich in dieser Rolle noch so sehr gefiel, und was sie hier tat, war fast schon mörderisch. Trotzdem gab sie nicht auf. Gut vier Liter Wasser pumpte sie in Michael hinein, und er schwitzte alles wieder aus. Zwischen zwei Uhr nachts und halb sieben in der Frühe rollte sie ihn dreimal von der einen Betthälfte auf die andere und wechselte die Laken. Er bekam von alldem nicht das geringste mit. Er riß zwar hin und wieder die Augen auf und starrte sie an, aber Gott allein wußte, in welcher Welt er war, während Lara verzweifelt versuchte, ihn dieser Welt zu erhalten.

Am Sonntagmorgen fiel das Fieber dann endlich. Lara fühlte sich erleichtert, obwohl sie insgeheim fürchtete, überhaupt keinen Grund dazu zu haben. Sie nahm eine heiße Dusche und zog sich anständig an, sie schminkte ihr Gesicht und band das Haar zu einem Zopf zusammen, dann ging sie in die Küche.

Auf dem Tisch stand immer noch die Thermoskanne mit dem Kaffee, den sie am Vorabend für sich gebraut hatte. Sie suchte eine Tasse, doch im Schrank waren keine mehr, und die in der Spüle waren allesamt schmutzig. Also beschloß sie, ein Glas zu nehmen. Als sie den Oberschrank öffnete, fiel ihr eine angebrochene Packung Cornflakes entgegen, und indem sie die zurückstieß, warf sie den Plastikbehälter um, in dem sie ihr Mehl aufbewahrte . . . Lara brach in Tränen aus. Sie haßte ihr Leben! Sie hatte die Einsamkeit satt! Und sie sehnte sich nach nichts so sehr wie nach Zärtlichkeit, nach jemandem, der sie in die Arme nahm und festhielt . . .

Michael schlief jetzt ganz ruhig, und sein Fieber war endlich unter neununddreißig gesunken. Er hätte dringend einer Rasur bedurft, und seine Lippen waren trotz all der vielen Vaseline, die Lara ihm im Laufe der Nacht daraufgegeben hatte, aufgeplatzt und stark verkrustet. Sein Haar war zerzaust und vom Schweiß verklebt, und trotzdem war er schön. Für Laras Augen war er sogar wunderschön. Sie legte sich neben ihn auf das breite Bett und sah ihn an. Er war einer jener Männer, die niemals ihre Jungenhaftigkeit verloren, und das hatte sie schon immer sehr anziehend gefunden. Etwas Lausbübisches und Verschmitztes lag in seinen Zügen und eine Verträumtheit, als wäre er sicher, daß es jenseits von alldem, was er bereits wußte, immer noch etwas gab, was zu erkunden sich lohnte ...

Lara strich ihm das Haar aus der Stirn. Es war lange her, seit sie das letzte Mal mit einem Mann im Bett gelegen hatte. Sie umfaßte sein Gesicht mit beiden Händen und gab ihm einen Kuß auf die Wange, dann einen zweiten, noch einen ... Julien lächelte sie vom Nachttisch her an, und Lara schloß die Augen. Es mochte schändlich sein, was sie hier tat, aber sie konnte einfach nicht anders. Die Prinzessin hatte den Frosch geküßt, und daraufhin war ein wunderschöner Prinz aus ihm geworden. Vielleicht wurde der Fremde in ihrem Bett nun ja gleich zu einem Frosch, aber dieses Risiko mußte sie eingehen.

Sanft legte sie ihre Lippen auf seine, glitt mit der Zunge darüber ... In der Werbung dufteten die Menschen immer nach Parfum, zumindest aber nach Pfefferminz. Zusehends wurde das auch im wirklichen Leben so, und das machte die Welt um ein Vielfaches ärmer. So richtig schön war eigentlich nur das hier, ein Mensch, der nach Mensch roch ... Lara legte ihren Arm auf Michaels Brust und schmiegte sich fest an ihn. Er war so warm und so weich, so lebendig ...

Eine ganze Weile lag sie so da. Solange der Fremde schlief, war er wie Julien, und sie durfte träumen: davon, daß Liebe doch nicht nur ein Wort war; davon, daß es so etwas wie Glückseligkeit tatsächlich gab.

Das Leben hatte Laras Seele in zwei Teile zerrissen. Der eine war immer noch erfüllt von einer mädchenhaft-sentimentalen Sehnsucht; der andere lag erstickt unter den Trümmern dessen, was man Erfahrung nannte. Sie konnten niemals wieder zusammenwachsen, diese beiden Teile, aber die Erinnerung blieb, die Erinnerung an eine Zeit, da Lara noch eins gewesen war ... Es war lange her, und doch noch nicht lange genug. Sie mußte plötzlich an Jan denken und an Fabrizio. Und an Brian. *Brian*!

Die Erinnerung an ihn brachte Lara schlagartig wieder auf den Boden der Tatsachen zurück. Brian war die große Liebe ihres Lebens gewesen. Dafür, zu den wenigen Auserwählten zu gehören, die diese erleben durften, hatte sie einen hohen Preis gezahlt. Man bekam eben nichts geschenkt. Diese Erfahrung hatte Lara mehr als einmal gemacht, und sie hatte daraus gelernt. Ihr letzter Wunsch war der gewesen, nie wieder zu lieben! Der Himmel hatte sie erhört, und seitdem hatte sie ihren persönlichen Frieden mit Gott und der Welt geschlossen. Das hatten die letzten Jahre bewiesen. Es wäre dumm, ja, es wäre sträflich gewesen, all das wegen eines fremden Mannes aufs Spiel zu setzen, Erinnerungen heraufzubeschwören und plötzlich irgendwelche Zweifel zu hegen. Fast wäre sie der Versuchung erlegen; sie war nahe daran gewesen. Doch ein einziger Gedanke an Brian hatte genügt: Dornröschen war nun wieder wach und ging in die Küche.

Es war Sonntag, der 12. April 1992, und es war schon wieder dunkel draußen. Lara war körperlich völlig am Ende. Das Süppchen am Freitagabend war die letzte Nahrung gewesen, die sie zu sich genommen hatte, und nach dem wenigen Schlaf der vergangenen Tage hatte ihr das durchwachte Wochenende jetzt den Rest gegeben. Sie beschloß, sich etwas zu essen zu machen, doch war die Auswahl nicht gerade groß.

Aus der Ferne vernahm sie ein lautes Zischen und Krachen. Albenga veranstaltete das alljährliche Feuerwerk, aber Lara stand jetzt nicht der Sinn nach irgendeiner Form von Fröhlichkeit. Sie ließ die Jalousien herunter und nahm eine Pfanne aus dem Schrank.

Michael wußte nicht genau, ob er wach war oder schlief. Traum und Wirklichkeit schienen eins zu sein. Es war gespenstisch dunkel im Zimmer, der einzige Orientierungspunkt war der schwache Lichtstrahl, der unter der Tür hindurchstob. Er war nicht in Castellar … oder doch? … Da war so ein Lärm …

Lara erhitzte ein wenig Butter in der Pfanne. Bisher hatte sie Hunger gehabt, aber jetzt, da sie das schwimmende Fett sah, verging ihr der Appetit schon wieder. Sie öffnete den Kühlschrank. Vier Eier waren noch da. Sie nahm eines heraus, tat es dann aber gleich wieder zurück. Schon bei der Vorstellung, essen zu müssen, wurde ihr schlecht. Sie schaltete das Gas ab, nahm die Pfanne von der Herdplatte und stieß sie mißmutig auf die Ablage des Spülbeckens. Im gleichen Moment vernahm sie ein lautes Klirren …

Die Nachttischlampe war eingeschaltet, und das Foto von Julien lag auf dem Boden. Michael saß auf der Bettkante, und Lara atmete erleichtert auf.

»Ich konnte den Lichtschalter nicht finden«, sagte er und lächelte sie verlegen an. »Hätten Sie vielleicht noch mal dieses hübsche Mäntelchen für mich . . .?«

Lara spürte, daß sie rot wurde, und dafür hätte sie sich ohrfeigen können. Während der letzten Nacht hatte sie dem Fremden den Bademantel ausgezogen, weil er völlig durchnäßt war. Gedanken hatte sie sich nicht darüber gemacht, das tat sie erst jetzt. Rasch lief sie ins Bad, holte seinen Slip und den Bademantel, dann zog sie die Jalousien hoch und öffnete die Terrassentür, um ein wenig frische Luft hereinzulassen.

»Sie haben ziemlich lange geschlafen«, sagte sie.

»Ja?«

»Es ist schon nach zehn.«

»Oh . . .«

»Und es ist Sonntag!«

Michael war völlig verwirrt. Das konnte doch gar nicht sein. Oder doch? Es war April, sagte er sich, April 1992. Am Freitag war der 10. gewesen, auch das wußte er genau, denn er hatte in London eine Vielzahl von Optionsvereinbarungen unterschrieben und datiert . . . folglich waren auch die Party und der Unfall am 10. gewesen, und –

»Heißt das, wir haben den 12. April?« fragte er fassungslos.

»Genau!«

Lara setzte sich zu ihm aufs Bett und sah ihn an. »Wie fühlen Sie sich denn?«

»Na ja«, witzelte er, »als ob man mich durch einen Fleischwolf gedreht hätte.«

Sie lächelte. Wie es schien, war er über den Berg, und sie durfte stolz auf sich sein. Lara Laddock war nicht nur immer eine gute Patientin gewesen, es war wohl offenbar auch eine gute Krankenschwester an ihr verlorengegangen.

»Wir sollten noch mal das Fieber messen«, sagte sie dann, »heute nacht war es ganz schrecklich hoch. Einmal war ich nahe daran –«

»Woher wissen Sie das?«

»Was?«

»Daß ich so hohes Fieber hatte.«

Lara war verdutzt. »Na, weil ich es fast jede halbe Stunde gemessen habe.«

Er senkte den Blick. »Haben Sie ... ich meine ... haben Sie vielleicht auch ...«

Sie hatte Mühe, nicht laut loszulachen, begnügte sich dann aber höflichkeitshalber mit einem stummen Grinsen. »Ich habe Ihnen Wadenwickel gemacht«, beruhigte sie ihn, »Sie haben nicht ins Bett gepinkelt.«

Nun war er es, der ein völlig verdutztes Gesicht machte.

»Das meine ich nicht.«

»Was dann?«

Er sah ihr in die Augen. »Eigentlich ist es egal ...«

Lara nahm das Thermometer vom Nachttisch und schlug es herunter. Das schien sie nicht zum ersten Mal in ihrem Leben zu tun, dachte Michael. Mit so etwas hatte sie offenbar Erfahrung, und da sie keine Krankenschwester war und wohl auch keine Ärztin, mußte sie also Mutter von mindestens sieben Kindern sein.

»Gehört die Wohnung Ihnen?« erkundigte er sich.

»Ja.«

»Und Sie leben hier ganz allein?«

Statt eine Antwort zu geben, steckte sie ihm das Thermometer unter die Achsel.

»Sie sind Malerin, nicht wahr?«

Sie war perplex.

»An ihren Händen sind Reste von Ölfarbe, und dann habe ich die vielen Bilder hier gesehen ...«

Lara schaute auf ihre Hände und nahm sich vor, sie in Zukunft sorgfältiger zu reinigen.

»Das Malen ist mehr ein Hobby für mich«, sagte sie dann.

»Und wovon leben Sie?«

»Geld ist so ziemlich das einzige Problem, das ich nicht habe. Vorausgesetzt, ich beginne den Tag nicht mit einem Fläschchen Champagner.«

»Aber trotzdem werden Sie doch wohl irgend etwas tun.«

»Ich versuche zu überleben.«

So etwas hatte er noch nie gehört. »Den ganzen Tag lang?«

Lara schmunzelte. »Nun ja, in den Nächten ist mehr Vorsicht geboten, das muß ich zugeben.«

Sie war schlagfertig, das gefiel ihm. Und sie hatte einen sehr ausgeprägten Sinn für Zweideutigkeiten.

»Ist das nicht langweilig?«

»Ganz und gar nicht! In welchem anderen Beruf findet man schon herrenlose Männer am Strand?«

»Wie kommen Sie darauf, daß ich herrenlos bin?«

»Sie tragen kein Halsband.«

Der Blick, mit dem sie ihn ansah, war ruhig und fest, und er stellte fest, daß sie ganz anders aussah als am Vortag. Zwar wirkte sie ziemlich erschöpft, und die Schminke konnte die Schatten unter ihren Augen nicht ganz verbergen, aber ihr Haar war frisiert, und sie trug eine dicke champagnerfarbene Strickjacke aus Angora-Wolle über einem kurzen weißen Rock ... ausgesprochen schick ...

»Wenn ich nicht gerade hauptberuflich lebe, gebe ich Italienisch-Unterricht«, erklärte sie.

»Ach? Sind die Italiener schon nicht mehr in der Lage, ohne amerikanische Hilfe ihre Muttersprache zu sprechen?«

»Ganz so tragisch ist es nicht. Es gibt nur leider jeden Sommer eine Menge Touristinnen, die herkommen und angeblich ein Zimmer mit Dusche und Meerblick suchen. In Wahrheit wollen sie aber ein Zimmer mit Bademeister. Und da die Robertos hier halt auch nur aus Fleisch und Blut sind, kehrt jedes Jahr zwischen Januar und März so manches einstmals schlanke Mägdelein in angeschwollenem Zustand hierher zurück, um für immer zu bleiben.«

»Als Gattin eines Bademeisters?«

»Oder eines Kellners, eines Reiseleiters ... Letzten Winter kam eine vierzigjährige Schwedin her, die ihren Mann und drei halbwüchsige Kinder verlassen hatte, um mit Mario zu leben. Von dem bekam sie ihr viertes Baby. Mario ist Fischer!«

»Und diesen Damen bringen Sie dann Italienisch bei?«

»Ich bin ein guter Mensch, nicht wahr? Drehen Sie sich bitte mal auf den Bauch!«

Er tat es, ohne nach dem Grund zu fragen, – und das sollte er bereuen. Ehe er sich versah, ergoß sich eine eiskalte Flüssigkeit über seinem Rücken, und er rang nach Luft, hustete ...

»Das ist nur eine Kampfer-Lösung! Damit Sie keine Lungenentzündung kriegen!«

Sie massierte das Teufelszeug ein.

»Ich kotz' die Lunge aus«, stöhnte er, »wie will sie sich da noch entzünden?«

»Liegen Sie still!«

»Oh, das sieht Ihnen ähnlich, daß Sie sich mit so was auskennen!«

»Sie können sich wieder umdrehen!«

»Waschen Sie sich besser die Hände! Sonst kriegen Sie womöglich Ausschlag!«

Lara grinste ihn an.

»Wo kommen Sie her?«

»Geboren bin ich in Chicago«, sagte sie, »aber aufgewachsen bin ich in London und in Rom und in Washington . . . und zur Schule gegangen bin ich in der Schweiz und in Deutschland und wo sonst nicht noch überall, und verheiratet war ich in Miami . . .«

Er sah sie an, als würde er noch mehr erwarten, und sie wollte ihn nicht enttäuschen.

»Mein Vater war zur einen Hälfte Engländer und zur anderen Pole«, führte sie deshalb aus, »und die Eltern meiner Mutter waren ein Ire und eine Italienerin, die jahrelang in Frankreich gelebt haben, bevor sie nach Amerika gingen . . . Glauben Sie ernsthaft, daß Sie sich das alles merken können?«

»Nein«, entgegnete Michael.

»Dacht' ich mir!«

»Ich bin zweisprachig aufgewachsen: englisch/deutsch!«

»Ich englisch/italienisch, und Deutsch war mein Lieblingsfach in der Schule.«

»Ach ja . . .?«

Er sah sie an auf eine Art, daß sie das Gefühl hatte, in diesem Blick zu versinken. Sofort griff sie nach dem Fieberthermometer.

»Achtunddreißig drei!« erklärte sie. »Gott sei Dank!«

»Wieso?« Er ließ sie nicht aus den Augen.

»Sie werden es überleben.«

»Liegt Ihnen daran?«

»Meinen Sie, ich hätte mich sechsunddreißig Stunden mit Ihnen herumgeplagt, wenn mir nicht daran läge?«

»Aber Sie kennen mich doch gar nicht«, sagte Michael.

»Hätte ich etwa unten am Strand erst mal Ihre Personalien aufnehmen sollen?«

»Zum Beispiel!«

»Als ich Sie fand, habe ich geglaubt, Sie wären tot. Und letzte Nacht hatte ich große Angst, Sie würden sterben. Und ich ...«

Er griff nach ihrer Hand und hielt sie fest. Es war eine schmale und dennoch kräftige Hand. Sie war ganz anders als Aileens zartgliedrige Porzellanpfötchen.

»Ich habe einen merkwürdigen Traum gehabt ...«, sagte er leise. »Mir war, als hätte ich nicht allein in diesem Bett gelegen. Da war eine Frau bei mir. Sie hatte ein schneeweißes Sommerkleid an, so eines, das man im Nacken schließt ... und sie hat sich über mich gebeugt, und sie hat mich geküßt ... habe ich das geträumt?«

Lara schämte sich nicht für das, was sie getan hatte, aber zugeben wollte sie es trotzdem nicht.

»Ja«, sagte sie deshalb mit betont fester Stimme, »es war ein Traum.«

Wieder sah Michael sie an, daß sie glaubte, von diesem Blick verschlungen zu werden. Dann ließ er ganz langsam ihre Hand los und griff zum obersten Knopf ihrer Strickjacke, öffnete ihn. Sie ließ ihn gewähren, in ihrem Gesicht war keine einzige Regung zu sehen. Er öffnete den zweiten Knopf, den dritten ... sie trug ein schneeweißes Sommerkleid mit einem Nackenverschluß.

»Warum lügst du?« fragte er leise.

Sie lächelte. »Wissen Sie nicht, daß die Wahrheit viele Gesichter hat? Sie sind mit jemandem zusammen, und für Sie ist es die große Liebe. Für den anderen ist es aber nur ein Abenteuer. Wer von den beiden sagt also die Wahrheit?«

Ohne seinem Blick auszuweichen, schloß sie die Knöpfe ihrer Jacke wieder. Dann hob sie das Foto von Julien auf und stellte es an seinen angestammten Platz auf den Nachttisch. Das Glas hatte einen Sprung bekommen, aber das war nicht weiter tragisch.

»Ist das Ihr Freund?« fragte Michael.

»Nein«, lachte Lara. Sie fand die Frage offenbar ungemein komisch. »Das ist Julien.«

»Ihr Bruder?«

»Ich bin ein Einzelkind.« Sie schaute ihm in die Augen. »Julien ist ein französischer Filmschauspieler. Sagen Sie bloß, Sie haben noch nie von ihm gehört.«

Ganz allmählich dämmerte Michael, warum ihm das Gesicht auf dem Bild so ungemein bekannt vorkam. »Julien Degas?« vergewisserte er sich.

»Genau!«

Er war zutiefst beeindruckt. »Seit wann kennen Sie ihn?«

»Ich habe ihn noch nie gesehen. Und ich will auch nicht hoffen, daß ich ihn jemals sehen werde. Er ist nämlich bestimmt ein ganz großes Arschloch. Solange ich das ahne, ist es okay. Aber wenn ich es wüßte, müßte ich mir jemand neuen suchen.«

Michael starrte Lara an. »Wollen Sie damit sagen, daß Sie in Ihrem Schlafzimmer das Foto eines Mannes stehen haben, den Sie noch nie in Ihrem Leben –«

»Ich liebe Julien«, gab sie ruhig zur Antwort.

Michaels Fassungslosigkeit steigerte sich. »Sie lieben ihn?«

»Ich liebe ihn, und ich werde ihn lieben, solange ich lebe! Vorausgesetzt, daß wir einander nie begegnen . . .«

»Ich dachte immer, so was machen nur Teenager!«

Sie blitzte ihn an, und ihre Stimme, die bis dahin immer nur sanft oder bestimmt geklungen hatte, war auf einmal messerscharf.

»Das macht doch keinen Unterschied«, erklärte sie spitz. »Ich liebe ihn und werde nicht wiedergeliebt, weil er eben nur ein Photo ist. Wäre er wirklich, würde ich ihn wahrscheinlich auch lieben, und mit ebensolcher Wahrscheinlichkeit würde er mich dann auch nicht wiederlieben. Es liefe also auf ein und dasselbe heraus! Möchten Sie auch etwas essen?«

Diese abschließende Frage kam so plötzlich, daß Michael gar nicht schnell genug umschalten konnte.

»Nein«, sagte er der Einfachheit halber.

»Gut«, meinte Lara, »dann mache ich Ihnen jetzt irgend etwas und sehe dabei zu, wie Sie das nicht essen.«

Sie wollte aufstehen, aber Michael hielt sie zurück. Er hatte noch so viele Fragen, aber er wußte nicht, welche er zuerst stellen sollte. Er wollte alles wissen über diese Frau! Doch er brachte kein Wort heraus. Er sah sie nur an.

Lara versuchte ruhig zu bleiben, aber das war leichter gesagt als getan. Sie kam sich so albern vor. Gestern noch war sie herumgelaufen wie ein echter Bohémien. Jetzt war sie, wie ihr plötzlich bewußt wurde, richtig »aufgebrezelt«, wie das neudeutsch hieß, und das alles nur, um diesem Mann zu gefallen . . .

»Sie sind eine eigenartige Frau«, flüsterte er.

Sie griff nach seinen Beinen und legte sie wieder aufs Bett. »Haben Sie nicht vielleicht doch Hunger? Ich habe allerdings nicht viel im Haus. Einen Pfannkuchen könnte ich Ihnen bieten, oder Eier . . .«

»Eier!« sagte Michael.

»Wie viele?«

»Drei.«

Sie grinste. »Den Wunsch haben sicher die meisten Männer.«

Etwa zehn Minuten später servierte Lara das Dinner. Es war wahrhaft erlesen und bestand aus einem schmächtigen Pfannkuchen für die Dame und drei Spiegeleiern für den Herrn.

»Brot hatte ich leider keines mehr«, entschuldigte sie sich, »nur noch Pitas, und da wußte ich nicht, ob Sie die mögen.«

»Machen Sie sich nur keine Umstände«, meinte Michael und begriff endlich, warum es diese dämliche Platitüde gab. Beim ersten Bissen kam ihm gleich etwas merkwürdig vor, beim zweiten ließ er die Gabel sinken. »Da ist ja Zucker dran«, stieß er aus.

»So?« Lara nahm sich einen Happen, um zu probieren.

»Tatsächlich!« meinte sie dann. »Tut mir leid, aber so was kommt bei mir schon mal vor. Möchten Sie etwas anderes?«

Er sah sie an und mußte lachen. »Jetzt weiß ich endlich, warum mein Vater vor dem Essen immer betet. Meine Muttter kocht nämlich genauso wie Sie!«

Lara grinste. »Wie wär's also mit einer Pita?«

»Das Kochen scheint nicht so unbedingt Ihr Ding zu sein . . .«

Mit gespielter Empörung spitzte sie die Lippen. »Niemand bedient die Mikrowelle so elegant wie ich.« Sie nahm ihm den Teller mit den verzuckerten Eiern aus der Hand. »Was ist nun? Pita ja – oder nein?«

Er gab ihr keine Antwort darauf.

»Wie alt sind Sie?« fragte er statt dessen.

»Einhundertsechsundachtzig«, erwiderte sie prompt, und dabei klang ihre Stimme sehr ernst. Sie hatte auch plötzlich einen ganz traurigen Gesichtsausdruck. »Jeder Mensch ist so alt, wie er sich fühlt, so heißt es doch immer. Und ich fühle mich nun mal wie einhundertsechsundachtzig ... manchmal sogar schon wie dreihundertvierzehn ...«

Das konnte er zwar nachvollziehen, doch wollte er nicht weiter darauf eingehen.

»Nun mal ehrlich!« drängte er sie.

»Zumindest eins haben Sie kapiert ...«

»Was?«

»Daß ich keine Dame bin! Eine Dame fragt man nämlich nicht nach ihrem Alter.«

Sie stand auf und ging zur Tür.

»Sie sind eine kleine Zynikerin«, rief Michael ihr nach, »nicht wahr?«

Sie lehnte sich gegen den Türrahmen. »Ich bin eins fünfundsiebzig«, sagte sie, »finden Sie das etwa klein? Schließlich sind Sie ja auch nicht gerade der Größte, und sagen Sie jetzt bloß nicht: klein, aber fleißig! Dann flippe ich nämlich aus.«

»Und was passiert dann?«

»Dann mach' ich's mir im Stehen«, gab sie sanft lächelnd zur Antwort.

»Oh«, entgegnete Michael spontan, »also, wissen Sie, Lara, ich bin körperlich zwar nicht gerade der Größte, aber ich kann Ihnen versichern: ich bin klein, aber flei–«

»Ich tu's hinter dem Duschvorhang im Bad!« unterbrach sie ihn, und in diesem Moment wußte er plötzlich, warum diese Frau Zweideutigkeiten so sehr liebte. Nichts schaffte eine größere Barriere zwischen Mann und Frau als diese Form von Humor.

»Ich heiße Michael«, sagte er leise. »Michael Landers.«

»*Piacere*«, erwiderte sie. »Angenehm!«

Der liebe Gott hatte die Windmaschine eingeschaltet. So nannten die Ligurer ein Phänomen, das sie jedes Frühjahr erlebten. Von einem Augenblick zum anderen erhob sich ein Sturm, der über das Land hinwegfegte, als wollte er alles zerstören. Die Palmen bogen sich, die Wellen schlugen bis weit oben an den Strand, und das Meer war übersät von weißen Schaumkronen. Dabei strahlte die Sonne, als wäre alles nur ein Traum.

Eine Mailänder Luxuslimousine war irrtümlicherweise in die Via Garibaldi eingebogen. Der Fahrer war der Verzweiflung nahe. Rechts und links hatte er jeweils nur knapp zwanzig Zentimeter Platz, und er kam weder vor noch zurück. Doch statt daß ihm irgend jemand geholfen hätte, wurde er nur beschimpft, und dann quetschte sich auch noch ein Fahrrad an ihm vorbei. Er hörte, wie die Pedale an dem blauen Metall-Lack entlangschrappten; er sah, wie die Besitzerin des Drahtesels mit ihrem ausladenden Hinterteil den elektronisch verstellbaren Außenspiegel verbog. Zornig drückte er auf die Hupe, aber das ließ die aufgebrachten Einheimischen nur noch lauter lamentieren.

Schwer bepackt mit Tüten und Taschen, schob Lara ihren Einkaufswagen durch Bertinottis Supermarkt. Sie nahm gekochten und rohen Schinken und eine frische Salami. Erdbeeryoghurt war im Angebot und Orangen- und Tomatensaft. Honig hatte sie schon seit einer Ewigkeit nicht mehr gegessen, und die Marmelade sah auch gut aus. In keinem Supermarkt weit und breit war das Käse-Angebot größer als bei Bertinotti: Taleggio, Mozzarella, Stracchino und Bel Paese ... Der Kaffee war fast am Ende, und ein, zwei Flaschen Wein mußten auch sein. Sie nahm gleich eine Zwei-Kilo-Packung Spaghetti und mehrere Gläser mit den feinsten Saucen, Sardellen und Muscheln, ein Paket Lachs und ein Pfund Krabben ... Die Mayonnaise war ihr ausgegangen, und Ketchup mußte man einfach im Haus haben, wenn man einen Amerikaner zu Besuch hatte.

Als Lara an die Kasse kam, brach ihr Einkaufswagen fast aus den Nähten.

»Sind die Russen bei Ihnen eingefallen?« witzelte die Signora Bertinotti.

»So ähnlich«, erwiderte Lara und schaute dabei nachdenklich vor sich hin.

»Na, dann wollen wir mal!«

»Halt!«

Sie hatte auf einmal das Gefühl, einen ganz schlimmen Fehler zu begehen. Es war einer jener Fehler, die man nicht zum erstenmal im Leben machte, und just das machte ihn so schlimm. Böse Erfahrungen mußten schließlich einen Sinn haben! Den verloren sie zwangsläufig, wenn man nicht aus ihnen lernte, sondern zuließ, daß sich die Geschichte wiederholte.

Lara fing an, den Einkaufswagen wieder auszuladen. Nur mehr ein Fünftel der Waren landete an der Kasse, der Rest kam zurück in die Regale.

»Die Russen sollen sich gar nicht erst an das gute Leben gewöhnen«, erklärte sie der ziemlich fassungslosen Signora Bertinotti.

Als Lara mit ihrem Gepäck aus dem Supermarkt ins Freie trat, lief sie geradewegs Abdul in die Arme.

»Na, was denn?« begrüßte er sie fröhlich. »Sag bloß, du kannst endlich wieder schlafen . . . Ich hab' dich heute morgen am Strand vermißt . . .«

Sie lächelte verlegen. »Genauso ist es«, log sie, »ich hab' geschlafen wie ein Stein.«

In Wahrheit war sie von zwölf bis zwei auf ihrer Terrasse auf- und abgegangen, hatte sich anschließend drei Stunden auf dem Wohnzimmersofa gewälzt und war schließlich um kurz nach fünf aufgestanden. Sie hatte abgewaschen und Staub gewischt, hatte die Fenster von innen und von außen geputzt und die Terrasse gefegt. Im nachhinein kam sie sich deshalb so dämlich vor, daß sie laut mit den Zähnen knirschte. Abdul hörte es gottlob nicht.

Während er Lara ein Stück durch die Gasse begleitete, erzählte er, daß sein ältester Sohn in Bälde heiraten würde. »Ich bin zwar völlig überrascht, Lara – aber überglücklich!« Die Frau der Wahl war eine gläubige Muslimin, deren Familie seit mehr als zehn Jahren in einem noblen Vorort von Genua lebte.

Lara entdeckte die Zeitung in Abduls Hand. »Hast du sie schon gelesen?« unterbrach sie seinen schwelgerischen Monolog über den so ausgezeichneten Frauen-Geschmack seines Erstgeborenen.

Es dauerte einen Moment, bis Abdul klar wurde, wovon sie überhaupt sprach.

»Ja«, sagte er dann. »Steht nichts Berauschendes drin!«

»Also nichts Neues in der Welt . . .« Lara hielt den Atem an.

Abdul lachte. »Nur die alten Lügen in täglich neuem Gewand.«

»Kann ich die Zeitung haben?«

»Wenn du willst!«

Er steckte sie in eine ihrer vielen Taschen und sprach sogleich weiter über die anstehende Hochzeit. Lara hörte nicht zu; ihre Gedanken rasten. Vielleicht stand in dem Blatt ja irgend etwas über Michael Landers . . . wer er war, woher er kam, was er getan hatte . . . falls er etwas getan hatte . . . Sie stellte fest, daß sie im Grunde ihres Herzens nichts von alldem wissen wollte. Wer die Wahrheit suchte, fand sie womöglich, und das konnte äußerst unangenehm sein. Nicht für sich selbst hatte sie die Zeitung haben wollen, nur für Michael. Immerhin ging es ja um ihn.

Michael stand auf der Terrasse, aber er hatte das Gefühl, auf dem Gipfel der Welt zu sein. Die Sicht war klar, die Sonne war warm, nur der Wind war ziemlich scharf, doch kam ihm das vielleicht auch nur so vor, weil das Penthouse in der siebten Etage lag und er außer Laras dürftigem Bademantel nichts anhatte. Er pumpte die frische Seeluft in seine Lungen und versuchte, an nichts anderes zu denken als an das Glück, das er in diesem Augenblick empfand. Doch die Erinnerungen waren wie Poltergeister. Sie schwirrten durch sein Innenleben, daß er sie fast körperlich spüren konnte, und sie nutzten jede Gelegenheit, Bilder entstehen zu lassen, die er lieber vergessen hätte.

Er war bei den Kindern gewesen. Aileen hatte ihm anschließend die übliche Hölle gemacht, und er war ins Bad gegangen, um sich noch mal kurz die Hände zu waschen. Danach . . . Er wollte sich jetzt nicht daran erinnern, dazu war das alles hier viel zu schön. Er stand auf dem Dach einer Welt, in der niemand ihn kannte und in der er noch einmal ganz von vorn beginnen konnte, als hätte es die letzten zwanzig Jahre nie gegeben. Das war ein unbeschreibliches Gefühl, das war Freiheit, das war all das, wonach er sich immer gesehnt hatte, ohne es auch nur zu ahnen . . .

Er ging in die Küche. Der Raum war recht groß. Auf der einen Seite stand eine typische Zeile mit Kühlschrank, Herd, Spüle und Schränken, auf der anderen war ein Eßtisch mit zwei Stühlen. Es roch nach steriler Reinlichkeit, Michael kam sich vor wie in einer Ausstellung von Musterküchen.

Im Wohnzimmer war es ähnlich kühl-säuberlich. Auch dieser Raum war groß. An der einen Wand stand die Schlafcouch, auf der Lara die letzte Nacht verbracht hatte, an der anderen ein nicht allzu hohes Anbau-Element und ein sogenanntes Phono-Möbel, auf dem Fernsehapparat, Stereoanlage und Videorecorder untergebracht waren. Nirgendwo war ein Staubkorn zu entdecken.

Das Atelier war der einzige Raum, den Michael bisher noch nicht kannte. Er drückte die Türklinke herunter. Es war abgeschlossen. Also ging er wieder auf die Terrasse hinaus. Von der linken Ecke bis zur Mitte waren es zweiunddreißig Schritte, und von der Mitte bis zur rechten Ecke noch einmal neunundzwanzig. Die rostroten Steinfliesen auf dem Boden harmonierten perfekt mit dem erdbeerfarbenen Anstrich des Hauses, und aus den Blumenkästen, die rundum in die breite Brüstung eingelassen waren, rankten rosé- und cyclamfarbene Geranien. Sie standen in voller Blüte und waren bestens gepflegt . . .

Michael stutzte. Zwischen den Blumen steckten zahllose Zigarettenkippen in der Erde.

Lara trug eine enge weiße Hose und darüber ein Twinset aus meergrüner Baumwolle. Das lange Haar hatte sie auf dem Oberkopf zusammengebunden, und ihr Gesicht strahlte wie die Sonne an einem Frühlingstag.

»Na, hallo!« rief sie. »Passen Sie auf, sonst fliegen Sie weg da draußen!«

Michael griff nach dem Gürtel des Bademantels und schnürte ihn noch fester zu als bisher.

»Hallo!« erwiderte er dann und lächelte. »Ich . . . ich dachte schon, Sie hätten mich verlassen . . .«

»Haben Sie mir irgend etwas getan, wovon ich noch nichts weiß?« Sie ging in die Küche und stellte ihre vielen Tüten und Taschen ab. »Wie geht's?«

»Wie Sie sehen, kann ich wieder ohne fremde Hilfe auf den Beinen stehen.«

»Tolles Gefühl, nicht wahr?«

Er lehnte sich gegen den Türrahmen und sah ihr zu, wie sie eine der vielen Tüten auspackte. Ein Paket Nudeln kam zum Vorschein, zwei Flaschen Wein ...

»Aber das wäre doch nicht nötig gewesen, Lara, es waren doch sicher noch Pitas im Haus.«

Sie grinste ihn an und wirkte so erschütternd selbstsicher dabei, daß Michael heiß und kalt zugleich wurde.

Er schluckte. »Sagen Sie ... was ist das eigentlich für eine Insel da? ... Ich meine die kleine da drüben ...«

»Gallinara?«

»Wie?«

»Schon der alte Cato hat sie in seinen Schriften erwähnt«, sagte Lara. »Daß Sie das nicht wissen, ist eine echte Bildungslücke.«

»Ach ja?«

»Gallinara verdankt ihren Namen einer besonderen Art von Wildhühnern, die dort leben. Früher war die Insel mal eine Einsiedelei. Dann wurde sie von den Benediktinern besetzt. Die haben dort ein Kloster gegründet, das später aufs Festland verlegt wurde.«

»Aha ...«

Sie grinste noch immer und zog im nächsten Moment eine Schachtel Zigaretten aus ihrer Jackentasche.

»O Gott, es ist also tatsächlich wahr ...«

»Was?«

»Sie rauchen!«

Sie sah ihn mißtrauisch an. »Sie nicht?«

»Und ob! Könnte ich wohl ...«

»Na, aber doch von Herzen gern«, erklärte Lara und wirkte sichtlich erleichtert dabei. »Heutzutage ist man doch froh über jeden Gleichgesinnten.«

Sie ging in den Korridor und machte sich an einer riesigen Kiste zu schaffen, die unter der Garderobe auf dem Boden stand. Michael schaute ihr über die Schulter und wollte es fast nicht glauben. Da lagen mindestens fünfzig Stangen Zigaretten, wenn nicht noch mehr.

»Bedienen Sie sich, wann immer Ihnen danach ist!« sagte sie. »Ich bekomme sie von Ambrosio – steuerfrei.«

»Gesund scheinen Sie ja auch nicht gerade zu leben ...«

Sie lachte. »Bevor ich zu einer alternativen Körnerfresserin werde, saufe und rauche ich mich zu Tode.«

»Bravo!« Michael saugte an der Zigarette, wie sie selbst es auch so gern tat. »Das Leben dieser Ökos muß im Grunde schrecklich langweilig sein«, sinnierte er dabei. »Manchmal frage ich mich, warum die überhaupt alt werden wollen. Die sollten doch vielmehr danach streben, es so schnell wie möglich hinter sich zu bringen ... allein schon meinetwegen ...«

»Aber unsretwegen sind sie doch gerade so zäh.« Sie ging wieder in die Küche und räumte weiter aus. »Wir sind in gewisser Weise ihr Motor, weil sie an uns ihren Fanatismus ausleben können. Oder haben Sie schon mal gehört, daß ein wirklicher Asket jemandem eine runterhaut, nur weil der in seiner Gegenwart eine Zigarette raucht? Ein wirklicher Asket hüstelt nicht mal.«

»Warum haben Sie die Tür zu Ihrem Atelier abgeschlossen? Hatten Sie Angst, ich klau' Ihnen was?«

»Ich mag es nicht, wenn man auf meine Arbeit schaut, bevor sie fertig ist.«

»Woran arbeiten Sie denn zur Zeit?«

Lara stieß einen bitteren Lacher aus. »Wenn ich das wüßte! Es ist eine Art von kreativer Schwangerschaft ... Da muß man Geduld haben ...«

Er schmunzelte. »Nun«, meinte er dann, »ich hoffe, daß das nächste Bild ein bißchen harmloser wird als die, die in Ihrem Schlafzimmer hängen. Da kriegt man ja einen Schock, wenn man die sieht.«

»Finden Sie?«

»Das mit der Puppe hat mich am Freitag fast umgehauen ...«

Sie sah ihn einen Moment nachdenklich an, dann drückte sie ihm auf einmal drei ihrer vielen Tüten in die Hand. »Hier!« meinte sie. »In dem Fräckchen da können Sie schlecht herumlaufen.«

Michael war sprachlos. Lara hatte ihm ein Paar Jeans gekauft, ein hellblaues Hemd und einen dunkelblauen Woll-Pullover, Socken, Unterwäsche, Turnschuhe ... Während er die Sachen anprobierte, räumte sie die restlichen Lebensmittel weg.

Das Bild mit der Puppe! Es war Jahre her, daß sie es gemalt hatte, und sie dachte nur ungern daran zurück. Sie hatte damit angefangen, um mit Brian abzurechnen, aber am Ende ging er auch aus diesem letzten Kampf als Sieger hervor. Das hatte die Ehe mit Brian aus ihr gemacht: eine Puppe mit abgeschlagenen Gliedern, eine Frau, die nicht mehr davonlaufen, die nichts und niemanden halten, die nicht einmal mehr sich selbst festhalten konnte ...

»Sie haben ein perfektes Augenmaß!« Michael stand im Türrahmen und drehte sich im Kreis. Die Hose und das Hemd paßten genau, und er sah richtig gut darin aus, erschreckend gut ...

»Nur meine Füße scheinen Sie sich nicht so genau angesehen zu haben.«

Lara schaute nach unten. Die Turnschuhe waren mindestens zwei Nummern zu groß.

Sie schluckte. »Ich werd' gleich noch mal runtergehen und sie umtauschen.«

»Das sollten wir vielleicht besser gemeinsam tun.«

»Soll ich Sie tragen?«

Sie ging ins Wohnzimmer und schaltete den Fernsehapparat ein. Sie wußte selbst nicht, warum; sie tat es nur, um irgend etwas zu tun. Hektisch trommelte sie auf der Fernbedienung herum.

»Nun plagen Sie sich doch nicht so!« sagte Michael. »Fernsehen ist nur was für einfältige Menschen. Genies wie wir müssen sich eine andere Form der Zerstreuung suchen ...«

Sie mußte schmunzeln, obwohl ihr eigentlich gar nicht danach zumute war. Dann atmete sie tief durch.

»Ich habe mir nicht nur Ihre Füße nicht genauer angesehen ...«, flüsterte sie. »Ich denke, das sollten Sie wissen. Ob Sie es glauben, ist Ihre Sache ...«

Sie sah ängstlich aus, als sie das sagte, und sie war es auch. Zum erstenmal seit fast vier Jahren war sie mit einem Mann allein. Bisher war Michael ein Versehrter gewesen, ein kranker, schwacher Mann, von dem nichts zu befürchten war. Jetzt war das auf einmal anders, das war ihr siedend heiß zu Bewußtsein gekommen, als er plötzlich angezogen vor ihr stand. Jetzt war er wieder fit, ein ganzer Mann ...

Michael konnte Laras so plötzliche Scheu nicht verstehen. Seines Erachtens war er der einzige, der hier ein Recht hatte, scheu zu sein.

»Lara ...«

Sie lief in die Küche.

Augenblicke später öffnete sie die Tür, die in ihr Atelier führte.

»Wissen Sie«, erklärte sie dabei in einer nahezu atemberaubenden Geschwindigkeit, »mit der sogenannten Kunst ist es eine ganz verteufelte Sache. Ob man Schriftsteller, Komponist oder Maler ist, man ist immer nur ein Werkzeug, und darüber kann auch der größte Erfolg nicht hinwegtäuschen. Ich habe zwar die Farben, die Pinsel und die Leinwand, aber solange nur ich male, ist das Ergebnis einfach nichts wert. Erst wenn ES zu malen beginnt, erst dann entsteht ein Kunstwerk, und ES ist nun mal ein rätselhaftes Ding. Hier hat ES mich gerade ziemlich verladen. Stümperhafter kann Dilettantismus fast schon nicht mehr sein. Finden Sie nicht?«

Michael wußte nicht genau, was er finden sollte. In Laras Atelier sah es wüst aus – wüst war gar kein Ausdruck. Unbeschreiblich. Auf dem Marmorboden waren dicke Farbkleckse, ebenso an den weiß gekälkten Wänden. Hunderte von Bleistift-Skizzen lagen herum, und sie zeigten alle das gleiche Motiv. Zwei Frauen.

»Früher war die Malerei nur ein Hobby für mich«, seufzte Lara. »Aber in letzter Zeit bin ich regelrecht süchtig danach . . .«

»Viele Menschen klammern sich an ihre Arbeit«, entgegnete Michael und starrte dabei auf die Leinwand, die mit Farbe bespritzt war. »Wenn es sonst nichts gibt, woran man sich klammern kann . . .«

Für einen kurzen Moment sahen sie einander in die Augen.

»Wissen Sie«, sagte er dann, »normalerweise ist das ja immer ganz anders, wenn man jemanden kennenlernt. Da zeigt man gerade zu Anfang doch immer nur das Sonntagsgesicht.«

Lara lächelte. »Man geht zum Friseur . . .«

». . . gurgelt sich fast die Kehle wund . . .«

». . . und wenn man den ersten Schnupfen hat, verkriecht man sich, weil der andere die Triefnase nicht sehen soll.«

»Genau das!«

Er sagte das auf eine Art, daß Lara ganz weiche Knie bekam. Und wie er sie dabei ansah!

»Als ich zum ersten Mal über längere Zeit mit meinem geschiedenen Mann zusammen war, hatte ich eine chronische Verstopfung.«

»Das kenn' ich auch«, lachte Michael. »Am liebsten würde man nach jedem Essen eine Flasche Parfum trinken, nur damit die Scheiße später nicht so stinkt . . .«

Wieder sah er sie so an, und Lara senkte den Blick, weil sie es nicht mehr aushalten konnte.

»Seit wann sind Sie geschieden?«

Erleichtert über diesen Themenwechsel, ging Lara ins Wohnzimmer zurück.

»Seit neun Jahren.«

Er war sichtlich überrascht.

»Ich habe mit zweiundzwanzig geheiratet, vier Jahre hat die Ehe gedauert, und da ich mittlerweile vierunddreißig bin, ist es neun Jahre her.«

Sie schaltete den Fernseher ab und öffnete die Terrassentür.

»Ich hätte Sie für jünger gehalten«, erklärte Michael.

»Das tun viele. Liegt vermutlich an meiner kindlichen Ausstrahlung.«

»Kindlich würde ich die nicht nennen ...«

Sie spürte, wie sich alles in ihr zusammenkrampfte. Sie war nicht nur kindlich, sondern zudem auch noch kindisch; das wußte sie in diesem Moment besser denn je. Das junge Mädchen in ihr wollte einfach nicht begreifen, daß seine Zeit längst vorüber war ...

»Warum haben Sie sich scheiden lassen?«

Sie setzte sich aufs Sofa.

»Er liebte mich nicht«, sagte sie, »Brian hat mich zu keiner Zeit geliebt. Wir haben geheiratet, weil ich ihn liebte und weil ich ihm lang genug eingeredet habe, meine Liebe würde für uns beide reichen ...«

»Und dem war nicht so ...« Michael sagte das mehr zu sich selbst als zu ihr, aber das fiel Lara nicht auf.

»Nein«, lachte sie, »am Ende hatte er eine chronische Gastritis und hat sich ständig übergeben. Schönes Bild, nicht wahr? Wenn Brian mich sah, mußte er kotzen.«

Er setzte sich neben sie.

»Sie sehen die Welt gern in Bildern, nicht wahr?«

»Das ganze Leben ist ein Bild – manchmal glaube ich, es ist eine Momentaufnahme für die Ewigkeit.«

»Haben Sie einen Mann?«

»Nein.«

»Einen Freund?«

Sie schüttelte den Kopf.

»Sie wollen mir einreden, daß eine Frau wie Sie ganz allein durchs Leben läuft?«

»Das habe ich nicht gesagt.«

»Sie haben also doch einen Freund.«

»Ich habe Julien, das wissen Sie doch.«

»Ich meine es ernst, Lara.«

»Ich auch! Aber ich weiß, daß es schwer zu verstehen ist.« Sie lächelte ihn an. »Ich küsse das Bild, und es küßt mich nicht zurück. Es kann mich aber auch nicht schlagen. Es gibt mir nichts, aber es nimmt mir auch nichts. Und daß es mir nichts nimmt, das ist wichtig für mich.«

»Soll das heißen, daß Sie die letzten neun Jahre wie eine Nonne gelebt haben?«

Sie ließ sich Zeit mit der Antwort. »Nein, Michael«, sagte sie dann, »so klug war ich leider nicht.«

Er stutzte. »Sagen Sie das noch einmal!«

»Was?«

»Meinen Namen.«

Ihr Verstand fand das saublöd. Sie waren schließlich nicht in einem Hollywood-Schinken. Ihr Gefühl war indes ganz hingerissen, denn sie liebte Hollywood-Schinken . . .

»Michael . . .«, hauchte sie entsprechend andächtig.

»Noch mal!«

»Michael . . .«

Sie sah in seine Augen und spürte, daß sie auf dem besten Weg war, eine Dummheit zu machen.

»Geben Sir mir die Schuhe!« sagte sie und stand auf. Dann lief sie in die Küche, und holte die Zeitung, die sie Abdul abgeschwatzt hatte.

»Hier!« sagte sie und hielt sie Michael unter die Nase.

»Vielleicht steht ja etwas Interessantes drin.«

Sie packte die zu großen Turnschuhe in eine Plastiktüte. »Ich bin gleich wieder da«, meinte sie. »Sie können uns ja in der Zwischenzeit einen Kaffee kochen.« Sie stand schon an der Tür.

»Lara?«

Langsam drehte sie sich um.

»Ich . . . ich würde gern du zu Ihnen sagen . . . Ist das okay?«

Sie nickte. »Ach ja«, meinte sie dann noch, so beiläufig, wie es ihr eben möglich war, »Sie ... du weißt, daß ich ein Telefon besitze?« Sie wies auf das Anbau-Element. »Nur für den Fall, daß es irgend jemanden gibt, den du anrufen willst ...«

Michael rief niemanden an, und er wollte auch nicht wissen, was in dieser gottverdammten Zeitung stand, die er überdies ja ohnehin nicht hätte lesen können. Er war abgetaucht. Michael Landers gab es nicht mehr. Einen Drei-Tage-Bart hatte er schon, und wenn er den noch ein bißchen wachsen ließ, konnte ihn bald niemand mehr erkennen, und dann brauchte er sich nur noch einen neuen Namen zuzulegen ...

Er nahm den *Corriere della Sera*, zerriß das Blatt in tausend Stücke und warf die Papierschnitzel von der siebten Etage hinunter auf den Parkplatz vor dem Haus. Es gefiel ihm. Er kam sich vor wie ein kleiner Junge, der etwas völlig Dummes und gerade deshalb so ungemein Befriedigendes tat.

Lara tauschte die Turnschuhe um. Das Paar, das sie jetzt anbrachte, war zwar ein wenig zu klein, doch verriet ihr Gesicht, daß sie nicht willig war, noch einmal zu gehen.

»Die weiten sich!« meinte sie.

Den Tag verbrachten sie weitgehend auf der Terrasse. Eingehüllt in mehrere Wolldecken, sprachen sie über Gott und die Welt und tranken soviel Kaffee, daß Michael zwischendurch mal meinte, Lara hätte Aktienanteile an einer Plantage. Er scheute sich nicht, ihr persönliche Fragen zu stellen. Was das anging, war er noch nie zimperlich gewesen, doch erlebte er zum erstenmal, daß das Gegenüber seine Neugier auch befriedigte.

Lara erzählte über ihre verrückte Kindheit, in der sie von einer Stadt in die andere gezogen waren, sie erzählte über den Tod ihres Vaters und den neuen Mann ihrer Mutter, die heute in Deutschland lebten, ja, sie erzählte sogar über ihre Ehe mit Brian.

»Eine der schlimmsten Erfahrungen, die ich in meinem Leben gemacht habe, ist die, daß es Menschen gibt, denen man einfach nicht gewachsen ist. Brian kannte all meine verletzbaren Stellen und hat mich nach Belieben manipuliert. Das ist mir nur leider nicht aufgefallen. Ich habe zwar bemerkt, daß ich ihm nicht gewachsen war und deshalb ständig versucht dazuzulernen, aber Brian lernte seinerseits ja auch immer weiter, und so blieb er der Stärkere . . .«

Michael schluckte, als er das hörte. Er hatte auf einmal einen so bitteren Geschmack im Mund.

»Ist Brian der Messer-Mann?«

Lara lachte. »Der Messer-Mann?«

»Ich meine das Bild im Schlafzimmer.«

»Es hat während unserer Ehe nie wirklichen Streit gegeben«, seufzte sie. »Mit Brian konnte man nicht streiten, das war ihm zu dumm. Und das machte mich rasend. Eines Tages hat es mich so aus der Fassung gebracht, daß ich drohte, ihn mit einem Küchenmesser zu erstechen. Ich war völlig außer mir und ließ mich gehen . . . und das fand Brian peinlich. Er fand jedes Gefühl peinlich. Na ja, auf jeden Fall hat er am Ende laut gelacht und gemeint, ich sollte es ruhig versuchen, wenn mir danach wäre, nur müßte ich überhaupt erst mal seine empfindliche Stelle finden . . .«

Der bittere Geschmack in Michaels Mund wurde so heftig, daß er es kaum noch aushalten konnte.

»Warum bist du dann bei ihm geblieben?«

Lara fuhr sich mit den Händen durch das lange Haar. »Das hat sich mein Psychiater auch immer gefragt«, stöhnte sie. »Der Arme starb, ohne die Antwort je gefunden zu haben.«

»Hat er sich während einer Sitzung mit dir erhängt?«

»Er hat sich am hellichten Tag mitten in der Innenstadt von Miami die Pulsadern geöffnet.«

»Natürlich hat ihn keiner dabei gestört . . .«

»Amerika ist ein freies Land . . .«

Zum Mittagessen gab es Spaghetti. Lara ließ sie nicht lange genug kochen, so daß sie arg »al dente« waren, und die dazugehörige Soße »marinara« kam aus einer Flasche, und weil das mengenmäßig nicht so ganz reichte, warf sie noch ein Dose Muscheln darunter und kochte alles kurz auf.

»Du gefällst dir in der Rolle der miserablen Köchin«, meinte Michael mit nachdenklicher Miene.

Lara rührte in dem dampfenden Topf herum. »Ich durfte nie leben wie andere Frauen! Deshalb habe ich irgendwann aufgehört, sein zu wollen wie andere Frauen.«

»Und angefangen, bewußt anders zu sein?«

»Manchmal nicht nur bewußt, sondern fast schon zwanghaft ...«

Sie überlegte, wann all das angefangen hatte.

»Vor allem war da ein finanzieller Aspekt«, erklärte sie. »Die Abfindung von Brian ist für die Wohnung draufgegangen, und das Geld, das ich von meinem Vater geerbt habe, ist fest angelegt.«

»Kannst du von den Zinsen leben?«

»Solange ich mir keinerlei Extras leiste. Neue Kleider, ein Lippenstift oder gar eine Flasche Parfum sind nur drin, wenn ich meinen Italienisch-Unterricht gebe.«

Noch während sie das sagte, wurde ihr bewußt, daß das nicht stimmte. Der wahre Grund für ihre so eigentümliche Lebensweise war keineswegs Geldnot.

»Außerdem habe ich jahrelang einen Haushalt geführt«, behauptete sie da auch schon, um die Wahrheit zu verdrängen. »Und ich habe die Nase voll davon! Bei mir darf die Zubereitung des Essens nicht länger dauern als das Essen selbst. Ich esse schließlich nur, um zu leben, und lebe nicht, um zu essen. Und ich finde, daß ich das Recht habe, so zu denken ...«

Am Nachmittag schaltete der liebe Gott die Windmaschine wieder ab. Ebenso plötzlich, wie der Sturm begonnen hatte, legte er sich jetzt; es dauerte keine fünf Minuten, und die Palmen regten sich nicht mehr, und das Meer lag flach und glatt da wie eine übergroße Badewanne.

Für Laras Verhältnisse überschlug sie sich an jenem Montag nahezu in puncto Gastfreundschaft. Nach den Nudeln am Mittag ging sie am Abend glatt noch mal los, um für Michael und sich selbst eine Pizza zu holen. Dazu gab es Wein, und sie saßen auf der Terrasse, und das einzige Licht, das sie hatten, war das des Mondes.

»Schön ...«, hauchte Michael, »nicht wahr?«

Sie lachte. »Nur Werwölfe schmachten den Mond an.«

»Vielleicht bin ich einer.«

»Dafür hast du nicht genug Haare auf der Brust.«

»Hast du keinen Sinn für Romantik?«

Sie verzog das Gesicht.

»Die meisten Frauen -«

»Ich bin nicht wie die meisten Frauen.«

Er spürte, daß sie sich ihm entzog, und konnte sich nicht erklären, warum.

»Du lebst sehr . . . zurückgezogen«, versuchte er, das Thema zu wechseln, und zündete sich eine Zigarette an. »Seit ich hier bin, hat kein einziges Mal das Telefon geläutet – oder habe ich es nur nicht gehört?«

Lara sah ihm fest in die Augen. Sie wußte genau, was er wollte, und sie wollte es auch – das war ja das Schlimme. Sie nahm sich ebenfalls eine Zigarette und inhalierte den Rauch so tief, wie sie eben konnte.

»Du hast wunderschöne Hände«, flüsterte er.

Verwirrt sah sie ihn an. »Du auch«, sagte sie dann, und daraufhin war er verwirrt.

»Und du hast hinreißende Augen . . .«

Sie lächelte. »Du auch.« Nun wirkte sie schon nicht mehr verwirrt, und das ärgerte ihn.

»Vor allem aber hast du den bezauberndsten Körper, den ich je gesehen habe, und wenn du jetzt sagst ›*Du auch!*‹, dann spring' ich vom Balkon . . .«

Sie lächelte. »Du willst mit mir schlafen, nicht wahr?«

Er senkte den Kopf. So deutlich hätte sie das nicht unbedingt sagen müssen!

»Ja . . .«, knurrte er schließlich, »und ich finde, daß das eine völlig natürliche Folge der Entwicklungen wäre. Ich meine –«

»Hast du jemals versucht, mit zweihundert Stundenkilometern über die Bergstraße nach Monaco zu fahren?«

»Nein.« Michael war ziemlich erstaunt über diese Frage.

»Stell dir vor, du hättest es versucht! Beim erstenmal prallst du mit deinem Wagen gegen einen Felsen und fährst ihn zu Schrott. Beim zweitenmal rast du frontal gegen einen anderen Wagen, brichst dir ein Bein und verursachst einen gewaltigen Sachschaden! Beim drittenmal schießt du mit dem Kopf durch die Windschutzscheibe und bringst einen anderen Menschen um sein Leben, und beim viertenmal stürzt du den Abhang hinunter, so daß kein Knochen mehr heil ist in deinem Leib . . . Würdest du es da auch noch ein fünftes Mal versuchen?«

»Wenn mir etwas daran läge . . .«

»Dann bist du nicht zu retten!«

»Es könnte aber doch auch beim fünftenmal endlich klappen.«

»Die Chancen, bei diesem fünftenmal zu Tode zu kommen, sind wesentlich größer. Das Schicksal hat dich schließlich schon viermal gewarnt . . .«

Michael öffnete den Mund, um etwas zu sagen, schob dann aber nur den Unterkiefer vor, wie er das so häufig tat. Er starrte auf die Tischplatte und wartete auf den richtigen Augenblick. Als Lara ihre Zigarette im Aschenbecher zerdrückte, war es soweit. Er griff nach ihrer Hand.

»Du kannst mir nicht erzählen, daß du es nicht auch spürst.«

»Was?«

»Ich glaube nicht an Zufälle, Lara. Daß du und ich einander begegnet sind, hat etwas zu bedeuten, es –«

»O mein Gott!« Sie riß sich frei und keifte los wie ein Marktweib. »Nun komm mir doch nicht mit dieser Nummer! Vor zehn Jahren hätte ich an solchen Schwachsinn vielleicht noch geglaubt. Lara, hätte ich da zu mir gesagt, Gott schwemmte dir den Mann deines Lebens vor die Füße, und das hat selbstverständlich etwas zu bedeuten. Ihr werdet jetzt in innige Liebe zueinander verfallen, und dann bleibt ihr zusammen, bis der Tod euch scheidet!«

»Aber genauso könnte es doch auch sein.«

Lara atmete tief durch.

»Oder glaubst du nicht an die Liebe?«

»Was meinst du mit Liebe, Michael? Dieses Wahnsinns-Gefühl, wenn es feucht wird im Schritt?«

Er war sprachlos.

»Weißt du«, sagte sie, »wenn ihr Männer von Liebe sprecht, dann meint ihr immer nur Sex. Aber wehe, wir Frauen sprechen von Liebe! Dann fühlt ihr euch sofort eingeengt und umklammert!«

Noch immer sah Michael sie schweigend an.

»Liebe ist ein Geschenk, Michael. Und es gibt Menschen auf dieser Welt, denen dieses Geschenk einfach nicht vergönnt ist.

Man findet sich also entweder damit ab, oder aber man läuft Gefahr, daß das Schicksal immer fester zuschlagen muß, damit man kapiert.«

»Bist du so einsam . . .?«

»Nun laß uns aber doch bitte nicht rührselig werden!« brüllte sie ihm ins Gesicht. »Ich bin nicht einsam, ich bin nur allein mit mir, das ist etwas ganz anderes.«

»Nenn es, wie du willst!« brüllte er zurück. Was sie konnte, konnte er erst recht. »Ich nenne es Einsamkeit!«

Seine Stimmgewalt war so beeindruckend, daß Lara die ihre sofort drosselte.

»Und aus dieser Einsamkeit willst du mich erretten, wie?«

Nun reichte es. Michael legte den Kopf tief in den Nacken. »Um hier mal eines klarzustellen, Miss Laddock: ich schlafe grundsätzlich nicht mit Frauen, die nicht auch mit mir schlafen wollen. Das habe ich überhaupt nicht nötig, ich –«

Sie brach in schallendes Gelächter aus. »Natürlich nicht!« tönte sie. »Vermutlich hast du zu Hause tausend Dankschreiben im Schrank, und die Weiber liegen vor dir auf den Knien, weil es ihnen keiner so gut besorgt wie du . . .« Sie zündete sich eine weitere Zigarette an und blies formschöne Kringel in die nachtblaue Luft.

»Ich brauche keinen Mann fürs Bett, Michael«, fuhr sie fort. »Aus dem Alter bin ich raus. Den Orgasmus im Kopf muß ich haben, den in der Seele . . . Und dazu seid ihr doch alle nicht fähig. Einige von euch sind als Liebhaber so schlecht . . . wenn es da ein Gesetz gäbe, müßte es euch glatt verboten werden!«

Eine ganze Weile saß Michael stumm da und sah Lara einfach nur an. Dann konnte er auf einmal nicht mehr. Er fing an zu lachen, wie er seit Jahren nicht mehr gelacht hatte, es war fast schon beängstigend. Er hatte im Verlauf seines Lebens schon so manch weibliche Klage vernommen, aber noch nie war eine Frau so mit ihm und seinesgleichen ins Gericht gegangen wie diese Lara Laddock. Als er sich wieder etwas beruhigt hatte, schaute er ihr ins Gesicht.

»Du bist die erste Emanze, der ich begegne.«

»Ich bin keine Emanze.«

»Das würde ich aber schon so sehen.«

»Emanzen hassen Männer und befreien sich am grünen Tisch.

Mittendrauf steht ein Reagenzglas mit einem marinierten Penis. Sie hoffen, wenn sie das Ding lange genug ansehen, wächst ihnen auch eins.«

Sie atmete tief durch.

»Ich habe niemals eine Backe-Backe-Kuchen-Beziehung gewollt, Michael. So eine Ehe, in der alles ordentlich und nach Fahrplan verläuft. Ich wollte immer etwas anderes, wollte mehr ...«

»Und das hast du nicht bekommen?«

»Den Männern in meinem Leben war ich immer zu anstrengend. Ihre Gefühle sollten nur für den Augenblick gelten, ihre Ansprüche bis in alle Ewigkeit.«

»Und was wolltest du?«

Ihre Augen funkelten im Mondlicht. »Weißt du, Michael«, sagte sie, »du hast in meinen Armen gelegen und geschwitzt wie ein Schwein. Ich habe dich nackt ausgezogen, von einem Bett ins andere gerollt, ich habe dich auch geküßt und gestreichelt ... und jetzt willst du einen Ausgleich dafür. Den wolltest du schon den ganzen Tag. Zuerst hast du mich ausgefragt, und jetzt willst du mit mir schlafen. Du willst mir beweisen, daß du auch ein ganz toller Hecht sein kannst ...«

Das stimmte, und Michael machte ein etwas betretenes Gesicht. »Ist das so schlimm?«

Sie lächelte. »Nein. Aber Ehrgeiz ist kein guter Grund für Sex. Zumindest nicht für mich.«

Sie stand auf und wollte gehen.

»Was muß passieren, damit du deine Mauer einreißt?«

Eigenartigerweise wußte sie sofort, was er meinte.

»Ich müßte das Gefühl haben, an meiner Sehnsucht zu sterben.«

Lara ging, und Michael blieb zurück. Eine ganze Weile starrte er aufs Meer hinaus und versuchte, sich seine Gefühle bewußt zu machen. Eigentlich war er der Verlierer des Abends. Trotzdem hatte er das sichere Gefühl, einen Sieg errungen zu haben ... das war verrückt, und im Grunde war ihm das alles auch viel zu schwierig.

Lara hatte sich in ihr Atelier zurückgezogen. Durch das Schlüsselloch sah er, wie sie vor ihrer Staffelei stand und wie eine Besessene malte.

Er brauchte jetzt dringend einen Schnaps oder auch zwei. In der

Küche fand er die Cognac-Flasche, die Lara zwei Tage zuvor gekauft hatte. Er nahm sie und drückte sie an sich wie eine Geliebte. Der Geist des Weines half ihm, die Welt zu vergessen und ganz er selbst zu sein. Schnaps machte frei, und Freiheit war Glück.

Er ging wieder auf die Terrasse hinaus und nahm einen großen Schluck. Das silberne Band des Mondlichts fiel auf die Isola Gallinara, und der Himmel war sternenklar. Er war jetzt siebenundvierzig Jahre alt und immer noch ein gutaussehender Mann. Er hatte es weit gebracht in seinem Leben, und von diesem einen Abend einmal abgesehen, waren die Frauen seinen Verführungskünsten noch immer erlegen. Er hatte viele Frauen gehabt, so viele, daß er sich an die meisten schon gar nicht mehr erinnern konnte. Sie alle hatten geglaubt, er hätte sie begehrt, weil sie so schön waren oder so klug oder einfach so einmalig. In Wahrheit hatte er sie lediglich gebraucht, so dringend wie die Luft zum Atmen. Sie gaben ihm für kurze Zeit das Gefühl, als Mann etwas zu taugen, ein Gefühl, das Aileen in ihm getötet hatte ...

Aileen ... Er wollte sich nicht erinnern, aber er konnte sich nicht dagegen wehren ... die Party ... der Freitagabend ...

Nach seinem Streit mit Aileen hatte er sich die Hände gewaschen und war anschließend wieder zu seinen Gästen gegangen. Elisabeth lobte Aileens Avocado-Creme und wollte unbedingt das Rezept haben, und Isabelle bewunderte die vielen, üppig grünen Farne auf der Fensterbank.

»Daß die bei dir halten! Meine werden immer gleich braun.«

Cissy hatte die Bekanntschaft der »reizenden« Witwe Chandler gemacht.

»Ich war zwar noch nie in Frankfurt«, schnatterte die wie eine Wildente, »aber es soll ja eine furchtbar häßliche Stadt sein, habe ich gehört. Und es soll so schrecklich viele Ausländer dort geben. Und die Verbrechensrate ist ja wohl eine der höchsten auf der ganzen Welt. Sie sind Michaels Sekretärin, nicht wahr?«

»Ja ...«, erwiderte Cissy gedehnt. »Seit vier Jahren ...«

»Aber Sie sind auch Amerikanerin? Oder etwa nicht?«

»Doch. Ich habe nur nie drüben gelebt. Mein Vater war Berufssoldat und in Mannheim stationiert.«

»Was ihr die Mannheimer Krankheit einbrachte!« warf Michael lautstark ein. »Davon redet sie nur nicht gern.«

Ein leises Raunen ging durch die Gästeschar, was Michael erfreut zur Kenntnis nahm.

»Cissy lebt jetzt seit vier Jahren in Frankfurt«, sagte er zu Mrs. Chandler, »und trotzdem kann ich sie nicht einmal sorglos zum Hauptbahnhof schicken, obwohl der nur drei Ecken entfernt ist. Sie irrt dann womöglich stundenlang völlig orientierungslos durch die Innenstadt und starrt mit dumpfem Blick auf die vielen, vielen Schilder. Mannheimer Krankheit!«

Jeff lachte laut – ein wenig zu laut, wie Michael insgeheim fand, denn so witzig war seine Erzählung ja nun auch wieder nicht. Mrs. Chandler konnte nicht einmal darüber schmunzeln.

»In Mannheim gibt es nämlich keine Straßennamen«, klärte er sie daraufhin auf. »Die Stadt ist in Planquadrate eingeteilt. Da wohnt man dann an so ungemein eleganten Adressen wie L7, 4A oder K3, 5A bis 5B.«

Mrs. Chandler starrte ihn fassungslos an. »Das glaube ich Ihnen nicht«, sagte sie dann im Brustton der Überzeugung.

Für einen Moment stutzte Michael. »Das ist *das* Problem meines Lebens, Madame. Man glaubt mir nie, wenn ich die Wahrheit sage . . .«

Für einen kurzen Moment hielt Mrs. Chandler den Atem an, dann wurde sie erlöst.

»Darf ich Ihnen noch irgend etwas anbieten, Mrs. Chandler?«

»Sehr freundlich, Mrs. Landers, aber ich habe schon viel zuviel gesündigt heute.«

»Ein bißchen Crème Caramel vielleicht?«

»Sie wissen doch, mein Zucker.«

»Wie wär's denn mit Salat?«

Für Michael war das Auftauchen seiner Frau wie das Ertönen einer Fanfare. Nun war es soweit. Das Spiel konnte beginnen. Rasch schenkte er sich noch einen letzten Whiskey ein. Seine Vernunft riet ihm, besser darauf zu verzichten. Er hatte schon jetzt viel zuviel getrunken, das spürte er deutlich. Aber vernünftig zu sein war noch nie seine Stärke gewesen. Er kippte den Bourbon hinunter, als könnte nur das ihn vor dem Verdursten retten. Dann wandte er sich an Edy, der gerade dabei war, das Buffet zu plündern und sich dabei angeregt mit der schwangeren Sandrine unterhielt.

Es ging um die Hüftgelenke ihrer Erstgeborenen, die angeblich nicht fürs klassische Ballett geeignet waren, und das, wo Sandrine doch alles getan hatte, um die Kleine in der Schule unterzubekommen, die auch die Grimaldi-Prinzessinnen besucht hatten.

»Als angehender Sportmediziner können Sie mir doch sicher sagen –«

»Entschuldige!« fiel Michael ihr ins Wort und tippte Edy auf die Schulter. »Geh mal kurz zum Klo, Yeti!«

»Was?«

Michael lachte nur und umarmte Cissy, glitt mit den Händen in den tiefen Rückenausschnitt ihres Kleides.

»Hast du eigentlich schon mein neues Boot gesehen, Cissylein?«

Sie wußte gar nicht, wie ihr geschah. »Nein.«

»Dann wird es aber höchste Zeit! Ist nämlich ein ganz geiles Gerät. Es hat einen Bug wie du, ein Heck, das einem den Samen in die Hose treibt, und wenn du erst diesen Schwengel von einem Mast siehst ... Ehrlich, mein Engel, als ich das Boot zum erstenmal sah, hatte ich sofort einen Orgasmus, und das ist mir schon lange nicht mehr passiert, weil ich ja sonst immer nur Aileen sehe. In der Kajüte sind übrigens auch Kojen, ganz bequeme sogar, und die sind immer noch jungfräulich ...«

Er küßte ihren Nacken und spürte, wie sie zu zittern begann. Jeff drehte die Musik lauter. Wie es aussah, wollte Michael wieder mal einen seiner berühmt-berüchtigten Auftritte liefern. Das war nur schwerlich zu verhindern, aber ein einziger Handgriff reichte aus, um die Zuhörerschaft auf ein Minimum zu reduzieren.

Er kam zu Michael herüber. »Merkst du eigentlich nicht, wie du Cissy mit deinem Gerede auf die Nerven gehst?« sagte er leise.

Michael grinste nur. »Damit hat Aileen mich angesteckt«, erklärte er, ohne seine dramaturgisch so wichtigen Zärtlichkeiten mit Cissy zu unterbrechen. »Die merkt ja auch nie, wenn sie mir mit ihrem Gerede auf die Nerven geht.« Ganz fest preßte er Cissy an sich. »Komm, Schatz, wir geh'n jetzt eine Runde ficken!«

»Michael!« sagte Aileen mit ihrem so unnachahmlichen Tonfall. Etwas Rügendes lag darin, zugleich etwas Verzeihendes. So sprach man mit kleinen Kindern, mit siechen Alten und mit Irren – vor allem mit Irren.

Wieder grinste Michael. »Keine Sorge, Aileen! Cissy hat kein AIDS. Und selbst wenn sie es hätte, könnte sie höchstens die Kinder und mich damit anstecken. Du bliebest in jedem Fall verschont; so ein Virus hat schließlich auch seinen Stolz.«

»Mein Gott, Michael!« mischte Jeff sich nun wieder ein. »Laß es gut sein! Jeder hier weiß, was für ein brillanter Rhetoriker du bist. Du brauchst niemandem mehr etwas zu beweisen.«

»Das ist mir klar!« entgegnete Michael ungerührt. »Aber ich bin all den vielen Leuten hier doch etwas schuldig. Schließlich sind sie nur hergekommen, weil ich mich meiner Frau gegenüber immer so schlecht benehme. Ihr eigenes Leben ist so furchtbar langweilig, daß sie hin und wieder einen Abend mit Aileen und mir brauchen, um die nächsten sechs Wochen zu überstehen. Und diese beklagenswerten Kreaturen darf ich schließlich nicht enttäuschen.«

Er ging zur Stereoanlage und wollte sie abschalten, aber Jeff hielt ihn im letzten Moment zurück.

»Ich warne dich, Mike!«

»Tust du das?« Er schaute in die Runde. Witwe Chandler sprach inzwischen über ihre dramatische Gallenblasen-Operation, und Sandrine hörte ihr interessiert zu. Sicher begann sie gleich, von ihren diversen Geburten zu erzählen, das war dann ausgleichende Gerechtigkeit.

Isabelle und Elisabeth tauschten die Adressen ihrer Friseure, und all die anderen Gäste standen sowieso in ihren angestammten Grüppchen und redeten den üblichen Schwachsinn.

»Die Kretins weckt eh keiner mehr aus ihrem Todesschlaf!« seufzte Michael. »Richte ich mein Grußwort also an euch!« Ganz eng preßte er Cissy an sich, schaute von Jeff zu Aileen, von Aileen zu Edy, der inzwischen dazugekommen war.

»Dieses süße Vögelchen und ich, wir gehen jetzt bumsen. Und Aileen kommt mit und guckt zu. Damit sie endlich mal lernt, wie man es macht.«

»Ich warne dich!« wiederholte Jeff, und dabei hatte seine Stimme einen derart gefährlichen Klang, daß er selbst am meisten darüber erschrak.

Michael lachte nur. »Wie sprichst du denn mit deinem zukünftigen Mörder? Daß dieser Mann aber auch immer eine dicke Lippe riskieren muß!« sagte er dann zu Cissy. »Dabei hat er einen Zettel an seinem Schwanz hängen. *NnzP* steht drauf. Das ist die Abkürzung für ›*Nur noch zum Pinkeln*‹!«

Er lachte ihr ins Ohr und preßte sie nur noch fester an sich.

»Hören Sie sofort auf mit diesem Theater!« schrie Edy, der Schweizer, und im nächsten Moment stand er auch schon da und entriß Cissy Michaels Klammergriff. »Sie glauben doch wohl nicht ernsthaft, daß ich tatenlos dabei zusehe, wie Sie sich an meiner zukünftigen Frau vergreifen!«

»Oh«, stöhnte Michael gelangweilt, »ich hab' dir doch gesagt, daß du zum Klo gehen sollst, Yeti. Entwässern ist gut fürs Gehirn!«

»Mister Landers!«

»Oder geh eine Runde jodeln. Wie wär' das?«

Aileen geriet zusehends in Panik. Daß Michael sie vor anderen demütigte, war schon so oft vorgekommen, daß sie fast schon so etwas wie Übung darin hatte. Jetzt ließ er seine Launen aber an einem Fremden aus, und das konnte übel enden. Sie wollte keine Schlägerei in ihrem Haus haben.

Sie hatte diesen Gedanken noch nicht ganz zu Ende gebracht, als Edy auch schon auf Michael losging. Im letzten Moment trat Jeff dazwischen.

»Nicht doch«, sagte er zu dem aufgebrachten jungen Mann. »Sie werden sich doch nicht die Finger schmutzig machen ...!«

Michael war sichtlich enttäuscht. Er war zwar wesentlich kleiner und älter als dieser Schweizer Naturbursche, aber er hatte sich trotzdem gute Chancen ausgerechnet, aus diesem Zweikampf als Sieger hervorzugehen. Das einzig Gute an dem vereitelten Handgemenge war, daß nun alle Gäste aufmerksam geworden waren. Michael ging hinüber zur Stereoanlage und drehte die Musik leise. Alle starrten ihn an.

»Jeff muß sich immer in alles einmischen«, beklagte er sich lautstark. »Seine Nase steckt er in alles, nur seinen Schwanz nicht in Aileen.«

Worauf die meisten im Saal jenen peinlich starren Blick bekamen, als hätten sie das gar nicht gehört. Wohlerzogene Menschen überhörten gewisse Dinge ganz einfach. Michael ärgerte sich schon lange nicht mehr über solche Kleinigkeiten. Er blickte zu Aileen hinüber. Wie bleich sie war und wie sehr darum bemüht, Haltung zu bewahren!

»Sandrine?« rief er laut.

»Ja«, klang es leise zurück.

»Ist es wahr, daß deine Große mit Andrew in die Schwimmschule geht?«

»Ja.«

»Und Elisabeth spielt sonntags immer Tennis mit Aileen! Und Isabelle kommt schon mal zum Tee! Und wie sehr meine Gattin Cissylein zugetan ist, hat ja wohl jeder gesehen. Oder etwa nicht?«

Wieder goß er sich einen Whiskey ein.

»Kommt ihr euch eigentlich nicht völlig bescheuert vor?«

Er nahm einen kräftigen Schluck. Der Whiskey schien ihn zu beflügeln.

»Aileen degradiert euch zu Schwanzschwestern, meine Lieben. Das Aas weiß genau, daß ich jede von euch gevögelt habe, aber sie ist trotzdem immer nett zu euch, denn ihr wart ja nur Affairen, bedeutungslos! Wichtig kommt nur sie sich vor, die legitime Mrs. Michael Landers. Nicht wahr, Aileen?«

Jeff, der sich bisher um den immer noch arg erregten Edy gekümmert hatte, trat neben Aileen und legte beschützend seinen Arm um ihre Schultern. Dieser Anblick ließ Michaels Gehirnzellen endgültig explodieren.

»Weißt du, Jeff«, meinte er mit fröhlicher Stimme, »du solltest dir mal so ein paar richtig schwere Beruhigungsmittel besorgen. Die gibst du dann Aileen und machst sie abhängig davon. Was meinst du, was für einen Genuß dir das dann erst bescheren wird? Dann leidet sie nicht länger nur seelisch, sondern zudem auch noch körperlich, und damit hast du dann noch sehr viel mehr Möglichkeiten, ihr Beistand zu leisten. Du kannst ihr dann den Schleim aus dem Mund wischen, wenn sie würgt, und sie aufs Töpfchen setzen.«

Jeff war sprachlos. Erst nach einer ganzen Weile brachte er einen Ton heraus. »Du bist das größte Arschloch, das mir je begegnet ist«, sagte er mit belegter Stimme.

Michael fand das ungemein witzig. »Danke, Jeffy«, erwiderte er lachend, »so nette Komplimente kriege ich nicht alle Tage. Laß es dir mal durch den Kopf gehen, mein Freund! Du könntest auch eine prächtige Fixerin aus Aileen machen ... für den Fall, daß du mir einen persönlichen Gefallen tun willst! Dann würde sie endlich mal was Nützliches tun und sich totspritzen.«

Sandrines Ehemann platzte der Kragen. »Komm!« tönte er. »Wir gehen! In deinem Zustand sollte man sich nur mit schönen Dingen beschäftigen.«

Isabelles Gatte war der gleichen Ansicht, und Elisabeth verkroch sich ins hinterste Eck des Wohnzimmers. Ihr Mann hatte bisher nicht die geringste Ahnung von ihrer Affaire mit Michael gehabt. Sie hatte es absolut nicht eilig, nach Hause zu kommen.

Michael bekam den Aufbruch seiner Gäste gar nicht weiter mit.

»Was ist nun?« fragte er Cissy mit unverminderter Angriffslust. »Kommst du nun mit zum Ficken oder nicht?«

Die Antwort war eindeutig. Sie löste sich aus seiner Umklammerung und setzte sich auf Edys Schoß, schmiegte sich ganz fest an ihn. »Meine zukünftige Frau« hatte er sie genannt; er hatte also vom Heiraten gesprochen ... Sie zitterte am ganzen Körper. Edy Roesch war zwar nicht der Mann ihrer Träume, aber er war vielleicht ihr letzter Ausweg, die sogenannte Notlösung, nach der so manche Frau griff, wenn sie hatte erkennen müssen, daß sie das, was sie wollte, nicht kriegen konnte, und wenn sie dadurch dann plötzlich die Angst quälte, gar nichts zu bekommen ... Cissy Andrews war jetzt siebenundzwanzig Jahre alt. Da wurde es Zeit, die Zukunft langfristig zu planen und sich auf nichts mehr einzulassen, was nicht auch zu bewältigen war. Edy war da genau der Richtige. Sie liebte ihn zwar nicht, aber das konnte ja noch kommen. Hauptsache, sie hatte erst einmal einen Ehemann, und vielleicht machte der sie ja sogar zu einer Mutter, dann wurde sie wenigstens irgend etwas in ihrem Leben ... Sie küßte ihn auf die Stirn.

»Gott, wie rührend!« stöhnte Michael. »Wie wär's mit dir, Isabelle? Du hast doch sicher schon länger keinen anständigen Beritt mehr gehabt!«

»Isabelle ist gegangen!« erklärte Jeff, und aus jedem dieser Worte klang Triumph.

»Bitte, Michael!« Aileen war durch nichts aus der Fassung zu bringen, wie es schien. »Ich entschuldige mich vielmals für das Benehmen meines Mannes«, tat sie laut und deutlich kund. »Aber wir wissen ja alle, wie er ist. Er bellt halt gern, aber gottlob beißt er nicht ...« Sie lächelte sogar, während sie das sagte.

Das war endgültig zuviel. Michael nahm noch einen letzten Schluck. »Weißt du was?« meinte er dann mit beängstigend fröhlicher Stimme. »Eigentlich hast du recht, Aileen. Was soll ich mit Cissy? Was soll ich mit Isabelle? Wo ich dich doch habe! Loch ist Loch!«

Er griff nach ihrer Hand und zerrte sie hinter sich her aus dem Haus, und das alles kam so plötzlich und ging so schnell, daß keiner der Anwesenden angemessen reagierte. Nur der alte Professor Rosenstein wollte einschreiten, doch die verrückte Madame Tourreau hielt ihn im letzten Moment zurück.

»Sie sind Mann und Frau«, sagte sie. »Wenn Sie verstehen, was ich meine ...«

Das Gelände vor dem Haus war steinig und uneben. Es war dunkel, und Michael lief schnell, viel zu schnell für Aileen. Auf ihren hohen Absätzen und in dem bodenlangen Kleid konnte sie sich kaum auf den Beinen halten.

»Bleib stehen!« keuchte sie schon nach den ersten Metern. »Bleib bitte stehen!«

Doch Michael ließ sich nicht beirren. Ihr Geschrei interessierte ihn einen Dreck. Er mußte sich austoben; am liebsten hätte er das Haus in die Luft gesprengt. Mochten sie ruhig alle verrecken! Den Kindern tat er nur einen Gefallen damit, um die anderen war es ohnehin nicht schade, und er selbst war ja längst tot. Ein zweites Mal konnte man nicht sterben.

»Michael!« kreischte Aileen. »Du sollst stehenbleiben! Ich kann nicht –« Im nächsten Moment stürzte sie die steile Steintreppe hinunter, die zur Garage führte.

Gezwungenermaßen blieb Michael stehen und blickte nieder auf das kurzatmige, jammernde Wesen, das da zu seinen Füßen lag und ihn schließlich mit schmerzverzerrtem Gesicht ansah. Ein Zorn ohnegleichen erfaßte ihn.

»Sag jetzt nicht, es wäre der Knöchel«, sagte er mit bedrohlich leiser Stimme, »dann raste ich nämlich aus ...«

Aileen wollte schlucken, aber ihr Mund war so trocken, daß die Zunge am Gaumen klebte. Sie hatte Angst, und diese Angst hatte sie seit zwanzig Jahren.

Es dauerte eine ganze Weile, bis sie sich wieder ein wenig gefangen hatte. In ihrem Kleid war ein Loch, und ihr linkes Knie blutete stark, aber das war jetzt nicht wichtig.

Langsam stand sie auf und sah ihrem Mann fest in die Augen. »Laß uns zurückgehen, Mike! Komm! Du hast deinen großen Abgang gehabt. Mehr wolltest du doch nicht.«

Wie sanft ihre Stimme klang! Und wie selbstsicher! In Aileens Gegenwart fühlte Michael sich immer wie ein Schauspieler, der auf der Bühne großartig war und dem man deshalb unterstellte, er würde auch im wirklichen Leben nur eine Rolle spielen.

Aileen erschrak. Ihr Mann schaute sie an mit einem Blick, wie sie ihn noch nie zuvor bei ihm gesehen hatte. Es war ein eigenartiger Blick, denn es lag soviel Trauer darin und zugleich soviel Brutalität ... Ihr blieb keine Zeit, darüber nachzudenken. Michael krallte seine Hände in ihr Haar und bog ihren Kopf so weit nach hinten, daß sie kaum noch Luft bekam.

»Aber wo bleibt denn dein Sinn für Romantik?« zischte er sie an. »Es gibt doch nichts Herrlicheres als eine laue Sommernacht mit mir. Oder etwa nicht? Du kannst das Meer nicht nur riechen, Aileen, du kannst es auch atmen, du mußt dich nur bemühen. Und schau nur, wie der Himmel funkelt und blitzt ...!«

Das war der viele Alkohol, dachte Aileen. Michael hatte im Laufe des Abends soviel getrunken, daß er jetzt einfach nicht mehr Herr seiner Sinne war. Sie zwang sich zur Ruhe.

»Wir haben April«, flüsterte sie – ihr Genick schmerzte fürchterlich, – »wir haben April, und es ist eiskalt, und der Himmel ist so bewölkt, daß man nicht einmal –«

»Dann stellst du dir das andere eben einfach vor!« brüllte er sie an. »Ihr Weiber habt doch sonst immer soviel Phantasie!«

Noch bevor Aileen etwas darauf erwidern konnte, zerrte Michael sie schon wieder hinter sich her.

Die einzige Verbindungsstraße zwischen Castellar und Menton war die Route de Castellar, eine zu schmale, zu steile und extrem kurvenreiche Piste, die Aileen ebensosehr fürchtete wie haßte. Da es oben keinen Supermarkt gab, nicht einmal einen Kiosk, war sie gezwungen, die Strecke regelmäßig zu fahren. Sie brauchte eine gute halbe Stunde dafür. Michael schaffte sie nun in einem Drittel der Zeit. Einmal prallten sie beinahe gegen einen parkenden Wagen, mehrmals drohten sie ins Schleudern zu geraten und den unbefestigten Abhang hinunterzustürzen ... Aileen krallte ihre Hände um den Beifahrersitz. Michael lachte nur; er schien völlig von Sinnen zu sein und fand diesen Zustand wohl auch noch großartig.

Sein Boot lag im Port Public-Bastion. Da er den Mentoner Bürgermeister recht gut kannte, hatte er einen der besten Liegeplätze, direkt hinter der Hafeneinfahrt und mit einem dazugehörigen Autoparkplatz.

Mit etwa achtzig Stundenkilometern raste Michael darauf zu, machte eine Vollbremsung, griff nach Aileens Arm und zerrte sie aus dem Wagen. Dann entspannte er sich plötzlich.

»Ist es nicht wundervoll, Aileen?«

Mit nahezu zärtlicher Miene betrachtete er seinen neuesten Besitz, die Motorjacht *Pumuckl.*

»Hast du jemals ein so schönes Boot gesehen? Schau es dir an!«

Aileen schwieg. Sie hatte Angst vor Booten; denn sie hatte Angst vor Wasser und vor allem vor dem Meer, und außerdem wurde sie sehr schnell seekrank.

Michael kletterte an Bord und fing an, liebevoll die einzelnen Schutzplanen zu entfernen. Er war völlig betrunken, daran hatte Aileen nun nicht mehr den geringsten Zweifel. Sie hockte sich auf den Boden. Das ließ ihr Knie zwar noch mehr schmerzen als bisher, aber das spielte jetzt keine Rolle. Sie spürte, wie sich ein sonderbares Gefühl ihrer bemächtigte. Michael wirkte so einsam, so grenzenlos verloren, als wäre er ganz allein auf dieser großen Welt, ohne jeden Halt ...

Er schaute auf. »Was glotzt du mich denn so an?«

Sie lächelte.

»Und was soll dieses dämliche Grinsen?«

»Manchmal frage ich mich ernsthaft, wie ich es all die Jahre mit dir ausgehalten habe?«

Er lachte herzlich. »Das frage ich mich jeden Tag!«

»Weißt du«, meinte sie leise, »ich glaube nicht, daß ich es verdient habe, daß du mich immer so schlecht behandelst. Ich habe immer zu dir gehalten ... und ich liebe dich ...«

Michael lehnte sich gegen die Reling und sah ihr fest in die Augen. »Ich hätte damals einfach davonlaufen sollen, Aileen«, sagte er mit schwerer Zunge. »Noch auf dem Standesamt hätte ich einfach davonlaufen sollen. Du hast mich belauert wie eine ausgehungerte Raubkatze. Irgendwann mußte die Beute müde werden, du brauchtest nur abzuwarten ... dann hast du mich in deinen Käfig gesperrt, hast mich mit den Kindern angekettet ...«

»O mein Gott!« stöhnte Aileen und schlug die Hände vors Gesicht. »Versündige dich nicht!«

»Das habe ich längst getan. An dem Tag, an dem ich mich mit dir abgefunden habe, habe ich mich selbst verleugnet – und das ist wohl die größte Sünde, die ein Mensch begehen kann.«

Aileen sah Michael ängstlich an. »Es tut mir leid, daß du die Kinder als Last empfindest«, hauchte sie. »Das habe ich nicht gewußt, und sie wissen es wohl auch nicht. Sie lieben dich sehr, und ich dachte eigentlich –«

»Du denkst zuviel!« fiel Michael ihr ins Wort. »Das hast du immer schon getan. Du hast gedacht und geplant und gemacht! Du hast dir dein gottverdammtes Leben eingerichtet, und ich armes Schwein hatte das Pech, in dein Konzept zu passen.«

Sie wagte kaum zu atmen. »Warum bist du dann nicht längst gegangen, Mike?«

»Das weißt du genau!«

»Oh, ja ...«

Er wußte genau, warum sie das so feierlich sagte, dieses ›*Oh, ja*‹, sie sagte es schließlich nicht zum ersten Mal.

»Bisher hast du mich nur gequält, Aileen. Ruinieren wirst du mich nicht. Vorher zwinge ich dich in die Knie, verlaß dich drauf!«

Aileen hockte da und wußte nicht, was sie sagen sollte, und erst recht nicht, was sie fühlte. Wie es schien, war Michael fest entschlossen, das Boot zu starten. Er traf zumindest sämtliche Vorbereitungen. Wenn er in seinem Zustand hinausfuhr, begab er sich in akute Lebensgefahr, das konnte Aileen einfach nicht zulassen.

»Hör auf damit!« sagte sie mit sanfter Stimme. »Du bist jetzt nicht in der richtigen Verfassung für einen Ausflug aufs Meer.«

»Meine Verfassung laß meine Sorge sein!« kläffte er. »Sieh du zu, daß du zurechtkommst!«

»Ich komme zurecht . . .«

»Na, dann lächle!« schrie Michael sie an. »Lächle und sei froh, mein Herz – denn es könnte schlimmer kommen!«

Aileen sah ihn einfach nur an.

»Lächle!« wiederholte er scharf.

Sie bemühte sich und brachte ein verzweifeltes Grinsen zustande.

Er sah es voller Wonne. »Und so lächelte sie«, flüsterte er, »und sie war froh – und es kam schlimmer!«

Mit einem Griff packte er sie und riß sie zu sich ins Boot. Wieder schlug sie auf ihr blutendes Knie. Es tat so weh, daß ihr die Tränen kamen, sie konnte sie einfach nicht zurückhalten.

Michael spürte, daß er auf dem besten Weg war, endgültig die Beherrschung zu verlieren. Er haßte Aileens ständige Heulerei; sie war ihm widerlich. Aileen weinte oft, sehr oft, ganz so, als wäre sie der einzige sensible Mensch auf dieser Welt. Neben ihr wirkte jeder andere wie ein emotionsloser Holzklotz, aber damit hätte Michael ja vielleicht sogar noch leben können. Schlimmer war, daß an die schluchzende Aileen nicht mehr heranzukommen war. Wenn sie ihren Gefühlen freien Lauf ließ, war ihr Verstand wie zubetoniert. Michael hätte dann ebensogut gegen eine Wand reden können. Deshalb hatten sie fast nie gestritten in ihrer Ehe. Wenn er zankte, fing sie sofort an zu heulen, und jedes seiner Worte wurde fortgeschwemmt von ihren Tränen. Am Ende waren sie dann genauso weit wie vorher, und das machte alles so sinnlos.

»Wie einfach das Leben für dich sein muß!« sagte Michael mit bedrohlich leiser Stimme. »Du bist sanft und demütig und voller Liebe . . . für den Rest hast du mich. Meinen Jähzorn, meine Kämpfe, meinen Haß . . . Ich bin dein Spiegel. Am liebsten würde ich dich einmal richtig verprügeln, damit du endlich mal begreifst, was es heißt zu leiden . . .«

Aileen preßte verzweifelt die Lippen zusammen.

»Oh, Michael«, wimmerte sie, »ich will dir doch nur helfen . . .«

»Wenn du unbedingt jemandem helfen willst, dann geh zur Heilsarmee, aber laß mich in Ruhe!«

Sie biß sich fest auf die Unterlippe. »Jeff hat recht«, sagte sie dann mit ganz besonders sanfter Stimme. »Du bist krank, Michael, du brauchst dringend Hilfe.«

Das war zuviel. Michael geriet völlig außer Kontrolle und brüllte laut los.

»Wenn dein Jeff doch endlich aufhören würde, immer nur dämliches Zeug zu reden!« tobte er. »Warum packt er dich statt dessen nicht endlich und fickt dich mal so richtig durch? Warum spielt er immer nur den edlen Freund mit den ach so hehren Gefühlen?«

»Weil er weiß, wie sehr ich dich liebe!« schluchzte Aileen, und dabei strömten ihr die Tränen über das Gesicht. »Und weil er Achtung vor dir hat!«

»Achtung? Daß ich nicht lache! Außerdem weiß er genau, daß zwischen dir und mir nichts läuft.«

»Er weiß aber auch, daß Sex nicht das Wichtigste ist im Leben.«

Michael lachte laut auf. »Das Zusammenleben von Mann und Frau unterscheidet sich von allen anderen Beziehungsformen ausschließlich durch den Sex, und da behauptest du, er wäre nicht wichtig?« Michael hatte das dringende Bedürfnis, sich zu übergeben. Er mußte auf einmal daran denken, daß er womöglich an Aileens Seite alt werden, in ihren Armen sterben würde . . . seine Augen wurden ganz schmal . . .

»Manchmal hasse ich dich so sehr, daß ich dich umbringen könnte . . .«

Aileens Lippen zitterten. »Warum tust du immer so, als wärest du ein Mistvieh? Du hast doch alles, was ein Mensch sich wünschen kann. Wovor hast du Angst, Mike? Niemand tut dir etwas. Warum gibst du dich nicht einfach so, wie du wirklich bist?«

»Wie bin ich denn?«

»Lieb und nett«, flüsterte sie, »sehr verletzlich . . . sehr, sehr sensibel . . .«

Für einen kurzen Augenblick war Michael wie erstarrt.

»Was redest du da für einen Schwachsinn?« tobte er dann. »Ich bin nicht lieb. Und sensibel bin ich erst recht nicht. Seid ihr Weiber denn alle gleich dämlich? Wenn euch einer eine harte Schale zeigt, bildet ihr euch sofort ein, er würde darunter einen weichen Kern verbergen. Man kann euch die Wahrheit ins Gesicht spucken, ihr wischt sie einfach weg und glaubt weiterhin das, was ihr glauben wollt!«

»Aber Michael ...«

Er packte sie bei den Schultern. »Ich habe eine harte Schale, Aileen! Und ich habe einen noch sehr viel härteren Kern. Und ich habe die Schnauze voll davon, mir ständig von dir einreden zu lassen, daß ich in Wahrheit ein Softie bin, der dich inniglich liebt ...!«

Er ließ den Motor an.

»Laß das, Michael!«

Er legte den Rückwärtsgang ein.

»Fahr bitte zurück! – Du sollst zurückfahren!!! ...«

Der Lärm, der Michael am nächsten Morgen aus seinen Träumen riß, war höllisch. Ihm war, als hätte man ihn im Schlaf mitten auf die Autobahn Frankfurt–Köln gelegt. Von den Nachwirkungen des Cognacs benommen, torkelte er zur Terrassentür ... Diese Wahnsinnigen hatten den Verkehr umgeleitet! Sämtliche Autos, die normalerweise die Via Aurelia benutzten, fuhren jetzt am Haus vorbei. Sie hupten immerzu, und dazwischen knatterten die Motorinos, jene widerlichen kleinen Dinger, die in Deutschland Mofas hießen. Anders als in Deutschland war es in Italien jedoch nicht verboten, den Auspuff eines Motorinos abzusägen, so daß ein solch elendes Dingelchen, das manchmal nicht einmal fünfundzwanzig PS hatte, mindestens so laut war wie eine Harley Davidson. Michael hielt sich die Ohren zu. Dieser Krach war entschieden zuviel für seinen Brummschädel.

Lara stand auf der anderen Seite der Terrasse und schaute auf den Strand hinunter. Sie trug ein aprikosenfarbenes Baumwollkleid. Das Sonnenlicht durchdrang den dünnen Stoff, so daß die Konturen ihres Körpers deutlich zu sehen waren. Michael schluckte. Er hatte Lust auf diese Frau; aber wie es schien, hatte sie keine Lust auf ihn.

Auf Zehenspitzen tapste er ins Schlafzimmer zurück. In seinem Kopf war ein Hämmern und Dröhnen, das von den Schläfen bis hinunter in den Nacken zog. Sein Blick fiel auf das Foto von Julien. Er wußte genau, daß es lächerlich war, aber bei dem Anblick erfaßte ihn eine solche Eifersucht, daß er das Bild kurzentschlossen »auf den Bauch« drehte. Er konnte es nicht ertragen, in das Gesicht dieses

Phantoms zu blicken, das Lara offenbar mehr bedeutete als er, Michael Landers, ein lebendiges Wesen aus Fleisch und Blut . . .

Lara hatte bis vier Uhr in der Frühe gearbeitet. Es war wie ein Rausch gewesen, denn ES schien nach all der Zeit plötzlich und völlig unerwartet zu ihr zurückgekehrt zu sein. Sie malte Balken, schmale, dunkle Balken, die bald die gesamte Leinwand bestimmten . . . So ergiebig das auch war, ihre innere Zerrissenheit vermochte es nicht zu vertreiben. Auf der einen Seite sehnte sie sich nach diesem Mann, nach seiner Nähe und danach, ihm all das zu geben, was sie in sich spürte. Doch die Erfahrung hatte sie gelehrt, daß sie dabei immer auf der Strecke blieb.

Irgendwann im Laufe der Nacht stellte sie zufrieden fest, daß ihr Gemälde nun langsam aber sicher eine Form annahm. Die beiden Frauen schienen jetzt in einer Art von Türrahmen zu stehen . . . Vielleicht war Michael Landers ja wirklich der Mann ihres Lebens. Vielleicht hatte Gott ihnen ja tatsächlich eine gemeinsame Zukunft bestimmt.

Die verrücktesten Bilder erstanden vor ihrem geistigen Auge. Sie sah sich in Michaels Armen liegen, spürte seine Lippen auf ihren . . . Er steckte ihr einen goldenen Ring an den Finger, und sie trug ein zauberhaftes Kleid aus schneeweißer Spitze . . . Die Ärzte hatten sich geirrt! Sie konnte doch Kinder bekommen. Sie hielt ihn schließlich in den Armen, ihren gesunden, kleinen Sohn, und Michael strich dem Baby mit der Hand über die Stirn . . . Sie waren alt geworden, beide, aber sie waren immer noch zusammen und glücklich, Michael und Lara Landers . . .

Mit einem Aufschrei warf Lara den farbdurchtränkten Pinsel an die weißgekälkte Atelierwand. Sie machte immer wieder den gleichen Fehler. Sie wurde niemals klug.

Sie trat die Zigarette auf dem Fußboden aus und malte weiter.

Zwischen ihr und Michael lag nur eine einzige Wand. Sie brauchte lediglich die Tür zu öffnen und hinauszugehen. Sie bereute plötzlich, so spröde gewesen zu sein. Vielleicht waren sie morgen schon tot. Tage des Lebens waren wie Atemzüge, unwiederbringlich, man konnte sie nicht einfach nachholen. Kaum jemand wußte das besser als Lara Laddock, und trotzdem ließ sie nur selten eine Gelegenheit aus, sich ihr Leben noch schwerer zu machen, als es ohnehin schon war. Ihr fehlte eben der Mut. Sie hatte ihn auf der Reise vom Gestern ins Heute verloren. Denn Mut brauchte Hoffnung, und Lara hatte Angst davor, Hoffnungen zu haben. Solange man hoffte, war man verletzbar, und was nutzten schon die schönsten Hoffnungen, wenn sie sich am Ende doch nie erfüllten? Sie mußte also endlich aufgeben, Schluß machen, es reichte! Irgend jemand hatte einmal gesagt, Glück wäre, wenn Gott die Zeit für einen Augenblick anhielte und die Menschen es spürten. Lara hatte im Verlauf ihres Lebens nur leider begreifen müssen, daß es mit dem Unglück offenbar ähnlich war, nur wurde aus dem Augenblick dann immer gleich eine Ewigkeit . . .

Am frühen Morgen begutachtete sie ihr Gemälde noch einmal. Die Entwicklung der letzten Stunden war erstaunlich. Die eine Frau hatte jetzt auf einmal einen wissenden Ausdruck im Gesicht und schien die andere zu locken. Ob das ein Zeichen war? Sie rauchte eine letzte Zigarette und legte sich dann aufs Wohnzimmersofa. Ein paar Stunden schlief sie tief und fest und träumte dabei von Michael, aber das war ja wohl zu erwarten gewesen. Sie fand ihn wunderschön. Er hatte allein schon so ungewöhnlich schöne Hände. Sie waren groß und kräftig und trotzdem keine Tatzen, und die Finger waren nicht allzulang und auch nicht übermäßig schmal, die Nägel waren kurz und ziemlich breit. Es waren nicht gerade Chirurgen-Hände und erst recht keine Pianisten-Hände, aber genau deshalb fand Lara sie so schön, denn sie wirkten nicht künstlich.

Sie hörte Schritte hinter sich und hielt den Atem an.

»Morgen . . .« Er sagte das so leise, daß es kaum zu hören war.

Langsam drehte sie sich um und sah ihn an. Bei Tageslicht war er noch sehr viel schöner als in ihrem Traum, und Lara hoffte, er möge spüren, daß sie es so empfand.

Sie lächelte ihn an. »Gut geschlafen?«

Er nickte, verzog ein wenig kläglich das Gesicht. »Und du?«

»Ich habe ziemlich lange gearbeitet.«

»Bist du vorangekommen?«

Er sah sie an, als warte er darauf, daß sie ihm etwas antwortete, aber sie tat ihm den Gefallen nicht.

»Möchtest du Kaffee?« fragte sie statt dessen.

Er schüttelte den Kopf, und sie standen eine ganze Weile einfach nur da und starrten einander an.

»Ich . . . ich bin gestern abend wohl ein bißchen zu weit gegangen«, meinte er dann, »nur –«

»Ich bin nicht weit genug gegangen«, entgegnete sie ruhig.

Er stutzte. »Ich will mich hier keineswegs entschuldigen, Lara, nicht, daß du mich da falsch verstehst. Ich gehe immer zu weit. Ich habe von Natur aus einen Hang, alles zu übertreiben; so bin ich nun mal.«

Sie grinste.

»Ich weiß, daß ihr Frauen kein Verständnis dafür habt.«

Sie grinste nur noch mehr, und das ärgerte ihn.

»Ich weiß«, fuhr er fort, »daß es Männer gibt, die eine Frau erst dann so richtig reizvoll finden, wenn sie sich gebärdet wie eine Jungfrau. Mich langweilt das nur.«

»Ach ja?«

»Ja!«

»Dann versuch doch einfach, mich abstoßend zu finden«, erklärte Lara, ohne das Grinsen einzustellen. »So mache ich das immer. Sag dir, daß ich zu alt bin, zu groß, zu dünn, zu häßlich . . .«

Mit einem Schlag war sein Ärger verraucht. Jetzt begehrte er diese Frau, die da vor ihm stand, nur noch mehr als bisher. »Ich glaube, ich möchte doch Kaffee.«

Während Lara kurz in der Küche verschwand, lehnte Michael sich über die Terrassenbrüstung. Unten auf der Promenade ging irgend etwas vor. Emsige Männer in blauen Kitteln bauten unzählige Holzbuden auf, und das große, hohe, runde Monstrum vor dem Haus wurde von seiner silbrig glitzernden Abdeckung befreit. Ein wunderschönes Karrussell kam zum Vorschein, mit Pferdchen aus der guten, alten Zeit und mit märchenhaften Kutschen und holzgeschnitzten Zauberwesen wie schwebenden Feen und fliegenden Drachen.

»Ist Jahrmarkt?« rief Michael nach hinten.

»Feiertag!« lautete die Antwort. »Davon gibt es hier in Ligurien in einem Monat mehr als anderswo im ganzen Jahr. Deshalb haben sie auch den Verkehr umgeleitet, wegen der Prozession heute abend.«

»Und gegen wen wird prozessiert?«

»Ich glaube, die Schutzpatronin der Fischer ist dran.«

Sie reichte ihm eine Tasse mit Kaffee. Er war so tiefschwarz, daß Michaels Leber schon bei dem Anblick einen Hilfeschrei ausstieß, und lauwarm war er natürlich auch.

Er sah sie an, und Lara hatte Mühe, nicht die Fassung zu verlieren. Am liebsten hätte sie sich ihm an den Hals geworfen, ihre Zunge in seinen Mund geschoben und sie hastig hin- und herbewegt, so als könnte jeden Augenblick die Welt untergehen und sie daran hindern, ihre Lust bis zum letzten auszukosten . . .

»Wenn du dich kräftig genug fühlst, können wir uns das Spektakel ja ansehen«, hörte sie sich statt dessen sagen.

»Gern.«

Michael sagte das zwar, doch hatte er nicht die besten Gefühle dabei. Er bereute auf einmal, die Zeitung in Schnipsel zerrissen zu haben. Vielleicht hatte ja etwas über ihn dringestanden. Vielleicht war Aileen ja wirklich nicht tot und hatte längst Anzeige erstattet, so daß er überall gesucht wurde.

Der Drei-Tage-Bart würde ihn retten, redete er sich ein und trank seinen Kaffee. Und um eine Probe aufs Exempel zu machen, war so eine Prozession sicher genau das Richtige. Da waren viele Menschen, da fiel man als einzelner nicht so auf.

Gegen halb vier machten sie sich auf den Weg. Lara trug ein schwarzes, kniekurzes Seidenkleid und darüber eine blutrote Strickjacke.

»Das war ganz billig«, erklärte sie, als er seine Bewunderung äußerte, »ich habe es bei *Ciao-Ciao* gekauft, das ist das hiesige Gegenstück zu *Woolworth.*«

»Es sieht trotzdem ganz bezaubernd aus.«

»Ursprünglich war es auch mal sehr teuer. Sie haben es dann nur mehrmals heruntergesetzt, weil sich kein Käufer fand.«

Michael grinste. »Kein Wunder! Wer ist schon so groß und zugleich so mager?«

Verunsichert sah Lara ihn an. »Ich bin nicht mager, ich bin filigran.«

Er grinste. Er liebte große, überschlanke Frauen.

Auf der Strandpromenade stand nun eine Verkaufsbude neben der anderen, nur leider war das Warenangebot ziemlich eintönig. Es gab Blech-Ketten und Musikkassetten, Handtaschen, die angeblich von Chanel waren, und es gab Bacis.

Diese sogenannten »Küsse« waren weiches Kakaogebäck mit einer Rum-Nougat-Creme und eine Spezialität der Gegend. Lara leistete sich hundert Gramm, das waren vier Stück. Eines aß sie selbst, die anderen drei gab sie Michael – und der bekam davon erst richtig Hunger.

»Dann laß uns zu Bosco gehen«, schlug sie vor. »Der hat einen ganz ausgezeichneten Toast . . .«

»Mit Käse und Schinken?«

»Ja.«

»Und mit Tomaten, Salat und Thunfisch und Eiern?«

»Wenn du das –«

»Hat er auch Bananensplit?«

Aus den Augenwinkeln sah Lara ihn an. »Du bist schwanger, wie?«

Bosco erstarrte, als er Michael sah. Er hatte ein hervorragendes Personengedächtnis und wußte sofort, daß er diesen Mann an Laras Seite schon mal irgendwo gesehen hatte. Im ersten Moment hätte er jedoch nicht sagen können, wo . . .

»Wir hätten gern einen riesigen Toast«, sagte Lara, und dabei strahlten ihre Augen wie seit langem nicht mehr, »und außerdem –«

Sie stockte. Im hintersten Eck der Bar saß Ambrosio. Mit gesenktem Kopf und herunterhängenden Schultern starrte er in ein Espresso-Täßchen, und dieser Anblick erfüllte Lara mit ehrlichem Mitgefühl.

»Moment mal eben!« unterbrach sie ihre Bestell-Aktion und wollte zu Ambrosio eilen.

»Besser nicht!« hielt Bosco sie zurück. »Es geht ihm nicht sonderlich gut.«

»Ärger mit Francesca?«

Zuerst wollte Bosco verneinen, doch dann hätte er die Wahrheit erzählen müssen, und das wollte er vor dem Fremden nicht. Also log er.

Lara lachte. »Na dann, also noch einmal: einen riesigen Toast für den Hungerwolf hier, und dazu . . .« Sie sah Michael tief in die Augen. »Was möchtest du trinken?«

Er erwiderte ihren Blick, und Bosco fühlte sich an seine Jugendzeit erinnert.

»Wie wär's mit Champagner!«

Sie prustete laut los. »So was kannst du hier nur kriegen, wenn du es einen Tag vorher bestellst. Tut es auch ein simpler Spumante?«

Der Pinot galt als Geheimtip unter den Spumante-Kennern Italiens. Bosco wählte einen ganz besonders guten Jahrgang, während seine Frau die Sektschalen auf das silberne Tablett stellte und Keramik-Schüsselchen mit Erdnüssen, Chips und Pistazienkernen füllte. Dabei blickte sie die ganze Zeit verzückt aus dem Fenster. Lara und Michael waren nach draußen gegangen und hatten sich in eine der Hollywood-Schaukeln gesetzt.

»Ich hab' es ja gesagt«, seufzte Antonella, »eines Tages wird sie es überwinden und noch einmal ganz von vorn anfangen. Hab' ich das nicht immer gesagt? Und nun schau sie dir an!« Die Rührung troff wie Schmalz aus ihrer Stimme.

»Ja, ja!« knurrte Bosco. Er haßte Sentimentalität. Antonella wußte das, was aber nicht hieß, daß sie sich deshalb weniger darüber ärgerte. Sie warf einen scharfen Seitenblick auf ihren Gatten.

»Ich finde nur, daß er ein bißchen zu alt für sie ist . . .«, meinte sie dann.

Das saß. Bosco knallte den Pinot in den Sektkühler und sah seine Frau strafend an.

»Männer sind wie Wein, Antonella. Je älter sie sind, desto besser sind sie auch. Gerade du solltest das wissen!«

»Ich weiß nur, daß manche Weine umkippen, wenn sie alt werden – und dann sind sie sauer wie Essig.«

»Dummes Geschwätz!«

Er nahm das Tablett und ging hinaus. Kein Krieg, keine Hungersnot, keine Seuche, rein nichts hatte der Welt mehr geschadet als die Emanzipation der Frau! Aber das wußte er ja längst. Interessanter war die Frage, woher er Laras bärtigen Begleiter kannte . . .

Die Sonne schien, es war warm, und Lara hatte die beste Schaukel erwischt, die Boscos Bar zu bieten hatte. Die Bürger von Pietra Ligure flanierten an ihr vorüber, und das fand sie spannender als Fernsehen.

Michael spürte, wie wohl sie sich fühlte, und konnte das einfach nicht nachvollziehen.

»Wie kommt ein Mädel aus Chicago nur in ein so verschlafenes Nest?«

»Aber das ist jetzt doch schon ein reiner Schickimicki-Ort«, lachte Lara. »Da müßtest du mal im Winter hier sein, wenn wir ganz unter uns sind!«

Fragend sah er sie an.

»Als ich noch ein Kind war, haben wir immer die Ferien hier verbracht. Der Ort symbolisiert Glück für mich, Unbeschwertheit. Er ist die Erinnerung an eine Zeit, in der ich noch geglaubt habe, alles wäre möglich, solange man nur nicht die Hoffnung verliert.«

Er sah sie an und hätte ein Königreich gegeben für einen einzigen Blick in ihr Innerstes.

»Ich würde hier eingehen wie eine Primel.«

Lara lächelte. »Die Leute hier leben mit der Natur und verstehen sich als einen Teil von ihr. Und die Touristen kommen her, um die schönsten Wochen des Jahres zu verbringen. Sie erleben jeden Tag als etwas ganz Besonderes und Einmaliges. Und beides entspricht genau dem, was ich unter Leben verstehe ...«

Michael lächelte zurück. Er stellte sich gerade vor, wie es wäre, wenn sie hier und jetzt miteinander schlafen würden, und alle sähen ihnen dabei zu ...

Männer nannten Spumante auch gern »Unterrock-Stürmer«. Lara wußte das, und nicht zuletzt aus diesem Grund trank sie das prikkelnde Naß wie Wasser. Das hatte auch rasch die gewünschte Wirkung. Sie fühlte sich auf einmal sehr viel lockerer und entspannter. Der Drang, Michael zu gefallen, wandelte sich in die Gewißheit, ihm zu gefallen.

Ihm erging es kaum anders, und doch ganz anders. »Trink Sekt!« hatten sie als Burschen an der Uni immer gewitzelt. »Dann steht der Stift!« Er durfte nur das Maß nicht überschreiten.

Er überlegte, ob er Lara einen zweideutigen Witz erzählen sollte. Ihre Reaktion darauf wäre so etwas wie ein Signal gewesen. Doch war das sicher viel zu platt.

»Ich bin aus New Jersey«, sagte er da auch schon, »da bin ich geboren und aufgewachsen. Später bin ich dann nach New York gegangen, und heute lebe ich in Frankfurt . . .«

»Ach ja?«

Sie nahm sich ihre soundsovielte Zigarette an diesem Nachmittag, und er beeilte sich, vor ihr nach dem Feuerzeug zu greifen. Wenn sie jetzt ihre Hand auf seine legte . . .

Sie tat es!

»Ich produziere Gameshows.«

»Aha.«

»Ich habe eine richtig tolle Karriere damit gemacht.«

»So eine typisch amerikanische? Vom Tellerwäscher zum Millionär?«

Er lachte. »Bei mir greift das andere Klischee!«

»Ah, . . . dann wurdest du also mit einem goldenen Löffel geboren und hast nach einer schweren und lieblosen Kindheit beschlossen, die Herausforderung anzunehmen und aus dem ererbten Löffel aus eigener Kraft ein ganzes Besteck-Set zu machen. Richtig?«

»Genau!«

Sie sah ihn an und fragte sich, was für ein Kind er wohl gewesen war, ob er Baseball mochte und rote Grütze mit Sahne, ob er oft krank war, Geschwister hatte . . .

»Angefangen hab' ich mal mit Werbung, aber die Shows bringen heute einfach mehr Geld.«

»Ich habe auch mal eine ganze Zeit in Frankfurt gelebt. Es ist eine schöne Stadt, ihren schlechten Ruf hat sie völlig zu unrecht.«

Michael zuckte die Achseln. »Fürs Geschäft ist sie gut. Alles zentral, der Flughafen . . .«

»Magst du deinen Job?«

»Na ja. Im Laufe der Jahre habe ich mir eine goldene Nase verdient, wie es so schön heißt. Aber glaub nicht, daß das irgend jemand anerkannt hätte. Mein Vater zumindest nicht. Für den bin ich heute noch ein Versager . . .«

»Das ist aber doch oft so«, meinte Lara. »Ist dein Vater selbst ein erfolgreicher Mann?«

»Er ist Baldwin Landers.«

»Sagt mir nichts.«

»Er war schon mit vierundzwanzig ein berühmter Bestseller-

Autor, hat ein deutsches Fräulein von Seeck geehelicht und mit ihrer Mitgift einen eigenen Verlag gegründet ...«

»Mein Vater war auch so einer. Seine Arbeit ging ihm über alles, denn damit verdiente er Geld, und Geld war Macht und Freiheit ... Ich habe in den Augen meines Vaters auch versagt, zuerst durch meine Erkrankung und später dann, weil er ein Vermögen in mich investierte, damit ich trotz meiner Krankheit gut heiratete, am besten den Präsidenten. Und wen brachte ich an: Brian! Gut, daß er nicht mehr erleben mußte, wie die Ehe in die Brüche ging! Daß ich nicht einmal eine Gattin sein kann, hätte Papa sicher nie verkraftet.«

»Was war das für eine Krankheit?«

Lara sah ihm fest in die Augen. Nun kam es darauf an! »Nichts Ansteckendes! Es war nur Leukämie!«

Kaum daß sie dieses Wort ausgesprochen hatte, ertönte eine tödliche Stille; sie war lauter, als es jeder schrille Schrei hätte sein können. Lara wagte nicht zu atmen. Die meisten Männer, die ihre Wahrheit erfuhren, zogen sich sofort zurück. Bei dem einen oder anderen mochte es eine plötzlich aufkeimende körperliche Ablehnung sein, in aller Regel war es jedoch »nur ein Reflex«. Das Wort ließ sie ahnen, daß sie Gefahr liefen, sich auf etwas einzulassen, dem sie vielleicht nicht gewachsen waren.

»Deine Mutter lebt in Deutschland?« fragte Michael.

»Ja ... außerhalb von Travemünde ...«

»Schöne Gegend!«

»Warst du schon mal da?«

Er nickte, aber sie sah ihm an, daß er mit seinen Gedanken ganz woanders war.

»Wo wohnst du in Frankfurt?«

Er gab ihr keine Antwort, und so erzählte sie ihm einfach, wo sie seinerzeit gewohnt hatte, erzählte von ihrer Zeit in der Wohngemeinschaft und der damals geborenen Leidenschaft für Minuten-Süppchen.

»Eine Freundin von mir hat früher auch mal Krebs gehabt«, meinte er dann auf einmal. »Sie ist heute wieder ganz gesund und hat zwei Kinder ...«

Lara lächelte. »Wir sollten uns ein bißchen beeilen. Nicht, daß wir die Prozession am Ende noch verpassen ...«

Es war ein Frühlingsabend wie aus dem Bilderbuch. Die Nacht vertrieb den Tag nicht, wie es sonst so oft der Fall war, sondern der Tag räumte freiwillig das Feld. Das Licht wurde schwächer, ein warmer Wind umarmte Land und Leute, schöner hätte es gar nicht sein können.

Nach alter Tradition hatten die Fischer die Heiligtümer aus den verschiedenen Kirchen des Ortes geholt und sich damit vor dem Dom versammelt. Dort empfingen sie den Segen des Monsignore, und danach setzte sich die Prozession in Bewegung. Die Menschenmenge, die ihr folgen wollte, füllte die gesamte Altstadt. Man wartete am Straßenrand, bis der heilige Umgang vorübergezogen war und schloß sich dann den betenden und singenden Massen an.

Lara und Michael hatten einen Platz vor Bertinottis Supermarkt ergattert. Dort hockten sie auf dem Bürgersteig und hingen, jeder für sich, ihren Gedanken nach.

Michael beobachtete ein junges Paar, das direkt neben ihm stand. Der Mann starrte stumpfsinnig vor sich hin, während die Frau sich verlangend an ihn schmiegte. Mit der rechten Hand strich sie immerzu über seine Brust, die linke klemmte in seiner Hosentasche, da, wo im allgemeinen das Portemonnaie steckte.

So war das immer! dachte Michael. Die Frauen pokerten mit ihrer angeblichen Zärtlichkeit um ihr Endziel, für alle Zeiten versorgt zu sein. Das Karriere-Karrussell war ihnen zu anstrengend, sie zogen lieber kleine Kinder groß und beklagten sich dann, dieser Kinder wegen kein Eigenleben mehr zu haben. Frauen beklagten sich immer, und sie waren nie da, wenn man sie brauchte. Und trotzdem war Michael sicher, es müßte auch noch andere Frauen geben. Vielleicht war Lara ja anders . . .

Auch Lara beobachtete ein Paar. Sie hatte ein äußerst mißmutiges Gesicht und schob immerzu einen Kinderwagen mit schreiendem Inhalt vor und zurück und vor und zurück. Ihr Mann stand ein paar Meter weiter. Er hielt ein etwa zweijähriges Mädchen auf dem Arm, das ein Eis schleckte. Nur etwa die Hälfte gelangte in ihr Mündchen, der Rest tropfte auf Papas dunkelblauen Cardigan.

Das war Normalität, so lebten sie alle. Nur Lara konnte so nicht leben; denn sie konnte niemals Kinder haben. Sie hatte einem Mann nichts anderes zu bieten als sich selbst, und das reichte nicht. Das hatte noch nie gereicht, weder für Brian noch für Fabrizio, es würde auch für Michael Landers nicht reichen. Oder doch? Ängstlich schaute sie zu ihm hinüber.

Michael spürte ihren Blick und drehte den Kopf. Für den Bruchteil einer Sekunde sahen sie einander nicht nur in die Augen, sondern auch in die Seele – doch helfen konnten sie einander deshalb noch lange nicht.

Mit der Dunkelheit kam endlich auch die Prozession. Noch nie zuvor hatte Michael etwas ähnlich Beeindruckendes erlebt.

Er war zwar selbst Katholik, doch hatte er seine Religion nie wirklich praktiziert. Nach der Kommunion war er nur noch ein paarmal in der Kirche gewesen, am Heiligabend, nach dem Kaffeetrinken im Kreis der Familie, vor der Bescherung. Da Aileen konfessionslos war – ihre Mutter war nach dem plötzlichen Tod ihres Mannes zu einer entschiedenen Atheistin geworden –, hatten Michael und sie nicht kirchlich geheiratet, und die Kinder waren auch nicht getauft. Niemals war er mit ihnen in einer Kirche gewesen. Niemals hatte man ihnen die Geschichte vom Herrn Jesus, seiner wundersamen Geburt, seinem Kreuzestod und seiner Auferstehung erzählt.

Jetzt, in der Enge der Gasse von Pietra Ligure, empfand Michael bei dieser Erkenntnis einen echten Schmerz. Andrew und Diana war eine Menge vorenthalten worden. Sie konnten den Trost nicht finden, den selbst er noch verspürte, der er seit fast vierzig Jahren nicht mehr bewußt gebetet hatte. Etwas war in ihm so tief verwurzelt, daß keine Macht der Welt es hätte ausreißen können. Er spürte es deutlich, als die Prozession an ihm vorüberzog.

Die Fischer, allesamt große, starke Männer, schwankten unter der Last der schweren Kruzifixe. Der Schweiß rann ihnen in Strömen über das Gesicht, und ihre Hemden waren durchtränkt. Die Kreuze ruhten in einer ledernen Vorrichtung, die wie ein Gürtel um die Lenden geschlungen war. Alle paar hundert Meter wurde gewechselt, was ein ausgesprochen abenteuerliches Unterfangen war. Der derzeitige Träger blieb stehen und ging tief in die Knie. Zwei andere traten rechts und links neben ihn und halfen, das Kreuz aus der Halterung zu heben. Dann trat der neue Träger an die Stelle des bisherigen und nahm die heilige Last in Empfang.

»Es hat schon einige Unfälle dabei gegeben«, flüsterte Lara Michael ins Ohr. »Eine einzige falsche Bewegung reicht aus, und die Männer ziehen sich Lendenbrüche zu. Es ist auch schon mal einer unter dem Kruzifix zusammengebrochen und hat sich dabei schwer verletzt. Dann ist einmal die Dreiergruppe beim Wechsel mitsamt dem Kreuz in die Menge gefallen. Ein kleines Mädchen ist von dem Querbalken erschlagen worden; sie war gerade vier Jahre alt . . .«

»O mein Gott!«

»Die Eltern hielten es für eine Gnade Gottes, daß ihr Kind einen solch heiligen Tod sterben durfte.«

Michael sah sie ziemlich fassungslos an. »Bist du eine überzeugte Katholikin?«

»Ich bin überhaupt keine Katholikin, ich bin evangelisch.«

»Aber du trägst doch ein Kruzifix um den Hals.«

»Na und?«

»Ich dachte, das täten nur wir.«

Sie lächelte. »Wie du siehst, tun wir es auch. Nur tun wir es aus einem anderen Grund . . .«

»Und was für ein Grund ist das?«

»Welchen hat der Herr Jesus denn gehabt?«

Michael kam nicht mehr dazu, über eine Antwort nachzudenken. Von den Heiligtümern, die vorübergetragen wurden, war eines schöner und größer als das andere. Eine der Christusfiguren war aus Ebenholz geschnitzt, und die Dornenkrone und der Schurz waren aus purem Gold. Ein anderes Kruzifix trug nur einen schlichten Korpus, dafür schmückten das Kreuz kostbare Filigran-Arbeiten aus Gelb- und Weißgold. Der Monsignore schritt unter einem Baldachin aus Goldbrokat daher und sprach das Vaterunser. Michael versuchte, es auf Englisch zusammenzubekommen, gab aber schon nach den ersten zwei Sätzen auf.

»Schau mal!« rief Lara. »Da ist Ambrosio!«

Das gewaltige Kruzifix war mindestens sieben Meter hoch und vier Meter breit. Der Mann, der es trug, wirkte wie erdrückt unter der Last, aber er war offenbar nicht bereit, sich von dieser Last befreien zu lassen. Tiefrot, fast schon blau war sein Gesicht, und er versuchte bei jedem Schritt verzweifelt, das Gleichgewicht zu halten.

Lara griff nach Michaels Hand und hielt sie ganz fest.

»Lieber Gott!« flüsterte sie.

Eine Marienfigur wurde vorübergetragen. Sie saß inmitten eines Meeres aus blutroten Rosen und wirkte so lebendig, daß Michael den Eindruck hatte, sie müßte gleich aufstehen und zu ihnen treten.

Ja, dachte er, lieber Gott! Und dabei drückte er Laras Hand so fest, daß sie dagegenhalten mußte, um es nicht als schmerzhaft zu empfinden.

Nachdem die Prozession beendet war, reihten sie sich in die allgemeine Menschenmenge ein. Es war ein berauschendes Erlebnis. Die Leute hielten brennende Kerzen in den Händen und sangen das »Ave«; es war wie eine Beschwörung des Guten. Irgendwann erreichten sie dann den Hafen, wo nun der eigentliche Gottesdienst stattfand.

»Möchtest du bleiben?« fragte Lara.

»Nicht unbedingt«, entgegnete Michael, »ich versteh' ja kein Wort.«

Sie lächelte, als wäre das nicht unbedingt ein Grund, hakte sich aber bei ihm ein, und sie scherten aus der Menge aus.

Ein ganzes Stück liefen sie am Meer entlang, kletterten über große, glitschige Felsblöcke auf die Mole und stapften durch den Sand wieder zurück.

»Nirgendwo auf der Welt ist es so schön wie hier!« schwärmte Lara. »Die Landschaft ist einmalig, findest du nicht? Diese perfekte Symbiose von Gebirge und Meer ... Aber das kann man bei Tag natürlich sehr viel mehr genießen als jetzt ...«

Sie redete ohne Unterlaß, während Michael angestrengt überlegte, wie er sich ihr wohl nähern könnte, ohne allzu plump dabei zu wirken.

»Schau mal, wie toll das Kloster aussieht, wenn sie es von hier unten anstrahlen!«

»O ja!« Er konnte nur auf ihre Brüste starren.

»An den Feiertagen machen sie das immer – und natürlich in der Hauptsaison.«

»Ja?« Er wollte sie umarmen, ihre Nähe spüren.

»Als Kind bin ich oft hierhergegangen, einfach weil ich es so schön fand. Siehst du das Haus, das direkt unter dem Kloster liegt? Das grüne? Da wohnt Bosco! Als er es vor ein paar Jahren gekauft hat, war es völlig heruntergekommen, und der Garten ...«

Lara hatte gar nicht bemerkt, daß Michael irgendwann stehengeblieben war. Das fiel ihr erst jetzt auf, und sie drehte sich um.

»Was ist?«

Er stand da und rührte sich nicht. Er spürte, wie ihm der Schweiß über die Stirn rann, aber er war nicht in der Lage, ihn wegzuwischen. Er hörte dieses monotone Klappern von Metallhaken, und im Hintergrund das nie enden wollende Umschlagen der Wellen. Er sah die vielen, vielen Boote, die im Yachthafen von Pietra Ligure vor Anker lagen. Das fahle Licht einer Laterne fiel auf ein Boot. Es hatte die gleichen Konturen wie seine *Pumuckl* ...

»Michael? – Was ist denn mit dir?«

Er schloß die Augen.

Der Yachthafen von Menton war einer der schwierigsten an der Côte d'Azur. Um so erstaunter war Michael, mit welcher Sicherheit er das neue Boot durch das Hafenbecken manövrierte.

Aileen war auch erstaunt, auf ihre Art.

»Was soll das?« ereiferte sie sich. »Was willst du dir und mir damit beweisen?«

Er gab keine Antwort darauf, er gab nur Gas. Das Boot wurde schneller und schneller.

Aileen bekam Angst. »Fahr langsamer!« rief sie verzweifelt aus. »Bitte!«

Er nahm es kaum wahr, hörte nur das Aufheulen des Motors. Das Wasser schoß an ihm vorbei. Die Geschwindigkeit war wie ein Rausch.

Sie versuchte, ihm das Lenkrad aus der Hand zu nehmen, aber er stieß sie zur Seite. Sie schlug mit ihrem blutenden Knie gegen die offenstehende Kajütentür und schrie laut auf vor Schmerz. Aber auch das drang nur noch im Unterbewußtsein zu Michael vor. Es war ihm egal. Er lenkte jetzt den Fortgang der Dinge – und das Boot.

»Du nimmst Kurs auf Italien!« brüllte sie ihm zu. »Das darfst du nicht. Es gibt da Gesetze! – Michael???«

Er sah sie kurz an. Dann schaltete er den Auto-Piloten ein und verschwand in der Kajüte.

Aileen wollte es nicht glauben. »Um Gottes willen!« kreischte sie. »Was tust du da? Du wirst uns noch umbringen! Du wirst uns noch beide umbringen!«

In all ihrer Verzweiflung versuchte sie, hinter die Technik des Bootes zu kommen und den Zündschlüssel herauszuziehen. Sie schaffte es nicht. In rasender Geschwindigkeit flogen sie an Bergen und Stränden und Häusern vorüber . . .

Als er wieder aus der Kajüte kam, hatte sie sich in die äußerste Ecke des Hecks verkrochen. Dort kauerte sie auf dem feuchten Boden und wagte kaum aufzublicken. Das machte Michael nur noch aggressiver, als er es ohnehin schon war.

Er hatte eine Flasche Champagner geholt und ließ nun den Korken knallen, zielte dabei direkt auf Aileen, goß den ersten Schaum über ihr Gesicht . . . Sie schrie laut auf, riß entsetzt die Augen auf. Michael trug nur noch sein Hemd und den kleinen, schwarzen Seidenslip, den sie ihm geschmackvollerweise zum letzten Weihnachtsfest geschenkt hatte. Er konnte sich bildhaft vorstellen, was jetzt in ihrem Köpfchen vorging, und ausnahmsweise wollte er sie mal nicht enttäuschen. Er schüttete den Champagner wie Wasser in sich hinein, warf die noch gut halbvolle Flasche dann einfach über Bord, baute sich vor Aileen auf und zog sie an den Haaren hoch.

»Was hast du vor?« wimmerte sie. »Was hast du –«

Er riß ihr das Kleid vom Leib, und sie fing an zu weinen.

»Tu das nicht, Michael . . . tu das bitte nicht . . .!«

Mit unglaublicher Gewalt drängte er sie auf den spitzen, schmalen Bug des Bootes, und das ließ sie nun endgültig hysterisch werden.

»Nicht!« kreischte sie. »Wir werden da runterfallen . . . wir werden ertrinken . . .!«

Sein Zorn wurde immer größer. Dieses Weib hatte die Frechheit, um ihr beschissenes, sinnloses Leben zu zittern. Er schlug ihr ins Gesicht, aber das war es nicht. Er wollte mehr, viel mehr.

Aileens Schreie waren so laut, daß Michael die Schiffssirene nicht hörte. Er drückte den Kopf seiner Frau in die äußerste Ecke des Bugs, und sie versuchte mit allen Mitteln, ihn abzuwehren, boxte, kratzte ... die Knie preßte sie fest zusammen, aber Michael hatte einfach die größeren Kräfte. Er spreizte ihr die Beine mit solcher Brutalität, daß er glaubte, Aileens Hüftgelenke müßten zerspringen. Dann preßte er ihre Fußsohlen gegeneinander und kniete sich mit seinem gesamten Körpergewicht auf ihre Knöchel. Mit Genuß entledigte er sich seines Hemdes.

»Nein, Mike ... das würdest du doch niemals tun ...«

Er spürte, wie die Adern an seinem Hals hervortraten und wie er den Unterkiefer vorschob. Er konnte es nicht mehr ertragen. Es mußte ein Ende haben ... und jetzt war es soweit. Zwanzig Jahre lang war er ihr Hampelmann gewesen. Sie hatte es geschafft, daß er sich wie ein Stück Dreck fühlte, wie das personifizierte Böse. Damit würde es nun ein Ende haben. Er sah ihr in die Augen. Fassungslosigkeit lag darin ... mehr nicht – und das war nicht genug! Seit Andrews Geburt hatten sie nicht mehr miteinander geschlafen. Aileen wußte sicher schon gar nicht mehr, wie das war. Nicht, daß er ihr mit dem hier auch noch einen Gefallen tat; das war das letzte, was er wollte, das allerletzte ... im nächsten Moment glitt er auch schon von ihren Knöcheln, umfaßte ihre Hüften und drehte sie mit einem einzigen Schwung auf den Bauch. Sie schlug mit dem Kinn auf und schrie, und er riß ihr den Schlüpfer herunter, er ...

Michael hörte ein donnerndes Geräusch. Im gleichen Moment begann das Boot zu schwanken, so heftig, daß er das Gefühl hatte, es würde sich überschlagen. Aileen klammerte sich an die Reling, und auch Michael versuchte, sich irgendwo festzuhalten, aber es gelang ihm nicht. Er hatte auf einmal keinen Boden mehr unter den Füßen ... Alles drehte sich um ihn her ... Kaltes Wasser schlug ihm ins Gesicht ...

Michael? – Alles in Ordnung, Michael?« Lara machte sich ernsthafte Sorgen. »Wenn dir das hier zu anstrengend ist, können wir gern wieder zurückgehen.«

Er reagierte nicht. Er stand einfach nur da und starrte auf das Boot, und die Zigarette in seiner Hand war so weit heruntergebrannt, daß ihm die Glut gleich die Finger verbrennen würde.

Lara nahm ihm die Kippe ab und warf sie ins Wasser.

»Michael?« Sie sah ihm geradewegs ins Gesicht, aber er schien sie gar nicht wahrzunehmen. »He . . .« Sie nahm ihn in die Arme und hielt ihn ganz fest. Er war völlig regungslos; sie spürte kaum, daß er atmete.

Eine ganze Weile standen sie so da, dann legte er plötzlich seinen Kopf auf ihre Schulter.

»Ich weiß nicht einmal, ob sie noch lebt . . .«

Lara schwieg.

»Ich konnte machen, was ich wollte. Es hat sie nie gekratzt. Und wenn ich ihr gesagt habe, ich hasse Grün, dann hat sie gesagt, in Wirklichkeit würde ich Grün lieben und das nur nicht zugeben wollen. Sie war immer da. Sie hat mich nie in Ruhe gelassen . . .«

Lara legte ihre Lippen auf seine Wange. »Ist sie deine Frau?«

»Ja.«

»Liebst du sie?«

»Nein. Aber ich habe zwei Kinder. Und die liebe ich . . . glaube ich . . . Kannst du dir das vorstellen? Daß ein Vater nicht weiß, ob er seine Kinder liebt?«

»Immerhin machst du dir Gedanken darüber. Das ist weit mehr, als die meisten tun.«

Er sah sie fragend an.

»In der Bibel steht, daß du Vater und Mutter ehren sollst, Michael. Vom Lieben ist da nicht die Rede. Und was für die Eltern gilt, gilt sicher auch für die Kinder. Meinst du nicht?«

Immer fragender wurde sein Blick. »Ich habe etwas Schreckliches getan. Es ist so schrecklich, daß ich . . . Ich wollte meine eigene Frau vergewaltigen, Lara . . . aber nicht so, wie ein Mann normalerweise eine Frau vergewaltigt . . . Ich . . . ich wollte sie in den Arsch ficken!«

Die letzten Worte sprach er schnell und mit sehr fester Stimme. Dann wartete er gebannt auf eine Reaktion, aber die blieb aus. Unverändert ruhig sah Lara ihn an.

»Hast du mich nicht verstanden? Wenn der Unfall nicht gewesen wäre, dann hätte ich es getan, Lara! Ich hätte es getan! Ich war absolut fähig dazu, und wenn ich jetzt daran zurückdenke, und das ist das Schlimmste von allem, dann tut es mir nicht einmal leid. Ich bereue es nicht, verstehst du? Ich würde es wieder tun, immer wieder . . .«

Seine Augen glänzten, und sein Gesicht hatte regelrecht irre Züge.

Lara lächelte. »Du bist entsetzt über dich selbst«, sagte sie leise, »das ist alles.«

»Ist das nicht genug?«

»Es ist unsinnig!«

Michael hatte das Gefühl, als müßte ihm gleich der Schädel platzen.

»Du bist auch nur ein Mensch«, sagte Lara, »genau wie ich, genau wie all die anderen, und jeder von uns ist zu allem fähig. Wer das nicht zugeben will, der macht sich was vor. Der hat noch nicht leben müssen! Der hat bisher das große Glück gehabt, existieren zu dürfen – im Schatten von irgend jemandem, der leben mußte.«

Michael sah sie erstaunt an. Etwas Ähnliches hatte er zu Aileen gesagt, jahrelang ... sie hatte es nie verstanden.

»Der schwarze Spiegel ...«, flüsterte er jetzt.

»So kann man es nennen«, meinte Lara, als wüßte sie ganz genau, wovon er sprach. »Du kannst auch sagen, daß es Gottes vergessene Schöpfung ist. Er gab uns die Fähigkeit zu lieben ... und die Fähigkeit zu hassen. Den zweiten Teil wollen wir nur nicht anerkennen. Wir geben Leben, indem wir zeugen und gebären, und folglich sind wir auch fähig, Leben zu nehmen. Wir tun anderen Gutes und können ihnen ebensogut Böses tun. Indem du leugnest, daß du zum Schlechten fähig bist, verleugnest du eine Möglichkeit, die Gott dir gab und die ebenso zum Leben gehört wie all das andere ...«

Eine Weile starrte Michael sie an, dann nahm er sie auf einmal in die Arme und preßte sie fest an sich.

»Kennst du die Legende vom Pendant?« Bevor sie antworten konnte, sprach er weiter. »Es heißt, irgendwo da draußen gäbe es für jeden von uns einen Menschen, der all das hat, was man selbst nicht hat, und dem all das fehlt, was man selbst besitzt ...«

Er stockte, und sie spürte, wie er zu zittern begann.

»Das Leben ist schwer, Michael. Aber man kann sich daran gewöhnen.«

»Und dann?«

»Ich glaube, dann stirbt man.«

»Reicht dir das?«

Auf der Strandpromenade ging es inzwischen zu wie auf einem Rummelplatz. Horden von Kindern standen in langen Schlangen vor bunt bemalten Schaukeltieren, die man für fünfhundert Lire dazu bringen konnte, sich zu drehen oder zu wackeln oder gar in die Höhe zu gehen, was offenbar ganz besonders beliebt war.

»Gib mir ein Geld!« schrie ein etwa vierjähriger Blondschopf seinem schon ziemlich entnervt dreinschauenden Vater zu. »Gib mir ein Geld, ich will auf die Maus!«

»In fünfzehn Jahren wird er das immer noch sagen«, lachte Lara. »Nur ist die Maus dann mit Sicherheit nicht mehr von Walt Disney.«

Michael versuchte mit aller Macht, fröhlich zu wirken, doch das gelang ihm nicht. Er fühlte sich dumpf und leer, irgendwie schwerelos, ohne dabei jedoch so etwas wie Erleichterung zu empfinden. Lara spürte das, was alles nur noch schlimmer machte. Sie hielt seine Hand, als wäre er ein kleiner Junge, und vielleicht war er das ja auch in dieser Stunde. In jedem Fall war sie die stärkste Frau, die ihm jemals begegnet war, und er wußte nicht, ob ihn das anzog oder abstieß. Er wußte nur, daß es ihm angst machte. Ein Teil von ihm hätte sich deshalb am liebsten losgerissen und wäre einfach davongelaufen, irgendwohin. Doch der andere Teil seines Ichs war stärker, und der hätte sich am liebsten an Laras Rockschöße gehängt und sie angefleht, freiwillig all das von sich preiszugeben, was er gezwungenermaßen hatte preisgeben müssen.

Auf der Uferstraße wurde ein Tandem-Rennen ausgetragen. Laut grölende Jugendliche lieferten sich halsbrecherische Duelle, und die Schaulustigen hockten auf dem Bürgersteig und feuerten sie an.

Hassan, der Neger, verhandelte gerade mit einem italienischen Paar über den Preis einer Rolex-Armbanduhr.

»Zweihunderttausend!« sagte der Mann und kam sich dabei wohl auch noch clever vor. »Keine Lira mehr!«

Hassan rollte verzweifelt die Augen. »Vierhunderttausend!« rief er aus. »Sonst bin ich ruiniert.«

»Aber das Ding ist doch nicht einmal hunderttausend wert.«

»Warum wollen Sie dann immerhin das Doppelte dafür bezahlen.«

Der Mann schluckte und schielte zu seiner Frau hinüber.

»So eine Gelegenheit kriegen wir bestimmt nie wieder . . .«, flüsterte die und schaute verzückt auf das glitzernde Ding.

»Da magst du zwar recht haben, aber deshalb will ich mich noch lange nicht über den Leisten ziehen lassen.« Er atmete tief durch und wandte sich dann wieder Hassan zu. »Zweihundertfünfzigtausend! Das ist mein letztes Gebot.«

Der Neger rang die Hände. »Aber wovon soll ich dann leben?« lamentierte er. »Dreihundertfünfzigtausend sind das Mindeste, was ich brauche!«

Lara hatte Mühe, ernst zu bleiben, während sie Michael die »Verhandlung« Wort für Wort übersetzte.

»Das sind aber doch Imitationen«, meinte der daraufhin. »Laß sie zwanzigtausend wert sein . . .«

»Wenn überhaupt! Das wissen die Leute aber nicht. Hassan redet ihnen ein, die Uhren wären aus einem Einbruch, verstehst du? Echte Rolex, heiße Ware, deshalb so billig . . .«

»Und das glauben die Idioten?«

»Manche lassen sich von zu Hause sogar noch Geld schicken und kaufen gleich drei oder vier davon, weil sie sicher sind, das Geschäft ihres Lebens zu machen . . .«

Michael schüttelte fassungslos den Kopf. Er hatte noch nie verstehen können, daß manche Menschen glaubten, man würde ihnen etwas schenken. Im Leben hatte alles seinen Preis, das Glück ebenso wie eine goldene Uhr . . . Plötzlich blieb er stehen. Da schwangen auf einmal so eigenartige Töne in der Luft . . . »Was ist das?«

»Du würdest es mir doch nicht glauben«, sagte Lara, »das muß man gesehen haben.«

Ein ganzes Stück weiter auf der Strandpromenade hatte sich eine Gruppe von alten Italienern versammelt. Einige saßen in Rollstühlen, die meisten hockten auf einer der Bänke, nur wenige standen noch auf ihren Beinen. Doch so gebrechlich ihre Körper auch waren, so kräftig waren ihre Stimmen; ja, diese Alten hatten zum Teil wahres Gold in der Kehle. *Santa Lucia* sangen sie, und der Menschenpulk, der ihnen lauschte, konnte die Rührung kaum verbergen.

»Im Sommer sind sie jeden Abend hier«, sagte Lara. »Die meisten von ihnen leben allein, und das Singen ist ihre einzige Abwechslung. Sind sie nicht fantastisch?«

Michael schluckte. Das einzige, wovor er sich stets gefürchtet hatte in seinem Leben, war die Einsamkeit. Er spürte, daß er Laras Hand immer fester hielt. »Ja«, flüsterte er, »sie sind wirklich fantastisch, und sie sehen so glücklich aus ...« Wie gebannt hing sein Blick an den weißhaarigen Alten. »Bist du ein glücklicher Mensch?« fragte er dann unvermittelt.

»Nein«, gab Lara ruhig zurück.

»Warst du es je?«

»Ich wollte es immer werden. Aber wenn ich in den letzten Jahren einen Wunsch freigehabt hätte, so wäre es der gewesen, bei meiner Geburt gestorben zu sein ...«

Langsam wandte Michael den Kopf und sah sie an. Er war erschöpft, das wußte sie, nichts war so kräftezehrend wie Ehrlichkeit mit sich selbst. Und er hatte Angst, auch das war ihr klar, Angst, nun nicht mehr »dazuzugehören«, weil es der Michael, dem er begegnet war, seines Erachtens nicht mehr verdiente, noch einen Platz in dieser Welt zu haben. Oft genug hatte sie das selbst erlebt; sie konnte bestens nachvollziehen, was in ihm vorging.

»Küß mich!« sagte sie leise. »Bitte ...«

Abdul, der Araber, wollte im ersten Moment seinen Augen nicht trauen. Das konnte doch unmöglich Lara sein! Aber es war Lara, wie sich bei näherem Hinsehen herausstellte. Lara, die Unnahbare, wie man sie hinter vorgehaltener Hand gern nannte, Lara stand mitten auf der Promenade, eng umschlungen von einem fremden Mann, den ganzen Mund voll Zunge – anders war das nicht zu bezeichnen. Abdul griff nach einem seiner Bilder und ging langsam auf die beiden zu, versuchte, das Stück Leinwand zwischen sie zu schieben ... Michael erschrak, und Abdul fing an zu lachen.

»Da ging ja nicht mal mehr ein Blatt Papier zwischen!«

Lara mußte an sich halten. Sie atmete tief durch.

»Allahu akbar!« sagte sie dann und versuchte, möglichst locker dabei zu wirken.

»Allahu akbar!« erwiderte ihr arabischer Freund und führte formvollendet seine Hand zuerst zum Mund und dann zum Herzen.

Wieder atmete sie tief durch und stellte beruhigt fest, daß ihre Pulsfrequenz so langsam wieder sank.

»Das ist Abdul, Michael, das größte Schlitzohr nördlich des Hochatlas! Wenn du dem die Hand gibst, brauchst du keine Sorge zu haben, daß dir hinterher ein Finger fehlen könnte. So was macht Abdul nicht. Doch prüfe sorgsam, ob du die Socken noch anhast!«

Abdul betrachtete das als Kompliment und lachte herzlich.

Lara nahm ihm das Bild aus der Hand. »Schau dir das an!« sagte sie zu Michael. »Zehn Minuten braucht er, um so was auf die Leinwand zu bringen. Aber den Touristen macht er vor, das würde Tage dauern. Jeden Abend steht er hier auf der Promenade und arbeitet an ein und demselben Gemälde, als wäre es mindestens ein Gauguin!«

»Ich bin auch mindestens so gut wie Gauguin, das hat bisher nur noch keiner bemerkt. Ich –«

»Reicher als Gauguin bist du allemal!« fiel sie ihm ins Wort und wandte sich gleich wieder an Michael. »Er besitzt das liebreizende, kleine Häuschen dort drüben.«

Sie wies auf ein Gebäude jenseits der Uferstraße. Es war im klassizistischen Stil gebaut und verfügte in der zweiten Etage über eine riesige, von Säulengängen umsäumte Terrasse.

»Das hat früher mal einem echten Conte gehört«, tönte Lara, »bis der es sich nicht mehr leisten konnte. Es hat zweihundertsechzig Quadratmeter, drei Bäder, sechs Schlafzimmer – und sieh ihn dir an!«

Nun ja, Abdul sah aus, als hätte er nicht das Salz im Topf, wie es so schön hieß. Seine Schuhe waren schmutzig, und rechts stieß die große Zehe durchs Leder; seine Hose war zu kurz und verwaschen; sein Hemd war zu lang und an einem Ärmel zerrissen; überall waren Farbflecken . . .

»*Al-hamdu lillah*!« rief Abdul fröhlich aus und griff nach Michaels Hand. »Darf ich Sie und die Giftschlange an Ihrer Seite zu einem Gläschen Pfefferminztee einladen?«

Michael sandte Lara den vorerst letzten einer ganzen Serie von fassungslosen Blicken. Dieser Araber hatte sich einen denkbar ungünstigen Moment ausgesucht, seine Bekanntschaft zu machen. Er hatte Michaels Hormonspiegel völlig aus dem Gleichgewicht gebracht, und das Wort »Pfefferminztee« gab ihm nun den Rest.

Lara konnte das sehr gut nachvollziehen.

»Wir Amerikaner haben keinen Ramadan, Abdul. Und wir sind ungemein stolz darauf, die Prohibition abgeschafft zu haben.«

»Ihr könnt ja von mir aus auch was anderes trinken.«

Lara seufzte. Abdul war nicht abzuschütteln, warum auch immer, ob nun aus purer Neugier oder aber, weil er meinte, ihren guten Ruf bewahren zu müssen.

»Also gut«, sagte sie und hakte sich bei Michael ein, »nehmen wir einen Absacker! So hat Brian immer den letzten Schnaps genannt, den er in der Öffentlichkeit zu sich nahm. Die zwölf danach waren dann namenlos, denn die wurden ja zu Hause getrunken . . .«

Wieder gingen sie in Boscos Bar. Dort war es nun brechend voll, völlig verräuchert und zudem auch noch unerträglich laut. Bosco stand hinter der Theke und zapfte Bier. Bei Michaels Anblick verfinsterten sich seine Gesichtszüge schlagartig. Inzwischen wußte er, woher er ihn kannte; er hatte die Zeitung im Hinterzimmer gefunden. Dieser Mann war verantwortlich dafür, daß sein Bruder Ambrosio dem Wahnsinn nahe war. Andererseits hatte Bosco seine Lara seit Jahren nicht mehr so glücklich gesehen, und das machte ihm den Fremden an ihrer Seite wiederum sympathisch. Er wußte nicht, was er tun sollte; er wußte nur, daß er irgend etwas tun mußte . . .

Lara erzählte Antonella ausführlich von der Prozession und wollte gerade ihre Bestellung aufgeben.

»Kann ich dich einen Moment sprechen?« sprach Bosco sie da in betont ligurischem Italienisch an.

»Sicher . . .«

»Es ist ziemlich wichtig. Können wir kurz nach hinten gehen?«

Lara nickte und rutschte von ihrem Barhocker. »Bin gleich wieder da«, rief sie Michael fröhlich zu.

Bosco und sie verschwanden im Hinterzimmer, und Michael zündete sich eine Zigarette an. So ganz allmählich ging es ihm wieder etwas besser. Das Gefühl der dumpfen Leere im Kopf ließ ebenso nach wie die Wut über Abdul. Er drehte sich um und ließ seinen Blick durch die Bar schweifen.

Der Fernsehapparat lief mit voller Lautstärke. Es wurde ein Fußballspiel gezeigt, und die Gruppe johlender Fans, die vor dem Bildschirm saß, tat ihren Gefühlen keinerlei Zwang an. Sie klatschten in die Hände, trampelten mit den Füßen, und als dann auch noch ein Tor fiel, schrien sie wie die Wilden. Unbeeindruckt vom Kampf um das runde Leder saßen an einem der Tische vier alte Männer und spielten Karten. Vielleicht lag es an der allgemeinen Geräuschkulisse, vielleicht aber auch daran, daß die Herren alle nicht mehr sonderlich gut hörten. Sie brüllten einander an, daß man hätte glauben können, sie trügen einen Zwist aus; dabei machten sich die drei Weintrinker in der Runde wohl nur über den vierten im Bunde lustig. Der schlürfte mit mißmutigem Gesicht Kamillentee und schaute bei jedem Anstoßen neidisch auf die Gläser der Freunde. Und angestoßen wurde oft!

Hinter Michael grölten ein paar Jugendliche. Einer von ihnen hielt einen Kassettenrecorder im Arm, aus dem laute Rockmusik klang, und ein junges Mädchen in einem blutroten Kleid machte dazu die wildesten Verrenkungen . . .

Das war also die Welt, in der Lara Laddock glücklich war. Wirklich begreifen konnte Michael das immer noch nicht, aber es wurde ihm in diesem Moment zumindest ein bißchen verständlicher. Die Menschen hier schienen noch echte Lebensfreude zu empfinden. Hier wurde noch gequalmt und gesoffen, hier sagte man noch »Ja« zu den Dingen des Lebens. In Deutschland und vor allem in Amerika gab es das schon lange nicht mehr. Dort wurde das »Nein« gepflegt. Man rauchte nicht, man trank kaum Alkohol, man hielt permanent Diät, sowohl beim Essen als auch beim Sex, sogar bei der Arbeit . . . Eines Tages würde es eine Explosion geben, das war vorauszusehen. Die Generation derer, die sich heute in der Kunst des Beschränkens übte und die im Verzicht das Heil sah, tat dies freiwillig. Doch ihr folgte eine Generation von Kindern und Kindeskindern, die diese reduzierte Welt erbten. Sie würden eines Tages den umgekehrten Weg gehen, der Exzeß war also vorprogrammiert, es war nur eine Frage der Zeit . . .

Das Hinterzimmer der Bar war ein kleiner, dunkler Raum, in dem Boscos Vorräte lagerten.

»Was ist denn?« fragte Lara, nachdem sie auf einer Weinkiste Platz genommen hatte. »Ist irgendwas nicht in Ordnung?«

Es fiel Bosco zwar schwer, doch erzählte er alles, was er wußte, daß der fremde Mann an Laras Seite ein Amerikaner namens Michael Landers wäre, daß er in Frankfurt lebte, eine Ehefrau und zwei Kinder hätte und daß er in der Nacht von Freitag auf Samstag im volltrunkenen Zustand um Haaresbreite mit Ambrosios *Monello* zusammengeprallt war.

»Nun hatte auch Brosi Alkohol getrunken«, sagte Bosco, »und du weißt ja, daß das hinter dem Steuer strikt verboten ist. Er hat nicht gesehen, daß jemand über Bord ging; von uns Passagieren hat es ja auch keiner gesehen. Aber Brosi ist nun mal überzeugt, daß er es hätte sehen müssen und daß der Mann nur tot ist, weil er getrunken hat und nicht mehr Herr seiner Sinne war – verstehst du?«

Lara nickte. Sie kannte Ambrosio lange genug, um sich vorzustellen, was er durchmachte. Und sie kannte Francesca! Die forderte seit Jahren, daß ihr Mann in Pension ging. Erst kürzlich hatte sie ihn in aller Öffentlichkeit einen fahrlässigen »Nonno-Kapitän« genannt; das Wort hatte sie wohl von einem ihrer Enkelkinder gelernt.

»Das kommt auch noch hinzu!« sagte Bosco. »Francesca macht natürlich Stunk. Und Brosi ergeht sich in seinem religiösen Fanatismus, deshalb ist er heute bei der Prozession mitgegangen und hat das schwerste Kreuz geschleppt, das er kriegen konnte.«

Lara sah ihn verständnislos an.

»Wegen der Morelli-Geschichte!«

»Wie?«

»Na ja«, meinte Bosco und tippte sich an die Stirn, »der Typ, der das Boot am Freitag gechartert hatte, der war von der Mafia, und du kennst doch Brosi! Wer etwas Unrechtes tut, auf den läßt Gott sogleich krachend sein flammendes Schwert nieder!«

»Dann müßten aber manche Leute glühen wie die Fackeln!«

»Sag das mal meinem Bruder!«

Lara seufzte und schaute nachdenklich vor sich hin. Ambrosio mußte geholfen werden, das war klar, doch sie wollte keinen Ärger mit der Polizei, und Michael – nun, der schien sich im Augenblick noch wenig Sorgen zu machen . . .

»Weißt du was?« sagte sie nach einer ganzen Weile. »Sag Ambrosio einen lieben Gruß von mir und erzähl ihm alles, vor allem, daß die angebliche Wasserleiche ausgesprochen munter ist. Unter einer Bedingung, Bosco!«

Er sah sie fragend an.

»Daß du und dein Bruder mit niemandem sonst darüber sprecht!«

Bosco dachte lange nach, bevor er eine Antwort gab. Eine Untersuchung gab es nicht wegen des Vorfalls. Folglich mußte Ambrosio nicht öffentlich rehabilitiert werden, es ging »nur« um sein ureigenes Seelenheil, und somit gab es keinen Grund, Laras Bedingung nicht anzunehmen.

»Einverstanden!«

Lara war erleichtert. »Und noch etwas, Bosco! Brosi soll sich mal ein bißchen umhören, ja?«

Michael wurde langsam ungeduldig. In der Zwischenzeit hatte er schon drei Zigaretten geraucht, und Lara war immer noch nicht zurück. Abdul, der sie hergeschleppt hatte, saß im hintersten Eck der Bar und sprach auf den Mann ein, der schon am Nachmittag dort gesessen hatte. Das mußte wohl dieser Ambrosio sein, der auch bei der Prozession dabeigewesen war. Er wirkte nach wie vor sehr zerknirscht, hielt den Kopf gesenkt, die Schultern gebeugt . . . Endlich öffnete sich die Tür des leidigen Hinterzimmers, und der grimmig dreinschauende Wirt kam zum Vorschein. Lara folgte ihm. Sie strahlte über das ganze Gesicht, schwang sich elegant auf ihren Barhocker und bestellte bei Antonella zweimal die Hausmarke.

»Was war denn?« wollte Michael wissen.

Sie gab ihm einen Kuß auf die Wange. »Männer dürfen zwar alles essen, mein Lieber, aber nicht alles wissen!«

Antonella schenkte zwei nicht gekühlte Wannenbäder voller Wodka ein, und Lara zückte schon mal ihr Portemonnaie.

»Ich werde dir das Geld zurückgeben«, sagte Michael, »du brauchst dir da keine Sorgen zu machen.«

Sie lachte. »Hin und wieder macht es mir Spaß, einen Mann auszuhalten.« Sie hob ihr Glas. »Prost!« Ihre Augen glitzerten, als tanzten tausend kleine Teufelchen um ein loderndes Feuer.

»Prost!« erwiderte Michael.

Während sie das Glas in einem Zug leerte, nahm er nur einen großen Schluck und mußte sofort husten.

»Na, das muß aber geübt werden!« meinte sie dazu.

»Das Zeug ist ja nicht einmal gekühlt«, krächzte er.

»Wenn man das Brennen schon im Hals nicht aushält, was soll dann erst der arme Magen dazu sagen? – Gehen wir?«

»Wohin?«

»Nach Hause! . . . Oder nicht?«

Sie lächelte ihn verheißungsvoll an, und da machte ihm das Brennen im Hals auf einmal nichts mehr aus. Er setzte an und trank aus. »Von Herzen gern . . . das heißt . . .«

»Ich weiß schon, was du sagen willst!«

»Ach ja?«

Sie sah ihm fest in die Augen. »Du brauchst keine Angst zu haben. Ich spiele nicht. Ich spiele nie . . .«

Sie legte ihre Hand auf seine, schlang ihre Finger um seine Finger . . . Dann wandte sie sich Bosco zu, der inzwischen hinter die Theke zurückgekehrt war und wieder Bier zapfte.

»Das restliche Geld für den Cognac vom Samstag habe ich deiner Frau gerade mitbezahlt«, rief sie ihm zu. »Nicht, daß sie dir das unterschlägt! *Ci vediamo, caro! Buona notte!*«

»Buona notte!« sagte auch Michael, und dieser Wirt, der ihn bisher immer so grimmig angeschaut hatte, war plötzlich und unerwartet ganz freundlich.

»Buona fortuna!« sagte er zu ihm. »Viel Glück!«

Der Gesang der alten Italiener drang bis hinauf in Laras Wohnung. Sie schloß die Tür auf und ging sofort in die Küche, nahm zwei Gläser aus dem Schrank, schenkte Wein ein.

»Laß uns noch ein bißchen nach draußen gehen!«

So ganz allmählich kehrte Ruhe ein in Pietra Ligure. Die Strandpromenade leerte sich, und die Verkaufsbuden wurden geschlossen. Nur der kleine Blondschopf schien immer noch munter zu sein.

»Gib mir ein Geld!« schrie er mit unverminderter Kraft. »Ich will auf die Maus! Gib mir ein Geld!«

Vor dem Kinderkarussell stand ein etwa zweijähriger Junge und machte die offenbar erste Trennungserfahrung seines Lebens. Die schweren Eisengitter wurden heruntergelassen, worauf der Kleine dramatisch zu Boden sank und mit hocherhobenen Armen immerzu »Pferd!« rief. »Pferd! Pferd!!!«

»Mit Leib und Seele Reitersmann!« lachte Michael und legte seinen Arm um Laras Schulter.

Sie schmiegte sich an ihn. »Genau so habe ich es mir immer vorgestellt. Eine laue Nacht. Ein Glas Wein. Und der Mann meiner Träume.«

Sie sahen einander in die Augen.

»Bin ich das?« Michael fand diesen Ausspruch zwar schön, doch konnte er nicht so recht daran glauben.

Lara trank einen Schluck. »Wenn das alles so einfach wäre ...«, sagte sie dann und wirkte auf einmal sehr ernst.

Er lächelte. »Einfache Frauen sind langweilig.«

»Klingt gut. Mehr aber auch nicht.«

Sie sah, wie sich sein Gesicht immer mehr näherte, und sie spürte die Wärme seiner Lippen schon lange, bevor sie sich auf ihre legten. Sie öffnete den Mund. Im nächsten Moment wich sie zurück und legte den Kopf tief in den Nacken.

»Du bist der schönste Mann, dem ich je begegnet bin.«

So etwas hatte noch keine Frau zu ihm gesagt, und er wußte gar nicht, wie er darauf reagieren sollte. Bedächtig griff er nach ihrem Weinglas und nahm es ihr aus der Hand, stellte es gemeinsam mit seinem auf die breite Terrassenbrüstung.

»Ich eigne mich nicht für einmalige Begegnungen, Michael. Solltest du die Absicht haben, nach dem Fick zu verschwinden, dann geh besser sofort! Jetzt!«

Er hörte ihre Worte nur, mehr nicht. Er hörte sie ebensoviel und so wenig, wie er die Musik der Maus hörte, die unten auf der Promenade von dem nervtötenden Blondschopf beritten wurde. Das einzige, wofür er in diesem Moment einen Sinn hatte, waren Laras Augen, ihr Mund, der lange, schmale Hals ... er zog ihr die Strickjacke von den Schultern. Zwischen den Knochen waren jene Kuhlen zu sehen, die man liebevoll Salznäpfchen nannte.

»Ich stelle gerade fest, daß ich ein hoffnungsloser Träumer bin«, sagte er leise. »Ich glaube immer noch an die ganz große Liebe, an einen Rausch, der beginnt und niemals endet, der sich nur verändert und wir uns mit ihm ...«

Mit geübtem Griff zog er ihr die Strickjacke aus und ließ sie zu Boden fallen. Einer der Knöpfe sprang ab und hüpfte über die Schieferfliesen.

»Davon habe ich auch immer geträumt«, flüsterte Lara, »zwei Menschen mit nur einem Pulsschlag, einem Gedanken, dem gleichen Gefühl – und dann gemeinsam gegen den Rest der Welt.«

Er legte seine Hände auf ihre Wangen und preßte sie an sich. »Stell dir vor, es würde Wirklichkeit!«

»Das kann ich mir nicht mehr vorstellen.«

»Du willst nur nicht.«

Er bog ihren Kopf nach hinten und küßte ihren Hals.

»Ich habe Angst, es zu können, und noch mehr Angst, es zu wollen ...«

»Es wird trotzdem passieren.«

Lara spürte, wie sie zu zittern begann. »Dann stell' ich mich nackt auf das Dach des Empire State Building und sing' die amerikanische Nationalhymne.«

Er lachte, und wieder spürte sie die Wärme seiner Lippen. Bevor sie ihren Mund berührten, löste sie sich aus seiner Umarmung.

»Es ist ein wenig kühl hier draußen.« Sie bückte sich und hob die Strickjacke auf. »Findest du nicht?«

Sie ging ins Schlafzimmer und schaltete die Nachttischlampe an. Michael griff zu seinem Weinglas und nahm einen großen Schluck. Durch die geöffnete Terrassentür und die dunkle Küche konnte er wie durch einen schmalen Korridor bis auf die Betten sehen. Lara stand davor und begann sich auszuziehen. Sie hob die Arme und öffnete den Verschluß ihres Kleides. Dann ließ sie die Arme wieder sinken, griff mit dem linken nach hinten, zog den Reißverschluß herunter, im nächsten Moment fiel das Kleid zu Boden. Sie trug keinen Büstenhalter, nicht einmal einen Slip, nur eine hauchdünne, schwarze Strumpfhose.

Auf einmal war Michael der Korridor aus Licht und Schatten zu schmal und vor allem zu lang. Er hörte seine Schritte auf dem Marmorboden und seinen lauten, heftigen Herzschlag.

Lara glitt mit den Händen unter den Bund der Strumpfhose und schob sie über ihre Hüften. Dann setzte sie sich aufs Bett und befreite zuerst das rechte Bein, dann das linke ... Michael sah sie an.

»Ich schlafe gern mit einem Mann«, sagte sie leise. »Aber ich habe ganz bestimmte Vorstellungen von gutem Sex.«

Sie stand auf. Sie hatte einen sehr kleinen Busen mit sehr großen, hellbraunen Brustwarzen. Sie öffnete die Knöpfe seines Hemdes und legte ihre Hände auf seine Brust.

»Ich will nicht nur geliebt werden ... ich will auch lieben.«

Sie ließ sein Hemd heruntergleiten und wandte sich der Hose zu.

»Und ich hasse Vorspiele. Wer Hunger hat, schaut sich ein Brötchen ja auch nicht erst zwei Stunden an, bevor er hineinbeißt ...«

Sie zog den Reißverschluß auf.

»Nichts ist so aufregend wie etwas, das noch im Verborgenen liegt.«

Noch während sie das sagte, spürte er ihre Hand.

»Das ist phantastisch«, sagte sie und lächelte dabei wie ein Schulmädchen. »Ich fühle, wie es lebt, aber noch ist es eingesperrt in all meine Wunschträume ...«

Bis zu diesem Moment war Michael viel zu fassungslos gewesen, um irgend etwas zu tun oder zu sagen. Er dachte an die Lara, die ihn vor knapp drei Tagen mit der Geduld einer Klosterfrau vom Tod zurück ins Leben befördert hatte. Er dachte an die Frau, die noch vor wenigen Stunden mit verklärtem Blick dem rührenden Gesang des italienischen Altersheims gelauscht hatte. Wo war das renitente kleine Biest, das es ablehnte, für einen Mann einen Teller Nudeln so zu kochen, daß man sie auch essen konnte? Wo war die in anderen Sphären schwebende Künstlerin, die eine ganze Nacht lang ihren Pinsel schwang, um ein paar düstere Balken zu malen?

Er legte seine Hände auf ihre Brüste und glitt sacht über ihren Bauch, berührte mit den Fingerspitzen ihr Geschlecht.

»Du bist ja schon ganz naß ...«

Sie lächelte. »Wenn ich das nicht wär', stünden wir nicht hier ...«

Michael beeilte sich so sehr, aus seinen restlichen Sachen zu kommen, daß sie später im ganzen Raum verstreut waren. Schon an ihrem ersten Tag im Aufzug hatte er geahnt, daß diese Lady Eisenarm ein potentes Weib war. Die Wirklichkeit übertraf seine heimlichen Erwartungen aber noch um ein Vielfaches.

»Zärtlichkeit ist wunderbar«, stöhnte sie und rekelte sich dabei genüßlich in den Laken. »Aber das sparen wir uns für später auf, ja?«

»Wie willst du's denn?«

Ihre Augen glänzten. »Wild und heftig. Und sofort.«

Michael glaubte zu träumen. Männer seines Schlages liebten es, sich einfach nur zu verausgaben, die überschüssigen Hormone binnen weniger Minuten herauszuspritzen, »Mann« fühlte sich danach so wunderbar erleichtert. Nur lag »Frau« dann in aller Regel betrübt in den Kissen und beklagte die fehlende Nestwärme.

»Siehst du, und jetzt haben wir noch jede Menge Zeit«, lachte Lara, als der erste Schub vorüber war. »Oder nicht?«

Sie sah ihn an und umfaßte sein Gesicht mit den Händen. Sie liebte ihn, ja, auf einmal war sie sich sicher, daß sie ihn vom ersten Augenblick an geliebt hatte.

»Hol jetzt kein Handtuch!« flüsterte sie. »Und frag auch nicht, wie es mir geht! Und frag um Gottes willen nicht, ob da schon viele vor dir waren!«

Sie nahm seine Unterlippe sanft zwischen ihre Zähne und glitt mit der Zunge darüber. Er spürte ihre Hände unter seinen Achseln, jeden einzelnen ihrer Finger konnte er spüren, wie sie über seinen Rücken strichen . . .

»Du hast einen prächtigen Arsch, Mister Landers.«

»Das finden die Schwulen auch immer.«

»Hast du schon mal mit einem Mann geschlafen?«

»Nie!« Michael war regelrecht empört. »Du mit einer Frau?«

»Ich fand's öde. Kein Vergleich.«

Michael lächelte. »Das glaube ich gern.«

Draußen wurde es schon hell, als Michael und Lara endlich in einen tiefen und wohlverdienten Schlaf fielen. Er reiste als erster in das Land der schönen Träume. Sie lag noch eine ganze Zeit wach und sah ihn einfach nur an. Er war ein großartiger Liebhaber, das hatte er ihr in den letzten Stunden bewiesen. Und sie hatten einen guten Sex miteinander gehabt, sie durfte rundherum zufrieden sein. Doch war sie mehr als das, sie war glücklich. Wider jedes bessere Wissen hatte sie das sichere Gefühl, in Michael Landers den Mann gefunden zu haben, den sie immer gesucht hatte, auch wenn eigentlich alles dagegensprach. Er war verheiratet, und er hatte zwei Kinder; er lebte in einem fernen Land in einer völlig fremden Welt . . . und dennoch! Sie gab dem bereits selig schlummernden Michael einen Kuß auf die Stirn. Und dabei wünschte sie sich, ein Leben lang neben diesem Mann einzuschlafen und aufzuwachen . . .

Die schwere Boeing 727 der Air France berührte den Boden, und Jeff Barton ballte seine Hände zu Fäusten. Das tat er oft in letzter Zeit, und er hatte die dumpfe Befürchtung, daß er es in Zukunft noch sehr viel öfter tun würde.

Es war der 18. April 1992, Karsamstag. Michael wurde seit nunmehr acht Tagen vermißt, und selbst Jeff fing langsam an zu glauben, daß er tot war. Solange man die Leiche nicht fand, brachte das jedoch keine größeren Veränderungen, und die italienische Regierung konnte in solchen Fällen ausgesprochen hartleibig sein. Das hatte Jeff in den letzten Tagen von den verschiedensten Seiten immer wieder gehört. Es gab da so einen Präzedenzfall, der gern angeführt wurde: Die »Witwe« eines Matrosen, der auf einem Tanker gearbeitet hatte und in der Nähe von Catania bei einem Sturm über Bord gegangen war, versuchte bereits seit acht Jahren, ihren Mann für tot erklären zu lassen, um endlich in den Genuß der ihr zustehenden Rente zu kommen. Aber die italienischen Behörden weigerten sich. Wenn sie das in Michaels Fall auch taten, konnte es heiter werden. Dann mußte Jeff eine Firma leiten, in der er so gut wie keine Kompetenzen hatte. Andererseits blieb Aileen bis zum Auffinden der Leiche offiziell Michaels Ehefrau, und das war das Gute an der Sache . . . Jeff grub die Fingernägel tief in seine Handflächen.

Aileen trug ein schwarzes Kostüm, schwarze Seidenstrümpfe, schwarze Schuhe, einen schwarzen Hut – die Kinder waren in farbenfrohes Dunkelblau gekleidet.

»Das Leben muß ja irgendwie weitergehen«, hatte sie Jeff am Freitagabend am Telefon erklärt.

»Das Leben muß ja irgendwie weitergehen!« sagte Aileen auch jetzt, als sie in Jeffs Arme sank.

Er tätschelte ihren Rücken. »Mach dir keine Sorgen!«

»Ich habe so viel zu erledigen und zu klären, Jeff. Und wenn die Schule erst wieder anfängt . . .«

Er begrüßte die Kinder. Sie wirkten beide ziemlich blutleer und entkräftet.

»Habt ihr Hunger?«

Diana schüttelte den Kopf, und Andrews Antwort lautete : »Ich will Monopoly spielen!«

Jeff versuchte, ein freundliches Gesicht zu machen. Kinder zu haben war halt nicht jedermanns Sache.

Schweigend gingen die vier zum Wagen, schweigend fuhren sie in die Stadt.

Frankfurt lag im Sonnenschein, aber damit hatte Aileen schon gerechnet. Daß Michael tot war, stand für sie inzwischen außer Zweifel. Sie war eine Witwe, und sie war ganz auf sich gestellt, mußte zwei Kinder großziehen, sich selbst durchbringen. Finanziell würde das kein Problem sein, das wußte sie. Doch bestand das Leben eines Menschen ja nicht allein aus Geld.

Sie hatte ihre Mutter in New York angerufen, ihr aber nichts von Michaels Unfall erzählt. Die Frau war inzwischen neunundsiebzig Jahre alt und ziemlich gebrechlich. Trotzdem wäre sie bestimmt sofort nach Deutschland gekommen, um ihrer Tochter zur Seite zu stehen. Und wie das dann ausgesehen hätte, konnte Aileen sich bestens vorstellen! Mamas Jammern und Wehklagen klang ihr schon im Geist in den Ohren, wie sie im Angesicht der Gegenwart die Vergangenheit heraufbeschwor, wie sie ständig daran erinnerte, was Vaters Tod alles verursacht und zerstört hatte. Auf diese Art der Unterstützung konnte Aileen blendend verzichten – und andere Hilfe war offenbar nicht zu bekommen. Der Landers-Clan hatte zumindest äußerst eigenartig auf den Unfall ihres Ältesten reagiert.

Michaels Eltern waren zwar entsetzt gewesen, das schon, doch baten sie lediglich, doch noch mal anzurufen.

»Falls es irgendwelche Neuigkeiten gibt!«

Kommen konnten sie nicht, denn bei Michaels Brüdern taten sich gerade große Dinge. Sohn Eric, der sich bisher immer nur um seine Karriere als Rechtsanwalt gekümmert hatte, wurde in jenen Tagen zum ersten Mal Vater, und Roberts jüngster Sohn Orson, der die sportlichen Fähigkeiten seines Vaters geerbt hatte, startete gar am nächsten Wochenende bei seinem ersten großen Wettkampf – wenn

Aileen sich recht besann, war es ein Zweihundertmeterlauf in der Schülerklasse A. Wer solch große Verpflichtungen hatte, konnte natürlich nicht nach Deutschland reisen, weil das schwarze Schaf der Familie ein Bad im Mittelmeer genommen hatte. Noch stand schließlich nichts fest, Aileen konnte sich ja noch mal melden, wenn sie Genaueres wußte ...

Sie seufzte. Eigentlich war es kein Wunder, daß Michael immer so gefühlskalt gewesen war. Er hatte sich so entwickelt, wie seine Erziehung es erlaubte.

Und nun war er tot.

Aileen war froh, wieder in Frankfurt zu sein. Sie brauchte ihre Ordnung, und die zu erhalten war in Menton einfach nicht möglich gewesen. Seit dem Unglück hatte sich die verrückte Tourreau von nebenan unentbehrlich gemacht. Sie erledigte sämtliche Einkäufe, putzte das Haus und nahm Aileen auch ansonsten das Gros der Arbeiten ab. Das hatte zur Folge gehabt, daß Diana bald nur noch Madames Crêpes essen wollte, und das auch noch zu den verrücktesten Zeiten, und Andrew hatte erste Suchterscheinungen nach der Parkstraße gezeigt, weil das Fischweib die halbe Nacht mit ihm im Wohnzimmer saß und Monopoly spielte! Dadurch geriet alles aus den Fugen, das Leben verlor jedweden Rhythmus, und das hatte Aileen noch nie ertragen können. Sie brauchte Ordnung, im Augenblick mehr denn je. Und sie brauchte Jeff. Nicht zuletzt seinetwegen war sie hergekommen; sie war es allein schon den Kindern schuldig. Es war nicht gut, ohne Vater aufzuwachsen; kaum jemand wußte das besser als Aileen.

Jeff spürte ihren Blick, versuchte aber, sich das nicht anmerken zu lassen. Mit scheinbarer Gelassenheit steuerte er den Wagen durch den dichten Verkehr und erinnerte sich dabei mit Grausen an die letzte Woche.

Von früh bis spät hatte er im Büro gesessen und versucht, mit irgend etwas weiterzukommen, die Japan-Verträge unter Dach und Fach zu bringen oder zumindest mit den Australiern abzuschließen, was Michael ja so unbedingt hatte verhindern wollen. Doch was immer Jeff auch versuchte, nichts klappte. Man nahm ihn als Verhandlungspartner einfach nicht ernst, da half nicht einmal, daß er sich zwecks Stärkung seines Selbstbewußtseins hinter Michaels Schreibtisch setzte.

Alle paar Stunden hatte Aileen angerufen und gefragt, ob es etwas Neues gäbe.

»Nein«, sagte er dann, »bei dir?«

»Nein, Jeff . . .«

»Du . . . ich habe unheimlich viel zu tun, ich rufe dich später zurück, ja?«

»Ist gut, Jeff.«

Mehr hatten sie einander nie zu sagen, und jedesmal wenn sie aufgelegt hatten, betete er, Michael möge noch am Leben sein . . .

»Da sind wir!« seufzte Jeff und hielt vor dem weißgestrichenen Haus, in dem die Landers vor gut zehn Jahren eine traumschöne Eigentumswohnung bezogen hatten.

Andrew entdeckte seinen Freund Christoph auf der anderen Straßenseite und sprang sofort aus dem Wagen. Diana wagte nicht einmal aufzublicken. Ohne ihren Vater wollte sie hier nicht leben, sie beschloß, gar nicht erst auszusteigen, und schlang ihre Beine fest übereinander, verschränkte die Arme vor der Brust.

Aileen lächelte und gab Jeff einen Kuß auf die Wange.

»Ich danke dir«, flüsterte sie. »Für alles.«

Aus der Stereoanlage drang die Spiegelarie aus Bizets *Carmen*, und Michael lag lang ausgestreckt auf dem Bett.

Lara war in der Küche. Es war schon fast Nachmittag, und sie hatte es endlich geschafft, Frühstück zu machen. Stolz wie Oskar, trug sie das Tablett ins Schlafzimmer und stellte es mitten auf die Betten.

»Frohe Ostern!« rief sie fröhlich.

Michael lächelte verklärt. »Hör mal, wie schön . . .!«

Der letzte Ton verklang, und er fuhr sich mit den Händen durchs Gesicht. »Was hast du gesagt?«

»Frohe Ostern!« wiederholte sie mit einem verschmitzten Lächeln auf den Lippen.

»Heißt das, daß du schon wieder Eier suchen willst?«

»Das bringst du locker!«

»Ach ja?«

»Das seh' ich dir an, Michael.« Sie kroch zu ihm aufs Bett, und die Kaffeetassen klirrten. »Klarer Blick«, erklärte sie, »starker Körperbau, gesunde Zähne, Top-Kondition –«

»Glänzendes Fell?«

Ihr Grinsen war fast schon unanständig. »Eben ein Prachtkerl, und das alles –«

»Ich hab' die ganze Zeit geahnt, daß du mir Hundefutter zu essen gibst . . .«

Sie lachten wie die Kinder, und wie Kinder versuchten sie auch zu sein. Kinder fragten nicht nach dem Morgen. Wenn sie die Gegenwart liebten, setzten sie deren Zukunft einfach voraus und bauten sich eine Welt, in der Endlichkeit nur ein Wort war. Das Gestern war Vergangenheit. Wenn es schön gewesen war, hieß es Erinnerung. Alles Häßliche wurde verdrängt, ganz der Hoffnung hingegeben, es zu vergessen könnte es zugleich auch ungeschehen machen.

Fünf Tage lang hatten Lara und Michael ihr Luftschloß über dem Meer kaum verlassen. Sie war nur mal kurz in Bertinottis Supermarkt gewesen, um einzukaufen, und er hatte zweimal den Müll nach unten gebracht. An diesem Ostersonntag wollten sie nun alles nachholen.

Kurz vor Einbruch der Dunkelheit machten sie dann auch tatsächlich einen Spaziergang zum Monte Carmelo. Michael geriet dabei ziemlich aus der Puste. Der Weg durch die Weinberge war äußerst beschwerlich, und zudem sorgte das zum Teil Jahrhunderte alte Kopfsteinpflaster mit seiner Unebenheit für eine nicht gerade angenehme Fußsohlenmassage.

»Wenn du weiterhin Freude an mir haben willst, mußt du mich besser ernähren.«

»Es hat Frühstück gegeben«, rief sie empört.

»Sprichst du von der Scheibe Knäckebrot mit Magermargarine? Oder von der Diätmarmelade und dem fettarmen Streichkäse? – Entschuldige!« Er schlug sich mit der Hand an die Stirn. »Natürlich, du meinst den zuckerfreien Orangensaft . . .«

Sie schlang ihren Arm um seine Brust. »Gleich haben wir es geschafft, mein kleiner Freßsack!«

Auf Laras Lieblingsbank im Klostergarten sollte Michael sich von den Strapazen erholen.

»Das kann nicht dein Ernst sein«, japste er. »Da mußt du schon Waffengewalt anwenden, wenn ich mich da hinsetzen soll.«

Sie schaute den Steinhang hinunter und bekam auf einmal feuchte Hände. Das war ihr noch nie passiert.

»Eigenartig . . . Ich hab' immer gern hier gesessen . . .«

»Hast du das schon mal mit deinem Analytiker besprochen?«

»Nein . . .«

»Solltest du tun, Schatz. Dieser Ort hier spiegelt ganz offensichtlich dein bisheriges Lebensgefühl: du hast am Abgrund gestanden . . .«

»Gesessen!«

»Nun sei doch nicht immer so kleinlich! Hast du zufällig ein zuckerfreies Kaubonbon in der Tasche?«

Gleich zu Beginn der Karwoche waren die ersten italienischen Touristen nach Pietra Ligure gekommen, zumeist ältere Leute und kleine Kinder, aber auch jede Menge Kurzentschlossene, die das überraschend gute Wetter ausnutzen wollten. Tagsüber tummelten sie sich am Strand und abends auf der Promenade und in der Via Garibaldi, doch hatten die Italiener die leidige Angewohnheit, sich stets zur gleichen Zeit am gleichen Ort zu tummeln. Das führte zu wahren Volksaufläufen. Man schob einander, um vorwärtszukommen, und wurde dadurch gezwungen, vor Straßenhändlern stehenzubleiben, deren Warenangebot denkbar unattraktiv war, ja, es kam sogar vor, daß man von der Menge in Geschäfte und Restaurants gedrängt wurde, die man freiwillig niemals betreten hätte.

Den Einheimischen war dieses Phänomen vertraut. In der Hauptsaison waren ihre »heißen Meilen« so überlaufen, daß sie zu den Stoßzeiten wohlweislich daheim blieben. In der übrigen Zeit wichen sie den Menschenmassen aus, indem sie die sogenannten »Schleichpfade« benutzten.

Diese lagen jenseits der Via Garibaldi in der eigentlichen Altstadt von Pietra. Vertrauenerweckend sah es dort nicht gerade aus, das war zumindest Michaels erster Eindruck. Die Gassen waren nicht mehr als anderthalb Meter breit, es drang kaum ein Lichtstrahl in die Enge, die Luft war feucht, und es roch nach Moder, und man brauchte nicht einmal die Ohren zu spitzen, um deutlich hören zu können, wie sich einzelne Anwohner miteinander unterhielten.

Lara fand das sehr romantisch.

»Na ja«, meinte Michael dazu, »vielleicht hast du ja einen von der *Addams Family* in der Verwandtschaft.«

»Das sowieso!« gab sie ungerührt zurück. »Meine Mutter ist eine Cousine des eiskalten Händchens.«

Trotz der vielen umsatzfreudigen Touristen im Ort hielt der sonst immer so auf Profit bedachte Bosco seine Bar an jenem Ostersonntag für die auswärtigen Gäste geschlossen. *Aus privaten Gründen!* stand in dicken Lettern auf einem alten Pappkarton geschrieben, den Antonella vor die Eingangstür gestellt hatte. Diese privaten Gründe waren dreiundfünfzig Zentimeter lang und dreitausendsechshundert Gramm schwer. Alessandro war der neueste Enkel von Francesca und Ambrosio und sollte Boscos erstes Patenkind werden. In den frühen Morgenstunden hatte der Kleine das Licht der Welt erblickt, und seitdem wurde alle paar Minuten auf sein Wohl getrunken. Bosco konnte schon kaum noch stehen, als die eigentliche Party erst losging.

Im ersten Moment wären Lara und Michael am liebsten gleich wieder gegangen. Es war unbarmherzig heiß im Raum, und die vielen, vielen Menschen standen so dicht gedrängt beieinander, daß ihre schweißtriefenden Körper all jene Düfte verströmten, die empfindliche Nasen nun überhaupt nicht leiden konnten.

»Wir gratulieren nur schnell«, sagte Lara, »okay?«

Er schnaufte. »Noch schneller!«

Ambrosio und Francesca halfen Bosco und Antonella bei der Arbeit und freuten sich riesig, den lange Zeit Totgeglaubten nun endlich persönlich kennenzulernen.

Michael wußte inzwischen, daß Aileen noch lebte und keine Anzeige erstattet hatte, weil sie ihn für tot hielt.

»Wie ist das eigentlich?« fragte Bosco. »Dieses Gefühl, für die anderen nicht mehr zu existieren?«

Michael lächelte und sah richtig glücklich dabei aus. »Ich genieße es«, sagte er.

Ambrosio konnte sich das gut vorstellen, und die Männer tranken einen Grappa darauf. Lara wurde schon vom Zusehen ganz schlecht. Sie haßte Grappa!

Die eigentlichen Gastgeber der Party saßen im hintersten Eck der Bar an mehreren zusammengestellten Tischen. Es war ausgesprochen mühsam, bis dahin vorzudringen, doch Francesca bahnte ihnen den Weg durch das Gewühl. Trotzdem bohrte sich Lara einmal ein spitzer Ellenbogen in den Unterbauch, und ein anderes Mal trampelte ihr ein nicht gerade leichtfüßiges Frauenzimmer voll auf die Füße. Michael war versucht, sich die Ohren zuzuhalten. Das laute Stimmengewirr war ihm unerträglich, und wie es schien, ging es bei den Italienern auch immer nur ums Geld, um *millioni* und *milliardi* . . . Schließlich standen sie vor jenem Riesen-Tisch im Eck, an dem ein unüberschaubar großes Rudel von Menschen saß.

»Meine Tochter Nicola«, sagte Francesca und sah dabei nicht gerade aus wie eine glückliche Großmutter, »und das ist mein Schwiegersohn Leonello!«

Daraufhin erhob sich der einzige Mann in der Runde. Er war etwa fünfunddreißig Jahre alt, klein und sehr schlank; fast wirkte er schon unterernährt. Seine Körperhaltung war miserabel; in eine paar Jahren hatte er bestimmt einen Buckel. Er reichte Michael die Hand. Sie war unverhältnismäßig groß und rauh. Der Mann schien körperlich zu arbeiten, und das war dem Körper natürlich längst nicht so zuträglich, wie von einigen Schreibtischtätern bisweilen behauptet wurde.

Lara erschrak. Sie hatte Nicola lange nicht mehr gesehen, es war bestimmt drei Jahre her. Klein und mager war sie immer schon gewesen, doch jetzt war sie blaß wie ein Leichentuch, schweigsam und zittrig, und ihr Haar war streichholzkurz geschnitten.

»Ist das die Mutter?« flüsterte Michael Lara ins Ohr.

»Ja.«

»Aber ich dachte, das Baby wäre heute morgen erst –«

»Was meinst du, warum die so aussieht?«

Michael schluckte. Tatsächlich! Knapp zwölf Stunden waren vergangen, seit Nicola Mutter ihres Sohnes Alessandro geworden war, und jetzt, zwölf Stunden später, saß sie in dieser verräucherten und restlos überfüllten Schankstube und schleppte Klein-Alessandro, eingewickelt in ein Tuch, auf dem Bauch mit sich herum. Aber Vater Leonello erschien dies offenbar völlig normal, denn er konnte Michaels sichtbare Verwunderung darüber gar nicht verstehen. In leicht brüchigem Englisch stellte er ihm den Rest jenes Menschenrudels vor, das da dicht gedrängt um den runden Tisch saß.

»Das sind meine Töchter«, sagte er mit unüberhörbarem Stolz in der Stimme, »das sind Antonia, Lucia, Daniela, Anna, Silvana, Laura . . .«

Das älteste dieser Mädchen war vielleicht acht Jahre alt, das jüngste konnte noch nicht laufen und saß in einem entsprechenden Kindersitz. Michael erschauderte. All diese vielen Mädchen waren die Kinder von Leonello und Nicola . . . diese Frau hatte im Verlauf von schätzungsweise neun Jahren sechs . . . nein . . . sieben Kinder geboren . . .

»Lara?«

»Ja!«

»Wie alt ist die?«

Sie kicherte. »Siebenundzwanzig.«

»Na, dann kann sie ja noch einiges schaffen! Fruchtbar scheint sie ja zu sein . . .«

Die nächsten Stunden verbrachten Lara und Michael am Tisch von Leonellos Familie. Man trank Grappa, und da alle ihn tranken – auch Nicola! – konnte Lara unmöglich aus der Reihe tanzen und machte mit. Jedesmal, wenn sie nach den Kaffeebohnen griff, rüttelte es sie; jedesmal, wenn sie die Kaffeebohnen in den Mund steckte und zerbiß, schüttelte es sie; und dieses Rütteln und Schütteln war derart schrecklich, daß das abschließende Herunterstürzen des Grappas einer Erlösung gleichkam. Nun hatte man es hinter sich!

Die ersten beiden Gläser leerte Lara mit Todesverachtung. Bei den nächsten beiden erfüllte sie Gleichgültigkeit, und zu guter Letzt hatte sie das Zeug dann bitter nötig, und das nicht etwa, weil sie schon abhängig davon war, o nein, es lag vielmehr an Nicola.

Während alle ihren Grappa tranken und Leonello mit Michael über die aktuelle politische Lage in Italien plauderte, kümmerte

Nicola sich um ihre Kinder. Das hieß nichts anderes, als daß sie wechselweise dem einen oder dem anderen die Brust gab. Klein-Alessandro wurde dabei natürlich mit Präferenz behandelt. Sobald er sich rührte, schob Mutter ihm die in der Mitte weit offen klaffende Warze ins Mündchen und ließ ihn saugen. Aber auch Lucia durfte sich bedienen, Silvana und Laura packte zwischendurch ebenfalls der große Durst, Anna wollte daraufhin schon aus Prinzip, und auch Antonia ließ sich nicht zurückhalten ...

Lara konnte es kaum mit ansehen und hätte weinen mögen. Die Nicola, mit der sie vor Jahren auf der Strandpromenade Samba getanzt hatte, gab es nicht mehr, sie war tot. Und die Nicola, die es gab, die war nur versehentlich eine Frau geworden, da war Lara sich ganz sicher. Ursprünglich hatte Gott sie für ein Leben als Milchkuh vorgesehen. Ihre Brüste sahen entsetzlich aus. Sie waren lang und schmal und flach, von blauen Adern durchzogen.

»Auf Alessandro!« rief Lara aus und grabschte nach einer neuen Fuhre Kaffeebohnen.

»Auf den Stammhalter!« jubelte Leonello sogleich.

»Aber Freund«, meinte Michael, »du wirst doch nach einem Sohn nicht schon schlappmachen!«

Bis spät in die Nacht dauerte das Fest, und es wurde gelacht und geschwatzt und unendlich viel getrunken. Lara amüsierte sich prächtig, vor allem später, als Abdul und seine Familie dazu kamen und kannenweise Pfefferminztee gebraut wurde.

Michael wurde indes mit jeder Minute stiller und konnte sich das selbst nicht so recht erklären. Das Leben mit Lara war eine völlig neue Erfahrung für ihn. Fünf Tage und Nächte hatten ausgereicht, ihr so nahezukommen, wie er es keinem Menschen zuvor jemals gewesen war. Ihr erging es ebenso, und weil das so war, betrauerten sie jede einzelne Stunde, die sie bisher ohne den anderen gelebt hatten. Es schien vergeudete Zeit gewesen zu sein. Michael liebte Laras Spontaneität und ließ sich gern von ihr mitreißen. Umgekehrt liebte Lara Michaels Begeisterungsfähigkeit und das Vertrauen, das er ihr schenkte, indem er sich von ihr mitreißen ließ. Dieser impulsive Tatendrang bezog sich allerdings nur auf die großen Dinge des Lebens. Bei den Kleinigkeiten waren beide gleichermaßen entschlußunfreudig. Die Frage, ob man Pizza oder Nudeln essen sollte, konnte beispielsweise so lange ungeklärt bleiben, bis fast schon der Hungertod drohte, und ein Gang zum Müllcontainer mußte mindestens drei Stunden geplant werden, sonst war er unmöglich zu vollführen. Jenseits ihrer geistigen Beweglichkeit waren Lara und Michael nämlich von der gleichen körperlichen Trägheit. Sie saßen stundenlang da und redeten über Gott und die Welt, brauchten deshalb aber auch Stunden, um vom Bett in die Badewanne und von dort an den Frühstückstisch zu gelangen – und danach waren sie dann auch noch restlos erschöpft!

Diese Seelenverwandtschaft, wie Michael das nannte, gab ihm erstmals im Leben das Gefühl, etwas wert zu sein. Er konnte mehr als Geldverdienen, er konnte verstehen und nachgeben und anerkennen, er konnte lieben, eine Fähigkeit, die man ihm für seine Begriffe bisher immer abgesprochen hatte. Und weil er auf seine Weise lieben durfte, wurde er nun auch wiedergeliebt, von einer Frau, von der er sich diese Liebe wünschte. Das machte ihn glücklich.

Trotzdem fühlte er sich in der Enge von Boscos Bar auf einmal ganz unwohl in seiner Haut, irgendwie so, als wäre er zur völlig falschen Zeit am völlig falschen Ort, als wäre nichts so, wie es eigentlich hätte sein müssen. Immer enger schmiegte er sich an Lara und war schließlich heilfroh, als auch sie endlich gehen wollte.

Die frische Luft tat gut. Hand in Hand und schweigend schlenderten sie die nächtlich leergefegte Strandpromenade hinunter. Lara blickte zwischendurch immer mal wieder empor in den sternenklaren Himmel. Michael starrte vor sich hin.

»Was ist mit dir?«

Er blieb stehen und hielt ihre Hand nur noch fester als bisher, und dabei sah er sie an, als wollte er von ihr die Antwort auf eine Frage, die er selbst nicht einmal zu stellen wagte.

»Komm!« sagte er dann, und im nächsten Moment rannte er auch schon los, so schnell, daß Lara das Gefühl hatte, sie liefen vor irgend etwas davon.

Mittlerweile war es halb zwei, und Michael steuerte zielsicher auf eines der Automaten-Tiere zu und fing an, in seinen Hosentaschen zu wühlen.

»Was wird das denn?« lachte Lara. »Willst du etwa ein Geld, Schatz? Willst du auf die Maus?«

Seine Augen funkelten, als er ihr das verzweifelt gesuchte Fünfhundert-Lire-Stück unter die Nase hielt. Dann legte er seine Hände auf ihre Brüste. Sie trug nur einen Body, das wußte er. Ein einziger Ruck würde reichen, und die Druckknöpfe barsten . . .

»Willst du es mit Gewalt, oder soll ich mitspielen?« fragte Lara, während sie ihm das Geldstück aus der Hand nahm.

»Du sollst mitspielen . . .« Seine Zunge glitt über ihre Lippen.

»Vorwärts oder rückwärts?«

»Wie es dir lieber ist.«

»Rückwärts.«

»Na, dann los!«

Ehe sie sich versahen, saß Michael auf der Maus, und Lara nahm formschön Platz, ließ sein Glied in sich eindringen und warf die fünfhundert Lire ein . . .

»Heio, heio, wir singen und sind froh . . .«

Daß ausgerechnet dieser Schneewittchen-Hit als Hintergrundmusik lief, machte den an sich nur kapriziösen Sex zur absoluten Spitzen-Nummer; mehr noch, dadurch war es fast schon so etwas wie Kunst, eine Art von »Performance« sozusagen. Lara beugte den Kopf weit nach hinten und überlegte, wieviele Fünfhundert-Lire-Stücke sie noch im Portemonnaie hatte.

Michaels Gedanken waren bei Andrew und Diana. Er erinnerte sich plötzlich an das letzte Mal, da er mit ihnen Federball und Verstecken gespielt hatte, und an den verregneten Winterabend im vergangenen Jahr, wo sie sich auf dem Wohnzimmerteppich auf ihn geworfen und so lange durchgekitzelt hatten, bis er vor lauter Lachen rot angelaufen war . . .

Er konnte so nicht weiterleben. Er brauchte seine Arbeit, seine Identität, sein Geld . . . eine Zukunft . . .

Mitten im soundsovielten »Heio, heio« brachen die sieben Zwerge ihr Liedchen ab, und Schneewittchen Lara stellte traurig fest, daß das Spiel offenbar schon zu Ende war.

»Ist mein Prinz müde?«

Michael umarmte sie so fest, daß er glaubte, sie müßte zerbrechen. »Laß uns an den Strand gehen, Lara!«

Sie gab ihm einen Kuß. »Erst brauch' ich ein Taschentuch.«

»Hab' ich nicht!«

»Ich brauch' aber eines!«

»Ich hab' aber keins!«

Sie streckte sich durch. »Na, bravo!«

»Komm!«

»Aber Michael, ich –«

Wieder lief er so schnell, daß es sie an Flucht denken ließ, hob sie über die Begrenzungsmauer, trug sie zum Meer hinunter ...

»Michael! Michael, was –«

Er stellte sie auf die Füße und küßte sie. »Hörst du, Lara? Hörst du, wie es singt, das Meer?« Er wirkte maßlos aufgeregt. »Es wird niemals damit aufhören, kannst du dir das vorstellen? Seine Wellen werden noch umschlagen, wenn es dich und mich schon lange nicht mehr gibt ...«

Lara spürte, wie sie zu frösteln begann. Es war eine innere Kälte, die sich da so plötzlich ihrer bemächtigte, sie war eisiger als jeder Frost und ließ alles andere vergessen, sogar Michaels Samen, der naß und klebrig ihre Schenkel herunterrann.

»Was ist los?« flüsterte sie.

Da wurde er auf einmal ganz ruhig und sah sie an. »Ich möchte mit dir leben ...«

Sie antwortete nicht.

»... aber ich kann ein neues Leben nur anfangen, wenn ich mein altes vorher beende.«

Es dauerte einen Moment, bis sie begriff, dann schossen ihr die Tränen in die Augen. Sie legte ihre Arme um Michaels Hals und hielt ihn so fest, wie sie eben konnte.

»Ich werde nach Frankfurt zurückgehen, Lara. Ich werde mich scheiden lassen. Und dann leben *wir*. Du und ich.«

In dieser Nacht tat Lara Laddock kein Auge zu. Sie mußte immerzu an eine Geschichte denken, die sie irgendwann einmal gehört hatte, an die Geschichte eines Mannes, der niemals Glück gehabt hatte in seinem Leben, bis er eines schönen Tages eine stramme, zugleich aber auch verhängnisvolle Million im Lotto gewann ...

Kurz nach Sonnenaufgang stand sie auf und ging auf die Terrasse hinaus. Die Isola Gallinara war ganz klar zu sehen, die Berge lagen nicht wie sonst im Dunst. Es würde also schlechtes Wetter geben.

Michael schlief ein paar Stunden, nahm eine heiße Dusche und zog sich an. Auf dem Küchentisch lagen Laras Wagenschlüssel und die entsprechenden Papiere, Bargeld, ein Zettel mit ihrer genauen Adresse und Telefonnummer.

»Bist du sicher, daß sie mich an der Grenze nicht kontrollieren werden?«

»Ja.«

Sie drehte ihm den Rücken zu und starrte aufs Meer hinaus, als sähe sie es in diesem Moment zum allerersten Mal.

Er trat hinter sie und legte seine Arme um ihren Körper.

»Freitag abend bin ich wieder da. Das verspreche ich dir. Dann gehen wir schön essen, und danach gehen wir ins Bett . . .«

Sie versuchte, sich zusammenzunehmen, aber das wurde mit jeder Sekunde schwieriger. Einerseits wollte sie diesen Abschied so schnell wie möglich hinter sich bringen, andererseits wollte sie ihn hinauszögern . . .

»Michael?« Sie drehte sich zu ihm und sah in sein Gesicht. Sie hatte plötzlich Angst, es niemals wiederzusehen, nicht einmal in ihren Träumen, denn vielleicht konnte sie sich ja schon heute abend nicht mehr an seine Züge erinnern. »Tust du mir einen Gefallen?«

Er lächelte. »Jeden!«

»Dann sag bitte, daß du mich liebst!«

Er war fassungslos.

»Bitte!!!« wiederholte sie, und ihre Stimme zitterte dabei. »Sag: ›Ich liebe dich, Lara.‹ Bitte . . . Das habe ich mir immer gewünscht, Michael, aber ich habe es nie erlebt. Es hat noch niemals jemand zu mir gesagt . . .«

Sanft legte er seine Hände auf ihre Wangen und sah sie an. Dann küßte er sie. Und ging.

Zweites Buch
Lara

Somewhere out there,
Someone's saying a prayer
We'll find one another
In the great somewhere out there . . .

I *am looking for freedom* ... Der Himmel über Frankfurt war wolkenlos, es war ein Ostertag, wie man ihn sich wünschte. *I am looking for freedom* ... so schallte es aus dem Haus der Singers, dermaßen laut, daß zwei alte Damen, die gerade von ihrem Nachmittagsspaziergang zurückkehrten, mitten auf der Straße stehenblieben und verständnislos die Köpfe schüttelten. *I am looking for freedom* ...

Mutter Singer hatte Mühe, die Nerven zu behalten. Aus Arlettas Zimmer dröhnte David Hasselhoff, aus dem Wohnzimmer kam der Singsang der Kleinen, es war unerträglich heiß im Haus, und unter diesen Bedingungen sollte sie nun den Wettbewerb im Topfschlagen vorbereiten.

Die Kinder bevorzugten metallene Löffel, weil das mehr Krach machte. Letztes Jahr hatten sie ihr mit so einem Ding die Emaille eines kostbaren Bräters ruiniert. Frau Singer nahm einen Holzlöffel aus dem Schrank, ein großkariertes Geschirrtuch und ihren ältesten Topf. Dann sortierte sie die Preise: Autogrammkarten von Popstars und große, bunte Plastikschnuller, wie sie derzeit so sehr in Mode waren.

»Erst die Mühle, dann die Stühle, dann ein Knicks – dann geht die Mühle fiiiiix ...«

Andrew fand es albern, wie sein Freund Christoph sich aufführte. Nur um Monika zu gefallen, spielte er diesen Weiberkram mit und drehte sich wie ein Brummkreisel. Die anderen konnten auch nicht ganz gescheit sein. Robin steckte gleich drei Lakritzschnecken auf einmal in den Mund, und die dürre Silvana pustete in ihren Strohhalm, statt daran zu saugen, so daß die Limonade wild zu schäumen begann und sich über ihr viel zu weites blaues Kleidchen ergoß.

»Möchtest du nicht vielleicht doch ein Stück von der Negerkuß-Torte?«

Christophs Mutter bemühte sich schon den ganzen Nachmittag um Andrew, und er wußte genau, warum sie das tat. Trotzig schob er den Unterkiefer vor und schüttelte den Kopf. Frau Singer lächelte milde. Es tat ihr leid, daß der Junge so im Abseits stand und überhaupt keinen Spaß zu haben schien.

»Laß Andrew jetzt mal mit Monika spielen!« forderte sie ihren Sohn auf.

Christoph warf seiner Mutter einen mißmutigen Blick zu. Monika war der erklärte Schwarm des Kindergartens. Sie hatte haselnußbraunes, lockiges Haar, große, runde Augen, und sie war immer so toll angezogen, daß alle Jungen ihr bewundernd nachsahen. Es behagte ihm gar nicht, dem Freund diese Traumfrau abzutreten, doch hatte er seiner Mama versprochen, zur Zeit ganz besonders nett zu Andrew und Diana zu sein.

»Wenn Monika will . . .«

Sanft strich Frau Singer Andrew übers Haar. »Siehst du«, meinte sie. »Und danach wird dann der König der Topfschläger gekürt.«

Das war zuviel. Am liebsten hätte Andrew dieser Frau gegen die Schienbeine getreten, doch begnügte er sich damit, sie einfach stehenzulassen.

Die Teenies feierten nebenan. David Hasselhoffs Stimme donnerte aus den Lautsprechern, David Hasselhoffs Gesicht hing an den Wänden, und wer nicht zu David Hasselhoffs Musik tanzte, der unterhielt sich darüber, auf welchen Typ von Mädchen David Hasselhoff wohl stand.

»Alle Männer mögen Blondinen.«

»Schau dir bloß Madonna an!«

»David liebt Madonna bestimmt.«

»Auszusehen wie sie . . .!«

Eines der Mädchen klemmte sich zwei Tennisbälle unter den Pulli, was allgemeines Gekreische auslöste. Andrew blieb mit weit geöffnetem Mund im Türrahmen stehen. Wie es schien, war er in ein Tollhaus geraten.

Diana saß an Arlettas neuem Klavier und streichelte verzückt die Tasten.

»Ist dir auch langweilig?«

Sie blickte auf, als hätte ihr Bruder sie aus einem wunderschönen Traum geweckt.

»Sie sind alle so doof«, sagte Andrew und setzte sich neben sie auf den weich gepolsterten Schemel.

»Wir tun ihnen eben ganz fürchterlich leid ...«

Andrews Augen füllten sich mit Tränen, und Diana hatte auf einmal das Gefühl, eine erwachsene Frau zu sein, die einzige weit und breit.

»Hast du Angst?« fragte sie leise.

Der Junge nickte. »Du nicht?«

Statt zu antworten, drehte Diana ihrem Bruder den Rücken zu und starrte mit leerem Blick in die Runde. Inzwischen hatten sich all ihre Freundinnen Tennisbälle unter die Kleider gesteckt und bemalten ihre Lippen mit blutroter Farbe.

»Ob sie wirklich meinen, daß sie jetzt aussehen wie Madonna?«

Andrew fand es gemein, daß seine Schwester nicht weiter auf ihn einging, und schlug mit der flachen Hand auf die Elfenbeintasten des neuen Klaviers.

Diana erschrak. »Nicht!« fuhr sie den Kleinen an. »Bist du verrückt?«

Der Junge zeigte sich wenig beeindruckt. Tief schaute er in ihre Augen. »Glaubst du auch, daß Papa tot ist?« flüsterte er dann.

Diana atmete schwer. Sie wollte nicht darüber reden. Sie hatte Angst, das abstrakte Wort »Tod« könnte eine konkrete Wahrheit werden, wenn sie es aussprach.

Andrew schöpfte Hoffnung aus ihrem Schweigen. »Ich glaube nicht, daß er tot ist«, meinte er. »Er ist sicher nur weggegangen. Bei uns hat es ihm ja nie gefallen ...«

Diana spürte, wie nun auch ihr die Tränen kamen. »Das ist nicht wahr«, sagte sie, und noch während sie das aussprach, fühlte sie sich ganz und gar nicht mehr erwachsen. »Er hat uns immer liebgehabt, Andrew.«

Er schaute sie an mit einem Blick, der sie erschreckte. Es lag so viel Bitterkeit darin und so viel Zorn – und so unendlich viel Einsamkeit.

»Erinnerst du dich noch an die Geschichte, die Papa uns am letzten Abend erzählt hat?«

Der Junge nickte.

»Ich glaube, es war Papas eigene Geschichte. ... Und ich glaube, daß er ein sehr unglücklicher Mensch war ...«

Für den Bruchteil einer Sekunde waren Andrew und Diana einander so nah, wie nur Geschwister es sein können. Dann brach der Junge in Tränen aus.

»Siehst du«, schluchzte er, »du sagst: ›Er *war*.‹ Du denkst also doch, daß er tot ist . . .«

Diana wußte nicht, was sie denken sollte. Am liebsten hätte sie sich jetzt in irgendein Bett gelegt und tief und fest geschlafen, denn vielleicht war ja alles wieder wie früher, wenn sie danach aufwachte . . .

»Wollt ihr wirklich gar nichts essen, ihr zwei?«

Mit mitleidigem Blick schaute Frau Singer auf die Landers-Kinder nieder.

»Nein«, erklärte Diana mit fester Stimme und nahm ihren Bruder in die Arme. »Vielen Dank!«

Aileen stand in der Küche und kümmerte sich um das Abendessen. Die Kinder würden ausgehungert sein, wenn sie heimkamen.

»In den Gehacktes-Bällchen sind vielleicht Haare vom Hund! – Die Frau hat sich bestimmt die Hände nicht gewaschen, bevor sie den Kartoffelsalat gemacht hat! – Das Geschirr ist sicher nicht richtig gespült! – Ihr werdet euch übergeben, wenn ihr von dem Pudding eßt! . . .«

Diana und Andrew konnten knapp laufen, als Aileen begann, ihnen diese Dinge einzureden. Mit der Zeit stellte sich dann der gewünschte Erfolg ein. Inzwischen ekelten sich die beiden so ziemlich vor allem, was nicht von ihrer Mama zubereitet worden war; ja, wenn Aileen es recht bedachte, war es in den letzten Jahren nur der alten Tourreau gelungen, sich das Vertrauen der Landers-Kinder zu erschleichen – ein Grund mehr, dieses Weibsbild abzulehnen.

Aileen nahm ihre Schürze ab. Es war schon erstaunlich, wieviel gefälliger eine Käseplatte aussah, wenn man sie mit frischer Petersilie und gefächerten Radieschen schmückte. Zufrieden mit sich selbst, strich sie sich das Haar aus der Stirn. Dann ging sie ins Wohnzimmer und griff zum Telefon.

Schon seit Stunden versuchte sie, Jeff zu erreichen, aber er war nicht zu Hause. Dabei hatte er nichts davon gesagt, daß er irgend etwas vorhatte an diesem Ostermontag. Aileen ließ es klingeln, bis die Leitung automatisch gekappt wurde und das Besetztzeichen ertönte. Gleich versuchte sie es noch einmal.

Jeff zwang sich, nicht die Beherrschung zu verlieren. Das Telefon läutete und läutete, und so ging das schon den ganzen Nachmittag. Er hatte nicht die Absicht, den Hörer abzunehmen. Es war ja doch nur wieder Aileen, die ihn zum Abendessen einladen wollte. Er atmete tief durch und versuchte, sich weiterhin auf seine Lektüre zu konzentrieren.

Mit dem Fahrstuhl in die Römerzeit . . . Dieses Buch von Rudolf Pörtner hatte er schon immer gemocht. Das letzte Mal hatte er darin gelesen, als er mit Joanne zusammengewesen war, und als er sich jetzt daran erinnerte, mußte er unwillkürlich grinsen. Die Frauen neigten zu einer Selbstüberschätzung, die ein Mann wie er einfach nicht nachvollziehen konnte. Wenn Jeff Barton nicht wollte, lief nichts! So war es immer schon gewesen. Kein noch so schönes Gesicht, kein noch so erregender Busen, nicht einmal das morgendliche Erwachen neben einem warmen, weichen Körper konnten ihn dazu verleiten, Triebe zu entwickeln, die sein Verstand nicht entwickeln wollte. Joanne hatte das auf schmerzlichste Weise erfahren müssen. Jedesmal, wenn dieses rothaarige Weibsbild ihn dazu bringen wollte, Sex mit ihr zu machen, griff er zu dem dicken Wälzer und informierte sich über so hochinteressante Dinge wie das Pompeji am Niederrhein. Damit hatte er Joanne fast zur Weißglut gebracht. Sie konnte einfach nicht verstehen, daß ein Mann die Geschichte von Xanten und Birten aufregender fand als ihre Brüste.

Wieder läutete das Telefon, und Jeff ließ sein Buch entnervt in den Schoß sinken. Aileen wurde täglich mehr zu einer Last. Er empfand es zumindest so. Und weil er es so empfand, hatte er ein schlechtes Gewissen, und dieses schlechte Gewissen beeinträchtigte sein Wohlbefinden. Jeff stand auf und schaltete seine Stereoanlage ein, setzte die Kopfhörer auf . . . Johann Sebastian Bachs *Brandenburgisches Konzert No. 3* – nun konnte das Telefon läuten, solange es wollte.

Aileen wußte selbst, wie unsinnig es war, immer und immer wieder Jeffs Nummer zu wählen. Wenn er zu Hause gewesen wäre, hätte er längst abgenommen.

Sie legte den Hörer auf die Gabel und atmete tief durch. Das Telefon stand auf einer Spiegel-Säule. Daneben lag eine Zeitschrift; es war die *Vogue*. Aileen kaufte sie jeden Monat, und sie lag immer an diesem Platz, aber im Moment lag sie anders als sonst, nämlich gerade und nicht leicht schräg, was wesentlich eleganter aussah. Sie rückte die Illustrierte zurecht und ging zum Fenster.

Am Vortag hatte es heftig geregnet, und es war unangenehm kühl gewesen, fast wie im Herbst. Dafür hatten sie heute an die dreißig Grad, und die Sonne stach wie im Hochsommer. Die Natur spielte eben verrückt, und das wurde von Jahr zu Jahr schlimmer.

Aileen prüfte, ob ihre Topfpflanzen noch feucht genug waren. Erschüttert stellte sie fest, daß die Farne fast ertranken. Deshalb hatten sich also die Blätter in den letzten Tagen so verfärbt. Aileen beschloß, sie gleich morgen früh wegzuwerfen und neue zu kaufen. So machte sie das immer – und ihre Besucher wunderten sich über Mrs. Landers »grüne Hand«.

Aileen ging in die Küche zurück. Für Andrew hatte sie eine Portion Grießbrei angerührt. Der Junge liebte dieses Zeug, und wenn sie ihm erlaubte, dazu auch noch eine Flut stark gesüßten Fencheltees aus seinem alten Baby-Fläschchen zu trinken, machte sie ihn zum glücklichsten Sohn der ganzen Welt.

Auch für Diana hatte sie etwas Besonderes. Die ging meilenweit für Parma-Schinken, dafür hätte man sie glatt mitten in der Nacht aufwecken können.

Aileen blickte auf ihre Armbanduhr. Es war kurz vor sieben. Vielleicht war Jeff ja in der Firma . . .

Der Anrufbeantworter war eingeschaltet. Mit ihrer sanften Stimme erklärte Cissy Andrews, das Büro wäre zur Zeit nicht besetzt. »Sie können jedoch auf dem mitlaufenden Band eine Nachricht von beliebiger Dauer hinterlassen.«

Aileen wußte nicht so recht, ob sie das tun sollte, und auf Anhieb wußte sie auch nicht, was sie sagen sollte. Das mußte sie sich erst in Ruhe überlegen; am besten schrieb sie den Text vorher auf, so daß sie ihn nur noch abzulesen brauchte. Gerade wollte sie nach einem Block und nach einem Kugelschreiber suchen, als es an der Tür läutete.

Trotz der frühen Stunde war Aileen sicher, das wären schon die Kinder. Sofort glitt ein Strahlen über ihr Gesicht, und sie lief in die Diele, drückte auf, riß die Wohnungstür auf . . . Aileen liebte ihre Kinder. In Augenblicken wie diesem hatte sie das Gefühl, Mutter zu sein wäre das größte Wunder auf diesem Planeten.

»Na, ihr seid aber früh dran, ihr zwei!«

Michael war verblüfft. Im allgemeinen betätigte Aileen die Sprechanlage, bevor sie die Haustür aufdrückte. Nur deshalb hatte er gekrümmt im Eingang gestanden und darauf gewartet, daß das rote Lämpchen aufleuchtete. Aber bei Aileen konnte man sich halt auf nichts verlassen.

Er stieß die Haustür auf und betrat das Treppenhaus. Er haßte den purpurroten Teppichboden und die Jugendstil-Kacheln an der Wand. Er haßte das handgedrechselte Geländer und die verspielten Deckelvasen, die das Entrée zierten. Wenn Lara und er erst einmal ein eigenes Zuhause hatten, würde es dort nur Marmor geben und helle, lichte Farben und jede Menge Rauchglas und Messing.

»Na, ihr seid aber früh dran!«

Aileens Stimme drang die vier Stockwerke zu ihm herab, und er atmete tief durch.

Während der Fahrt hatte er immer wieder überlegt, was er ihr sagen sollte und wie er es ihr sagen sollte. Aber jeder Gedanke war im Ansatz steckengeblieben, und so hatte er sich schließlich vorgenommen, die Angelegenheit einfach auf sich zukommen zu lassen.

»Los, ihr müden Krieger!« tönte es von oben. »Das Abendessen wartet!«

Michael rollte die Augen. Seine Beine wurden mit jeder Treppenstufe schwerer.

Aileen . . .! Niemals konnte Michael den verhängnisvollen Novembertag vergessen, an dem sich sein Lebensweg mit ihrem gekreuzt hatte. Siebenundzwanzig Jahre war er damals alt gewesen. Beruflich war er auf dem Weg nach oben, und privat sah es auch nicht schlecht aus. Er war mit einem unkomplizierten Mädel namens Joanne zusammen. Sie hatte flammend rotes Haar und liebte ihn nicht. Er liebte sie auch nicht, aber im Bett klappte es prima mit ihnen; denn wo keine Gefühle waren, gab es meist auch keine Probleme. Joanne hatte Geburtstag an jenem Tag, und da Michael die Absicht hatte, die Nacht mit ihr zu verbringen, machte er sich kurz vor Ladenschluß auf den Weg zu *Macy's*, um dort eine Flasche Parfum zu erstehen. Das war nicht allzu kostspielig, verpflichtete zu nichts, und überdies hatte er selbst auch noch etwas davon, nämlich eine gut riechende Bettgespielin.

Das Flakon war schnell gekauft, und nachdem er der Verkäuferin ein paar charmante Komplimente gemacht hatte, packte die ihm das Präsent auch noch schön ein. Durch die Lautsprecher wurde verkündet, daß das Haus nun gleich geschlossen würde, und dicke Menschentrauben versammelten sich vor den Fahrstühlen. Michael beschloß, die Treppe zu nehmen, das ging schneller.

Jahre später sollte er diesen Entschluß verfluchen. Wenn er wie alle anderen auf den Lift gewartet hätte, wäre vielleicht alles anders gekommen. Doch andererseits hieß es ja, daß man seinem Schicksal nicht entgehen konnte, und wenn das stimmte, war alles vorbestimmt, dann ging jeder den Weg, den er gehen sollte ...

Im Treppenhaus von *Macy's* herrschte ziemliches Gedränge, so daß Michael sich sein Weg durch das Gewühl bahnen mußte. Zwischen der dritten und der zweiten Etage überholte er ein junges Mädchen. Es hatte langes, blondes Haar, das zu einem Pferdeschwanz zusammengebunden war, und trug ein blaues Wollkostüm und Schuhe mit hohen Absätzen. Michael lief an ihr vorüber, ohne sie weiter in Augenschein zu nehmen, denn in Gedanken war er schon ganz bei Joanne, die sich ihm zuliebe ein ganzes Sortiment schwarzer Reizwäsche zugelegt hatte. Da hörte er plötzlich einen Schrei und ein Poltern, und er blieb stehen und drehte sich um ... das junge, blonde Mädchen hockte mit schmerzverzerrtem Gesicht auf dem Treppenabsatz und hielt sich den rechten Fuß ...

Michael hatte immer viel Sport getrieben, und da es dabei zwangsläufig hin und wieder zu Unfällen kam, kannte er sich mit Verletzungen aus. Der Knöchel der Blondine schwoll binnen weniger Minuten auf das Doppelte seiner ursprünglichen Größe an. Vorsichtig tastete er ihn ab.

»Er ist nicht gebrochen«, sagte er dann. »Es ist wahrscheinlich nur eine Bänderdehnung.«

»Es tut aber ganz fürchterlich weh«, entgegnete das Mädchen.

»Wollen Sie mal versuchen aufzustehen?«

Er half ihr dabei und wollte sie dazu bringen, aufzutreten, aber sie weigerte sich beharrlich.

»Es tut so weh ...«

»Dann bringe ich Sie am besten ins Krankenhaus ... ich heiße übrigens Michael Landers.«

»Aileen Caufield«, erwiderte das Mädchen, und dabei flog eine zarte Röte über ihr Gesicht.

Michael trug sie die letzten paar Treppen hinunter, ein Akt der Ritterlichkeit, der ihm Rückenschmerzen einbrachte, an denen er noch drei Wochen später zu knabbern hatte. Doch verglichen mit allem anderen war das noch das geringste Übel.

Im Krankenhaus wurde Aileens Knöchel geröntgt. Michael hätte es nicht nötig gehabt, auf das Ergebnis zu warten, aber er tat es, weil er unbedingt wissen wollte, ob seine Diagnose nun stimmte oder nicht. Von der Notaufnahme aus rief er Joanne an und erzählte ihr, was geschehen war.

»Scheiß mich doch nicht an!« lachte die ihm ins Ohr. »In Wahrheit treibst du es doch gerade mit irgendeiner anderen und willst es bloß nicht zugeben!«

»Nein, Joanne, es ist wirklich so, daß ich –«

»Darling?« hauchte sie mit ihrer so verführerisch klingenden, rauchigen Stimme.

»Ja?«

»Verausgabe dich nicht ganz und gar! Sonst machst du mir heute nacht noch im Bett schlapp . . . und das wäre schade – für dich!«

Er legte auf und spürte, daß er es kaum noch erwarten konnte. Nicht umsonst war er jetzt schon drei Monate mit Joanne zusammen. Bei den Frauen vor ihr hatte er es bestenfalls zwei Wochen ausgehalten.

Aileen Caufield hatte eine Bänderdehnung, und Michael Landers fand, daß ein glänzender Diagnostiker an ihm verlorengegangen wäre. Der Fuß wurde fest bandagiert, und Aileen fragte zaghaft an, ob er wohl so nett wäre, sie nach Hause zu begleiten.

»Wo wohnen Sie denn?«

»In Brooklyn.«

Da das auf seinem Weg lag, hatte Michael keine Einwände, und er besorgte ein Taxi.

Aileen lebte mit ihrer Mutter in einer winzigen Wohnung, sie teilten sich sogar das Schlafzimmer.

»Das ist aber gar kein Problem, wir sind ja beide berufstätig und sehen uns ohnehin nur am Abend.«

Mutter Caufield erschrak fast zu Tode, als Michael ihr ihre Tochter brachte. Sie führte sich auf, als wäre ihr einziges Kind schwerst versehrt, und sie konnte sich gar nicht wieder beruhigen.

»Mein Vater ist bei einem Unfall ums Leben gekommen«, erklärte Aileen dieses Verhalten. »Ich war damals noch sehr klein, und Mama hat es nie verwunden.«

Zum Dank für seine Heldentat wurde Michael zunächst Geld angeboten, das er kategorisch ablehnte, dann ein gemeinsames Essen, nach dem ihm erst recht nicht der Sinn stand, und zu guter Letzt dann ein doppelter Brandy. Den nahm er mit Freuden an, stürzte ihn herunter, wünschte den beiden Damen noch einen schönen Abend und vor allem gute Besserung, dann machte er sich endlich auf den Weg zu Joanne!

Die »Affäre Aileen« war damit für ihn erledigt. Doch für Aileen fing jetzt erst alles an. Sie fuhr ihre Krallen aus, sie lauerte ihm auf, sie griff ihn an, und sie biß sich fest, sie . . .

So hatte das alles angefangen. Und hier stand er jetzt am Ende einer Ehe und vielleicht an einem neuen Anfang. Er wußte noch nicht, was er tun würde. Immer wieder hatte er seitdem erwogen, sich von Aileen zu trennen, immer wieder hatte er einen Rückzieher gemacht. Er haßte Aileen, haßte sie für ihre Hilflosigkeit, mit der sie ihn immer wieder in die Falle hatte laufen lassen. Aber das würde jetzt anders werden, sagte er sich.

Das Moment der Überraschung war auf seiner Seite. Entschlossen nahm er die letzten Stufen, jeweils zwei auf einmal.

»Wenn ihr euch nicht beeilt, hat jemand anderer den Grießbrei und –«

Aileen erstarrte. Völlig regungslos stand sie da und fragte sich, ob sie im Begriff war, wahnsinnig zu werden. Vielleicht sah sie einen Geist. Vielleicht war sie beim Zubereiten der Schinkenschnittchen gestorben und hatte es nur nicht bemerkt, und jetzt fuhr Michael aus der Hölle zu ihr empor, um sie zu holen . . . Er sah gut aus . . . Mit festem Blick sah er sie an, festen Schrittes kam er auf sie zu . . .

»Hi!« sagte er dann. Einfach nur »Hi!«

Aileen war unfähig, sich zu rühren. Ihre Hände und ihre Füße waren auf einmal eiskalt, und ihr Kopf glühte, und ihr Herz schlug so heftig, daß es schmerzte . . .

»Darf ich hereinkommen?«

Sie schluckte, rührte sich aber nicht von der Stelle. Bisher hatte sie es immer vermieden, an die Nacht des 10. April zurückzudenken. Jetzt war die Erinnerung auf einmal so nah, daß sie es kaum ertragen konnte. Sie trat hinter die Tür und umklammerte das Holz, daß ihre Fingerknöchel weiß hervortraten.

»Danke!« Michael betrat die Diele. Er sah sich um, als käme sie ihm irgendwie verändert vor, als müßte er mindestens zweimal hinsehen, um alles wiederzuerkennen.

Aileen stand nach wie vor im Schutz der Tür. Michael drehte sich zu ihr und sah sie an.

»Hast du Angst vor mir?«

Seine Stimme klang ungewöhnlich sanft.

Aileen antwortete nicht und senkte den Blick. Sie trug schwarze Lackschuhe und schwarze Seidenstrümpfe. Das schwarze Kleid war eng geschnitten und kniekurz . . . Sie schämte sich, aber sie wollte nicht, daß Michael das bemerkte.

»Aileen . . .« Er kam einen Schritt auf sie zu, und sie hatte das dringende Bedürfnis zu schreien. Da läutete es neuerlich an der Tür, und Aileen riß die Augen auf, als würde sie in diesem Moment aus einem bösen Traum erwachen. Sie konnte den Türdrücker gar nicht schnell genug erreichen. Mit ihrem gesamten Körpergewicht lehnte sie sich dagegen . . .

Andrew und Diana stürmten laut streitend die Treppe herauf. Es ging um die bunten Plastikschnuller, von denen derzeit jedes Kind mindestens fünf um den Hals tragen mußte, wenn es als modebewußt gelten wollte. Andrew hatte neun, Diana war leer ausgegangen.

»Wenn du mir keinen abgibst, erzähle ich Mama, daß du beim Topfschlagen gemogelt hast, und dann –«

»Ich hab' nicht gemogelt, die haben mich gewinnen lassen!«

»Das ist doch dasselbe!«

»Du hast auf dem Klo geraucht.«

»Halt die Klappe, du Stinker!«

»Wenn einer stinkt, bist du das!«

Diana knurrte wie ein bissiger Hund. »Irgendwann bringe ich dich noch um«, kreischte sie und rannte, zwei Stufen auf einmal, in den vierten Stock hinauf. »Ich bin es leid, immer deinen Babysitter zu spielen. Ich –«

Das Mädchen hielt inne und blieb wie gelähmt auf dem Treppenabsatz stehen. Ihr Vater stand mitten in der Diele und sah sie an.

Für Sekunden wagte Diana nicht zu atmen, so groß war ihre Angst, sie könnte das alles nur träumen.

»Papa?« Andrew stieß einen lauten Jubelschrei aus, stürmte an ihr vorüber und fiel seinem Vater im nächsten Moment auch schon um den Hals.

Diana schossen die Tränen in die Augen. Ganz langsam nahm sie die letzten Stufen, und dabei fiel ihr auf, daß sie in der letzten Stunde kein einziges Mal an ihren Vater gedacht hatte, sondern nur an ein paar lächerliche Plastikschnuller.

Michael preßte Andrew fest an sich, aber sein Blick ruhte auf Diana. Dicke Tränen rollten über ihre Wangen. Es war Jahre her, daß er sie hatte weinen sehen.

»Komm, Mädel . . . der liebe Gott hat mir zwei Arme gegeben . . .«

Diana lehnte ihren Kopf gegen seine Brust. Sie hörte sein Herz schlagen, schlang ihre Arme um seinen Körper . . .

Ganz langsam schloß Aileen die Tür, ohne dabei den Blick von Michael und den Kindern zu wenden. Ihr war auf einmal so übel; es war so schlimm, daß sie erwog, ins Bad zu gehen und sich zu übergeben. Gemäß dem Ratschlag ihrer Mutter atmete sie tief durch, einmal, zweimal . . .

»Ihr steht im Durchzug, Kinder!«

Andrew und Diana nahmen diese Worte gar nicht wahr. Nur Michael reagierte. Rechtzeitig wich sie seinem Blick aus, floh in die Küche und öffnete die beiden Klappfenster, damit wahr wurde, was sie da soeben von sich gegeben hatte: Nun zog es!

Sie lehnte sich mit dem Rücken gegen den Geschirrspüler und starrte auf die verschiedenen Platten und den Grießbrei.

Wer lieben will, muß auch leiden können . . . Aileen verschränkte die Arme vor der Brust und glitt mit den Händen über ihre Rippenbögen. Sie hatte genug gelitten in ihrem Leben, und sie konnte Michael nicht mehr lieben nach dem, was er ihr angetan hatte. Die Vorstellung, neuerlich mit ihm unter einem Dach zu leben, erfüllte sie mit Abscheu. Aus dem Hintergrund hörte sie seine Stimme und das Lachen der Kinder. Aileen schloß die Augen.

Lara hatte den ganzen Tag neben dem Telefon verbracht. Michael war um halb zehn losgefahren, und somit mußte er nach ihren Berechnungen spätestens um acht in Frankfurt gewesen sein. Doch war es natürlich möglich, daß er in einen Stau geraten war. Oder vielleicht hatten sie ihn an der Grenze doch kontrolliert und, weil er keine Papiere hatte, erst mal festgehalten. Wenn nur nichts passiert war! Es war schon nach zehn, und sie hatte immer noch kein Lebenszeichen von ihm. Dabei hatte sie insgeheim erwartet, daß er sich schon von unterwegs mal meldete ... Ob er sie bereits vergessen hatte?

Sechzig Zigaretten hatte Lara schon geraucht an diesem Montag, da kam es auf eine mehr oder weniger nun auch nicht mehr an. Sie inhalierte den Rauch so tief, wie es eben ging, rannte von der Küche ins Schlafzimmer, vom Atelier zurück in die Küche ... Nur gut, daß Michael ihr Auto hatte! So *mußte* er zurückkommen, denn wenn er es nicht tat, konnte sie Anzeige erstatten und ihm die Polizei auf den Hals hetzen!

Sie lief ins Wohnzimmer und riß sämtliche Schubladen auf. Irgendwo mußten Zettel sein und ein Kugelschreiber ... Sie hatte Michael die Jeans gekauft, das Hemd, den Pulli und die Schuhe, und was sie in den letzten Tagen für Essen und Trinken ausgegeben hatte, war auch nicht gerade wenig gewesen. Für jede einzelne Lira würde sie ihn zur Kasse bitten, notfalls gerichtlich gegen ihn vorgehen ...

Laras Rachsucht war grenzenlos. Sie hatte ihn schließlich gewarnt. Nur hatte er diese Warnung anscheinend nicht ernst genommen; was das anging, waren die Männer alle von der gleichen Überheblichkeit. Sie überhörten die Drohungen einer Frau und fanden sie im ärgsten Falle sogar lächerlich. Ihr Freiheitsdrang war eben der heimliche Gott in ihrem Leben, für den gingen sie über Leichen ... Leichen? ...

Lara erschrak über sich selbst. Michael lag vielleicht längst in irgendeinem Straßengraben und verblutete, während sie ihn mit Haß verfolgte ... mit einem Haß, den andere ihr ins Herz gesenkt hatten ...

Die Ängste und der Schmerz ihres gesamten Lebens fielen über sie her, und ihr war, als würde eine Faust in ihre Magengrube schlagen und Fluten siedend heißer Säfte durch ihre Eingeweide strömen. Sie sank auf die Knie, wie sie es sonst immer nur in der Kirche tat, und schaute mit starrem Blick auf das Telefon.

»Klingel!« beschwor sie den Apparat. »Los! Nun klingel schon!«

Früher war es in solchen Fällen schon mal vorgekommen, daß Wildfremde bei Lara anriefen, die glaubten, sich verwählt zu haben. Dieses Mal geschah nichts, und Lara beklagte einmal mehr in ihrem Leben die menschliche Natur für ihre Unvollkommenheit. Es war eine Schande, daß Verliebte nicht körperlich spüren konnten, wenn sie aneinander dachten, wenn sie sich sehnten ...

»Schweigen ist für mich wie Glas«, hatte Lara während ihrer Krebserkrankung mal gesagt, »durchsichtig und zerbrechlich. Schlimmer als das Schweigen ist nur noch der Tod.«

Damals war sie achtzehn Jahre alt gewesen, und jetzt war sie fast fünfunddreißig, aber nach wie vor hatte dieser Satz seine Gültigkeit für sie. Das Schweigen der anderen machte sie selbst durchsichtig und zerbrechlich, und wenn das Schweigen irgendwann zerbrach, dann würden seine Splitter sie zerstören.

Lara preßte die Hände fest auf ihren Mund, um nicht laut zu schreien. Sie wußte nicht, wie sie diese elende Warterei durchstehen sollte. Auf die Terrasse zu gehen wagte sie nicht, denn das Meer war wilder als sonst, und deshalb waren die Wellen so laut, daß Lara Angst hatte, das Telefon zu überhören. Aus dem gleichen Grund konnte sie auch den Fernseher nicht einschalten oder das Radio, ja, sie durfte nicht einmal zur Toilette gehen, denn das Telefonkabel war nicht lang genug, und wenn sie den Apparat im Wohnzimmer stehen ließ, kam sie womöglich nicht schnell genug hin, wenn es läutete.

So war es immer gewesen, bei Brian, bei Jan, bei Fabrizio ... Es hatte sich nichts verändert. Lara Laddock war nur älter geworden, dazugelernt hatte sie nichts.

Sie kroch neben den Phono-Schrank. Noch nie hatte sie ihr Wohnzimmer aus dieser Perspektive gesehen. Sie hatte auch noch nie auf der Fensterbank gesessen oder hinter dem Sofa. Es wurde Zeit, daß sie das nachholte. Ein neuer Blickwinkel ließ die Dinge vielleicht völlig anders aussehen ...

Der erhoffte Erfolg blieb aus. Statt der erhofften Erleichterung wurde der Schmerz nur noch größer. Eine Zeitlosigkeit ohnegleichen lag in der Wohnung, als hätte Gott die Uhren dieser Welt angehalten, um einmal mehr zu beweisen, wie machtlos sie war. Sie preßte die Beine fest gegen ihren Körper, legte den Kopf auf die Knie, verschränkte ihre Arme im Nacken. Nun konnte er kommen, der nächste Schlag, nun war sie vorbereitet.

Wer lieben will, muß auch leiden können! Diesen Satz hatte Aileens Mutter immer gesagt, mehr noch, sie hatte ihn ihr vorgelebt. Angefangen hatte es mit Vaters Tod. Aileen war damals erst drei Jahre alt gewesen. An einem verregneten Sonntag im Juni 1957 fuhr Papa nach dem Mittagessen in die Stadt, um etwas zu besorgen, und kam nie wieder heim. Statt dessen stand am Abend dieser fremde Mann in Uniform vor der Wohnungstür, und er sprach mit Mama, worauf die sich rücklings auf den harten Fußboden warf und laut zu schreien begann ... Von da an war nichts mehr so, wie es einmal gewesen war.

Sie gaben das Haus in Queens auf und bezogen eine kleine Wohnung in Brooklyn, und Aileens Mutter mußte nun arbeiten, um sich und die Tochter durchzubringen. Bis sie in die Schule kam, war Aileen tagsüber bei einer Pflegemutter. Die hatte noch fünf andere Kinder, so daß das Mädchen zwar unter Aufsicht, trotzdem aber meist sich selbst überlassen war. Allein schon deshalb fieberte sie den Abenden entgegen. Dann saßen Mama und sie in der Küche und tranken heiße Schokolade. Mutter sprach immer nur von Papa: wie er gewesen war, wie sie ihn kennengelernt hatte und vor allem wie sehr sie ihn geliebt hatte.

»Er war der erste und einzige Mann in meinem Leben.«

Er sollte auch der letzte bleiben. In all den langen Jahren ging Mutter Caufield niemals aus, weder zum Essen noch ins Kino oder in die Oper, und wenn sie das auch mindestens zweimal täglich bejammerte, so endete doch jedes Klagelied mit den Worten: »Aber ich verzichte ja schließlich aus gutem Grund!«

Dieser Grund hieß Aileen. Sie sollte lernen, daß Menschen starben, Gefühle indes für die Ewigkeit gebaut waren.

»Wirkliche Liebe ist durch nichts zu zerstören«, pflegte Mutter Caufield zu predigen. »Sie erträgt alles. Wer lieben will, muß leiden können.«

Gehört hatte Aileen diese Worte von Kindheit an, doch erst als sie Michael begegnete, fing sie an, diese Worte auch zu verstehen.

Für sie sollte jener Novembertag, an dem sie ihn das erste Mal sah, immer als Glückstag in Erinnerung bleiben. Sie war nur eine kleine Verkäuferin bei *Macy's*, zu mehr hatte es nach der Schule nicht gereicht; sie war weder besonders klug noch besonders hübsch, noch hatte sie besonderen Erfolg bei Männern. Doch wie viele ihrer Kolleginnen träumte sie davon, daß eines Tages ein Märchenprinz kommen würde, um sie ganz in Weiß vor den Hochzeitsaltar zu führen.

Es war eine jener hektischen Zeiten gewesen, kurz vor Ladenschluß, als sie im Gedränge auf der Treppe jemand beiseite stieß. Im ersten Moment hatte sie nur Verärgerung empfunden, dann einen stechenden Schmerz. Und in dem Augenblick, als er sich dann über sie beugte, wußte sie: Diesen Mann wollte sie haben. Den oder keinen.

Doch die Durchführung dieser Absicht erwies sich als schwieriger, als sie gedacht hatte. In den ersten Tagen nach ihrem Treppensturz war sie noch voller Hoffnung. Sie stand morgens in aller Herrgottsfrühe auf und richtete sich her, als hätte sie eine Einladung zu einem Ball. Sie wollte allzeit bereit sein, glaubte sie doch, Michael würde vorbeikommen, um sich nach ihrem Befinden zu erkundigen.

Doch Michael kam nicht. Er rief nicht einmal an, obwohl Aileen von früh bis spät das Telefon hypnotisierte.

»Er hat unsere Nummer doch gar nicht«, versuchte Mutter Caufield ihre verstörte Tochter zu beruhigen.

»Die könnte er aber doch rauskriegen, wenn er wollte.«

»Männer sind da anders als Frauen.«

Diese Worte machten Aileen erst mal wieder Mut. Sie versuchte, sich an jede Kleinigkeit zu erinnern, die sich an jenem Nachmittag zugetragen hatte: was Michael getan hatte, was er gesagt hatte und wie er dabei ausgesehen hatte. Am Ende war sie der felsenfesten Überzeugung, daß der so lässig wirkende Mr. Landers in Wahrheit scheu und schüchtern war und sich einfach nur nicht traute, neuerlich ihre Nähe zu suchen. Deshalb beschloß sie, die Angelegenheit selbst in die Hand zu nehmen.

Da es mehrere Michael Landers in New York City gab, war die Suche nicht gerade einfach. Doch Aileen erwies sich als erfinderisch. Sie schrieb sämtliche Adressen aus dem Telefonbuch heraus und rief die Herren nacheinander an. Als sie endlich Michaels Stimme am anderen Ende der Leitung vernahm, legte sie gleich wieder auf. Sie wollte kein unpersönliches Telefonat mit ihm führen; sie hatte da ganz andere Vorstellungen.

Nun, da sie wußte, wo er wohnte, fuhr sie zu seinem Haus und erkundete die Umgebung. Direkt gegenüber waren ein Blumengeschäft, eine Reinigung und ein Supermarkt, und am Ende der Straße war ein kleines Bistro. Das schien der geeignete Ort zu sein. Fortan ging Aileen jeden Abend nach der Arbeit dorthin, um eine Kleinigkeit zu essen oder zumindest etwas zu trinken.

Kurz vor Weihnachten 1972 war es dann endlich soweit. Rein »zufällig« standen sich Michael Landers und Aileen Caufield gegenüber und griffen beide zum gleichen Thunfisch-Sandwich.

»Oh!« Aileen tat überrascht. »Hallo!«

Michael konnte sich im ersten Moment gar nicht mehr an sie erinnern. »Kennen wir uns?«

Aileen biß sich auf die Unterlippe. »Aber ich bin doch der Treppensturz von *Macy's* . . .«

Endlich dämmerte es Michael. »Ach ja . . .!« Freundlich lächelnd reichte er ihr die Hand. »Wie geht es Ihrem Knöchel?«

»Danke. Alles in bester Ordnung.«

»Das freut mich. Nehmen Sie das Sandwich!« meinte er dann. »Ich mag Schinken und Käse ebensogern.«

»Ich auch!«

Michael reagierte gar nicht auf diesen Einwurf und lief schnurstracks zur Kasse.

Aileen folgte ihm. Bestimmt schon tausendmal hatte sie sich diesen Augenblick ausgemalt, da wollte sie ihn jetzt nicht ungenutzt verstreichen lassen.

»Wenn Sie gestatten, würde ich Sie gern einladen«, sagte sie mit ihrer leisen Stimme.

»Wie?«

Sie lächelte. »Sie haben immer noch was gut bei mir, und so ein Sandwich –«

»Wenn Sie bezahlen, Miss, stelle ich mir ein Sechs-Gänge-Menü zusammen.«

Michael schüttelte sich fast vor Erheiterung, als er das sagte. Aileens Lächeln fror ein.

»Entschuldigen Sie«, meinte er daraufhin und legte ihr Thunfisch-Sandwich auf sein Tablett. »Alles zusammen, Sally!«

An jenem Abend aßen sie miteinander, in einem schmuddeligen New Yorker Selbstbedienungs-Bistro, an einem viel zu kleinen Tisch, dessen Papier-Auflagen klebrig waren und dessen Kassiererin Sally aussah wie die Hauptdarstellerin in einem Pornofilm.

Eine halbe Stunde dauerte das inszenierte Rendezvous. Dann standen sie auf der Straße.

»Tja, Miss ... dann wünsche ich Ihnen noch einen schönen Abend.«

»Ich habe nichts weiter vor.«

Michael schaute in Aileens Augen, daß ihre Knie ganz weich wurden.

»Ich bin mit einer Freundin verabredet«, sagte er.

»Mit der, die damals Geburtstag hatte, als ich gestürzt bin?«

»Äh ... ja.« Michael machte einen äußerst erstaunten Eindruck, und Aileen legte den Kopf tief in den Nacken.

»Und da essen Sie hier?« fragte sie mit mißbilligendem Unterton. »Kocht sie nicht für Sie?«

»Joanne?« Er lachte so laut, daß es den Lärm der vorüberfahrenden Autos übertönte. »Joanne kann nur Sektflaschen öffnen«, meinte er dann.

Aileen hob die Brauen. »Ich koche gern.«

Michael trat von einem Bein aufs andere.

»Gibt es irgend etwas, was Sie ganz besonders gern essen?«

Er antwortete prompt. »Hummer!« sagte er. »Frischen Hummer mit Cocktail-Sauce.«

»Bekommen Sie! Wann?«

Michael machte einen ziemlich überrumpelten Eindruck. »Ich ... ich habe meinen Terminkalender gerade nicht dabei. Ich ... ich müßte da –«

»Geben Sie mir Ihre Telefonnummer, dann rufe ich Sie morgen an. Irgendwie muß ich mich schließlich revanchieren.«

Zwei Wochen später stand Aileen gleich mehrmals am Rand eines Nervenzusammenbruchs. Es war ein Samstag. Ihre Mutter war am Morgen zu Tante Eugenie nach Connecticut gefahren, damit ihre Tochter auch nur ja eine sturmfreie Bude hatte.

Aileen ging ins beste Fischgeschäft der Stadt.

»Nehmen Sie Baby-Hummern«, riet ihr der Verkäufer, »die sind zur Zeit am besten. Und kochen Sie sie in einfachem Salzwasser. In dem leben sie schließlich auch, das bringt ihren vollen Geschmack zur Entfaltung. Sie dürfen höchstens ein bißchen Kümmel zugeben.«

Erst als Aileen wieder zu Hause war, erfaßte sie das ihr bevorstehende Abenteuer in seiner gesamten Tragweite. VORSICHT! LEBENDE TIERE! stand auf dem Holzkarton, den man ihr im Fischgeschäft für teures Geld überlassen hatte. Daß die braunen Biester noch nicht tot waren, wurde ihr erst jetzt bewußt.

»Nein!«

Um Schlag acht Uhr läutete es an der Tür. Aileen trug ein weißes Kleid, das über und über mit Rüschen und Spitzen besetzt war. Eine Ansprache hatte sie sich auch zurechtgelegt. Die Cocktail-Sauce war fertig, das Brot war frisch, und auf dem Herd stand ein Topf mit Salzwasser, das nur noch zum Kochen gebracht werden mußte – der Rest war Sache eines starken Mannes.

Als Michael die Treppe heraufkam, glaubte Aileen, das Bewußtsein zu verlieren. Die Frau an seiner Seite hatte tiefschwarzes, schulterlanges Haar ... Er hatte diese Joanne mitgebracht ...

»Hi!« grüßte er freundlich. »Ich dachte, es macht nichts aus, wenn ich Andrea mitbringe. Sie ist auch ganz wild auf Hummer. Andrea, das ist Miss Caufield.«

Eine halbe Stunde später saßen Michael und Andrea im Wohnzimmer und hörten Musik, während Aileen in der Küche stand und mit den Hummern kämpfte. Das Salzwasser kochte längst, aber sie wußte nicht, wie sie die Tiere in den Topf bekommen sollte.

Zaghaft öffnete sie den Holzkarton. Das Eis war inzwischen fast geschmolzen, und so schüttete Aileen den gesamten Inhalt des Kartons in die Spüle. Drei der Baby-Hummern fielen hinein, der vierte platschte zu Boden und krabbelte hastig unter den nächstgelegenen Heizkörper.

Aileen stieß einen schrillen Schrei aus – niemand nahm ihn zur Kenntnis. Michael und Andrea waren viel zu sehr mit Schmusen beschäftigt. Aileen sah es durchs Schlüsselloch. Im ersten Moment wollte sie daraufhin die Tür aufreißen und die beiden rausschmeißen. Doch dann entschied sie sich anders. Sie liebte Michael Landers, und dieses Gefühl konnte nicht umsonst sein. Es hatte bestimmt einen Sinn. Irgendwann würde er sie wiederlieben. Manche Männer mußte man eben zu ihrem Glück zwingen.

So aßen sie an jenem Abend zu dritt, und Aileens einziges Glücksmoment bestand darin, daß Michael zu vorgerückter Stunde lautstark erklärte, es hätte einfach großartig geschmeckt.

»Nicht wahr, Andrea?«

Aileen lehnte sich zurück und lächelte. Liebe ging eben unter anderem durch den Magen. Sie war zuversichtlich. Eines schönen Tages würde Michael schon begreifen, daß sie die einzig richtige Frau für ihn war. Bis dahin mußte sie eben Geduld haben.

Diese Geduld brauchte sie dann auch in den nächsten Jahren, denn nach Andrea kamen Denise und Rebecca, dann folgten Jessica und Louise und viele, viele andere, und über all diesen »Abwechslungen«, wie Michael sie nannte, schwebte Joanne, seine »Göttin«, die Frau, die ihn verstand, die ihm alles verzieh, die immer für ihn da war.

»Und was bin ich für dich?« fragte Aileen, als sie Michael schon drei Jahre kannte und sie immer noch nicht über einen Gutenachtkuß auf die Wange hinausgekommen waren.

Michael schien fassungslos zu sein. »Du?« Er überlegte ernsthaft, das war ihm anzusehen. Dann lachte er auf einmal. »Du bist der Treppensturz von *Macy's!*«

Aileen konnte sich noch gut an das fröhliche Gesicht erinnern, das er dabei machte. Es schockierte sie so sehr, daß sie tagelang an nichts anderes mehr denken konnte und in den Nächten nicht zur Ruhe kam.

»Er liebt mich nicht, Mama.«

»Aber natürlich tut er das. Ihr kennt euch jetzt schon so lange.«

»Warum schläft er dann nicht mit mir?«

»Weil du ein Mädchen zum Heiraten bist. Und er will sich eben noch nicht binden.«

Das klang logisch. Unbefriedigend blieb es trotzdem, und deshalb schmiedete Aileen Caufield einen Plan.

Zwei Wochen später teilten Michael Landers und sie nicht nur den Tisch, sondern endlich auch das Bett miteinander, und damit war Aileen am Ziel. Nun war er ihr Mann, und eine Frau, die liebte, stand zu ihrem Mann, gleichgültig, was er sagte oder tat . . .

»Wer lieben will, muß auch leiden können!« Aileen hatte gelitten, zwanzig Jahre lang, also hatte sie auch geliebt . . . und tat es vielleicht immer noch . . .? . . .

Es war der Ostermontag 1992, und noch immer stand Aileen in der Küche, den Rücken gegen den Geschirrspüler gelehnt. Ihr Blick glitt ziellos durch den Raum und streifte das Abendessen, das sie im Verlauf des Nachmittags zubereitet hatte. Die Radieschensahne war für Jeff gewesen. Nur seinetwegen hatte sie sich die viele Mühe gemacht. Jeff . . . Sie beschloß, ihn noch einmal anzurufen, und ging ins Wohnzimmer.

»Kennst du die vier Lieblingstiere einer Frau?« hörte sie Diana fragen.

»Nein«, gab Michael mit fröhlicher Stimme zurück.

»Das ist der Jaguar in der Garage –«

»Der Nerz im Schrank«, plapperte Andrew dazwischen.

»Der Tiger im Bett – und der Esel, der für alles aufkommt!«

Michael lachte schallend, und Aileen verwarf den Gedanken zu telefonieren. Auf leisen Sohlen schlich sie durch den Korridor.

Die Tür von Andrews Zimmer war zu einem Spalt geöffnet. Michael saß auf dem Bett, ein Kind links und ein Kind rechts. Aileen trat der Schweiß auf die Stirn, und sie lehnte sich neben den Türrahmen, wie sie es damals in Castellar auch getan hatte.

»Ich bin so froh, daß du wieder da bist«, sagte Andrew und gab seinem Vater einen laut klatschenden Kuß.

»Ich bin auch froh darüber«, erwiderte Michael.

»Wo warst du denn die ganze Zeit?« Dianas Stimme war bei dieser Frage mindestens so dünn, wie es die ihrer Mutter immer war.

Aileen hielt den Atem an.

»Das ist eine lange Geschichte, Mädchen.«

»Warst du krank?«

»Ja.«

»Mama hatte auch ein aufgeschlagenes Knie nach dem Unfall«, meinte Andrew, »und an der Schulter war auch was.«

»Bist du denn jetzt wieder gesund?« Dianas Stimme schien immer dünner zu werden.

Aileen hörte, wie schwer Michael atmete.

»Ja«, sagte er dann und fügte hastig hinzu: »Erzählt mir doch ein bißchen von der Schule!«

Andrew lachte auf. »Aber wir haben doch immer noch Ferien, Papa.«

»Dann erzählt mir davon! Was treibt ihr so?«

Aileen wischte sich den Schweiß von der Stirn. Während Andrew begann, von dem neuen Schwimmbad zu erzählen, das er und Christoph fast täglich besuchten, ging sie ins Eßzimmer.

Wer lieben will, muß auch leiden können ... Michael war zurückgekommen, und das hatte sicher etwas zu bedeuten. – Wer lieben will, muß auch leiden können, und man konnte nicht alles haben im Leben. – Ein Leben, das schon keinen Sinn mehr hatte, brauchte zumindest eine Ordnung ... Michael war zurückgekommen, um noch einmal von vorn zu beginnen ... Wer lieben wollte, mußte leiden können!

Aileen holte das neue Damast-Tischtuch aus dem Schrank. Es war sündhaft teuer gewesen und paßte genau zum Dekor des Tafelservices, das sie letztes Jahr in Nizza gekauft hatte. Michael war und blieb ihr Ehemann, und sie hatten zwei Kinder, die ihren Vater ebensosehr brauchten wie ihre Mutter. Sie mußte vergessen, was passiert war, sie mußte es zumindest versuchen.

Und so deckte Aileen den Tisch mit ganz besonderer Sorgfalt, und sie zündete sogar die beiden großen Kristalleuchter an, die sonst immer nur am Weihnachtsabend benutzt wurden. Zuletzt öffnete sie auch noch eine Flasche Champagner.

»Kinder?«

Mit zitternden Händen strich sie an sich längs. Einerseits hätte sie sich gern noch eben umgezogen, doch wollte sie Michael nicht unnötig aufmerksam machen. Vielleicht hatte er es ja noch gar nicht bemerkt.

»Kinder!« rief sie noch einmal. »Das Essen ist fertig!«

Auch auf diesen zweiten Aufruf regte sich nichts, und Aileen atmete tief durch.

»Michael?«

Diana konnte sich nicht entscheiden, ob sie lachen oder weinen sollte vor lauter Glück. Nach langer Zeit saß ihre Familie wieder vereint an einem Tisch, und das fand sie so schön, daß es sie gar nicht störte, daß in den ersten Minuten kaum ein Wort gesprochen wurde. Unentwegt schaute sie ihren Vater an und stocherte dabei auf ihrem Teller herum.

Derweil aß Andrew wie ein Scheunendrescher. Wechselweise stopfte er dicke Käsebrocken und Riesenfuhren von Grießbrei in sich hinein, und wenn Diana gerade mal wieder nicht hinsah, bediente er sich auch noch an ihrem Parma-Schinken.

»Wart ihr irgendwo eingeladen?«

Michael konnte sich diese Frage nicht verkneifen, und er bemerkte nicht, daß er Aileen dabei angrinste.

Die griff daraufhin zu ihrem Champagner und leerte das Glas in einem Zug.

»Arletta ist dreizehn geworden«, sagte Diana. »Und stell dir vor, Papa!« Sie klatschte begeistert in die Hände. »Sie hat ein eigenes Klavier bekommen.«

»Ach ja?«

»Bisher konnte sie ja nur bei ihrer Lehrerin üben oder in der Schule, wenn der Musiksaal schon mal frei war. Aber jetzt, jetzt kann sie es jeden Tag tun. Wie sie will.«

Michael sah seine Tochter fest an. »Und?«

Verlegen senkte das Mädchen den Kopf. »Nicht, was du denkst, Papa . . .«

»Was denke ich denn?«

»Daß ich auch gern ein Klavier hätte . . .« Dianas Stimme wurde mit jedem Wort leiser.

»Willst du denn keins?«

Hastig blickte sie auf, und ihre Augen begannen, noch mehr zu glänzen als bisher.

»Doch«, gab sie zu.

»Und was wird dann aus dem Tennis?«

»Das spiele ich weiter.«

»Wann? Du gehst zum Ballett, zum Reiten –«

»Das geht schon, Papa!«

Da seine Schwester gerade so ungemein beschäftigt war, schob Andrew sich gleich zwei Scheiben Parma-Schinken auf einmal in den Mund.

»Der Christoph hat ein Go-Kart gekriegt«, meinte er dann.

»Man spricht nicht mit vollem Mund!« Aileen sagte das fast automatisch, es waren ihre ersten Worte seit einem beiläufig gewünschten guten Appetit. »Außerdem heißt es *einen* Go-Kart!«

Der Junge ignorierte die Einwürfe seiner Mutter und stemmte die Ellenbogen auf den Tisch, so daß Messer und Gabel wie Waffen in die Lüfte stachen.

»Andrew!«

Michael lächelte. »Hatte der Christoph denn auch Geburtstag heute?«

Aileen schenkte sich Champagner nach und leerte das Glas neuerlich in einem Zug.

»Nee, aber der hat eine Tante, die ihm immer so tolle Sachen schenkt.«

»Dann sieh mal zu, daß du dir beizeiten auch so eine Tante zulegst«, frotzelte sein Vater. »Und sag ihr, daß sie dann auch gleich noch für Dianas Klavierstunden aufkommen soll.«

Aileen stellte ihr Glas behutsam auf den Tisch zurück und ließ es einige Male auf dem kostbaren Damast kreisen.

»Weißt du überhaupt, wer Arletta und Christoph sind?«

Bisher hatte es Michael geschmeckt. Jetzt war er plötzlich nicht mehr in der Lage, auch nur noch einen einzigen Bissen herunterzubringen. Er legte sein Besteck nieder und schob den Teller zur Seite.

»Was willst du mich wirklich fragen, Aileen?«

Sie senkte den Blick und schwieg, griff aber ein weiteres Mal zu der Champagnerflasche, die in einem silbernen Kühler auf einem der Beistelltische stand. Sie wollte nichts fragen, und sie hatte eigentlich auch gar nichts sagen wollen; es war ihr nur so herausgerutscht.

»Bekomme ich auch einen Schluck?«

Verwirrt blickte Aileen zu ihrer Tochter herüber. Dem Kind stand die Panik im Gesicht geschrieben, die Augen waren weit aufgerissen, die Lippen zitterten.

Michael beobachtete sie auf das Aufmerksamste. »Trink deiner Mutter nichts weg!« meinte er dann auch noch. »Das wäre nicht fair, Diana. Sie braucht das jetzt, um später behaupten zu können, von nichts, was heute abend passiert ist, gewußt zu haben. Nicht wahr, Aileen? Alles, was du sagst, ist natürlich überhaupt nicht so gemeint . . .«

Aileen versuchte, möglichst souverän zu wirken, und goß ihrer Tochter einen Schluck Champagner ins Glas. »Du auch, Andrew?«

Der Junge gab ihr keine Antwort darauf. Unruhig rutschte er auf seinem Stuhl hin und her.

»Sitz still, Andrew!«

Gleich zappelte er nur noch mehr.

»Du sollst stillsitzen!«

Der Kleine tat so, als würde er seine Mutter gar nicht wahrnehmen. Schon als Baby war er so gewesen. Wenn er etwas nicht hören wollte, stellte er sich einfach taub, und wenn er etwas nicht sehen wollte . . .

»Andrew!« kreischte Aileen ein letztes Mal, dann griff sie auch schon nach seinem Arm, wollte ihn vom Stuhl zerren und ihm einen Klaps auf den Hintern verpassen . . . Doch an diesem Abend war Andrew schneller als seine Mama. Wie eine Schlange wand er sich aus ihrem Griff und kletterte auf den Schoß seines Vaters, legte seine Arme um Michaels Hals und schmiegte sich ganz fest an ihn . . .

Aileen trat ein eisiger Schweiß auf die Stirn. Sie war neidisch und zornig, ängstlich und verzweifelt, alles zugleich, und sie wußte nicht, was sie tun sollte, um unbeschadet aus diesem Desaster herauszukommen.

»Da siehst du, was du angerichtet hast«, zischte sie da auch schon. »Die Kinder sind völlig verstört . . .«

Michael versuchte, ruhig zu bleiben. Fest hielt er Andrew in seinen Armen.

»Einfach zu verschwinden!« fauchte Aileen weiter. »Ohne ein Lebenszeichen! Andrew ist ganz durcheinander. Und Diana hat in den letzten anderthalb Wochen kaum geschlafen. Und ich auch nicht . . .«

Michael atmete tief durch. »Ich gehe morgen schon sehr früh ins Büro«, erklärte er. »Und am Freitagnachmittag fahre ich wieder nach Italien . . .«

Aileen konnte diese Reaktion nicht fassen. Sie senkte den Blick und versuchte, ihre Gedanken zu ordnen. Michael schien unverletzt geblieben zu sein, aber wie er den Kindern gesagt hatte, war er ja krank gewesen. Italien. Sie selbst war ja auch in Savona gestrandet. Sicher mußte Michael da noch mal zu einem Arzt.

»Wie du es möchtest, Mike . . .«

Ihre Stimme klang zart wie Engelsgesang, und das hatte Michael noch nie ertragen können. Er umfaßte Andrew mit seinem linken Arm und griff mit rechts zu den Zigaretten, zündete sich eine an.

»Du machst alles mit, nicht wahr?«

Aileen schluckte.

»Du gibst niemals auf! Du erduldest alles! – Du bist wie diese berühmten drei Affen, Aileen: du siehst nichts, du hörst nichts, und du sagst nichts . . .«

Die Kinder rührten sich nicht, und es lag eine bleierne Stille im Raum, dann fing Aileen auf einmal zu lächeln an.

»Ich liebe dich eben, Michael . . .«

Er stöhnte.

»Ich muß es sagen, Mike!«

»Um es selbst noch glauben zu können?«

Sie starrte ihn an, biß sich auf die Unterlippe. »Aber nein«, meinte sie dann, »ich –«

Diana schrie laut auf. »Hört auf!« kreischte sie. »Ich kann das nicht mehr. Ich kann doch nichts dafür, aber ich krieg' alles ab . . .«

Sie sprang von ihrem Stuhl und rannte aus dem Zimmer, und Andrew schmiegte sich nur noch enger an seinen Vater. Michael gab ihm einen Kuß auf die Stirn, ließ seine Frau dabei aber nicht aus den Augen. Die saß wie gelähmt da.

»Warum gehst du ihr nicht nach?« fragte er mit ungewöhnlich sanfter Stimme.

Aileens Augen füllten sich mit Tränen.

Er lächelte. »Weil du nicht weißt, was du ihr sagen sollst, nicht wahr? Weil du dem Kind nicht erklären kannst, warum du all die Jahre bei mir geblieben bist. Habe ich recht?«

Aileen faltete die Hände und schaute mit starrem Blick auf ihren immer noch halbvollen Teller.

»Du hast mich nicht einmal gefragt, wo ich all die Zeit gewesen bin«, sagte Michael. »Und du würdest mich wohl auch nie danach fragen; denn ich könnte dir ja eine Antwort geben, die dir nicht gefällt.«

Aileen versuchte verzweifelt, Haltung zu bewahren.

Michael zerdrückte seine Zigarette im Aschenbecher und räusperte sich. »Nun denn, Aileen, ... ich war –«

»Ich hab' ganz vergessen, den Nachtisch aus dem Eisfach zu nehmen ...«

Sie sprang auf und war im nächsten Moment in der Küche verschwunden.

Michael sah ihr kopfschüttelnd nach. Auf der Fahrt von Pietra Ligure nach Frankfurt hatte er unentwegt darüber nachgedacht, was ihn einst dazu verleitet hatte, sich mit Aileen einzulassen. Es waren verschiedene Dinge gewesen, ihr makelloser Körper, ihr schönes Gesicht, vor allem aber hatte ihm die Art geschmeichelt, wie sie ihn anhimmelte, die Zähigkeit, mit der sie versuchte, ihn allen Widrigkeiten zum Trotze zu erobern. Das brachte seinen »Sportsgeist« in Schwung. Die Tatsache, daß er ihr so ziemlich alles antun konnte, was ihm gerade beliebte, ließ ihn wie ein kleiner Junge reagieren, der täglich aufs neue herauszufinden versuchte, wo denn nun eigentlich seine Grenzen waren. Aileen schien von fast krankhafter Duldsamkeit zu sein. Sie ließ sich beispielsweise ins Nebenzimmer schicken, wenn Michael ungestört mit einer seiner Freundinnen telefonieren wollte. Und so wurde er immer brutaler und gemeiner. Er genoß die Macht, die er über Aileen hatte ... Doch irgendwann wurde ja jeder erwachsen ...

Er drückte seinen Sohn ganz fest und stellte ihn auf die Füße.

»Was denkst du? Ist Diana auf dem Gäste-Klo oder im Keller?«

Andrew überlegte angestrengt. »Auf dem Klo!« meinte er dann.

»Na, dann laß sie uns da mal rausholen!«

»Kriegt sie dann eine doppelte Portion Eis oder gar keines?«

»Wenn sie rauskommt? Mmh, dann kriegt sie ihr Klavier! Ich konnte die Nachbarn noch nie leiden.«

Die Schilderungen über Worms, die Stadt der Sonnenfrau, waren Pörtner ganz besonders gut gelungen. Während Jeff zu Abend aß, schloß er immer wieder die Augen und stellte fest, daß er sich genau vorstellen konnte, wie es damals dort ausgesehen hatte. Das war das Schöne an Geschichte und Archäologie. Man brauchte nicht allzuviel Phantasie. Das Ausschlaggebende waren Daten und Fakten.

Er stand auf und brachte das schmutzige Geschirr in die Küche. Es hatte Rindergeschnetzeltes mit Pilzen in Rahmsoße und Bandnudeln gegeben. Diese Mikrowellen-Gerichte wurden immer besser; es lohnte fast nicht mehr, ins Restaurant zu gehen.

Jeff schaltete den Geschirrspüler ein. Dann ging er ins Wohnzimmer zurück und widmete sich wieder seinem Buch. Er war gerade bei dem so spannenden Kapitel über die Stadt Augsburg, die »Splendidissima«, wie Tacitus sie genannt hatte. Da läutete neuerlich das Telefon.

»Nein!« rief Jeff laut aus. Nun war es doch so lange gutgegangen!

Alles in ihm sperrte sich dagegen, den Hörer abzunehmen. Er zwang sich weiterzulesen. Doch das ständige *didellliditt – didellliditt* machte es ihm unmöglich, sich so zu konzentrieren, wie er es gern gewollt hätte.

»Der Teufel soll dich holen!« knurrte er und dachte dabei an Aileen. Die Frau mußte »eingefroren« werden, anders kam er nicht mehr raus aus der Sache. Gleich morgen würde er es angehen. Doch vielleicht war morgen ja schon zu spät . . . er überlegte. In Japan gab es keinen zweiten Ostertag, dort wurde heute schon wieder kräftig gearbeitet. Und anderswo. Vielleicht war es doch ein dienstlicher Anruf, den er nicht einfach ignorieren sollte, jetzt wo die ganze Verantwortung auf seinen Schultern lag.

Jeff atmete tief ein, ganz so, als müßte er gleich ins Wasser springen. Dann hielt er die Luft an und zählte von einundzwanzig bis vierzig, schließlich nahm er den Hörer ab.

»Ja, hallo?«

»Wo warst du?« wimmerte Aileen. »Ich versuche seit –«

»Ich bin gerade erst reingekommen. Ich war im Büro und –« Er schnappte ernsthaft nach Luft.

»Michael ist zurück!«

Mit diesen Worten war das Spiel zu Ende. »Was?« schrie er in den Apparat. Er hatte gerade angefangen, sich als Chef von *Landers & Barton* zu fühlen, und da wagte es dieser ... dieses ...

»Ja, und?« stieß er zornig aus.

»Es geht ihm gut«, hauchte Aileen, »und alles andere –«

Das war nun endgültig zuviel für Jeff.

»Das gibt es doch nicht«, tobte er. »Nach all dem Rummel, den er gemacht hat, muß ihm ein Hai mindestens beide Beine abgebissen haben!«

Aileen sagte dazu nichts, er hörte nur, wie schwer sie atmete.

»Kannst du herkommen?« fragte sie mit zitternder Stimme.

Für einen kurzen Moment hatte Jeff das Gefühl, der Boden unter seinen Füßen würde beben. Dann klappte er seinen Pörtner zu.

»Natürlich«, sagte er. »Ich komme, so schnell ich kann.«

Es war 22.40 Uhr, und noch immer saß Lara unverändert da, neben dem Phono-Schrank, die Arme im Nacken verschränkt, den Kopf auf den Knien, die Schenkel fest gegen die Brust gepreßt. Der erwartete Schlag war ausgeblieben. Nichts war passiert – und das war eigentlich noch schlimmer als alles andere.

Wie eine uralte Frau stand Lara auf und lief ins Schlafzimmer. Schluchzend warf sie sich auf das Bett, in dem sie vor noch nicht einmal vierundzwanzig Stunden ein letztes Mal mit Michael geschlafen hatte. Sie nahm das Kopfkissen, auf dem er gelegen hatte, fest in ihre Arme. Es roch noch nach ihm, und wenn sie die Augen schloß und ganz tief einatmete, dann war das, als wäre er es, den sie da an sich schmiegte.

Verzweifelt zwang sie sich zur Ruhe. Liebe war das Maß aller Dinge, daran mußte sie ganz fest glauben; Liebe war das Band, das Gott mit Seinen Kindern verknüpfte; sie war die Kraft, die Berge versetzen konnte, der Spiegel, in dem man sich selbst begegnete ...

Doch war sie nicht auch die Macht, mit der man sich selbst zerstörte?

Lara riß die Augen auf. Julien blickte auf sie nieder, wie er es seit Jahren tat. Er hatte ihr noch niemals weh getan. Er hatte sie aber auch noch nie gestreichelt, und er hatte sie auch noch nie geküßt. Sie hatte noch nie in seinen Armen gelegen und sich sicher und geborgen gefühlt. Wieder kamen ihr die Tränen.

»Sag mir, was das werden wird«, schluchzte sie und schaute dabei tief in Juliens Augen. »Ich bin doch nicht anders als Millionen andere Frauen. Ich will doch auch nur glücklich sein . . .«

Sie erschrak. Das Telefon! Sie hatte das Telefon im Wohnzimmer stehenlassen! Wie von einer Tarantel gebissen, sprang sie auf und holte den Apparat. Die Schnur reichte genau bis zum Bett, das erste Erfreuliche an diesem Tag. Lara hob den Hörer ab: Das Freizeichen ertönte. Das Telefon war also in Ordnung, und die Leitungen waren frei. Hoffentlich hatte Michael nicht gerade in diesem Moment versucht, sie zu erreichen.

Sie legte den Hörer auf die Gabel zurück und hockte sich auf die Bettkante, zündete sich eine weitere Zigarette an. Sie haßte es, so dazusitzen, die Knie zusammengepreßt, den Rücken gekrümmt, die Ellenbogen auf die Oberschenkel gestützt. Jahre ihres Lebens hatte sie in dieser Haltung verbracht. Von März 1976 bis Mai 1978 hatte Lara Laddock auf so vielen Bettkanten gehockt, daß sie es gar nicht mehr nachhalten konnte. Manche waren ganz besonders weich gewesen, andere hart und so hoch, daß die Füße beim Sitzen keinen Boden mehr spürten. Das Gegenüber hatte sich hin und wieder geändert, mal schaute sie auf ein Waschbecken, mal aus einem Fenster, meist auf das Bett einer Mitpatientin.

»Sie müssen sich der Endlichkeit der Dinge immer bewußt sein, Miss Laddock!«

Lara wußte nicht mehr, wie oft sie diesen Satz gehört hatte, sie wußte nur, daß sie ihn noch mehr haßte als das Herumhocken. Damals hatte sie nur eines gewollt: gesund werden, das Krankenhaus verlassen und endlich leben . . . wie ein richtiger Mensch . . .

Lara erinnerte sich noch gut an das Mädchen, das sie einmal gewesen war. Und sie erinnerte sich auch noch sehr genau an den 2. Mai 1978. Es war ein wunderschöner Frühsommertag gewesen; es grünte und blühte auf dem Klinikgelände wie auf einer Gartenschau, und Lara paßte genau in dieses Bild. Für ihren Entlassungstag war ihr nichts zu teuer gewesen, sie sah aus, als wäre sie einem Modejournal entstiegen.

Festen Schrittes ging sie auf das Hauptportal zu.

Der Abschied von dieser Zeit ihres Lebens fiel ihr schwerer, als sie zugeben wollte. Sie hatte Angst vor dem, was da vor ihr lag, aber sie wollte auch vergessen, was hinter ihr lag. Zum ersten Mal spürte sie jene innere Zerrissenheit, die von nun an ihr Leben bestimmen sollte: Sie durfte sich keine Illusionen machen, aber sie machte sich welche. Sie durfte sich nicht einbilden, in den zwei Jahren ihrer Krankheit das Dunkel ihrer gesamten Existenz ausgelebt zu haben; aber sie träumte nun mal davon, fortan nur noch im Licht zu stehen, sozusagen als Entschädigung. Die Zukunft würde neue Herausforderungen für sie bereithalten, neue Ängste und Kümmernisse. Doch Lara Laddock erwartete bedingungsloses und hautnahes Glück, und als die schwere Glastür der Klinik hinter ihr zuschlug, ging sie mutig und selbstbewußt die ersten Schritte in eine neues Leben. Ein Taxi sollte sie heimbringen in die Zukunft, sie war voller Hoffnungen ...

Die ersten zerschlugen sich schon an der nächsten Straßenecke. Die Stadt hatte sich erschreckend verändert. Lara sah Wolkenkratzer, wo einstmals Sportplätze gewesen waren, und den Park, in dem sie früher so gern gemalt hatte, gab es auch nicht mehr. Da stand jetzt eines jener riesigen Einkaufszentren, und die Straßen schienen auch so sehr viel breiter geworden zu sein, und es war überall so entsetzlich laut, und alles ging so wahnsinnig schnell ...

Lara erlebte die Fahrt nach Hause wie einen Spielfilm. Sie schaute aus dem Fenster, und ihr war, als würde sie vor einer Leinwand sitzen. Sie fühlte sich nicht dazugehörig, und sie konnte sich auch nicht vorstellen, jemals wieder zu dem da draußen gehören zu können, dazu war das alles einfach viel zu fremd.

Laras Eltern lebten zu jener Zeit in einem Vorort von Washington, D.C., und zumindest dort schien die Zeit stehengeblieben zu sein.

Auf den anderthalb Meilen die Straße hinunter kam ihnen kein einziger Wagen entgegen, und es war auch kein Fußgänger unterwegs. Dafür waren die Bürgersteige ja auch viel zu schmal. Das mußten sie sein, damit man sie abends leichter »hochklappen« konnte. Früher hatte sie dieses Provinzielle bedrückt, jetzt beruhigte es sie. Hier hatte sich nichts verändert. Hier stand nach wie vor ein amerikanischer Traum neben dem anderen, und jeder hatte einen Vorgarten und mindestens eine Garage.

Am 6. März 1976 war Lara allein in die Klinik gegangen, und deshalb hatte sie die Klinik an jenem 2. Mai 1978 auch allein verlassen wollen. Das war ein törichter Entschluß gewesen. Dieser ihr angeborene Wahn, das eigene Leben wie ein Theaterstück zu inszenieren, war überhaupt töricht – kein Wunder, daß sie immer wieder dafür bestraft wurde.

Als das Taxi vor dem Haus hielt und Lara nach sechsundzwanzig langen Monaten heimkehrte, war ihre Mutter gerade im Bad, und ihr Vater telefonierte. Es war ein wichtiges geschäftliches Gespräch, das er nicht unterbrechen konnte. Er wies den Fahrer per Handzeichen an, das Gepäck seiner Tochter in der Diele abzustellen, und gab ihm ein ordentliches Trinkgeld dafür.

Lara lächelte gequält. Wie eine Besucherin kam sie sich vor, und nach all der Zeit in dem vergleichsweise kleinen Zimmer der Klinik erschien ihr das elterliche Haus auch so unübersichtlich groß und bedrohlich.

Auf Zehenspitzen lief sie ins Wohnzimmer. Sie wagte nicht, fest aufzutreten, weil ihre Schuhe in den dicken Teppichen zu versinken schienen. Der Raum war riesig, und sie fühlte sich völlig verloren, schlich an der Wand entlang ins Eßzimmer. Dort war der Mittagstisch gedeckt.

»Es gibt Feldsalat mit Croutons, Broccoli-Creme-Suppe, Hummer auf Stangenspargel und Quarktorte. Zur Feier des Tages!« sagte ihre Mutter, und dabei rannen ihr dicke Tränen über die Wangen.

Lara war gerührt. »Ich ... ich hab' nur überhaupt keinen Hunger«, stammelte sie und hatte ein fürchterlich schlechtes Gewissen dabei.

Mama konnte ihre Enttäuschung nur schwerlich verbergen, bemühte sich aber.

»Dann warten wir eben noch«, meinte sie, als wäre nichts leichter als das. »Möchtest du dich erst noch ein bißchen ausruhen?«

In ihrem alten Kinderzimmer hatte sich nichts verändert. Nur hing jetzt über dem Bett das Bild, das Lara als letztes gemalt hatte. Es zeigte das Meer, ein aufgewühltes, vom Sturm gepeitschtes Meer. So hatte sie sich damals gefühlt, und eigentlich fühlte sie sich immer noch so. Sie setzte sich auf die Bettkante und blickte starr auf ihre Schuhspitzen. Es war ein schwerer Tag gewesen. Es war anstrengend, ein Leben zu beenden. Nun galt es, ein neues zu beginnen, und Lara nahm sich alle paar Minuten neuerlich vor, damit anzufangen: SOFORT! ... Oder vielleicht doch besser erst GLEICH? ... MORGEN??? ...

Tags darauf rief Jan an. Zwei Jahre lang hatte Lara mit inniger Liebe an diesem fast zwanzig Jahre älteren Mann gehangen, doch als an jenem Mittwoch das Telefon läutete, floh sie sofort auf die Toilette. Ihre Mutter mußte das Gespräch führen.

Herr Dr. Reinders hatte am Wochenende überraschend Bereitschaftsdienst und wollte sich deshalb schon gern am Freitag mit Lara treffen.

»Darf ich Ihre Tochter um 19.00 Uhr zu Hause abholen?« erkundigte er sich höflich.

Lara hockte auf der Klobrille und gab die wildesten Handzeichen.

Mrs. Laddock runzelte die Stirn. »Ich halte es für besser, wenn Sie sich gleich in dem Restaurant mit ihr treffen würden«, schlug sie vor.

Lara fiel ein Stein vom Herzen.

»Das war einmal und nie wieder!« fuhr ihre Mutter sie an, kaum daß sie aufgelegt hatte.

»Aber –«

»Nicht nur du bist therapiert worden, mein Kind, ich habe mir auch so manches von deiner Psychologin anhören müssen – unter anderem, daß sich Mädchen wie du gern wie Babys verhalten.«

»Aber ich –«

»Du bist zwanzig Jahre alt, Lara. Wenn du dich mit dem Mann nicht treffen willst, mußt du ihm das schon selbst sagen.«

»Aber ich habe doch gar nicht –«

»Freitag um acht bei *Tino*!«

Den Nachmittag des 5. Mai 1978 verbrachte Lara weitgehend in ihrem Zimmer. Sie wusch sich die Haare, schminkte ihr Gesicht, ansonsten lag sie auf dem Bett und hörte Musik. Jacqueline Boyer sülzte aus dem Radio, wie süß und wie verwirrend doch der Augenblick des ersten Rendezvous wäre ... Lara fühlte sich hundeelend.

Um kurz vor acht Uhr kam der Fahrer ihres Vaters.

»Man hüte sich in Zukunft vor diesem Gynäkologen«, witzelte Papa beim Abschied.

»Wieso?«

»Na, weil er nur noch ein Auge hat! Das andere hat er schließlich auf meine Tochter geworfen.«

Lara war den Tränen nahe, als sie das vernahm. Genauso hatte sie sich das in ihren schlimmsten Alpträumen vorgestellt. Für ihre Eltern war jetzt alles vorbei. Lara war gesund und konnte fortan ein völlig normales Leben führen. Doch das war nichts als Selbstbetrug. In Wahrheit war ihr Leben nichts als geliehene Zeit, und sie war keine richtige Frau, sondern eine bis auf Widerruf entlassene Krebskranke weiblichen Geschlechts, die keinerlei Zukunft hatte – nur eine Gegenwart!

Am liebsten hätte sie ihrem Vater diese Worte ins Gesicht geschrien, doch hätte er sie wohl gar nicht verstanden, und so ließ sie es sein.

Tino's Steak and Lobster House galt als eine der feinsten Adressen Washingtons. Das Restaurant lag an einem See, inmitten eines Wäldchens, romantischer ging es nicht. Das Haus hatte zwar einen Parkplatz, doch stieg Lara bereits an der Lichtung aus dem Wagen und ging die letzten Meter zu Fuß. Es war noch hell draußen, und die Luft war sommerlich warm, und nach all der Zeit in der Klinik-Enklave hätte sie dieses Gefühl von Freiheit eigentlich genießen müssen. Aber es ging ihr alles andere als gut. Sie hatte das Gefühl, als schwirrten Schwärme von Schmetterlingen durch ihren Bauch.

Jan war schon da; er saß an einem der Tische am Fenster. Lara sah ihn schon von weitem, und sie sah auch, daß er mit einer Frau sprach. Sie war vielleicht vier oder fünf Jahre älter als Lara, und sie lehnte sich lässig gegen die Tischkante und lachte.

Lara versteckte sich hinter einem der Bäume und beobachtete die beiden. Dabei wurde ihr mit jedem Augenblick klarer, daß sie nicht in dieses Restaurant gehen würde. Sie liebte Jan, das spürte sie in diesem Moment deutlicher als jemals zuvor. Und dennoch! Zwei Jahre war er ihr Arzt und sie seine Patientin gewesen. Diese Rollen waren so klar verteilt, daß es nie größere Probleme gegeben hatte. Jetzt waren Jan Reinders und Lara Laddock nur mehr ein Mann und eine Frau, oder besser, ein Mann und ein Kind ...

Lara hatte Angst vor dieser Begegnung. Jan wußte um ihre Gefühle, sonst hätte er sie ja nicht eingeladen. Wenn sie nun in dieses Restaurant ging, sagte sie »A« – und dann mußte sie zwangsläufig auch »B« sagen, und sie wollte sich nicht lächerlich machen. Sie wußte nicht, wie man küßte, was man tat, wenn ein Mann einen anfaßte oder gar auszog, wie man sich zu benehmen hatte, wenn er ... nein, die Vorstellung, mit gespreizten Beinen dazuliegen und in Jans Gesicht zu blicken, war ihr schrecklich. Womöglich schrie sie dann laut auf, weil sie glaubte, nicht in einem Bett, sondern auf einem gynäkologischen Stuhl zu liegen.

Lara drehte sich um und ging. Vorsichtig hangelte sie sich von Baum zu Baum, nicht weil sie Angst hatte, von einem Wächter entdeckt zu werden, wohl aber, weil sich die hohen Absätze ihrer Schuhe tief in die Erde gruben, wenn sie mit dem ganzen Fuß auftrat. Schließlich erreichte sie die Lichtung und sah sich ein letztes Mal um.

Jan blickte gerade aus dem Fenster; vermutlich hielt er Ausschau nach ihr. Ein merkwürdiges Glücksgefühl machte sich in Lara breit. Eines Tages würde sie Jan Reinders wiedersehen, das wußte sie genau in diesem Moment, eines Tages, wenn sie eine Frau und kein Kind mehr war, wenn sie wußte, was es bedeutete zu leben und zu lieben, wenn sie keine Angst mehr hatte – eines Tages ...

Vierzehn Jahre waren seit damals vergangen, aber Lara mußte immer noch lächeln, wenn sie an jenen Abend zurückdachte. In gewisser Weise war damals alles ganz einfach gewesen. Sie hatte ihre Träume gehabt und eine unglaubliche Kraft, ihnen nachzujagen. Das Maß aller Dinge hieß Gesundheit, und am Leben zu sein erschien ihr täglich aufs neue als das größte Geschenk, das es gab. Doch die Dankbarkeit verblaßte mit der Zeit.

Die ersten Wochen nach ihrer Entlassung aus der Klinik verbrachte sie fast ausschließlich in ihrem Zimmer. Sie ging höchstens schon mal in den Garten und legte sich dort in den Schatten der großen Linde, die sie so sehr liebte.

Das Zusammenleben mit ihren Eltern gestaltete sich äußerst schwierig. Lara wurde über Gebühr verwöhnt, denn irgendwie hatten die Eltern das Gefühl, ihrer Tochter etwas schuldig zu sein. Wider besseren Wissens redeten sie sich ein, nicht gut genug auf Lara aufgepaßt und damit als Eltern versagt zu haben.

Auch Lara litt unter Schuldgefühlen. Ihre Krankheit hatte den Eltern viel Kummer bereitet, und die Folgen der Krankheit taten das auch weiterhin. Das wurde vollends deutlich, als im August 1978 die ersten Nachsorge-Untersuchungen stattfanden.

Auf Laras ausdrücklichen Wunsch wurden sie in einem New Yorker Krankenhaus durchgeführt. Lara genoß diese Tage. In der Klinik erschien ihr alles so vertraut, und die Menschen dort hatten alle die gleichen Probleme und die gleichen Sorgen und Nöte wie sie.

Ganz anders erlebten die Laddocks diese Zeit. Ihr zur Schau getragener Optimismus barg den harschen Anspruch in sich, daß Lara gefälligst gesund zu sein hatte. Tatsächlich lautete das Urteil der New Yorker Ärzte *»ohne Befund«*. Dieses Ergebnis wurde von der Familie dann auch gebührend gefeiert.

»Wir dachten, das ist eine Überraschung wert«, sagte Laras Vater, bevor die Champagner-Gläser klirrten. »Ich sage nur: Marokko!«

Einmal in Marrakesch auf dem Märchenplatz stehen! Einmal die Feuerschlucker und die Schlangenbeschwörer sehen! Zwischen Strahlen- und Chemotherapien und zahllosen Operationen war das immer Laras größter Wunsch gewesen. Nun sollte er sich erfüllen. Vorher war nur noch eine einzige Hürde zu nehmen. Die war jedoch nicht ohne!

Am 5. September 1978 hatte Lara ihren ersten Schultag. Auf den ausdrücklichen Wunsch ihrer Eltern ging sie auf eine Sprachenschule, um allem zum Trotze etwas Anständiges zu lernen. Dabei war von vornherein klar, daß sie niemals als Fremdsprachensekretärin oder gar als Übersetzerin würde arbeiten können. Niemand beschäftigte eine Krebskranke. Allein schon deshalb hielt sich Laras Begeisterung für die Schule sehr in Grenzen.

Erschwerend kam noch etwas anderes hinzu: Die übrigen jungen Damen in der Klasse hatten zwar nicht minder abenteuerliche Lebensgeschichten als Lara, und trotzdem waren sie allesamt ganz anders. Wie Lara waren auch sie zeit ihres Lebens von einem Land ins andere und von einer Stadt in die andere gezogen, nur hatten sie nicht sechsundzwanzig Monate in einer Krebsklinik verbracht. Lara fand keinen Zugriff. Die Mädchen hatten Lebenserfahrungen, sie hatte nur Sterbenserfahrungen. Sie wußte nichts von Männern und von Sex und von alltäglichem Spaß. Sie unterhielt sich gern über den Sinn des Lebens, über die Frage, ob es so etwas wie Liebe wirklich gab, und darüber, ob es lohnte, über das Gestern nachzudenken.

Die Kommunikationsschwierigkeiten waren schon nach wenigen Tagen offensichtlich, und Lara war heilfroh, als sie über ihren Geburtstag für drei Wochen der Schule entfliehen konnte.

Marokko! Es war, als würde Lara eintauchen in die Märchen aus Tausendundeiner Nacht, die sie in ihrer Kindheit so gern gelesen hatte. Alles war so fremd und so bunt, so geheimnisvoll und doch so vertraut.

Das Hotel, in dem die Laddocks wohnten, lag direkt am Strand. Tagsüber schlenderte Lara mit einem riesigen Sonnenhut auf dem Kopf durch die Dünen, ritt auf Kamelen oder Pferden, schwamm im Swimming-pool ihre Runden, nahm an der Gymnastik teil, die dreimal täglich am Pool veranstaltet wurde.

»Sie taut auf«, frohlockten ihre Eltern.

Und das tat sie wirklich. Zu Hause hatte Lara ständig das Gefühl, jeder würde wissen, daß sie nicht »normal« war. Hier in Marokko wußte das niemand. Hier konnte sie die normale, junge Frau »spielen«, und die Rolle gefiel ihr gut. Und wie es schien, spielte sie sie auch gut. Zumindest lernte sie Jean-Paul kennen.

Er war Franzose und vierzig Jahre älter als Lara.

»Sie sind bezaubernd«, sagte er, als sie das erste Mal miteinander tanzten.

Lara errötete und senkte den Kopf.

»Haben Sie einen Freund, Mademoiselle?«

»Nein . . .«

Sie unternahmen Ausflüge miteinander, unter anderem fuhren sie eines Tages mit dem Jeep Richtung Wüste, wo ihnen dann kurz vor Sonnenuntergang das Benzin knapp wurde.

»Was denn jetzt?« fragte Lara mit vor Angst geweiteten Augen. Bestimmt waren überall Skorpione und giftige Schlagen.

Jean-Paul nahm sie in die Arme. »Hattest du je einen Freund, Mademoiselle?«

Wieder errötete sie. »Nein ...«

Wenige Stunden, bevor Lara mit ihren Eltern in die Staaten zurückkehrte, bereitete Jean-Paul seiner kleinen Jungfrau die Nacht der Nächte.

Nachdem sie ihre Unschuld verloren hatte, fiel es Lara um ein Vielfaches leichter, in der Welt zurechtzukommen. Sie fühlte sich nun wirklich »normaler« als vorher und brauchte nicht mehr immer nur zu tun als ob. Also ging sie wieder zu ihrer Sprachenschule. Dort hatten sie eine Neue in der Klasse. Sie hieß Jennifer und war ganz anders als die anderen Mädchen. Lara und sie verstanden sich auf Anhieb und wurden Freundinnen, und damit bekam sie nun endlich auch so etwas wie ein Privatleben. Morgens ging sie zur Schule, nachmittags gab sie Kindern Nachhilfeunterricht in Englisch und Französisch, und an den Wochenenden unternahm sie irgend etwas mit Jennifer. Das Leben schien langsam aber sicher eine Ordnung zu bekommen.

Ende März 1979 nahm das Schicksal seinen Lauf. Während ihre Mitschülerinnen in den wohlverdienten Osterurlaub gingen, reiste Lara nach Miami. Dort war eine renommierte Krebsklinik, in der sie die nächsten drei Wochen verbringen sollte.

»Ich werde nicht fliegen!«

Es war der 29. März 1979, und die Koffer standen schon in der Diele, als Lara dies ihren Eltern zur Kenntnis gab.

»Wieso nicht?«

»Ich habe Angst.«

»Wovor?«

Das konnte sie selbst nicht erklären. Sie hatte vor nichts so große Angst gehabt wie vor dieser Reise nach Florida. Ihr war, als käme etwas auf sie zu, dem sie nicht gewachsen war.

»Es ist wie ... wie Todesangst!«

»Lächerlich!« schimpfte ihr Vater.

»Da spinnst du dir was zurecht«, meinte ihre Mutter.

Drei Stunden später saß Lara im Flugzeug, und am nächsten Morgen begegnete sie im Garten des *Cancer Research Center* dem Mann, der ihr Leben nachhaltig verändern sollte: Brian O'Leary.

Weihnachten 1982: Lara O'Leary hockte auf einer Trage in der Notaufnahme des Miami Memorial Hospitals.

»Sind Sie die berühmte Kellertreppe heruntergefallen?« fragte der Arzt, der sie notversorgte.

Lara schwieg. Sie fühlte sich wie nicht von dieser Welt, als säße sie unter einer Glasglocke, in der langsam aber sicher der Sauerstoff ausging ...

Wie damals fühlte sie sich auch jetzt. Es war der 20. April 1992, und Lara war unfähig, einen klaren Gedanken zu fassen. Sie spürte auch ihren Körper nicht. Da war nur diese dumpfe Stille, als hätte das Schicksal beschlossen, Laras Weiterleben erst einmal auf morgen zu vertagen, und sie konnte nichts dagegen tun. Sie mußte sich fügen und warten ... warten ...

Sie schleppte sich in die Küche und nahm ein Glas aus dem Schrank. Sie wußte nicht, ob sie Wasser trinken sollte oder vielleicht besser einen doppelten Cognac. Sie hatte auch Wodka im Haus und Tomatensaft, kalten Kaffee ... Die Gegenwart war wie ein luftleerer Raum, und sie konnte nur überleben, wenn ein Hauch von Zukunft hereinströmte, sonst stürzte sie ab in ihre Vergangenheit, und die war ein schwarzes Loch und –

Für einen kurzen Augenblick glaubte Lara, ihr Herz müßte stehenbleiben. Das Telefon klingelte. Die Küchenuhr zeigte 23.04 Uhr, und das Telefon klingelte ... In ihrem Kopf drehte es sich, und sie hatte Angst, sie würde sich das alles nur einbilden. Trotzdem stürzte sie mit Riesenschritten ins Schlafzimmer. Das Telefon läutete wirklich. Ihre Hände zitterten, als sie den Hörer von der Gabel nahm.

»Pronto?«

»Ich bin's!«

Lara versuchte zu atmen, aber das schien in diesem Moment unmöglich zu sein. Ihr Herz raste, und ihr war, als würde irgend etwas in ihr zerreißen.

»Wo bist du, Michael?«

»In Frankfurt. Es hat alles geklappt.«

»Gott sei Dank!« Lara sank auf die Knie, als sie das sagte, und bemerkte es nicht einmal. Es fiel ihr erst später auf. Mit beiden Händen umklammerte sie die Sprechmuschel und schloß die Augen. Sie hörte Michael atmen.

»Geht es dir gut, Lara?«

»Jetzt ja«, flüsterte sie und lächelte dabei. »Es . . . es ist schön, deine Stimme zu hören . . .«

Michael schluckte; Lara konnte es deutlich hören, ganz so, als stünde er dicht neben ihr und wäre nicht an die tausend Kilometer entfernt.

»Du klingst so merkwürdig . . . Hast du geweint?«

Im ersten Moment wollte Lara die Wahrheit sagen, doch dann hatte sie Sorge, Michael damit zu belasten.

»Ich habe mich offenbar ein bißchen erkältet«, log sie statt dessen. »Ich hätte heute morgen sicher nicht so lange auf der Terrasse bleiben dürfen . . .«

Sie hörte selbst, wie verlegen sie dabei lachte, aber Michael fiel es offenbar nicht auf.

»Warst du bei Bosco?« fragte er.

»Ich war die ganze Zeit zu Hause.«

»Hat sich irgendwas verändert, seit ich weg bin?«

Michaels Stimme klang traurig, aber vielleicht bildete Lara sich das ja auch nur ein.

»Nur das Wetter«, sagte sie. »Es war den ganzen Tag bedeckt, und geregnet hat es auch ein bißchen . . . Alles in Ordnung bei dir?«

Michael lachte. »Hier war noch nie was in Ordnung.«

»Wie hat deine Frau denn –«

»Die Kinder haben sich sehr gefreut«, fiel er ihr ins Wort, »und Aileen«, er kicherte wie ein kleiner Junge, »ich glaube, sie war schwer enttäuscht. Sie fühlte sich wohl schon ganz als Witwe, zumindest trägt sie ein Trauergewand.«

Lara preßte ihre Lippen auf die Sprechmuschel.

»Hat sie sich inzwischen umgezogen?«

»Aber nein, sie mußte doch das Abendessen richten ...«

Er erzählte, was sich bisher zugetragen hatte, und Lara versuchte, jedes einzelne seiner Worte im Gedächtnis zu behalten. Wenn sie jetzt genau zuhörte, konnte sie nachher über alles nachdenken, vielleicht würde sie sogar alles aufschreiben, um auch zwischen den Zeilen lesen zu können.

»Paß auf!« sagte Michael dann auf einmal, und dabei klang seine Stimme plötzlich so ganz anders als bisher, so bestimmt und so kräftig. »Ich komme am Freitag abend«, erklärte er, »oder sagen wir besser, Freitag nacht, weil ich nämlich nicht genau weiß, wann ich hier wegkomme. Es kann durchaus Mitternacht werden, verstehst du?«

»Ja.«

»Laß den Wohnungsschlüssel vielleicht am besten unten bei der Portineria, dann brauche ich dich nicht –«

»Portinaia«, lachte Lara dazwischen. »Signora Palini ist eine –«

»Laß den Schlüssel bei der Tante Buntkittel, dann brauche ich dich nicht zu wecken.«

Lara fand seine Fürsorge rührend und spürte eine Zärtlichkeit in sich, die fast schon schmerzhaft war. Jahre ihres Lebens hätte sie dafür gegeben, in diesem Moment in Michaels Nähe zu sein, sein Gesicht in den Händen zu halten und ihre Lippen auf die seinen zu legen ...

»Ich werde auf dich warten, Mike ... und dich in Strapsen empfangen.«

Einen Augenblick schien die Leitung tot zu sein, dann hörte Lara, wie tief Michael durchatmete.

»Ein Kaffee täte vorher sicher gut«, meinte er.

Sie schluckte. »Wenn ich dir irgendwie helfen kann, Michael, dann –«

»Du hast mir schon geholfen. Den Rest muß ich jetzt selbst tun.«

Lara spürte einen Kloß in ihrem Hals, der immer dicker wurde. Sie hätte Michael so gern gesagt, daß sie ihn liebte, aber sie brachte es einfach nicht über die Lippen.

»Rufst du noch mal an?« fragte sie statt dessen.

»Nur, wenn es sich ergibt! Wenn nicht, mach dir bitte keine Sorgen, dann hatte ich nur keine Zeit.«

»Okay.«

»Legst du auf?«

»Nein ...«

»Ich kann es auch nicht.« Er lachte. »Na, dann werden wir wohl sinnlos Geld verprassen müssen und uns was voratmen.«

Lara hielt den Telefonhörer im Arm wie einen Geliebten. Michael war so unendlich weit weg. Solange sie seine Stimme hörte, schien die Entfernung unerheblich zu sein. Doch wenn sie auflegten ...

»Ich bin so froh, daß es dich gibt, Mike ...«

Sie hörte ihn schlucken.

»Bis Freitag!« sagte er dann.

»Ich umarme dich.«

Lara kamen die Tränen, und sie hörte das Klicken in der Leitung. Die Verbindung war damit getrennt, nicht jedoch die Bindung. Sie liebte Michael, und er liebte sie, das hatte sie in den letzten Minuten deutlich gespürt, auch wenn er nichts davon gesagt hatte.

Sie legte den Hörer auf. Erst jetzt fiel ihr auf, daß sie schon wieder auf den Knien lag wie eine Betschwester. Unwillkürlich mußte sie über sich selbst lachen.

»Er hat angerufen, Julien ...«

Sie hockte sich auf die Bettkante und nahm sich vor, gleich am Wochenende ein paar Fotos von Michael zu machen. Eines davon würde sie vergrößern lassen, und das kam dann in Juliens Rahmen.

»Tut mir leid, mein Freund ...«

Wieder nahm sie Michaels Kopfkissen in die Arme. An einer Stelle war es noch feucht von ihren Tränen. Eigenartig! dachte Lara. Es war noch keine Stunde her, daß sie so unglücklich und verzweifelt gewesen war, aber schon jetzt konnte sie sich kaum noch daran erinnern ...

Sie lief ins Bad. Hinreißend sah sie aus. Ihre Augen waren leicht gerötet und noch sehr viel größer als sonst, und sie hatten einen betörenden Glanz, und ihr Teint wirkte irgendwie durchsichtig, wie vergeistigt. Nicht zum erstenmal beobachtete sie dieses Phänomen, und nicht zum erstenmal machte sie sich ein paar ehrliche Gedanken darüber.

Sie ging in die Küche und goß sich einen doppelten Wodka ein, dann legte sie sich aufs Bett. Michael hatte sie also noch nicht vergessen, und er liebte sie und würde zu ihr zurückkehren ...

Sie versuchte, sich ihr Wiedersehen vorzustellen, aber sie konnte es nicht.

Lara rechnete. Morgen war Dienstag. Übermorgen war Mittwoch. Nur noch sechsundneunzig Stunden, und Michael würde wieder bei ihr sein . . . Sechsundneunzig Stunden kamen einer Ewigkeit gleich, sie mußte sie irgendwie herumbringen, sich ablenken.

»Gott im Himmel, ich danke Dir!«

Lara faltete die Hände und betete inbrünstig ein Vaterunser. Einen Menschen zu lieben bedeutete, täglich aufs neue zu versuchen, ihn so zu sehen, wie Gott ihn geschaffen hatte. Lara wußte, wie schwierig das war, denn jeder Mensch hatte seine ureigenen Fehler und Schwächen. Und Lara selbst war einer der defektesten und fragilsten Menschen überhaupt. Das hatte ihr dieser Abend einmal mehr bewiesen.

Doch nachdenken wollte sie darüber nicht. Nicht jetzt.

Das versprochene Klavier tröstete Diana nur wenig. Mit gesenktem Kopf saß sie bei Tisch und wagte nicht aufzublicken. Bestimmt weinte ihre Mutter. Sie weinte ja immer in solchen Situationen, und sie schien noch nie darüber nachgedacht zu haben, was ihre Kinder wohl beim Anblick dieser Tränen empfanden. Diana fürchtete sich vor ihnen. Sie offenbarten ihr Mamas Schwäche, und das Mädchen fühlte sich dann völlig hilflos und schutzlos, einem Leben ausgeliefert, mit dem selbst ihre Mutter nicht fertigwurde.

Sie hatten das Eis schmelzen lassen. Michael war im Wohnzimmer und telefonierte, und Aileen und die Kinder saßen stumm und starr vor ihren Tellern, und nur Andrew schaute flüchtig auf, als sein Vater sich schließlich wieder zu ihnen setzte.

Michael verspürte keinerlei Verlangen, sich diese groteske Szenerie länger als nötig anzusehen.

Er räusperte sich. »Wie du siehst, Aileen, brauche ich nicht in die Küche zu gehen, um meine Telefonate zu erledigen. Was ich zu sagen habe, kann jeder hören . . .«

Andrew griff hastig zu seinem Löffel und fing an, die aufgetaute Eiscreme in sich hineinzuschaufeln.

»Darf ich dir jetzt endlich sagen, wo ich die ganze Zeit über war, oder rennst du dann gleich wieder weg?«

Aileen blickte nicht auf. »Bitte nicht vor den Kindern!« sagte sie nur.

»Aber es betrifft die Kinder ebenso wie uns.«

»Bitte, Michael!«

Er stöhnte. Lara hatte irgendwann einmal gesagt, Heimat wäre kein Ort für sie, sondern ein Gefühl. In dieser Familie war er nicht zu Hause. Er war es nie gewesen und würde es niemals sein.

»Ihr habt gehört, was eure Mutter gesagt hat! Geht also bitte in eure Zimmer!«

»Ich will aber noch Eis!« meinte Andrew, und dabei hatte er den Mund so voll, daß die Hälfte der Schokoladencreme herausfloß.

Das war Aileens Chance, und sie war entschlossen, sie zu nutzen.

»Ach, Kind!« tönte sie mit unnachahmlichem Tonfall, es klang rügend und wehklagend zugleich. »Kannst du denn nicht aufpassen, Andrew? Die Flecken gehen nicht mehr raus . . .« Sie stand auf und lief in die Küche, holte zwei feuchte Tücher und ein paar Papierservietten. »Komm her, du Schweinigelchen!« Sie wischte Andrew das Gesicht ab und rückte mit dem anderen Tuch dem Flecken auf der Tischdecke zu Leibe.

Zaghaft blickte Diana auf. Ihr Bruder saß da wie ein geprügelter Hund, ihre Mutter weinte ausnahmsweise mal nicht, aber dafür schien Papa kurz vor einem Nervenzusammenbruch zu stehen. Er schob den Unterkiefer noch weiter vor als sonst, und er hielt sich mit einer Hand die Augen zu, während er die andere zu einer bedrohlichen Faust ballte.

»Komm, Andrew!« Diana stand auf und zerrte ihren Bruder vom Stuhl.

Aileen legte gerade die Papierservietten unter die feuchte Stelle des Tafeltuchs, damit die kostbare Tischplatte keinen Schaden nahm.

»Ich will aber noch Eis!« schimpfte der Junge.

»Du bist fett genug«, sagte seine Schwester mit Nachdruck.

»Ich hab' aber noch Hunger!«

»Komm jetzt!«

Der Blick ihrer Tochter erschreckte Aileen. Nach all den Jahren schien Diana ihre Rolle gut, viel zu gut zu kennen. Sie und ihr Bruder waren Schachfiguren im Leben ihrer Eltern, und Schachfiguren wurden immer nur hin- und hergeschoben, einzig und allein dazu waren sie da.

»Ich komme nachher noch mal zu euch«, rief Michael den beiden nach.

Die Kinder reagierten nicht darauf, und irgendwie war Michael ihnen dankbar dafür. Er mußte einen Schritt nach dem anderen tun, nicht drei auf einmal.

»So«, hob er deshalb mit fester Stimme an, nachdem sich die Kinderzimmertüren geschlossen hatten. Er wollte es so schnell wie möglich hinter sich bringen. »Ich war bei einer Frau, Aileen. Bei einer Frau, die all das ist und all das hat, wovon ich immer geträumt habe.«

Aileen reagierte anders, als er erwartet hatte. Statt in die üblichen Tränen auszubrechen, legte sie den Kopf weit in den Nacken und sah ihn ruhig an.

Er spitzte die Lippen. Wie es schien, mußte er deutlicher werden.

»Sie ist nicht so schön wie du«, fügte er deshalb hinzu, »sie ist ein bißchen jünger als du, und ich will mit ihr zusammenbleiben!«

Mehr, so nahm er sich vor, mehr hatte er zu diesem Thema nicht zu sagen. Je weniger Aileen über Lara wußte, desto geringer waren ihre Möglichkeiten, ihr Glück zu zerstören. Böse Gedanken hatten Kraft. Er mußte Lara und sich selbst vor dieser Kraft schützen, auch wenn ein Teil von ihm diese Vorstellung für ziemlich verrückt hielt.

»Hast du mir zugehört, Aileen?«

Sie gab ihm keine Antwort darauf, setzte sich aber wieder auf ihren Stuhl. In ihrem Gesicht regte sich nichts.

»Für immer?« erkundigte sie sich schließlich.

Michael dachte eine ganze Weile nach. »Was ist schon für immer?« meinte er dann. »Das Leben kann eine ziemlich kurze Sache sein. Haben wir zwei das nicht gerade erst am eigenen Leib erfahren?«

Sie zuckte nicht mit der Wimper.

»Ich will bei ihr sein, solange ich sie liebe, Aileen. Vielleicht bis morgen, vielleicht bis nächstes Jahr, vielleicht auch bis ans Ende unseres Lebens – wer kann das schon vorhersagen . . .?«

Noch immer zeigte Aileen keinerlei Regung. »Was wird aus uns?« fragte sie nur, ohne dabei aufzublicken.

»Ich weiß es nicht . . .«

»Willst du dich scheiden lassen?«

Michael atmete tief durch. Er wußte selbst nicht genau, was er wollte. Es war Jahre her, seit er zum letzten Mal ernsthaft an eine Scheidung gedacht hatte, und damals hatte ihm sein Anwalt unmißverständlich klargemacht, daß Aileen alle Möglichkeiten dieser Welt hatte, ihn finanziell über den Tisch zu ziehen. Doch über solche Dinge wollte er jetzt nicht nachdenken. Dazu war es noch viel zu früh. Das einzige, was er im Moment wußte, war, daß er sich nach Lara sehnte.

»Ich will endlich leben, Aileen. Bisher habe ich immer nur irgendwie existiert. Ich habe gegessen und geschlafen, nur um arbeiten zu können, und das dann mit dem Ergebnis, daß ich mich nie länger als fünf Minuten an meinen Erfolgen erfreuen konnte.«

»Das kannst du mir aber nicht zum Vorwurf machen!«

Endlich schaute Aileen ihn an, und Michael stellte fest, wie selbstsicher sie wirkte. Ihr Blick ruhte auf seinem, als würden sie sich über irgendeine Lappalie unterhalten.

»Ich werfe dir gar nichts vor, Aileen.«

Ihre Augen wurden ganz schmal. »Das hast du immer getan.«

»Ich will mich nicht mit dir streiten, ich –«

»Das ist es dir nicht wert, Mike, habe ich recht?«

»Ja.«

Aileens Selbstsicherheit schien zu schwinden, und sie begann, sich wieder der nassen Stelle auf dem Tischtuch zu widmen. Mit der flachen Hand klopfte sie darauf, damit die Flüssigkeit schneller in die darunterliegenden Papierservietten drang.

»Liebt sie dich?« fragte sie dann auf einmal.

Sie sprach so leise, daß Michael es nur dank seiner jahrelangen Übung verstehen konnte. Er grinste humorlos.

»Wenn ich sage, daß sie es tut, gibst du mir unter Garantie zur Antwort, wie glücklich dich das macht – weil *du* mich doch so wahnsinnig liebst . . .«

Aileen wurde rot. Michael zündete sich in Ruhe eine Zigarette an.

»Lara ist anders als du«, erklärte er dann. »Ich weiß nicht, ob sie mich liebt. Zumindest bringt sie mich dazu, sie zu lieben, und genau das brauche ich nach all den Jahren mit dir.«

Aileen schluckte und verschränkte die Arme, als wäre ihr kalt.

»Lara heißt sie?«

»Ja.« Michael ärgerte sich, daß ihm das herausgerutscht war. Andererseits hätte Aileen es früher oder später ja doch erfahren.

»Schöner Name«, hauchte sie.

»Besser als Rin-Tin-Tin ist er allemal . . .«

Aileen saß da und sah Michael einfach nur an. Er hätte gern gewußt, was in diesem Moment in ihr vorging, aber ihr Gesicht war wie eine Maske.

Vor nunmehr sieben Jahren hatte es eine ähnliche Situation gegeben. Damals hatte Aileen ein azurblaues Seiden-Négligé getragen, diesmal war sie in Schwarz gehüllt. Doch nicht nur ihre Kostümierung war eine andere. Auch ihre Rolle schien sich verändert zu haben. Sie tobte nicht, zumindest nicht äußerlich. Sie schien nicht einmal traurig zu sein, im Gegenteil, ein sanftes Lächeln glitt über ihre Lippen, das sich im Nu auf ihr gesamtes Gesicht ausbreitete.

Michael wurde ganz sonderbar zumute, und er warf seine Zigarette auf den mit geschmolzener Eiscreme bedeckten Dessertteller. Es zischte. Ein zweites Mal würde diese Frau ihn nicht hereinlegen, das schwor er sich.

Langsam erhob er sich von seinem Stuhl. »Ich werde jetzt mit den Kindern sprechen, Aileen!«

Als Michael das Zimmer seiner Tochter betrat, erwartete ihn eine echte Überraschung: Das Mädchen schlief schon. Seine Diana, die sonst immer so große Probleme hatte, zur Ruhe zu kommen, atmete langsam und gleichmäßig . . .

Er hockte sich neben seine Große aufs Bett und strich ihr die langen Haare aus dem Gesicht. Seit einiger Zeit hatten sie die gleiche Farbe wie seine eigenen. Früher waren sie sehr viel heller gewesen. Er erinnerte sich noch gut daran, wie die knapp vierjährige Diana nach einem Streit ihrer Eltern im Keller gesessen und sich mit einer Rosenschere die damals noch weißblonden Locken abgeknipst hatte . . .

Michael biß die Zähne so fest aufeinander, daß seine Kieferknochen schmerzten. Die Kinder waren die Opfer. Aileen hatte ihre von Anfang an zum Scheitern verurteilte Ehe aufrechterhalten, indem sie die Kinder als Krücken mißbrauchte . . . aber damit war jetzt Schluß!

Andrew war noch wach. Er saß mitten in seinem Zimmer auf dem

Boden und spielte mit seinen Autos *»Karambolage«*. Das hieß nichts anderes, als daß er die kleinen Flitzer aufeinander zurasen ließ, bis es laut krachte. Wenn das klappte, gab er sich jedesmal überglücklich.

»Vier Tote!« rief er dann. Oder: »Zwei Tote und zehn Verletzte!«

Michael blieb eine ganze Weile im Türrahmen stehen und sah seinem Sohn bei dem Spielchen zu.

»Sag mal, Andrew –«

»Ich hab' jetzt keine Zeit zum Reden. Und außerdem bin ich auch schon viel zu müde.«

Michael brauchte einen Moment, um diese Abfuhr zu verdauen. »Ist gut«, meinte er dann. »Putz dir die Zähne und zieh dich aus, ich komm' dann gleich noch mal und deck' dich zu.«

»Das brauchst du nicht. Das kann ich jetzt allein.«

Wieder brachte Andrew zwei seiner Spielzeugautos zu einem Frontalzusammenstoß.

»Juchuuuhhh . . . alles kaputt!!!«

Michael schluckte. Wie es schien, war sein Junge völlig verstört, und das erinnerte ihn an seine eigene Kindheit. Wirklich glücklich war er nie gewesen, und deshalb hatte er es mit seinen Kindern immer besser machen wollen als seine Eltern mit ihm. Dieses Vorhaben war einwandfrei mißlungen, und das Schlimmste daran war, daß Michael sich nicht einmal schuldig fühlte, zumindest nicht in diesem Moment. Er liebte seinen Sohn, so sehr und so gut er es eben konnte, aber er war nicht nur ein Vater, sondern auch ein Mann, ein Mensch, der seinerseits ein Recht auf Liebe und Glück hatte.

Er bückte sich und strich Andrew über den Kopf. Der Kleine schob den Unterkiefer vor, wie sein Vater es auch so oft tat.

»Gehst du weg?«

Michael hatte das Gefühl, jemand würde ihm ein Messer zwischen die Rippen stoßen und genüßlich in der Wunde bohren.

»Nein, Andrew!«

Der Junge zögerte geraume Zeit, nahm sein Polizeiauto in die Hand, legte es wieder weg, zog an der Leiter des Feuerwehrautos . . .

»Wirklich nicht?«

»Wirklich nicht!«

Endlich wagte der Kleine aufzuschauen und blickte seinem Vater direkt ins Gesicht.

»Niemals?«

Michael versuchte, tief durchzuatmen, aber es ging einfach nicht.

»Niemals, Andrew!«

»Versprichst du mir das?«

Andrew hatte Aileens Augen, die gleiche Farbe, die gleiche Form.

»Ja«, sagte Michael, »ich verspreche es dir!«

Michaels Firma lag mitten in der Frankfurter Innenstadt. Es war ein prachtvolles Gebäude. Acht mit bronzefarbenem Spiegelglas verkleidete Etagen stoben gen Himmel, und während Michael zu Anfang seiner Karriere nur das oberste Stockwerk selbst genutzt und den Rest vermietet hatte, gehörte heute das Gros des Hauses zu *Landers & Barton*.

Cissy Andrews war an jenem Dienstagmorgen schon sehr früh im Büro gewesen, um die Mitarbeiter der Firma von Michaels Rückkehr zu unterrichten. Die ersten Reaktionen waren mehr als unterschiedlich. Sie reichten von einem erleichterten »Gott sei Dank!« über fassungslose »Wie?« und »Was?« bis hin zu nahezu enttäuscht klingenden Äußerungen wie: »Machst du Witze?«

Cissy blieb ganz ruhig. »Er ist wieder da«, sagte sie nur, »und er will um 14.30 Uhr eine erste Konferenz.«

»Und wo war er?«

»Ich weiß es nicht.«

»Und wie geht es ihm?«

»Ich weiß es nicht.«

Cissy hütete sich, mehr zu sagen als das.

»Sehr vernünftig!« meinte der alte Ludwig und bedachte sie mit einem anerkennenden Lächeln.

»Was sollte ich sonst auch sagen? Was Jeff verbreitet?«

»Ob da überhaupt was dran ist . . .« Ludwig legte ihr die *Heck-Meck*-Akte auf den Schreibtisch. »Für Mike«, seufzte er und fügte süffisant hinzu: »Mit herzlichen Grüßen von Mister Barton . . .«

Cissy und er tauschten vielsagende Blicke, dann trat er auf einmal einen großen Schritt zurück. »Aber hallo!« rief er aus. »Du hast dich ja richtig in Schale geworfen, Mädchen.«

Cissy lächelte. Sie trug einen hautengen Overall. Er war aus einem stark glänzenden, schwarzgrundigen Material, das mit roten und gelben Drei-, Recht- und Vierecken bedruckt war. Darüber hing lose eine oberschenkellange, rote Seidenbluse, und die Füße steckten in gelben, hochhackigen Schuhen, die so ausgefallen waren, daß Ludwig sich nicht erinnern konnte, jemals zuvor etwas Vergleichbares gesehen zu haben.

»Alles zu Ehren des großen Meisters?«

Cissy liebte Komplimente über ihr Äußeres. »Gefällt es dir?« hauchte sie und drehte sich wie ein Mannequin auf dem Laufsteg.

»Sehr sogar!« lachte der alte Ludwig und kniff ihr liebevoll in die Wange. »Das Glück steht dir im Gesicht geschrieben, Mädchen.«

Cissy spürte, daß sie errötete, und sie bekam auf einmal auch ganz feuchte Augen. »Ich bin einfach dankbar«, sagte sie dann. Mike war vielleicht ein Mistkerl, aber dieser Mistkerl war ihr tausendmal lieber als das schwarze Loch, das er hinterlassen hätte.

Der alte Ludwig schien es ähnlich zu empfinden. Er gab Cissy einen Kuß auf die Stirn, dann ging er.

»Wir sind jetzt fertig!«

Cissy wollte die *Heck-Meck*-Akte gerade in ihren Schreibtisch verbannen, als die Putzfrau aus Michaels Büro trat, um dies zu verkünden.

»Wenn Sie noch irgendwelche Sonderwünsche haben . . .«

Cissy machte einen Kontrollgang durch Michaels Reich. Die Heizungen waren aufgedreht, der Chef hatte es gern warm. Auf dem riesigen Mahagoni-Schreibtisch lagen der Terminkalender und ein neuer Schreibblock, aber sonst kein einziges Stück Papier. Michael haßte es, Stapel von Aktennotizen und Telefonlisten vorzufinden. Er fragte nach diesen Dingen und wollte sie nicht erforschen. Die Gläser waren alle gespült, die Bar war frisch aufgefüllt . . . Cissy blickte auf den großen Messing-Glas-Tisch und die crèmefarbene Sitzgarnitur.

»Vielen Dank!« erklärte sie der Putzfrau. »Den Rest kann ich allein.«

»Was verstehen Sie denn unter ›üppig‹?« Das junge Mädchen im Blumengeschäft war äußerst verunsichert. Es gab Kunden, die schon zehn Alpenveilchen für ein riesiges Gebinde hielten.

Cissy sah sich um und entdeckte zwischen plumpen Chrysanthemen und steif in die Luft stechenden Amaryllis einen Traum von Rosen, der in einem blutroten Plastikeimer stand.

»Wie teuer sind die?« erkundigte sie sich sofort.

»Die Sonja? Zwei Mark fünfzig das Stück.«

Cissy brauchte nicht lange zu überlegen. Es mochte zwar ungewöhnlich sein, daß eine Frau einem Mann Blumen schenkte, doch waren Michael und Cissy ja auch ungewöhnliche Menschen, und ihre Beziehung war immer eine ganz besondere gewesen.

»Geben Sie mir den ganzen Strauß, und tun Sie jede Menge Grün dazu. Und ein paar Gräser. Und sprühen Sie mir die bitte an! Zartlila, wenn es geht ...«

Dem jungen Mädchen in dem tannengrünen Arbeitskittel klappte der Unterkiefer herunter.

»Wie Sie wünschen ...«

Einhundertachtundfünfzig Mark und sechzig Pfennig kostete Cissy das Vergnügen, und der Strauß war so schwer, daß sie ihn kaum tragen konnte. Also paßte er zu Michael, denn der liebte gigantische Dinge: Ferraris, pompöse Villen, glutrote Sonnenuntergänge am Meer ...

Schnellen Schrittes lief Cissy die Straße hinunter. Sie erinnerte sich noch gut an den Tag, an dem sie diesen Weg zum ersten Mal gegangen war. Angst hatte sie damals gehabt, unbändige Angst, sich lächerlich zu machen. Sie hatte sich um einen Job als Geschäftsleitungsassistentin beworben, und das, obwohl sie keinerlei Ausbildung hatte, nicht einmal ein Abiturzeugnis konnte sie vorweisen. »Das Mädchen für alles« nannte man sie in ihrer Mannheimer Firma, ließ sie Fotokopien machen und Kaffee kochen, Fernschreiben herausschicken und Aktenordner beschriften. Die Kollegen nahmen sie nicht ernst, und die Vorgesetzten grabschten an ihr herum. Jeder hatte sie im Bett gehabt, und sie hatte jedes einzelne Mal genossen, zuletzt aber den verhängnisvollen Fehler gemacht, den Verführungskünsten des Juniorchefs zu erliegen. Nun wollte der sie loswerden. Sie sollte kündigen.

Cissy war zutiefst verletzt gewesen und hätte sich am liebsten von irgendeiner Brücke gestürzt – bis sie an einem Samstagmorgen im September 1987 die Anzeige von *Landers & Barton* las. Eine Tote konnte sich nicht rächen. Sie mußte also nicht nur am Leben bleiben, sondern zudem auch noch ein völlig neues Leben beginnen. Die eben noch so tiefe Verzweiflung, die sie verspürt hatte, wandelte sich in einen unbändigen Willen, den nur der empfinden konnte, der eigentlich schon gar nichts mehr zu verlieren hatte.

Noch am gleichen Tag schickte sie ihre Bewerbung los und kaufte sich ein neues Kleid. Es war nicht zu eng, aber eng genug, es war nicht zu kurz, aber kurz genug – und der Auschnitt stimmte auch.

Für Michael war das genau das Richtige gewesen. Cissys Körper gefiel ihm so sehr, daß er ihr die ersehnte Chance gab, die sie dann prompt zu nutzen wußte.

Lange Zeit waren sie einander weit mehr als Chef und Sekretärin. Irgendwann wurde er ihrer dann überdrüssig, aber das belastete Cissy nicht sonderlich. Andere Mütter hatten schließlich auch schöne Söhne ...

Und ihre Rache hatte sie inzwischen längst vergessen.

Das Sonnenlicht brach sich in der Fassade von *Landers & Barton*, und in Augenblicken wie diesem fühlte Cissy sich gleichsam als Mitbesitzerin. Entsprechend hoheitsvoll grüßte sie den Pförtner, schritt erhobenen Hauptes auf den Aufzug zu, fuhr hinauf in die achte Etage.

Hier war ihr Reich. An den weißgekälkten Wänden hingen die verrücktesten Graphiken, den anthrazitfarbenen Teppichboden verunzierte keine einzige Fluse, der gläserne Schreibtisch hatte etwas Überirdisches, und die schweren, schwarzen Ledermöbel und das allüberall glitzernde Chrom ... das gehörte alles ihr.

Sie stellte die Blumen in einen großen Messingtopf und trug ihn in Michaels Büro. Cissys Leben war zwar nicht so verlaufen, wie sie es sich erträumt hatte, aber sie hatte es zu etwas gebracht, und sie würde es auch noch sehr viel weiter bringen, das spürte sie. Und das hatte sie vor allem Michael zu verdanken.

Sie blickte zu seinem Schreibtisch hinüber. Schon bald würde er wieder dort sitzen ... endlich ...

An der Wand hing ein überdimensional großes Portrait von George Bush, und daneben prangte die Flagge der Vereinigten Staaten von Amerika. Michael wußte genau, wie viele Sternchen die Fahne zierten, aber er zählte sie trotzdem noch mal durch ... Alabama, Alaska, Arizona ... das dämmte ein wenig die Langeweile. Das monotone Gebrabbel des Staatsbeamten war nämlich nur schwer zu ertragen, zumal Michael die ganze Nacht nicht geschlafen hatte.

... Arkansas, California, Colorado, Connecticut ...

Aileen hatte am Morgen ihre Pflicht als gute Bürgerin erfüllt und die Polizei und die amerikanische Botschaft von der glücklichen Heimkehr ihres Mannes unterrichtet. Das brachte Ärger. Jeder wollte nun wissen, wo Michael sich die vergangenen zehn Tage aufgehalten hatte, und als er zunächst nicht bereit war, darüber eine Auskunft zu geben, drohte man ihm mit einem Verfahren wegen »groben Unfugs«.

... Delaware, District of Columbia, Florida, Georgia ...

Darauf wollte er es nicht ankommen lassen, und so erwog er vorübergehend, den Behörden die Wahrheit zu sagen.

... Hawaii, Idaho, Illinois, Indiana, Iowa ...

»Wissen Sie«, stellte er sich sein Geständnis vor, *»ich war die ganze Zeit über bei einer Frau, und es war wunderbar.«*

»Soll das ein Witz sein?«

»Eigentlich nicht ...«

»Und da konnten Sie nicht mal eben kurz zum Telefon greifen, um Ihrer Familie Bescheid zu sagen?«

... Kansas, Kentucky, Louisiana, Maine, Maryland ...

»Natürlich hätte ich das gekonnt.«

»Und warum haben Sie es dann nicht getan?«

... Massachusetts, Michigan, Minnesota, Mississippi ...

Michael überlegte, was er darauf antworten sollte. Er bezweifelte, daß er einem wildfremden Menschen mit wenigen Worten klarmachen konnte, was es bedeutete, zwanzig Jahre lang der Gefangene einer Sehnsucht zu sein, die weder ein Gesicht noch einen Namen hatte, was es bedeutete, dann auf einmal frei zu sein, bewußt zu erleben, wie sich die Gitter des Kerkers auf geheimnisvolle Weise öffneten und die Sehnsucht von einst zu lächeln begann ...

... Montana, Nebraska, Nevada, New Hampshire ...

»Warum ich mich nicht gemeldet habe? . . . Ich . . . ich hatte einfach keine Lust dazu . . . können Sie das nicht verstehen?«

. . . New Jersey, New Mexico, New York, North Carolina, North Dakota, Ohio, Oklahoma, Oregon . . .

Michael stöhnte. Er hatte genug Menschenkenntnis, um zu ahnen, daß sich das Verständnis dieses Bürokraten in Grenzen halten würde. Immerhin war Mister Landers fast fünfzig Jahre alt und mithin ein wenig zu »reif« für einen dummen Jungenstreich.

. . . Pennsylvania, Rhode Island, South Carolina, South Dakota, Tennessee . . .

»Was soll ich sagen?« seufzte er da auch schon. »Es ist einfach . . . mein Gedächtnis!«

»Wie?«

»Es hat mich verlassen.«

»Wer?«

»Ich erinnere mich an nichts.«

Der Beamte der amerikanischen Botschaft sank entnervt auf den nächstbesten Stuhl.

»Wollen Sie mir weismachen, Mister Landers, Sie hätten das Ewing-Syndrom? Wir sind hier nicht in Dallas.«

. . . Texas, Utah, Vermont, Virginia . . .

»Sowas soll auch in Wirklichkeit schon mal vorgekommen sein.«

»Sicher. Und in ›Dynasty‹ und im ›California Clan‹ . . .«

»Ich bin halt beim Fernsehen.«

Der Staatsdiener lächelte gequält. »Sie werden von uns hören . . .«

Michael grinste.

. . . Washington, West Virginia, Wisconsin, Wyoming. In Erdkunde und Geschichte war er schon immer gut gewesen, das hatte nur nie jemand zu würdigen gewußt. Und ein phantastisches Gedächtnis hatte er auch.

Um Schlag 14.30 Uhr war der Stab von *Landers & Barton* vollständig versammelt. Nur Michael ließ auf sich warten.

»Vielleicht ist er in einen Stau geraten.«

»Vielleicht hat er es sich anders überlegt und ist nun doch auf Nimmerwiedersehen verschwunden.«

»Womöglich hat er irgendwoher erfahren, was hier die letzten Tage gelaufen ist.«

»Dann hat er sich am nächstbesten Baum erhängt. Wetten?«

Jeff konnte das Gerede nicht mehr ertragen und lief wütend in Cissys Büro.

»Ruf bei ihm zu Hause an und bestell ihm einen schönen Gruß von mir«, schimpfte er. »Er soll nicht glauben, daß er uns zum Narren halten kann.«

Cissy wußte nicht, wie sie reagieren sollte. Michael war ein mehr als pünktlicher Mensch, und daß er sich an einem Tag wie diesem verspätete, machte ihr mehr angst, als sie zeigen wollte.

»Vielleicht ist ihm was passiert . . .«

Jeff lachte laut auf. Dann entdeckte er die *Heck-Meck*-Akte auf Cissys Schreibtisch. »Wo hast du die her?« Mit einem Schlag verlor sein Gesicht jedwede Farbe. »Ludwig hat sie dir gegeben, habe ich recht?«

Cissy tat so, als könnte sie die Aufregung nicht verstehen. »Ja«, erklärte sie ganz ruhig, »er kam heute morgen, und . . .«

Jeff beugte sich zu ihr herab, stützte seine Hände auf den gläsernen Schreibtisch und blickte ihr tief in die Augen.

». . . er hat sie mir gebracht!« beendete Cissy ihren Satz. Es fiel ihr schwer. Es war ihr immer schwergefallen, mit Jeff umzugehen, von Anfang an. Sie konnte nichts mit ihm anfangen – weil er mit ihr nichts anfangen konnte, so einfach war das. Jahrelang hatte sie versucht herauszufinden, was los war mit diesem Mann, dann war sie irgendwann zu dem Schluß gekommen, daß er gar kein richtiger Mann war, er sah nur so aus. Daß Jeff impotent war, wie Michael so gern behauptete, bezweifelte Cissy. Sie hielt ihn eher für einen jener verkappten Schwulen, die so verklemmt waren, daß sie sich nicht einmal selbst eingestehen konnten, daß sie schwul waren. Edy hatte letztlich eine noch sehr viel interessantere Theorie aufgestellt. Für seine Begriffe war Jeff ein Perverser. Das waren jedoch alles nur Vermutungen, die Cissy die Zusammenarbeit mit Jeff in keinster Weise erleichterten. Dieser Mann verunsicherte sie, auch jetzt wieder, da er vor ihr stand und mit seinen großen, runden Augen auf sie niederblickte.

»Du weißt, Cissy, daß Michael bisweilen sehr leicht reizbar ist . . .«

Sie schluckte.

»... und ich denke, daß wir ihm nach allem, was er hinter sich hat, überflüssige Aufregungen ersparen sollten.«

Jeff griff zu der *Heck-Meck*-Akte und klemmte sie sich unter den Arm.

»Soviel ich weiß, fährt Mike am Freitag schon wieder weg«, sagte er dann. »Es reicht, wenn wir ihm das hier kurz vorher vorlegen. Dann kann er sich über das Wochenende ... beruhigen. Verstehst du, was ich meine?«

Jeff lächelte so milde, daß es Cissy schlagartig übel wurde. Sie war zwar eine vollbusige Blondine, deshalb aber noch lange nicht blöde. Sie wußte genau, daß Jeff ganz andere Gründe hatte, die Akte erst einmal verschwinden zu lassen. Nichts interessierte ihn weniger als Michaels Wohlbefinden.

Ganz langsam stand Cissy auf, und nun war sie es, die milde lächelte.

»Weißt du, Jeff, ich arbeite hier zwar für die Geschäftsleitung und damit sowohl für Mike als auch für dich, doch wenn es darum geht –«

»Wir warten jetzt noch zehn Minuten«, schnitt Jeff ihr harsch das Wort im Munde ab. »Wenn er dann immer noch nicht da ist, kann er uns den Buckel herunterrutschen. Wir haben schließlich noch anderes zu tun, als –«

Er stockte. Jeder bei *Landers & Barton* kannte diesen Schritt. Er war unnachahmlich fest, und er kam immer näher, wurde immer lauter. Ohne ein weiteres Wort zu verlieren, verschwand Jeff im Konferenzraum, die *Heck-Meck*-Akte fest an sich gepreßt.

»Raub 'ne Bank aus, und du endest im Zuchthaus; park im Halteverbot, und du bist 'nen Fünfziger los – nur was, ja, was blüht denen, die dir deine Zeit stehlen?«

Mit diesen Worten betrat ein völlig entnervter Michael an jenem Dienstagnachmittag sein Büro.

Cissy wußte gar nicht, wie ihr geschah. Ihr schossen die Tränen in die Augen, und sie hatte Mühe, nicht laut aufzuschluchzen.

Michael versuchte darüber hinwegzusehen.

»Wie du siehst, ist alles beim alten«, griente er. »Auch heute hat sich mal wieder die Zahl derer erhöht, die mich am Arsch lecken können ...«

Zügigen Schrittes ging er in sein Büro, stellte den Aktenkoffer auf den Schreibtisch. Es war angenehm warm im Raum, und nirgends lag etwas herum.

»Möchtest du ... was trinken?« Cissy konnte kaum sprechen.

Michael sah, wie hilflos und zittrig sie da im Türrahmen stand. »Komm, Mädel, wir wollen auf unsere alten Tage aber doch nicht noch sentimental werden!«

Sein Blick fiel auf den Rosenstrauß, der in einem bauchigen Messingtopf auf dem großen Glastisch stand. Noch nie zuvor hatte er so etwas Großartiges gesehen, geschweige bekommen. Langsam ging er darauf zu.

»Für dich«, hauchte Cissy.

Michael schluckte. »Das muß ja ein Vermögen gekostet haben ...«

»Das warst du mir wert.«

Zögernd schaute Michael sie an. Sie weinte immer noch, und das rührte ihn weit mehr, als er zugeben wollte.

»Rechne sie als Sonderausgaben ab, okay?«

Das war nun endgültig zuviel für das Fräulein Andrews. »Du Mistkerl!« sagte sie noch mit letzter Kraft, dann lief sie auch schon auf Michael zu und schlang ihre Arme fest um seinen Hals. »Du gottverdammter Mistkerl ...«

Cissys Körper war warm und weich wie eh und je, und sie duftete wunderbar.

»Hast du mich etwa vermißt?«

Sie antwortete nicht. Aber er spürte ihre Tränen auf seiner Wange. Sie war ein wunderbares Mädchen. Sie hatte eine hinreißende Figur, ein betörendes Lächeln; sie war nicht dumm, und sie konnte ungemein warmherzig sein; im Bett war sie der reinste Vulkan – und trotzdem besaß sie nichts von alldem, was Lara hatte. Behutsam und bestimmt zugleich löste er sich aus ihrer Umarmung, legte seine Hand unter ihr Kinn und hob es an, bis Cissy gar nicht mehr anders konnte, als ihm in die Augen zu blicken.

»Sind alle da?« fragte er mit sanfter Stimme.

Sie nickte.

»Warten voller Ungeduld, wie?«

Wieder nickte sie, und Michael fing an zu lachen.

»Na, wohl eher voller Neugier«, meinte er dann.

Cissy versuchte, mit ihm zu lachen, aber es gelang ihr nicht. »Gib mir deinen Mantel, Mike, ich hänge ihn auf ...«

Die Luft im Konferenzraum war tiefblau. Außer Jeff Barton waren Michaels Mitarbeiter allesamt »entschiedene Raucher«. Weil das so war, verbreiteten einige in der Branche seit Jahren das Gerücht, Mister Landers lege auf dieses Laster bei der Einstellung gesteigerten Wert. Das war zwar Blödsinn, doch hatte Michael keine Lust auf Dementis. Im Gegenteil, es behagte ihm, so eingeschätzt zu werden; denn wer als diabolisch galt, der wurde zwangsläufig auch respektiert.

»Ich bitte die Herren vielmals um Entschuldigung für meine Verspätung, aber die leidige Bürokratie fordert halt immer ihren Tribut!«

Der alte Ludwig erhob sich und fing an zu applaudieren, und die anderen taten es ihm gleich. Nur Jeff blieb sitzen, und er klatschte auch nicht in die Hände.

Michael grinste. »Ich bedanke mich.« Dann setzte er sich an seinen Stammplatz am Kopf des langen, ovalen Tisches und blickte erwartungsvoll in die Runde. Nichts geschah. Die anderen blickten lediglich ebenso erwartungsvoll zurück.

Eine Weile sah Michael sich das an. »Nun ja«, meinte er dann, »um es kurz zu machen: Ich habe versucht, von Frankreich nach Italien zu schwimmen – mit mäßigem Erfolg, aber immerhin – und jetzt bin ich wieder da. Was gibt es Neues?«

Der alte Ludwig senkte den Kopf, und wieder machten alle anderen ihm das nach. Nur Jeff saß nach wie vor unverändert da, und was er dabei ausstrahlte, war das, was er seit Jahr und Tag bei jeder Besprechung ausstrahlte: Er langweilte sich, war zugleich aber auch nervös und ärgerlich, und vor allem war er enttäuscht. Jeff war von Geburt an enttäuscht.

Michael seufzte und lehnte sich zurück, zündete sich eine Zigarette an. Er wußte, wie schwierig es war, die Ereignisse so vieler Tage in wenige Worte zu kleiden. Im Grunde war es sogar unmöglich; denn die vielen, alltäglichen Kleinigkeiten bedurften einerseits keiner Erwähnung, waren andererseits aber unerläßlich, um den Gesamtzusammenhang gewisser Geschehnisse zu begreifen.

»Ich kann warten«, erklärte er dementsprechend gnädig und ließ seine Blicke schweifen.

Der Konferenzraum war wohl das beeindruckendste, was *Landers & Barton* in Sachen Innenarchitektur zu bieten hatte. Er maß achtzig Quadratmeter, war mit schwarzem Teppichboden ausgelegt, und die zartgrau gestrichenen Wände zierten Farbfotografien ganz besonderer Art. Sie zeigten die Gesichter sogenannter Durchschnittsbürger, von denen Michael sagte, daß es sie gar nicht gab. Für seine Begriffe war jeder Mensch etwas Einmaliges, und erst wenn sie sich zu Gruppen zusammenrotteten, um nur ja keine Selbstverantwortung übernehmen zu müssen, erst dann wurden all diese Unikate zu jener schwammigen Masse, für die er oftmals nur Verachtung empfinden konnte. Auf den Fotos im Konferenzraum waren nur Einzelwesen zu sehen. Michael hatte in den letzten Jahren an die zwanzig Spielshows produziert, und einige davon waren mehrere tausendmal gelaufen. Die Gewinner der größten Erfolge waren in diesen heiligen Hallen hier abgelichtet, und er erinnerte sich an jeden einzelnen ganz genau.

Beispielsweise an die kleine Dicke mit den Knubbelbeinen: Sie hatte drei Kinder, und ihr Mann war ein einfacher Uhrmacher, und sie gewann innerhalb einer Dreiviertelstunde einhunderttausend Mark, und als die Kamera ihr Gesicht am Ende in einer Großaufnahme einfing, da stellte Michael gerührt fest, daß er noch nie zuvor eine ähnlich schöne Frau gesehen hatte.

Bei dem Glatzkopf mit dem Überbiß war es ähnlich gewesen. Als Michael die Aufzeichnung der Show sah, erwog er zu Anfang ernsthaft, diese Folge nicht zu senden, weil ihm der Anblick des männlichen Kandidaten einfach unzumutbar erschien. Doch mit jeder Frage, die der Mann beantwortete, und mit jedem Publikumsapplaus, den er dafür erntete, wurden seine Züge entspannter, und seine Augen strahlten, so daß er am Ende attraktiver wirkte als so mancher Hollywoodstar.

Schönheit kam eben zu einem Großteil von innen, und jeder Mensch hatte seine eigene Schönheit. Er mußte nur den Mut finden, sie auch herauszulassen.

Seufzend schaute Michael auf seine Armbanduhr. Nun saß er schon drei Minuten hier, und seine Mannen hüllten sich immer noch in geheimnisvolles Schweigen. Das verhieß nichts Gutes. Michael räusperte sich. »Jeff?«

Da damit zu rechnen gewesen war, blieb Jeff ganz ruhig – zumindest äußerlich. Innerlich kochte er längst, denn als er am Vorabend bei den Landers' angekommen war, hatte Michael bereits im Bett gelegen. So hatte er sich, was Michaels Verfassung anging, auf Aileens Schilderungen verlassen müssen, und danach ging es Michael ausgesprochen gut. Jetzt, da Jeff sich seinem Kompagnon Auge in Auge gegenübersah, fand er jedoch, daß dies eine glatte Untertreibung war. Michael ging es nicht nur gut – er wirkte frisch und tatendurstig wie nach einem Kurz-Urlaub auf den Bahamas.

»Ich glaube, Mike, daß ich im Namen aller spreche, wenn ich sage, daß wir ausgesprochen erleichtert sind, dich so gesund und munter wiederzusehen . . .«

Michael zerdrückte seine Zigarette im Aschenbecher. Wenn Jeff so geschraubt daherredete, hatte er meist etwas zu verbergen.

»Ludwig?«

Der »alte Ludwig« war gerade mal dreiundvierzig. Er verdankte seinen Spitznamen dem Umstand, daß er schon vor fünfzehn Jahren schlohweißes Haar gehabt hatte. Damals war er noch ein kleiner Angestellter in einer von Michaels Konkurrenzfirmen gewesen. Rein zufällig hatten sie im Verlauf eines Projekts miteinander zu tun gehabt, und dabei war Michael aufgefallen, was für ein Talent in diesem Ludwig schlummerte. Das konnte er in seiner damaligen Position nur überhaupt nicht zur Entfaltung bringen. Kurzerhand warb Michael ihn ab und machte ihn zum Chef der Finanzabteilung von *Landers & Barton*, ein Entschluß, den er nie bereuen sollte. Der alte Ludwig war jede Mark wert, die er verdiente, und darüber hinaus war er ein loyaler und integrer Mitarbeiter. Um so mehr erschütterte Michael seine Reaktion, wie er langsam den Kopf hob, die Augen schloß und die Lippen fest aufeinanderpreßte . . .

Michael schwante Fürchterliches. »Wie weit ist das Japan-Projekt gediehen?« fragte er.

Jeff straffte sich durch. »Nun ja . . .«, meinte er mit belegter Stimme und faltete die Hände wie zum Gebet.

»Ich will nicht hoffen, Jeffy, daß du da irgendwelchen Mist gebaut hast, nur weil du mich tot auf dem Grund des Mittelmeeres wähntest.«

Cissy kam zur Tür herein.

»Die Einschaltquoten der letzten Woche«, sagte sie und legte Michael einen Stapel Papier vor. »Und das hier sind ein paar Aktennotizen, die vielleicht von Interesse sind.«

»Ich danke dir, Cissylein, du bist offenbar die einzige, die hier noch mit mir spricht ...« Niemand im Raum reagierte auf diese Worte, und Michael lächelte seine Sekretärin freundlich an. »Aber vielleicht fühlen sich die Herren im Moment ja auch nur überfordert«, sagte er, »und brauchen noch ein wenig Bedenkzeit. Kochst du uns ein paar Liter Kaffee, damit die Leichen da irgendwie munter werden ...«

In den nächsten Minuten versuchte Jeff Barton verbissen, sich sein weiteres Leben vorzustellen. In Neuseeland waren zur Zeit kostengünstig Grundstücke zu erwerben, und wer ein wenig Pioniergeist entwickelte, konnte dort, abgeschieden von jedweder Zivilisation, inmitten unberührter Natur ein völlig neues Leben beginnen. Er sah sich schon Bäume fällen und ein Blockhaus bauen, jeden Morgen mit einer Schrotflinte auf die Jagd gehen oder in einem kristallklaren Flüßchen mit einem angespitzten Bambusstab Fische fangen. Vorübergehend senkten diese Bilder so etwas wie Frieden in sein Herz, doch dann sah er vor seinem geistigen Auge auf einmal diesen riesigen Panzer auf sein Holzhaus zurollen, sah, wie dieser alles niederwalzte und ein blutrot gekleidetes Männchen laut brüllend ins Freie sprang und mit einem Flammenwerfer auf ihn zielte ...

»Die Japaner sind abgesprungen???« Michael wollte nicht glauben, was er da las. »Das darf ja wohl nicht wahr sein!!!« Er war aufgesprungen und blickte in die Runde.

Während die übrigen Mitarbeiter sichtlich erleichtert waren, daß die Bombe nun endlich geplatzt war, rutschte Jeff immer tiefer in seinen Sessel.

»Nun«, meinte er, »Herr Yamagushi wollte eben mit dir verhandeln, Mike – und nur mit dir. Und als du so plötzlich verschwunden warst ...«

»Erzähl mir doch keinen Stuß, Jeff!«

Hastig las Michael weiter, lief rot an, riß die Augen auf, daß sie drohten, aus ihren Höhlen zu quellen, dann ließ er die unselige Aktennotiz auf den Tisch gleiten.

»Die Japaner haben uns am Montag in London erwartet. Warst du da, Jeff?«

»Nein, aber –«

»Und warum nicht?«

Solange Michael herumbrüllte, wußte Jeff mit ihm umzugehen. Doch jetzt wirkte er auf einmal so ruhig.

Jeff schluckte und nahm seinen ganzen Mut zusammen. Tief schaute er in Michaels Augen und schaffte es sogar zu lächeln.

»Uns stand nicht der Sinn nach Geschäften, Mike. Wir waren deinetwegen sehr besorgt, wir –«

»Du kannst dir deine Sorge in den Arsch stecken, Jeff!«

Michael schlug im wahrsten Sinne des Wortes mit der Faust auf den Tisch, so fest, daß sogar der alte Ludwig zusammenzuckte, der sonst alles andere als schreckhaft war.

»Es wäre deine verdammte Pflicht gewesen, nach London zu fliegen und die Verhandlungen mit Yamagushi fortzusetzen«, schimpfte er. »Aber du hast es ja offenbar nicht einmal für nötig befunden, den Mann anzurufen. Oder?«

Jeff gab keine Antwort darauf. Er haßte es, von Michael niedergemacht zu werden wie ein dummer Schuljunge. Jeder machte Fehler, nicht nur Jeff Barton, aber statt das mal auszusprechen und ihm damit zur Seite zu stehen, genossen die anderen nur, daß er gedemütigt wurde.

Michael sank in seinen Sessel und raufte sich die Haare.

»O mein Gott!« stöhnte er. »Ein Aufpasser ist mehr wert als zehn Arbeiter!« Er wippte vor und zurück, vor und zurück – dann fuhr er sich auf einmal mit der Hand durchs Gesicht.

So erregt hatten die Mitarbeiter ihren Chef noch selten erlebt. Er zitterte am ganzen Körper, und seine Augen glänzten, als würde er jeden Moment in Tränen ausbrechen – oder aber einen Revolver ziehen und seinen Kompagnon wie ein Sieb durchlöchern.

Es geschah weder das eine noch das andere. Statt dessen sprang Michael plötzlich wieder auf, stieß seinen Sessel zur Seite und stürzte zur Tür. Er wollte raus hier, weglaufen, irgendwohin . . .

Im nächsten Moment prallte er mit Cissy zusammen.

Krachend ging das Tablett mit dem Kaffee zu Boden, und Cissy schrie laut auf. Danach war es dann für einen kurzen Moment totenstill im Raum.

Michael lächelte. »Das macht nun auch nichts mehr aus«, meinte er und griff liebevoll nach Cissys Arm. »Komm! Wir gehen ...«

Sekunden später fiel die Bürotür ins Schloß, und Jeff pfiff erleichtert durch die Zähne – eine Reaktion, die bei den anderen auf wenig Verständnis stieß.

»Gerade noch mal gutgegangen«, meinte er und rekelte sich genüßlich in den weichen Ledersessel.

Der alte Ludwig stand auf und fing an, das zerbrochene Porzellan aufzuheben, legte es auf das Tablett, trug es anschließend zu Jeff herüber und stellte es mit Wucht vor ihm auf die Tischplatte.

»Das Schlimmste kommt erst noch, Barton!«

»Das schaffen wir auch noch.«

»Wir?«

F*avoloso!«* rief Maria und klatschte begeistert in die Hände. *»Ma come stai bene!!!«*

Lara fand auch, daß sie gut aussah. Immer und immer wieder drehte sie sich vor dem Spiegel. Einen sonnengelben Baumwoll-Body hatte sie an, einen sonnengelben, knöchellangen Glockenrock und darüber eine weit geschnittene, lange Bluse, die ebenfalls sonnengelb war.

»Ich habe ja nur Angst, Maria, daß ich aussehe wie ein zu groß geratener Kanarienvogel ...«

»Ma no!!!«

Auf der Via Garibaldi tobte der morgendliche Einkaufswahnsinn. Drei Knaben drückten ihre Nasen gegen die Schaufensterscheibe von *Ciao-Ciao.*

»Was sagt ihr?« rief Lara ihnen zu.

Der eine applaudierte, der andere riß seine Arme in die Höhe, der dritte schloß verzückt die Augen.

»Siehst du?« meinte Maria.

Noch einmal begutachtete Lara ihr Spiegelbild. »Eigentlich habe ich mir ja geschworen, mich nie wieder wegen eines Mannes in Unkosten zu stürzen.«

Maria grinste. »Aber er ist doch nicht irgendein Mann, oder?«

Lara grinste zurück. »Ich lasse es gleich an.«

Das Wetter in Ligurien war immer noch nicht sonderlich besser geworden. Nur der Nieselregen hatte aufgehört, und als Lara die Strandpromenade hinunterging, kam sogar kurz die Sonne heraus.

»Kein Wunder«, meinte Antonella, »so wie du aussiehst! Das würde ich mir auch nicht entgehen lassen, wenn ich Sonne wäre.«

»Für Michael!« lachte Lara.

Bosco lief das Wasser im Mund zusammen, was seiner Frau nicht entging.

»Du solltest nur einen anderen Lippenstift dazu tragen«, meinte sie daraufhin.

»Findest du?«

Antonella nickte und machte dabei ein Gesicht, als wäre sie eine absolute Expertin auf diesem Gebiet.

Sofort war Lara verunsichert. Sie huschte hinter den Tresen und betrachtete ihr Gesicht im Spiegel der Bar. Sie trug den roséfarbenen Lippenstift, den sie fast immer benutzte. Der paßte wirklich nicht zu dem kräftigen Gelb ihrer Aufmachung – da hatte Antonella recht. Und solche Kleinigkeiten konnten alles vermasseln.

Lara schaute auf ihre Armbanduhr. Es war schon kurz nach zwölf. Die Parfümerien öffneten erst nach der Mittagspause wieder.

»So ein Mist!« fluchte sie.

Bosco rollte die Augen. Wenn er noch mal zur Welt kam, dann nur als Frau.

B*ense* war ein stadtbekanntes Feinschmecker-Restaurant. Hier trugen die Kellner schon tagsüber Frack, die abgedunkelten Nischen wurden von sanftem Kerzenschein erhellt, und ein Pianist spielte Hits der Klassik, die von Tschaikowskys *Chanson Triste* bis hin zu Beethovens *Les Adieux* reichten.

Cissy liebte *Bense*. Sie bekam allerdings nur selten Gelegenheit, hier zu essen, höchstens schon mal nach größeren Abschlüssen. Allein hinzugehen vermied sie bewußt, hatte sie doch längst begriffen, daß Chefs es nicht schätzten, wenn ihre Angestellten in den gleichen Kreisen verkehrten wie sie.

Michael bestellte den besten Cognac, der im Angebot war, und davon auch noch gleich eine ganze Flasche.

»Prost!« sagte er. »Auf daß alles nur ein böser Traum war!«

Cissy lächelte. Es war ihr typisches Lächeln; es lag ein wenig Mitgefühl darin, aber noch mehr Gleichgültigkeit.

»Auf unser Wiedersehen!« entgegnete sie. »Und auf eine glückliche Zukunft!«

Sie ließen die Gläser klingen, leerten sie in einem Zug, und Michael schenkte sofort nach.

»Sag mir, was er sonst noch verbockt hat!«

»Wie?«

»Spiel nicht die Ahnungslose, Ciss! Jeff ist ein hervorragender Befehlsempfänger, aber als Boß taugt er nichts.«

Für einen kurzen Moment fror Cissys Lächeln ein, dann faßte sie sich wieder. Nach all den Jahren wußte sie, daß ihre einzige Chance, in der zweiten Reihe zu überleben, darin bestand, der ersten Reihe gegenüber bedingungslos loyal zu sein. Sie würde Jeff schützen, denn nur dann fühlte auch Michael sich von ihr geschützt, und das sicherte ihre Zukunft.

»Du siehst großartig aus«, hauchte sie.

Michael war nicht überrascht, daß sie das plötzlich sagte, sie sagte manchmal solche Dinge.

»Du auch!« gab er zurück.

»Danke.«

»Er hat mir das Japan-Projekt versaut, Cissy!«

»Du weißt doch, Mike, wo gehobelt wird, fallen Späne.«

Langsam wurde er unruhig. »Weich nicht aus!«

»Das kann ich gar nicht. Jeff war völlig überfordert in den letzten Tagen, da hast du schon recht. Aber gerade deshalb hat er mir kaum was diktiert, und wir haben auch nur ganz wenig miteinander gesprochen, ich habe also wirklich keine Ahnung. Frag Ludwig, der weiß weitaus mehr als ich ...«

Michael wußte, daß sie log. Doch kannte er Cissy gut genug, um zu wissen, daß dies ihr letztes Wort gewesen war. Sie setzte sich grundsätzlich nicht zwischen zwei Stühle, und sie verdarb es sich auch nie mit jemandem, denn vielleicht konnte sie ihn ja irgendwann noch mal brauchen.

»Prost!« sagte er neuerlich und schüttete den zweiten Cognac in sich hinein.»Das ist das Kreuz der kleinen Leute ...«

Cissy hatte keine Ahnung, was er damit meinte.

Er lächelte. »Um von den Großen nicht zertreten zu werden, müßt ihr euch gut mit ihnen stellen und könnt deshalb nie eigene, klare Positionen beziehen. Und weil ihr das nicht könnt, werdet ihr selbst niemals groß ...«

Cissy wurde heiß und kalt zugleich. Am liebsten hätte sie Michael in diesem Moment um eine Zigarette gebeten, doch fürchtete sie, das käme einem Geständnis gleich, und deshalb ließ sie es bleiben.

»Ist es wahr, was Jeff erzählte?« fragte sie statt dessen.

»Was erzählt er denn?«

Daß Michael so prompt reagieren würde, hatte Cissy nicht erwartet.

»Daß du ... daß du die ganze Zeit bei einer Frau warst«, stammelte sie. »Und daß du Aileen verlassen willst ...«

Michael konnte sich bildhaft vorstellen, wie Jeffy das mit empörter Miene überall herumposaunte.

»Es ist wahr.«

Cissy sah ihn fassungslos an. »Das freut mich für dich!« sagte sie dann.

»Klingt, als würdest du es ehrlich meinen.«

»Ich gönne jedem Menschen Glück.«

»Ach ja?«

»Ich werde bald heiraten, Mike!«

Diese Eröffnung traf ihn wie ein Keulenschlag. Vieles hätte er sich vorstellen können, aber nicht, daß seine Cissy in den Hafen einer ordentlichen Ehe schipperte.

»Doch wohl nicht diesen Yeti?«

»Er heißt *Edy*.«

»Aber Cissy! Jemand mit deinen Fähigkeiten kann doch unmöglich als Frau Mattli enden!«

Cissy hatte die Erinnerung an Michaels Scherze auf jener unseligen Party anscheinend bereits verdrängt. »Ich werde Roesch heißen«, erklärte sie, leicht befremdet.

Auf diesen Schrecken brauchte Michael einen weiteren Cognac. »Du willst also kündigen ...«, sagte er dann.

Cissy lachte laut. »Aber nein! Das könnten wir uns im Moment gar nicht leisten. Edy studiert ja noch, und –«

»Hier in Frankfurt?«

»Deshalb haben wir uns ja überhaupt nur wiedergesehen. Er kam von Zürich her und erinnerte sich an mich, und dann hat er eines Abends angerufen und –«

»Logisch, daß er sich an dich erinnerte ...«

Michael war auf einmal ganz sonderbar zumute. Er mußte plötzlich an seine erste Begegnung mit Cissy denken. Ein viel zu enges, viel zu kurzes und viel zu weit ausgeschnittenes Kleid hatte sie getragen und gehofft, es damit zu schaffen. Noch heute glaubte sie vermutlich, diese Rechnung wäre aufgegangen. Doch hatte Michael ihr ihre Chance in Wahrheit nur gegeben, weil er ihren Mut bewunderte. Er übertrug einer ungelernten, dafür aber höchst motivierten Kraft eine Aufgabe, die sie nach anfänglichen Schwierigkeiten meisterhaft bewältigte, einfach, weil sie etwas beweisen wollte – was auch immer oder wem auch immer: Ihm kam es zugute, und das allein zählte!

»Weißt du«, sagte Cissy, »ich war nie das, was man eine anständige Frau nennt. Meine Mutter nennt so Mädchen wie mich ›Flittchen‹. Aber ich konnte halt nie aus meiner Haut. Ich fand Tugend ... einfach immer verlogen. Die meisten meiner Freundinnen waren nur deshalb moralisch, weil sie Angst davor hatten, es nicht zu sein. Oder weil sie einfach viel zu bequem waren ... Schlecht sein ist anstrengend ...«

Michael lächelte. Er erinnerte sich auf einmal an so manche Stunde, die sie miteinander verbracht hatten. Cissy gehörte ihm und vielen, vielen anderen – doch niemand besaß sie ganz.

»Wie klug du bist«, meinte er leise. »Henry Miller hat es mal ganz ähnlich ausgedrückt.«

»Mach dich nicht lustig über mich!«

»Tu' ich das?«

Der Kellner brachte die Speisekarten, und Michael studierte sie eingehend.

»Also, ich nehme den Räucherlachs und anschließend das Huhn in der Schweinsblase. Und du?«

»Wie ist sie, Mike?«

Michael wußte sofort, was Cissy damit meinte. Fast behutsam klappte er seine Speisekarte zu. Plötzlich fehlten ihm die Worte.

»Sie ist unkompliziert«, meinte er deshalb nur, »trotzdem ziemlich anstrengend, zugleich aber auch äußerst belebend.«

Cissy lächelte.

»Als ich Aileen begegnete, habe ich mich mit ihr eingelassen. Wenn ich Lara will, muß ich mich auf sie einlassen. Das ist der große Unterschied zwischen den Frauen.«

»Sie heißt Lara?« Cissy fing zu kichern an. »Ihre Mutter hat während der Schwangerschaft nicht zufällig für einen gewissen Herrn Doktor Schiwago geschwärmt?«

Michael atmete tief durch. »Er hat sie entbunden! – Weißt du, was du essen willst?«

Cissy hatte längst gelernt, ein solches Zeichen zu deuten.

»Ich nehme das gleiche wie du!« sagte sie rasch.

Sie sah Michael nachdenklich an. Sie versuchte, sich zu erinnern. Es hatte eine Zeit gegeben, da sie Michael geliebt hatte, aber das schien nun Lichtjahre entfernt zu sein. Die Gefühle von einst waren tot, als hätte es sie nie gegeben. Und trotzdem hatte sie diesen Mann immer noch gern und wäre bis ans Ende der Welt für ihn gegangen.

Michael mochte es nicht, wenn Cissy ihn so fixierte. Frauen wie sie versuchten, alles mit Blicken zu sagen, statt ihre Sprache zu benutzen. Nachher hatten Männer wie er sie dann angeblich mißverstanden und konnten nicht einmal das Gegenteil beweisen.

»Du willst also diesen Edy heiraten«, bemühte er sich, das Gespräch erneut in Gang zu bringen.

»Ja.«

»Liebst du ihn?«

Mit dieser Frage hatte Cissy nicht gerechnet. Ihre Augen füllten sich mit Tränen. »Man liebt nur einmal im Leben«, flüsterte sie, »das weißt du doch. Und ich habe meinen Teil schon gehabt . . .«

Michael lehnte sich zurück. Cissy hatte diesen Mauro also immer noch nicht vergessen. Es war eine große Geschichte gewesen, in der Firma hatte man lange Zeit von nichts anderem gesprochen. In Florenz waren sie einander begegnet, in einer Kirche, vor einem Kruzifix. Zwei Jahre dauerte das Glück – dann war alles vorbei, und zurück blieb eine Cissy, die den Glauben an das Gute für alle Zeit verloren zu haben schien.

»Hast du eigentlich je wieder von ihm gehört, Cissy?«

»Von Mauro?« Sie schüttelte den Kopf. »Es ist, als wäre er vom Erdboden verschluckt, Mike. Aber vielleicht hat es ihn ja auch nie gegeben. Vielleicht habe ich ihn ja nur geträumt . . .«

Michael legte beschützend seine Hände auf ihre Wangen. »Schau mich an, Ciss! Ich bin fast achtundvierzig und darf erleben, daß es immer noch nicht zu spät ist für die Liebe.«

»Gibt es die denn überhaupt, die Liebe?«

»Davon bin ich überzeugt.«

Nun war es Cissy, die einen weiteren Cognac brauchte. »Ich werde Edy heiraten!«

»Weil du nicht an die Liebe glaubst?«

Cissy kippte den Inhalt des Glases hinunter, als wäre das die Antwort auf alle Fragen.

»Liebe ist wie Religion«, sagte sie dann. »Wenn du anfängst, darüber nachzudenken, kannst du nicht mehr daran glauben!«

»Quatsch! Wenn es sie wirklich nicht gäbe, dann sag mir, was sie tun, all diese Millionen da draußen. Sie leben miteinander, sie lachen, sie weinen, sie bumsen, sie haben Kinder . . . Was, glaubst du, treibt sie an, wenn nicht die Hoffnung auf Liebe, auf Glück?«

»Das sagst *du*?«

Michael senkte den Blick. »Als Lara und ich zum erstenmal über Liebe gesprochen haben«, sagte er dann, »da hat sie gesagt, wenn sie noch einmal lieben könnte, dann würde sie sich nackt auf das Dach des Empire State Building stellen und die amerikanische Nationalhymne singen. Verrückt, nicht wahr?«

Cissy lächelte. »Wenn ich noch einmal einem Mann vertrauen könnte und wenn ich bereit wäre, alles mit ihm zu teilen . . . wenn ich dazu noch einmal fähig wäre .. so ein Wunder könnte man gar nicht anders feiern . . .«

Michael wurde heiß und kalt zugleich. »Laß die Finger von diesem Schweizer! Du liebst ihn nicht, Cissy! Und wenn du ihn jetzt schon nicht liebst, wie soll das dann erst in zehn Jahren aussehen? Gefühle schleifen sich ab, selbst wenn sie zu Anfang noch so groß sind. Was soll sich bei euch abschleifen? Ihr werdet euch an die Kehle gehen, bevor –«

»Wir heiraten am 19. Juni, Mike!«

Er sah ein, daß es zwecklos war, weiter auf Cissy einzureden. Ihr Entschluß war unumstößlich.

Sie lächelte. »Das ist Edys Geburtstag. Ich wollte sicherstellen, daß er niemals unseren Hochzeitstag vergißt.«

»Du bist verrückt, Mädchen ...«

»Ich weiß ... und ich wollte dich eigentlich auch nur um ein paar Tage Extra-Urlaub bitten ...«

In Frankfurt war das herrlichste Wetter. Cissy hatte nur leider nichts davon. Seit dem frühen Morgen versuchte sie, Herrn Yamagushi zu erreichen, doch schien ganz Japan zu telefonieren, so daß einfach kein Durchkommen war. Inzwischen war es in Tokio 23.00 Uhr, aber für solche Nebensächlichkeiten wie Zeitunterschiede hatte Michael nur wenig Verständnis.

»Bleibst du dran?« kläffte er alle paar Minuten in die Sprechanlage.

»Aber ja.«

»Du mußt unbedingt dranbleiben, Ciss!«

Sie atmete tief durch. Die Tür zwischen ihrem Vorzimmer und Michaels Büro war geschlossen. Andere Sekretärinnen fanden das normal, Cissy fühlte sich ausgesperrt. Bei *Landers & Barton* kam das nur vor, wenn Michael Besucher hatte, oder aber – wie jetzt – ganz für sich sein wollte.

Nach einer zweiten Nacht, in der er kaum geschlafen hatte, fiel es Michael äußerst schwer, sich zu konzentrieren. Er schob die Vorgänge, die er hätte bearbeiten müssen, von der einen Seite des Schreibtisches auf die andere und starrte wechselweise aus dem Fenster in den Himmel und auf das schweigende Telefon.

»Bleibst du dran, Ciss?«

»Ja, Mike!«

Ihre Stimme klang schon ziemlich entnervt, und irgendwie konnte Michael das auch verstehen. Kaum etwas war zermürbender, als stundenlang am Telefon zu sitzen und nur immer wieder das Besetztzeichen zu hören. Nur eines war noch unerträglicher: das Freizeichen.

Seit dem Morgen versuchte er auf seiner Privatleitung, Lara zu erreichen. Aber sie nahm nicht ab. Er stellte sich ihr Telefon vor, wie es einsam und verlassen im Wohnzimmer stand und vor sich hin läutete. Er sah Lara durch die Via Garibaldi laufen, sah, wie sie auf ihrer Mole saß und auf das Meer hinausblickte. Vielleicht war sie bei Bosco . . . vielleicht . . .

Grø war gebürtige Norwegerin. Sie war dreiundzwanzig Jahre alt, von hochgewachsener, schlanker Gestalt, sie hatte tiefschwarzes, kinnlanges Haar und einen Porzellan-Teint, um den sie die übrigen Frauen von Pietra Ligure zutiefst beneideten.

Lara kannte Grø seit vier Jahren. Sie hatte ihr Italienisch beigebracht. Das junge Mädchen war seinerzeit von Kristiansund hergekommen, um zwei Wochen Urlaub zu machen, doch dann lernte sie den Besitzer des Bagni *Florida* kennen . . . inzwischen hatten Giorgio und Grø zwei Kinder, und ihr gehörte die größte Parfümerie im Ort.

»Zu diesem geilen Gelb paßt am besten ein klares, gelbstichiges Rot.«

»Wie sprichst du denn, Grø?«

Sie kicherte. »Giorgio liebt das Wort *geil.* Wenn ich es ausspreche, reagiert er fast so verrückt wie dieser Typ aus der *Addams Family.*«

»Gomez?«

»Sprich Französisch, Liebste!«

Sie alberten herum, wie es die Hauptdarsteller der Fernsehserie auch immer taten, dann strich Lara den ihr anempfohlenen Lippenstift auf ihren Handrücken.

»Ich glaube, ein Goldton wäre besser«, meinte sie.

»Das ist zu fahl, Lara.«

»Aber es ist dezenter.«

»Dezenz ist Schwäche.«

»Ich weiß nicht . . .«

Das Unternehmen geriet zu einem Hauskauf. Als Lara sich endlich entschied, wurde es draußen schon dunkel. Sie kaufte gleich drei Lippenstifte und dazu eine Körpercreme, mit der man als Frau angeblich jeden Mann verführen und in einen magischen Bann ziehen konnte.

»Bist du sicher, Grø?«

»Ich hab' zwei Kinder!«

Schnellen Schrittes lief Lara nach Hause. Es fing schon wieder an zu nieseln.

»Ekelhaft!« schimpfte sie und spannte ihren Schirm auf.

Hassan, der Neger, lachte. »Aber es regnet nie in Ligurien«, meinte er und klappte seinen Bauchladen zusammen. »Das sage ich jedem Touristen!«

»Recht hast du!« Lara machte den Schirm wieder zu. *»Non piove mai in Liguria!«*

Noch achtundvierzig Stunden, und Michael würde wieder bei ihr sein. Noch achtundvierzig Stunden ...

Das war nun Michaels dritte Nacht in Frankfurt, und er konnte es nicht fassen. Die Arbeit, die er sich vorgenommen hatte, war zu einem Großteil liegengeblieben, das Abendessen, auf das er sich so sehr gefreut hatte, war lausig gewesen, und nun mußte er feststellen, daß er auch in dieser dritten Nacht einfach nicht einschlafen konnte.

Unruhig wälzte Michael sich von einer Seite auf die andere. Er versuchte, nicht zu denken, aber das klappte nicht. Also versuchte er, von den vielen unterschiedlichen Gedanken, die in seinem Kopf kreisten, wenigstens einen einzigen festzuhalten und zu Ende zu führen. Aber auch das klappte nicht.

Er mußte mit Lara sprechen. Er mußte den Japan-Karren aus dem Dreck ziehen. Er sehnte sich danach, Laras Stimme zu hören. Er mußte den Kindern erklären, was mit ihm los war. Er mußte Lara fragen, ob sie bereit war ... Er mußte Cissy unbedingt davon abbringen, diesen Schweizer zu heiraten, und er mußte Aileen loswerden, und Lara ...

Es war schon weit nach Mitternacht, als er sich das Telefon ans Bett holte und neuerlich Laras Nummer wählte. – 0039 – . . . Bis zum frühen Abend, hatte er immer wieder vergeblich versucht, sie zu erreichen. . . . – 0039 19 – . . . Ganz eigenartige Gefühle hatte er jetzt. Er war eifersüchtig, und er hatte Angst, er schämte sich, und trotzdem konnte er nicht anders.

»*Pronto!*«

»Du bist zu Hause?« entfuhr es ihm.

»Michael!!!«

Er bildete sich ein, ein Jubeln zu hören, also lag sie wohl nicht mit einem anderen im Bett. Ein Stein fiel ihm von der Seele.

»Wo warst du, Lara? Ich habe schon den ganzen Tag . . .« Er stockte. »Ich habe mir wahnsinnige Sorgen gemacht . . .«

»Meinetwegen?«

»Natürlich!«

»Aber ich war doch nur einkaufen«, erzählte sie. »Und dann habe ich mit Bosco und Antonella zu Mittag gegessen, und heute nachmittag war ich dann – «

»Du brauchst mir das nicht alles aufzuzählen«, fiel er ihr ins Wort. »Ich wollte nur . . . ich . . . ich hatte eben einfach Angst um dich. Du bist allein, das war mir bisher noch gar nicht so bewußt.«

»Aber Mike –«

»Wenn du zusammenbrichst, ist niemand da, um dir zu helfen, und es kann auch jederzeit jemand bei dir einbrechen und dich vergewaltigen, und ich . . . ich darf mir das alles gar nicht vorstellen . . .«

Lara war gerührt. »Ich werde auf mich aufpassen«, flüsterte sie, »das verspreche ich dir.«

»Schwör es mir!« Michael preßte den Telefonhörer fest an sein Ohr. Es war so öde um ihn her. Er haßte dieses Zimmer, und er haßte diese Wohnung, er haßte Frankfurt und sein ganzes Leben . . .

»Ich schwöre nie, Michael. Aber ich halte meine Versprechen.«

Sie redeten noch sehr lange miteinander, und dabei bekam Michael langsam aber sicher das beruhigende Gefühl, es gäbe nichts auf dieser Welt, was er nicht bewältigen konnte.

»Morgen früh werde ich mit den Kindern reden«, erklärte er.

»Über uns?« Lara schien überrascht zu sein.

»Über alles.«

Sie freute sich, daß er das sagte, es machte ihr aber auch angst.

»Sei nicht allzu optimistisch!« meinte sie. »Mach dich lieber darauf gefaßt, daß sie nichts hören wollen.«

»Darauf bin ich gefaßt.« Er knüllte sein Oberbett zusammen und nahm es fest in die Arme. »Ich wünschte, du wärest hier, Lara ...«

Sie kniete im Atelier auf den Marmorfliesen und blickte mit glänzenden Augen auf ihre zwei Frauen.

»Aber ich bin da, Michael. Spürst du das nicht?«

Es war Freitag, der 24. April 1992. Als Michael um kurz nach sechs Uhr morgens in die Küche kam, war Aileen schon auf. Damit hatte er gerechnet. Im Gegensatz zu ihm war Aileen eine klassische »Lady Morgenfroh«. Diese Wesen zeichneten sich vornehmlich dadurch aus, daß sie schon beim ersten Hahnenschrei, von wildem Tatendrang erfüllt, aus dem Bett sprangen und sofort sämtliche Fenster aufrissen, um den belebenden Sauerstoff hereinströmen zu lassen. Es wurde tief geatmet, und man machte ein paar Kniebeugen, und dann schaltete man das Radio ein und führte sich einen Jodler von Margot und Maria zu Gemüte – das erfrischte das Herz.

Früher hatte Michael darunter gelitten. Er hatte sich noch so wach, kräftig und ausgeruht fühlen können, sobald ihm die muntere Aileen gegenübergetreten war, wäre er am liebsten gleich wieder unter die Bettdecke gekrochen.

Jetzt war das plötzlich anders. Ihre zur Schau getragene Energie störte ihn nicht mehr.

Für kurze Zeit blieb er im Türrahmen stehen. Im Radio liefen gerade die Nachrichten.

»Und nun die Wetteraussichten für das Wochenende ...«

Aileen stand vor dem Herd und briet Pfannkuchen. Sie trug ein weißes, spitzenbesetztes Seiden-Négligé, und Michael fiel auf, daß sie immer gern weiß getragen hatte, wohl, um stets und ständig auf ihre Unschuld hinzuweisen.

»Die heutige Andacht spricht Pfarrer Paul Schäfer aus Heiligenrode ...«

Aileen wendete den Eierkuchen so gekonnt, daß kein einziger

Fettspritzer die Pfanne verließ. Sie war eine schöne Frau, zart und zerbrechlich, ein Wesen, von dem Millionen Männer träumten. Doch diese makellose Puppe vermochte keinerlei Wärme zu geben. Sie war nur eine leere Hülle, existierte nur durch die Menschen, die sie umgaben, sog aus ihnen die Kraft, die sie selbst nicht besaß . . .

Michael griff zum Radio hinüber und schaltete es ab.

»Guten Morgen!«

Aileen erschrak fast zu Tode. Sie fuhr zusammen, stieß einen spitzen, wenn auch leisen Schrei aus, drehte sich hastig um und schlug die Hände vors Gesicht. Im nächsten Moment entspannten sich ihre Züge, und sie ließ die Arme sinken und lächelte sanft. ». . . Morgen . . .«, ihre Stimme hatte den üblichen verlegenen Klang.

Michael sah ihr fest in die Augen.

»Möchtest du eine Tasse Kaffee?«

Er schüttelte den Kopf.

»Ich habe auch frischen Orangensaft, er ist gerade erst –«

»Nein, danke, Aileen . . .«

Sie schluckte und trat unsicher von einem Bein aufs andere. »Ich . . . ich bin gleich soweit«, meinte sie dann. »Die Pfannkuchen müssen nur noch einen Moment . . . Den Tisch decke ich gleich erst, weil die Kinder . . . die Kinder schlafen ja noch, und ich –«

»Aileen?«

Fragend sah sie Michael an.

»Tust du mir einen großen Gefallen, Aileen?«

»Wenn ich kann, Mike . . .«

Ganz langsam drehte sie ihm den Rücken zu und widmete sich wieder ihren Pfannkuchen.

»Gehst du bitte wieder ins Bett!«

Im ersten Moment wußte Aileen nicht, was sie von dieser Aufforderung halten sollte. Sie nahm die Pfanne von der Herdplatte und schaute in Michaels Gesicht. Ihr Blick wurde immer fragender, und es flackerte ein Feuer der Hoffnung darin.

»Ich möchte mit den Kindern allein sein . . .«

Aileen öffnete den Mund, als wollte sie etwas sagen, aber sie konnte nicht einmal atmen. Das Feuer in ihren Augen erlosch und ließ nicht einmal ein paar armselige Funken zurück. Sie stellte die Pfanne weg und wischte ihre Hände an einem Geschirrtuch ab . . .

»Christophs Mutter fährt diese Woche. Sie holt Andrew um halb acht ab.« Langsamen Schrittes kam Aileen auf Michael zu. »Du weißt doch, wir haben diese Fahrgemeinschaft . . .«

Er lehnte immer noch im Türrahmen, und sie nahm sich vor, im Hinausgehen ihre Hand auf seine Brust zu legen . . .

»Diana muß heute erst um neun zur Schule, Mike. Sie geht allein . . .«

Michael trat zur Seite, und Aileen war nahe daran, in Tränen auszubrechen. Das hier war ihr Leben, sie hatte es sich mühsam aufgebaut, sie hatte dafür gelitten . . .

»Ich . . . ich hab' vergessen . . . ich –«

»Ich schalte den Herd schon ab, Aileen!«

Das Frühstück mit den Kindern wurde für Michael zu einer echten Herausforderung.

Diana sprach die ganze Zeit über kein einziges Wort, starrte ihren Vater immer nur an. Und starrte der dann zurück oder sandte er ihr gar ein Lächeln, so wich sie seinem Blick sofort aus und widmete sich so wichtigen Dingen wie dem Herumrühren in ihrer Kakaotasse oder dem Ertränken ihrer Cornflakes in Unmengen von Milch.

Derweil redete Andrew für mindestens drei. »Dem Gregor seine Oma ist gestorben, Papa.«

»Das heißt Gregors Oma«, verbesserte Michael.

»Aber sie ist gestorben. Weil sie zuviel getrunken hat.«

»So was kommt vor.«

»Ja«, seufzte der Kleine und stopfte nach seinem eigenen nun auch noch Dianas Pfannkuchen in sich hinein.

»Der Opa vom Christoph ist auch schon tot.«

»Ja?«

»Aber der war auch schon ganz alt, Papa.«

»Ach so.«

»Der hatte einen Wohnwagen.«

»Ja?«

»In Holland war der.«

»Aha.«

»Und der Vater vom Christoph hat den jetzt gegerbt.«

»Geerbt, Andrew.«

»Der steht in Holland. Am Meer steht der. Und da fahren die jetzt immer mit dem Auto hin.«

»Was du nicht sagst!«

Michael versuchte, so freundlich zu lächeln, wie es eben ging. Er hatte gar nicht mehr gewußt, wie anstrengend die Kinder sein konnten. In letzter Zeit war er nur noch selten mit ihnen zusammengewesen. Er überlegte, ob er nicht vielleicht mal eine Spielshow für Kinder produzieren sollte.

»Was für Musik magst du eigentlich, Andrew?«

»Michael Jackson!«

»Und du?«

Diana schwieg.

»Die steht auf David Hasselhoff!« In Andrews Stimme schwang das Unverständnis. »Die haben auf Arlettas Party . . .«

Michael hörte gar nicht mehr hin. Vor seinem geistigen Auge sah er eine Bühne: Michael Jackson faßte sich gekonnt in den Schritt, und zwei Kindergruppen beantworteten kniffelige Fragen. Die Gewinner durften ihren Lieblingsstar dann in seinem Zuhause besuchen.

»Wie heißt das noch mal, wo der Jackson wohnt?«

Nachdem Andrew fort war, wurde es nur noch schwieriger für Michael. Er und Diana saßen da und wußten beide nicht, wie sie die Zeit herumbringen sollten.

»Du bist zu früh aufgestanden«, witzelte der Vater.

Die Tochter zuckte die Achseln.

»Als ich in deinem Alter war, brauchte ich drei Wecker, um aus den Federn zu kommen.«

Diana atmete schwer; sie schien sich arg zu langweilen. Das machte den Papa nervös, so daß er die nächste Zigarette mit der Kippe der letzten anzündete.

»Ich fahr' dich gleich zur Schule!«

Auch dazu sagte Diana nichts. Sie sah ihn nur ungläubig an und verschwand dann im Bad.

Das tat sie im Verlauf der nächsten halben Stunde noch häufiger. Sie hatte angeblich Durchfall und behauptete, das läge an der bevorstehenden Mathematikarbeit.

»Wann schreibst du die?«

»Nach der Pause«, erwiderte sie und begann, an ihren Fingernägeln zu kauen. »Zwei Stunden.«

Michael beobachtete seine Tochter aus den Augenwinkeln. Er hätte sie gern verschont, doch waren Lügen kein Ausweg. Es half nicht einmal, die Wahrheit zu verschweigen.

»Du«, ging er es schließlich an, »ich ... ich werde über das Wochenende nicht zu Hause sein ...«

Diana biß so fest in die Nagelhaut ihres rechten Daumens, daß es zu bluten begann.

Michael riß vor Schreck die Augen auf.

Sie zeigte keinerlei Regung. »Fährst du nach Menton?« fragte sie nur, ohne ihren Vater dabei anzusehen.

Michael zerdrückte die angerauchte Zigarette im Aschenbecher. Mit gesenktem Kopf und hängenden Schultern saß sein Mädchen da und spielte die Unwissende.

»Du weißt doch genau, wohin ich fahre«, sagte er leise. »Oder nicht?«

Sie reagierte nicht.

»Hat Mama es dir nicht erzählt?«

Endlich wagte Diana aufzusehen. Etwas Ängstliches lag in ihrem Blick und zugleich etwas Abweisendes, sie wollte ganz offensichtlich nichts an sich heranlassen, was sie verletzen konnte.

Michael atmete tief durch. »Gibt es irgend etwas, was du mich fragen möchtest?«

Diana schwieg eine ganze Weile. »Nein«, sagte sie dann. Danach sprach sie kein Wort mehr.

Schweigend verließen sie die Wohnung, schweigend fuhren sie durch die Stadt, und als sie vor der Schule ankamen und Michael seiner Tochter einen Abschiedskuß geben wollte, drehte sie hastig den Kopf zur Seite.

»Wiedersehen!« hauchte sie, kletterte aus dem Wagen, schlug mit Wucht die Tür zu und lief auf das Hauptportal ihrer Schule zu. Sie sah sich nicht einmal mehr um.

Weiße Wolken zogen über Frankfurt hinweg. Sie sahen aus wie Wattebäusche, und einige schwebten so tief, daß sie die Gipfel der Hochhäuser zu berühren schienen.

Jeff und die anderen saßen im Dunkel des Konferenzraumes und sahen sich Dias an. Es ging um das Warenangebot einer Firma, die auf so ziemlich allen Gebieten renommierte Markenprodukte kopierte. Sie benutzte dazu die gleichen Materialien, ließ aber in Fernost produzieren und konnte so weit unter Preis anbieten, während die Qualität nur in den wenigsten Fällen zu wünschen übrigließ, so daß ein Großteil der Produktion bei Spielshows als Gewinne auf den Markt geworfen wurde.

Cissy saß an ihrem Schreibtisch im Vorzimmer.

»Herr Doktor Linnemann von der NOVAX«, sagte sie und stellte den Anruf zu Michael durch. Dann legte sie den Telefonhörer auf die Gabel, faltete die Hände und schloß die Augen.

»Zehn, neun, acht ...«, flüsterte Cissy vor sich hin, »... sieben, sechs, fünf ...«

Michael war eine Bombe in diesem Moment, das wußte sie, und der Anruf des Herrn Linnemann war die Zündschnur, die den Sprengstoff nun gleich zur Explosion bringen würde.

»... vier, drei, zwei, eins ...«

Das Licht der Telefonanlage erlosch, jenes Licht, das Cissy signalisierte, ob ihr Chef sprach oder nicht.

Vorsichtshalber stand sie schon mal auf. Im nächsten Moment flog die Tür von Michaels Büro auf, und er durchquerte mit Riesenschritten das Vorzimmer, riß die Tür des Konferenzraumes auf und stürzte hinein ...

»Wer hat dir ins Gehirn geschissen, Jeff?«

Die Mitarbeiter waren völlig verwirrt. Gerade hatten sie sich noch eine höchst interessante Hi-Fi-Anlage angesehen, jetzt stand der Boss so vor dem Diaprojektor, daß sein Körper einen gespenstischen Schatten auf die Leinwand warf, und ansonsten war es stockfinster im Raum.

»Sag, daß es nicht wahr ist, Jeff! SAG ES!!!«

Der alte Ludwig stand auf und schaltete das Licht an. Alle blinzelten, nur Jeff nicht. Der saß da und starrte vor sich hin auf die Tischplatte.

Michael, der bisher puterrot gewesen war vor lauter Wut, verlor langsam aber sicher jede Gesichtsfarbe. »Du hast es also wirklich getan«, hauchte er. »Du hast *Heck-Meck* eingekauft!«

Jeff schwieg beharrlich, und Michael setzte sich.

»Ich hatte dir doch auf das Deutlichste erklärt, was ich von diesem Mist halte. Wie kannst du es da wagen, dich gegen meine Anweisungen zu stellen! Bist du größenwahnsinnig geworden, oder was?«

Endlich blickte Jeff auf. »Wir mußten eine Entscheidung treffen«, erklärte er Michael, »und das Angebot war dermaßen günstig –«

»Geld ist in so einem Fall aber doch gar kein Argument. Die Show ist einfach Scheiße.«

»In Australien ist sie ein Straßenfeger, Mike. Die Einschaltquoten –«

»Klar, dir kann man so was erzählen! – Aber denk doch wenigstens jetzt mal nach! Australien ist Busch, das liegt am Arsch der Welt. Selbst die Eskimos haben in puncto Unterhaltung schon mehr Ansprüche als diese Hinterweltler da. Du kannst doch Leute, die mit Bumerangs schmeißen, nicht als Trendsetter betrachten!«

Jeff atmete tief durch.

»Wir haben die Show aber nun mal gekauft«, erklärte er mit betont ruhiger Stimme. »Und ein Sendeplatz steht auch schon fest. Deshalb –«

»Was?« Michael war entsetzt. »Was hast du getan?«

»Irgendeine Entscheidung mußten wir fällen, Mike, wir wußten ja nicht, ob du jemals wiederkommen würdest.«

Michael blickte entsetzt in die Runde. Der alte Ludwig sah ihn mitfühlend an. Er hatte es von Anfang an gewußt, das wurde Michael in diesem Moment klar. Doch hatte er es nicht sagen dürfen, denn die Geschäftsleitung war nun mal die Geschäftsleitung, und die hieß *Landers & Barton*, nicht nur *Landers*.

Michael entspannte sich. Er durfte seinen Mitarbeitern keinen Vorwurf machen. Sie konnten nichts dafür.

»Wir haben sogar schon einen Moderator«, sagte Jeff derweil. Michael nahm entkräftet Platz. »Sag es nicht!« flehte er. »Sag es mir bitte nicht, Jeff!«

»Sam Leeland.«

Michael hatte zwar kaum etwas anderes erwartet, doch fielen ihm trotzdem in diesem Moment fast die Augen aus dem Kopf. »Nun mach aber halblang, Jeffy!« sagte er mit dumpf klingender Stimme. »Bin ich denn von einem Haufen Schwachsinniger umgeben? Oder liegt es nur an dir, Jeff?«

Jeff zeigte keine Regung.

»Wie kannst du so eine beschissene Show auch noch einem so beschissenen Showmaster überlassen? Leeland ist doch viel zu schön, Barton. So was wollen die Leute nicht, das weißt du doch genau. Ein paar Macken muß der Moderator haben, ein paar Narben am Kinn oder zumindest einen Sprachfehler. Nehmt von mir aus einen radebrechenden Ausländer, aber doch nicht den faden Sammie!«

Jeff griff zu seinem Kugelschreiber und ließ ihn zwischen den Fingern kreisen, drückte die Miene heraus, herein . . . heraus, herein . . . »Unser Werbeträger hat es uns zur Aufgabe gemacht, Leeland zu engagieren.« Die ganze Angelegenheit schien ihn überhaupt nicht zu berühren. »Wir –«

»Unsere Werbeträger haben uns schon oft irgend etwas zur Auflage gemacht«, fluchte Michael. »Aber wozu sind Verträge da, wenn nicht dazu, gebrochen zu werden?«

Er sprang auf.

»Schaff mir das vom Hals, Jeff! Und zwar so schnell wie möglich! Sonst rollen hier die Köpfe, das schwöre ich dir!« Michael schob seinen Sessel mit soviel Wucht unter die Tischplatte, daß der gesamte Tisch erzitterte.

»Wir sehen uns am Montag!« sagte er dann. Damit war das Gespräch für ihn erledigt, und er lief in sein Büro, fing an, seine Sachen zusammenzupacken. Er mußte sich beeilen. Es war schon später, als er gedacht hatte, und selbst wenn er jetzt gut durchkam, würde er noch mindestens acht Stunden für die Fahrt brauchen, und das bedeutete, daß er vor zwei in der Nacht nicht bei Lara war.

»Mike?« Jeff war seinem Kompagnon gefolgt und baute sich nun in seiner ganzen Größe vor Michaels Schreibtisch auf.

»Geh mir bloß aus der Sonne!«

Jeff gab sich ungerührt. »Die erste Sendung läuft bereits am 22. Mai, Mike, und bis dahin –«

Michael hatte bereits sein Jackett in der Hand. Erschüttert ließ er es über die Stuhllehne gleiten. »Sag mal, . . . spielst du hier mit mir das hübsche Spiel ›Die Kuh Elsa ist tot‹?«

Jeff überhörte das. »Wir müßten wissen, ob wir für Europa Änderungen im Ablauf wollen«, fuhr er unvermindert ruhig fort, »oder ob wir –«

»Das ist ›Die Kuh Elsa ist tot‹!« tobte Michael. »Boß, die Kuh Elsa ist tot, weil ihr Stall abgebrannt ist, der Feuer fing, als Ihr Haus explodierte, in dem zu dieser Zeit Ihre gesamte Familie versammelt war.«

Aus dem Vorzimmer drang Cissys Kichern.

Jeff blieb ganz ernst. »Willst du nun Änderungen für Europa oder nicht?«

Michael mußte an sich halten. Selbst Jung-Siegfried hatte eine verletzbare Stelle gehabt. Irgendwann, tröstete er sich, irgendwann würde er die wohl auch noch bei Jeff entdecken.

»Wir werden das alles am Montag besprechen«, erklärte er nach einiger Überlegung.

»Das ist zu spät, Mike. Was wir den Lizenzgebern nicht bis Montag mittag faxen, wird nicht mehr berücksichtigt.«

»Aber ich muß jetzt weg, ich habe es eilig.«

»Dann bleibt alles so, wie wir es zugesagt haben.«

Für einen kurzen Augenblick schloß Michael die Augen. Sein Beruf war ihm immer wichtiger gewesen als alles andere. Dafür hatte er seine Familie vernachlässigt, seine Freunde und am meisten sich selbst . . . Er dachte an Lara und an ihr gemeinsames Luftschloß über dem Meer, an das große Bett und an Laras Augen, an ihre Hände . . .

»Gut, Jeff! Alles bleibt so, wie es ist. Allerdings . . .«, Michael verzog sein Gesicht zu einem sardonischen Grinsen, ». . . mein Name wird nirgendwo erscheinen, weder im Abspann noch auf irgendeinem Vertrag. Die Firma ist der Lizenznehmer, und du bist der Produzent, du allein! Guten Appetit, Jeff! Dieses Süppchen ist ein Schwedentrunk. Weißt du, was das ist?«

Jeff schluckte.

»So haben die Landsknechte Todesurteile vollstreckt. Man steckte dem Angeklagten einen Trichter in den Hals und füllte ihn mit Jauche . . . Ich wünsche ein schönes Wochenende . . .«

Michael ging, und Jeff stand da und hatte alle Mühe, seine Gefühle zu verbergen. Landers mochte sich in diesem Moment vielleicht als

Sieger fühlen, doch wußte Barton, daß es in Wahrheit genau umgekehrt war. Dies war der Anfang einer neuen Zeit!

Männer wie Michael Landers konnten sich ein ausschweifendes Privatleben nicht leisten. Davor hatte Jeff seinen Freund schon vor dreizehn Jahren gewarnt. Michaels Ehe mit Aileen war zwar nie glücklich gewesen, dafür hatte sie ihn aber auch nie irgendwelche Kraft gekostet. Das schien nun anders zu sein. Wie es aussah, war diese geheimnisvolle Fremde in Italien für Michael so etwas wie der zweite Frühling. Daß er ihretwegen seine Arbeit vernachlässigte, sprach jedenfalls Bände.

Jeff rieb sich die Hände. Und dabei wünschte er jener Lara von Herzen eine gute Zeit mit Michael ... Er sah schon das neue Schild an der Tür: *Barton & Landers* ...

Andere Frauen erlebten solche Augenblicke sicher häufiger. Sie führten ein normales Leben, gingen einer Arbeit nach, hatten mit Menschen zu tun, verabredeten sich mit Männern zum Abendessen oder zu einem Theaterbesuch. Für sie gehörte es zum Alltag, sich zu verlieben und dem Moment des Wiedersehens entgegenzufiebern. So sah Lara es zumindest immer im Fernsehen.

Sie beneidete diese Frauen. Sie waren bestimmt nicht so aufgeregt wie sie – und nicht so ängstlich ...

Es war Freitag, der 24. April 1992. In der Nacht hatte Lara kaum geschlafen. *Michael.* Sein Name hämmerte in ihrem Schädel, und sobald sie die Augen schloß, sah sie sein Gesicht: *Michael.* Immer wieder schaltete sie die Nachttischlampe an, rauchte eine Zigarette nach der anderen ... *Michael* ... noch zwanzig Stunden, noch neunzehn, achtzehn ... wenn nur nichts dazwischenkam ...

Kurz nach Sonnenaufgang stand Lara auf und ging auf die Terrasse hinaus. Ein dichter Dunstschleier lag über dem Meer. Er ließ den Horizont in einem sanften Gold erstrahlen, das mit jedem Augenblick heller und klarer wurde. Das war sicher ein gutes Zeichen.

Lara beschloß, nicht wieder ins Bett zu gehen. Sie kam ja doch nicht zur Ruhe.

Bertinottis Supermarkt führte seit kurzem komplette Menüs für die Mikrowelle. Als Lara das herausfand, hielt sie es für ein ganz persönliches Geschenk des Himmels. Diese Neuheit würde Michael vor dem sicheren Hungertod bewahren. Lara kaufte diverse Nudelgerichte, Fleisch- und Fisch-Variationen, und damit es zum Nachtisch auch noch was gab, nahm sie aus dem Kühlregal eine Familienpakkung Vanillepudding mit Himbeersoße.

Signora Bertinotti grinste wissend, als Lara die Kasse passierte. »Schönes Wochenende, Signora Laddock!«

Lara wußte genau, was sie tat. Sie hatte sich alles gut überlegt, tagelang. Mehrere Male war sie durch die verschiedenen Läden gegangen, hatte eingehend die Schaufensterauslagen studiert. Nun entschied sie sich ganz spontan, stürzte in die Bettenabteilung des nebenan gelegenen Wäscheladens; nun mußten nur noch Blumen her . . .

»*Ma come va*, Signora Laddock?«

»*Bene, bene!*« gab Lara zur Antwort, ohne der Palini einen Blick zu gönnen.

Gottlob stand der Aufzug ausnahmsweise mal bereit. Es war schon kurz vor Mittag, und Lara hatte noch so unendlich viel zu tun.

Die Lebensmittel landeten auf dem Küchentisch, die Blumen in der Spüle. Lara riß sämtliche Türen und Fenster auf, dann fing sie an, die gesamte Wohnung zu putzen.

Die Touristen glaubten immer, in einem so wunderbaren Urlaubsland wie Ligurien würde es nicht schmutzig. Aber das Gegenteil war der Fall. Hier war zwar kein Ruß in der Luft, wohl aber jede Menge Sand und Meersalz. Wer in dieser Gegend einen Haushalt führte, wußte, was Arbeit war. Eine »gute« Frau hatte zweimal täglich das gleiche Pensum: zuerst mußten die Böden gefegt, dann feucht gewischt und zuletzt trockengerieben werden.

Lara machte das höchstens einmal in der Woche. Entsprechend groß war dann die Mehrarbeit.

An diesem Freitag schaffte sie das Schlafzimmer nur noch mit letzter Kraft. Sie war völlig durchgeschwitzt, aber ein einziger Gedanke erfüllte sie sogleich mit neuem Tatendrang: Noch acht Stunden, und er würde in diesem Bett da liegen . . .

Der azurblaue Damast, den sie neu gekauft hatte, war ein Traum, und dann die farblich dazu passende Glasvase! Sie stellte die weißen Gartennelken hinein und plazierte das Ganze auf Michaels Nachttisch ... Es sah irgendwie affig aus. Sie nahm es wieder weg und rannte damit durch die Wohnung. In der Küche war kein Platz dafür, auf der Terrasse war es zu windig, auf der Anrichte im Wohnzimmer machte es sich nicht ... wohl aber auf dem Beistelltisch neben dem Sofa.

Lara atmete erleichtert auf und schaltete den Fernsehapparat ein. Ein Klumpen Mozzarella verwandelte sich in eine traumschön angerichtete Vorspeise: Geometrisch geschnittene Mozzarella-Eckchen lagen zwischen Basilikumblättern und Tomatenscheiben. Im nächsten Moment war da wieder dieser Käseklumpen auf dem Bildschirm, der sich alsdann auflöste und brutzelnd über eine dick belegte Pizza ergoß ... Lara lief das Wasser im Mund zusammen, aber da war der Werbeblock auch schon zu Ende, und die RAI blendete die Uhr ein ... noch zwanzig Sekunden bis zum Beginn der Nachrichten ... Lara erschrak: Es war schon halb sechs!

Sie nahm ein Bad und wusch ihr Haar. Sie cremte ihren Körper mit jener Lotion ein, die laut Grø so ganz besonders verführerisch duftete, und lackierte ihre Finger- und Fußnägel. Es wurde dunkel, als Lara endlich mal eine Pause einlegte. Sie goß sich ein Glas Wein ein und nahm eine Scheibe Toast aus dem Kühlschrank.

Der Abendhimmel war wolkig, und der Wetterbericht für das Wochenende war auch nicht gerade berauschend. Lara schaltete den Fernsehapparat ab und legte eine Schallplatte auf.

»Ah, qu'il doit être doux et troublant, l'instant du premier rendez-vous ...«

Jacqueline Bouvier sang, und Lara summte mit. Sie biß ein Stück von dem Brot ab, konnte es aber nicht herunterschlucken. Es schien immer mehr zu werden in ihrem Mund, und so lief sie schließlich ins Bad, spuckte alles in die Toilette und warf den Rest hinterher. Dann betrachtete sie ihr Gesicht im Spiegel und fing an, das Haar auf Lockenwickler zu drehen.

Signora Palini packte ihre Sachen zusammen. Es war 21.58 Uhr; in zwei Minuten hatte sie Feierabend.

Der Nachtportier war ein pünktlicher Mensch. Er war so pünktlich, daß man in ganz Pietra Ligure rätselte, wie er das Abend für Abend anstellte. Wenn die Glocken des Doms zu läuten begannen, kam er um die Ecke. Beim sechsten Schlag stand er im Türrahmen, beim zehnten trat er seinen Dienst an.

»Buona notte, Signora Palini!«

»Buona notte!«

Die Schallplatte war schon lange zu Ende. Im Bademantel stand Lara vor der Staffelei und betrachtete ihre zwei Frauen. Sie waren immer noch nicht weiter gediehen. Außer den schmalen dunklen Balken hatte es in den letzten Tagen kaum eine Veränderung gegeben, und trotzdem war sie guter Dinge. Das Bild würde schon noch werden. So etwas dauerte halt seine Zeit ...

Der Wecker schrillte. Lara erschrak und rannte ins Schlafzimmer. Sie haßte dieses Gerät. Der Tod persönlich mußte es erfunden haben, um die Menschen immer wieder an ihn zu erinnern. Mit der flachen Hand schlug sie auf das Läutwerk und brachte es zum Verstummen.

Ja, sie haßte dieses Gerät ... im allgemeinen. Nicht jedoch an diesem Abend. Es war endlich 22.00 Uhr; nun dauerte es nicht mehr lange.

Lara gab ihrem Wecker einen Versöhnungskuß, dann zog sie sich um, schlüpfte in den sonnengelben Baumwoll-Body, zog den sonnengelben Glockenrock darüber, die sonnengelbe Hemdbluse ... Sie rupfte die Lockenwickler aus dem Haar. Eine traumhafte Mähne umrahmte ihr Gesicht, sie war sehr gespannt, was Michael dazu sagen würde.

Buona Sera! hieß die Show, die seit Anfang des Jahres jeden Freitagabend um diese Zeit ausgestrahlt wurde. Und sie war ein Riesenerfolg. Die Signora Palini versäumte keine einzige Folge, Antonella sprach das ganze Wochenende von nichts anderem, nur Lara versuchte nach wie vor vergeblich, dem Spektakel etwas abzugewinnen. Der Moderator wirkte wie ein schlechter deutscher Karnevalsredner, das Ballett erinnerte an die Square-Dance-Gruppe einer amerikanischen Kleinstadt, und die Sängerinnen ... Lara hatte immer den

Eindruck, das müßte alles ein einziger Witz sein, doch schien es ernst gemeint zu sein – und das war Laras Problem.

Es wurde elf, und es wurde halb zwölf, und es wurde Mitternacht, und die Nachrichten kamen. Sonst verfolgte sie die immer mit Interesse, aber an diesem Freitag vermochten sie Lara nicht zu fesseln. Immer wieder lief sie in die Küche, um die Uhrzeit zu vergleichen. Michael hatte ausdrücklich gesagt, daß es Mitternacht werden könnte, aber Lara war trotzdem nervös. Sie schaltete den Fernseher ab. Draußen war es totenstill, nur das Rauschen des Meeres war zu hören. Wenn Michael nun nicht kam? Wenn er nie wieder kam? Laras Blick fiel auf den Schallplattenspieler. Noch immer drehte sich die runde Scheibe, obwohl das Lied schon lange zu Ende war ... Was, wenn Michael wirklich nie mehr zurückkam?

Zornig schaltete sie den Apparat aus. »Nicht wieder diese Nummer!« sagte sie laut zu sich selbst. »Nimm dich zusammen, Frau!«

Ein paar Minuten half diese Selbstbeschwörung, dann fing das ganze Theater von vorne an: Michael würde nicht kommen ... Er würde niemals wiederkommen ...

Lara wußte zwar nicht, warum sie sich dessen so sicher war, aber sie war sich sicher, und das allein zählte. Brian war schließlich auch nicht gekommen.

Brian! Sie riß die Terrassentür auf, sie brauchte Luft. Wenn sie an Brian dachte, hatte sie immer das Gefühl, ersticken zu müssen. Er hatte ihr alles genommen, ihre Selbstachtung, die Fähigkeit, ihren Gefühlen zu vertrauen, einfach alles. Lara schlug die Hände vors Gesicht. Das Meer war laut, aber die Stille, die Brian in ihr hinterlassen hatte, war noch sehr viel lauter, auch noch nach all den Jahren ... Dabei war er die große Liebe ihres Lebens gewesen ...

Das Cancer Research Center lag außerhalb von Miami und galt als eine der besten Krebs-Nachsorgekliniken der Vereinigten Staaten.

Es war der 29. März 1979. Am Vorabend war Lara angekommen und hatte sich so unwohl gefühlt, daß sie sofort ins Bett gekrochen war, ungewaschen, ohne sich die Zähne zu putzen, sogar ihr Kostüm hatte sie anbehalten, nur die Schuhe ausgezogen. Als sie jetzt aufwachte, wußte sie im ersten Moment gar nicht, wo sie war. Doch die Angst, die sie schon zu Hause verspürt hatte, war sofort wieder da … diese Angst, daß etwas Schreckliches passieren würde, etwas Unvorstellbares – Unvermeidbares …

Lara kletterte aus dem Bett und zog die Vorhänge auf. Florida hieß nicht umsonst der *Sunshine State;* hier war zwölf Monate im Jahr Sommer.

Sie öffnete die Balkontür und trat ins Freie. Ihre Eltern hatten keine Kosten gescheut. Vor Laras Augen tat sich ein schneeweißer Sandstrand auf, das Meer schillerte in allen nur denkbaren Blau-Grün-Tönen, und darüber spannte sich ein wolkenloser Himmel.

Lara seufzte und ging ins Zimmer zurück. Der Raum war groß und elegant eingerichtet, aber er verfügte weder über ein Fernsehgerät noch über ein Telefon, und überall waren Rauchmelder installiert. Wütend trat Lara gegen ihre Koffer, die unberührt neben der Tür standen. Keine drei Tage würde sie es hier aushalten, davon war sie überzeugt. An drei Wochen war gar nicht zu denken.

Das Cancer Research Center lag inmitten einer weitläufigen Parkanlage. An der Hauptstraße waren die Forschungs- und Behandlungsgebäude, die Nachsorgebereiche waren am Strand gelegen, und mitten auf dem Gelände war der sogenannte Kommunikationskomplex. Dort wurden die Mahlzeiten eingenommen, dort gab es Fitneßcenter und Schönheitssalons, Boutiquen und – o Wunder – einen Gemeinschafts-Fernsehraum.

Lara knirschte mit den Zähnen. Sie haßte diesen Gruppenwahn, dieses zwanghafte Eingebundensein in ein Team. Man wurde nicht im Team geboren, und man starb auch nicht im Team, und allein schon deshalb sah sie es überhaupt nicht ein, im Team zu leben – auch nicht für drei Wochen.

Es war kurz vor sieben Uhr morgens, als Lara an diesem 29. März 1979 zum Frühstück ging. Sie hatte Hunger, aber noch mehr Lust auf eine Zigarette. Doch auf dem gesamten Gelände herrschte Rauchverbot, und es durfte auch kein Alkohol getrunken werden, und zwischen zehn Uhr abends und sechs Uhr morgens war unbedingte

Ruhe zu halten, und das gleiche galt für die Zeit von ein bis drei Uhr nachmittags.

Lara hatte das Gefühl, lange vor dem Tod in die Hölle geraten zu sein. Zufällig erblickte sie ihr Spiegelbild in der Fensterscheibe des Frühstücksraumes. Mißmutig sah sie aus und so gar nicht nach Florida-Sonne. Sie trug eine schwarze Bluse, Jeans und schwarze Turnschuhe. Sie sah sich um. Zu ihrer Rechten standen ein paar Zwergpalmen und jede Menge Agaven. Vielleicht konnte man sich dahinter verstecken ...

Die Zigarette schmeckte schier göttlich, und Lara schloß verzückt die Augen und inhalierte den Rauch so tief, wie sie eben konnte. Daß die Gesellschaft einem aber auch alles versagen wollte, was Freude – sie begann zu schnuppern. Ihr Tabak roch auf einmal so sehr viel strenger als sonst. Hastig löschte sie die Zigarette, stand auf und trat aus dem Schutz der Zwergpalmen. Es war der 29. März 1979, kurz nach sieben Uhr morgens. Und da war er ...

Brian O'Leary war damals fünfunddreißig Jahre alt. Attraktiv war er nicht gerade. Sein kurzes, dunkles Haar sah irgendwie zerzaust aus, und unter seiner hohen Stirn lagen schmale Augen, die weder braun noch grau, noch grün waren und sich hinter einer Brille versteckten. Die Gläser waren klein und rund, das Gestell war aus Metall und klemmte auf einer äußerst merkwürdigen Nase. Sie bog sich so stark nach unten, daß Nasenspitze und Nasenflügel ein Dreieck bildeten, und die Spitze dieses Dreiecks prangte über einem Wust von Haaren, der die gesamte Oberlippe bedeckte. Darunter klemmte eine lange, braune, qualmende Pfeife.

»Na, Gott sei Dank!« meinte Lara. »Da bin ich dann ja wenigstens nicht die einzige Süchtige hier ...«

Der Mann reagierte eigenartig auf diese Bemerkung. Er versuchte wohl zu lachen, aber es kam nur so ein komisches Schnüffeln dabei heraus, es klang wie ein hastiges Ein- und Ausatmen durch die Nase. Dabei sah er Lara an, als würde er sie sehr gut kennen und wüßte nur nicht mehr, woher.

Ihr erging es ebenso. Unsicher trat sie einen Schritt zurück und sah ihn sich genauer an.

Er war nur unwesentlich größer als sie, und er hätte gut ein paar

Kilos abspecken können. Er trug ein hellblaues Hemd, das mit dunkelblauen Ankern bedruckt war, verwaschene Jeans, Turnschuhe, und über seiner Schulter hing eine schwarze Herrentasche. An seinem linken Arm prangte eine gigantische Uhr, so groß und so auffällig, daß sie jeder Küstenstation als Barometer ausgereicht hätte ... Er war wirklich nicht gerade attraktiv. Und trotzdem hatte Lara auf einmal keine Angst mehr. Im Gegenteil. Sie fühlte sich irgendwie sicher, »angekommen«.

Da streckte er ihr auch schon die Hand entgegen. »Brian O'Leary«, stellte er sich vor.

»Lara Laddock ...« Sie errötete und nahm sich vor, noch vor dem Frühstück in ihr Zimmer zurückzugehen und die Koffer auszupakken. Sie hatte so ein wunderhübsches Kleid dabei. Es war aus weißem Chiffon und bedruckt mit zarten Blütenmotiven.

Brian O'Leary arbeitete als Arzt in einer der Forschungsabteilungen des Cancer Research Center. Derzeit entwickelten sie eine Methode, Brustkrebspatientinnen die Amputation zu ersparen.

»Wenn es klappt, wird man in Zukunft nur noch den Tumor entfernen müssen.«

Mehr sagte er nicht über seine Arbeit, und Lara hielt das für berufsbedingte Verschwiegenheit. Später mußte sie dann feststellen, daß es vielmehr Desinteresse war. Aber später sollte Lara ja noch so manches feststellen.

Zunächst einmal war Brian die berühmte »Liebe auf den ersten Blick« für sie. Knapp fünf Minuten dauerte ihre erste Begegnung, danach bestimmte dieser Mann ihr ganzes Denken und Fühlen, Sinnen und Trachten.

Schon als Kind hatte Lara geglaubt, ein aufmerksamer Mensch könnte Gottes angeblich so unergründlichen Ratschlag sehr wohl durchschauen. Diese Ansicht hatte sich während ihrer Krankheit nur noch verstärkt, und nun, da sie Brian begegnete, war sie endgültig davon überzeugt. Alles hatte seinen Sinn gehabt! 1976 hatte sie Krebs bekommen, weil sie 1979 in dieser Klinik hier Brian finden sollte, und sie hatte sich seinerzeit in Herrn Dr. Jan Reinders verliebt, um jetzt auf Herrn Dr. O'Leary vorbereitet zu sein. Und wie sie vorbereitet war!

Gleich am ersten Tag bemühte sie sich, jede Menge Leute kennenzulernen, um sie über Brian zu befragen. So hatte sie damals Jans gesamtes Privatleben erforscht. Jetzt bekam sie fast nichts heraus. Kaum jemand kannte Brian, und die wenigen, die ihn kannten, wußten nur wenig über ihn. Er hatte eine geregelte Arbeitszeit, wohnte irgendwo in Miami, ging gern segeln und trank häufiger schon mal ein Bier.

»Ist er verheiratet?«

»Keine Ahnung.«

»Hat er eine Freundin?«

»Ich hab' von so was noch nie gehört ...«

Lara frohlockte. Sie durfte sich also Hoffnungen machen.

Unter genauester Berücksichtigung dessen, was sie bisher über Brian wußte, nahm Lara ihr Nachsorge-Therapie-Programm wahr. Sie machte die vegetarische Diät mit, weil die »Fleischlosen« in der Ärztekantine verköstigt wurden; sie nahm an der morgendlichen Gymnastik und am abendlichen Jogging teil – beides fand am Strand statt, und Doktor O'Leary ging gern am Strand spazieren –; sie ging sogar zu der freiwilligen Gruppen-Therapie, wo Betroffene wie sie unter Tränen schilderten, wie schlecht es ihnen im Grunde doch ging und wie gut sie sich trotzdem fühlten. Nach der Stunde verwickelte Lara die Therapeutin immer noch in ein kurzes Privatgespräch. Sie besaß nämlich eine Segeljolle, die neben der von Brian O'Leary vor Anker lag.

Viel wußte die Dame allerdings auch nicht zu berichten. Brian schien der einzige Amerikaner zu sein, der sich weder für Baseball noch für Basketball oder Football interessierte. Dafür liebte er Abenteuerfilme und schnelle Autos und hatte zwei wesentlich ältere Geschwister. Der Bruder war unlängst gestorben, die Schwester lebte irgendwo in Europa.

Lara saugte diese Informationen auf wie ein Schwamm. Sie fühlte sich Brian nahe, wenn sie über ihn sprach, und dafür war sie zu jeder Therapie bereit.

Während der offiziellen Ruhezeiten machte sie dann aktiv Jagd auf ihn; damit hatte sie dank Jan Reinders Erfahrung. Folglich begegneten sie einander mit schöner Regelmäßigkeit, mal im Kommunikationszentrum, mal im Park, meist am Strand. Brian gab sich nie sonderlich erstaunt, wenn er Lara traf, und auch nie erfreut, allerdings auch nie gelangweilt oder gar genervt. Er grüßte, plauderte über das Wetter oder das Essen, und dann sah er Lara an, als würde er irgend etwas von ihr erwarten. Das verwirrte sie um so mehr, da sie sich für ihre »zufälligen« Begegnungen verantwortlich fühlte. Und sie wollte ihn natürlich auf gar keinen Fall enttäuschen. Deshalb hatte sie nach der ersten Woche in Nachtarbeit eine Art von Themenkatalog erstellt. Beim nächsten Treffen wollte sie mit Brian über Malerei sprechen, beim übernächsten wollte sie von ihrer Krankheit erzählen, und dann . . .

»Sagen Sie, Lara . . . was ist Glück für Sie? Glauben Sie, daß das Leben einen Sinn hat, Lara? Was halten Sie von Eifersucht?«

Brian war wohl auch aufgefallen, daß das Thema Wetter nicht unerschöpflich war. Vor allem aber schien er sich ebenso für Lara zu interessieren, wie sie sich für ihn interessierte. Das machte sie überglücklich. Sie bemerkte nicht, daß der Mann sie wie eine jener Briefkastentanten behandelte, die man bei jeder größeren Zeitung fand. Er knallte ihr die Fragen seines Lebens roh auf den Tisch und erwartete, daß sie pikant und schmackhaft angerichtete Antworten daraus machte.

»Glück, Brian? Glück ist eine Entscheidung . . . – Natürlich hat das Leben einen Sinn. Wir sind, weil wir sein sollen. Und wir sollen sein, damit wir sind, wie wir sind. – Wer eifersüchtig ist, liebt mehr, wer es nicht ist, liebt besser . . . hat Molière gesagt . . .«

Brian war es gleichgültig, ob Molière oder Lara so etwas sagte. Er schaute immer gleichermaßen begeistert vor sich hin, um schließlich nach Laras Hand zu greifen und sie zu küssen.

»Ich bewundere Frauen wie Sie«, sagte er dann. »So eine Krankheit durchzustehen . . . Ich könnte das nicht . . .«

Lara fand es zwar recht schön, bewundert zu werden, doch hätte sie es noch sehr viel schöner gefunden, wenn Brian ihr auch noch ein paar andere Gefühle entgegengebracht hätte. Aber mit solchen Dingen hatte sie ja auch schon Erfahrung, und damit tröstete sie sich. Jan hatte schließlich auch Distanz gewahrt, solange sie seine Patientin gewesen war. Bestimmt hatte Brian die gleichen Gründe. Lara war sich dessen ganz sicher . . .

Als sie das Cancer Research Center am 20. April 1979 verließ, führte sie ihr letzter Weg an den Arbeitsplatz von Doktor O'Leary.

»Ich wollte mich verabschieden ...«

Er saß gerade an seinem Schreibtisch, als sie sich da so plötzlich in den Türrahmen lehnte.

»Wie haben Sie mich gefunden?«

»Das war nicht schwer.«

Er lächelte, irgendwie anerkennend, und dann stand er auf und ging auf sie zu.

»Ist es schon soweit?«

Sie nickte.

»Wie schnell die Zeit vergeht ...«

Seine Stimme klang traurig, und in diesem Moment war Lara endgültig überzeugt, daß er sie liebte und sich nur nicht traute, es zu zeigen. Sie hätte gern entsprechend reagiert. Doch brachte sie kein einziges Wort heraus, denn der Kloß in ihrem Hals wurde dicker und dicker, und sie spürte, daß ihr die Tränen kamen.

Da strich Brian auf einmal mit der Hand über ihre Wange. »Bis bald!« sagte er.

Lara kehrte nach Washington zurück, doch schien sie nur noch ein halber Mensch zu sein. Wenn sie morgens aufwachte, galt ihr erster Gedanke Brian. Sie träumte bei Tag und bei Nacht von ihm, konnte sich auf nichts sonst konzentrieren und hielt ihrer Freundin Jennifer lange Monologe darüber, wie Brian aussah, was er gesagt und getan hatte, warum er es aller Wahrscheinlichkeit nach gesagt und getan hatte und – vor allem – wie sie, Lara, sich ihre gemeinsame Zukunft vorstellte.

»Ich würde gern in Miami leben, Jen. Das Licht ist so wunderbar da unten. Ich könnte wieder malen, weißt du? Brian interessiert sich sehr für Malerei. Nenn ihm irgendein Gemälde, und er kann dir sofort sagen, in welchem Museum es hängt. Brian ...«

Eine Weile ertrug Jennifer ihre liebeskranke Freundin. Dann reichte es ihr.

»Weiß Brian eigentlich von seinem Glück?« erkundigte sie sich eines Tages.

Lara wurde blaß. Seit fast zwei Wochen wartete sie auf einen Anruf oder auf einen Brief.

»Na«, meinte Jennifer, »dann würde ich die Geschichte an deiner Stelle entweder vergessen ...«

»Oder?«

»Selbst in die Hand nehmen!«

Die Idee war gut. Noch am gleichen Abend setzte Lara sich hin und schrieb Brian O'Leary einen langen Brief, in dem sie ihm in aller Offenheit ihre Gefühle darlegte.

»Ich bin kein Mensch, der sich leicht verliebt, aber bei Ihnen ist es auf Anhieb geschehen. Inzwischen ist dieses Gefühl, das ja eigentlich hätte abklingen müssen, immer stärker geworden ...«

Sie führte aus, daß ihn diese Eröffnung zu nichts verpflichten würde, fügte aber hinzu, daß sie sehr glücklich wäre, wenn er ihre Empfindungen teilen könnte. Als der Brief fertig war, ließ sie ihn zwei Wochen liegen. Eine weitere Woche las sie ihn jeden Abend vor dem Schlafengehen durch, dann schickte sie ihn weg.

Die Zeit danach sollte Lara ihr Lebtag nicht vergessen. Tagaus, tagein hockte sie vor dem Telefon und beschwor es zu klingeln. Es riefen auch tatsächlich alle möglichen Leute an. Nur Brian nicht.

Lara verzweifelte. Mehrmals täglich durchkämmte sie den elterlichen Briefkasten, als wäre das kleine, übersichtliche Ding mindestens der Dschungel Indiens.

»Was ist denn, Kind?«

»Was soll denn sein?«

»Du siehst aus, als –«

»Es geht mir gut!«

In Wahrheit hatte Lara das Gefühl, als schnüre ihr eine unsichtbare Schlinge langsam und unerbittlich die Kehle zu. Doch darüber konnte und wollte sie nicht reden, nicht mit Menschen. Wie in den schlimmsten Zeiten ihrer Krankheit floh sie in die Welt ihrer Gebete. Jedes begann mit: »Mach, daß Brian anruft! Gib, daß er mir schreibt ...«

Nichts geschah. Zuerst machte Lara die amerikanische Post dafür verantwortlich und erwog, zur Terroristin zu werden.

»Ist das dein Ernst?« Jennifer wußte nicht, ob sie lachen oder weinen sollte.

»Ja«, knurrte Lara, »das heißt . . . bestimmt ist ihm irgend etwas passiert . . .«

»Meinst du?«

Lara nickte und wischte sich die Tränen aus den Augen. Bei jeder Kleinigkeit mußte sie weinen in jener Zeit.

»Ich schimpfe hier über ihn«, schluchzte sie, »und er liegt sicher auf irgendeiner Intensivstation und kämpft um sein Leben . . .«

Jennifer war gerührt. Wenn sie sich mal verliebte, mußte das mindestens so heftig sein wie jetzt bei Lara, sonst war es nichts.

»Du mußt dich irgendwie ablenken, Lara.«

»Wie denn?«

»Ich weiß nicht . . . lern von mir aus . . . ja, lern!«

Und Lara lernte, von früh bis spät: Vokabeln und Redewendungen, die Regeln des internationalen Im- und Exports, nach sechs Wochen hatte sie es dann endlich begriffen: Lara Laddock hatte Brian O'Leary die freie Wahl gelassen, und er hatte sie genutzt. Er wollte keinen Kontakt mit ihr. Auf eine klare Frage hatte er ihr eine klare Antwort gegeben.

In der Zwischenzeit war Sommer geworden, und Lara machte ihre ersten Prüfungen.

»Wenn ich so gut wäre wie du«, seufzte Jennifer, »würde ich zu den Vereinten Nationen gehen.«

»Das würde ich auch gern. Ich bezweifle nur, daß denen mein Gesundheitszeugnis reicht.«

»Versuch es doch einfach mal!«

Das Unmögliche zu probieren hatte Lara schon immer gereizt, und unter den gegebenen Umständen reizte es sie nur noch mehr. Sie tat zwar in der Zwischenzeit so, als hätte sie Brian verwunden, doch war dem ganz und gar nicht so. Ihr Liebeskummer wollte einfach nicht vergehen. Es tat jetzt nur anders weh als zu Anfang, aber es tat immer noch weh, und da lenkte Arbeit ab, das hatte die Vergangenheit bewiesen. Die Mühe wurde belohnt. Am 4. September 1979 hatte Lara einen Vorstellungstermin bei den Vereinten Nationen in New York City. Das Taxi, das sie zum Flughafen bringen sollte, stand vor dem Haus.

»Warte, Schatz!« rief ihre Mutter ihr nach. »Hier ist ein Brief für dich, hast du unterwegs was zu lesen ...«

Liebe Miss Laddock,
da meine »Vogel-Strauß-Politik« wohl doch wenig Sinn hat, möchte ich mich nicht weiter verstecken und Sie bitten, mit mir in dieser Woche bei einem Gläschen Wein oder ähnlichem zu plaudern.
Bitte versuchen Sie, mich abends im Ramada Renaissance unter 703 51 66 anzurufen, damit wir gemeinsam etwas ausmachen können.
Vielen Dank im voraus,

Ihr Brian O'L.

Laras Knie wurden weich, und sie starrte auf die schmale, braune Briefkarte in ihren zitternden Händen.

»Er ist hier in Washington, Mama.«

»Wer?«

»Brian!«

»Und?«

Lara sah ihre Mutter mit großen Augen an. Manchmal war es erstaunlich, wie begriffsstutzig die Alten sein konnten. Als hätten sie überhaupt keine Ahnung von den wirklich bedeutsamen Dingen des Lebens! Lara schickte das Taxi weg und lief ins Haus. Die Vereinten Nationen waren nichts. Brian war alles.

Am nächsten Abend trafen sie sich in seinem Hotel. Lara trug einen knöchellangen Plisseerock aus nilgrünem Chiffon und dazu einen farblich genau passenden Cord-Blouson. Brian war eher lässig gekleidet für die elegante Umgebung, aber das schien ihm auch nicht zu helfen. Sie waren beide sehr verkrampft und wußten zunächst gar nicht so recht, was sie tun oder sagen sollten.

Brian machte schließlich den Anfang. Er bestellte Wein und erzählte von dem Ärztekongreß, an dem er derzeit teilnahm, und dann sprach er von seinen Freunden und von den Frauen seiner Freunde.

»Stephanie, das ist die Frau von Frank, die hat eine unheimliche

Karriere gemacht als Immobilienmaklerin. Tolle Frau. Ganz tolle Frau. Und Kevins Frau ist auch nicht ohne, sieht super aus. Und Alex ... Alex und Angela sind sozusagen meine besten Freunde, verstehen Sie? Wir können uns alles erzählen, haben keine Geheimnisse, und die Angela ... Na ja, wenn Alex nicht wäre, hätten sie und ich schon längst mal ... Sie will das jedesmal, nur ... Mit Stephanie hatte ich auch schon mal so eine Situation, daß ich dachte ...«

Lara hörte andächtig zu und fragte sich, warum sie dabei unentwegt lächelte. Sie konnte auch nicht verstehen, warum sie sich so enorm unter Druck gesetzt fühlte. Endlich hatte sie, was sie sich monatelang sehnlichst gewünscht hatte. Noch sehnlicher wünschte sie sich nur, ihre Hände auf Brians Wangen und ihre Lippen auf seine zu legen.

»Und was machen Sie so?«

Sie zuckte regelrecht zusammen, als er sie das so plötzlich fragte.

»Mir ... mir geht es gut ...«, stammelte sie.

»Machen Sie immer noch diese Dolmetscher-Schule?«

»Ich habe mich gerade bei den Vereinten Nationen beworben«, lachte sie und schämte sich auf einmal, den so mühsam erkämpften Vorstellungstermin nicht wahrgenommen zu haben.

»Wollen Sie denn in den auswärtigen Dienst?« fragte Brian.

»Vielleicht.«

»Nach Paris, London, Rom ...«

»Als Anfänger kommt man eher nach Brazzaville oder Bukarest.«

Er sah ihr tief in die Augen. »Das ist ziemlich weit weg ...«

Lara wurde heiß und kalt zugleich. Sie wollte seinem Blick einerseits ausweichen, andererseits aber darin versinken. Ihre Gefühle waren einfach überwältigend, und ihr war, als hätte sie hier nun ihre letzte Chance, diese Gefühle entweder zu verschlingen oder aber von ihnen verschlungen zu werden.

Brian nahm ihr die Entscheidung ab.

»Kommen Sie, Miss Laddock«, sagte er und reichte ihr das Weinglas, »lassen Sie uns anstoßen ... ich bin der liebe Brian ...«

Noch am gleichen Abend gingen Lara und der liebe Brian miteinander ins Bett. Es war ein rauschendes Erlebnis, zumindest für sie. Wovon sie monatelang geträumt hatte, das erfüllte sich nun in diesem

Hotelzimmer, und das war so wundervoll, daß Lara weinte vor lauter Glück.

»Sei nicht albern!« sagte Brian dazu und stieß mit dem Zeigefinger unter ihre Nase. »Stupser!« nannte er das und schnüffelte dabei wie bei ihrer ersten Begegnung im Garten des Cancer Research Center. Dann drehte er sich auf die Seite und schlief ein.

Den nächsten Tag verbrachte Lara wie in Trance. Sie irrte durch die Stadt und kaufte eine neue Hose, eine neue Bluse, einen Pullover und ein Paar Schuhe mit ganz besonders flachen Absätzen, denn Brian war nun mal nicht der Größte.

»Das ist aber rein körperlich«, sagte er, als sie sich am Abend wiedertrafen.

Er hatte sich einen Leihwagen besorgt und kurvte nun kreuz und quer durch die Stadt, denn er war zum ersten Mal dort und wollte möglichst viel sehen.

Lara gefiel sich in der Rolle der Fremdenführerin. Doch Brian gefiel Washington nicht.

»Alles so protzig!« klagte er. »Ich interessiere mich sehr für Architektur, aber nicht für diesen plumpen Klassizismus. Warst du mal in Italien, Laralein? Meine Schwester lebt da. Ich liebe die Toscana, weißt du? Da findet man romanische Kirchen . . .«

Er redete und redete, über Kapellen und Fresken und Säulen, über Hochgotik und geostete Kirchenschiffe – und Lara fühlte sich schuldig, in einer so häßlichen, plumpen Stadt wie Washington zu leben.

Zur Strafe gab es nicht einmal ein anständiges Abendessen. In einem *Burger King* außerhalb der Stadt verschlang Brian zwei Fuhren Chicken Wings, dann fuhren sie zum Hotel zurück.

»Kommst du noch kurz mit rauf?«

»Sicher«, erwiderte Lara nach einigem Zögern, sie konnte das Wörtchen ›kurz‹ nicht einordnen.

Eine halbe Stunde später konnte sie es. Brian war kurz über sie hinweggegangen, hatte kurz geduscht und zog sich nun wieder an.

»Du kannst heute nacht nicht hierbleiben«, erklärte er dabei. »Ich habe morgen ein Arbeitsfrühstück mit einem Kollegen, weißt du? Und ich will nicht, daß der dahinterkommt, daß wir . . .« Wieder schnüffelte er und versetzte ihr einen Stupser. Dann fuhr er sie nach Hause und gab ihr noch einen innigen Abschiedskuß.

Lara lag die ganze Nacht wach und weinte. Irgend etwas stimmte nicht mit Brian und ihr, das spürte sie genau. Aber sie wußte nicht, was es war, und vor allem wollte sie nicht *alles* verlieren, nur weil *etwas* nicht so war, wie es vielleicht hätte sein sollen.

Am nächsten Tag hatte Brian überhaupt keine Zeit für Lara.

»Aber am Freitag können wir uns sehen«, erklärte er ihr am Telefon. »Hast du irgendeinen besonderen Wunsch?«

Sie schluckte. »Hast du schon mal von *Tino* gehört?«

»So ein Schickimicki-Laden, nicht?«

»Ein Steak and Lobster House, . . . es ist sehr schön dort.«

Er atmete schwer. »Wenn du unbedingt hinwillst . . .«

Lara spürte, daß er sich schon jetzt tödlich langweilte, doch war sie überzeugt, daß ihn die atemberaubende Atmosphäre von *Tino* umstimmen würde.

Es war ein wunderschöner Spätsommerabend, und Lara saß auf dem Beifahrersitz des geliehenen Cadillac. Die Erinnerungen an das verpatzte Rendezvous mit Jan Reinders waren auf einmal wieder sehr lebendig, und sie erzählte Brian die Geschichte in allen Details. Er lachte und stellte den Motor ab.

»Ich liebe dich, Brian.«

Er erschrak sichtlich. Er sah sie auf einmal an, als hätte sie eine Todsünde begangen, so zornig, zugleich aber auch so entsetzt und ängstlich. Im nächsten Moment entspannten sich seine Gesichtszüge wieder.

»Sag so was nicht«, meinte er mit sanfter Stimme.

»Warum nicht?«

Er gab ihr einen Kuß auf die Wange.

Sie aßen Austern und geräucherten Lachs und Maine-Hummer, und dazu gab es Champagner und danach einen alten französischen Cognac.

»Vollmond«, hauchte Lara, als sie zu vorgerückter Stunde das Lokal verließen.

»Puh, eine Romantikerin!« Brian spielte den Angewiderten.

»Ich finde so was herrlich. Den sternenklaren Himmel, die laue Luft, den Mond . . . und an meiner Seite den Mann, den ich liebe . . .«

Sie blieb stehen und legte ihre Arme um seinen Hals, sah ihm tief in die Augen und wollte ihn küssen.

»Laß uns fahren!« meinte er.

Der Sex, den sie in jener Nacht hatten, war ebenso schön wie am ersten Abend. Lara war außer sich vor Glück. Ein Leben lang, so schwor sie sich, ein Leben lang wollte sie sich daran erinnern, vor allem an die Minuten danach, wo sie dalag und Brians Kopf auf ihrer Brust spürte, ihm durch das schweißnasse Haar strich und seine Stirn küßte.

Dann stand er plötzlich auf und holte ein Handtuch. »Wir dürfen uns niemals wiedersehen.«

Lara glaubte, nicht richtig verstanden zu haben.

»Ich fliege morgen nach Miami zurück.«

Sie hatte das Gefühl auseinanderzubrechen. »Aber –«

»Stell mir jetzt keine Fragen, Lara!«

»Aber . . . aber du mußt doch einen Grund haben, und –«

»*Ich kann nicht*. Das ist der einzige Grund.«

Eine ganze Woche lag Lara in ihrem Bett, aß keinen Bissen, sprach kein Wort, und wenn sie nicht so von Herzen gern gelebt hätte, wäre sie am liebsten gestorben.

Nach Jean-Paul war Brian der erste wirkliche Mann in ihrem Leben gewesen. Sie liebte ihn, auch jetzt noch, und sie nahm an, daß er sich des Ausmaßes ihrer Liebe gar nicht bewußt war, denn sonst hätte er sie ja nicht so tief verletzt.

Stunde um Stunde starrte sie an ihre Zimmerdecke. Jeder Mensch hatte seinen Stolz, auch Lara Laddock. Doch vertrugen sich Liebe und Stolz nicht miteinander. Eines von beidem mußte sie aufgeben.

Nach einer Woche der seelischen Nabelschau traf Lara ihre Entscheidung. Stolz war ein unseliges Gefühl: Würde brauchte der Mensch! Und ein Mensch, der liebte, konnte seine Würde nicht verlieren.

Sie rief Brian an.

Das Gespräch verlief ganz anders, als Lara erwartet hatte. Brian freute sich sehr über ihren Anruf, plauderte munter über das Wetter in Florida und versprach, sich in Bälde zu melden.

Er tat es nicht. Zehn Tage saß Lara von früh bis spät vor dem Telefon, aber Brian rief nicht an. Sie weinte, sie schrie, sie trampelte mit den Füßen und schlug mit dem Kopf gegen die Wand, aber all das nutzte nichts. In ihrer Verzweiflung rief sie Brian schließlich ein zweites Mal in der Klinik an.

»Stell dir vor, was passiert ist!« plapperte sie los. Bedingungslose Fröhlichkeit gehörte zur Strategie. Männer wollten pflegeleichte Frauen. Gefühle waren unerwünscht. »Die MIDEM hat mir einen Job angeboten, Brian. Kennst du die MIDEM?«

Jeder in Miami kannte die Firma. Es war ein internationales Export-Import-Unternehmen, das enorme Jahresumsätze erzielte, zuletzt aber in Verruf geraten war, weil es angeblich auch mit Drogen handelte.

»Sie haben mich eingeladen, Brian. Das Vorstellungsgespräch ist am Freitag, der Eignungstest am Montag, und ich wohne im Fountainbleau Hilton. Was sagst du?«

Zunächst sagte Brian nichts. Lara hörte ihn schlucken und hätte vor lauter Angst am liebsten den Hörer aufgelegt, doch dann kam die große Überraschung.

»Im Fountainbleau Hilton?« hakte Brian nach. »Das ist ja toll ... Da können wir uns treffen – wann kommst du?«

Lara hatte alles schon gebucht, sie brauchte die Einzelheiten nur noch abzulesen.

Das Wochenende war wie ein schöner Traum. Brian tat so, als hätte es die schnöden Abschiedsworte von Washington nie gegeben, und ging zärtlich und liebevoll mit Lara um. Stundenlang lagen sie am Strand, fuhren mit dem Wagen nach Key West, tranken die verrücktesten Cocktails, sprangen mitten in der Nacht in den Hotel-Pool ...

Am Sonntagabend stand Lara im Bad und fönte sich die Haare. Brian saß vor dem Fernseher und verfolgte laut lachend die neueste und bislang peinlichste Folge einer Seifenoper.

»Sag mal«, rief sie von hinten, »was würdest du sagen, wenn ich die Woche über hierbliebe?«

Brian gab ihr keine Antwort darauf, und deshalb nahm sie an, daß der Fön zu laut war. Sie wollte nur noch eben mit einer Rundbürste die kurzen Ponyhaare aus der Stirn stylen, da wurde der Stecker plötzlich herausgezogen, und ein wutentbrannter Brian stand in der Badezimmertür.

»Hör auf zu klammern!« schrie er Lara an. »Du nimmst mir ja die Luft zum Atmen.«

Sie trat vor lauter Schreck drei Schritte zurück und landete mit dem Hinterteil auf dem – gottlob – heruntergeklappten Toilettendeckel.

»Was sollte überhaupt dieser ganze Überfall?« brüllte Brian weiter. »Warum bist du hergekommen? Ich habe dir doch von Anfang an gesagt, daß ich keine Beziehung haben *kann*!«

Er schlug den Fön mit Wucht gegen die Fliesen der Badezimmerwand. Dann ging er.

Schluchzend saß Lara im Taxi, das sie zum Flughafen brachte. Schluchzend bestellte sie im Fugzeug einen doppelten Cognac, um danach nur noch mehr zu weinen. Brian O'Leary hatte irgendein schwerwiegendes Problem, doch war Lara nicht die geeignete Person, es zu lösen. Sie mußte diesen Mann vergessen ...

Drei Tage später rief Brian mitten in der Nacht an und stellte sich Vater Laddock als Freund seiner Tochter vor.

»Entschuldigen Sie bitte die gottlose Zeit ...«

Lara wollte nicht mehr. Die Angst, die sie vor ihrer ersten Reise nach Miami empfunden hatte, diese Angst war auf einmal wieder da, und zwar massiver und erschreckender als je zuvor.

»Vielleicht sind wir uns ja in einem früheren Leben schon mal irgendwo begegnet, Brian ...«

»Erzähl doch keinen Blödsinn!«

»Aber es könnte doch sein. Ich habe dich damals verletzt, und jetzt haben wir uns wiedergetroffen, damit du dich rächen kannst. Das könnte doch –«

»Laralein!«

»Ich habe Angst, Brian ...«

»Ich *brauche* dich, Laralein.«

»Das ist nicht wahr.«

»Ich kann es nur nicht zeigen ...«

Sie atmete tief durch. »Es müßte sich vieles ändern«, sagte sie dann. »Wenn du und ich –«

»Ich kann nichts ändern, Laralein!«

»Warum nicht?«

Er zögerte eine Weile. »Komm her!« sagte er dann. »Ich werde es dir beweisen ...«

Brian O'Leary wohnte mitten in Miami Beach in einer schmucken Eigenheim-Siedlung. Das Haus hatte einen hübschen Vorgarten und zwei Garagen, und als Lara an jenem Oktobertag 1979 an Brians Seite die Auffahrt hinauffuhr, hatte sie nicht die geringste Ahnung, was sie jenseits dieser Mauern erwarten würde.

Es war schon später Abend, als Brian die Haustür aufschloß. »Das Gepäck hole ich gleich«, sagte er und schob sie durch die Diele in einen langen Korridor. Er führte direkt ins Wohnzimmer, daneben lag das Eßzimmer.

»Und das hier ist die Küche!« Stolz knipste Brian das Licht an und zeigte Lara die Gefriertruhe, den Herd und den Geschirrspüler.

»Schön, nicht?«

»Ja ...«

Er öffnete den Kühlschrank, nahm eine Flasche Rotwein heraus und schenkte ihnen beiden ein Glas davon ein.

»Willkommen!« sagte er, und sie stießen an.

Lara war ganz sonderbar zumute, aber bevor sie sich dessen bewußt werden konnte, nahm Brian ihr das Glas auch schon wieder weg und griff nach ihrer Hand.

»Komm!«

Sie gingen ins Wohnzimmer zurück. Von dort führte eine Treppe in die erste Etage. Auch da tat sich ein langer Korridor auf, von dem rechts und links Türen abgingen. Brian öffnete gleich die erste. »Pssst«, bedeutete er, dann ging er auf Zehenspitzen in den kleinen Raum und schaltete eine Stehlampe ein. Sie warf nur ein fahles Licht, aber es war hell genug, so daß Lara erkennen konnte, was sie erkennen sollte: Mitten im Raum stand ein Kinderbett, und darin lag ein Baby.

»Mein Sohn«, flüsterte Brian, »er heißt Benjamin.«

Lara wollte ihren Augen nicht trauen.

»Mary, seine Schwester, schläft nebenan.«

Lara öffnete den Mund, als wollte sie etwas sagen.

»Ich werde dir alles erklären, Laralein.«

Lara bekam den Mund gar nicht mehr zu.

Innig drückte Brian sie an sich. »Ich bin so froh, daß du da bist...«

Die dreijährige Mary und der elfmonatige Ben waren die Kinder von Brian und seiner Noch-Ehefrau Catherine. Brian liebte Catherine und die Kinder, und Catherine liebte die Kinder ebenfalls, aber sie liebte Brian nicht mehr. Sie liebte John, Brians besten Freund, und der hatte seinerseits nun gottlob nicht auch noch eine Ehefrau, wohl aber einen Hund. Der hieß Frederic.

Und jetzt kam Lara dazu!

Was für eine Rolle ihr zugedacht war in diesem Reigen, wurde erst mit der Zeit klar. Zu Anfang war Lara viel zu beschäftigt, um nachdenken zu können.

»Ich bin so froh, daß du da bist«, hatte Brian gesagt und sie an sich gepreßt, und dann hatte er ihr die ganze traurige Geschichte seines Lebens erzählt und sie gebeten, bei ihm zu bleiben.

»Catherine lebt da bei ihrem ›Partner‹, wie sie ihn nennt, und kümmert sich um nichts. Die Kinder brauchen aber wieder ein richtiges Zuhause, eine Mutter ...«

Lara schmolz dahin. Sie schlang ihre Arme um Brians Hals und küßte sein Gesicht, bis keine Stelle mehr trocken war. Sie war zweiundzwanzig Jahre alt. Und sie schwor Brian O'Leary, ihn und seine Kinder ein Leben lang so zu lieben wie in diesem Augenblick. Es war unbeschreiblich romantisch.

Am nächsten Morgen begann der Alltag.

Lara hatte nie einen Haushalt geführt. Jetzt mußte sie plötzlich acht Zimmer und einen Garten in Ordnung halten. Lara hatte nie gekocht. Jetzt mußte sie plötzlich zwei kleine Kinder und einen Mann versorgen. Sie hatte keine Ahnung von Windeln und Babynahrung. Sie wußte nicht, was zu tun war, wenn ein Kind zahnte, wenn es verstopft oder einfach nur nörgelig war. Wieviele Löffel Milumil kamen auf wieviel Milliliter warmes Wasser? Mary wollte ergründen, ob es im

Inneren eines vorgeheizten Backofens tatsächlich so heiß war, wie Lara behauptete, aber der Notarzt wohnte ja nur um die Ecke. Benjamins Nuckeltuch ging verloren, mitten im Supermarkt, irgendwo zwischen den Tiefkühlregalen, und während Lara sich mit dem schreienden Baby auf dem Arm auf die Suche machte, räumte Mary die halbe Puddingtheke in den Einkaufswagen.

»Und was hast du heute sonst noch so gemacht, Laralein?«

Jeden Abend stellte Brian diese Frage. Als nächstes wollte er dann wissen, was es zu essen gab.

»Steak!«

»Schon wieder!«

»Nudeln, Brian!«

»Und was kriegen die Erwachsenen?«

»Salat!«

»Koch doch mal was Richtiges! Warmen Kartoffelsalat mit Speck. Oder Schnecken mit Knoblauchsauce. Einen anständigen Braten . . .«

Als Lara ihre ersten Rouladen zubereiten sollte, kam Brian in die Küche, um den Stand der Dinge zu kontrollieren.

»Ah!« sagte er, nachdem er sich flüchtig umgesehen hatte. »Wir haben noch welchen im Keller.«

Lara wußte nicht, wovon er sprach, und als er kurz darauf mit einem Glas Senf in der Hand zurückkam, wußte sie nicht, was sie damit anfangen sollte.

Sie rief ihre Mutter an.

»Du mußt die Rouladen mit dem Senf bestreichen, Kind.«

»Ach so!«

»War sonst noch was die letzte halbe Stunde?«

Mutter Laddock hatte damals so etwas wie einen vierundzwanzigstündigen Telefon-Notdienst und war so gar nicht glücklich damit.

»Andere Mütter haben doch auch schöne Söhne«, lautete ihr dümmster Spruch. »Muß sich meine Tochter ausgerechnet einen Mann nehmen, der zwei kleine Kinder hat?«

»Hör auf, Mama!«

»Aber Kind, ich –«

»Was quatschst du schon wieder so lange mit der?«

Brian mochte Laras Mutter nicht, und er mochte auch Laras Vater nicht, und Laras Freundin Jennifer fand er dermaßen blöde, daß es ihm die Sprache verschlug.

Lara nahm es hin, täglich ein bißchen mehr. Sie liebte Brian, und sie glaubte, sie müßte nur »da durch«. Ohne zu wissen, was »da« war, ohne eine Vorstellung zu haben, wohin »durch« denn eigentlich führen sollte.

Verbissen versuchte sie, Brian eine gute Frau und seinen Kindern eine gute Mutter zu sein. Ein ganzes Jahr dauerte es, bis sie erstmals das Gefühl hatte, ihr neues Leben einigermaßen im Griff zu haben.

Brian lachte schallend, als sie das äußerte.

»Klar«, meinte er dann, »du kannst jetzt zwar Breichen kochen und staubsaugen, aber schau dich mal an! Ungewaschene Haare, abgebrochene Fingernägel . . .«

Lara wurde vor Scham zuerst rot und dann leichenblaß. »Dafür . . . Ich hab' nicht die Zeit, mich auch noch um mich selbst zu kümmern . . .«

Brian verzog das Gesicht. »Ich weiß, Laralein. So hat es bei Catherine auch angefangen.«

Lara kannte Catherine zu diesem Zeitpunkt ausschließlich vom Hörensagen. Es gab im ganzen Haus kein einziges Foto von ihr, und was zwischen Brian und seiner Frau zu regeln war, lief ausschließlich über die Anwälte. Da Lara zu denen keinerlei Kontakt hatte, wußte sie über Catherine nur das, was Brian ihr erzählte.

»Sie war immer ein Flittchen«, pflegte er zu behaupten. »Alle haben mich vor ihr gewarnt, aber ich wollte ihnen ja nicht glauben.«

Als Teenager hatten sie einander kennengelernt und miteinander ihre erste Liebesnacht erlebt. Danach wollte er für alle Zeiten bei ihr bleiben, aber sie wollte nicht, und sie setzte sich durch. Fünfzehn Jahre später trafen sie sich dann zufällig wieder, ausgerechnet am Heiligabend, und es fing auch gerade an zu schneien . . . Sie heirateten recht schnell, und die Kinder kamen, aber die Ehe funktionierte nicht. Und dann war John auf einmal da.

»Er war mein bester Freund, Laralein. Stell dir das mal vor! Dieses Flittchen hat mich mit meinem besten Freund betrogen. Und ist auf und davon mit ihm!«

So kannte Lara die Geschichte. Mit der Zeit konnte sie die nur nicht mehr so recht glauben, denn Brians Scheidung zog sich für die scheinbar so klaren Schuldfragen zu lange dahin.

»Von so was hast du keine Ahnung, Laralein. Sind die Kinder schon im Bett?«

Es kam Laras zweites Weihnachtsfest mit der Familie. Nun war auch Benny alt genug, den gesamten Zauber bewußt zu erleben. Lara bastelte Adventskalender, schmückte das Haus mit Lichterketten, ließ sich von ihren Eltern frische Tannenzweige schicken und besprühte sie mit Kunstschnee, hängte Kugeln und Lametta daran. Sie backte Plätzchen und sang mit den Kindern Weihnachtslieder . . . Am Abend des zweiten Advent 1980 fiel ihr dann plötzlich auf, daß Brian in letzter Zeit immer später nach Hause kam. Angeblich hatte er auf einmal so sehr viel Arbeit in der Klinik.

An jenem Sonntag rief sie dort an, aber Brian war gar nicht da. Er war auch nicht bei seinem Freund Alex, und Marty, Frank und Kevin, mit denen er regelmäßig seine Herrenabende abhielt, wußten auch nicht, wo er sein konnte.

Lara geriet in Panik. Brian ging gern segeln. Wenn er nun allein aufs Wasser gegangen und irgend etwas passiert war . . . Sie brachte die Kinder ins Bett und rief die Küstenwache an. Denen war kein Unfall gemeldet worden, und in Miamis Krankenhäusern war auch kein Brian O'Leary eingeliefert worden.

Um zwei Uhr morgens alarmierte Lara die Polizei, aber Brian war noch nicht lange genug vermißt, als daß die etwas unternommen hätte. Lara kannte Brians Lieblingsbars. Sie rief sie nacheinander an, und als es draußen hell wurde, versuchte sie es noch einmal bei seinen Freunden. Sie war völlig aufgelöst, weinte unablässig, und das war dem guten Alex im Endeffekt dann wohl doch zuviel.

»Paß auf«, säuselte er ins Telefon, »es ist so: Catherine und John haben sich getrennt, und Brian . . . ich glaube, er ist wieder mit Catherine zusammen . . .«

Lara warf den Hörer auf die Gabel. Sie glaubte Alex kein Wort.

Als Brian um acht Uhr morgens nach Hause kam, saß Lara mit den Kindern am Frühstückstisch. Sie sprang auf, als sie den Schlüssel in der Tür hörte.

»Gott sei Dank! Wo warst du? Was ist passiert?«

Brian wehrte ihre Umarmung ab und machte ein gelangweiltes Gesicht. »Laß das Theater, Laralein! Ich bin ein bißchen rumgefahren und hatte einen Platten . . .«

Er rief in der Klinik an und meldete sich krank. Dann ging er ins Bad und rasierte sich. Lara war so erleichtert, ihn gesund und munter wiederzuhaben, daß sie ihm auf Schritt und Tritt folgte. Daß ihn das erboste, merkte sie erst, als es bereits zu spät war. Da hatte sie längst erzählt, was sie während der Nacht so alles unternommen hatte.

Wutentbrannt starrte Brian sie an. »Du hast hinter mir hertelefoniert?« schrie er.

»Ich habe mir Sorgen gemacht . . .«

»Das ist aber doch kein Grund, mich vor allen Leuten zum Affen zu machen.«

»Ich hatte Angst, Brian, ich –«

»Nie wieder wirst du das tun, hörst du? Nie wieder! Das schwöre ich dir!«

Von Stund an sprach Brian kein Wort mehr mit Lara. Die ersten Tage kam sie damit noch zurecht, aber als das große Schweigen in die zweite Woche ging, war sie mit den Nerven ziemlich am Ende.

Es kam der vierte Advent. Lara hatte mit den Kindern einen Spaziergang gemacht, während Brian daheimgeblieben war und ein Bruckner-Konzert gehört hatte.

»Gut, daß du kommst!« begrüßte er sie. Es waren seine ersten Worte seit dreizehn langen Tagen. »Deine Mutter hat angerufen. Dein Vater hat Lungenkrebs. Er wird sterben. Du sollst nach Hause kommen.«

Fassungslos stand Lara im Türrahmen und starrte ihn an.

Er lächelte verlegen und hielt ihr einen Zettel hin. »Hier, ich habe dir schon mal einen Flug gebucht.«

In Washington war tiefster Winter. Die Stadt erstickte nahezu im Schnee. Das führte zu erheblichen Verspätungen im Flugverkehr, auf den Straßen herrschte ein Blech-Chaos, und zwischen den hupenden, verschwadeten Autos schlitterten mißmutig dreinschauende Menschen zu ihrem nächsten Termin.

In Washington D.C. arbeiteten die meisten für die Regierung, und das war eine Welt für sich. Hier trug Mann Nadelstreif aus feinstem Tuch und Frau reine Seide und hohe Absätze. Der Wintereinbruch erschütterte diese Welt nun in höchstem Maße. Mann hatte Sorge, der dicke Mantel zerknittere den kostbaren Anzug, und griff deshalb alle paar Schritte in den dicken Stoff, um ihn vom Körper abzuhalten, und Frau umklammerte mit den frostkalten Fingern eine Plastiktüte, die ihren derzeit wohl kostbarsten Besitz beinhaltete: das Schuhwerk fürs Büro.

Über ein Jahr war Lara nicht zu Hause gewesen. Sie saß im Fond des Taxis und versuchte, irgendeinen klaren Gedanken zu fassen oder zumindest etwas zu fühlen. Aber »Papa stirbt!« waren die einzigen Worte, die in ihrem Schädel hämmerten, und dabei glitt ihr Blick aus dem Wagenfenster.

Hier draußen war es ganz anders als in der Stadt. Hier hatte der Schnee ein Wintermärchen gezaubert. Die Vorgärten ruhten unter der weißen Pracht, die Bäume schienen stolz zu sein, sie tragen zu dürfen, alles wirkte so still und so friedlich.

Laras Mutter gab sich gefaßt. Sie hatte schon auf ihre Tochter gewartet und öffnete die Haustür, als das Taxi vorfuhr.

Sie sprachen kein Wort, nahmen einander nur in die Arme. Keine Träne.

»Noch ist nicht die Zeit zu weinen, Lara . . .«

Der Vater sah gut aus. Er saß im Wohnzimmer vor dem flackernden Kamin und löste gerade ein Kreuzworträtsel, als Lara zur Tür hereinkam. Das einzig Auffällige war, daß er nicht aufstand, um seine Tochter zu begrüßen.

Lara hockte sich auf die Sessellehne und legte ihren Kopf auf seinen, umschlang seine Schultern mit ihren Armen. Wie dünn er geworden war!

»Verkehrte Welt«, meinte er da auch schon und versuchte, möglichst heiter dabei zu wirken, »nicht wahr?«

»Ja . . .« Lara hatte Mühe, nicht zu weinen.

»Vielleicht darf ich ja für dich sterben . . .«

»Sag so was nicht!«

Er sah sie an. »Das wäre mir ein Trost, Kind!« Ganz fest klang seine Stimme, und ganz fest war auch sein Blick, und diese wenigen Worte sollten die einzigen bleiben, die Vater Laddock jemals über seinen bevorstehenden Tod verlor.

Sie hatten den schönsten Weihnachtsbaum, den Lara je gesehen hatte. Nie zuvor hatten die Weihnachtslieder rührseliger geklungen, wie es, seit Lara denken konnte, auch niemals am Heiligabend geschneit hatte. Aber das Weihnachtsfest 1980 war halt in jeder Hinsicht etwas ganz Besonderes.

»Willst du Brian nicht endlich mal anrufen?« Mutter Laddock hoffte, der Lebensgefährte ihrer Tochter würde sich seinerseits nur deshalb nicht melden, um nicht zu stören.

»Mach' ich nachher«, gab Lara zur Antwort.

»Aber es ist Heiligabend, Kind.«

Sie hatten gerade gegessen und setzten sich nun ins Wohnzimmer, um dort den Kaffee zu nehmen.

Mrs. Laddock ließ ihre Tochter nicht aus den Augen. »Stimmt etwas nicht mit euch?«

Lara atmete tief durch. Ihre Mutter hatte schon immer einen siebten Sinn gehabt – das war noch nie angenehm gewesen.

»Ich werde von meinem Zimmer aus telefonieren, okay?«

Auf dem Weg nach oben dachte Lara mit Schrecken an ihr erstes Gespräch mit Brian.

»Ich bin heil angekommen«, hatte sie gesagt.

»Wieso auch nicht?« Brians Stimme klang gelangweilt, zugleich aber auch irgendwie angriffslustig.

»Wir hatten ziemlich schlechtes Wetter auf dem Flug, und die Landebahn –«

»Entschuldige, Laralein, aber ich bin in Eile«, würgte er sie ab. Dann legte er auf.

Er war ihr also immer noch böse. Ihr Vater starb, und ihr Mann suhlte sich in Säuernis, weil sie es gewagt hatte, hinter ihm her zu telefonieren.

Eine Mischung aus Wut und Schmerz machte sich in Lara breit. Sie wußte nicht, wie sie mit Brian umgehen sollte, und sie fragte sich auf einmal, ob sie überhaupt noch mit ihm umgehen wollte.

Sie sank auf ihr Bett, auf dieses Bett in ihrem alten Kinderzimmer, auf dem sie damals wochenlang gelegen und sich nach Brian gesehnt hatte. Eine Ewigkeit schien das her zu sein. Damals hatte sie einen Mann geliebt, den sie nicht kannte. Heute kannte sie ihn – und konnte ihn nicht mehr lieben. Sie war auch die Kinder leid. Sie war inzwischen dreiundzwanzig Jahre alt und hatte nicht mehr vom Leben als Windeln und Möhreneintopf und Zeichentrickfilme mit *Tom & Jerry*. Sie – Lara erschrak. »Ich werde dich und deine Kinder ein Leben lang so lieben wie in diesem Augenblick.« Sie erinnerte sich noch gut an diese Worte. Sie hatte sie gesagt, und das war nicht ungeschehen zu machen. Hastig griff sie zum Telefon.

»Ja?« Schon diese eine Silbe klang aus Brians Mund wie ein Pistolenschuß. Er sprach sie nicht, er stieß sie aus, kurz und hart – und sie traf.

Lara war sofort unsicher. »Stör' ich?« erkundigte sie sich mit zitternder Stimme.

»Ja.«

»Ich ... ich wollte euch nur ein frohes Weihnachtsfest wünschen und fragen –«

»Wie geht es deinem Vater?«

Lara atmete auf, als er das fragte. Sie hatte schon befürchtet, es würde ihn gar nicht interessieren.

»Von Tag zu Tag schlechter, Brian. Man kann fast dabei zusehen, wie er –«

»Moment mal eben!«

Sie hörte, wie Brian den Telefonhörer auf die Anrichte legte und Ben erklärte, nun sei er es leid. »Du kommst jetzt ins Bett, mein Sohn!«

Benjamins Schreie schallten bis nach Washington herüber, und Lara mußte lächeln. Sie vermißte diesen kleinen Kerl, der immer gleich sein ganzes Oberbett hinter sich herschleppte, wenn er müde war. »Mein Bett, mein Bett«, brabbelte er dann vor sich hin ...

»Hallo?« Marys zartes Stimmchen drang an Laras Ohr.

»Hallo, mein Schatz, frohe Weihnachten!«

»Laralein!!!« Mary jauchzte richtig auf. »Ich hab' eine neue Puppe bekommen.«

»Was?«

»Und einen Kaufladen!«

»Ist das wahr?«

»Und ganz viel zum Anziehen!«

»Dann mußt du aber ein liebes Kind gewesen sein, wenn dir das Christkind sovie-«

Mitten im Wort brach Lara ab, denn sie hörte plötzlich Brians Stimme, hörte, wie er laut und deutlich erklärte, Mary solle augenblicklich vom Telefon weggehen. Dann griff er wieder zum Hörer.

»Hör mir zu!« sagte er mit fester Stimme. »Ich ...« Er schien einen Moment zu überlegen. »Was ... was du da gerade durchmachst«, meinte er dann wesentlich leiser und sanfter, »das ist nichts für kleine Kinder, verstehst du? Ich möchte nicht, daß Mary mit dem Tod deines Vaters belastet wird. Sie ist –«

»Aber wir haben doch nur über die Bescherung gesprochen.«

Lara glaubte zu hören, wie es in Brians Hirnwindungen knisterte. »Du verstehst mich ganz genau«, erklärte er schließlich. »Nicht wahr, Laralein?«

Laralein! Wütend legte sie den Telefonhörer auf die Gabel. Laralein! Sie konnte diese Verniedlichung ihres Namens kaum noch ertragen. Selbst die Kinder nannten sie so. »Laralein« war nach »Papa« und »Pulle« Benjamins erstes Wort gewesen, und das lag daran, daß Brian sie immer so nannte. Er, der nur zwei Zentimeter größer war als sie, so daß sie ihn auf jedem Schuh zwangsläufig überragte, er hatte in ihr nie einen vollwertigen Menschen gesehen. Sie war keine Lara für ihn, das brachte er nicht über die Lippen. Sie war sein Laralein, jung und blöd und überhaupt nicht von Bedeutung. Er brauchte sie nicht. Er wurde mit dem Haushalt besser fertig als sie, und wenn er sich um die Kinder kümmern mußte wie jetzt, dann nahm er sich eben Urlaub. Nein, er brauchte sie wirklich nicht. Und vielleicht war das der Grund dafür, daß er sie auch nicht liebte. Er hatte es zumindest noch nie gesagt ...

Lara ging ins Bad und brachte ihr Make-up in Ordnung. Sie mußte strahlend aussehen, sonst fragte ihre Mutter immer weiter nach Brian.

Den Jahreswechsel feierten die Laddocks mit ein paar Freunden und Nachbarn. Laras Vater konnte zu diesem Zeitpunkt nur noch stundenweise aufstehen, aber vielleicht empfand die Familie jene Minuten vor und nach Mitternacht ja gerade deshalb so sehr viel intensiver als sonst. Es war das letzte Mal. Was immer danach auch kommen würde, nie wieder würde es sein, wie es bisher gewesen war.

Nach den Feiertagen ging Brian wieder arbeiten. Ben und Mary ließ er während seiner Abwesenheit von der Nachbarin versorgen, was Lara nur erfuhr, weil die sie gleich am ersten Morgen anrief.

»Ihre Telefonnummer steht hier im Register, Miss Laddock. Ich habe nirgendwo herumgeschnüffelt, nicht, daß Sie das denken. Wir suchen nur dringend Benjamins Nuckeltuch.«

Lara schluckte. »Er wirft es in der Nacht immer hinter sein Bettchen . . .«

Das anschließende Telefongespräch zwischen Lara und Brian verlief ähnlich wie die beiden vorherigen.

»O'Leary!«

»Ich bin's!«

Er atmete schwer, sie hörte es deutlich.

»Stör' ich?«

»Du störst immer, Laralein. Was gibt's?«

»Es ist wegen der Kinder. Ich . . . Mrs. Simmons hat mich gerade angerufen, und ich finde . . . ich meine, es ist ja gar nicht vorherzusagen, wie lange das alles hier noch . . . noch dauern wird, und ich denke, daß es den Kindern gegenüber nicht richtig ist, wenn ich . . . ich weiß nicht, wie du darüber denkst, Brian, aber . . . hieltest du es nicht auch für besser, wenn ich . . .«

Lara wurde mit jedem Wort nervöser. Brian schwieg so beharrlich, daß sie zwischendurch das Gefühl hatte, er wäre gar nicht mehr am Telefon. Endlich brachte sie es dann heraus.

»Soll ich zurückkommen?«

Brian zögerte nicht lange. »Die Frage kannst du dir selbst beantworten, Laralein.«

»Was heißt das?«

Er stöhnte. »Wir brauchen Zeit!«

»Du willst mich also nicht mehr.«

»Das ist unfair«, schimpfte er. »Und außerdem ist es total kitschig.«

Lara stand zu Hause in Washington im elterlichen Wohnzimmer und hatte das Gefühl, den Boden unter den Füßen zu verlieren.

»Das kannst du mir nicht antun!« kreischte sie. »Nicht jetzt! Ich verliere meinen Vater, Brian. Da kann ich nicht auch noch die Kinder verlieren. Vergangenheit und Zukunft auf einen Streich, das ist einfach zuviel, das . . .«

Sie fing an zu weinen, immer lauter und immer heftiger.

Brian ließ sie gewähren. »Hast du dich wieder beruhigt?« erkundigte er sich dann.

»Ja . . . ja . . .«

»Wir *brauchen* Zeit, Laralein. – Laß uns nichts überstürzen! Bleib du in Washington, und ich . . . ich werde hier versuchen, es irgendwie in den Griff zu bekommen. Okay?«

»Was ist ›es‹?«

»Ich muß mich unter Kontrolle kriegen, okay?«

Lara atmete tief durch. »Okay . . .«

Die Wochen danach erlebte sie in einer Art von Trance, als läge überall dichter Nebel und sie selbst wäre in Watte gepackt.

Zuerst schleppten sich die Tage dahin. Ihrem Vater ging es immer schlechter, und je mehr er verfiel, desto enger rückte das Ehepaar Laddock zusammen. Lara fühlte sich irgendwie ausgeschlossen. Erst mit der Zeit begriff sie, daß dem ganz und gar nicht so war. Ihre Mutter verlor den Mann, sie selbst den Vater. Beide Frauen nahmen ihren eigenen Abschied und konnten den damit verbundenen Schmerz folglich nicht teilen.

In dem Moment, da Lara sich dessen bewußt wurde, begann die Zeit zu rasen. Die Hustenanfälle ihres Vaters wurden immer heftiger, und die Schmerzmittel wurden immer stärker, so daß er immer seltener ansprechbar war.

Lara wußte, wie es war, dem Tod nahe zu sein, verlorenzugehen. Jetzt mußte sie lernen zu verlieren.

Die einzige, mit der sie in dieser Zeit sprechen konnte, war ihre Freundin Jennifer. Sie lebte damals schon in Cincinnati und war gerade frisch verliebt.

»Er heißt Charles. Aber ich nenne ihn Charly.«

»Ist es was Ernstes?«

»Mehr als das, Lara . . .«

Obwohl Jennifer oftmals sicher etwas Besseres vorhatte, als sich Laras Leiden anzuhören, war sie immer für die Freundin da. Einmal versetzte sie sogar ihren Charly. Er wartete im Restaurant auf sie, und sie saß daheim am Telefon und tröstete Lara.

»Du mußt mal da raus!« meinte sie schließlich an einem ganz besonders düsteren Februartag.

In Washington goß es in Strömen, und der Himmel war grau verhangen, und Lara hatte in der Nacht zuvor kein Auge zugetan und bei jedem neuen Hustenanfall ihres Vaters gebetet, er möge jetzt sterben . . . JETZT . . .!!!

»Ich *kann* hier nicht raus, Jennifer . . .«

»So meine ich das ja auch nicht. Natürlich kannst du nicht aufhören zu denken, aber du solltest mal was anderes sehen.«

»Ich kann nicht.«

»Wir treffen uns in New York, Lara. Wie wäre das?«

»Jen, ich –«

»Nächstes Wochenende, ich buch' uns gleich morgen die Flüge.«

»Jennifer! Mein Vater –«

»Wir bummeln durch die Stadt, gehen schön essen und ins Kino, und –«

»Und wenn er ausgerechnet dann stirbt?«

»Das wird er nicht, Lara.«

Lara wollte glauben, daß ihre Freundin recht hatte. Und als die Reise feststand, freute sie sich sogar darauf – und hatte deshalb gleich ein schlechtes Gewissen.

»Das brauchst du nicht zu haben, Kind. Es ist wirklich gut, daß du mal zwei Tage hier herauskommst.«

Laras Mutter hatte Tränen in den Augen, als sie das sagte, und trotzdem waren ihre Worte ehrlich gemeint. Sie machte sich Sorgen um ihre Tochter. Sie hätte ihr gern geholfen, doch fehlte ihr dazu im Moment die Kraft. Sie verlor ihren Mann. Da konnte sie sich unmöglich auch noch um Laras offensichtlich gescheiterte Beziehung kümmern.

»Grüß mir New York, Mädchen!«

Sie wohnten im Waldorf-Astoria, in einem der weniger feinen Zimmer, von denen man auf den Innenhof sah, sprich, überhaupt keinen

Ausblick hatte. Aber das spielte keine Rolle, sie waren ohnehin nur selten im Hotel.

Jennifer war schon immer ein angenehmer Umgang gewesen, aber an diesem Wochenende übertraf sie sich selbst. Stundenlang liefen Lara und sie durch die Stadt, setzten sich schließlich in irgendein Restaurant, redeten über Laras Vater, über Brian, über Charly.

»Ich werde ihn heiraten.«

Es war am Sonntagnachmittag, als Jenny das plötzlich von sich gab, in einem Schnellimbiß auf der Fifth Avenue. Lara glaubte, nicht richtig gehört zu haben.

Jennifer senkte verlegen den Blick. »Ich weiß, daß es nicht der richtige Zeitpunkt ist, dir so etwas zu sagen, aber . . . Charly und ich heiraten noch in diesem Jahr . . .«

Noch immer saß Lara da, als würde sie nicht verstehen. Dabei war sie in Wahrheit seit Wochen nicht mehr so wach und so klar gewesen wie in diesem Augenblick.

Wie bei Jennifer und Charly mußte es sein – so und nicht anders! Sie würde sich von Brian trennen, gleich morgen früh! Sie brauchte keine Zeit mehr, um irgend etwas Geheimnisvolles in den Griff zu bekommen. Sie brauchte klare Verhältnisse.

»Ich gratuliere dir von ganzem Herzen, Jennifer. Und ich danke dir!«

Als ihr Flugzeug am gleichen Abend mit dem Anflug auf Washington D.C. begann, war Lara auf einmal erfüllt von einer Unruhe, die sie bisher nur ein einziges Mal erlebt hatte: damals, bei ihrer Reise nach Miami. Diesmal war die Angst nur noch wesentlich größer, sie grenzte an Panik, und mit jeder Warteschleife, die das Flugzeug zog, wuchs Laras Verlangen, einfach einen der Notausgänge zu öffnen und herunterzuspringen.

»Er lebt, Kind, mach dir keine Sorgen!«

»Aber . . .?« Lara wagte kaum, das zu fragen.

»Er hatte letzte Nacht einen Blutsturz, und damit konnte ich nicht fertig werden . . . Er ist in der Klinik . . .«

Zehn Tage später starb Laras Vater. Frau und Tochter waren bei ihm, und er nahm dieses Geschenk dankbar an und verließ diese Welt in Ruhe und Frieden.

Es kam der Tag der Beerdigung. Selbst von weither waren Freunde gekommen, um Vater Laddock die letzte Ehre zu erweisen, einer war sogar von Deutschland aus angereist.

»Erinnerst du dich noch an Herrn Flüger, Lara? Papa und er haben damals in London zusammengearbeitet.«

Lara überlegte einen Moment. »Natürlich«, meinte sie dann. »Sie sind doch der mit den vielen Kindern.«

Heinrich Flüger lachte. »So ist es!«

»Haben Sie immer noch diese tolle Wohnung am Buckingham Gate?«

»Wir leben jetzt in Travemünde. Das heißt, bei Travemünde, schon geraume Zeit ...«

»Oh! Erzählen Sie mir davon!«

Lara war voll von Beruhigungspillen und benahm sich wie die Gastgeberin einer großen Party. Ihr Vater hatte Gefühlsausbrüche in der Öffentlichkeit immer gehaßt. Sie war es ihm schuldig, an diesem Tag Haltung zu bewahren. Wie sie es ihm schuldig war, an diesem Tag gut auszusehen. Nur deshalb hatte sie sich so herausgeputzt. Jede Locke lag, wie sie liegen sollte, das Make-up war perfekt, und das schwarze Kleid, das sie trug, war aus einer der besten Boutiquen der Stadt.

»Für dich, Papa!«

Vor der Trauerfeier war Lara ein letztes Mal allein mit ihrem toten Vater, in der Leichenhalle. Sie hatten den Sarg schließen müssen, weil der »Verblichene«, wie der Bestattungsunternehmer es ausdrückte, nicht mehr »ansehnlich« war. Das passierte häufig bei Krebstoten, Lara hatte es mehr als einmal gehört, und sie war auch sicher, genau zu wissen, warum das so oft geschah. Der Körper war das Haus, in dem die Seele wohnte. Wer an Krebs starb, hatte es eilig, dieses kaputte Haus zu verlassen. »Nichts wie weg!« schrien die Seelen und schwangen sich flugs empor in die Himmel des eigentlichen Lebens.

»Du warst der einzige Mann, der mich je geliebt hat, Papa ...«

Mit gesenktem Kopf verließ Lara die Leichenhalle und machte sich auf den Weg zur Kapelle. Es war der 26. Februar 1981. Lara Laddock durfte niemals wieder »Papa« sagen. Damit war eine Zeit ihres

Lebens zu Ende gegangen, und das bei strahlendem Sonnenschein, bei frostkalter, klarer Luft . . .

»Lara?»

Im ersten Moment glaubte sie, eine Vision zu haben. Brian stand mitten im Säulengang, und er hielt ein Tannengebinde im Arm und trug einen dunkelblauen Wintermantel. Es war keine Vision.

»Wo sind die Kinder?«

Noch Jahre später rätselte Lara, warum gerade das ihre erste Frage gewesen war. Brian hatte ihren Grund wohl sofort erkannt, und er reagierte entsprechend.

»Bei Mrs. Simmons«, sagte er und wirkte irgendwie entsetzt dabei, zugleich aber auch ängstlich und enttäuscht. Er faßte sich jedoch schnell wieder. »Lara, ich . . .«

Zögernd ging er auf sie zu. »Es tut mir alles so leid, Lara!«

An diesem Tag sagte Brian zum ersten und einzigen Mal in ihrer beiden Leben »Lara« zu ihr und nicht »Laralein«, aber an diesem Tag nahm sie das nicht wahr, es wurde ihr erst sehr viel später bewußt. In diesem Moment auf dem Friedhof brach sie nur in Tränen aus, und Brian nahm sie beschützend in die Arme.

»Ich möchte dich heiraten.«

Die Worte trafen Lara wie ein Blitz aus heiterem Himmel.

»Was hast du gesagt?«

Statt die Worte zu wiederholen, schnüffelte Brian, wie er es immer tat, wenn er unsicher war oder unsicher wirken wollte.

Schlagartig hörte Lara auf zu weinen und löste sich aus seiner Umarmung. Es hatte eine Zeit gegeben, in der sie sich nichts sehnlicher gewünscht hatte, als Mrs. Brian O'Leary zu sein. Inzwischen war das offenbar anders, und diese Erkenntnis erschreckte sie.

»Heißt das . . . bist du . . . seid ihr geschieden, Catherine und du?«

Brian nickte, und dann senkte er den Kopf und sah für einen kurzen Moment aus wie ein trauriger, kleiner Junge.

Lara verspürte bei diesem Anblick das dringende Bedürfnis wegzulaufen, aber sie konnte nicht, und als Brian dann nach ihrer Hand griff und sie drückte, da brach etwas in ihr entzwei. Jennifer heiratete ihren Charly. Lara wollte nicht »sitzenbleiben«; das Leben hatte ihr so schon übel genug mitgespielt. Nicht auch das noch! Sie –

»Willst du meine Frau werden?«

Lara Laddock und Brian O'Leary heirateten am 20. März 1981 in Miami Beach im Haus von Brians Busenfreund Alex. Es war nur ein kleines Fest, und da Laras Vater erst so kurze Zeit tot war, trug die Braut auch kein strahlendes Weiß, sondern ein zartgraues, kniekurzes Seidenkostüm.

Es gab auch keine Hochzeitsreise. Gleich am nächsten Morgen ging Brian wieder in die Klinik, und Lara brachte zuerst Mary in den Kindergarten und erledigte danach die üblichen Einkäufe. Das war von nun an ihr Leben: kochen, putzen, waschen, bügeln ...

Sie spürte zwei Seelen in ihrer Brust, wenn sie darüber nachdachte. Die eine fühlte sich tot und begraben. Ihr Sarg war ein Haus, das jeden Morgen gleichermaßen unordentlich und reinigungsbedürftig war, in dem täglich mindestens zwei Maschinen Wäsche anfielen und von früh bis spät irgend jemand irgendwelche Ansprüche stellte.

Die andere Seele fühlte sich plötzlich geborgen wie in einem kuscheligen Nest. Drei kleine Worte – *»Yes, I will«* – und die Zukunft schien vorhersehbar geworden zu sein. Da war finanzielle Sicherheit. Da war eine Familie. Das war der normale Lauf der Welt, und damit war alles so wunderbar durchschnittlich, wie Lara es zuvor nie erfahren hatte. Sie war auf einmal jemand: eine Hausfrau und Mutter. Diese Rolle war in der Gesellschaft klar definiert. Lara brauchte jetzt nur noch abzugucken und mußte nichts Eigenes mehr entwickeln.

Das glaubte sie zumindest, wenn auch nur für sehr kurze Zeit.

Am 20. März 1981 hatten sie geheiratet. Am 30. März bekam Lara einen Brief von Catherine. Darin stand, daß Brian und sie vor der Scheidung intern vereinbart hätten, sich in der Zukunft das Sorgerecht für Mary und Benjamin zu teilen. Eine Kopie der rechtskräftigen Vereinbarung lag bei.

»Sag, daß das nicht wahr ist!« kreischte Lara, als Brian am Abend nach Hause kam.

»Sei nicht hysterisch!«

»Aber wie soll das funktionieren? Ich will mit dieser Frau nichts zu tun haben.«

»Diese Frau ist die Mutter meiner Kinder.«

»Sie ist ein Flittchen!«

Brian ging ins Wohnzimmer und goß sich einen Whiskey ein, setzte das Glas an den Mund, leerte es in einem Zug.

»So löst man keine Probleme, Brian ...«

Lara stand im Türrahmen, als sie das sagte, und Brian wandte ganz langsam den Kopf und sah sie an.

»Noch so ein Satz, und ich sauf' die Flasche leer«, meinte er.

Lara stieß einen verzweifelten Lacher aus. »Und ich kann zusehen, wie ich fertigwerde. Richtig?«

Er nahm die Whiskeyflasche und sein Glas und ging nach oben. Dort schloß er sich im Schlafzimmer ein und hörte stundenlang laute Musik.

Lara brachte die Kinder ins Bett.

»Ist der Papa krank?«

»Nein, Mary. Der Papa ... der trinkt zuviel ...«

Selbst im nachhinein wußte Lara nicht, warum ihr das erst an diesem Abend so plötzlich bewußt wurde, warum es ihr nicht früher aufgefallen war. Ganz leicht kam es ihr jetzt über die Lippen. Denn es stimmte: Brian trank. Schon morgens vor dem Frühstück mußte es ein Gin Tonic sein. In der Klinik trank er dann nach eigener Aussage einen Tee mit Rum nach dem anderen, am Abend flossen Bier und Wein, und in der Nacht gab es mehrere sogenannte »Absacker«. Er rauchte ständig seine stinkenden Pfeifen, damit man den Tabak und nicht den Alkohol roch, und deshalb mußte Lara auch an alles, was sie kochte, Knoblauch tun.

Mit einem Schlag wurde ihr alles klar, auch ihre eigene Misere. Lara zeigte schon lange die klassischen Symptome einer Alkoholiker-Angehörigen. Sie selbst trank nämlich keinen einzigen Schluck. Selbst Eierlikör war ihr noch zu scharf, und als Alex' Ehefrau ihr kürzlich ein Stück Schwarzwälder-Kirsch-Torte anbot, weigerte sie sich, das zu essen, weil der Teig mit Kirschwasser getränkt worden war. Und dann dieser Abend kurz vor ihrer Hochzeit. Sie waren in einer von Brians Lieblingsbars gewesen, und er hatte sie gezwungen, ein Glas Bier zu trinken. Prompt wurde ihr schlecht. Sie lief zum Strand hinunter und erbrach sich, aber bisher hatte sie sich keine weiteren Gedanken darüber gemacht.

Das tat sie erst jetzt. Brian trank, und Trinken war eine Sucht. Und jede Sucht basierte auf Sehnsucht, das hatte sie in der Therapie gelernt. Nach irgend etwas verzehrte sich dieser Mann, der dort oben im Schlafzimmer saß und mit Musik und Alkohol seine Gefühle zu ersticken versuchte . . .

Laras erste Begegnung mit Brians Exfrau war unheimlich. Brian hatte es bisher nicht umsonst vermieden, daß die beiden Frauen zusammentrafen. Catherine war zwar kleiner und dicker und zehn Jahre älter, aber ansonsten waren sich die beiden Frauen erschreckend ähnlich. Sie hatten die gleichen Haare, die gleichen Augen, den gleichen Mund, den gleichen Körperbau . . . da war der Gang, die Sprache . .

»Guten Tag . . .« Catherine wirkte ziemlich verlegen.

Lara schluckte. »Die Kinder wissen, daß Sie kommen.«

»Danke.«

»Sie sind im Wohnzimmer.«

Am 15. April 1981 trat die zwischen Catherine und Brian vor der Scheidung getroffene interne Sorgerechtsregelung offiziell in Kraft. Catherine hatte die Kinder nun jede zweite Woche und jedes zweite Wochenende.

Die Wochenenden waren unproblematisch. John besaß auf den Keys, den Inseln vor der Küste, ein Strandhaus, das Mary und Ben sehr liebten, weil sie sich dort nach Herzenslust austoben konnten.

Unter der Woche stellte sich die Lage da schon wesentlich schwieriger dar. Die Kinder kamen mit den wechselnden Bezugspersonen wesentlich besser zurecht als mit dem wechselnden Umfeld. Mary wollte in *ihrem* Bett schlafen und nicht in dem, das John ihr gekauft hatte. Ben weigerte sich, in die Badewanne zu gehen, denn *seine* Wanne war weiß und nicht rosa.

»Sie brauchen allein drei Tage, um sich einigermaßen einzugewöhnen«, klagte Catherine. »Dann geht es drei Tage gut, aber beim nächsten Mal haben wir das gleiche Theater.«

»So geht das nicht!« befand Brian, um alsdann eine perfekte Lösungsmöglichkeit zu unterbreiten. »Ich schlage vor, daß die Kinder durchgängig hierbleiben. Catherine kommt in ihrer Woche her, und dann können sie und Laralein sich die Hausarbeit teilen. Was sagt ihr?«

John war einverstanden. Ihm war alles recht, wenn es nur nicht blieb wie bisher.

Catherine hielt sich bedeckt. »Wenn Lara damit einverstanden ist«, meinte sie.

Brian stieß sein mittlerweile so vertrautes Schnüffeln aus. »Eine andere Wahl hat sie nicht.«

Da sprach er die Wahrheit. Laras Wünsche spielten nie eine Rolle, das wurde ihr nur jetzt erst bewußt. Sie wurde zwar gefragt, doch drohte ihr in dem Fall, daß sich ihre Antwort nicht mit Brians deckte, über Wochen hinweg ein schweigender Ehemann. Das konnte sie nicht ertragen, so daß sie am Ende jedesmal klein beigab. Warum also nicht gleich so!

Fortan stand Catherine jeden zweiten Montag um halb neun in der Frühe vor Laras Tür. Brian war dann bereits auf dem Weg zur Arbeit. Das ersparte ihm eine Konfrontation mit dem, was er da angerichtet hatte.

Lara litt. Sie wußte einfach nicht, wie sie sich einrichten sollte. Eine Woche war sie selbstverantwortlich Hausfrau und Mutter, in der nächsten Woche hatte sie frei. Dann fuhr sie in die Stadt, flanierte an den Boutiquen vorüber, setzte sich in einen der zahlreichen Eisläden, manchmal lief sie auch einfach nur ziellos herum oder ging an den Strand. Sie fühlte sich völlig leer. Sie hatte keine Aufgabe und keine Freunde, sie war ganz allein. Nicht einmal die Mutter war ihr eine Hilfe, denn die schien ein neues Glück gefunden zu haben, flog sie doch immer öfter nach Deutschland, um diesen Heinrich Flüger zu besuchen, der auf Vaters Beerdigung gewesen und ebenfalls verwitwet war.

Ende Mai 1981 richtete Lara sich sogenannte Hungerwochen ein. Brian haßte schlanke Frauen.

»Ein Mann will doch was zum Anfassen haben«, pflegte er zu sagen.

Deshalb hatte Lara, seit sie einander kannten, fast zwanzig Pfund zugenommen. Mit diesem Ballast auf dem Körper hatte sie sich jedoch nie wohlgefühlt. Nun, da sie sich mit Catherine abfinden mußte, hielt sie es für fair, wenn auch Brian sich mit irgend etwas abfand. In ihrer »freien« Woche fastete Lara, und damit war sie voll beschäftigt. Sie aß keinen Bissen, kehrte zu ihrem ursprünglichen Gewicht zurück, und was das Tragische war: Es fiel Brian nicht einmal auf.

Am 23. Juni 1981 starb Jennifers Vater. Es kam völlig überraschend. Er hatte mit einem Kollegen eine Partie Golf gespielt, einen schönen Abend gewünscht und war dann einfach umgefallen.

»Herzschlag!« sagten die Ärzte.

Lara flog nach Cincinnati, um ihrer Freundin in dieser Stunde beizustehen. Sie lernte Charly kennen und erlebte, daß zwei Menschen auch miteinander leben konnten.

»Brian und ich leben meist eher gegeneinander, Jen.«

»Und warum?«

»Ich weiß es nicht.« Sie erzählte von Brians Trinkerei, von Catherine und John, von den Kindern.

»Du solltest dich mit der Frau arrangieren, Lara. Du magst sie doch.«

Daß dem tatsächlich so war, bemerkte Lara erst, als Jennifer es ausgesprochen hatte. Sie mochte Catherine wirklich, und sie hatte den Eindruck, als beruhe dieses Gefühl auf Gegenseitigkeit. Die beiden Frauen hatten bisher wohl nur noch nicht den Mut gehabt, das auszusprechen. Und so schnell ging das auch jetzt noch nicht.

Lara kehrte nach Miami zurück, aber fürs erste blieb alles, wie es gewesen war. Catherine kam, Lara ging. Lara kam, und Catherine ging. Erst an einem feuchtschwülen Julitag schafften die beiden es dann.

Catherine hatte »ihre« Woche. Sie stand in der Küche und kochte Gemüsesuppe, Minestrone, wie Brian sie nannte, weil das einfach weltgewandter klang.

»Entschuldige, daß ich noch nicht fertig bin, Lara, aber der Hund ...«

John war zu jener Zeit geschäftlich unterwegs, so daß Catherine nicht nur die Kinder, sondern auch den Hund hüten mußte. Frederic war nicht gerade ein Schoßhündchen. Er war eine Mischung aus einem Berner Senner- und einem Deutschen Schäferhund und entsprechend pflegeintensiv.

»Ich war einkaufen heute morgen und hab' die Taschen dummerweise in der Küche stehenlassen. Eine halbe Stunde war ich vielleicht im Garten . . .«

Als sie dann wieder ins Haus gekommen war, sah es dort aus wie in einer Winterlandschaft. Frederic hatte das Toilettenpapier in der Einkaufstasche entdeckt, die Plastikfolie aufgerissen und das Papier gut durchgekaut . . . und das auf einem dunkelblauen Teppichboden!

»Bis gerade hab' ich gesaugt, Lara. Aber das Zeug war ja feucht, ich hab' es fast nicht weggekriegt. Deshalb haben die Kinder immer noch nicht gegessen. Ich bin jetzt aber gleich soweit . . .« Nervös rührte sie in ihrem Topf, schüttete einen Teil der Suppe ab. »Soll ich den Rest gleich für Brian nachwürzen?«

Lara wunderte sich über dieses Entgegenkommen und nickte. Daraufhin nahm Catherine gleich eine ganze Knoblauchzwiebel, preßte die einzelnen Zehen, vermischte sie mit ein wenig Olivenöl, und diese Masse wurde dann stark gesalzen und gepfeffert.

»So macht man das also!« stieß Lara aus.

»Was?«

»Brian beschwert sich immer über meine Kocherei. Nichts ist ihm scharf genug.«

Catherine lachte. »Darüber hat er sich bei mir auch immer beschwert. Bis ich das hier erfunden habe!«

Lara verzog das Gesicht. »Kann man das überhaupt essen?«

»Sicher. Es macht nur keinen Unterschied mehr, was man ißt, es schmeckt alles gleich.«

Die beiden Frauen sahen einander an.

»Du weißt, warum er den vielen Knoblauch will?«

Lara nickte.

Von diesem Augenblick an kamen Lara und Catherine einander sehr schnell näher. Zu Anfang plauderten sie nur über das Wetter, dann fingen sie an, gemeinsam über die Kinder zu lachen, und irgendwann schafften sie es dann endlich zu reden: über Brian!

»Es kommt mir wie ein Verrat an ihm vor«, sinnierte Lara eines Tages.

»Alles kommt einem wie ein Verrat an Brian vor«, entgegnete Catherine spontan.

»Weil er so wahnsinnig ungnädig ist.«

»Er ist egozentrisch, Lara. Brian fragt sich stündlich, ob er mit seinem Leben zufrieden ist, und die Antwort heißt immer Nein.«

»Und ich fühle mich schuldig dafür.«

»Womit er hat, was er will.«

»Aber warum, Catherine?«

Was Lara binnen weniger Wochen von Catherine erfuhr, war weit mehr als das, was sie in nunmehr zwei Jahren von Brian erfahren hatte.

Brian O'Leary zählte sich zu jenen Männern, die es von Kindheit an schwer gehabt hatten. Seinen Vater haßte er. Er war zwar schon sechs Jahre tot, aber Brian haßte ihn über den Tod hinaus.

»Stell dir vor, Lara: Als er Weihnachten 1970 nach Hause kam, ging seine Autoheizung kaputt. Und sein Vater hat ihn trotzdem so nach den Feiertagen zurückfahren lassen. Bloß weil er das Geld für die Reparatur nicht lockermachen wollte. Sagt Brian!«

Auf die Idee, daß sein Vater das Geld für die Reparatur nicht gehabt haben könnte, kam Brian nicht. Er verzieh dem alten Mann einfach nicht, und damit war für ihn die Sache erledigt.

Er haßte seinen Vater, und seine Mutter, die verachtete er. Verkalkt und blöde nannte er sie, und verkalkt und blöde war sie seines Erachtens auch immer gewesen.

»Das stimmt, Catherine. Wenn sie anruft, ist nach zwei Sätzen immer alles gesagt.«

»Hast du je erlebt, daß er sie angerufen hat?«

»Du?«

Catherine verzog das Gesicht. »Ich habe die Frau nie kennengelernt. Sie hat ihre Enkelkinder nie gesehen. Mag Brian deine Mutter?«

»Aber nein!« entgegnete Lara. »Er findet sie . . .«

»Blöde?«

Sie mußten beide lachen.

»Genau. Und meine Freunde sind auch blöde, und ich nehme an, daß ich in seinen Augen die Allerblödeste von allen bin.«

»Bestimmt!« meinte Catherine. »Aber mach dir nichts draus, da bist du in guter Gesellschaft. Brian fühlt sich von lauter Idioten umgeben, und er haßt uns dafür, daß wir kein Mitleid mit ihm haben.«

Am ärgsten waren die Frauen von Brians Haß getroffen. Sein Verschleiß war da zwar nie sonderlich groß gewesen, dafür aber äußerst intensiv.

Da war zunächst einmal Denise gewesen, eine Franco-Kanadierin. Auf der Universität von Quebec lernten sie sich kennen, und damals war sie ein lebenslustiges, fröhliches Ding.

»Keine drei Monate«, erzählte Catherine, »und Denise drehte durch, trug nur noch schwarze Klamotten, sogar die Unterwäsche war schwarz.«

Weitere drei Monate später erlitt Denise dann einen Nervenzusammenbruch.

»›Die wollten sie zum Psychiater bringen‹, hat Brian immer geschimpft, ›so ein Unsinn.‹«

Er bewahrte sie davor und versuchte, ihre Todessehnsucht in Heimarbeit in den Griff zu bekommen. Das mißlang. Denise schnitt sich die Pulsadern auf, und Brian wechselte die Universität, er ging nach Houston in Texas.

»Dort traf er Anne. Sie war sieben Jahre älter als er, und sie liebte ihn sehr, doch nachdem sie ein Jahr durchgehalten hatte, Brian zu lieben, war auch sie am Ende ihrer Kräfte.« Catherine lachte verzweifelt auf. »›Blöde!‹ meinte Brian mal zu mir. ›Total blöde. Fängt die plötzlich an mit Okkultismus, mit Tischerücken und Pendeln und so. Und in so eine Psychogruppe ging sie auf einmal . . .‹«

»Lebt sie noch?«

Catherine und Lara sahen einander an.

»Ja, Lara . . . soviel ich weiß, lebt sie noch . . . Und ich lebe auch noch . . .«

Brian hatte Lara die Geschichte seiner ersten Ehe ja schon mehrmals erzählt, doch aus Catherines Mund hörte sich diese Geschichte ganz anders an, zumindest ab dem Moment, da Benjamin geboren worden war.

»Ich war damals schon vierunddreißig«, erzählte Catherine, »und in dem Alter so schnell hintereinander zwei Kinder zu haben . . .«

Sie war vierundzwanzig Stunden am Tag beschäftigt, bekam das Chaos trotzdem nicht in den Griff und konnte sich überhaupt nicht mehr um sich selbst kümmern. Daraus zog Brian seine Konsequenzen. Immer häufiger zog es ihn zu seinen Freunden; er ging mit ihnen zum Segeln, zum Essen, auf Kneipentour.

»Er kam kaum noch nach Hause.«

John war damals wirklich Brians bester Freund gewesen. Eines Abends schaute er zufällig vorbei, traf auf eine einsame und unglückliche Catherine, und alles andere ergab sich dann fast von allein.

»Brian hat es irgendwie erfahren, Lara . . . und er hat es für sich behalten . . .«

Statt einer Aussprache bot Brian seiner damaligen Frau Anfang September 1979 großzügig ein paar Tage Urlaub an.

»Ich nehme mir frei und kümmere mich um die Kinder, Catherine. Fahr du irgendwohin und erhol dich mal ein bißchen.«

Catherine war dumm genug, das zu tun, und verband das Nützliche mit dem Angenehmen. Sie flog mit John auf die Bahamas.

»Als die Maschine in Miami gestartet ist, Lara, da lag Brians Klageschrift schon auf dem Schreibtisch des Richters. Vor dem Gesetz hatte ich Mann und Kinder böswillig verlassen.«

Sie erhielt Hausverbot, und das Sorgerecht für Mary und Ben wurde ihr fürs erste auch entzogen.

»Nach unserer Rückkehr erfuhr ich dann, daß Brian die Scheidung eingereicht hatte.«

»Und dann?«

»Brian löste die gemeinsamen Konten auf und beschäftigte tagsüber Kinderfrauen. Dann warst du auf einmal da, und er behauptete, dich gerade erst kennengelernt zu haben. Ich dachte damals, daß ich Mary und Ben nie wiedersehen würde, wenn er dich erst mal geheiratet hätte.«

»Aber er wollte mich gar nicht heiraten, Catherine. Bevor mein Vater starb, hatten wir einen Riesenkrach, und wir waren sogar eine ganze Weile getrennt, weil er –«

»Weil ich mich von John getrennt hatte!«

Lara sah Catherine ungläubig an. Sollte Alex damals wirklich die Wahrheit gesagt haben . . .

»Es ist wahr, Lara. Die Kinder nicht sehen zu dürfen hat meine Beziehung zu John so wahnsinnig belastet, daß wir schließlich auseinandergegangen sind. Und dann habe ich Brian vorgeschlagen, alles zu vergessen und noch mal ganz von vorn anzufangen . . .«

Lara wagte kaum zu atmen. »Und da mußte er mich natürlich loswerden!«

Catherine reagierte nicht auf diese Worte. »John hat mich Weihnachten angerufen«, sagte sie nur. »Und wir haben uns wiedergetroffen ...«

Danach ging alles ganz schnell. Brian und sie zogen die Scheidung durch. »Und dann hat er dich geheiratet.«

»Weil ich billiger war als die Kinderfrauen, nicht wahr?«

Catherine sah Lara traurig an. »Du wirst wohl auch noch ein paar andere Vorzüge haben.«

»Im Bett nicht!«

Lara und Brian hatten nie ein sonderlich aufregendes Sexualleben geführt, was er zumeist mit dem Altersunterschied begründete. Sie fand das lächerlich. Ihr Vater war zwanzig Jahre älter gewesen als ihre Mutter, und sie hatten beide ein erfülltes Eheleben, in jeglicher Hinsicht. Da Laras Alltag aber um fünf Uhr in der Frühe begann und niemals vor Mitternacht endete, war sie nicht böse über Brians »Altersschwäche«. Sie hatten sich wortlos auf einen Zwei-Wochen-Zyklus eingepegelt.

Glücklich war Lara zwar nicht damit, aber sie nahm es hin – bis Catherine ihr nun offenbarte, daß das Bett auch in ihrer Ehe der Anfang vom Ende gewesen wäre.

»Brian war da nie empfänglich, Lara. Ich hätte ihm den heißesten Strip hinlegen können, und er wäre trotzdem eingeschlafen.«

Catherine hatte das dermaßen frustriert, daß sie schließlich in Johns Arme geflüchtet war. Lara versuchte es auf eine andere Art. Sie wollte nun unbedingt eine zufriedene Frau werden, vor allem, um Brian und Catherine – und letzlich auch sich selbst – zu beweisen, daß sie einfach die bessere Mrs. O'Leary war.

Sie legte sich aufreizende Wäsche zu. Brian fand es albern. Sie besorgte pornographische Literatur. »Wie peinlich!« stöhnte er.

Im Dunkel der Nacht berührte sie seinen Oberkörper, glitt mit der Hand immer tiefer ...

»Nur Huren machen so was!«

Abrupt schaltete er die Nachttischlampe ein, stand auf und trank einen doppelten Cognac.

Eine gewisse Zeit hielt Lara diesen Demütigungen stand, dann änderte sie ihre Strategie.

»Sag mal, Catherine, was meinst du? Wäre es nicht schön, wenn Mary und Ben noch ein Geschwisterchen hätten?«

Catherine sah sie an, als wäre sie ein Wesen aus einer fremden Galaxie. »Bist du schwanger?«

»Noch nicht!«

Eine Krebserkrankung war niemals wirklich überstanden, und in Laras Fall war es ganz besonders schwierig vorherzusagen, ob sie jemals würde Mutter werden können. Der eine Gynäkologe sagte »nein«, der andere »ja«, zwei weitere meinten »vielleicht«, aber alle waren sie sich einig, daß Lara doch einfach mal die Pille absetzen und abwarten sollte, was dann passieren würde.

Es passierte nichts. Lara maß jeden Morgen zur gleichen Zeit ihre Basaltemperatur, aber die Werte rührten sich nicht.

»Ich bin unfruchtbar, Doktor Jeoffrey!«

Dr. Jeoffrey war einer der renommiertesten Frauenärzte Floridas. Im feinen Naples hatte er seine Praxis und behandelte dort Frauen mit Kinderwunsch, für die er der letzte Ausweg war. Seine Rechnungen waren immens – wie seine Erfolgsquoten: Er verabreichte schwerste Hormongeschütze.

»Wehe, Sie werden mir nicht schwanger!« pflegte er seine Patientinnen mit erhobenem Zeigefinger zu verabschieden.

Sechs Wochen lang schluckte Lara jeden Morgen kleine, weiße Pillen. Dann, kurz vor Weihnachten 1981, passierte etwas: Sie stellte fest, daß sie nun schon seit Tagen Zahnfleischbluten hatte.

Am gleichen Abend aßen Brian und sie in einem Restaurant in der Stadt. Sie quälte sich mit einem Fleischspieß und erzählte von ihrem blutenden Zahnfleisch. Mißbilligend sah er sie an.

»Ich kann mir kaum denken, daß das an den Zähnen liegt, Laralein. Da glaube ich eher . . .«

»Was?«

»Daß du schwanger bist!«

Sie wurde rot im Gesicht, daran erinnerte sie sich noch Jahre später.

»Könnte das sein?« hakte Brian sofort nach.

Sie rechnete hastig nach und stellte fest, daß sie tatsächlich schon sechs Tage über die Zeit war. »Ja«, sagte sie dann und hatte irgendwie ein schlechtes Gewissen dabei.

Mit starrem Blick sah Brian sie an, beendete die Nahrungsaufnahme und zündete sich eine Pfeife an.

»Nun ja«, meinte er dann, »und wie stellst du dir das vor?«

»Was?«

»Willst du das Kind behalten?«

Lara glaubte, nicht richtig verstanden zu haben. »Aber natürlich! Was dachtest du denn? Nie im Leben würde ich abtreiben.«

Immer noch sah er sie mit so starren Augen an.

»Oder willst du, daß ich abtreibe?« fügte sie deshalb leise hinzu.

»Nein, Laralein . . . ich will da gar nichts, das mußt du ganz allein entscheiden. Du bist schließlich die Mutter.«

Mit diesen Worten rauschte Brian O'Leary aus dem Lokal.

Drei Tage später bekam Lara ihre Periode, und er war zufrieden. Sie war es nicht.

Sie versuchte, ihre Mutter zu erreichen, aber die war mal wieder in Deutschland bei Herrn Flüger.

Sie wollte mit Jennifer sprechen, aber die hatte gerade in aller Stille geheiratet und war mit Charly auf der Insel Mauritius.

Und außerdem stand Weihnachten vor der Tür.

»*Jingle bells, jingle bells, jingle all the way* . . .« Mary und Ben hopsten wie die Tanzbären durchs Haus. John und Brian schmückten den riesigen Tannenbaum und gönnten sich pro Kugel und Lichterkette jeweils einen Schnaps. Lara und Catherine standen in der Küche und bereiteten das Heiligabend-Dinner vor.

»Weißt du, Catherine, wir sollten uns ein großes Haus kaufen und alle unter einem Dach leben.«

Sie lachte. »Das würde Brian niemals zulassen, Lara. Dazu ist er viel zu spießig.«

»Aber es wäre gut für die Kinder.«

»Ach, Mädel!« Regelrecht mitleidig sah Catherine sie an.

Lara und Brian hatten höchst unterschiedliche Vorstellungen von Kindererziehung. Er wollte Mary und Ben in dem Glauben belassen, die Welt wäre wunderschön und Gewalt und Haß wären die Erfindung des Fernsehens. Lara wollte, daß die Kinder die Welt so erlebten, wie sie wirklich war, und sie trotzdem noch schön fanden. Sie steckte den beiden Grenzen und stellte Regeln auf, und sie strafte, wenn diese Grenzen überschritten wurden. Brian sperrte sich gegen Strafen. Als Mary ihm eines Tages wutentbrannt gegen die Schienbeine trat, stand er nur da und fragte, warum sie das denn jetzt gemacht hätte. Das Mädchen schrie laut auf und brach in Tränen aus, und dann trat sie noch einmal zu, und noch mal, noch mal ... Brian tat nichts. Lara riß die trampelnde Mary in ihre Arme und hielt sie ganz fest, bis sie sich endlich beruhigte. Anschließend führten sie ein langes Gespräch, bei dem Brian aber schon nicht mehr anwesend war. Er fragte zwar im nachhinein nach den Gründen für die eine oder andere Verhaltensweise, doch wollte er die Antwort im Grunde schon gar nicht mehr hören. Er lehnte jedwede Deutlichkeit ab.

Wenn er und Lara stritten und die Kinder fragten, ob sie wütend wären, sagte er grundsätzlich: »Nein!« Wenn Lara heulend im Wohnzimmer saß und Mary kam und fragte, ob sie traurig wäre, sagte Brian wiederum: »Nein!« Er verkaufte den Kindern Wut als »Spaß machen« und Traurigkeit als »krank sein«. Das machte Lara rasend, und deshalb flogen nicht selten die Fetzen.

»Laß mich doch in Ruhe, Laralein. Du bist einfach zu blöd!«

Am Heiligabend gab es Truthahn und eine Neuigkeit.

»Catherine ist jede zweite Woche hier«, jammerte John, »und ich bin nächstes Jahr sehr, sehr viel auf Reisen, und da bleibt der Hund dann am besten –«

»NEIN!« schrie Lara. Sie ahnte, was da auf sie zukam.

Brian rollte die Augen. »Nun sei doch nicht gleich wieder hysterisch, Laralein! Der Hund kann hierbleiben, John.«

»Aber Brian, ich –«

»Halt du die Klappe, Laralein. Catherine hilft dir schließlich. Du gehst einmal am Tag mit Frederic spazieren, und den Rest mache ich dann schon.«

Die Wirklichkeit sah dann natürlich anders aus. Zweimal nahm Brian den guten Frederic. Danach gehörte er zu Laras Aufgaben, und wenn sie mit ihm »Gassi« ging, lachten die Leute, und die Kinder in der Nachbarschaft meinten: »Guck mal, der Köter zieht die Frau hinter sich her!«

»Wenn dir auch nur ein Funke an mir liegt«, erklärte Lara an einem sonnigen und ungewöhnlich warmen Januartag 1982, »dann sieh bitte zu ...«

Brian zog die Brauen hoch.

»Dann sieh bitte zu«, wiederholte Lara, »daß ich aus diesem Streß rauskomme.«

»Du wirst Catherine wirklich immer ähnlicher.«

»Was?«

»Das hab' ich ja von Anfang an befürchtet.«

»Brian –«

»Ich habe es dir auch schon mal gesagt. Nicht mehr lange, hab' ich gesagt, und du bist die typische Schlampe, die sich für Waschmittel und Kinderspiele interessiert und sich über solche Kleinigkeiten wie Frederics Verstopfung aufregt. Erinnerst du dich? Da muß sich was ändern, Laralein! Und zwar schnell!«

Krebskranke hatten keine Chance, eine Arbeit zu finden. Das hatte Lara bei ihren ehemaligen Mitpatientinnen immer wieder erlebt. Es gab keine wirkliche Heilung bei dieser Krankheit. Es gab nur die sogenannte Remission, eine Zeit, in der die Krankheit nicht neuerlich ausbrach und nicht weiter fortschritt. Wie lange solche Remissionen dauerten, vermochte niemand zu sagen. Sie konnten morgen zu Ende sein, und auf dieses Risiko ließ sich kein Arbeitgeber ein.

»Wir werden dieses System umlaufen«, erklärte Brian. »Ich schreibe dir das beste Gesundheitszeugnis, das die Welt je gesehen hat.«

»Aber ich muß doch auch einen Lebenslauf schreiben. Und die zwei Jahre in der Klinik –«

»Warst du in Italien!« fiel Brian ihr ins Wort. »Du sprichst die Sprache, niemand kann dir nachweisen, daß du da nicht mit irgendeinem Gigolo zusammengelebt hast.«

Den Traum von den Vereinten Nationen hatte Lara seinerzeit wegen Brian begraben. Wegen Brian suchte sie sich nun einen anderen Job. Sie bewarb sich bei einer amerikanischen Versicherungsgesellschaft.

Die suchten damals eine Sekretärin für einen der Prokuristen der Auslandsabteilung. Zu dem Vorstellungsgespräch erschien Lara im Gipsy-Look, geschminkt und mit Modeschmuck behangen, als ginge es auf einen Filmball – aber unglückseligerweise traf diese Aufmachung ganz den Geschmack des Prokuristen, und sie bekam den Job.

Brian war begeistert. Sie weinte die ganze Nacht.

Knapp sechs Wochen später wurde Lara dann in das Büro des Executive Directors bestellt. Sie hoffte, er würde sie vor Ende der Probezeit entlassen, aber statt dessen bot er ihr einen internen Stellungswechsel an.

»Sie arbeiten ab jetzt in meinem Vorzimmer, Mrs. O'Leary. Wie wäre das?«

»Ich weiß nicht ...«

»Für sechzigtausend im Jahr?«

Brian befand, da gäbe es nichts zu überlegen. »Du bist dreiundzwanzig«, meinte er, »soviel verdienen andere nicht mit vierzig.«

»Aber ich werde wahnsinnig viele Überstunden machen müssen.«

»Na und, Laralein? Es gibt Kindermädchen.«

»Und der Haushalt?«

»Ich werde jemanden einstellen.«

Damit war die Angelegenheit beschlossen. Und der Streß fing erst richtig an.

Morgens um halb fünf, wenn andere Leute noch schliefen, erschien Mary an Laras Bett, pünktlich wie ein Schweizer Uhrwerk.

»Bist du wach?« schrie sie Lara ins Ohr, worauf die ihre Bettdecke lüftete, damit das Kind zu ihr kriechen konnte.

Eine Viertelstunde später grub sich dann Bennys Köpfchen in Laras Unterleib. Er pflegte mit einer gekonnten Rolle vorwärts über sie hinweg – plumps! – auf seinen Vater zu fallen, der das meist kaum mitbekam. Brian hatte einen beneidenswerten Schlaf.

Um halb sechs klingelte dann offiziell der Wecker. Laras Wecker, der Gatte blieb liegen. Lara stand auf und machte das Frühstück, wobei die Kinder gern »halfen«, so daß alles nur noch länger dauerte. Danach wusch Lara die Kleinen und zog sie an, wusch sich selbst, zog sich selbst an, weckte Brian.

Gemeinsam wurde gefrühstückt, und sobald Catherine kam oder

Mrs. Donovan, die Haushälterin, fuhr Lara nach Miami, quälte sich durch den Stau und hetzte in ihr Büro.

Notizen, Fernschreiben, Protokolle, Reisekostenabrechnungen und Beiratssitzungen, Geschäftsessen, Geschäftsfreunde, Geschäfts- ... vor acht Uhr abends war sie nie zu Hause. Die Kinder waren dann meist noch auf. Catherine und Mrs. Donovan legten sie über Mittag gern hin; sie waren gescheit. Lara war es nicht. Meist spielte sie noch mit den beiden, bevor sie ins Bett kamen, erzählte Märchen, sang ihnen etwas vor. Danach machte sie dann für Brian und sich selbst das Abendessen, und wenn sie Glück hatte, durfte sie danach ins Bett und mußte sich nur noch einen Videofilm ansehen.

Meist hatte sie aber Pech, was hieß, daß das neue Kindermädchen namens Andrea spätestens um zehn in der Tür stand. Dann legte die sich in Laras Bett, und Lara mußte mit Brian zu irgendeiner Party, zu irgendeinem Freund. Brian liebte es, auszugehen.

Schon vor ihrer Heirat war Lara mit Brians Freunden nicht zurechtgekommen. Sie waren alle älter als Brian, und da Brian schon dreizehn Jahre älter war als Lara, fühlte sie sich in der Gesellschaft immer wie ein dummes, kleines Mädchen. Denn so behandelte man sie.

»Laralein ist mal wieder müde«, hieß es beispielsweise zur allgemeinen Belustigung.

»Das ist sie doch immer.«

»Trink mal ein Schnäpschen, Mädel!«

»Laralein trinkt keinen Alkohol, das wißt ihr doch.«

»Das ist ja auch nichts für kleine Mädchen.«

»Sie muß noch sehr viel lernen.«

»Hörst du's, Laralein?«

Sie hörte nicht nur das. Die Frauen von Laras Freunden hatten auch nicht gerade eine gute Meinung von ihr.

»Brian wollte junges Blut im Bett, nur deshalb hat er sich dieses Dingelchen genommen.«

»Ach was, sie ist ein besseres Kindermädchen für ihn. Hast du mal mitgekriegt, wie nett sie mit Ben und Mary umgeht?«

»Außerdem ist sie ausgesprochen biegsam. Er kann ihr dies erlauben und jenes verbieten, die Kleine macht alles mit.«

Vor ihrer Hochzeit hatte Lara es geschickt vermieden, allzu häufig mit Brians Freunden zusammenzutreffen. Seit sie den Job hatte, war das nun nicht mehr möglich, denn dann hätte sie Brian überhaupt nicht mehr gesehen. Also begleitete sie ihn zu den diversen Partys und lernte, nicht zu hören, was die anderen sagten. Das ersparte ihr die Mühe, etwas antworten zu müssen. Das kostete doch nur Kraft. Und sie hatte keine mehr übrig . . .

Am 15. Januar 1982 unterschrieb Lara ihren Arbeitsvertrag bei jener Versicherungsgesellschaft in Miami. Am 21. Mai des gleichen Jahres schlief sie am Abend auf der Heimfahrt am Steuer von Brians Wagen ein und verursachte einen ziemlich schweren Auffahrunfall.

Der Routine halber brachte man sie ins Krankenhaus und informierte Brian. Dessen Auftritt blieb dort unvergessen.

»Bist du bescheuert?« tobte er, noch bevor er sich nach dem Gesundheitszustand seiner Frau erkundigt hatte. »Weißt du, was die Karre gekostet hat?«

Eine Woche später gab es den nächsten Schlag: Laras Mutter heiratete Heinrich Flüger, mit dem sie fortan in einem deutschen Ostsee-Städtchen namens Timmendorfer Strand leben wollte.

Familie O'Leary fuhr nach Washington, um der Zeremonie beizuwohnen.

»Und all das andere muß ja auch mal endlich geklärt werden«, schnüffelte Brian.

Damit meinte er die Finanzen. Lara hatte von ihrem Vater ein beträchtliches Vermögen geerbt, das sie und ihre Mutter bisher aber noch nicht aufgeteilt hatten.

»Jetzt wird's dringend!«

Lara knirschte mit den Zähnen, als Brian das zum soundsovielten Mal wiederholte. »Das hast du schon zwischen Miami und Palm Springs gesagt.«

»Na und?«

»Und kurz hinter Jacksonville, Savannah, Wilmington, Norfolk –«

»Weil es wahr ist!«

»Sie ist meine Mutter, Brian!«

»Das heißt nichts, wenn es um Geld geht . . .«

Inzwischen hatten sie Richmond im Staate Virginia erreicht, und

Brian erklärte lautstark, daß Liebe ja doch nur ein dusseliges Wort wäre, und sollte er sich da irren, so wäre sie halt etwas anderes, die Liebe: »Scheiße nämlich!«

Lara schaute abwechselnd auf den Rücksitz, wo die Kinder friedlich schliefen, und aus dem Fenster hinaus über das weite Land. Ihre Mutter würde Amerika den Rücken kehren und sie ganz allein hier zurücklassen. Sie würde das Haus verkaufen, in dem Lara die letzten Jahre ihrer Kindheit verbracht hatte. Alles und jeder schien im Aufbruch zu sein – nur sie hing irgendwie fest, angekettet an ein Leben, das sie liebte und zugleich haßte . . .

Als der Wagen vor Laras Elternhaus vorfuhr, wurde es ihr mit einem Schlag so übel, daß sie sich am liebsten übergeben hätte. Sie waren kurz vor der Stadt noch eben in einem Motel gewesen, um sich für den festlichen Anlaß umzuziehen. Brian trug einen schwarzen Anzug, Lara einen Overall aus weißer Seide, Mary hatte ein roséfarbenes Kleidchen an und Ben einen himmelblauen Smoking mit passender Fliege. Sie sahen aus wie eine perfekte Familie . . .

»Wie schön, daß ihr gekommen seid!« Mutter Laddock freute sich von Herzen. »Und wie groß Mary geworden ist!« sagte sie und schlug in die Hände. »Und – mein Gott, Benjamin: Du bist ja schon ein richtiger kleiner Mann . . .«

»Platitüden!« knurrte Brian. »Alles Platitüden! Als würdest du vor dich hinlabern.«

Lara schluckte. Sie hatte gelernt, daß Schweigen in solchen Fällen das Vernünftigste war.

»Gut siehst du aus, Lara!«

»Danke . . .«

Heinrich Flüger wußte nicht so recht, wie er sich verhalten sollte.

»Ich habe ja selbst die vier Kinder«, meinte er, »und ich kann mir vorstellen, daß es denen auch schwerfällt, eine neue Frau als . . . Was ich sagen will, Lara . . . ich werde nicht versuchen, den Platz deines Vaters einzunehmen . . .«

Lara lächelte. »Gut.« Mehr sagte sie nicht.

Die Hochzeit war dezent und still, und nach der Zeremonie gab es einen Empfang.

»Wie lange bleibt ihr denn?« fragte die frischgebackene Frau Flüger.

»Nur bis übermorgen«, erwiderte Brian, »dann –«

»Ich finde es großartig, daß ihr nach Europa fliegt, Kinder. Kommt doch –«

»Eigentlich wollte ich ja allein mit den Kindern fahren«, warf Brian ein. »Aber da Lara den Job nicht gepackt hat . . .«

Eine peinliche Stille stellte sich ein.

»Nun«, meinte Laras Mutter schließlich mit belegter Stimme, »wie gesagt, . . . kommt doch . . . kommt doch vor der Rückreise bei uns vorbei. Dann sind wir ja schon drüben.«

»Das wird nicht klappen.«

Lara senkte den Blick, als Brian das so hart von sich gab.

»Was ist mit den rechtlichen Dingen?« erkundigte er sich dann.

Frau Flüger war erschüttert. »Das . . . das machen wir übermorgen . . .«

»Wann?«

»Wie bitte?«

»Um acht? Um neun?«

Der Termin war elf Uhr dreißig. Der Hausanwalt der Familie regelte Vater Laddocks Letzten Willen, und danach standen Lara und ihre Mutter vor der Kanzlei auf der Straße und hielten einander in den Armen.

»Können wir?« Brian trat ungeduldig von einem Bein aufs andere. »Das Flugzeug wartet nicht.«

Laras Mutter hatte Mühe, die Tränen zurückzuhalten. »Egal, was ist, Kind: Du kannst jederzeit zu mir kommen.«

»Ich weiß, Mama.«

»Guten Flug . . .«

Familie O'Leary flog von Washington über London nach Mailand. Klein-Benjamin schlief fast die ganze Zeit, während Mary auf der Langstrecke unentwegt die Gänge entlangrannte und auf der Kurzstrecke ein Päckchen Erdnüsse nach dem anderen aß. In Mailand mußte sie sich erst mal übergeben.

Sie wurden von Brians Schwester abgeholt, einer zweiundfünfzigjährigen, zurückhaltenden Frau, die sie zu ihrem eigentlichen Bestimmungsort brachte: Pai di Sopra. Zu Deutsch hieß das Oberpai, und so dörflich, wie das klang, war es auch: Es gab einen Marktplatz, ein Restaurant und zwei Bars, ein Lebensmittelgeschäft, einen Gemischtwarenhändler und eine mörderisch steile Straße, die nach Pai di Sotto hinabführte – nach Unterpai –, das unmittelbar am Ufer des Gardasees lag.

»Fühlt euch wie zu Hause!« sagte Brians Schwester, als sie die Tür aufschloß. Das Haus gehörte ihrem Mann. »Ihr seid hier völlig ungestört.«

Im Prinzip wäre das wahr gewesen, und im Prinzip hätte Lara sich auch auf Anhieb wohl fühlen können. Das Haus war zwar alt und ziemlich verfallen, doch verfügte es über eine riesige Terrasse mit Aussicht auf den See.

Das wollte sie gerade bejubeln, als sie hinter sich fremde Stimmen vernahm.

»Hallo, Brian!« sagte die eine.

»Hi, hi!« meinte die andere.

Und da standen sie: Nick und Gwendolyn! Lara hatte sie nie zuvor gesehen. Die beiden waren noch sehr jung. Gwen hatte mal als Brians Assistentin gearbeitet und erwartete jetzt ihr erstes Kind. Nick war arbeitslos und ansonsten einfach nur unintelligent, dafür aber sehr von sich überzeugt.

Lara konnte mit beiden nichts anfangen. Doch sollte sie jetzt für diese Leute kochen und putzen, Einkäufe erledigen und vor allem den Übersetzer spielen.

»Du sprichst doch Italienisch, Laralein. Nun sei doch nicht so! Was heißt Strampelanzug? Gwen will einen kaufen.«

Lara streikte gleich am ersten Tag, und Brian nahm es hin.

»Ihr müßt Laralein entschuldigen«, erklärte er seinen Freunden, »sie ist mit den Nerven ziemlich fertig, und deshalb nimmt sie diese Beruhigungsmittel, und weil sie die nimmt . . . versteht ihr?«

Die beiden verstanden, Lara nicht. Außer sich vor Wut stellte sie Brian zur Rede.

»Was fällt dir ein zu behaupten –«

»Halt den Mund, Laralein!«

»Aber ich nehme doch überhaupt keine –«

»Du sollst den Mund halten!«

»Ich lasse nicht zu, daß du –«

»Nun sei doch nicht immer gleich so empfindlich!«

Brian rauschte ab, nachdem er das von sich gegeben hatte. Lara stand starr da und sah ihm zunächst einfach nur nach. Dann lief sie in die Küche.

Brian überquerte den Marktplatz und setzte sich in die Bar gegenüber zu Gwen und Nick, bestellte irgend etwas . . . Er hatte die beiden zu diesen Ferien eingeladen, sie hatten sich im Verlauf des Nachmittags mehrmals für seine Großzügigkeit bedankt. Er hatte ihnen die Flüge bezahlt und einen Teil des Hauses zur Verfügung gestellt. Lara verstand die Welt nicht mehr . . . Aus dem Hintergrund riefen Mary und Ben. Sie konnten nicht einschlafen und wollten, daß Laralein ihnen noch eine Geschichte erzählte . . .

Die nächsten Tage ertranken in Gleichförmigkeit. Die Kinder weckten Lara, wenn Brian noch schlief, sie stand auf und fing an, das Frühstück zu machen. Später kontrollierte Brian, ob ein Eierbecher fehlte, ob Lara auch nicht Gwens Kandiszucker vergessen oder wieder zu wenig Käse auf die Platte gegeben hatte – und er schaltete die Kaffeemaschine ab, die sie zuvor eingeschaltet hatte.

»Wie kann ein Mensch nur so vergeßlich sein, Laralein? Warum tust du Kaffee in den Filter und schaltest dann den Strom nicht ein? – Ich hab' dich was gefragt, Laralein!«

Sie hütete sich, auf derartige Angriffe zu reagieren. Darauf wartete Brian ja nur, um seine Frau alsdann vor Gwen und Nick niederzumachen. Die spielten immer mit. Für die war jeder Lacher zur rechten Zeit bares Geld . . .

Nach vierzehn Tagen Urlaub besuchte Brian seine Schwester, die in unmittelbarer Nähe in Torri del Benaco lebte. Der Besuch dauerte insgesamt fünf Stunden und fand auf Brians ausdrücklichen Wunsch ohne die Familie statt.

Lara verbrachte den Vormittag mit den Kindern auf der Terrasse. Sie spielten *Mensch ärgere dich nicht*. Die Große übte sich verbissen in der Kunst des Zählens, der Kleine sah seine Aufgabe darin, das Brett mitten im Spiel mit Wucht zusammenzuklappen. »Aus! Aus!!!«

Am Nachmittag ging Lara mit den beiden an den See. Gemeinsam bauten sie eine Sandburg. Dann setzte sie sich in den Schatten und holte das Strickzeug hervor. Sie strickte damals Pullover für Ben und Mary, für ihn einen blauen mit weißen Streifen, für sie einen roséfarbenen mit weißen Streifen. Von beiden Exemplaren waren bislang nur die Rückenteile fertig, jetzt arbeitete Lara an den Ärmeln.

»Blöde!« kommentierte Brian diese Szenerie. Völlig unerwartet, weil so früh, stand er plötzlich da, einen Sechserpack Bier unter dem Arm und eine nur noch halbvolle Flasche Grappa in der Hand. Er setzte sich zu Nick.

»Wie kann man nur so blöde sein und stricken!?« tönte er dabei weiter. »Und dann auch noch so einen Scheiß! – Warum machst du nicht erst eins von den Mistdingern fertig, Laralein? Warum beide auf einmal?«

Er wußte genau, warum sie das tat. Keines der Kinder sollte sich benachteiligt fühlen, und ihr war gleichgültig, mit welcher Wolle sie gerade was machte.

Brian wußte das genau, aber er ließ nicht locker.

»Sie ist eben verrückt«, behauptete er, und Nick lachte laut, worauf Brian ihm eine Dose Bier abgab. »Das war sie immer schon«, fuhr er dann fort. »Sie weiß nie, was sie zuerst tun soll, und sie weiß nie, was sie sagen soll, und sie sitzt immer nur blöde herum und strickt . . . oder sie heult . . . oder sie will bumsen. Laralein ist nämlich nymphoman, Nick. Hättest du das gedacht? Man sieht es ihr nicht an, aber es ist so. Sie . . .«

Er hörte nicht auf, eigentlich fing er erst an. Er sprach über Lara, als wäre sie der letzte Dreck auf dieser Welt, und als sie immer noch nicht reagierte, stand er wütend auf und ging.

Die nächsten Tage waren gespenstisch. Brian hatte noch nie viel Schlaf gebraucht, aber jetzt reichte es ihm auf einmal, um drei Uhr morgens ins Bett zu gehen und um halb sieben schon wieder aufzustehen. Mit Lara sprach er kaum ein Wort, und auch die Kinder hatten nicht viel von ihm zu erwarten. Mary holte sich Zuwendung, indem sie vor jedem Spielwarengeschäft stehenblieb und Dinge schrie wie: »Kaufst du mir das? Ich will das haben!«

Brian kaufte alles, und Bennys Bedürfnisse stillte er, indem er den

Jungen unentwegt herumschleppte, auf dem Arm, auf dem Rücken, auf den Schultern.

Den Rest seiner Zeit verbrachte er mit Trinken. In den Tagen von Oberpai erreichte sein Alkoholkonsum Dimensionen, die sich ein Normalsterblicher gar nicht vorstellen konnte. Er stand ständig unter Strom, und das merkte man nicht einmal – das war das wirklich Schlimme an der Sache.

Er tyrannisierte Lara, wann immer es möglich war. Wie eine Dienstmagd hatte sie ihn und die Gäste zu versorgen, und dabei erklärte er ihr ständig, daß sie inzwischen jede Menge Fehler gemacht hätte.

»Wenn du noch einen machst, Laralein, nur noch einen einzigen, dann ist es aus. Dann ist es vorbei mit uns beiden.«

Heulend saß sie auf ihrem Stuhl; sie saß immer heulend auf irgendeinem Stuhl, wenn sie an diesem Punkt angekommen waren.

Eines Nachmittags mietete Brian dann ein Ruderboot und fuhr mit Lara auf den See hinaus. Es wurde schon langsam dunkel, und das Wasser gluckerte so unheimlich unter ihnen. Brian wußte, daß Lara Angst davor hatte; er wußte, daß sie als Kind beinahe ertrunken war und Wasser deshalb nur in Ufernähe etwas abgewinnen konnte. Aber es machte ihm sichtlich Freude, sie in ihrer Angst zu beobachten.

»Du hast kein Vertrauen zu mir, nicht wahr?«

Er lächelte, als er das fragte, und Lara klammerte sich rechts und links an das feuchte Holz des Bootes.

»Und unglücklich bist du, Laralein. Aber das wird sich ändern . . .«

Am gleichen Abend fand auf dem Marktplatz ein Fest statt. Alle tanzten, auch Gwen und Nick, und Lara nahm an, daß Brian bei ihnen war und sich wieder mal betrank. Sie lag schon im Bett und versuchte, ein Buch zu lesen, etwas, was sie schon sehr, sehr lange nicht mehr geschafft hatte.

Als Brian plötzlich im Türrahmen stand, war sie völlig verwirrt.

»Die Kinder schlafen«, sagte sie automatisch.

»Ja?« Brian lächelte, und dann, dann setzte er sich zu ihr und fing an, mit ihr zu schmusen, wie er es seit Monaten nicht getan hatte. Er war zärtlich, er war lieb . . . Laras Wut verrauchte. Endlich . . . sie hatte schon gar nicht mehr darauf zu hoffen gewagt.

Er zog ihr das Nachthemd aus, und sie zog ihn aus. Der Mond schien zum Fenster herein, und es war wohlig warm im Raum, als Brian nach langer Zeit endlich wieder sein Glied in ihre Scheide schob ... Im nächsten Moment zog er es auch schon wieder heraus.

»So, Laralein ... das war's!«

Er stand auf und zog sich wieder an. Sie war zunächst völlig fassungslos, dann fing sie an zu weinen.

Er lachte nur darüber. »Du kannst heulen, soviel du willst, Laralein, das nutzt dir auch nichts.«

Dann stellte er ihr ein Töpfchen Beruhigungstabletten auf den Nachttisch. »Aber vielleicht nutzt das hier ja ...«

In den folgenden Tagen fühlte Lara sich wie ein gehetztes Tier. Alle schienen sich gegen sie verschworen zu haben, als ginge irgend etwas vor, von dem nur sie nicht die geringste Ahnung hatte.

Einmal nahm sie eine von Brians Pillen. Die Wirkung war enorm: Sie fühlte sich plötzlich ruhig und glücklich.

Brian bemerkte es sofort und sah es mit Freuden. »Siehst du, Laralein, es geht doch, gerade heute ... Heute mußt du nämlich fit sein. Es ist unser vorletzter Abend hier, und wir machen etwas ganz Besonderes ...«

Gwen und Nick hüteten die Kinder. Brian hatte in einem Restaurant in den Bergen einen Tisch bestellt. Er kannte es von seinen früheren Reisen nach Italien.

Sie fuhren fast eine Stunde bergauf, über steile Serpentinen. Zum Ausgleich war das Essen hervorragend, nur hatte Lara keinen rechten Appetit.

Brian bestellte Wein. »Ich möchte mich mit dir aussprechen, Laralein.«

Und zum hundertsten Mal erklärte er ihr, daß er sie trotz aller Mühe seinerseits noch immer nicht lieben könnte, daß er aber durchaus respektieren würde, wie sie sich ihrerseits bemüht hätte in den Jahren.

»Und was heißt das?« fragte sie.

Er lächelte und gab ihr einen Kuß auf die Wange. Dann sprach er plötzlich über seine sexuellen Probleme.

»Das liegt an dir, Laralein, so leid es mir tut. Ich fühle mich von dir bedrängt. Und dann geht es eben nicht, das mußt du einsehen.«

»Was soll ich denn machen?«

»Nichts.«

»Das kann ich nicht. Ich liebe dich, Brian!«

»Sag das nicht!«

Brian hatte noch nie gewollt, daß sie das sagte, und wenn sie es trotzdem tat, gab es jedesmal Streit. Jetzt nahm er ihr das Versprechen ab, ihre Gefühle fortan für sich zu behalten.

»Sonst ist es aus mit uns!«

»Ist es das nicht längst, Brian?«

Er erschrak, als sie das sagte, faßte sich aber schnell wieder, griff nach ihrer Hand und küßte sie.

»Du kannst fühlen und denken, was du willst, Laralein – nur darüber reden sollst du nicht. Kannst du das nicht verstehen, oder willst du es nicht?«

So ging das etwa drei Stunden lang, dann ließ er sich die Rechnung geben.

»Laß uns noch ein paar Schritte gehen«, schlug er vor, »es ist so schön hier.«

»Aber es ist stockdunkel.«

»Ich kenne mich aus!«

Er kannte sich aus! Sie liefen ein bißchen bergab, bogen dann ein in einen schmalen Pfad. Lara fühlte sich ganz und gar nicht gut. Irgend etwas lag in der Luft, das spürte sie. Der Pfad wurde immer schmaler, aber Brian wollte unbedingt weitergehen. Sie tat ihm den Gefallen, obwohl es so steinig und so rutschig war. Dann hatten sie das Ende des Weges erreicht. Es war ein Steinbruch. Vor Lara ging es etwa zwanzig Meter steil bergab. Sie blieb stehen.

»Hier geht es nun aber wirklich nicht weiter, Brian.«

»Nein, Laralein, hier geht es nicht weiter.«

Seine Stimme klang ganz ruhig, als er das sagte, und er stand dicht hinter ihr. Sie konnte ihn nicht sehen, aber sie hätte ihn wohl auch nicht sehen können, wenn er vor ihr gestanden hätte, dazu war es viel zu dunkel. Plötzlich hatte sie Angst vor diesem Mann – und zugleich schämte sie sich deswegen.

»Wollen wir nicht zurückgehen?« flüsterte sie.

»Alles noch einmal?« erwiderte er.

»Wie?«

»Du verstehst mich schon, Laralein.«

»Nein.«

»Nein?« Er war wirklich ganz ruhig, bedrohlich ruhig. »Ich liebe dich nicht«, erklärte er ihr, »und ich habe dich nie geliebt. Dich kann man nämlich nicht lieben, Laralein, dich kann man begehren oder bewundern, dich kann man notfalls vielleicht auch mögen, aber lieben ... lieben kann man dich nicht.«

Sie stand da und sagte kein Wort. Sie dachte auch nichts in diesem Augenblick, und das einzige, was sie fühlte, war Scham. Sie schämte sich dafür, daß es sie gab, und dafür, daß sie so lästig war. Sie hatte Brian immer nur gestört. Wann immer sie angerufen, gekommen oder dagewesen war, hatte sie gestört, das hatte er ihr oft genug gesagt. Jetzt schämte sie sich für all das, dafür, daß sie diesen Mann mit ihren Gefühlen belästigt hatte. Am liebsten wäre sie ... Sie konnte den Gedanken nicht mehr zu Ende bringen, denn Brian kam ihr zuvor.

»Spring, Laralein! Spring da runter, und ich bin all meine Sorgen los. Spring!!!«

Sie schnappte nach Luft, als sie das hörte, und in diesem Moment wußte sie, daß es zu Ende war. Jetzt war alles vorbei.

»Hast du das mit Denise und Anne auch so gemacht?« flüsterte sie.

Er schnüffelte. »Catherine redet zuviel.«

Daß er ihre Frage offenbar auch noch lustig fand, gab Lara den Rest. »Du bist krank, Brian.«

»Ich weiß. Ihr habt mich krank gemacht. Denn ihr seid krank.«

Vorsichtig trat Lara einen Schritt zurück. »Warum stößt du mich nicht?« fragte sie leise, und noch Jahre später konnte sie nicht begreifen, wie sie das über die Lippen hatte bringen können.

»Ich mache mir doch die Finger nicht schmutzig«, erwiderte Brian ungerührt, »nicht an dir. Spring! Komm! Um meinetwillen!«

Das war eine klare Antwort. Mit beiden Händen faßte Lara an den Fels zu ihrer Linken, dann ging sie langsam zum Auto zurück.

Und Brian folgte ihr.

In den nächsten achtundvierzig Stunden sprachen sie nur noch das Nötigste miteinander – der Kinder wegen. Lara packte die Koffer und beschäftigte sich mit der Endreinigung des Hauses. Nun brauchte sie die Beruhigungsmittel, die Brian ihr seit Wochen aufgedrängt hatte.

Er ließ sie nicht aus den Augen. Hatte sie eine Tablette genommen, brachte er ihr sofort ein Glas Rotwein. Wandte sie sich dann regungslos ab, seufzte er laut: »Laralein, Laralein ...«

Am 1. Juli 1982 flog Familie O'Leary zurück in die USA. Auf dem Mailänder Flughafen blieb Lara geraume Zeit vor der Anzeigetafel stehen.

Da war dieser Flug nach Hamburg ausgeschrieben ... Er ging eine halbe Stunde vor ihrem eigenen.

Nach Hamburg. Zu Mama. Sie fühlte sich auf einmal unendlich allein.

Marys kleiner, warmer Körper lehnte sich gegen ihre Beine.

»Ich hab' dich lieb, Laralein ..«

Sie nahm das Mädchen auf den Arm. »Ich dich auch, mein Schatz!«

Sie flogen über Paris nach Washington, blieben eine Nacht in jenem Motel, in dem sie sich vor Mutters Hochzeit umgezogen hatten, dann ging es mit dem Wagen zurück nach Miami.

Lara haßte Brians Autofanatismus. Wäre es möglich gewesen, hätte dieser Mann auch noch für eine Reise zum Mond den Wagen genommen. Sie nahm sich vor, gleich nach ihrer Ankunft zum Anwalt zu gehen und die Scheidung einzureichen. Nach allem, was geschehen war, fand sie Brian nur noch widerlich. Sie ekelte sich vor seinem Körper und vor seinem Gesicht, vor der Art, wie er sich bewegte und sprach ... Etwas anderes als Scheidung war da gar nicht mehr denkbar.

Die erste Nacht daheim verbrachte Lara auf dem Wohnzimmersofa. Jedesmal wenn sie die Augen schloß, sah sie Jean-Paul vor sich, diesen wunderbaren Mann, der ihren Körper geliebt hatte, als wäre er aus zerbrechlichem Porzellan. Sie sah auch Jan und stellte sich vor, wie anders ihr Leben verlaufen wäre, wenn sie sich damals mit ihm getroffen hätte. Vielleicht wäre sie dann ja jetzt seine Frau gewesen und hätte nicht zwei kleine Kinder gehabt, die zwar nicht ihre waren, für die sie sich aber trotzdem verantwortlich fühlte.

Lara kam nicht zur Ruhe. Immer wieder stand sie auf in dieser Nacht, ging in die Küche, ins Bad – bis in den frühen Morgenstunden eine wimmernde Mary aus ihrem Bettchen kletterte und auf nackten Füßen ins Wohnzimmer tapste.

»Ich hab' so Halsschmerzen . . .«

Die Kleine glühte, und ihr Hals war tiefrot, und zum erstenmal nach langer Zeit waren Brian und Lara mal wieder gleicher Meinung.

»Sie hat Scharlach.«

Der Kinderarzt konnte das nur bestätigen. »Wissen Sie, was da zu tun ist, Mrs. O'Leary? Das Kind muß im Bett bleiben, bis sie drei Tage fieberfrei ist, und Sie sollten alles desinfizieren, was Mary angefaßt hat. Und Sie müssen sich jedesmal reinigen, wenn Sie bei ihr waren.«

Damit mußte Lara ihr Scheidungsbegehren erst einmal vergessen. Sie konnte unmöglich ein krankes Mädchen und einen völlig hilflosen Dreijährigen so einfach im Stich lassen. Aber vielleicht sollte diese Geschichte ihr ja auch irgend etwas sagen. Vielleicht *sollte* sie ja bei Brian bleiben . . .

Die Tage schleppten sich dahin. Lara schlief nach wie vor im Wohnzimmer, was Klein-Benny jeden Morgen dazu veranlaßte, eine Vielzahl von Fragen zu stellen.

»Hast du denn Papa nicht mehr lieb? Hast du mich denn noch lieb? Wann ist Mary wieder gesund?«

»Frag nicht, mein kleiner Junge!« sagte Lara meist nur, und dabei wiegte sie Benjamin in ihren Armen und hoffte, das alles möge nur ein böser Traum sein.

Fünf Wochen dauerte es, bis Mary wieder auf den Beinen war. Dann ging sie zwei Tage in den Kindergarten und legte sich gleich wieder ins Bett. Diesmal waren es die Röteln, und diesmal steckte sie ihren kleinen Bruder an.

»Hatten Sie schon die Röteln, Mrs. O'Leary?«

»Keine Ahnung!« stöhnte Lara.

»Mit einem Bluttest läßt sich das leicht herausfinden. Für erwachsene Menschen kann eine Kinderkrankheit nämlich –«

»Ich hatte Leukämie, Herr Doktor. Da werden mir doch ein paar Pöckchen nichts anhaben können.«

»Um Sie geht es hier ja auch gar nicht, Mam. Sie könnten lediglich Bakterienträger sein, ohne selber zu erkranken. Und dann stecken Sie womöglich eine schwangere Frau an, und Sie wissen ja sicher –«

»Schon gut!«

Das Testergebnis erforderte eine Rötelnimpfung. Lara ließ sie vornehmen, denn sie war ja angeblich unproblematisch.

»Es ist eine Kleinigkeit, Mrs. O'Leary.«

Doch es wurde eine Katastrophe daraus. Zwei Stunden, nachdem Lara das Serum verabreicht worden war, schwollen sämtliche Lymphknoten an ihrem Körper an, und sie bekam hohes Fieber. Brian war nicht da, und der Notarzt, mit dem sie telefonierte, riet ihr, sich die nächsten Tage einfach nur ganz ruhig zu verhalten.

»Wie soll ich das mit zwei kranken Kindern?«

»Sie *müssen*! Sonst muß ich Sie ins Krankenhaus einweisen.«

»Und wie soll das gehen mit zwei kranken Kindern?«

»Der Vater könnte –«

»Der Vater?!» kreischte Lara. Dann warf sie den Telefonhörer auf die Gabel.

Seit ihrer Rückkehr aus Europa war Brian kaum mehr zu Hause gewesen. Er kümmerte sich um nichts, kam nur noch zum Schlafen und trank mehr als jemals zuvor. Es war erstaunlich, daß der Alkohol ihm nicht längst einen Strick gedreht hatte, daß er immer noch seiner Arbeit nachging und offenbar keine größeren Fehler dabei machte.

Es war der 24. September 1982, kurz vor Mitternacht. In wenigen Minuten wurde Lara fünfundzwanzig Jahre alt. Doch hatte sie das Gefühl, schon eine uralte Frau zu sein, als wäre alles vorbei, ihr Leben, ihre Fähigkeit zu lieben . . . Ihr Körper schmerzte wie nach einem schweren Treppensturz. Mühsam erhob sie sich vom Sofa. Sie hatte Durst. Aber sie schaffte es nicht bis in die Küche. Die Lymphknoten in ihren Leistenbeugen waren inzwischen so dick, daß sie bei jedem Schritt zu platzen schienen, und sie konnte auch ihre Arme nicht mehr richtig bewegen.

Verzweifelt sank sie aufs Sofa zurück. Dann rief sie Catherine an und bat sie, zu kommen.

Sie und John hatten in der Zwischenzeit geheiratet und eine traumhafte Asien-Reise gemacht.

»Hongkong, Singapur, Bali«, schwärmte Catherine. »Du kannst es dir gar nicht vorstellen . . .«

»Doch . . . ich brauche dich nur anzusehen . . .«

Catherine schluckte. »Du siehst nicht gerade gut aus, Lara.«

Brian drehte fast durch, als er in den frühen Morgenstunden nach Hause kam.

»Zwei Weiber halte ich nicht aus!« tobte er. »Raus! Haut beide ab!«

»Lara ist krank«, versuchte Catherine ihn zu beruhigen.

»Und? Stirbt sie?«

»Brian!«

»Laß ihn, Catherine! Er hat die ganze Nacht getrunken, dann ist er immer so.«

Brian warf Lara einen vernichtenden Blick zu. »Ich saufe, weil ich dich am Hals habe!« erklärte er dann. »Und weil ich die da am Hals gehabt habe! Von der Nutte zum Krüppel! Vom Regen in die Traufe!«

Lara schlug die Hände vors Gesicht. »Nicht so laut«, wimmerte sie, »die –«

»Ich schreie, so laut ich will. Und ich schlage Türen, wenn mir danach ist. Das ist nämlich *mein* Haus hier, *meines*!!!«

Benjamin wachte auf und fing an zu weinen. Mary wachte ebenfalls auf und stand plötzlich mitten im Wohzimmer.

»Ich mach' das schon«, sagte Catherine und kümmerte sich um die Kinder.

Lara stöhnte. »Bist du jetzt zufrieden, Brian?«

»Du elende Ziege, du!« Er nahm sich einen Schnaps. »Von früh bis spät höre ich nichts anderes als Krebs«, schimpfte er dabei. »Mit wem ich zu tun habe, hat Krebs. Kannst du dir vorstellen, was das bedeutet? Wie es ist, nach Hause zu kommen, und auch da nichts als eine kranke Frau vorzufinden. Kannst du –«

»Ich war nie krank, Brian. Es ist das erste Mal, daß ich –«

»Du willst mich erpressen, aber das lasse ich nicht zu. Ich habe keine Angst, daß du morgen sterben könntest.«

»Das weiß ich.« Lara versuchte, ruhig zu bleiben.

Aber das machte Brian nur noch aggressiver. »Du willst alles auf einmal«, kläffte er, »und das auch noch sofort. Liebe, Glück, Erfolg – ich hasse deine Drängelei, deine Ungeduld, dein . . .«

»Mein Klammern?« Noch immer gab Lara sich ganz ruhig. Sie kannte Brians Probleme. Zeigte Lara ihm ihre Gefühle, so klammerte sie; war sie zärtlich, so nahm sie ihm die Luft zum Atmen; zog sie sich zurück, ließ sie ihn allein; und äußerte sie ihre Wünsche, so stellte sie Ansprüche. »Was ich mache, ist anscheinend immer verkehrt.«

»Weil du verkehrt bist«, erwiderte Brian wie aus der Pistole geschossen. »Du bist so . . .«

»Wie?«

»Sei doch mal . . .«

»Wie?«

»Sei einfach, wie du bist!«

Mit diesen Worten ging Brian nach oben, nahm eine kalte Dusche und machte sich anschließend auf den Weg zur Arbeit. Lara weinte eine Runde und schlief danach irgendwann ein. Als sie wieder aufwachte, saß Catherine neben ihr und hielt ihre Hand.

»Fühlst du dich besser?«

Lara wußte nicht so recht, wie sie sich fühlte. »Was ist –«

»Die Kinder schlafen tief und fest«, sagte Catherine. »Magst du frühstücken?«

Es war ein wunderschöner Spätsommertag, und Lara und Catherine saßen in der Küche und aßen Rühreier mit Speck. Aus dem Radio drang leise Musik, und die Kinder schliefen immer noch.

»Ich liebe ihn nicht mehr, Catherine . . .«

»Ich weiß, Lara . . .«

»Vielleicht habe ich ihn nie geliebt und es nur nicht gemerkt . . .«

»Brian will gar nicht geliebt werden. Er will nicht glücklich sein.« Catherine griff nach Laras Hand und hielt sie ganz fest. »Du kennst doch das alte Sprichwort«, sagte sie dann. »*Lieber ein Ende mit Schrecken als ein Schrecken ohne Ende*. Ich sage das nicht aus Nächstenliebe, Lara. Wenn du dich von Brian trennst, werde ich das alleinige Sorgerecht für die Kinder bekommen.«

Als Catherine an jenem Morgen den Tisch abräumte, fiel Lara erstmals auf, was für einen schönen Körper sie hatte. Sie trug schwarze Strumpfhosen und schwarze Pumps, einen schwarzen, knielangen Rock und einen weißen, mit goldenen Sternen besetzten Leinenblazer.

»Du hast dich ziemlich herausgeputzt für einen nächtlichen Krankenbesuch.«

Catherine lachte. »Wir waren gestern abend aus. Das Zeug lag noch auf dem Stuhl.«

Sie sahen einander an, wie sie beide noch nie zuvor eine andere Frau angesehen hatten. Eine unbeschreibliche Wärme lag in diesem Blick, die sich mit jedem Moment mehr und mehr in ein Verlangen verwandelte, wie es doch eigentlich nur ... das konnte gar nicht sein ... das durfte ja gar nicht ...

Sie taten es in den Ehebetten. Hier hatte für sie beide alles begonnen, und hier ging nun alles zu Ende.

»Und jetzt?«

Lara spürte Catherines Lippen auf ihrer Wange und Catherines Hände auf ihrer Brust. Es war eigenartig, aber es war nicht unangenehm. Lara ließ es zu, wie sie all das zuließ, was danach kam, und als es vorüber war, fühlte sie sich auf seltsame Weise erleichtert.

»Jetzt ist es erledigt, nicht wahr?«

Catherine lächelte. »Herzlichen Glückwunsch zum Geburtstag, Lara!«

Tatsächlich begann mit dem 25. September 1982 eine neue Ära in der Ehe der O'Learys. Lara fühlte sich im nachhinein verdorben und schmutzig für das, was sie getan hatte, und deshalb fühlte sie sich Brian erstmals ebenbürtig. Jetzt konnte sie den Kampf mit ihm aufnehmen. Sein blaues Wunder sollte er erleben!

Während Mary und Ben die Röteln prächtig überstanden, tat Lara so, als könnte sie sich gar nicht so recht erholen. Zwei, drei Tage ging es schon mal gut mit ihr, aber dann hatte sie sich gleich wieder übernommen und brauchte Ruhe. Immer häufiger brachte sie die Kinder zu Catherine und John, und Benjamin kam vor der Zeit in den Kindergarten, und Mary wurde im Eilverfahren »sozialisiert«, wie Brian das nannte: montags Ballettunterricht, dienstags der Kirchen-Kinderchor, freitags Tennis. So hatte das Ehepaar O'Leary plötzlich sehr viel mehr Zeit für sich.

»Gibt es diesen Süßstoff auch in größeren Mengen?«

Die Kassiererin im Supermarkt schaute Lara verwirrt an.

»Da sind hundert Pastillen drin«, sagte sie.

»Ich brauche aber mehr!«

Mit einem Dreierpack kam Lara nach Hause und lief sofort ins Bad damit. Die kleinen Süßstoff-Tabletten hatten genau die gleiche Form und Farbe wie die Beruhigungspillen, die Brian ihr immer aufdrängte. Sie spülte die Pillen in der Toilette herunter und füllte den Süßstoff ein. Dann ging sie in die Küche, um das Abendessen zuzubereiten.

Brian bestand auf seiner warmen Mahlzeit. Selbst wenn er erst um drei Uhr morgens heimkam, verlangte er noch nach etwas Warmem. Dabei beklagte er ständig, daß Lara nicht scharf genug würzte. Nun, diesem Gulasch hier gab sie ein großes Glas Pepperoni und eine halbe Tüte Pfeffer hinzu.

»Hoffentlich ist es heute pikant genug«, säuselte sie, als Brian heimkam.

»Kann ich mir kaum denken«, knurrte er und setzte sich an den Tisch. »Keine Kartoffeln?«

»Ich habe vergessen, welche zu kaufen.«

»Ich hasse Nudeln, das weißt du genau.«

Wütend tat er sich nur das Fleisch und die Soße auf den Teller und griff nach dem Löffel, der in der Nudelschüssel steckte.

Lara genoß den Anblick. Sanft lächelnd sank sie auf ihren Stuhl, sah dabei zu, wie Brian den Löffel tief in sein Gulasch tauchte, ihn zum Mund führte, kräftig kaute, schluckte . . . Im nächsten Moment riß er entsetzt die Augen auf und schnappte nach Luft. Dann fing er an zu husten, und seine Augen tränten, und Lara blieb regungslos sitzen und lächelte immer noch so sanft.

»Heute *ist* es scharf genug«, hauchte sie, »wie schön . . .«

Keuchend lief Brian in die Küche und drehte den Wasserhahn auf, schüttete händeweise das kalte Naß in seinen Rachen, um die glühende Kehle zu kühlen.

Lara nahm sich eine der Nudeln und folgte ihm. Früher hatte sie

Brians Körper anziehend gefunden. Jetzt ekelte sie sich vor seinem aufgeschwemmten Bauch, vor seinen zarten Fingern und seinen dünnen Beinen, und am meisten ekelte sie sich vor seinem Schwanz.

Brian trocknete sich den Mund ab. »Bist du wahnsinnig geworden?« fragte er dann.

Lara stand da und knabberte an ihrem Nüdelchen, als wäre es ein Objekt erotischer Begierde.

»Am liebsten würde ich ihn dir abhacken«, sagte sie. »Deinen Schwanz, meine ich. Und dann brat' ich ihn. Du magst doch so gern Hot dogs. Schön Senf und Ketchup dazu, dann taugt er wenigstens mal zu was.«

»Das ist ja widerlich«, spie Brian aus, »wie kannst du nur so was –«

Im nächsten Moment sprang Lara ihn an wie eine Furie. »Ich hasse dich!« schrie sie und schlug mit beiden Fäusten auf seine Brust. »Ich hasse dich und ich werde dich vernichten. Ich werde dir alles nehmen, *alles*!!!«

Derartige Auftritte gab es fortan häufiger. Sobald die Kinder bei Catherine waren, setzte Lara mindestens einen ihrer so zahlreichen Pläne in die Tat um.

Einmal tränkte sie ihren Pullover mit Whiskey, spielte die Volltrunkene und drohte, das Haus anzuzünden. Brian packte sie bei den Schultern und schüttelte sie so lange, bis sie seines Erachtens wieder bei Besinnung war.

Ein anderes Mal nahm sie in seinem Beisein mehr als zwanzig der angeblichen Beruhigungstabletten und erlebte, wie Brian ihr anschließend einen Cognac einflößte . . . und noch einen . . . einen dritten . . .

Sie zeichnete in jener Zeit eine beeindruckende Skizze. Sie zeigte eine Frau, die gerade zum soundsovielten Mal mit einem Messer auf ihren Mann eingestochen hatte . . . aber der Mann lachte nur darüber. Denn die Frau konnte seine verletzbare Stelle nicht finden . . .

»Ich muß mit dir sprechen, Lara!«

Catherine wirkte ehrlich besorgt, als sie da so plötzlich und unerwartet während Laras Woche auftauchte.

»Worum geht's?«

»Um uns alle.«

Nach dem, was passiert war, fiel es Lara schwer, mit Catherine umzugehen. Der verbotene Sex hatte ihr zwar eine enorme Kraft beschert, zugleich aber auch ein enormes Schuldgefühl.

»Setz dich doch, Catherine . . .«

»Danke!«

»Kann ich dir irgend etwas anbieten?«

»Ich bleibe nicht lange. Lara . . .?« Auch Catherine kostete es sichtlich Mühe, ruhig zu bleiben, aber sie schaffte es. In kurzen, knappen Worten erklärte sie Lara, wie unsinnig Rachsucht wäre.

»Und da es hier um Brian geht: Bei ihm kann Rache gefährlich werden, glaub es mir!«

Lara tat so, als würde sie überhaupt nicht verstehen, was Catherine da sagte.

»Und außerdem muß ich Benjamin jetzt vom Kindergarten abholen.«

Es war kurz vor Weihnachten, und wieder backte Lara Plätzchen und bastelte Strohsterne und sang mit den Kindern. Sie gewöhnten sich immer mehr an John und Catherine; es würde also bald soweit sein.

Brian kam derweil kaum noch nach Hause. Er glaubte Lara die Rolle der völlig durchgedrehten Ehefrau. Um so verwerflicher war es, daß er seine Kinder dieser Irren auslieferte. Aber genau das würde vor dem Familienrichter den Ausschlag geben, Lara hoffte zumindest darauf.

Am 23. Dezember 1982 gab Brian O'Leary seinen alljährlichen Herren-Weihnachtsabend. Alex kam, und Marty und Frank und Kevin kamen, und die Männer saßen die ganze Nacht im Wohnzimmer und tranken Bier. Kurz nach Mitternacht beschloß der bereits volltrunkene Brian, sich seinen Freunden gegenüber zu beweisen.

Lara, die bis dahin in der Küche gestanden und Schnittchen gemacht hatte, wußte nicht, wie ihr geschah. Sie hatte doch nur die leeren Bierdosen holen wollen, und da packte Brian ihr auf einmal unter den Rock und riß sie zu sich aufs Sofa.

»Komm her!« geiferte er.

»Laß die Finger von mir!«

»Seht ihr, wie sie sich wehrt?«

»Laß mich los, du Schwein!«

»Wehr dich nur, ich hab' das gern, du kannst auch schreien.«

»Loslassen!!!«

Den Freunden wurde es schließlich zu bunt, und sie trennten das Paar. Brian wurde beruhigt, Lara verkroch sich ins Bad. Sie brauchte nur fünf Minuten, um alles Weitere zu entscheiden. Dann schlich sie ins Schlafzimmer und fing an, ihre Koffer zu packen.

Von unten drang laute Rockmusik herauf. Lara verschloß ihr Gepäck und nahm den erstbesten Mantel aus dem Schrank. Sie war jetzt nicht in der Lage, alles mitzunehmen. Sobald sie in Sicherheit war, wollte sie Catherine anrufen und sie bitten, die Kinder zu holen und ihr die restlichen Sachen nachzuschicken. Sie mußte auch mit Mary und Ben sprechen, ihnen irgendwie begreiflich machen, was in dieser Nacht geschehen war.

Vorsichtig schloß Lara die Schlafzimmertür auf, es regte sich nichts. Ganz langsam öffnete sie die Tür zu einem Spalt. Abrupt brach die Musik ab, und Lara hatte das Gefühl, ihr Herz müßte stehenbleiben. Sekunden später ertönte Elvis Presleys *Love me tender*, und Lara atmete erleichtert auf. Sie griff nach ihren Koffern, nahm die Handtasche, schlich auf Zehenspitzen in den Korridor.

Die Treppe war ein Kinderspiel, und wie Lara feststellte, schien auch alles andere nicht so schwierig zu sein, wie sie es sich vorgestellt hatte. Die Männer waren inzwischen gegangen, und Brian saß in seinem Musiksessel und drehte ihr den Rücken zu. Intensiv lauschte er Mister Presley.

Lara lief in die Diele. Der Haustürschlüssel steckte, sie brauchte ihn nur herumzudrehen.

»Laralein?« Ben rief nach ihr, und sie konnte es kaum ertragen, aber die Gefahr war einfach zu groß. Hastig drehte Lara den Schlüssel und öffnete die Tür. Im nächsten Moment spürte sie zwei starke Hände, die sie von hinten bei ihren Schultern packten.

»Wo wollen wir denn hin?«

Lara war ganz starr vor Angst. »Laß mich gehen, Brian. Bitte!«

Er lachte nur.

»Bitte!!!«

»Biiittteee!« äffte er sie nach. »Du kannst bitten, soviel du willst!«

Er stieß sie zur Seite, so daß ihr Körper gegen die harte Wand schlug. Sie ging in die Knie.

»Was willst du noch von mir?« wimmerte sie.

Böse sah er sie an. »Es war eine Qual, mit dir zu leben«, schrie er dann. »Es war eine Qual, deine Bemühungen zu ertragen. Tagaus, tagein! Deine Dummheit! Deine Naivität! Deine angebliche Liebe, die nichts als Schwäche war! Ohne mich kannst du nicht existieren. Das ist es doch!«

Langsam richtete Lara sich auf. Sie dachte nichts, und sie fühlte auch nichts.

»Laß mich nur weg, Brian. Ich bitte dich!«

Er schaute ihr geradewegs in die Augen. »Gib mir deine Schlüssel!«

Sie hielt sie ihm hin, und er griff danach, steckte sie in seine Hosentasche. Dann schlug er ihr auf einmal ins Gesicht, ein zweites Mal, ein drittes . . . Sie ging zu Boden und schrie, aber Brian hörte nicht auf. Er mißhandelte sie mit seinen Fäusten, er trat auf sie ein, sie spürte die Spitzen seiner Schuhe zwischen ihren Rippenbögen . . .

Der Arzt im Miami Memorial Hospital war noch sehr jung. »Sind Sie die berühmte Kellertreppe hinuntergefallen?« fragte er, während er Lara versorgte. Über der rechten Augenbraue war eine große, stark blutende Platzwunde, ihre Lippen waren völlig verschwollen, und ihr Körper war übersät von Blutergüssen.

»War das Ihr Ehemann?«

Lara, die bisher geschwiegen hatte, schwieg auch jetzt.

»Hören Sie, Mrs. O'Leary! Ein Mann, der so etwas tut, wird es immer wieder tun. Selbst wenn es zwischendurch jahrelang gutgeht. In seinem Kopf setzt sich fest, daß er mit Fäusten Konflikte bereinigen kann . . .«

Lara faltete die Hände und starrte vor sich hin.

»Wenn Frauen trotzdem bei solchen Männern bleiben, Mrs. O'Leary, dann dürfen sie sich eigentlich gar nicht wundern. Ein Schläger ist im Grunde nur ein gestörter Mensch. Zu einem Monstrum wird er erst von dem gemacht, der sich schlagen läßt . . .«

Lara lächelte. All diese vielen Worten rauschten an ihr vorüber. Sie hatte Angst. Sie hatte Angst, die Augen zu schließen und Brian wäre plötzlich wieder da ... Sie hatte Angst, aufzuwachen aus diesem Alptraum und allein zu sein ... Dieser junge Arzt hatte ja keine Ahnung ...

Über die Feiertage blieb Lara in der Klinik. Danach kam sie in einem kleinen Hotel in Miami unter. Nur ein einziges Mal wagte sie sich nach draußen. Sie ging zur Bank und teilte ihr Vermögen neu auf. Die größte Summe wurde wieder fest angelegt, ein gewisser Betrag auf ein Girokonto umgebucht, der Rest ausgezahlt. Dann fuhr sie zum Flughafen, einfach so.

Es war der 31. Dezember 1982, und da stand sie nun, Lara O'Leary, geborene Laddock, das geschundene Gesicht dick überschminkt, mit einer großen, schwarzen Sonnenbrille über den blau geprügelten Augen, mitten auf dem Miami International Airport. Zwei Koffer und eine Handtasche waren ihr einziger Besitz – aber auch ihr einziger Ballast.

Los Angeles, Seattle, Chicago, Washington ...? NEIN! ... Paris, London, Madrid, Rom ... NEIN ... New York ... New York? ... New York war gut, es war das Mekka der Heimatlosen und Hoffnungsvollen ...

Lara kaufte ein einfaches Ticket und rief Catherine an.

John war am Apparat. »Sie ist mit den Kindern im Garten«, sagte er. »Einen Moment, ich –«

»Nein!« rief Lara hastig aus. »Das ist nicht nötig, ich ...«

John atmete schwer. »Das ... das Krankenhaus hat die Polizei angerufen«, stammelte er, »und die ... die hat dann das Jugendamt informiert, und die haben dafür gesorgt, daß die Kinder ...«

»Geht es ihnen gut?«

»Hast du Anzeige erstattet?« entgegnete John, statt eine Antwort zu geben.

»Nein.«

John schluckte. »Wir ... wir waren sehr erschüttert, Lara. Catherine ist sofort losgefahren und hat die Kinder geholt.«

Lara schloß die Augen und erinnerte sich, wie wohltuend es immer gewesen war, Mary und Ben in den Armen zu halten.

»Das ist gut«, flüsterte sie. »Gib ihnen einen Kuß von mir.«

Dann legte sie auf und ging schnellen Schrittes zu ihrem Flugsteig.

Sie drehte sich nicht mehr um. Es war ihr Abschied von Miami, und sie wußte, daß sie nie wieder zurückkehren, Mary und Ben niemals wiedersehen würde. Als die Maschine startete, ging eine Zeit ihres Lebens zu Ende.

Der Anflug auf den La Guardia Airport von New York City war ein Erlebnis. Für Lara war es zwar nicht das erste Mal, aber an diesem 31. Dezember 1982 erlebte sie es ganz besonders intensiv.

New York meldete minus fünf Grad Celsius und einen wolkenlosen Himmel. Die Maschine kreiste über Manhattans Betondschungel, über dem Hafen und über der Freiheitsstatue, bis sie schließlich den Boden berührte und so stark abbremste, daß sich der Sicherheitsgurt so fest um Laras Becken schlang, daß es schmerzte.

Am Silvesterabend in New York ein Zimmer zu bekommen war nahezu unmöglich. Es wimmelte nur so von Touristen in der Stadt, und sämtliche Hotels der unteren und mittleren Preisklasse waren gnadenlos überfüllt.

Das junge Mädchen an der Flughafeninformation lächelte verlegen. »Was ich Ihnen noch anbieten könnte«, sagte sie mit belegter Stimme, »das . . . das wäre eine Suite . . .«

»Im Waldorf Astoria?« Lara rechnete inzwischen mit dem Schlimmsten.

»Genau!«

Was im ersten Moment ein finanzieller Alptraum zu sein schien, erwies sich im nachhinein als Segen. Nicht nur Laras Körper war geschunden, ihre Seele war es auch, und da wirkte die luxuriöse Atmosphäre des Waldorf Astoria wie eine heilende Quelle.

Diesmal hatte sie einen direkten Blick auf die festlich geschmückte Park Avenue. Sie nahm ein heißes Bad und richtete sich so einigermaßen ein. Inzwischen war es schon nach 22.00 Uhr. Lara zog sich Blue jeans an, einen dicken Pullover, zwei Paar Socken und Turnschuhe, und dann machte sie sich auf den Weg zum Times Square. Inmitten von 300 000 anderen Menschen und geschützt von Hunderten von Polizisten erlebte sie den Anfang des Jahres 1983. Sie weinte, aber sie fiel niemandem auf. Viele weinten, und viele lachten. Hier war jeder allein, und doch gehörten all diese einsamen Seelen auf geheimnisvolle Weise zueinander.

Zwei Tage später zog Lara vom Waldorf Astoria in ein kleines Hotel auf der First Avenue, Ecke 52. Straße. Sie wußte zu diesem Zeitpunkt noch nicht, wie ihr Leben weitergehen sollte, und sie wollte auch nichts überstürzen.

Jeden Tag ging sie zu den Vereinten Nationen. Sie versuchte sich vorzustellen, wie ihr Leben verlaufen wäre, wenn sie sich damals hier beworben, wenn man sie eingestellt und wenn es Brian und die Kinder nie gegeben hätte.

Sie telefonierte täglich mit Mary und Ben. Anscheinend hatten die beiden sehr wohl mitbekommen, was an jenem 23. Dezember geschehen war. Das war nun das As in Catherines Ärmel.

»Entweder Brian gibt mir freiwillig das alleinige Sorgerecht, oder wir prozessieren, und dann kommt alles auf den Tisch, und das würde ihn seinen Job kosten.«

»Darauf läßt er's nicht ankommen, Catherine.«

»Das hoffe ich auch, Lara.«

Ihre Hoffnungen erfüllten sich. Brian gab seine Kinder her und griff immer häufiger zum Alkohol. Ende Januar 1983 unterlief ihm im Labor ein folgenschwerer Fehler. Mitte Februar wurde er auf unbestimmte Zeit vom Dienst suspendiert, Anfang März begann er mit einer Entziehungskur.

Lara war in all dieser Zeit in New York. Morgens schlief sie lange, mittags ging sie ein bißchen spazieren, am Nachmittag lag sie meist schon wieder im Bett und starrte an die Zimmerdecke, weinte, versuchte, eine Erklärung zu finden für das, was geschehen war. Ihren Schmerz ertränkte sie in Alkohol. Gleich bei ihrer Ankunft hatte sie damit angefangen, zunächst, um zu ergründen, was Brian an dem Zeug denn eigentlich gefunden hatte. Mit der Zeit wurden ihre Gründe dann andere: Der Wein und der Sekt benebelten so herrlich, und der Schnaps ließ sie in einen traumlosen Tiefschlaf fallen. Sie spürte nichts mehr, wenn sie trank. Um so schlimmer war es plötzlich, wenn sie nicht mehr trank. Dann spürte sie, was sie nicht spüren wollte, oder aber sie sehnte sich danach, etwas zu spüren, was unerreichbar war: Glück ... Liebe ... Wärme ...

Es war der 25. April 1992, und Lara stand immer noch auf der Terrasse und starrte in den Himmel. Es war kein einziger Stern zu sehen. »*History repeats itself*«, flüsterte sie, und eine dicke Wolke schob sich vor das bleiche Mondlicht. Brian war die große Liebe ihres Lebens gewesen ... der große Irrtum. Und Irren war menschlich ... »Ja, die Geschichte wiederholt sich ...«

Die Uhr im Wohnzimmer zeigte 2.30 Uhr. Michael würde nicht mehr kommen, dessen war Lara sich jetzt ganz sicher. Sie zündete sich eine Zigarette an. Er hatte sie verlassen, wie alle anderen sie auch verlassen hatten. Sie hatte sich nur mal wieder etwas vorgemacht. Tief inhalierte sie den blauen Dunst. Lara Laddock war eine lächerliche, dumme Figur, die einfach nicht rechtzeitig hatte aufhören können, sich einzubilden, sie wäre ebensoviel wert wie alle anderen. Die Wahrheit sah ganz anders aus. Niemand liebte sie, niemand brauchte sie, ob es sie gab oder nicht, spielte für den Fortgang der Welt nicht die geringste Rolle. Sie warf die Zigarette in den Aschenbecher und schlug die Hände vors Gesicht: Brian! New York! Die Reise nach Deutschland. Die Sache mit Jan. Fabrizio. Das Baby ... die Nacht am Meer ...

Lara lief aus der Wohnung, rannte die Treppen hinunter und nahm wie so oft den Hinterausgang. Es war kalt draußen, aber das war jetzt gleichgültig. Dieses Mal *mußte* Gott sie nehmen, nur das war jetzt noch wichtig.

Sie rannte über die Uferstraße, geradewegs auf den Strand zu. Wie damals wollte sie schwimmen, vom Diesseits der Gegenwart hinein in das Jenseits der Zukunft, und diesmal *mußte* es klappen ... und vielleicht würde Papa dort drüben ja schon lange auf sie warten ... vielleicht empfing er sie ja mit einem Jubelschrei und riß sie in seine Arme ... Die Tränen schossen ihr in die Augen: Papa ... der einzige Mann auf dieser Welt, der Lara je geliebt hatte ...

»Warte auf mich«, hörte sie sich wimmern, »bitte, Papa ... ich komm' jetzt ...«

Der Sand war feucht, und es war stockfinster, und sie war ganz allein. Hassan schlief schon seit Tagen bei Abdul, weil es draußen so fürchterlich kalt geworden war. Michael war gegangen und mit ihm der Sonnenschein und die Wärme. Wie damals blickte Lara aufs Meer hinaus. Sie liebte Michael, und weiterzuleben ohne ihn, zu lachen, zu weinen ohne ihn, dazu fühlte sie sich zu schwach. Wenn sie schon auf ihre Liebe verzichten mußte, wollte sie auch gleich auf dieses ganze Leben verzichten; es war ohne diese Liebe einfach nicht wert, gelebt zu werden ...

Sie zog ihre Schuhe aus und ging zum Ufer hinunter. Das Wasser war bitterkalt. Damals war es wesentlich wärmer gewesen. Lara atmete tief durch. Diesmal würde sie es auch ohne Tabletten schaffen. Und wenn sie starb, würde Michael sie niemals vergessen; das war das einzig Tröstliche an der Sache. Niemals würde sie in seiner Erinnerung eine unter vielen sein. Ein Leben lang würde Michael Landers sich ihrer erinnern. Ihr Gesicht würde ihn durch seine Träume begleiten, mit dem anderer Frauen verschmelzen und unauslöslich auf seiner Seele glühen ... Hatte das noch etwas mit Liebe zu tun?

Sie kniete sich in den feuchten Sand. Sie konnte jetzt nicht mehr denken, sie konnte nur noch fühlen.

Vieles war anders als damals, und dennoch: Auch jetzt war Lara einsam, und die Welt schlief. Irgendwo schlief auch Michael, irgendwo da draußen, und vielleicht schlief er ja in dieser Nacht neben der Frau, die ihm all das bedeutete, was Lara ihm nicht bedeutet hatte.

Sie wischte sich die Tränen vom Gesicht, und dabei wurde ihr auf einmal wohlig warm ums Herz. Ihr Verzicht bedeutete Michaels Glück, und das hatte etwas mit Liebe zu tun. Sie beschwor die Fremde namens Aileen, Michael sein Leben lang all das zu geben, was sie selbst ihm so gern gegeben hätte ... wenn er es hätte haben wollen ...

Lara schloß die Augen. Dann stand sie auf und ging los. Bald umspülte das Wasser ihre Knöchel, ihre Waden, ihre Knie ... Damals waren die Pontons schon draußen gewesen, und daran war sie gescheitert. Jetzt würde nichts sie aufhalten, bis zur Hüfte war ihr Rock schon völlig durchtränkt, nur noch ein paar Schritte, dann –

Michael!

Im ersten Moment glaubte Lara, sie würde sich irren und es wäre reines Wunschdenken. Doch dann hörte sie es immer deutlicher: Da war ein Motorengeräusch in der Ferne, das immer lauter wurde.

Mit einem Satz war sie aus dem Wasser, griff nach ihren Schuhen, lief zurück zur Uferstraße. Scheinwerfer blendeten sie . . . Da war ein Auto . . . Es war *ihr* Auto . . .

Michael machte eine Vollbremsung. Mit vielem hatte er gerechnet, aber nicht damit, daß Lara ihn um drei Uhr morgens im Kanarienvogel-Look mitten auf der Straße empfangen würde. Er stellte den Motor ab und stieg aus.

»Na, sag mal . . .!«

Sie rannte auf ihn zu und schlang ihre Arme um seinen Hals, daß er im ersten Moment kaum Luft bekam. Sie war völlig durchfroren. Wie konnte sie auch bei höchstens zehn Grad in einer ärmellosen Bluse draußen herumlaufen!? Ganz fest preßte er sie an sich.

»Oh, Michael . . .«

»Was ist denn, Liebling? Was hast du denn?«

»Ich liebe dich so, ich liebe dich so . . .«

Sie küßte ihn, als hinge ihr Leben davon ab, und für einen kurzen Moment glaubte Michael, daß dem vielleicht auch so wäre. Dann sah er sie an.

»Alles in Ordnung, Lara?«

Sie nickte und lächelte dabei, aber die Tränen rannen ihr über das Gesicht. Ganz offensichtlich hatte sie sich Sorgen gemacht.

»Ich habe dir doch gesagt, daß es spät werden kann; ich meine –«

Sie legte ihm die Hand auf den Mund und sah ihn zärtlich an. »Es ist alles in Ordnung. Ich . . . ich dachte nur, die Geschichte würde sich wiederholen, und . . . du hast mein Schicksal korrigiert . . .«

»Was?« Er hatte keine Ahnung, wovon sie sprach. »Du bist ja ganz naß«, stellte er erschüttert fest. »Warum bist du so naß?«

Lara lächelte nur noch mehr. Es war jetzt nicht der Augenblick für großartige Erklärungen, andere Dinge hatten Vorrang.

»Wir haben ein Problem«, flüsterte sie.

Er sah sie an und hob die Brauen. »Sag bloß, du bist schon schwanger?«

»Ich hab' die Wohnungstür zugeschlagen und keinen Schlüssel dabei . . .«

Drittes Buch
Lara und Michael

And even though I know
How very far apart we are
It helps to think we might be wishing
On the same bright star . . .

Die nächsten Wochen waren wie ein schöner Traum für Lara. Was sie im Überschwang ihrer Gefühle gesagt hatte, schien die Wahrheit zu sein: Michael korrigierte ihr Schicksal! Wenn er versprach anzurufen, tat er es; wenn er sich aus irgendeinem Grund verspätete, sagte er kurz Bescheid; er stellte klare Fragen, gab seinerseits klare Antworten. Er war so ganz anders als Brian. Lara hatte das Gefühl, sich auf ihn verlassen zu können. Ganz allmählich verlor sie die vielen Ängste, die sie bisher gequält hatten.

Unter der Woche war sie allein in Pietra Ligure. Da Michael der Ansicht war, ihre Malerei wäre zu weit mehr geeignet als zum bloßen Hausgebrauch, legte sie ein Portfolio an, eine Sammlung von Zeichnungen, Aquarellen und Ölgemälden. Es bestand hauptsächlich aus bereits fertiggestellten Arbeiten, aber Lara machte auch viel Neues in jener Zeit, ihre Phantasie war schier überschäumend. Nur mit den zwei Frauen wollte es nicht vorangehen. Es kam zwar schon mal vor, daß Lara eine Idee hatte und zu ihrer Palette griff, doch kaum daß sie den Pinsel in die Farbe getunkt hatte, machte sie wieder einen Rückzieher: Bisher war das Bild gut, es war eben nur noch lange nicht fertig. Sie wollte es nicht mit Gewalt fertigstellen, um den Preis, daß es dann womöglich schlecht wurde . . .

Michael rief jeden Abend an. Manchmal waren es sehr lange Gespräche. Dann erzählte er von den Kindern und von seiner Arbeit und davon, wie sehr er Lara vermißte. Es gab aber auch Tage, an denen er nur kurz durchklingelte.

»Ich bin's!« sagte er dann. »Und ich bin wahnsinnig im Streß, wollte nur hören, ob alles in Ordnung ist.«

»Bei mir ja!«

»Dann hören wir uns morgen wieder, okay?«

Es war okay, mehr noch, Lara war glücklich.

Daß dem so war, entging niemandem in Pietra Ligure. Die Romanze zwischen Lara und dem Amerikaner war *das* Thema im Ort.

»Sie heiraten in New York!« verbreitete Signora Palini.

»Wann?«

»In St. Paul!«

»Ist das nicht in London?«

»Quatsch, die ist in Rom!« Die Signora Bertinotti sagte es jedem, der ihren Laden betrat: »Lara und der Amerikaner heiraten beim Papst.«

Wenn Michael an den Wochenenden kam, trauten sie sich kaum mehr auf die Straße.

»Sie reden mich schwanger und dich millionenschwer.«

»Aber ich *bin* millionenschwer, Lara!« Er schenkte ihr einen schwarzen Chiffonschal und eine mit Spiegelglas besetzte Sonnenbrille.

»Jetzt erkennt dich keiner mehr ...«

»Aber alle werden gucken!«

»Sollen sie doch!« Er küßte sie mit einer Inbrunst, die Lara noch nie zuvor erlebt hatte. Es war wie in einem Kinofilm, und sie beide spielten die Hauptrollen.

»O Gott ...«

»Noch darfst du Michael zu mir sagen!«

Lara genoß jeden Augenblick. Zum ersten Mal in ihrem Leben hatte sie das Gefühl, das absolut Richtige zu tun. Da war nicht das kleinste Wenn, da war kein Aber, ihr Verstand und ihr Herz sagten laut und bedingungslos ja. Nur eines wurmte sie: Sie hätte Michael so gern nach Strich und Faden verwöhnt.

»Ich dachte, so was wollten Sie nie wieder tun ...« Signora Palini grinste breit, als Lara eines Morgens vor ihr stand und fragte, ob der Wochenmarkt heute in Alassio oder in Albenga wäre.

Lara senkte verlegen den Kopf. Drei Jahre zuvor hatte sie sich geschworen, nie wieder für einen Mann das Hausmütterchen zu spielen. Viel zu lange hatte sie Fabrizio bekocht und bewaschen. Sie hatte sein Heim im peinlichster Ordnung gehalten, alles getan und alles erduldet, um am Ende dann –

»Irgendwann muß man solche Dinge vergessen, Signora Palini!« Die Alte tätschelte Laras Hand.

»Der Weg in die Hölle ist immer mit guten Vorsätzen gepflastert«, meinte sie. »Und wenn Signor Michael die neue Bettwäsche gefallen hat, wird er es sicher auch zu schätzen wissen, wenn Sie für ihn kochen . . .«

Lara konnte es nicht fassen, wie schnell sich manche Dinge in diesem Kaff herumsprachen. Den Mund weit geöffnet, stand sie da.

Die Portinaia zwinkerte ihr zu. »Freitags ist der Markt immer in Albenga . . .«

Die Via Aurelia war verstopft wie immer um diese Zeit. Elegant gewandete Polizisten standen mitten auf der Straße und taten so, als würden sie den Verkehr regeln, dabei unterhielten sie sich über das nächste Aufeinandertreffen von Inter Mailand und AC Roma.

»Zwei zu null, ich wette hunderttausend!«

»Ich lege zweihunderttausend drauf: eins zu drei!«

Währenddessen malträtierten wütende Autofahrer ihre Hupen, weil die Bahnschranken schon wieder dicht waren, und die Mammas liefen laut lamentierend kreuz und quer dazwischen.

»*Ma che casino!* – Was für ein Affenstall! – *Cretino! Schemo!* – Ihr seid alles Idioten!«

Sie haßten diesen Lärm, und sie haßten die vielen Autos, sie hatten schließlich kleine Kinder und Körbe voller Obst und Gemüse und dann auch noch die vielen Nelken im Arm . . .

»Platz da!!!«

Jeden Tag gab es an Liguriens Touristenküste in irgendeinem Ort den *mercato*, den Wochenmarkt. Die Stände waren überall die gleichen. Es begann mit lebenden Vögeln, Kaninchen und sonstigen Kleintieren und den dazugehörigen Käfigen. Dann kamen die Kräuter und die Musikkassetten, die Handtaschen und die Schuhe. Rechts ging es dann zu den Kleidern. Lief man weiter geradeaus, stieß man auf Tischwäsche, auf Wollwaren, auf Schmuck, Unterwäsche, Bademoden und Haushaltsgeräte. Am Ausgang des Marktes waren dann die Lebensmittel.

Lara hatte ihren Wagen gleich dort geparkt. Sie kannte Albenga. Fabrizio hatte mal da gearbeitet, und die Redaktion war ganz in der Nähe des Marktplatzes gewesen.

Ein Menü à la Bocuse hatte sie sich für Michael ausgedacht: Spargelcremesuppe, Kalbsfrikassee und Apfeltorte Tatin – entsprechend lang war ihr Einkaufszettel.

Am Obst- und Gemüsestand stritt man sich über die Qualität der Pfirsiche.

»Sie taugen zu dieser Jahreszeit noch nichts.«

»*Ma si*, Signora, überzeugen Sie sich!«

»Innen sind sie bestimmt noch grün.«

»*Ma no!*«

»Natürlich geben Sie das nicht zu, Sie wollen das Zeug schließlich verkaufen!«

Lara rollte die Augen und drängelte sich vor. »Spargel, Kartoffeln und Lauch, Möhren, Zwiebeln und Sellerie, Champignons – und anderthalb Kilo Äpfel brauch' ich auch noch!«

Der Verkäufer war verdutzt. »*Certo, Signora!*«

Sie schleppte die schweren Tüten zum nächsten Stand. »Je dreihundert Gramm Brust, Schulter und Hals vom Kalb, zehn Eier, Crème fraîche, ein Liter Milch, Butter –«

»Gesalzene oder ungesalzene?«

Lara atmete tief durch. »Gesalzene! Wo krieg' ich Kräuter?«

»*Di là, Signora!*«

»*Grazie!*«

Sie kaufte Thymian, Petersilie, Nelken und Knoblauch, und als sie wieder in ihrem Auto saß und nach Pietra Ligure zurückfuhr, war sie rundherum zufrieden mit sich. An der Bahnschranke mußte sie anhalten und zündete sich eine Zigarette an. Vielleicht tat sie es ja doch noch mal, es machte schließlich auch Spaß. Zärtlich blickte sie auf den Beifahrersitz. Aus den Kostbarkeiten in ihren Tüten und Netzen würde sie ein unvergeßliches Mahl zaubern, das schwor sie sich, und Michael – sie erschrak. Sie hatte das Mehl vergessen. Und sie brauchte Mehl für die Apfeltorte. Verdammt! Sie hupte, wie alle anderen es längst taten. Daß diese dämlichen Bahnschranken aber auch immer unten sein mußten!

Es war Freitag mittag, kurz vor der Pause, und Lara reihte sich ein in die lange Schlange vor Bertinottis Kasse. Hektisch überprüfte sie den Inhalt ihres Einkaufswagens. Sie hatte Wein gekauft und

Toilettenpapier und eine Dose holländischen Buttergebäcks, und natürlich das –

»NEIN!«

Sie hatte nach dem Zucker gegriffen statt nach dem Mehl, und das, obwohl sie noch Unmengen von Zucker im Haus hatte. Außerdem fehlte Mayonnaise. Und Michael aß doch so leidenschaftlich gern Mayonnaise.

»Kann ich den Wagen einen Moment hier stehenlassen?« fragte sie Signora Bertinotti.

Ein paar Minuten später kam Lara mit einer ganzen Fuhre von Mayonnaise zurück.

»Da finde sich einer zurecht«, jammerte sie und warf die Tuben und Gläser in den Einkaufswagen. »Die hier enthält betont wenig Cholesterin, die ist kalorienvermindert, die ganz besonders günstig für Salate und die hier –«

»Das runtergesetzte Zeug soll unheimlich ungesund sein«, raunte die Frau hinter ihr. »Habe ich kürzlich erst im Radio gehört . . .«

Lara schloß entnervt die Augen. Was sie hier erlebte, war genau das, was sie niemals wieder hatte erleben wollen.

Mit letzter Kraft schleppte sie sich nach Hause. Wenn sie weiterhin so schwere Taschen trug, brauchte sie sich bald bestimmt nicht mehr zu bücken, um die Schnürsenkel zu binden. Unter ihrem rechten Arm klemmte ein Zehnerpack Toilettenpapier. Bei dem Versuch, den Hausschlüssel aus der Jackentasche zu fingern, fiel es zu Boden, und die dünne Plastikfolie riß auf, und zwei blütenweiße Rollen kullerten über die Straße.

Ein junger Mann hob sie auf. »Heh, wollen Sie hier schon anfangen?«

Lara wurde nicht einmal rot. Sie hatte in diesem Moment nur den einen Wunsch, daß Michael wirklich zu schätzen wußte, was sie seinetwegen so alles auf sich nahm. Doch war damit wohl nicht zu rechnen. Er war gutes Essen gewöhnt. Aileen war eine Super-Hausfrau. Was Lara hier durchmachte, hielt Michael sicher für völlig selbstverständlich.

Signora Palini hatte gerade in die Pause gehen wollen. »*O madonna!*« rief sie aus und öffnete Lara die Haustür, nahm dem hilfreichen jungen Mann das aufgerollte Toilettenpapier aus der Hand. »Ein paar Kleinigkeiten eingekauft, Signora Laddock?«

Stöhnend stellte Lara ihr schweres Gepäck ab. »Ich weiß nicht, ob das mein Ding ist, Signora Palini . . .«

»Das haben wir alle mal bezweifelt.«

»Bei mir ist es aber nicht das erste Mal!«

Die Signora grinste. »Signor Michele hat angerufen«, sagte sie dann, »er kommt morgen schon etwas früher. So hab' ich's verstanden.«

Lara schlug die Hände vors Gesicht, es war schweißnaß.

»Ist das nicht gut?«

»Das ist sogar wunderbar, Signora Palini.« Laras Hände waren voller Makeup, aber sie strahlte. »Eine richtige Spargelcremesuppe werde ich ihm kochen«, sagte sie, »und mein berühmtes Kalbsfrikassee! Und zum Nachtisch –« Im nächsten Moment wurde sie kreidebleich . . . das Mehl fehlte!

»Das ist ein Zeichen!«

»Wie?«

»Es ist ein Zeichen!«

»Ich weiß nicht, was Sie meinen, Signora Laddock . . .«

Mit großen Augen starrte Lara die Portinaia an, dann fing sie auf einmal wieder zu lächeln an. Ganz langsam ging sie auf die Palini zu, griff nach ihrem Arm, führte sie zu den vielen Tüten und Netzen, die neben dem Aufzug auf dem Boden standen.

»Das gehört alles Ihnen, Signora Palini . . . nur das nicht!« Sie nahm ihr das Toilettenpapier aus der Hand. »Machen Sie sich so ein richtig schönes, kalorienreiches Wochenende!« Dann stieg sie in den Fahrstuhl. »Ich bin nun mal keine Hausfrau . . .«

Beim ersten Mal war er unruhig und irgendwie auch ängstlich gewesen. Beim zweiten Mal hatte er es derart eilig gehabt, daß er für die italienischen Radarfallen zu schnell gewesen war. Danach fing Michael dann an, seine Fahrten nach Pietra Ligure zu lieben.

Er raste nur noch die Strecke von Frankfurt nach Basel. Die Schweiz genoß er. Es war herrlich, durch das zu Anfang so flache Land zu gleiten, dann plötzlich in der Ferne die Gipfel der Alpen zu sehen, auf sie zuzufahren und auf einmal, nahezu übergangslos, mittendrin zu sein.

In einem winzigen Ort namens Wassen am Gotthard pflegte er eine Pause einzulegen. *Zur Alten Post* hieß das Hotel-Restaurant, und dort gab es das beste Filetsteak und die besten Pommes frites, die Michael je gegessen hatte.

Die Fahrt durch den siebzehn Kilometer langen Gotthard-Tunnel war immer wieder bedrückend. Die Vorstellung, diesen riesigen Berg über sich zu haben, ließ Michael automatisch den Kopf einziehen.

Die Landschaft, die sich danach auftat, war schroff und karg. Erst ab Bellinzona wurde die Reise wieder reizvoll, und der Luganer See war ein wahrer Augenschmaus.

Wenn es dunkel wurde, hatte Michael meist die italienische Grenze erreicht, und kurz vor Mailand tankte er dann. Zwei »ausgebuffte Jungs« arbeiteten an jener Tankstelle. Sie erklärten jedem Langstreckenfahrer, die Schmiere an seinem Auspuff ließe auf einen völlig verbrauchten Ölfilter schließen, und schwatzten ihm einen neuen auf. Michael fiel nur beim ersten Mal darauf herein.

Die Po-Ebene zog sich dahin. Die Strecke war langweilig und die Dunkelheit folglich ein Segen. Kurz vor Genua wechselte Michael dann auf die Autobahn Richtung Ventimiglia. Auch jetzt kam ihm die Nacht zugute. Es wurde kurvig, und alle paar hundert Meter kam ein Tunnel.

Savona. Nun war es nicht mehr weit. Jedesmal wenn Michael dieses Ausfahrschild sah, spürte er jenes Kribbeln im Bauch, das wohl jeder kannte, der schon mal verliebt gewesen war. Noch eine halbe Stunde und er würde Lara in seinen Armen halten! Sie war alles, was er sich jemals gewünscht hatte. Sie war die Frau seines Lebens ... wenn sie nur ein bißchen besser hätte kochen können!

»Aus der Mikrowelle hat es dir nicht geschmeckt, meine Nudeln sind nicht dein Ding, also versuchen wir jetzt *das*!«

Es war Samstag, der 16. Mai 1992, und Michael konnte sein Entsetzen nur schwerlich verbergen.

»Was ist das?«

»Probier es!«

»Das habe ich ja gerade ...«

Lara zog mißbilligend die Brauen hoch. »Das Rosafarbene ist norwegischer Lachs, das Grüne Blattspinat, und das Weiße sind Kartoffeln.«

»Aha ...«

»Es kann nicht total geschmacklos sein.«

Er schluckte. »Ist aus der Tiefkühltruhe, nicht?«

Lara spitzte den Mund und sah Michael tief in die Augen.

»Wir können gern zu Bosco gehen ...«

Er lächelte verlegen. »Wär' schon gut ...«

Sie griff zu den Tellern, stand auf und fing an, das Essen in den Mülleimer zu werfen. Michael sah ihr dabei zu. Es mochte grotesk sein, aber irgendwie rührte ihn diese Szene. Aileen pflegte bei einem ganz speziellen Frankfurter Fischhändler einen ganz besonderen Lachs zu kaufen, und sie kochte den frischen und handgeputzen Blattspinat kurz ab, gab dann einen Stich Butter dazu, steckte auf drei Schaschlikspieße je eine Knoblauchzehe, und rührte damit im Topf herum, bis das Gemüse den richtigen Geschmack hatte, und dazu gab es kleine, süße Kartoffeln ...

»Es ist Schwachsinn, zu behaupten, die Liebe eines Mannes ginge durch den Magen.«

Er sah sie an, daß ihr auf einmal ganz sonderbar zumute war. Seine Augen begannen zu glänzen, und dann nahm er sie auf einmal in die Arme und preßte sie ganz fest an sich.

Zärtlich strich sie ihm übers Haar. »Nächste Woche kriegst du besseres Essen, mein Liebling ...«

»Läßt du da kochen?«

»Silvana hat doch Kommunion.«

»Ich weiß nicht, ob ich bis dahin durchhalte ...« Er küßte ihren Hals.

Lara lachte. »Boscos Toast ist bestimmt bekömmlicher als ich.«

»Aber ob er besser schmeckt?«

Als Michael nach jenem Wochenende wieder nach Frankfurt zurückfuhr, fühlte er sich wie ein kleiner Junge, der traurig war, weil die Ferien zu Ende waren. Am liebsten hätte er losgeheult. Er wollte Lara nie wieder verlassen. Er wollte bei ihr bleiben. Für immer. Doch um das tun zu können, hätte er sein ganzes Leben ändern müssen, und er wußte nicht, ob er dazu imstande war.

Verzweifelt versuchte er, sich zu beruhigen. Manche Dinge klärten sich mit der Zeit ganz von allein. Er mußte sich erst einmal treiben lassen, alles weitere würde sich dann sicher ergeben. Noch während er das dachte, kam ihm ein anderer, ein schauerlicher Gedanke: Er ließ das Leben auf sich zukommen, aber eines Tages würde es der Tod sein, der da auf ihn zukam. Und in dem Augenblick, in dem der nach ihm griff, würde er vielleicht erkennen, daß das Leben an ihm vorübergerauscht war.

Mit einer Vollbremsung hielt er auf dem Seitenstreifen an. Bis Frankfurt waren es noch zweihundertachtundvierzig Kilometer. Er durfte sich nicht einfach treiben lassen. Er brauchte ein Ziel . . .

Der 24. Mai 1992 war der größte Tag im bisherigen Leben von Silvana, der ältesten Tochter des zeugungswütigen Leonello und der gebärfreudigen Nicola. Das Mädchen beging an jenem Sonntag das Fest seiner Erstkommunion. Natürlich wurde gebührend gefeiert, in Ranzi, einem kleinen Gebirgsdorf, in dem Silvanas Großmutter Francesca geboren und aufgewachsen war. Schon am frühen Morgen wurden dort überall Girlanden aufgehängt, und man deckte die Tische und schmückte sie mit Blumen.

»Ich glaube, da oben leben keine dreihundert Seelen«, sagte Lara, als sie Michael am frühen Morgen den Kaffee ans Bett brachte.

»Und die sind alle miteinander verwandt?«

»Könnte sein.«

Er seufzte »Also ganz wie bei den Mattlis!«

»Wie?«

Michael nahm einen Schluck und schmunzelte. »Das ist eine lange Geschichte. Ich erzähl' sie dir ein andermal. – Okay?«

Er stellte die Kaffeetasse auf den Nachttisch und griff mit den Händen in Laras vom Schlaf zerwühltes Haar.

Im allgemeinen haßte Lara Sex am Morgen. »Die Körper sind nach der Nacht so unwirklich«, behauptete sie, »so unbeweglich und irgendwie auch schmuddelig, und außerdem hat man Mundgeruch. Und deine Bartstoppeln kratzen wie die Pest!«

An jenem Sonntag schien ihr all das jedoch gleichgültig zu sein. Ein einziger Blick in Michaels Augen genügte, und sie kroch zu ihm ins Bett, legte ihre Hände auf seine Wangen und ihren Kopf auf seine Brust.

»Weißt du, daß ich es jeden Tag mache, seit wir uns kennen?«

Michael war entsetzt. »Mit wem?«

»Na, mit dem Gesellen!« lachte Lara. »Ich habe schon das dritte Paket Batterien in Arbeit.«

Michael schluckte. Obwohl er wußte, daß es albern war, empfand er so etwas wie Eifersucht auf dieses brummende Biest aus Plastik. Die Dinger waren so unverschämt präzise. Er kannte Frauen, die wahre Loblieder darauf sangen. Außerdem war es irgendwie peinlich, daß seine Freundin so etwas besaß. Es war peinlich für sie, und für ihn war es –

»Es ist ganz eigenartig«, flüsterte Lara und küßte seine Brust. »Wenn ich vom Einkaufen komme oder wenn ich an der Staffelei stehe und gerade noch ganz konzentriert war, dann packt es mich plötzlich, und dann . . . dann hole ich mir den Gesellen und stelle mir dabei vor, du wärest hier, und dann denke ich mir neue Spiele aus . . .«

Sie sah ihn an. Ihre Augen waren selbst am frühen Morgen so groß wie Schaufenster. Er umfaßte ihre Schultern und drehte sie mit einem Schwung auf den Rücken.

»Du bist das verrückteste Weib, dem ich je begegnet bin.«

»Ich weiß.« Sie glitt mit ihrer Zunge über seine Lippen und sah, wie er verzückt die Augen schloß. »Ich habe es halt nie verstanden, Sex und Liebe voneinander zu trennen . . . und du bist der schönste Mann, den ich je gesehen habe.«

Michael war völlig verwirrt. Aileen hatte desgleichen häufig gesagt, zumindest zu Anfang ihrer Ehe. Er hatte es immer nur lächerlich gefunden. Jetzt berührten ihn diese Worte auf einmal. Aus Laras Mund klangen sie irgendwie anders, so ehrlich und so warm. Ganz fest nahm er sie in die Arme und küßte ihre Stirn.

»Waren da viele vor mir?«

Lara zuckte merklich zusammen. »Ist das dein Ernst?« fragte sie nach einer Schrecksekunde.

»Standardfragen heißen Standardfragen, weil sie jeder stellt.«

Lara lächelte. Dann schmiegte sie sich noch enger an ihn und erzählte von Jean-Paul.

»Für viele Frauen ist das erste Mal ein Versuch oder der Durchbruch oder so. Für mich war es ... Jean-Paul hat mir meine Jungfräulichkeit genommen, ... und zugleich hat er mir eine neue Unschuld geschenkt ...«

Sie wußte nicht, wie sie es anders ausdrücken sollte, aber das brauchte sie auch gar nicht. Michael war auch so berührt.

»Das klingt ja richtig romantisch«, sagte er.

»Das war es auch«, entgegnete Lara, und im nächsten Moment fing sie zu kichern an. »Zumindest für mich«, fügte sie hinzu. »Für ihn war es wohl eher eine unheimliche Begegnung. Ich habe dagelegen wie ein Brett. Die eine Hand rechts um den Bettpfosten, die andere Hand links um den Bettpfosten ...« Sie legte sich neben Michael und machte es ihm vor. »Und dusselig gegrinst habe ich, weil ich mir einbildete, das sähe reizvoll aus ... so etwa ...« Auch das zeigte sie, und dann fing sie lauthals zu lachen an; es schüttelte sie förmlich.

Michael stimmte mit ein, er hatte bei der Schilderung unwillkürlich an Aileen denken müssen.

»Und was hast du empfunden?« fragte er.

»Empfunden?« Nun krümmte Lara sich vor lauter Erheiterung, es hätte nicht viel gefehlt, und sie wäre aus dem Bett gefallen.

»Die Tapete habe ich mir angeguckt«, gluckste sie, »und ich hab' mich gefragt, wie lange das alles wohl noch dauert ...« Sie lachte und lachte und lachte – dann war sie auf einmal wieder ganz ruhig. »Dabei hat mir dieser Mann die ganz hohe Kunst der Liebe offenbart«, flüsterte sie. »Das wußte ich damals nur noch nicht. Da ich keine Erfahrung hatte, war ich sicher, es wäre immer so ...«

Nun, spätestens in ihrer Ehe mit Brian wurde Lara dann klar, daß dies ja wohl ein fataler Irrtum gewesen war. Sex mit Brian war unvorstellbar langweilig. Er bevorzugte die übliche Pastorenstellung, rammelte ein paar Minuten, lief dann rot an und meinte: »Ich komm' jetzt!« – im nächsten Moment brach er auch schon schweißnaß über ihr zusammen. »Und dann stand er auf, Michael, und holte mir ein Handtuch!«

Michael strich ihr das Haar aus der Stirn und sah ihr tief in die

Augen. Lara hatte ihm schon soviel über Brian erzählt, daß er den Namen fast schon nicht mehr hören konnte.

»Und was war nach Brian?« fragte er leise.

»Jan!«

»Und wie war der?«

Lara zögerte einen Moment. Dann lächelte sie, als hätte man sie gerade nach der Uhrzeit gefragt. »Längst nicht so gut wie du, Michael.«

»Das ist keine Antwort.«

Sie atmete tief durch. »Erst Fabrizio hat mich zu einer wirklichen Frau gemacht«, meinte sie dann. »Er hat mich entkrampft, mir vieles beigebracht und mein Bild von den Männern verändert. Und als ich nach mehr als einem Jahr mit ihm meinen ersten Orgasmus hatte, da ist er aus dem Bett gesprungen und hat Champagner geholt. Er war so stolz auf sich, so glücklich. – ›Das wirst du nun nie wieder verlieren!‹ hat er gesagt. ›Solange du lebst, wirst du ein Vollweib sein!‹«

»Und? Hat er damit recht gehabt?«

»Nicht so ganz«, erwiderte Lara und wirkte auf einmal sehr bedrückt.

Michael schob seinen Arm unter ihre Schultern und schmiegte sie an sich.

»Ich habe nach Fabrizio noch zweimal mit einem Mann geschlafen, Mike . . .« Ihre Stimme wurde immer leiser. »Aber dabei war ich alles andere als ein Vollweib.«

Er küßte ihre Nasenspitze. »Du kannst Sex und Liebe halt nicht voneinander trennen . . .«

Signora Palini glaubte, ihren Ohren nicht zu trauen. Jedes Wochenende ging sie in Fabrizios Wohnung, sah nach dem Rechten und lüftete die leerstehenden Räume. Es kam schon mal vor, daß ein Wasserhahn tropfte, aber derart merkwürdige Geräusche wie an diesem Sonntagmorgen hatte sie noch nie vernommen. Es klang wie ein einziges Jammern und Stöhnen.

Die Testini-Wohnung war eine Maisonnette. Zaghaft schlich die Portinaia ins Obergeschoß. Die eigenartigen Geräusche wurden immer lauter, und sie trat auf die Dachterrasse hinaus. Im nächsten Moment besann sie sich ihrer Jugend, und eine zarte Röte färbte ihr

Gesicht: Das waren die Signora Laddock und ihr Amerikaner. Sie hatten die Balkontür des Schlafzimmers nicht verschlossen, und der Schall drang nach oben, so daß man jedes Wort verstehen konnte.

»Was machst du da, Lara? Laß das!«

»Psssttt . . .«

»Lara???«

»Das ist ein Tantra!«

»Ein WAS???«

»Du drehst dich auf den Rücken, nimmst deine Fußsohlen . . . genau! Die Knie müssen locker auf der Matratze liegen.«

»Ich bin fast fünfzig Jahre alt, Lara!«

»Schschsch . . . jetzt nehme ich die gleiche Haltung ein . . .«

»Wie soll das gehen, Lara?«

»Es geht doch schon! Wenn wir deinen Liebling jetzt auch noch ins Körbchen kriegen, ist es fast schon richtig. Dann müssen wir nur noch schaukeln.«

»Schaukeln?«

»Nun stell dich doch nicht so an, Michael. Es müßte eigentlich ein Lotussitz sein oder zumindest ein Schneidersitz, das hier ist die absolut vereinfachte Form.«

»Bevor du versuchst, die Fortgeschrittenen-Phase zu erreichen, werde ich einen Kurs in rhythmischer Sportgymnastik belegen. Fernöstlicher Sex ist nichts für mich!«

»Dann mach mir doch den Euro-Hengst!«

»Von wegen, ich zeige dir jetzt den American Gladiator . . .«

Was dann kam, war zuviel für die gute Signora Palini. Bis jetzt war ihre Neugier größer gewesen als ihr Schamgefühl, doch nun konnte sie das alles vor sich selbst nicht mehr verantworten. Außerdem schaute vielleicht jemand herauf und beobachtete sie.

»Dio!« Sie rang die Hände. Diese Schreie und dieses Stöhnen! Die jungen Leute von heute schreckten offenbar vor nichts mehr zurück.

Die Glocken des Doms von Pietra Ligure läuteten lauter und schöner als jemals zuvor, und das nur für die kleine Silvana. Durch den Mittelgang schritt sie auf den Altar zu, gewandet wie eine Braut und erfüllt von einer Erregung, wie sie am Tag der Erstkommunion wohl nur ein fromm katholisches, italienisches Mädchen empfinden konnte.

»Um Gottes willen!« Lara saß auf einmal senkrecht im Bett und starrte auf den Wecker, der auf ihrem Nachttisch stand. »Wir haben die Zeremonie verpaßt!«

»Was?«

»Die Kommunion!« Sie sprang aus ihrem Bett und wußte gar nicht, was sie zuerst tun sollte: den Bademantel überziehen, das Kleid aus dem Schrank nehmen oder vielleicht doch erst Michaels Kaffeetasse wegräumen . . .? Er griff nach ihrem Handgelenk.

»Erst will ich jetzt wissen, wie ich war!«

Lara glaubte, sich verhört zu haben. Sie hatte sich gerade gefragt, ob sie überhaupt noch genug Benzin im Tank hatte, um nach Ranzi und zurückzukommen.

Michael sah sie ganz ruhig an. »Wie ich war, will ich wissen!«

Er tat so, als wäre ihm diese Frage ganz ernst, aber er grinste dabei, als wäre alles nur ein Scherz.

Lara ging auf letzteres ein und grinste zurück. »Erst mußt du mich loslassen.«

Er tat es.

»Nun . . . Ich gebe dir eine 6,0 für den technischen Wert und für den künstlerischen Eindruck . . . eine 5,9!«

»Was?« Michael spielte den Empörten. »Wieso nur eine 5,9?«

»Du röchelst beim Abspritzen!«

Lara brachte die Tasse in die Küche. Da stand auch noch das ganze Geschirr vom Vortag herum, es sah chaotisch aus.

»Dafür machst du hinterher immer diese blödsinnige Gymnastik«, rief Michael ihr nach.

»Das ist eine Kerze!«

»Welche Frau macht denn nach dem Bumsen eine Kerze?«

»Ich finde es himmlisch, wenn dein Samen bis zu meinem Sonnengeflecht vorstößt . . .«

Michael war verblüfft. »Du bist ein Schweinchen, Miss Laddock . . .«

Sie lehnte sich in den Türrahmen und lächelte. »Mach, daß du aus den Federn kommst!«

Eine halbe Stunde später stürmte eine festlich gekleidete Lara in die Tiefgarage, gefolgt von einem sich dahinschleppenden Michael.

»Soll ich nicht lieber fahren?« fragte er mit zitternder Stimme und knabberte an der Nagelhaut seines linken Zeigefingers.

»Kennst du denn den Weg nach Ranzi?«

»Nein.«

»Dann schnall dich an!«

Michael rutschte tief in den Schalensitz des kleinen Alfa. Bisher hatte er nur ein einziges Mal auf diesem Beifahrersitz gesessen. Demütig faltete er die Hände und bat all seine Schutzengel um ein Stelldichein.

Lara hatte einen grausigen Fahrstil. Sie, die sonst immer so sanft war, wurde hinter dem Steuer ihres Wagens zu der italienischsten Fahrerin, die dieses Land wohl jemals hervorgebracht hatte. Den linken Arm lässig herausgelehnt oder wild damit gestikulierend, lenkte sie mit rechts das Auto kreuz und quer, und das alles bei gnadenlos überhöhter Geschwindigkeit und stetig wiederkehrenden Hupkonzerten.

»Sag mal, es gibt doch so unheimlich viele Prozessionen hier. Ist da auch eine für Autofahrer dabei?«

»Nicht, daß ich wüßte, Michael.«

»Da würde ich dann beim nächsten Mal nämlich mitgehen, Lara, und das schwerste Kreuz von allen schleppen – wie Ambrosio.«

Lara lachte laut, als sie das vernahm, und übersah prompt einen Zebrastreifen. Die Nonne, die gerade darauf wandelte, sprang geübt zur Seite.

»O Gott! Du kannst doch nicht einfach eine von Batmans Freundinnen überfahren!«

»Hör auf, mich abzulenken, Michael. Ich muß mich konzentrieren.«

»Soll das etwa heißen, daß du dich jetzt konzentrierst?«

»Aber klar doch!«

Er schloß die Augen und dachte voller Schrecken an ihren Ausflug nach Portofino zurück. Letzten Samstag war das gewesen. Bis kurz nach vier Uhr nachmittags saß er, zufrieden mit sich und der Welt, auf der Terrasse. Lara las ein Buch, er blickte aufs Meer hinaus . . .

»Ich war noch nie in Portofino«, seufzte Michael dann auf einmal.

Solche Dinge hatte er häufiger schon mal gesagt. »Ich habe noch nie Haifischfleisch gegessen! – Ich habe noch nie einer Frau in den Nacken gepinkelt!« Aileen war in all den Jahren ihrer Ehe kein einziges Mal auf die Idee gekommen, einen dieser Seufzer ernstzunehmen oder gar als Wunsch zu betrachten, den man erfüllen mußte.

Bei Lara war das anders. Die hörte solche Äußerungen und war sofort zu allem bereit.

»Na, dann laß uns doch hinfahren!« erklärte sie und schoß von ihrem Stuhl.

Michael war fassungslos. »Jetzt?«

»Morgen sind wir vielleicht schon tot.«

Als Michael kurz darauf neben ihr im Wagen saß, hielt er es für sehr viel wahrscheinlicher, daß sie schon heute sterben würden. Die Autobahn bis Rapallo geriet für Michael zu einem der letzten großen Abenteuer dieser Welt. Lara zeigte einen Überholversuch dadurch an, daß sie dem Vordermann fast die Stoßstange küßte, und sie bremste so scharf, daß zwischen den eigenen und den Hinterwagen bestenfalls noch ein Ahornblatt paßte. Er wollte aussteigen. Er ahnte ja nicht, daß es jenseits der Autobahn erst mal so richtig interessant werden würde.

Die Straße nach Portofino war schmal und gewunden, und das bei regem Gegenverkehr. Damit verglichen war die Route de Castellar bestenfalls eine Übungsstrecke für Seifenkisten. Vor jeder der mindestens fünfzig Kurven wurde gehupt, damit die entgegenkommenden Fahrzeuge gerade noch rechtzeitig eine Vollbremsung machen konnten. Die herunterfahrenden Wagen quietschten an einem unbefestigten Abhang entlang, die herauffahrenden Wagen traf ein noch ärgeres Los. Die Straße lag unmittelbar an den Felsen, und an manchen Stellen waren die so niedrig, daß Michael unwillkürlich den Kopf einzog.

»Lara? . . . Man darf hier nur fünfzig, Lara . . . Lara??? Das gilt pro Auto . . . nicht pro Person . . .«

Doch Lara ließ sich nicht beirren und raste weiter. Als sie schließlich in Portofino ankamen und das Auto in einem viel zu engen, unterirdischen Parkhaus abstellten, das zudem auch noch völlig überfüllt war, warf sie ihm einen strafenden Blick zu.

»In Italien ist das nun mal anders als in Amerika«, kläffte sie. »Da darf man nicht fahren, da muß man ja schleichen. Und es ist hier auch anders als in Deutschland, denn da achtet ja jeder nur auf die Regeln und auf die Gesetze, und wenn dir einer reinfährt, zählt nur, wer im Recht war.« Sie hob den Zeigefinger wie eine Oberlehrerin. »Hier in Italien achtet jeder nur auf sich, Michael. Und wenn jeder bedacht ist, daß *er* zurechtkommt, dann kommen alle zurecht, verstehst du?«

Michael schluckte und ersparte sich eine Antwort. »Beim nächstenmal läßt du mich fahren«, meinte er nur.

»Du kannst gern zurückfahren.«

»Das nun nicht gerade . . .«

Auf dieser Horrorstrecke mußte er die Italianisierung ja nicht unbedingt üben . . .

Am Abend lag Michael in seinem Bett und war richtig dankbar: Er lebte noch! Nie wieder würde er mit Lara Auto fahren, das schwor er sich.

Und nun das hier!

Die Straße nach Portofino war zwar kurvig und eng gewesen, aber zumindest einigermaßen eben. Auf dem Weg nach Ranzi war das Pflaster holperig, und streckenweise gab es gar kein solches, und dabei ging es dann auch noch immerzu steil bergauf, so daß Lara nach jeder zweiten Kurve die Handbremse anziehen mußte, um überhaupt weiterzukommen.

Eine holländische Familienkarosse kam ihnen entgegen, und der Fahrer schlug das Lenkrad nicht schnell und nicht weit genug ein, versperrte Lara den Weg.

»Porca miseria!« schrie sie ihm zu.

Der Mann warf ihr einen überheblichen Blick zu.

». . . am Arsch!« erklärte sie daraufhin und trat voll in die Pedale.

»Bist du wahnsinnig?« fragte Michael entsetzt an. »So was kann teuer werden, Lara.«

Sie lächelte wissend. »Wenn du sagst ›Leck mich mal am Arsch!‹ –

das wird teuer! Aber ›am Arsch‹ ist gebührenfrei. Daraus geht schließlich nicht hervor, daß ich ihn damit gemeint habe. Und so einem Ochsen wie dem da einen solchen Genuß anzubieten fiele mir im Traum nicht ein. So, wir sind da!«

Mit einer Vollbremsung hielt Lara direkt vor der Kirche. Michael stöhnte. »Das ist ein Behinderten-Parkplatz, Lara!«

»Na und? Die Zuhälter stehen doch auch hier!«

Tatsächlich stand neben ihnen ein Ferrari Testarossa, auf dessen Kühlerhaube ein zwielichtiges Kerlchen hockte. Es war bildschön, trug eine schwarze Hose und ein schwarzes Seidenhemd, und plauderte mit zwei Damen, die fast gar nichts anhatten ...

Michael schaute Lara tief in die Augen. »Willst du für mich anschaffen gehen, mein Engel?«

»Nein. Aber wir sind im Zeitdruck!«

Sie schaltete den Motor ab und stieg aus.

Ranzi war ein altes Sarazenendorf. Michael war wie gelähmt, als er die Idylle sah. Die gesamte Ortschaft sah aus, als hätte man sie gegen die Felsen der ligurischen Alpen geklebt. Sämtliche Häuser waren hanglagig gebaut, selbst die Kirche.

»So was sehe ich sonst immer nur im Kino und frag mich, wie sie solche Kulissen ausfindig machen.« Verzückt sah er sich um. »Laß uns ein bißchen herumgehen, Lara ...«

»Aber die Familie ist bestimmt schon beim Essen!«

»Das wäre das erste Mal, daß in Italien etwas pünktlich beginnt!«

Diesem Argument gab Lara sich geschlagen. Sie führte Michael auf den Friedhof.

»Ausgerechnet. Ist das eine deiner makaberen Anwandlungen?«

»Ein Friedhof ist der einzige Ort auf der Welt, der uns sicher ist, Michael: Blick in die Zukunft!«

Der Friedhof von Ranzi war eine Rarität, das mußte Michael zugeben. Die einzelnen Gräber waren derart gepflegt, daß jedes für sich den ersten Preis verdient hätte, und überall brannten frische Kerzen.

»Die Leute leben hier noch richtig mit dem Tod«, sagte Lara.

»Wer stirbt, geht nicht weg, sondern nur woandershin, und hier auf dem Friedhof treffen sie sich regelmäßig, wie Wanderer zwischen zwei Welten ...«

Michael zog die Stirn kraus. »Die Italiener sind doch alle Katholiken«, sinnierte er. »Da gibt es doch keine Feuerbestattungen ...«

Lara wußte nicht, worauf er hinauswollte.

»Die Gruften sind so winzig«, führte er daraufhin aus. »Ist dir das noch nie aufgefallen?«

Aufmerksam sah sie sich um.

»Wie kriegen die ihre Leichen nur klein?«

»Keine Ahnung ...«

Er seufzte. »Nun ja, sie haben hier ja auch Schnitzel, die so dünn sind, daß man sich fragt, wie man so was schneiden kann ...«

Erschüttert sah Lara ihn an. »Meinst du, die Oma wird gepreßt, bevor sie in die Kiste kommt?«

Er gab ihr einen laut klatschenden Kuß.

Nach dem Spaziergang über den Friedhof suchte Michael verbissen nach der Innenstadt von Ranzi.

»Aber das hier ist doch schon die City!« sagte Lara und wies auf das Kirchlein, den Friedhof und das Restaurant, in dem Silvanas Familie sicher schon längst bei Tisch saß.

Michael schüttelte ungläubig den Kopf. »Der eigentliche Stadtkern muß da oben sein, Lara.«

»Der Ort ist so klein, daß er auf keiner Landkarte zu finden ist. Und da glaubst du an Ranzi-Downtown?«

»Es muß da oben sein, auf dem Berg!«

»Aber es ist schon spät, Mike. Ich hasse es, zu spät zu kommen!«

»Wer zu früh kommt, verplempert sein Leben. Komm!«

Wild entschlossen, ins Herz von Ranzi vorzustoßen, kletterte Michael aufwärts. Das Straßenpflaster war Hunderte von Jahren alt und entsprechend uneben. Zwischen den einzelnen Steinen war Moos angesetzt, so daß Lara gar nicht an den Abstieg denken durfte.

»Es ist so glitschig hier ...!«

»Halt dich an mir fest, keine Angst!«

An jeder Biegung wurde das Gäßchen schmaler und steiler. Einmal durchquerten sie einen Torbogen, der gerade mal anderthalb Meter hoch war, so daß sie sich bücken mußten. Rechts und links des Weges standen verbarrikadierte Häuser, und Lara hatte das ungute Gefühl, es würde irgend etwas geschehen, irgend etwas Schreckliches . . . aber Michael ging weiter, immer weiter. Da erklang auf einmal lautstarkes Gekläffe, und im nächsten Moment sprang ein tiefschwarzer Hund aus einem der Hauseingänge und wollte auf sie losgehen. Im letzten Moment hielt er sich zurück, denn Lara und Michael blieben stumm und starr stehen. Sie sprachen kein einziges Wort, sie sahen nur den Hund an . . . nach einigen Minuten beruhigte das Tier sich wieder und verschwand in dem Haus, aus dem es gekommen war.

Michael atmete erleichtert auf. »Daß die Leute hier Wachhunde haben, kann ich ja verstehen«, meinte er. »Aber daß keiner nachsieht, wenn die ihre Pflicht tun und bellen, das verstehe ich nicht!«

Lara schwieg. Sie zitterte am ganzen Körper und sie war heilfroh, als sich plötzlich zu ihrer Rechten eine ganz normale, asphaltierte Straße auftat, die ebenfalls nach unten führte. Auf dem Rückweg schmiegte sie sich ganz eng an Michael, und sie plauderten wie so oft über all das, was sie irgendwann in der Zukunft einmal tun wollten. Aber sosehr Lara sich auch bemühte: Sie konnte auf einmal nicht mehr daran glauben, daß sie beide noch eine Zukunft hatten.

Die Kommunionsgesellschaft hatte gerade mit den berühmten Antipasti begonnen, als Lara und Michael kamen.

»Was ist das für ein Zeug?« Es sah alles ganz wunderbar aus, aber Michael konnte es nicht identifizieren.

»Aringhe affumicate«, erklärte Lara und wies auf eine der Speisen, *»fritelle con salsiccia, sfogliatine ripiene* . . . und das da sind Austern!«

»Aha . . .«

»Ich hasse Austern!«

»Aber sie schmecken doch wie der Ozean!«

»Ich schlürfe den Ozean ja auch nicht«, parierte Lara, »ganz im Gegensatz zu dir!«

»Hast du irgendwas?« Michael konnte sich nicht erklären, warum sie auf einmal so aggressiv war.

»Das bin ich nicht«, beruhigte sie ihn und gab ihm einen Kuß. »Und nun iß! Ja? Iß dich so richtig satt!«

»Hauptsache, du brauchst nicht zu kochen, wie?«

Sie lächelte.

»Es geht nichts über ein liebendes Weib!«

Michael bediente sich. Die *aringhe affumicate* entpuppten sich als geräucherte Heringe, *fritelle con salsiccia* waren Wurst-Pfannkuchen, und *sfogliatine ripiene* nichts als gefüllter Blätterteig – die Austern schmeckten ihm mit Abstand am besten.

Nach den Vorspeisen gab es die Pasta. Michael aß Tortellini in Sahnesoße, mit Hackfleisch gefüllte Cannelloni, und die *penne arabiate*, die »wütenden Röhrchen«, probierte er auch noch.

»Schmecken einwandfrei besser als bei dir!«

»Weil die hier gekocht sind, Mike – meine sind aus der Dose . . .«

»Ach so!«

Fast drei Stunden dauerte das Mittagessen, und es umfaßte sieben Gänge.

Zwischendurch gab es allerdings ein paar Erholungspausen. Ambrosio hielt eine Rede, Leonello hielt eine Rede, und auch Bosco hielt eine Rede. Lara schien diesen Ansprachen intensiv zu lauschen. Einmal griff Michael unter dem Tisch nach ihrer Hand, aber sie reagierte gar nicht darauf.

»Die ist ja ganz kalt . . . alles in Ordnung?«

Sie drückte seine Hand, mehr nicht.

Michael machte sich keine weiteren Gedanken darüber; er war viel zu sehr mit dem Essen beschäftigt. Er kostete von allem, ließ nichts zurückgehen, bis ihm schließlich so übel war, daß er mehrere Grappa brauchte, um seinen Innereien zumindest den Hauch einer Chance zu geben, all die zugeführte Nahrung nun auch zu verdauen.

»Und jetzt zwei Stunden schlafen und dann ins Bett!« meinte er.

»Von wegen!« Lara blickte ihn an, sie sah unerklärlich traurig aus.

»Was ist mit dir?«

»Nichts«, sagte sie und lächelte. »Das wirst du nur bereuen.«

»Was?«

Am Nachmittag gab es ein typisch italienisches Unterhaltungsprogramm. Für die Kinder wurden Spiele veranstaltet, die Erwachsenen bildeten zwei Gruppen: In der einen waren die Männer, in der anderen waren die Frauen! Wie vor hundert Jahren erzählten die Herren der Schöpfung von ihrer Arbeit und vom lieben

Geld: »... *Millioni!* ... *Milliardi!!!* ...«, und die Frauen lästerten über ihre Ehemänner oder unterhielten sich über Waschmittel und so hochinteressante Dinge wie: »Wer wird wohl als nächstes wieder schwanger?«

Als Michael am späten Nachmittag ein einziges Mal zu Lara vordrang und ihr etwas ins Ohr flüsterte, wurde es schlagartig still im Raum, und an die zweihundert Augenpaare starrten sie an.

»Was ist denn jetzt?« fragte er verdutzt.

»Sie denken, du willst mit mir schlafen.«

»Wie?«

»Weil du hier bei mir bist und nicht bei ihnen.«

Michael verstand kein Wort.

»Aber, Schatz«, belehrte Lara ihn, »in so einer Weltstadt wie Ranzi spricht ein Mann auch heute nur dann mit einer Frau, wenn er mit ihr ins Bett will.«

Michael öffnete den Mund, machte ihn dann aber gleich wieder zu und grinste. »Wenn es diese Sitte bei uns auch gäbe, hätte ich in den letzten sechs Jahren kein einziges Mal mit Aileen geredet ...«

Er fand, daß das eine tolle Vorstellung war.

Die traditionelle Geschlechtertrennung dauerte bis Schlag 19.15 Uhr. Dann endete sie ebenso abrupt, wie sie begonnen hatte, und man versammelte sich neuerlich zum Essen.

»Das darf nicht wahr sein ...«

»Ich habe dir doch gesagt, daß du es bereuen wirst ...«

Italienische Mägen schienen ein schier unglaubliches Fassungsvermögen zu haben. Selbst das schmächtigste Kind war in der Lage, nach dem opulenten Mittagsmahl jetzt mindestens zwei Teller Suppe, ein halbes Hähnchen in Aspik, einen Riesen-Salatteller und diverse Käseklötze zu vertilgen, und dazu natürlich Brot, *pane*, *pane*, *pane!* Hinterher gab es zur Feier des Tages noch ein bißchen Eis, nur einen kleinen Kübel voll, der ausnahmsweise angereichert war mit einem Schuß Amaretto und einer Fuhre Amarena-Kirschen ...

Michael grauste allein schon bei der Vorstellung, da mithalten zu müssen.

Lara lachte und band ihm eine riesige Stoffserviette um den Hals. »Ein Tellerchen Pasta wirst du schon noch schaffen.«

»Pasta??? Ich denk', es gibt Suppe!«

»Die ist für uns Frauen. Ihr Männer kriegt Spaghetti alla Carbonara ... die magst du doch so gern ...«

Michael war den Tränen nahe. »Wenn ich das hier hinter mir habe, Lara, dann werde ich nie wieder essen!«

»Versprichst du mir das?«

Fassungslos sah er sie an. »Wie kannst *du* das nur?«

Lara gab ihm keine Antwort darauf.

Sie haßte Eßgelage dieser Art, sie haßte es, so viele Lebensmittel auf einem Haufen zu sehen, und sie haßte Menschen, die diese Lebensmittel in sich hineinstopften. Sie konnten unmöglich so großen Hunger haben. Sie hatten bestimmt nur Lust und nannten diese Lust Appetit, und Appetit zu haben fand Lara dekadent. Sie aß nur, wenn sie wirklich Hunger hatte.

»Hunger ist Luxus!« erklärte sie.

Michael wußte überhaupt nicht, was sie damit meinte, und sah sie entsprechend verwirrt an.

»Ja«, bekräftigte sie daraufhin, »sich in einer Wohlstandsgesellschaft wie der unsrigen das Recht auf echten Hunger zu bewahren ist Luxus.«

»Ach ja?«

Nach der Vorspeise wurde der Hauptgang serviert. Ganz aufmerksam beobachtete Michael seine Freundin beim Essen. Lara aß nicht, stellte er dabei fest, sie »schaufelte um«. Sie machte aus einem großen Haufen Salat mittels ihres Bestecks und ihrer reichen Erfahrung ein kleines Häufchen Salat, indem sie die Blätter in Essig ertränkte und sie formschön an einem Tellerende zusammenrückte. Sie zerrupfte auch das halbe Hühnchen mit der Eleganz eines Chirurgen und verbarg das Fleisch anschließend geschickt unter den Knochen. Das Eis ließ sie schmelzen, und von dem anderen nahm sie gar nicht erst ... »Ich habe schon so viel gegessen!«

Deshalb war sie also so schlank! Michael beschloß, es ihr gleichzutun, doch als der süße Gorgonzola serviert wurde, stellte er fest, daß er und Lara in dieser Hinsicht offenbar sehr unterschiedlich waren. Sie hatten zwar beide den gleichen starken Geist – aber sein Fleisch war um ein Vielfaches schwächer.

Nach dem Abendessen gab es wiederum jede Menge Verdauungsschnäpse.

»Müssen die alle nicht mehr Auto fahren?« fragte Michael. Schon bei Klein-Alessandros Geburtsfeier hatte er die Trinkfestigkeit der Italiener bewundert.

»Natürlich müssen sie fahren«, erwiderte Lara. »Aber die Polizei ist ja auch hier.«

Tatsächlich saß der Dorfgendarm von Ranzi mit bei Tisch und hielt kräftig mit.

»Aber die Leute hier wohnen doch zum Teil auch woanders, Bosco zum Beispiel.«

»In Italien gibt es keine Alkoholgrenze, Michael. Du kannst trinken, soviel du willst, Hauptsache, du baust keinen Unfall! Wenn du den baust, siehst du allerdings ganz alt aus. Dann kommst du nämlich sofort ins Gefängnis.«

»Und sonst kannst du ruhig zwei Promille haben?«

»Auch vier! Prost!«

Lara trank schon den ganzen Nachmittag. Zuerst war es Roséwein gewesen, jetzt war sie beim Wodka angelangt. Sie trank ihn pur . . . mit Schrecken dachte Michael an die steile, krumme, unebene Straße.

Francesca schenkte gerade Grappa nach.

»Sag ihr bitte, sie soll die Flasche gleich stehenlassen!« Wenn er betrunken genug war, bekam er den Alptraum vielleicht nicht mehr so mit.

Zu vorgerückter Stunde erschien dann die Dorfkapelle. Die Herren waren alle schon recht betagt, aber das paßte zu der Musik, die sie machten. Michael fühlte sich wie auf einem Betriebsausflug, den Jeffy organisiert hatte. Eigentlich fehlte nur noch ein Alleinunterhalter, der ihn zwang, mit einer dicken, alten Frau zu tanzen, die – ohne die Hände zu benutzen – einen Luftballon aufpustete, der die Form eines Penis hatte.

»Laß uns gehen, Lara! Ich bitte dich herzlich!«

»Noch nicht, Mike. Das wäre unhöflich!«

»Aber ich halte es nicht mehr aus!«

»Menschen halten viel mehr aus, als sie denken!« sagte sie. Dann schlang sie ihre Arme um seinen Hals und schob ihn über die Tanzfläche.

So ganz allmählich legte sich jenes unerklärliche Angstgefühl, das Lara in Bann geschlagen hatte. Das machte der Alkohol.

In ihrer New Yorker Zeit hatte sie damit angefangen, und seitdem war sie immer wieder rückfällig geworden. Nur wenn sie bedingungslos glücklich war, konnte sie darauf verzichten, beim kleinsten Problem alles in sich hineinzuschütten, was verfügbar war. Sie konnte eben nicht damit umgehen, wie sie auch mit Medikamenten nicht umgehen konnte. Hatte sie Kopfschmerzen, nahm sie eine Tablette, aber vergingen die Schmerzen dann nicht auf der Stelle, nahm sie gleich eine zweite Tablette und eine dritte ...

Natürlich war sie sich bewußt, daß ihre Maßlosigkeit in diesen Dingen letztlich auch eine Frage ihrer Krankheit war.

»Im Sterben waren Sie große Klasse.« Das hatte ihr damals, im Krankenhaus, Dr. Reinders gesagt. »Jetzt müssen Sie lernen, mit dem Leben klarzukommen. Und die Welt draußen ist nun mal kein Krankenhaus.«

»Weißt du, daß ich mal eine Bulimie hatte?« fragte sie unvermittelt, schon mit schwerer Zunge.

Zu den Klängen von *Santa Lucia* trat Michael ungelenk von einem Bein aufs andere. Er sah aus, als hätte er bei jedem Schritt das Gefühl, ihm müßte gleich das Hühnerbeinchen aus dem Mund spitzen, wie es einst auch Wilhelm Buschs verfressenen Knaben passiert war.

»Das ist diese Freß-Kotz-Sucht, Mike.«

»Was sagst du?«

Sie strich ihm mit der Hand übers Haar. Es war so dicht und so weich, und sie liebte ihn unendlich.

»Es hat angefangen, als das mit Jan passiert ist.« Sie lächelte. »Er war einen ganzen Kopf größer als ich. Habe ich dir das je erzählt?«

»Wie bitte?« Die Musik war so laut, daß Michael Laras Worte kaum verstand.

»Er war einen ganzen Kopf größer als ich!« wiederholte sie.

»Wer?«

»Jan Reinders.«

»Dieser Arzt?«

Es war der 31. März 1983. Die riesige Boeing 747 der Lufthansa landete auf dem Frankfurter Rhein-Main-Flughafen, als gerade die Sonne aufging.

Lara kamen die Tränen vor lauter Glück. Ihr war, als wäre dieser Augenblick von ganz besonderer Bedeutung, als würde nun das Leben schlechthin auf sie warten. Das Licht hier war so hell und so klar, ganz anders als in New York. Als sie die Gangway herunterschritt, konnte sie es sogar körperlich spüren: Die deutsche Kälte war nicht wie die amerikanische. Sie drang nur bis auf die Haut vor; in der Seele blieb es mollig warm.

Zwei Stunden nach ihrer Landung flog Lara weiter nach Hamburg. Völlig übermüdet kam sie am Mittag dort an, ließ sich gleich am Flughafen ein Hotelzimmer reservieren, dann fuhr sie mit dem Bus in die Stadt.

Draußen war es noch hell, als Lara bereits im Bett lag. Sie mußte sich erst einmal ausschlafen.

Am nächsten Morgen fuhr sie mit dem Zug von Hamburg nach Lübeck. Erst dort rief sie vom Hauptbahnhof ihre Mutter an.

»Lara?«

»Ja, Mama . . .«

»Wo bist du, Lara?«

Sie fing an zu weinen. Sie wußte nicht, was sie sagen, wie sie alles erklären sollte.

Hals über Kopf hatte sie New York verlassen. Am Nachmittag war sie noch in Soho gewesen. Dort gab es eine Menge schicker und preisgünstiger Modeboutiquen, und Lara brauchte dringend etwas Neues zum Anziehen.

Drei Stunden lief sie von Laden zu Laden, dann blieb sie entnervt mitten auf der Straße stehen und zündete sich eine Zigarette an. West Broadway/Ecke Prince Street stand sie, direkt vor der Auslage von *Dean & Deluca,* dem wohl feinsten Delikatessen-Geschäft der Stadt. Rotbackige Äpfel und schneeweiße Zwiebeln zierten die Auslage. Lara spiegelte sich in der Fensterscheibe. Sie hatte innerhalb von drei Monaten fast zwanzig Pfund abgenommen. Ihre Augen wirkten riesig, ihre Wangen waren eingefallen, das Haar hing schlaff herunter, und der schwere Wintermantel schien sie zu erdrücken.

Ihr Blick glitt von ihrem Spiegelbild ins Innere des Geschäfts. Dort stand ein Japaner vor den rotbackigen Äpfeln und den schneeweißen Gemüsezwiebeln und schoß ein Foto, ein zweites, ein drittes ...

»Ist das wahr?« Die Stimme, die das rief, klang schrill.

»Schau nur, Mum! Ist das wahr?«

Lara drehte sich um. Vor ihr standen Mutter und Tochter, und die Tochter konnte sich kaum mehr beruhigen.

»Der fotografiert die Äpfel!« lachte sie. »Ist das möglich? Fotografiert der wirklich die Äpfel?«

Lara warf ihre Zigarette auf den Bürgersteig. *Mum.* Dieses eine Wort schien die Lösung zu sein. *Mama.* Nur wenn sie zu ihrer Mutter ging, hatte Lara noch eine Chance, sonst endete sie als eine arbeitslose, unterernährte Alkoholikerin in irgendeiner New Yorker Mülltonne ...

Sie lief auf die Straße und hielt das nächste Taxi an.

»52nd, 1st Avenue, und danach zum Kennedy-Airport!«

Dann schlug sie die Autotür zu.

»Und jetzt bin ich hier, Mama ...«

»Wo?«

»In Deutschland«, schluchzte Lara.

»Wo, Kind???«

Zwei Stunden später betrat ihr Stiefvater das Intercity-Restaurant des Lübecker Hauptbahnhofs.

»Willkommen zu Hause!«

Lara schluckte. Zuhause war ein großes Wort.

Mutter Laddock lebte mit ihrer neuen Familie außerhalb von Timmendorf. Das Haus war groß und sehr geschmackvoll eingerichtet, und es lag direkt an der Ostsee. Eigentlich hätte Lara sich hier wohlfühlen müssen. Doch war dem ganz und gar nicht so.

Ihre Mama war ihrem Vater immer eine gute Ehefrau und Lara immer eine gute Mutter gewesen. Genauso hielt sie es jetzt mit ihrem zweiten Mann und mit dessen vier Kindern, die alle so ungefähr in Laras Alter waren. Von früh bis spät war Mutter für sie alle da, und Lara fühlte sich völlig überflüssig; mehr noch, sie gehörte hier nicht hin – und vor allem gehörte sie nicht dazu.

Ihre Stiefgeschwister ließen nichts aus, das täglich aufs neue deutlich zu machen. Keiner hörte ihr zu, niemand hatte Verständnis für ihre Probleme, denn Laras Sorgen waren ja angeblich hausgemacht. Ihre Ehe war am Ende, also hatte sie Brian verlassen, aber das durfte sie nicht nur räumlich tun, innerlich war die Trennung zu vollziehen. Und was hieß schon, daß sie keine Arbeit hatte? Da mußte sie sich eben etwas suchen!

»Wirkliche Probleme sehen anders aus, Lara. Wenn man drei Kinder hat und nicht weiß, wie man die von einem Gehalt großziehen soll, das sind Sorgen.«

»Oder wenn man das Haus renoviert und von früh bis spät hinter den Handwerkern herputzen muß wie wir im Moment.«

»Meine Frau und ich sind beide berufstätig und sehen uns nur am Wochenende. Das sind wirkliche Probleme!«

Nach jedem dieser Gespräche fühlte Lara sich schlechter und einsamer. Um nicht gänzlich in Selbstmitleid zu ertrinken, machte sie immer häufiger ausgiebige Spaziergänge am Strand. Allein mit sich selbst, hing sie ihren Gedanken nach und versuchte zu ergründen, was sie denn eigentlich wollte. Doch ihre innere Zerrissenheit war wohl einfach noch viel zu groß.

Manchmal fing sie aus dem Nichts zu weinen an. Dann wiederum beschloß sie, gleich morgen in die Lüneburger Heide auszuwandern und fortan dort auf einem Bauernhof zu leben. Sie erwog, Nonne zu werden. Oder aber sich auf dem Hamburger Kiez als Prostituierte zu verdingen. Sie wollte sterben. Am Meer zu leben und glücklich zu sein, das wäre es gewesen ... Ging sie durch die Fußgängerzone von Timmendorfer Strand, wo die schönen Geschäfte waren, so achtete sie nur auf die Männer. Jeder, der sie nicht ansah, bestätigte ihre Befürchtung, unattraktiv zu sein. Sah sie einer an, empfand sie nichts als Ekel. Die Männer waren ja doch alle wie Brian ...

Es kam der 25. September 1983, Laras sechsundzwanzigster Geburtstag. Sie war nun schon fast sechs Monate in Deutschland und wußte immer noch nicht, wie es mit ihr und ihrem Leben weitergehen sollte.

Das Wetter war ungewöhnlich schön an diesem Tag, und am

Strand herrschte reger Betrieb. Lara machte einen ihrer üblichen Spaziergänge. Der Rechtsanwalt hatte ihr am Vorabend mitgeteilt, daß Brian immer noch nicht mit der Scheidung einverstanden sei. Sie war wütend darüber. Auf Dauer konnte dieser Mann sich zwar nicht sperren, aber daß er nichts ausließ, um die Angelegenheit in die Länge zu ziehen, indem er vorgab, immer noch »einen Dialog zu suchen«, das machte sie wütend.

Mit verkniffenem Gesichtsausdruck schlenderte sie am Meer entlang. Ein paar Kinder bauten aus dem grobkörnigen Sand eine riesige Ritterburg, und eine Horde junger Leute spielte Volleyball am Strand . . .

Auf einmal sah Lara diesen kleinen Jungen. Er strahlte sie an, und er lief so merkwürdig, als wäre er behindert. Er war ungewöhnlich hübsch, und sie lächelte zurück. Der Kleine war Spastiker, er – plötzlich erblickte Lara den Mann, an dessen Hand der Junge lief: Jan! Das war Jan! Er hatte sich überhaupt nicht verändert, eigentlich sah er sogar noch jünger und besser aus als vor fünf Jahren . . .

Von diesem Augenblick an war alles anders. Wie gelähmt blieb Lara am Strand stehen und sah diesem Mann und seinem Sohn nach, bis beide in der Ferne verschwunden waren. Dann rannte sie nach Hause und schleppte alle verfügbaren Telefonbücher in ihr Zimmer.

Timmendorf, Travemünde, Lübeck . . . es gab viele Reinders, aber keiner davon hieß Jan.

Sie rief bei der Ärztekammer Schleswig-Holstein an. Die vermittelten sie weiter, bis sie schließlich an der richtigen Adresse war: Herr Doktor Jan Reinders hatte in Heidelberg studiert, war zunächst in Erlangen beschäftigt gewesen und anschließend in Tübingen, dann war er in die USA gegangen: Rochester, Chicago, Washington . . . »Zur Zeit ist er Oberarzt der Frauenklinik im Frankfurter Universitätsklinikum . . .«

»Danke!« Lara legte den Telefonhörer auf und fing an zu packen.

Frankfurt! Sie erinnerte sich noch gut an den 31. März, ein halbes Jahr zuvor, an jenen Augenblick, da das Flugzeug den Boden des Rhein-Main-Flughafens berührt hatte. Nicht umsonst war sie so tief berührt gewesen in diesem Moment; die Gesetze des Schicksals machten eben immer einen Sinn.

»Bist du sicher, daß du nichts überstürzt?« Laras Stiefvater war ehrlich besorgt.

»Er war die erste Liebe meines Lebens!«

»Manchmal will man in gewissen Dingen auf Biegen und Brechen einen Fingerzeig Gottes sehen.«

»Die erste Liebe ist die einzig wahre«, erklärte Lara mit Tränen in den Augen. »Ich habe in letzter Zeit sehr oft darüber nachgedacht. Die erste Liebe ist noch unschuldig, und ... und wenn ich an jenen Abend zurückdenke, an dem wir verabredet waren und wo ich nur wegen dieser dummen Angst –«

Sie schluckte. »Willst du mir den Wagen wirklich schenken ...?«

Es war ein roter Alfa Spider, und als Lara ihr gesamtes Gepäck darin verstaut hatte, war nirgendwo mehr ein Millimeter Platz übrig.

»Wenn du irgendwelchen Kummer hast, Kind, kannst du jederzeit kommen!«

»Danke, Mama ...«

»Wir lieben dich, Lara ...«

»Ich weiß ...«

Sie umarmte ihre Mutter so fest, wie sie eben konnte. Dann gab sie ihrem Stiefvater einen Kuß auf die Wange. Alle Reichtümer dieser Welt hätte sie dafür gegeben, wenn er ihr wirklicher Vater gewesen wäre. Aber manche Dinge im Leben konnte man sich halt nicht aussuchen.

Frankfurt am Main kam Lara vor wie Klein-New-York. Diese Stadt schien die einzige deutsche Großstadt zu sein, Hamburg, München und Berlin wirkten daneben wie Dörfer.

Das kleine Hotel, das ihr Stiefvater ihr empfohlen hatte, lag ein wenig außerhalb. Das Zimmer war zwar recht groß, nur war es rustikal eingerichtet, so daß Lara sich nicht unbedingt wohlfühlte. Aber zu jener Zeit heiligte der Zweck so ziemlich die Mittel.

Gleich am ersten Tag schrieb Lara einen kurzen Brief an Jan. Da sie immerhin zwei Jahre seine Patientin gewesen war und sie einander überdies auch ziemlich nahegestanden hatten, durfte sie davon ausgehen, daß er sich noch an sie erinnerte. Sie gab ihm ihre derzeitige Telefonnummer und bat um Rückruf.

Nachdem der Brief im Postkasten war, hockte sie drei Tage wie festgeklebt auf ihrer Bettkante und starrte auf das Telefon. Doch Jan meldete sich nicht. Daraufhin schrieb sie ihm einen weiteren Brief, in dem sie erklärte, daß sie ihn nach all den Jahren gern wiedersehen würde.

Es war Anfang Oktober 1983, morgens um halb acht. Lara war noch im Tiefschlaf, als das Telefon schrillte. Im Volltran hob sie den Hörer ab.

»Reinders hier! Guten Tag, Mrs. O'Leary!«

». . . Oh . . .«

»Wissen Sie –«

»Herr Doktor Reinders!« Fast andächtig sagte sie diese drei Worte, aber das fiel ihm wohl gar nicht auf.

»Sagen Sie mal«, sprach er nämlich sofort weiter, »Sie haben mir da so einen Brief geschrieben . . . warum haben Sie mich denn nicht gleich im Krankenhaus angerufen?«

Lara konnte mit dieser Frage nichts anfangen, sie hatte nicht stören wollen, das war doch wohl logisch.

»Ich komme aus tiefstem Schlaf«, entschuldigte sie sich.

»Das tut mir leid!« erklärte er daraufhin, mit der tonlosesten Stimme, die Lara jemals gehört hatte.

Es folgte eine längere Vorhaltung darüber, daß Lara doch wohl hoffentlich nicht die Absicht hätte, ihn im nachhinein auf irgend etwas zu verklagen.

»Ich bin Malerin von Beruf.« Ihre Worte kamen ein bißchen zu schnell.

»Sehr schön.«

»Und ich lebe erst seit ganz kurzer Zeit hier in Frankfurt.«

»Und deshalb brauchen Sie meine Hilfe?«

Lara knipste endlich ihre Nachttischlampe an und setzte sich auf. »Erinnern Sie sich denn nicht mehr an mich, Herr Doktor Reinders? Ich heiße heute O'Leary, aber damals, das habe ich Ihnen geschrieben, damals hieß ich Laddock . . .«

»Und Sie waren mal Patientin bei mir.«

»Ja.«

»Und wann war das?«

»Anfang 1976.«

»Und worum ging es da?«

Lara schluckte. »Eine Kleinigkeit«, sagte sie dann und zündete sich eine Zigarette an.

Daraufhin erzählte er ihr noch einmal ausführlich, daß manche Patienten auch noch nach Jahren versuchen würden zu klagen, nur weil eine Heilmaßnahme nicht so verlaufen war, wie sie sich das gedacht hatten.

»Glauben Sie mir, Herr Doktor Reinders, ich habe andere Gründe, mich an Sie zu wenden.«

»Und was für Gründe sind das?«

»Erinnern Sie sich an *Tino's Steak and Lobster House* in Washington?«

Sie verabredeten sich für den gleichen Abend zum Essen.

»Wollen Sie zu mir ins Hotel kommen?«

»Ein neutraler Ort wäre sicherlich besser, Mrs. O'Leary.«

»Dann schlagen Sie etwas vor! Ich kenne mich hier nicht so aus.«

»Wie wäre es mit dem Frankfurter Hof?«

»Wenn Sie meinen . . .«

»Treffen wir uns da in der Lippizaner-Bar! Um acht?«

»Um acht!«

Der Frankfurter Hof war das wohl renommierteste und eleganteste Hotel der Stadt. Schon eine Stunde vor dem geplanten Rendezvous traf Lara dort ein und setzte sich an die Bar, trank einen Champagner-Cocktail, einen zweiten, einen dritten . . . Jan kam nicht. Nach vier Stunden, fünf Cocktails und drei doppelten Wodkas sah auch Lara das ein und ließ sich in ihr Hotel zurückfahren.

Zu ihrem eigenen Erstaunen war sie nicht deprimiert, sondern stocksauer. Wenn sie in ihrem bisherigen Leben etwas gehaßt hatte, so war das die Notwendigkeit gewesen, Verhaltensweisen anderer Menschen zu »interpretieren«. Man verplemperte nur Zeit damit. Warum konnten die Leute nicht sagen: »Ich will dieses!« oder »Ich will jenes nicht!«, warum hüllten sie sich statt dessen in mysteriöses Schweigen und pochten auf Anfrage darauf herum, daß sie mit ihrer nebulösen Haltung doch einwandfrei angedeutet hätten, daß . . .? Lara wollte Deutlichkeit, und sie ärgerte sich so sehr über Jans Undeutlichkeit, daß sie schließlich in die Klinik ging.

Im ersten Moment war das Wiedersehen ein einziger Schock für Lara. Der Mann am Timmendorfer Strand war nicht Jan gewesen, das wurde ihr schlagartig klar. Der echte Jan war alt geworden in diesen fünf Jahren. Er war gerade mal vierundvierzig und bekam trotzdem schon eine Glatze, und er war dicker geworden und schwammig . . .

Auch ihm stand das Entsetzen über Laras Erscheinen im Gesicht geschrieben. Aber er erkannte sie zumindest sofort. »Ich hätte nie gedacht, daß Sie herkommen würden, Mrs. O'Leary . . .«

Lara atmete tief durch. »Ich mußte kommen, Herr Doktor Reinders . . . damit Sie sehen, daß ich nicht die dreizehnte Fee aus *Dornröschen* bin . . .«

»Kommen Sie doch bitte herein! – Nehmen Sie doch bitte Platz!«

Lara setzte sich auf einen der vier Stühle, die in dem engen, karg möblierten Dienstzimmer standen. Draußen war trübes Herbstwetter. Es fiel kaum Licht in den Raum.

Eine ganze Weile schwiegen sie einander an. »Warum sind Sie damals nicht zu unserer Verabredung gekommen?« ergriff er dann das Wort.

»Ich hatte Angst«, erwiderte Lara. »Und warum sind Sie letzte Woche nicht gekommen?«

»Aus dem gleichen Grund!«

Sie sahen einander an und mußten lachen.

»Blöd, nicht wahr?«

»Sehr blöd.«

Sie trafen sich noch am gleichen Tag zum Abendessen, und das taten sie fortan jeden Tag, einen ganzen Monat lang. Auf Dauer wurde Lara das Hotel zu teuer, und Jan schlug ihr vor, in eine WG zu ziehen.

»In eine *was*?«

»Wohngemeinschaften sind äußerst vorteilhaft, Lara. Ich habe während meines Studiums . . .«

Sie hätte alles getan, um Jan zu gefallen. Außerdem lag die neue Bleibe in unmittelbarer Nähe der Klinik und nicht an die dreißig Kilometer entfernt.

Je häufiger Lara mit Jan zusammentraf, desto heftiger wurden die Gefühle, die sie für ihn hegte. Er schien der Mann ihres Lebens zu sein, und sie verzehrte sich jeden Abend mehr danach, endlich in seinen Armen aufzuwachen. Aber daran hatte er offenbar überhaupt kein Interesse. Sie trafen sich immer nur zum Essen, redeten dann über Gott und die Welt, und anschließend fuhr er sie heim und gab ihr zum Abschied einen Kuß auf die Wange. Das war zwar hinreißend, doch auf Dauer war es Lara einfach nicht genug. Sie war eine gesunde junge Frau mit gesunden, normalen Bedürfnissen.

Am Abend des 4. Dezember 1983 reichte es der Mrs. O'Leary. Sie beschloß, nun nicht länger darauf zu warten, daß Jan die Initiative ergriff: Selbst war die Frau!

Nach einem langen Kuß im Auto gelang es ihr, ihn dazu zu bringen, sie in die Wohnung zu begleiten. In der Küche saß Irena, das Mädchen, mit dem Lara die geheime Leidenschaft für Minuten-Süppchen teilte. Sie ließ gerade vorsichtig ein Ei in die Tasse gleiten. Lara flüsterte ihr zu, daß sie heute etwas andere Ambitionen hätte.

»Willst wohl nicht nur ein Ei retten, sondern gleich zwei, wie?«

Die Kleine verschwand in ihrem Zimmer, und Lara kochte einen starken Kaffee. Eine Stunde später lagen Jan und sie dann schweißnaß und überglücklich nebeneinander in den Federn.

»Du bist die ungewöhnlichste Frau, die mir je begegnet ist . . .!«

»Ich liebe dich, Jan!«

»Laß uns jetzt schlafen!«

Als Lara am nächsten Morgen aufwachte, war Jan schon weg. Er mußte lautlos aufgestanden und davongeschlichen sein. Sie machte sich keine weiteren Gedanken darüber und rief in der Klinik an.

»Herr Doktor Reinders ist im OP«, sagte eine junge Schwester namens Agnes. »Herr Doktor Reinders ist in einer Besprechung«, sagte die gleiche Schwester zwei Stunden später.

»Wären Sie so freundlich und würden ihm etwas ausrichten?«

»Sicher!«

»Mein Name ist Lara O'Leary, und er möchte mich doch bitte zurückrufen.«

»Hat er die Nummer?«

»Ja.«

Am nächsten Tag war Lara sich dessen schon nicht mehr so

sicher. Vielleicht hatte Jan ihre Telefonnummer ja verlegt oder weggeworfen ... irgendeinen Grund mußte es schließlich haben, daß er sich nicht meldete.

Sie wartete bis zum Abend, dann rief sie noch einmal in der Klinik an.

»Mrs. O'Leary?« vergewisserte sich jene Schwester Agnes, die offenbar nie dienstfrei hatte.

»Ja.«

»Herr Oberarzt Reinders hat mir eine Nachricht für Sie hinterlassen.«

Lara atmete erleichtert auf und griff zu Papier und Bleistift. »Ja?«

»Sie möchten bitte nie wieder anrufen.«

»Was?«

»Das hat er gesagt!«

Papier und Bleistift fielen zu Boden, und Lara hatte Mühe, nicht die Besinnung zu verlieren.

»Aber ... aber ich ... aber warum ...« Sie stammelte herum, und die Schwester Agnes seufzte.

»Mehr kann ich Ihnen auch nicht sagen, Mrs. O'Leary. Herr Oberarzt Reinders –«

»Aber ich verstehe das nicht«, schrie Lara ins Telefon. »Er ... er war doch ... er war sehr nett, als wir uns das letzte Mal gesehen haben, und er ...«

Wieder seufzte die Schwester. »Vielleicht schreiben Sie ihm einen Brief ...«

Das sah Lara nicht ein. Sie weinte zwei Tage und zwei Nächte, dann nahm sie ein Bad, ging zum Friseur und anschließend in die Klinik.

Jan hatte gerade Visite gemacht, als Lara da so plötzlich vor ihm stand. Er erstarrte bei ihrem Anblick, und seine Gesichtszüge wurden schlagartig hart.

»Was willst du hier?«

»Das fragst du?«

Er atmete tief durch, trat zu ihr und packte sie am Arm. »Störe meine Kreise nicht!« zischte er ihr leise ins Ohr. »Ich warne dich! Wenn du –«

Nun kamen auch die anderen Ärzte von der Visite, und Jan ließ Lara schlagartig los.

»Ich habe mir Ihre Krankenakten schicken lassen«, sagte er so laut, daß es jeder auf dem Flur hören konnte. »Und daraus geht einwandfrei hervor, Mrs. O'Leary, daß wir damals keinen Fehler gemacht haben. Und außerdem –«

»Aber –«

»Und außerdem«, übertönte er sie, »außerdem habe ich mit meinem Anwalt gesprochen. Was Sie da mit mir machen, ist Nötigung! Hören Sie also auf, mir zu schreiben, und rufen Sie mich auch nie wieder an, sonst hänge ich Ihnen ein Verfahren an den Hals. Sie sind psychisch krank!«

Mit diesen Worten drehte Herr Doktor Jan Reinders ihr den Rücken zu und ging.

Lara schnappte nach Luft. Im nächsten Moment spürte sie, wie ihr auf einmal so heiß wurde. Und sie konnte auch gar nicht mehr richtig sehen, da waren lauter schwarze Punkte in der Luft.

»Ihr Kreislauf ist kollabiert, Mrs. O'Leary!« Schwester Agnes war sehr viel älter, als Lara gedacht hatte. »Hier!« Sie drückte ihr ein Fläschchen mit Tropfen in die Hand. »Nehmen Sie dreimal täglich fünfundzwanzig auf einem Stück Würfelzucker!«

»Danke ...«

Die Schwester lächelte. »Wir Frauen müssen schließlich zusammenhalten ...«

Noch am gleichen Tag packte Lara ihre Sachen. Sie wollte weg aus diesem Beton-Zeltlager namens Wohngemeinschaft, sie wollte weg aus Frankfurt ...

Ziellos kurvte sie zunächst durch die Stadt und dann über die angrenzenden Landstraßen. Aus dem Autoradio dröhnte laute Musik; irgendwie mußte sie sich ja betäuben. Dann war sie plötzlich auf der Autobahn. Es war die A5, und die führte nach Basel. Lara war diese Strecke als Kind oft gefahren, immer dann, wenn es mit den Eltern nach Pietra Ligure in die Ferien ging ... Pietra Ligure, das Paradies ihrer Kindheit. Auf einmal trat sie ganz automatisch das Gaspedal durch.

Es war kurz vor Mittag, als sie in dem kleinen Örtchen eintraf, und es war Anfang Dezember. Die Einheimischen belagerten gerade die Bars, um ihren berühmten *apéro* zu nehmen, das traditionelle Getränk vor dem Mittagessen ...

Und da habe ich dann Bosco kennengelernt«, erzählte Lara. »Ich kam in Pietra an und fand keinen Parkplatz und hab' das Auto einfach vor seiner Bar abgestellt. Er war wahnsinnig wütend, kam rausgerannt und schimpfte ...«

Michael lächelte nur, er lächelte schon die ganze Zeit. Die Musik war so laut, daß er von dem, was Lara da von sich gab, kaum ein Wort verstand. Es ging wohl um diesen Jan. Er nahm sich vor, sie nachher zu Hause noch mal in Ruhe danach zu fragen.

Lara sah ihm tief in die Augen. »Wenn du mich irgendwann mal leid bist«, sie strich mit der Hand über seine Wange, »versprichst du mir, das dann ganz offen zu sagen?«

»Was sagst du?«

»Wenn du mich irgendwann mal leid bist ...«, wiederholte sie sehr viel lauter.

Michael lachte. »Ich kann mir nicht vorstellen, dich leid zu werden!« Er sagte das und gab ihr einen Kuß, und dann wirbelte er sie über die Tanzfläche. So ganz allmählich fand er Gefallen an der dörflichen Unterhaltung.

Gegen Mitternacht machte das Orchester Feierabend. Jetzt kam die Musik vom Band, und man spielte solche Titel wie Engelberts *Bella Italia.*

Die Kinder rannten um das Buffet herum. Abwechselnd griffen sie zu den *profiteroli* – kleinen, mit Crème gefüllten Teigbällchen – und zum *panettone*, einem mit Rosinen gespickten Trockenkuchen.

Michael stand abseits und rauchte eine Zigarette, während Lara mit Leonello tanzte. Hinreißend sah sie aus in ihrem hautengen, schwarzen Kleid. Am liebsten hätte Michael es ihr vom Leib gerissen, und vor den Augen aller mit ihr geschlafen.

»Sie ist wunderschön, nicht wahr?«

Michael drehte sich um, als er das hörte. Bosco stand da und lächelte ihn an.

»Ja, das ist sie.«

»Und sie ist klug. Bedeutet sie Ihnen etwas?«

Michael schluckte. »Warum . . . fragen Sie das?«

Bosco lächelte nur noch mehr. »Weil sie mir sehr viel bedeutet . . . uns allen hier . . .« Er sprach ganz langsam.Er hatte nur selten Gelegenheit, seine Englisch-Kenntnisse zu benutzen.

Michael atmete tief durch. »Lara ist eine außergewöhnliche Frau«, sagte er dann, »nur . . . wir kennen uns noch nicht lange genug, und deshalb kann ich jetzt noch nicht sagen, ob ich . . . ob wir . . . Ich meine . . .«

Bosco wußte genau, was er meinte, und es gefiel ihm ganz und gar nicht. Er hob sein Glas und prostete Michael zu. »Sie ist nicht die richtige Frau für eine Affäre, machen Sie sich das klar!«

Michael starrte ihn an. Er fühlte sich auf einmal ganz schrecklich, so unter Druck gesetzt und übertölpelt und auch irgendwie durchschaut.

Inzwischen war der Tanz zu Ende, und Lara und Leonello traten zu ihnen. Sie gab Michael einen Kuß und strahlte dabei über das ganze Gesicht.

»Wissen Sie, daß Lara früher immer einen Walkman getragen hat, wenn sie ausging?« Leonello sprach laut und hektisch, er hatte wohl zuviel Wein getrunken. »Aber sie hat nie Musik gehört, sie wollte nur nicht angesprochen werden von den Leuten. Alle haben das gewußt, und wir haben es auch alle respektiert. Und jetzt, wo es Sie gibt, Michele, jetzt geht sie ohne das Ding, und sie redet mit jedem, sogar mit der –«

Mitten im Satz hielt Leonello inne und lief rot an im Gesicht. Der Reißverschluß seiner Hose hatte sich geöffnet und ein ziemlich verwaschener Baumwollschlüpfer blitzte heraus.

»Macht doch nichts!« erklärte Michael galant. »Tote brauchen manchmal Luft!«

Alle lachten, sogar Leonello – bei sieben Kindern brauchte er sich da wohl auch nicht angesprochen zu fühlen.

Diese lieben Kleinen wurden mit fortschreitender Uhrzeit immer fröhlicher.

»Ist das nicht herrlich!« jubelte der stolze Papa.

»Ihre Große faßt mit beiden Händen in die Creme, und das finden Sie herrlich?«

»Es sind doch Kinder!«

Michael meinte nur: »Wenn es meine wären, bekämen sie was auf die Finger.«

»Aber nein!« lachte Leonello. »Kinder schlägt man doch nicht! Kinder muß man verwöhnen. Sie wachsen so schnell, und das Leben ist so rauh . . .«

Aber der Nachwuchs gab nun mal »Zeugnis«, dachte Michael. So hatte sein Vater das immer formuliert. Kinder waren der gute Ruf der Eltern.Sie prügelten sich nicht, sie benutzten keine bösen Wörter, sie gaben artig das *»schöne«* Händchen, sprachen nur, wenn man sie dazu aufforderte . . .

»Die Kinder«, sagte Leonello, »verstehen das alles noch nicht so richtig. Nehmen Sie nur mal unsere Lucia! Sie kann es nicht ertragen, wenn die Mama zum Klo geht. Deshalb hab' ich jetzt eine Glasscheibe in die Klotür eingebaut. Damit die Kleine die Mama sehen kann und nicht meint, Nicola würde sie verlassen . . .«

Nicola war inzwischen auch gekommen. Sie stillte gerade – Baby Alessandro klebte an der Brust wie eine Motte an einer Straßenlaterne.

»Er ist ein kleiner Nimmersatt«, meinte Nicola. »Möchtest du ihn mal halten, Lara?«

Nicolas Blick war so mitleidig, wie es sich ihres Erachtens in diesem Fall geziemte. Alle Mütter von Pietra Ligure sahen Lara so an, wenn sie ihr anboten, ein Kind zu halten oder mal für eine Stunde zu verwahren.

»Weißt du, Nicola«, sie nahm Klein-Alessandro auf den Arm, »ich habe meine Krankheit geschafft, Brian und Jan . . . und ich glaube, daß ich auch mit Fabrizio fertig bin . . . und damit hier . . .« Zärtlich strich sie dem Baby über den Kopf. »Wer weiß«, meinte Nicola und lächelte. »Manchmal läßt Gott Wunder geschehen. Vielleicht wirst du ja doch noch mal Mutter.«

Lara küßte Alessandros Stirn. »Ich weiß nicht, ob ich das heute noch brauche, Nicola. Ich hab' ja jetzt ihn . . .« Sie schaute zu Michael hinüber. Er stand immer noch bei Leonello. Michael hatte Kinder.

Wenn Lara Glück hatte, wollte er keine mehr. Und wenn doch ... Wieder küßte sie Alessandros Gesichtchen. Nicola hatte recht. Manchmal ließ Gott auch heute noch Wunder geschehen ...

»Lara?« Michael stand plötzlich vor ihr.

Sie erschrak. »Was ist?«

Er wirkte auf einmal völlig verändert. Aus seinen Augen stach Angst, auf den Lippen lag ein brutaler Zug, seine Wangenmuskeln traten hervor, als würde er mit Gewalt die Zähne zusammenbeißen ...

»Was hast du?«

Michael brauchte einen Moment. Dann schluckte er und atmete tief durch: »Laß uns heimfahren, Lara!«

Wolkenbruchartige Regenfälle ergossen sich über Frankfurt. Die Blitze schossen aus dem tiefgrauen Himmel, und die Donner waren lauter als die monotone Klaviermusik, die im Ballettsaal vom Tonband kam.

»Du bist zu schnell! Merkst du das nicht?«

Diana Landers kämpfte mit den Tränen. Ausgerechnet in dieser Stunde hatte ihre Ballettmeisterin es auf sie abgesehen.

»Nimm den Arm höher!« schimpfte sie.

Die Frau suchte sich immer eine Schülerin aus, auf der sie gnadenlos herumhackte. Daß ihre Wahl ausgerechnet heute auf Diana hatte fallen müssen, war wohl Schicksal.

»Und zieh die Schultern nicht so hoch, Mädchen!«

Wieder gab es einen Donnerknall, wieder erhellte ein gespenstischer Blitz den Himmel ... Diana verlor die Nerven. Mit einem Aufschrei des Entsetzens schlug sie die Hände vors Gesicht, dann rannte sie aus dem Ballettsaal.

Sie verkroch sich im Umkleideraum. Mochten die anderen jetzt ruhig denken, daß sie ein Angsthase sei, das war immer noch das kleinere Übel. Nicht das Unwetter brachte Diana aus der Fassung; ihr Leben war ein einziges Blitzgewitter. Die Schule wurde von Tag zu Tag aufreibender. Sie schrieben eine Klassenarbeit nach der anderen und kamen mit dem Lernen kaum noch nach. Die wenige Freizeit war ausgefüllt mit sogenannten Hobbies, die in Wahrheit aber nur ein anderer Streß waren. Auch da wurden Ansprüche gestellt, denen man gerecht werden mußte, und das sollte dann auch noch Spaß machen.

Der Rest war das Ärgste. Zu Hause stimmte nichts, aber jeder tat so, als wäre alles in Ordnung. Früher hatte es Streit gegeben. Jetzt wurde überhaupt nicht mehr gesprochen, und das war schlimmer. Mama lebte ihr Leben; Papa lebte seines; die Kinder waren sich selbst überlassen und konnten sich nicht einmal darüber beschweren. Schließlich wohnten sie in bester Lage, bekamen regelmäßig zu essen, waren stets gut angezogen, Mama war immer für sie da . . .

Diana betrachtete sich im Spiegel. Ihr Busen war viel zu groß fürs Ballett, und ihre Arme und Beine waren zu lang, und sie hatte überhaupt keine Taille . . . Sie zog die Ballettschuhe aus und warf sie in ihre Sporttasche. Diana konnte sich nicht leiden. Und sie konnte ihr Leben nicht leiden. Und sie mußte schnellstens weg von hier . . .

Aileen manikürte ihre Fingernägel. Dafür hatte sie ein besonderes Gerät, das über verschiedene Aufsätze verfügte. Einer schliff die Nägel ab, ein anderer die Nagelhaut, einer polierte die Nageloberfläche . . . für Andrew war der Apparat nur in einer einzigen Hinsicht von Interesse: Er wurde elektrisch betrieben und machte folglich Lärm.

Auf leisen Sohlen tapste der Junge ins Wohnzimmer. Die Telefonnummer seines Vaters war unter Z6 gespeichert. Er brauchte nur den Hörer abzunehmen und diese eine Taste zu drücken, und schon war er mit dem Büro verbunden.

Aileen schaltete ihr Manikürgerät ab, und Andrew erschrak. Mama war in ihrem Schlafzimmer, und neben ihr auf dem Nachttisch stand eines der weiteren Telefone. Wenn irgend jemand in der Wohnung einen der Apparate abhob, gaben die übrigen einen Laut von sich. Es war ein ganz kurzes, aber schrilles Klingeln. Aileen war fixiert auf dieses Geräusch. Seit Papa wieder zurück war, zuckte sie jedesmal zusammen, wenn er daheim war und sie es hörte. »Aha!« sagte sie dann und machte so ein böses Gesicht dabei.

Andrew hatte Angst vor diesem Gesicht, wie er vor vielen Dingen Angst hatte in letzter Zeit.

Aileen begutachtete ihre Hände. Die Nägel waren inzwischen formschön, nur hatte sich vom vielen Schleifen weißer Staub auf die Nagelhaut gelegt. Aber auch dafür hatte das Manikürgerät einen entsprechenden Aufsatz, so ein kleines, schnell rotierendes Bürstchen.

Andrew atmete erleichtert auf, als er erneut das Brummen der Maschine hörte. Ganz vorsichtig nahm er den Telefonhörer ab. Z6. Er hörte das Klicken in der Leitung . . . lang . . . kurz, kurz . . . wieder lang . . .

». . . Mit freundlichen Grüßen, *et cetera pp.*« Michael schaltete das Diktiergerät aus. Es war das zehnte Telefax an Herrn Mutsuko Yamagushi innerhalb von drei Tagen, das er diktierte; denn er weigerte sich einfach, einzusehen, daß der Japaner kein Interesse an einer Zusammenarbeit mehr hatte. Wenn das Produkt stimmte und die Konditionen, dann wurde jeder Geschäftsmann auf die Dauer weich. Man mußte ihn nur weichklopfen. Und wenn alles nichts half, dann mußte man eben mal klotzen: ein europäisches Schlemmer-Kistchen mit norwegischem Lachs, russischem Kaviar, zwei Flaschen französischem Champagner besten Jahrgangs . . . Dank internationaler Kurierdienste war das heutzutage alles möglich.

Seit drei Tagen arbeitete Michael wie ein Besessener. Morgens um sieben Uhr war er im Büro, und vor Mitternacht ging er nie nach Hause. Arbeit war die beste Medizin, das sagte er sich immer wieder. Aber in diesem so besonderen Fall schien die Medizin einfach nicht zu wirken. Selbst bei größter Anspannung ging sie ihm nie ganz aus dem Kopf: Lara . . . in irgendeiner seiner Hirnwindungen fand sie immer noch einen Platz . . . Lara . . .

Michael wußte, wie es war, sich scheußlich zu fühlen oder großartig oder beides zugleich, doch seit dem Abend in Ranzi fühlte er überhaupt nichts mehr, und das war eine neue Erfahrung. Ihm war, als hätte in seinem Innersten ein Wirbelsturm getobt und alles leergefegt. Er war völlig verwirrt. Er liebte Lara, aber plötzlich hatte er auch Angst vor ihr.

Wie sie dagestanden hatte mit dem Baby auf dem Arm! Lara und

Klein-Alessandro: Der Anblick hatte ihm einen echten Schock versetzt. Lara und ein Baby! Die Vorstellung war ihm schrecklich.

Michael liebte seine Kinder, und er hatte auch immer Kinder gewollt – nur nicht all das, was Kinder so mit sich brachten. In gewisser Weise waren Diana und Andrew ihm »Klötze am Bein«. Er mußte immerzu Rücksicht auf sie nehmen, während sie offenbar nur Rechte hatten; sie beanspruchten seine Zeit, seine Gefühle. Er indes mußte sie so nehmen, wie sie waren, und sie waren nun mal kleine Kinder, die von dem, was er sagte, bestenfalls ein Viertel verstanden.

Ja, Michael liebte Diana und Andrew, gewiß. Aber am meisten auf dieser großen Welt liebte er sich selbst,und er wollte eine Frau, die ihn ebenso liebte, die ihn so liebte, wie er war, mit all seinen Fehlern und Schwächen; die für ihn da war, wenn er sie brauchte; die wegging, wenn er alleinsein wollte; die ihn intellektuell und emotional verstand; mit der er schlafen konnte, wann immer ihm danach war; die ihm den Freiraum ließ, auch noch mal nach anderen Frauen zu sehen ... Er wollte eine Frau, mit der er alles teilen konnte, seine Vergangenheit, seine Gegenwart und all seine Träume ...

Bis zum letzten Sonntag war Michael überzeugt gewesen, Lara wäre die Richtige, das Ideal, an das er schon gar nicht mehr geglaubt hatte, *die* Traumfrau. Doch dann hatte sie auf einmal dagestanden, mit diesem Baby auf dem Arm ...

»Cissy!«

Es war wie in alten Zeiten. Die Verbindungstür zwischen Michaels Büro und Cissys Vorzimmer stand offen, so daß sie einander zwar nicht sehen, wohl aber hören konnten, und die Stimme ihres Chefs vernahm Cissy selbst unter den Kopfhörern des Diktaphons.

»Ja, Mike!«

»Koch mir doch bitte noch mal Kaffee!«

»Sicher.«

»Und Jeff soll kommen! In fünf Minuten.«

Cissy seufzte. Sie hatte noch drei Tonbänder mit Briefen, Aktennotizen und Telefaxen zu tippen, und es war schon vier Uhr nachmittags. Michaels Arbeitswut kannte schier keine Grenzen. Sobald sie das erledigt hatte, mußte sie unbedingt Edy anrufen. Wie es aussah, würde er wieder mal im Restaurant zu Abend essen müssen – allein!

Sie stand auf und ging zur Kaffeemaschine. Die letzte Filtertüte hatte sie vor knapp zwei Stunden gebraucht. Jetzt mußte sie ein neues Paket anbrechen. Da die Firma solche Utensilien vom Großhandel bezog, waren sie immer in Dreierpacks und so fest eingeschweißt, daß man die Kraft eines Athleten brauchte, um – das Telefon läutete!

»*Landers & Barton*, Vorzimmer von Mister Landers!«

Andrew kannte Cissys Stimme. »Kann ich meinen Vater sprechen?« flüsterte er.

»Wer ist da bitte?«

»Ich! ... Ich will meinen Vater –«

»Andrew?«

»... Ja.«

Cissy wunderte sich nicht, daß der Junge so leise sprach. Im Hause Landers geschahen seit Jahren so viele verwunderliche Dinge, daß es auf eines mehr oder weniger nicht mehr ankam. »Moment, Andrew! – Michael?« rief sie nach hinten. »Andrew ist am Telefon.«

Michael nahm sofort den Hörer von der Gabel. »Ja?«

Andrew strahlte über das ganze Gesicht. In den letzten Tagen hatte er seinen Vater nur einmal kurz gesehen, und da war er in Eile gewesen. *»Ich muß jetzt weg, Junge!«* Nun hörte er seine Stimme.

»Andrew?«

Der Kleine wollte gerade antworten, als der Maniküv-Apparat seiner Mutter verstummte und aus dem Schlafzimmer Aileens Stimme erklang.

»Hast du was gesagt, Andrew?«

Der Junge legte die Hand auf die Sprechmuschel, wie die Erwachsenen es in solchen Fällen auch immer taten.

»... Nein!« rief er.

»Wie bitte?« schallte es aus dem Telefon.

»Andrew!« schallte es von hinten.

Der Kleine wußte nicht, was er tun sollte. Schließlich legte er vorsichtig den Hörer auf, ganz der Hoffnung hingegeben, sich damit aus seiner mißlichen Lage befreit zu haben. Noch im gleichen Atemzug erschrak er. Das kurze, schrille Geräusch, das die Nebenanschlüsse ausstießen, war bis ins Wohnzimmer zu hören. Daß das auch beim Auflegen passierte, hatte er nicht gewußt. Im nächsten Moment stand Aileen im Türrahmen.

»Hast du telefoniert, Andrew?«

Er legte die Arme auf den Rücken und hielt sich mit der einen Hand an der anderen fest.

». . . Nein . . .«

»Hallo?« Michael konnte sich nicht erklären, warum die Leitung zusammengebrochen war. »Hallo!!!« Er legte auf. »Vermutlich ist das Gewitter schuld«, rief er Cissy zu. Dann zündete er sich eine Zigarette an. »Wo bleibt Jeff?«

Es war Mittwoch, der 20. Mai 1992, und es war erst Nachmittag. Aber draußen war es schon dunkel wie am Abend.

Lara war im Atelier. Sie stand vor der Staffelei und starrte auf ihre zwei Frauen, und sie hätte nicht sagen können, ob sie das erst seit ein paar Minuten oder schon seit Stunden tat. Michael hatte am Montag nur kurz und am Dienstag überhaupt nicht angerufen. Aber das hatte sicher nichts zu bedeuten . . . Sie versuchte, das Bild nicht nur anzusehen, sondern zu erfassen, einzutauchen in die Farben und Formen und ein Teil davon zu werden. Irgend etwas war falsch. Das Gemälde hatte einen entscheidenden Fehler, und sie sah ihn, sie konnte ihn nur nicht erkennen . . .

»Scheiße!«

Sie schloß die Augen und sagte es gleich noch einmal: »Scheiße!«

Michael war wichtiger als dieses Bild, und er war urplötzlich verändert. Diese gottverdammte Feier in Ranzi! Bestimmt hatten sie ihm alles erzählt, Bosco und Leonello konnten rechte Plaudertaschen sein, wenn sie getrunken hatten. Was für ein Schock das für Michael gewesen sein mußte! Und als sie dann auch noch dagestanden hatte, mit dem Baby auf dem Arm, da war ihm die Eröffnung sicher in aller Tragweite bewußt geworden, und er . . .

Lara lief zum Telefon. *Landers & Barton, Frankfurt/Main.* Unter der Woche lag die Visitenkarte immer griffbereit. Sie hob den Hörer ab: 0-0-4-9 . . . im Büro war besetzt. Lara versuchte es gleich noch einmal: 0-0-4-9 . . .

Zaghaft öffnete Diana die Tür. Seit über einem Jahr war sie nicht mehr in der Firma gewesen. Ihr Vater mochte es nicht, wenn man Familie und Beruf miteinander verquickte.

»Cissy?«

Die zählte gerade die Kaffeelöffel. Sie hatte sechs Tassen Wasser in die Maschine gegeben und brauchte nun siebeneinhalb Löffel Kaffeemehl. Nur flüchtig schaute sie zur Tür herüber – im nächsten Moment drehte sie sich abrupt um.

»Was machst du denn hier?«

Diana lächelte verlegen. »Hallo!«

Cissy stellte den Kaffee zur Seite. »Alles in Ordnung bei euch?«

»Wie?« Diana hatte keine Ahnung, was die Frage bedeuten sollte.

Cissy wollte von Andrews Anruf erzählen, aber noch bevor sie das erste Wort über die Lippen bringen konnte, läutete neuerlich das Telefon.

»*Landers & Barton*, Vorzimmer von Mister Landers!«

Diana stand da und trat unruhig von einem Bein aufs andere. Sie wollte zu ihrem Vater, aber solange sie nicht angemeldet war . . .

Cissy verfärbte sich. »*One moment please* . . .«, hauchte sie ins Telefon. Der Sekretär von Mutsuko Yamagushi war am Apparat und wollte sich für das Schlemmer-Kistchen bedanken.

»Mike?«

Die Bemühungen ihres Chefs waren offenbar doch nicht so unnötig gewesen, wie sie gedacht hatte . . .

Lara konnte dieses ständige Besetztzeichen nicht mehr ertragen. Sie mußte mit Michael sprechen, ihm alles erklären, die ganze Wahrheit sollte er von ihr erfahren und von niemandem sonst, und zwar sofort!

Wütend warf sie den Hörer auf die Gabel, trug das Telefon ins Wohnzimmer, stellte es mitten auf den Tisch. Sie schaltete den Fernsehapparat ein, holte Zigaretten, einen Aschenbecher, ein Glas und eine Flasche Wein . . . Sie schaltete den Ton des Fernsehers ab.

Landers & Barton, Frankfurt/Main. Lara drehte die Visitenkarte um. Auf der Rückseite stand Michaels Privatnummer, er hatte sie selbst daraufgeschrieben . . .

Mister Ishiguro!« Michael drehte sich wie ein Kind auf seinem Bürostuhl. »Aber das habe ich doch gern getan, Mister Ishiguro, wie geht es Ihnen? – Mir geht es sehr gut . . . *wieder*, muß ich dazu sagen. Ich . . .«

Diana verließ mit gesenktem Kopf die Firma. Das Gewitter hatte inzwischen aufgehört, und es regnete auch nicht mehr. Mit jedem Moment wurde es wieder wärmer und wärmer, die Hitzewelle war offenbar doch noch nicht zu Ende, wie alle gehofft hatten.

Diana hatte Jeff getroffen, und der alte Ludwig hatte ihr übers Haar gestreichelt und gemeint, daß sie groß geworden wäre . . . ihren Vater hatte sie nur von hinten gesehen. Er hatte in seinem Drehstuhl gesessen und telefoniert, mit irgend so einem Japaner . . .

Diana ging zur Straßenbahnhaltestelle. Ein paar Jungen in schwarzen Ledersachen lachten über sie. Sie rauchten Zigaretten, und einer von ihnen hielt eine Bierdose in der Hand . . . Diana Landers war noch nicht einmal dreizehn Jahre alt. Aber sie wollte um nichts in der Welt vierzehn werden, das wurde ihr in diesem Moment ganz klar . . .

Es war Abend geworden. Cissy und die anderen waren längst gegangen, und Michael stand am Fenster und blickte auf die Straße hinunter. Eine Straßenbahn kam, hielt, fuhr weiter . . . Er würde es schaffen. Mutsuko Yamagushi war bereit, mit ihm zu reden, das hatte sein Sekretär ihm heute mitgeteilt. Am Freitag rief er ihn an, und er würde es schaffen . . . er mußte!

Michael schaute auf seine Armbanduhr. Es war schon nach zehn, und er hatte immer noch nicht mit Lara telefoniert. Er setzte sich an seinen Schreibtisch und griff zum Telefon. Die Angst, die er am Nachmittag noch so deutlich verspürt hatte, war plötzlich weg – vermutlich dank Herrn Ishiguro, der hatte ihn abgelenkt. Michael liebte Lara, und er wußte auf einmal auch ganz genau, warum er sie liebte. Sie war eine starke Frau. Und sie war intelligent, nicht nur gebildet, sondern auch einfach gescheit, ihr Verstand arbeitete präzise wie ein Uhrwerk, und es gab kaum ein Thema, über das man nicht mit ihr reden konnte.

Manchmal war sie ausgesprochen kindlich, und das weckte Michaels Beschützerinstinkt. Sie konnte aber auch ihrerseits beschützen, und außerdem besaß sie einen atemberaubenden Humor, konnte eine erschütternde Ehrlichkeit an den Tag legen und hatte den so seltenen Mut, auch mal ein böser Mensch zu sein.

Ja, Michael Landers liebte Lara Laddock. Seit seiner Jugend hatte er sich nach einer solchen Frau gesehnt. Lara bot ihm ständig etwas Neues. Sie konnte kalt sein wie Eis, heiß wie Feuer, kühl wie ein Septembermorgen und lau wie ein Sonnenstrahl im Mai, und so, wie sie heute in Jeans, morgen in Seide und übermorgen im Kittel herumlief, so war sie auch heute ein Mädchen, morgen ein Vamp und übermorgen eine abgeklärte Frau, und es waren immer wieder andere Jeans, andere Roben, andere Kittel ... Das war wunderbar ... oder hätte man es vielleicht eher unstet nennen sollen?

Michael wählte: 0-0-3-9 ... Jeden Abend wählte er diese Nummer, jeden Abend ... Er stutzte. Lara hatte ihn noch nie angerufen.

Er legte den Hörer wieder auf die Gabel. Michael liebte Lara, aber plötzlich fragte er sich, ob sie ihn ebenso liebte. Bisher hatte er das geglaubt, doch jetzt packten ihn auf einmal Zweifel. Vielleicht war er nur eine von vielen Affären für sie. Vielleicht trieb sie es unter der Woche mit zwei oder drei anderen Michaels und verstand es nur so gut, jeden vor den anderen geheimzuhalten ...

Junge, attraktive Papagalli erstanden vor seinem geistigen Auge. Lara schlief mit ihnen, trieb ihre Spiele mit ihnen, schickte sie fort, damit Michael, der Volltrottel, nichts bemerkte ... die Frauen waren alle gleich! Sie waren alle wie Aileen!

Er stieß einen bitteren Lacher aus. Der Verstand eines Mannes saß vielleicht zwischen den Schenkeln, wie immer so gern behauptet wurde, doch saßen bei den Frauen dort die Gefühle, und das war wesentlich tragischer ... ja, die Weiber waren schlecht, und sie hatten immer Glück. Sie fanden immer einen Weg, ihren Willen durchzusetzen ...

Lara war nicht wunderbar und nicht unstet, sondern flatterhaft. »Flatterhaft« war das einzig treffende Wort.

Michael rannte aus dem Büro, als könnte er damit seinen Gedanken entfliehen. Es war ein glühendheißer Tag gewesen, und auch das

Gewitter hatte keine wesentliche Abkühlung gebracht. Der Asphalt dampfte.

Schnellen Schrittes lief Michael durch die Frankfurter Innenstadt, so lange, bis sein Hemd auf dem Körper klebte und ihm der Schweiß den Nacken hinuntertroff. Dann kehrte er in die erstbeste Kneipe ein und trank ein kühles Bier.

»Haben Sie Laugenbrezeln?«

»Aber ja doch! Mit Schinken? Mit Käse? Mit Schinken und Käse? Ohne alles . . .?«

Michael aß sich durch das gesamte Angebot und trank zu jeder Brezel ein weiteres Bier; dann ließ er sich von einem Taxi nach Hause fahren.

Es war schon nach Mitternacht, als er heimkam. Zu seiner großen Überraschung war Aileen noch wach. Sonst legte sie immer Wert darauf, um Schlag 22.30 Uhr im Bett zu liegen.

Sie saß im Wohnzimmer vor dem Fernsehapparat und sah sich ihren Lieblingsfilm auf Video an: *Die Dornenvögel*. Da sie dabei jedesmal heulte wie ein Schloßhund, reichten Papiertaschentücher nicht aus, um den Tränenstrom aufzufangen. Deshalb stand immer vorsorglich eine neue Haushaltsrolle neben dem Sofa – auch jetzt!

»'n Abend!« sagte Michael und wollte gleich in sein Zimmer gehen. Das viele Bier zeigte erste Wirkungen.

»Hallo!« entgegnete Aileen und wirkte erschütternd kühl und ruhig – wo Pater Ralph doch gerade auf dem Bildschirm seine Liebe gestand. »Mike?«

Er blieb im Türrahmen stehen und sah sie an.

»Sei bitte so gut, und sag deiner neuen Freundin, sie möchte uns nicht belästigen, ja?«

Michael war völlig verwirrt. »Wie?«

»Heute abend hat mindestens zwanzigmal das Telefon geläutet.«

»Wann?«

»Zwischen zehn und zwölf, *mindestens* zwanzigmal . . . jetzt habe ich den Hörer danebengelegt . . .«

»Aber –«

»Es *muß* das Mädchen gewesen sein. Immer wenn ich an den Apparat ging, war da nichts als Schweigen.«

Michael fühlte sich auf einmal so mies und so schlecht wie noch selten zuvor in seinem Leben.

»Nacht!« sagte er hastig. Dann lief er in sein Zimmer und schlug die Tür hinter sich zu.

Lara war völlig verstört. »Ich wußte nicht, was ich tun sollte«, schluchzte sie, »zuerst war immer besetzt, und dann war der Anrufbeantworter eingeschaltet, und ich hatte so große Angst, dir wäre was passiert, und ich wußte nicht –«

Schlagartig hatte das Bier seine Wirkung verloren, und Michael war wieder ganz da.

»Ich hatte geschäftlich in Stuttgart zu tun«, log er, um Lara zu beruhigen, »und da bin ich auf dem Rückweg in einen Stau geraten. Ich konnte einfach nicht anrufen!«

Ein Teil von ihm schämte sich dieser Lüge, aber der andere Teil war stärker, und der sah sonst keinen Ausweg.

»Hör mal, Lara . . . Aileen hat mir gerade eine ziemliche Szene gemacht . . .«

»Oh!«

»Weil du hier angerufen hast . . .«

»Aber ich habe doch gar nicht –«

»Sie konnte sich denken, daß du es warst«, fiel er ihr ins Wort. »Mach uns beiden also bitte keinen unnötigen Ärger!« Er hörte sie schlucken. »Telefonier bitte nicht hinter mir her! Versprichst du mir das?«

Wieder schluckte sie. »Ich versprech's, Michael!«

»Wenn ich mich nicht melde, hat das schon einen Grund. Vertrau mir einfach, okay?«

Er wußte genau, was er Lara mit diesen Worten antat. Aber er tat es trotzdem.

Die Wirkung folgte auf dem Fuße. Nachdem er wieder aufgelegt hatte, fühlte er sich nur noch mieser und schlechter als vorher. Nun hatte er Lara gegenüber auch noch ein schlechtes Gewissen und fand sich nur mehr widerlich. Aber daran waren diese elenden Umstände schuld, nicht er. Am liebsten hätte er sich auf der Stelle davongemacht. Er konnte und wollte so nicht weiterleben. Mit Aileen unter einem Dach war es schlimmer als in einem Gefängnis.

Er beschloß, die Scheidung einzureichen, gleich morgen. Dann würde er ihr die Frankfurter Wohnung überlassen, damit die Kinder nicht noch mehr als nötig aus ihrer Gewohnheit gerissen wurden ... Eigentlich hätte er die Wohnung lieber selbst behalten. Es war ausgesprochen schwierig, in der Stadt etwas Geeignetes zu finden ... Aileen hatte doch immer davon geschwärmt, aufs Land zu ziehen. Sollte sie sich doch etwas suchen, einen hübschen Bauernhof zum Beispiel; da wuchsen die Kinder dann mitten in der Natur auf, umgeben von glücklichen Hühnern und Kühen ... Nein, er würde Aileen die Frankfurter Wohnung nicht überlassen! Sie konnte das Haus in Castellar behalten, denn Lara und er hatten ja das Luftschloß in Pietra ... Michael versuchte sich vorzustellen, wie es wohl sein würde, wenn die Kinder ihn dort besuchten. Im Wohnzimmer konnten sie nicht übernachten, da war zu wenig Platz. Überhaupt war Laras Wohnung zu klein; das Haus in Castellar würde er also auch behalten müssen, und damit war Aileen nie und nimmer einverstanden. Er sah sich schon mit ihr vor dem Richter stehen:

»In Sachen Landers gegen Landers ergeht das folgende Urteil: Die Ehe wird geschieden – sie bekommt alles, ihm bleibt nichts!«

Ja, so würde es ausgehen, da machte Michael sich gar keine Illusionen. Aileen hatte immer bekommen, was sie wollte, und sie hatte immer alles gewollt. Deshalb war das Leben mit ihr ja schlimmer als jedes Gefängnis. Hier war nicht nur sein Körper eingesperrt, sondern auch seine Gedanken und seine Gefühle. Er konnte sich niemals gehenlassen, mußte ständig irgendwelche Spiele spielen ...

Mit vorgeschobenem Unterkiefer starrte er auf die geschlossene Zimmertür. Dann rang er sich durch, sprang auf, riß die Tür auf, lief durch den Korridor ins Wohnzimmer zur Bar, griff nach der Whiskeyflasche, stürmte zurück in sein Zimmer ... Die Tür schlug er mit solcher Wucht, daß die Kinder jetzt sicher wach waren. Aber das war nun auch schon egal.

Er mußte weg von hier, das allein zählte. Doch mußte das Weg von Aileen zwangsläufig das Hin zu Lara bedeuten? Er nahm einen großen Schluck aus der Whiskeyflasche. Vielleicht liebte er sie ja gar nicht wirklich. Vielleicht redete er sich das ja nur ein, um vor sich selbst ein Alibi zu haben.

Wieder nahm er einen Schuck. Er mußte nachdenken, in aller Ruhe ...

Die Sonne schien, und Hassan, der Neger, baute auf der Promenade sein »Geschäft« auf.

»Rechnest du mit Umsätzen?« frotzelte Abdul.

»Die Deutschen haben jetzt immer so Busreisen. Kommen freitags, fahren Sonntag, heißen Ossis und sind ganz wild auf Rolex ...«

Signora Palini machte sich langsam ernsthafte Sorgen. Immer wieder klopfte sie gegen Laras Wohnungstür. Sie wußte genau, daß sie zu Hause war. Daß sie nicht öffnete, konnte nur bedeuten, daß irgend etwas passiert war.

»Signora Laddock?«

Die Palini betätigte die Klingel, aber auch darauf rührte sich nichts. Wieder klopfte sie, klingelte, klopfte ...

»Signora Laddock???«

Lara glaubte, das alles müßte ein böser Traum sein. Dieses Hämmern und dieses Schrillen ...

Eine halbe Flasche Cognac hatte sie im Verlauf der Nacht getrunken, nun war sie beim Wodka angekommen. Das brauchte sie jetzt, denn sie wollte nicht weinen, und ohne den Alkohol hätte sie weinen müssen. Also nahm sie noch einen Schluck! Und noch einen ...!

Signora Palini gab nicht auf. Sie klopfte und schellte, klopfte und schellte ... Es war Freitag, und in Albenga war Wochenmarkt. Sie wollte Lara fragen, ob sie ihr irgend etwas mitbringen sollte. Schließlich hatte sie es nicht nötig, sich etwas schenken zu lassen, und die Lebensmittel, die Lara ihr letztens überlassen hatte, waren ein kleines Vermögen wert gewesen.

»Signora Laddock!!!«

Sie klopfte ein letztes Mal. Vielleicht hatte Lara ja nur wieder mal den Hinterausgang benutzt ...

Die Schritte auf dem Flur entfernten sich, und Lara atmete erleichtert auf. Sie wollte jetzt mit niemandem reden, schon gar nicht mit der Signora Palini.

Laras Hände waren voller Farbe. Sie hatte nicht nur getrunken in den letzten Stunden, sie hatte auch gearbeitet ... Michael ... Er stieß sie von sich, ließ sie allein ... Aber das kannte sie ja, damit konnte sie umgehen, es passierte schließlich nicht zum ersten Mal ... Lara schüttete einen weiteren Wodka in sich hinein. Sie hatte Michael von Brian und von Jan erzählt und damit ihr Innerstes nach außen gekehrt. Nun verletzte er sie an ihren empfindlichsten Stellen, und deshalb durfte er nie etwas von Fabrizio erfahren, niemals ... Wer das wußte, konnte sie vernichten; es war ganz einfach ...

Laras Augen waren verschwollen, sie hatte zu viel geweint in den letzten Tagen und Nächten. Aber ihre Hand war ganz ruhig. Sie tunkte einen der dicken Pinsel in ein blutiges Rot. Lara liebte das Geräusch, das die Ölfarbe machte, wenn sie in die Leinwand drang. Man konnte körperlich spüren, daß dieser Akt nicht mehr rückgängig zu machen war.

Fabrizio! »Es gibt so wenige Frauen, die Rot tragen können!« hatte er immer gesagt. Lara liebte Rot, und sie sah auch gut darin aus.

Fabrizio! Tiefer tunkte sie den Pinsel in die Ölfarbe, drückte sie förmlich in die Poren der Leinwand.

Fabrizio. Lara Laddock war bereit, über den dunkelsten Schatten ihres Lebens zu springen ...

Am 9. Dezember 1983 kam Lara nach Pietra Ligure. Sie war *»burnt out«*, wie die Amerikaner das nannten; ihre gescheiterte Ehe hatte sie ebenso ausgebrannt wie die kurze, unglückselige Beziehung zu Jan Reinders.

»Was fällt Ihnen ein? Das ist mein Parkplatz! Dafür bezahle ich hunderttausend Lire im Monat ...«

Der zunächst so unfreundliche Bosco wurde bei Laras Anblick ganz sanft. Er spendierte der völlig übermüdeten Frau einen Kaffee und wollte ihr unbedingt auch einen Toast aufdrängen. Aber sie wollte nichts essen. Daraufhin besorgte er ihr zumindest ein Hotelzimmer.

Es war klein und preiswert und kärglich eingerichtet. Lara fühlte sich nicht wohl darin, aber sie hätte sich damals wohl nicht einmal in der Zimmerflucht eines Palastes wohlgefühlt.

Nachts konnte sie nicht schlafen. Tagsüber war sie nie wirklich wach. Sie wollte ihre Gedanken ordnen, aber es waren zu viele, und sie wußte nicht, wie sie sich ihre Zukunft vorstellen sollte, wenn sie nicht einmal ihre Vergangenheit bewältigen konnte.

Ligurien erlebte damals einen traumhaften Dezember. Die Temperaturen lagen im Schnitt bei achtzehn Grad Celsius, und der Himmel war hell und klar.

Lara ging viel spazieren. Da war das *Bagni Florida*, wo sie in ihrer Kindheit mit den Eltern immer gebadet hatte. Da war der Monte Carmelo; ganz in der Nähe hatten sie damals ihr Ferienhaus gehabt. Wie oft war sie mit Mama zum Yachthafen gegangen, um die ankernden Segelschiffe zu bestaunen! Wie oft hatte sie mit ihrem Vater im Meer herumgetobt! Einige der Einwohner von Pietra Ligure erinnerten sich noch an Lara, unter anderem die Signora Bertinotti.

»Sie hatten schon als Kind so endlos lange Beine!«

Aufmerksam sah Lara sich in Bertinottis Supermarkt um. Dem Alkohol hatte sie nach dem Debakel mit Jan tapfer widerstanden, und sie wollte auch nicht wieder damit anfangen. So ganz ohne alles war ihr Leben zur Zeit jedoch nicht zu ertragen, und sie hatte auch ständig ganz schrecklichen Hunger, wagte aber nicht zu essen aus Angst, dicker zu werden. Beim Anblick all dieser vielen Lebensmittel kam ihr auf einmal eine Idee . . . sie kaufte Käse und Salami, Butter und jede Menge Brot. Im Dunkel ihres Hotelzimmers aß sie alles auf einmal auf, trank ein paar Gläser warmes Wasser darauf und brach alles wieder aus.

Dieses Spiel wiederholte sich fortan jeden Tag. Für kurze Zeit bereitete es ihr eine gewisse Befriedigung, und außerdem schien es ihr eine Parabel auf ihr gesamtes Leben zu sein: Das Schicksal gab ihr etwas – und nahm es ihr wieder weg. Nun nahm sie ihrem Schicksal die Arbeit ab!

Das Weihnachtsfest verbrachte sie in Timmendorfer Strand. Auch dieses Mal fühlte sie sich unerwünscht, obwohl sich diesmal alle um sie bemühten.

»Sie wirkt so zerbrechlich«, flüsterten die Stiefgeschwister, »dabei ißt sie doch mehr als gut ...«

Lara aß sogar noch besser. Das Fressen und Kotzen war zu ihrer Hauptbeschäftigung geworden. Wenn die anderen schon fast fertig waren mit der Mahlzeit, fing sie erst an, stopfte in Windeseile alles in sich hinein, verschwand dann im Bad.

Warmes Wasser war gut, aber warmes Salzwasser war noch besser. Deshalb hatte sie auch immer etwas Salz bei sich. Sie verwahrte es in kleinen Plastiktütchen, die sie aus der Verpackung von Papiertaschentüchern fertigte. Fest zugeklebt ließen sich die mit einer Sicherheitsnadel unter jedem Kleidungsstück befestigen.

»Auf 1984!« prostete man einander am Silvesterabend zu. Lara wagte nicht, von dem Champagner zu trinken. Er hatte viel zu viele Kalorien, und außerdem hatte sie Angst vor diesem neuen Jahr – zu Recht.

Es sollte eines der unruhigsten ihres gesamten Lebens werden. Ende Januar mußte sie zu einer Nachuntersuchung nach New York, damit fing es an.

»Mit den Leberwerten stimmt was nicht!«

Im ersten Moment war Lara erschüttert, als sie das hörte. Sie weinte und klagte und fragte, warum ausgerechnet ihr das passieren mußte.

Dann war sie auf einmal regelrecht erleichtert. Sie hatte keine Lust mehr auf dieses Leben. Eine Rückfall-Erkrankung gab ihr die Chance, sich elegant zurückzuziehen. Alle würden weinen, selbst Brian und Jan.

Nach einer Woche kam die Entwarnung. »Alles in Ordnung, Mrs. O'Leary!«

Lara brach zusammen. Nun mußte sie weiterhin diese anstrengende Selbstzerstörung betreiben.

»Sag so was nicht!« beschwor sie ihre Freundin Jennifer. »Das meinst du doch gar nicht.«

»Und ob ich das meine!«

»Jeder Mensch will leben, Lara!«

»Ich nicht!«

»Immer wenn du denkst, es geht nicht mehr, kommt von irgendwo ein Lichtlein her ...«

Jennifer erwartete damals ihr erstes Kind. Nur deshalb war Lara bereit, ihr diesen blödsinnigen Spruch zu verzeihen.

Auf dem Rückweg nach Deutschland besuchte Lara ihre alte Frankfurter Wohngemeinschaft, in der sie sich damals nie wohlgefühlt hatte.

»Bei meiner Mutter fühle ich mich allerdings noch unwohler«, erklärte sie Irena, mit der sie seinerzeit die Leidenschaft für die Minutensüppchen geteilt hatte.

Die seufzte nur. »Dein Mann hat ein paarmal hier angerufen ...«

»Jan Reinders?«

»Heißt er nicht O'Leary wie du?«

Lara schluckte. »Was wollte Brian denn?«

»Wir haben so getan, als würden wir ihn nicht verstehen ...«

Es war April 1984, und Brian war endlich einverstanden mit der Scheidung. Nachdem er sich monatelang geweigert hatte, war er nun bereit.

»Aber ich konnte dich ja nirgendwo erreichen!«

Wie immer klang seine Stimme vorwurfsvoll, als er das sagte, und er wollte, daß Lara nach Miami kam, um die erforderlichen Papiere zu unterzeichnen. Sie hütete sich. Statt dessen nistete sie sich wieder bei ihrer Mutter ein – sehr zum Ärger der übrigen Familie.

»Sie soll sich endlich was Eigenes schaffen! Sie kann doch nicht bis zu ihrem Lebensende an euren Schürzenzipfeln hängen!«

Auch der Stiefvater wurde langsam ungeduldig. »Wo soll das hinführen, Mädchen?«

Wieder floh Lara nach Pietra Ligure. Sie liebte diesen kleinen Ort, und in ihrer Kindheit war sie hier immer glücklich gewesen. Zum ersten Mal erwog sie, hier zu leben.

»Was hast du eigentlich gelernt?« fragte Bosco eines Tages.

Lara lachte. »Im Sterben bin ich ganz gut!«

»Kannst du arbeiten?«

»Sie sagen, mein Körper wäre zu schwach.«

»Beweise ihnen das Gegenteil!«

Von Mai bis September 1984 arbeitete Lara als Kellnerin in Boscos Bar. Es war anstrengend, aber es gab ihr ein bislang unbekanntes Selbstvertrauen. Ihr Körper war sehr wohl in der Lage, Belastungen standzuhalten, er war längst nicht so anfällig, wie die Mediziner immer behauptet hatten.

Als die Saison zu Ende ging, flog Lara nach Cincinnati. Jennifer stand kurz vor der Niederkunft, und Lara hatte versprochen, ihr in diesen Wochen zur Seite zu stehen.

Am 10. November 1984 wurde Charles II. geboren. Eine Woche später wurden Brian und Lara offiziell geschieden. Sie streifte den Namen O'Leary ab wie ihren Ehering.

»Und jetzt?«

»Das wird sich finden, Lara.«

»Es ist bald schon wieder Weihnachten. Noch ein Fest mit meiner Familie halte ich nicht aus!«

»Dann bleib doch bei uns!« schlug Jennifer vor.

»Das ist auch keine Lösung . . .«

Lara flog nach New York und mietete sich in ihrem alten Hotel 52. Straße, Ecke 1st Avenue ein. Seit sie Pietra Ligure verlassen hatte, war ihre Bulimie schlimmer denn je. In der Zwischenzeit aß sie sechs- bis zehnmal am Tag, ohne auch nur einen Krümel davon bei sich zu behalten. Ständig hatte sie diesen ekelhaften Geschmack im Mund, ihre Nase war immer verstopft, die Zähne brannten wie Feuer, und außerdem konnte sie sich die Exzesse auf Dauer finanziell nicht leisten. Als sie zum ersten Mal ihr Erbe anbrach, um Lebensmittel davon zu kaufen, stand ihr Entschluß fest: Ligurien!

Am Neujahrstag 1985 parkte Lara neuerlich vor Boscos Bar. Diesmal schimpfte er nicht, im Gegenteil.

»Ich wußte, daß du wiederkommen würdest«, sagte er und schloß sie in die Arme.

Auch Antonella freute sich. »Sei uns willkommen, Kind!«

Kurz darauf hatte Lara ihre wunderschöne Wohnung, und ein paar Monate später war die dann auch eingerichtet. Damit war Vaters Erbe weitgehend verbraucht.

»Im Sommer kannst du wieder bei uns arbeiten«, meinte Bosco, »und außerdem sucht die Stadt dringend jemanden, der den Ausländern Italienisch beibringt. Es wird schon alles werden, das hab' ich im Gefühl ...«

Auf den Tag ein Jahr später, am 16. März 1986, stand ein Möbelwagen vor dem Haus.

»Wir haben endlich die Maisonette verkauft«, strahlte Signora Palini, als brächte ihr das persönlichen Nutzen. »Ein netter junger Mann ist Ihr neuer Nachbar, Signora Laddock. Richtig nett!«

Fabrizio Testini war dreiundvierzig Jahre alt und Journalist von Beruf. So nannte er sich zumindest selbst – in aller Bescheidenheit. Die Italiener nannten ihn ihren Star-Reporter.

Im Sommer 1985 war Fabrizio nach Mexiko geflogen, um Freunde zu besuchen. Er ahnte nicht, daß ihm dieser Urlaub die große Karriere bescheren würde. Denn am frühen Abend des 19. September 1985 drohte Mexico City ins Innere der Erde zu stürzen. Straßen öffneten sich und verschlangen Menschen und Häuser, Gasrohre platzten, und es brachen explosionsartige Feuer aus, und inmitten dieses Infernos, das einen Vorgeschmack auf den Weltuntergang bot, inmitten all dessen saß Fabrizio, unverletzt an Leib und Seele, der erste und zunächst auch einzige Reporter, der dem Rest der Welt Informationen über das Unglück geben konnte.

Er machte seine Sache gut, und es hagelte Preise. Er schrieb ein Buch, das eine Millionen-Auflage erreichte. Und er beschloß, fortan nur noch zu arbeiten, wenn ihm der Sinn danach stand.

»Das Leben ist kurz, man muß es genießen!«

»Ganz meine Meinung!« entgegnete Lara.

Sie und der neue Mitbewohner mochten einander auf Anhieb. Er war ein Mann, der nach außen hin sehr selbstbewußt wirkte, in Wahrheit aber viele Ängste hatte.

»Die Frauen sind mein größtes Problem«, erklärte er gleich bei ihrem ersten Zusammentreffen, »deshalb habe ich auch keine.«

Lara lehnte im Türrahmen und sah ihm dabei zu, wie er ungeschickt in einer riesigen Bücherkiste wühlte.

»Ich lebe auch allein«, sagte sie.

»Grund?«

Sie lächelte. »Die Männer sind mein größtes Problem ...« Sie nahm ihm die Bücher aus der Hand und fing an, das Regal einzuräumen.

Er beobachtete sie. »Wenn man einen guten Artikel schreiben will, setzt man sich hin und arbeitet notfalls zwei Nächte durch. Und wenn man in irgendeiner Sportart was gewinnen will, dann trainiert man dafür. Aber wenn man von einem Menschen, den man liebt, wiedergeliebt werden will, dann ...«

Lara sah ihn an. Den gleichen Gedanken hatte sie auch schon oft gehabt. »Liebe ist ein Geschenk, Signor Testini!«

»Ich weiß. Deshalb habe ich mich ja auch unabhängig davon gemacht. Ich hänge mein Herz nur noch an Dinge, die man kaufen kann: Klamotten, Autos, Wohnungen ... dafür arbeite ich, spare ... ich heiße übrigens Fabrizio!«

Knapp vier Wochen, nachdem Fabrizio eingezogen war, hatten Lara und er den ersten »physischen Kontakt«. Es war wundervoll, und es blieb auch wundervoll; mehr noch, es wurde von Mal zu Mal besser. Bis Fabrizio eines Nachts eine verhängnisvolle Frage stellte:

»Sag mal ... kommst du eigentlich?«

Lara lächelte ihn verklärt an. »Wohin?«

Fabrizio fiel aus allen Wolken. Er konnte nicht fassen, daß seine siebenundzwanzigjährige Geliebte noch nie im Leben einen Orgasmus gehabt hatte.

»Was sind das nur für Männer da draußen!?« ereiferte er sich. »Popeln jahrelang in den Weibern rum, und das kommt dabei raus? Hat sich dafür denn niemals jemand interessiert?«

»Wofür?«

»Ob du einen Orgasmus hast!«

Lara errötete.

»Wie ist es denn, wenn du dich selbst befriedigst?«

Lara errötete nur noch mehr.

»Wenn du dich nicht selbst glücklich machen kannst«, meinte Fabrizio daraufhin, »dann kann es natürlich auch kein anderer tun. Das ist im Bett wie im richtigen Leben, Lara.«

Er befand, daß ihre Klitoris ja fast schon verschrumpelt wäre. »Du mußt an dir arbeiten, Lara. Das Ding muß lebendig werden.«

Dieser schicksalhaften Nacht folgte eine Zeit, in der Lara auf Fabrizios ausdrücklichen Wunsch mindestens dreimal täglich masturbierte. Zu Anfang nahm sie nur die Finger dazu, später bestückte er sie dann mit dem »Gesellen«, einem Massagestab, der auf angenehme Weise aussah wie ein Kunstgegenstand und keine Ähnlichkeit mit einem Penis hatte. »Einen Penis brauchst du schließlich nicht«, erklärte Fabrizio, »den hab' *ich* ja. Was du brauchst, sind Stromstöße!«

Es dauerte fast ein ganzes Jahr. Zu Beginn war Lara sich selbst peinlich bei all diesen Aktionen, wenn sie beispielsweise mit dem Gesellen im Bett lag und zu hecheln begann.

»Stell dir vor, das hört einer?«

»Wer sollte das denn hören, Lara?«

»Aber stell dir vor –«

»Ich will mir da nichts vorstellen! Ich will, daß du hechelst! Die Weiber in den Pornos tun so, als würden sie hecheln, weil sie einen Orgasmus haben. In Wahrheit kriegst du den Orgasmus schneller, weil du hechelst. Und den unteren Bauchmuskel mußt du anspannen, den Rest locker lassen . . . den unteren Muskel spannen . . . den hier . . . den hier . . . Mensch, Lara: DEN hier!!!«

Zuerst hatte Lara das Gefühl, der Sex würde in ihrem Leben zu einer Form von Hochleistungssport entarten. Doch mit der Zeit wuchs der Genuß, den sie bei den Spielchen hatte; denn sie schien auf einmal in Sphären vorzudringen, von denen sie bisher noch gar nichts gewußt hatte. Und als es dann endlich vollbracht war, sie sich endlich fühlte wie eine vollwertig sinnliche Frau . . .

»Ich liebe dich, Fabrizio . . .«

»Quatsch!« meinte der nur. »Du bist geil!«

»Nein . . .«

»Komm, Lara! Keine Verpflichtungen . . . *d'accordo*?«

Lara nahm diese Worte hin. Sie paßten zu Fabrizio. Er brauchte absolute Unabhängigkeit, die Freiheit, jederzeit überallhin gehen zu können, nur dann war er in der Lage, sie an sich heranzulassen. Das hatte sie gleich zu Anfang ihrer Beziehung gemerkt, und sie konnte auch damit umgehen. Anders als in ihrer Ehe fühlte sie sich jetzt geliebt – auch wenn das wieder nicht ausgesprochen wurde.

So verging die Zeit. Fabrizio schrieb und gründete eine eigene kleine Zeitung mit Sitz in Albenga. Lara fing wieder an zu malen. Eines schönen Tages erinnerte sie sich, wie gern sie das als Kind und als junges Mädchen getan hatte, und daraufhin lief sie sofort los und besorgte sich einen Zeichenblock und Bleistifte. Später kamen Aquarell- und Ölfarben dazu, und sie schaffte sich eine Staffelei an und machte aus dem, was ursprünglich das Wohnzimmer gewesen war, ein richtiges Atelier.

Das Malen befreite. Auf ihren Bildern rechnete Lara ab mit der Vergangenheit und empfand es wie eine Wiedergeburt. Daneben wurde sie eine gute ligurische Hausfrau. Sie versorgte Fabrizio, hielt seine Wohnung in Ordnung, putzte, wusch und bügelte, kochte für ihn und seine Freunde.

»Die Frau ist ein Glücksgriff!« tönten die.

»Ja . . .?!«

Wenn Fabrizio das von sich gab, klang es immer mehr wie eine Frage und nicht wie eine Antwort. Er hatte Lara gern, das schon, und er war an sie gewöhnt, das auch – aber genau das war das Problem. Sie hatten zwar getrennte Wohnungen, lebten trotzdem aber zusammen, und das war so angenehm, daß Fabrizio immer häufiger eine innere Bereitschaft spürte, sich gänzlich auf Lara einzulassen. Und genau das behagte ihm nicht. Er wollte sich zu nichts drängen lassen. Er wollte weiterleben wie bisher, und er war kein Kind von Traurigkeit. Sobald er am Straßenrand eine schöne Blume sah, mußte er sie pflücken.

Daß Lara das akzeptierte, war mit das Schlimmste. Sie gab ihm die gewünschte Freiheit, sie hatte nur eine einzige Auflage: »Daß du mich heraushältst!«

Er wußte gar nicht, wie ihm geschah.

»Tu, was du willst, Fabrizio!« erklärte sie daraufhin. »Nur sieh zu, daß ich es nie erfahre!«

»Ist das dein Ernst?«

Sie lächelte. »Wer eifersüchtig ist, liebt mehr! Wer es nicht ist, liebt besser!«

»Molière, nicht wahr?«

Fabrizio gab sich gelassen, aber er fühlte etwas ganz anderes: Er fühlte sich unter Druck wie nie zuvor in seinem Leben. Nun hatte er die heiß ersehnte Freiheit – jetzt mußte er damit umgehen.

Lara hatte nicht die geringste Ahnung von Fabrizios Seelenqualen. Sie stand voll und ganz hinter dem, was sie gesagt hatte. Von Anfang an hatte sie immer sofort gespürt, wenn er sich für eine andere Frau interessierte oder gar eine Affäre hatte. Er wirkte dann so jung und so frisch. Das Neue schien ihn zu bereichern, ohne ihr etwas zu nehmen; ja, manchmal hatte sie sogar das Gefühl, sie beide wären einander menschlich sehr viel näher, wenn er gerade irgendein Mädchen hatte. Bis Jele kam!

Die Kleine war Schwedin, gerade mal neunzehn Jahre alt, und sie war eine rechte Chaotin. Sie kam aus einem kleinen Ort in der Nähe von Göteborg. Dort war sie weggegangen, um die große weite Welt zu erkunden, und seitdem reiste sie per Anhalter quer durch Europa.

Fabrizio »fand sie« auf der Autobahn Genua–Nizza. Sie saß weinend neben einer Notrufsäule auf dem Seitenstreifen, und er hielt an.

»Kann ich Ihnen irgendwie helfen?«

Er brachte das Mädchen mit nach Hause, und Lara kümmerte sich um sie. Daß die Kleine eine Rivalin sein könnte, kam ihr gar nicht in den Sinn. Es war inzwischen September 1988, Lara und Fabrizio waren seit mehr als zwei Jahren ein glückliches Paar, und nun schien auch noch ein Wunder passiert zu sein, denn Laras Periode war ausgeblieben . . .

»Und da glauben Sie natürlich, Sie wären schwanger, nicht wahr?«

Maurizio Carpegna sah seine Patientin mitleidig an. Er kannte Laras Krankengeschichte und dachte eher an einen Unterleibskrebs als an ein Baby. Er ordnete Blutuntersuchungen an.

»Scheint alles in Ordnung zu sein . . .«, meinte er eine Woche später.

»Ich habe einen Schwangerschaftstest –«

»Wir sollten noch einen Abstrich nehmen.«

»Aber er ist positiv.«

»Diese Dinger aus der Apotheke taugen nicht viel, Signora Laddock, ich –«

»Herr Doktor Carpegna!!!«

Endlich wurde die eigentlich längst fällige Ultraschalluntersuchung vorgenommen, und – sieh da! – der Gynäkologe staunte nicht schlecht, denn das vermeintliche Karzinom hatte Arme und Beine . . .

»Meinen herzlichen Glückwunsch, Signora Laddock!«

Lara verließ die Klinik und ging zum Strand hinunter. Weinend vor Glück, lief sie am Meer entlang. »Danke, Gott! Ich danke dir!«

Als sie am Nachmittag heimkam, war Jele verschwunden. »Ich gehe zurück zu meinen Eltern!« stand auf einem Zettel, der an der Wohnungstür klebte.

Fabrizio schien das völlig kalt zu lassen. Er war ganz mit seinen Vorbereitungen für Seoul beschäftigt. Seit Monaten freute er sich darauf, den Olympischen Sommerspielen beizuwohnen und darüber zu schreiben.

»Was hat der Arzt gesagt?«

Lara schüttelte gerade die Pasta ab, als er das fragte. Sie brachte es zu Ende, spülte die Nudeln mit kaltem Wasser ab und gab sie in eine Porzellanschüssel.

»Alles in Ordnung«, sagte sie dann. »Scheint nur eine Hormonstörung zu sein . . .«

Sie erinnerte sich noch gut an Brians Reaktion, damals, in dem Restaurant. Wenn Fabrizio aus Seoul zurückkam, war es für die Wahrheit immer noch früh genug.

Er flog am nächsten Morgen. Und als er vier Wochen später zurückkam, fuhr Lara zum Flughafen, um ihn abzuholen. Sie sah ihn schon von weitem. Aber sie sah auch das Mädchen an seiner Seite, das sich zärtlich an ihn schmiegte . . . es war Jele . . .

Die kleine Schwedin wohnte fortan in Albenga. Fabrizio mietete ihr ein heruntergekommenes Apartment in unmittelbarer Nähe seiner Redaktion, und sie trafen sich jeden Tag.

Lara tat so, als würde sie nichts bemerken. Sie wollte nicht noch mehr Ärger haben, es reichte auch so schon. Bevor sie Fabrizio von der Schwangerschaft hatte erzählen können, war der von allein dahintergekommen. Gleich als sie das erste Mal nach Seoul miteinander schliefen, faßte er mit der Hand auf ihren Bauch – und erstarrte. Dann tat er so, als wäre nichts gewesen, setzte sich auf die Bettkante und zündete sich eine Zigarette an.

Lara atmete tief durch. Ihr Bademantel lag neben dem Bett auf dem Fußboden. Sie zog ihn über und stand auf.

»Lara?«

Sie drehte sich zu ihm um.

Mit festem Blick sah Fabrizio sie an. »Du bist fett geworden . . .«

Mehr war nicht zu sagen. Von diesem Augenblick an war alles klar. Lara mußte sich damit abfinden, daß Fabrizio niemals von dem Baby sprach und erst recht nicht vom Heiraten, und er faßte sie auch überhaupt nicht mehr an. Trotzdem sprach er in der Öffentlichkeit von »seinem« Kind, von »seinem« Sohn, der unbedingt Enrico heißen sollte – nach seinem Vater.

Lara hätte gern mit ihm darüber gestritten. Aber sie vermied eine Auseinandersetzung ganz bewußt. Doktor Carpegna hatte ihr geraten, sich zu schonen, und sie wollte nichts tun, was dem Baby schaden konnte. Nach der Geburt war immer noch Zeit, mit Fabrizio zu streiten.

Ende März 1989 war der für zwei Tage in Rom. Lara, im siebten Monat schwanger, versuchte Ordnung in seine Papiere zu bringen. Sie stapelten sich in der ganzen Wohnung.

Das Telefon läutete.

»Pronto!«

»Ich bin's!«

Lara war verdutzt. »Wer ist ›ich‹?«

»Jele!« Die Kleine tat so, als wäre das doch wohl selbstverständlich, und die Geschichte, die sie Lara alsdann auftischte, war ebenfalls vom Feinsten.

»Ich liebe Fabrizio«, schluchzte sie, »aber da ist auch noch ein anderer Mann . . .«

Dieser andere Mann war angeblich Jeles Nachbar. Er war jung, in ihrem Alter, völlig mittellos und überdies auch noch schwer krebskrank. Ein Tellerchen Suppe hatte sie ihm bringen wollen, als er plötzlich nach Luft schnappte und um sein Leben rang, und um ihn zu retten, nahm Jele den Todgeweihten in die Arme, streichelte ihn und küßte ihn . . .

»Und da ist es dann passiert.«

Die Geschichte klang so unglaublich, daß Lara schlecht wurde. »Was willst du von mir?«

Wieder schluchzte Jele. »Ich werde Fabrizio verlassen ... heute noch ... Er kommt um 20.10 Uhr aus Rom und danach sofort zu mir. Und wenn du ihn danach ... Er wird todunglücklich sein, Lara ... Du mußt ihm helfen ... damit er nicht daran kaputtgeht ...«

Lara legte auf. Ihretwegen war noch nie ein Mann kaputtgegangen, und dazu würde es sicher auch nie kommen. Ihr fehlte das Selbstbewußtsein einer Jele, die sich ja offenbar für derart liebenswert hielt, daß ein Entzug dieser Liebe nicht zumutbar war.

Lara betrachtete sich im Spiegel. Die Schwangerschaft hatte ihr traumhafte Haare beschert, strahlende Augen und einen wunderbar klaren Teint. Der Rest war eher ein Witz. Die Beine waren geschwollen, die Pobacken hingen, als wären sie zentnerschwer, und der Bauch war dermaßen verformt, daß es jeden anrührte, der ihn zu Gesicht bekam. Es sah aus, als läge das Baby mit den Füßen voran gerade auf dem Rücken, anders war die spitze Form einfach nicht zu erklären ...

Fabrizio in diesem Zustand entgegenzutreten, wenn er gerade um eine junge, durchtrainierte Blondine trauerte, war nicht gerade eine berauschende Vorstellung.

Er kam um kurz nach Mitternacht und ging sofort in seine Wohnung. Wenig später rief er Lara an.

»Ich wollte mich nur zurückmelden.«

»Wie ist es gelaufen?«

»Sehr gut, Lara. Wirklich gut. Aber ich bin jetzt unheimlich müde und würde gern –«

»Deine Freundin hat mich heute angerufen«, fiel Lara ihm ins Wort.

Sie hörte, wie Fabrizio nach Luft schnappte. »Welche Freundin?« meinte er dann.

»Jele!«

»Ich kenne keine Jele!« Er warf den Telefonhörer auf die Gabel. Zehn Minuten später rief er Lara noch mal an. »Ich bin ein Mann, der es in seinem Leben zu etwas gebracht hat«, brüllte er. »Ich habe es nicht nötig, mir bieten zu lassen, daß meine Weiber hinter meinem Rücken über die intimsten Dinge quatschen ...«

Das waren die letzten Worte, die Lara Laddock von Fabrizio Testini hörte. Eines Tages stand wieder ein Möbelwagen vor der Tür und holte seine Sachen ab. Das war's. Lara blieb zurück. Irgendwann, sagte sie sich, irgendwann würde sie über all das weinen. Jetzt mußte sie erst einmal an das Baby denken ...

Die Wehen kamen vor der Zeit. Lara packte an jenem Morgen ihre Sachen und rief in der Redaktion an.

»Sagen Sie Signor Testini bitte, er möchte mich dringend zurückrufen.«

»Signor Testini ist nicht in Albenga, er –«

»Ich weiß. Aber Sie wissen doch, wo Sie ihn erreichen können. Sagen Sie es ihm bitte!«

»Certo, Signora!«

Lara wartete den ganzen Tag, obwohl die Wehen immer heftiger wurden. Sie stellte das Telefon neben sich auf den Fußboden, legte sich auf den Rücken und lehnte die geschwollenen Beine senkrecht gegen die Wand.

»Bitte!« meldete sie sich am Abend noch einmal in der Redaktion. »Bitte sagen Sie Signor Testini, daß ich jetzt in die Klinik muß. Bitte!!!«

»Geben Sie mir die Telefonnummer! Es gibt keinen Mann, dem so etwas gleichgültig ist!«

Der Mann, der sich im Kreissaal um Lara kümmerte, war rührend. Er war noch sehr jung, und er war sehr zart, und er hatte ein Mozartzöpfchen im Nacken ...

Lara weinte. »Sie ... Sie glauben gar nicht, was es alles gibt ...«

Das Kind kam am frühen Morgen des 21. April 1989 zur Welt. Es war ein Junge.

Es war Freitag, der 29. Mai 1992. Michael fühlte sich ganz als Sieger. Mit von Stolz geschwellter Brust stand er da und beobachtete, was sich um ihn herum ereignete. Es war schon acht Uhr abends. Trotzdem waren die Mitarbeiter von *Landers & Barton* immer noch im Büro, denn sie feierten mit ihrem Chef das große Ereignis: Mutsuko

Yamagushi und Michael Landers hatten sich für den 15. August in London verabredet. Dort sollte dann der wohl umfangreichste Medienvertrag unterzeichnet werden, den es in der Branche je gegeben hatte.

»Herzlichen Glückwunsch!« sagte Jeff und streckte Michael die Hand entgegen. Der blickte darauf, griff aber nicht danach. Er haßte es, wenn Menschen Neid oder Wut in Höflichkeiten verpackten. Und Jeff *war* wütend in diesem Moment, und neidisch war er ja immer.

»Wie kommst du mit Aileen voran?« fragte er statt dessen.

Mit einer solchen Frage hatte Jeff nicht gerechnet. Er schnappte sichtlich nach Luft.

»Na, irgendwas läuft da doch«, griente Michael.

»Wie kommst du denn darauf?«

»Sie weint nicht mehr bei den *Dornenvögeln*, das macht stutzig ...«

Er drehte sich ab und kniff Cissy ins Hinterteil. Sie hatten sich von *Bense* ein Buffet bringen lassen.

»Gieß mir doch noch mal Champagner nach, meine Süße! Und besorg mir eines von diesen leckeren Kanapees, wo so fürchterlich viel drauf ist!«

Cissy gab ihrem Chef einen Kuß auf die Wange. Sie liebte die Arbeit in dieser Firma, weil sie die Erfolge dieser Firma liebte; denn sie durfte Anteil haben an diesen Erfolgen, und das machte sie glücklich ...

»Wer will sonst noch Champagner?«

Der alte Ludwig hielt sofort sein Glas hin, und selbst ein paar Mitarbeiter der Buchhaltung tauten plötzlich auf.

»Wenn Sie noch etwas übrighaben, Miss Andrews ...«

»Nur, wenn Sie deshalb keine neue Flasche aufmachen müssen ...«

Um kurz nach acht kam Edy, der Schweizer. Michael erspähte ihn sofort. Er sah noch wesentlich besser aus als damals in Castellar, und er gab seiner Cissy zur Begrüßung einen flüchtigen Kuß auf die Wange und antwortete auf die Frage, wie sein Tag gewesen wäre: »Das Übliche!« Dann begutachtete er eingehend, was es zu essen und zu trinken gab, und machte sich darüber her.

»Fühlt der sich immer gleich überall zu Hause?«

Cissy ignorierte diese Frage, aber Michael ließ natürlich nicht locker. »Bist du wirklich sicher, daß du den heiraten willst?« bohrte er weiter. »Der frißt dir die Haare vom Kopf.«

»Nun hetz nicht schon wieder!«

»Tu' ich ja nicht. Ich möchte dich lediglich darauf aufmerksam machen –«

»Ich liebe ihn!« Cissy sagte das im Brustton der Überzeugung. Sie fand es rührend, wie Edy alles in sich hineinstopfte, was das Buffet zu bieten hatte. Sie hätte ihm noch Stunden dabei zusehen können. Er wirkte in diesem Moment so kindlich, so verletzlich und so schutzbedürftig. »Ich liebe ihn wirklich, Mike ...«

»Noch! In ein paar Jahren mußt du dich dann entscheiden, ob du eine Familie oder eine Karriere willst, und dann hat es sich mit der Liebe. Ich kann dir nämlich heute schon sagen, was dann kommt. Kind *und* Beruf geht nicht. Und er da schaut nicht gerade aus wie der geborene Hausmann ...«

Cissy wollte etwas erwidern, aber Michael kam ihr zuvor. »Und Kind *statt* Beruf geht auch nicht«, säuselte er süffisant, »weil das Geld dann nämlich nicht reicht ...«

Cissy lächelte. »Du hast große Sorgen, Mike. Nicht wahr?«

Michael, der bis dahin ganz auf den Wolken seines Yamagushi-Triumphes geschwebt hatte, sackte schlagartig in sich zusammen.

Cissy griff nach seiner Hand. »Wenn ich dir irgendwie helfen kann ...«

Um kurz vor neun zogen Cissy und Edy Arm in Arm von dannen. Michael sah ihnen nach und mußte unwillkürlich daran denken, wie wohl ihre Zukunft aussehen würde. Entweder sie ging arbeiten, und er studierte munter weiter, oder aber ...

Er stellte sich sein eigenes Leben mit Lara vor. Es war im Grunde nicht anzunehmen, daß eine Frau wie sie den Alltag mit einem »Workaholic« wie ihm ertragen konnte. Seine Liebe zum Beruf würde vermutlich zwangsläufig bald schon jene Entfremdung zur Folge haben, die er bei so vielen seiner Freunde und Bekannten beobachten konnte. Nach außen hin sahen diese Verbindungen aus wie äußerst harmonische Ehen. In Wahrheit aber nahmen zwei Fremde hin und wieder die Mahlzeiten miteinander ein und hatten einander kaum noch etwas zu sagen.

Sandrine, mit der Michael lange Zeit ein Verhältnis gehabt hatte, bekam ein Kind nach dem anderen, nur um ihrem Leben einen Sinn zu geben. Solange die Babys klein waren, stärkten sie ihr Selbstwertgefühl, denn sie fühlte sich dann wichtig und gebraucht. Spätestens nach zwei Jahren ließ dieses Gefühl jedoch nach, und so mußte ein neues Kind her ...

Elisabeth hatte die gleichen Probleme, löste sie aber anders. Jedesmal, wenn ihr bewußt wurde, wie öde ihre Ehe war, fuhr sie nach Nizza oder nach Cannes und kaufte ein. Ihr Mann war fettleibig und ging mindestens einmal in der Woche ins Mentoner Edel-Bordell *Chez Lulu*.

Und dann Isabelles Ehemann! Er hatte ein Leben lang von einer Karriere als Architekt geträumt. Große Paläste aus Glas und aus Stahl hatte er bauen wollen, aber seiner Familie zuliebe gab er diesen Traum schließlich auf und entwarf nun Wohnblocks und Tiefgaragen ... Jeden Abend war er im Fitneßcenter anzutreffen, wo er mit verkniffenem Gesichtsausdruck die Eisen stemmte ...

Wie würde es mit Lara und ihm ausgehen? Warum gab ihm niemand eine Kristallkugel und ließ ihn einen Blick in die Zukunft werfen?

Michaels Angst vor dieser Zukunft war auf einmal größer als seine Sehnsucht, Aileen zu verlassen. Er hatte es nun schon so lange mit ihr ausgehalten, daß er die paar Jahre, die noch blieben, wohl auch noch schaffen konnte ... oder nicht?

Es war schon fast zehn Uhr, als der letzte Mitarbeiter von *Landers & Barton* endlich ging. Michael hätte sich nun ziemlich beeilen müssen, um noch in der Nacht nach Pietra Ligure zu kommen. Aber er hatte keine Lust zu fahren, und außerdem hatte er auch schon viel zuviel getrunken. Er rief beim Flughafen an. Die nächste Maschine nach Genua ging erst am Samstagmorgen. Er ließ sich einen Platz reservieren. Dann ging er an die Bar. Nur noch einen einzigen Whiskey wollte er trinken und dann Lara anrufen ...

Auf der ersten Hälfte hielt der Sekundenzeiger einunddreißigmal an, auf der zweiten nur siebenundzwanzigmal. Also war die eine halbe Minute länger als die andere, und eine ganze Minute dauerte nicht sechzig, sondern nur achtundfünfzig Sekunden. Auf nichts konnte man sich verlassen in dieser Welt. Nichts durfte man blindlings glauben, nicht einmal, wenn es festgefügte Regeln und Gesetze zu sein schienen.

Seit über einer Stunde beobachtete Lara die Zeiger der Küchenuhr. Seit über einer Stunde trocknete sie ein und denselben Teller ab. Michael war nicht gekommen. Er hatte nicht einmal angerufen ...

Es war Samstag, der 30. Mai 1992. Draußen schien die Sonne, und ein paar Jugendliche grölten, ein paar Kinder lachten. Lara nahm sich vor, später mal zum Strand hinunterzugehen und einen ausgiebigen Spaziergang zu machen. Später ... Sie preßte den Teller an ihre Brust und versuchte zu weinen. Es ging nicht. *Michael.* Sie hätte sich natürlich einreden können, daß er auf dem Weg zu ihr verunglückt war. Doch dann wäre ihre Vergangenheit ganz umsonst gewesen. Irgend etwas mußte man schließlich aus Erfahrungen lernen. Sie war es sich selbst schuldig, der Wahrheit ins Auge zu sehen: Michael hatte Schluß gemacht, auf klassische Art. So machten sie es alle: Am Ende blieb die Wortlosigkeit. Männer taten, was sie für richtig hielten, und sahen nicht ein, ihr Handeln auch nur im Ansatz zu rechtfertigen.

Lara schloß die Augen. *»Somewhere out there beneath the pale moonlight ...«* Ausgerechnet jetzt kam ihr dieses Lied in den Sinn, ausgerechnet jetzt ... Sie hatte Michael geliebt. Sie hatte ihm vertraut. Sie hatte fest daran geglaubt, daß sie füreinander bestimmt waren ...

Es tat unerträglich weh. Da war dieser Druck in ihrer Brust und in ihrem Bauch, und sie schien am ganzen Körper zu glühen, aber ihre Haut war eiskalt. Die Härchen auf den Armen und Beinen standen senkrecht, und ihre Kopfhaut schien sich wellenförmig zu bewegen ...

Lara stellte den leidigen Teller auf den Küchentisch und ging ganz langsam ins Atelier. Sie hielt sich am Türrahmen fest, um nur ja nicht hinzufallen ... Ihre zwei Frauen hatten sich ziemlich verändert in der letzten Nacht. Der Hintergrund des Bildes war jetzt blutrot, und die eine Frau war schwanger ... Lara sah die Schere, die auf dem

Fußboden lag. Sie hob sie auf, riß die Leinwand herunter und fing an, sie zu zerschneiden. Bis zur Unkenntlichkeit wollte sie dieses Machwerk verstümmeln, bis zur absoluten Unkenntlichkeit . . .

Das Büro sah aus wie ein Schlachtfeld. Überall standen volle Aschenbecher, leere Gläser und die Reste des Buffets vom Vorabend.

Im ersten Moment wußte Michael nicht, wo er war. Es war so schrecklich hell im Raum, daß er die Augen nur zu einem Spalt zu öffnen wagte. Vor ihm stand eine leere Whiskeyflasche . . .

»O Gott!«

Mühsam richtete er sich auf. Das Sofa war zu kurz und zu schmal für ihn. Sein Nacken schmerzte fürchterlich, und sein rechter Arm war eingeschlafen. *Lara!* Er hatte nur noch einen einzigen Whiskey trinken und sie dann gleich anrufen wollen.

»O nein . . .!«

Er stand auf und hangelte sich zum Schreibtisch hinüber.

0-0-3-9 . . . schon nach der ersten Null ertönte das Besetztzeichen. Michael schaltete auf automatische Wahlwiederholung. Es war schon spät, er mußte sich beeilen.

Eine dumpfe Ahnung im Hinterkopf sagte ihm, daß ein so begonnener Tag nur von einer Katastrophe zur anderen weiterschreiten konnte und daß er besser daran täte, sich wieder auf das Sofa zu legen – so unbequem es auch war – und seinen Rausch auszuschlafen. Doch läßt sich so etwas eben erst im nachhinein feststellen. Im Augenblick der Wahrheit sah alles nach einer Kette von Herausforderungen aus, die Michael annehmen mußte.

Es begann mit dem Rasierapparat. Der Akku war leer, so daß Michael auf Einwegklingen zurückgreifen mußte. Die hatte er seit Jahren nicht mehr benutzt, und seine Hand war alles andere als sicher an diesem Morgen.

Als nächstes streikte der Kaffeeautomat. Er stand auf dem Gang, der zu den Schreibbüros führte, und Michael hatte in der Vergangenheit verschiedentlich mitbekommen, wie Angestellte laut fluchend davor standen. An jenem Samstag begriff er nun, warum. Er warf die gewünschte Münze ein, aber sie fiel durch. Erst beim dritten Versuch klappte es. Daraufhin drückte er die Kaffee-Taste, aber nichts passierte. Er drückte noch einmal, noch mal, schließlich trat er gegen den Automaten, und – sieh an! – ein Plastikbecher fiel heraus und blieb auch tatsächlich in der dafür vorgesehenen Halterung stecken ... ansonsten passierte wieder nichts. Also trat Michael noch einmal gegen die Maschine und entnahm schließlich wutentbrannt den Becher ... sodann strömte der Kaffee heraus, geradewegs auf seine Schuhe.

Es blieb ihm keine Zeit, sich von diesem Schock zu erholen. Er hatte die Lautsprecher seines Telefons eingeschaltet und hörte nun, daß die Leitung nach Italien endlich frei war ...

Lara saß auf dem Wohnzimmersofa und starrte auf den abgeschalteten Fernsehapparat. Als das Telefon läutete, zeigte sie im ersten Moment gar keine Reaktion. Erst beim dritten Klingeln nahm sie es überhaupt wahr und stand langsam auf.

»Ja ...?«

»Ich bin's, Lara! Entschuldige, Liebling, ich wollte dich gestern abend noch anrufen, aber wir haben hier gefeiert, und ich habe furchtbar viel getrunken, und da bin ich dann ...«

Michael sprach laut und schnell, Lara konnte knapp folgen.

»Aber ich komm' dann jetzt!« meinte er schließlich, gab ihr eine Flugnummer durch und eine Uhrzeit und bat sie, ihn am Flughafen abzuholen.

»Machst du das?«

»Ja.«

»Danke, mein Schätzchen!«

»Ja ...«

Das Telefonat war längst beendet, als Lara noch immer dastand, den Hörer in der Hand, den Blick starr auf dem Chaos, das sie vor knapp einer Stunde in ihrem Atelier angerichtet hatte. Auf dem Boden lagen die Fetzen der Leinwand. Sie hatte ihre zwei Frauen völlig zerstört, und da das Bild noch nicht trocken gewesen war, klebte überall auf den Marmorfliesen die dicke Ölfarbe ...

Frankfurt platzte aus den Nähten, als Michael das Büro verließ. Am Samstagmorgen glaubte jeder, in die Stadt fahren zu müssen, um Einkäufe zu tätigen, und statt die öffentlichen Verkehrsmittel zu benutzen, nahmen all diese vielen Leute ihre Privatwagen. Michael brauchte eine Ewigkeit, bis er endlich zum Zubringer vordrang, der zum Flughafen führte.

Er saß wie auf heißen Kohlen, rauchte eine Zigarette nach der anderen. Noch dreißig Minuten bis zum Start, noch fünfundzwanzig, endlich taten sich die Flughafengebäude vor ihm auf, das Ziel war zum Greifen nahe . . . im letzten Moment trat er auf die Bremse: Stau!

»Das darf doch nicht wahr sein!« Michael schlug mit den Händen aufs Lenkrad. Wenn er das Flugzeug verpaßte, war alles vorbei. Es war auch so schon schlimm genug. Lara hatte dreimal »ja« gesagt bei ihrem Gespräch, mehr nicht. Sie war also äußerst verstimmt, und Michael konnte sich bildhaft vorstellen, was ihm jetzt blühte:

»Hast du was?«

»Nein.«

»Komm, Lara . . .«

»Laß mich!«

Dabei würde sie dieses beleidigte Gesicht machen, das er von Aileen so gut kannte. Das war wirklich schlimm genug, da durfte er nicht auch noch das Flugzeug verpassen!

Endlich fuhr er in die Tiefgarage, brauchte noch einmal fünf Minuten, bis er einen Parkplatz hatte . . . Als er die Abflughalle betrat, rollte seine Alitalia gerade auf die Startbahn. Er stürmte zum Last-Minute-Schalter, aber es war einwandfrei zu spät.

»Die Maschine ist soeben gestartet«, erklärte ihm eine freundlich lächelnde Stewardeß.

Keuchend lehnte er sich gegen den Schalter und hielt ihr sein Ticket hin. »Wann geht die nächste?«

»Nach Genua?«

Michael schob den Unterkiefer vor wie seit langem nicht mehr. »Nein«, erklärte er mit dem Tonfall eines Oberlehrers, »nach Timbuktu! Gucken Sie doch aufs Ticket, Mensch!«

Das Mädchen zuckte nicht einmal zusammen. »Ich kann gern mal nachschauen«, meinte sie nur. Dann begann sie, ihren Computer zu befragen.

Michael zündete sich nervös eine Zigarette an. Er mußte Lara anrufen. Sobald er den nächsten Flug hatte, mußte er Lara anrufen, und er konnte nur hoffen, daß sie nicht schon weg war.

»Um 19.40 Uhr, Herr Landers. Die Maschine ist dann um –«

»Heute abend?« Das war weit mehr, als Michael in diesem Moment verkraften konnte. »Eher geht nichts?«

»Tut mir leid.«

»Und nach Nizza? Wie ist es da?«

»Nach Nizza gibt es, soviel ich weiß, samstags überhaupt keine –«

»Mailand? Turin?«

Die Stewardeß atmete tief durch. »Das Rauchen ist hier verboten!« sagte sie und wies dabei voller Autorität auf ein entsprechendes Schild.

Michael mußte an sich halten. »Kann ich hier irgendwo telefonieren?«

»Gleich da drüben.«

»Danke!«

Er warf die Zigarette auf den Boden und trat darauf, dann lief er zu den Telefonzellen.

Aber es war halt ein schwarzer Tag im Leben des Michael Landers. Er hatte zwar mehrere Kreditkarten dabei, Dollar-Noten, Pfund-Noten, italienische Lire und auch zwei Fünfhundert-Mark-Scheine – nur leider überhaupt kein Kleingeld . . . also ging er zum Wechselschalter, wo bereits eine lange Schlange stand. Er stellte sich hinten an, das gehörte sich schließlich so. Als er endlich an der Reihe war, bat er den netten Herrn hinter der Glasscheibe, doch bitte so freundlich zu sein, ihm die fünfhundert Mark zu wechseln, davon fünfzig Mark in Kleingeld.

»Wir wechseln nur Devisen!« lautete die Antwort. »Wenn Sie großes Geld kleinmachen wollen, müßten Sie bitte zu meinem Kollegen da drüben oder in irgendein Geschäft gehen . . .«

»Aber –«

»Bedaure!«

Michael stieß die wildesten Flüche aus und lief zu einem Kiosk, der direkt gegenüber war, legte einen der Fünfhundert-Mark-Scheine hin.

»Ich hätte dafür gern Kleingeld.«

Der Verkäufer lächelte verklärt. »Tut mir leid, aber soviel Geld habe ich weder klein noch groß.«

»Aber Sie können mir das ja vielleicht wechseln.«

»Ich sage doch, soviel habe ich gar nicht in der Kasse. Da müßten Sie schon drüben zur Wechselstube gehen und –«

Nun reichte es Michael. »Das ist doch wohl alles ein böser Traum!« brüllte er. »Was ist das für eine Gesellschaft, in der man –«

Auf einmal verstummte er. *Wechselstube*. Er hatte hundert Dollar im Portemonnaie. Die würde er jetzt umtauschen . . .

Michael lief neuerlich zum Exchange-Schalter, stürmte diesmal aber gleich nach vorn.

»Seien Sie bitte so gut und wechseln diese hundert Dollar hier in –«

»Sie müssen sich bitte hinten anstellen!« unterbrach ihn der Beamte.

»Aber ich will doch nur –«

Direkt hinter Michael stand eine alte Dame. »Wir müssen schließlich alle warten!« belehrte sie ihn mit hochmütigem Gesicht.

Im ersten Moment wollte er hochgehen wie eine Rakete, doch dann besann er sich eines Besseren.

»Nein!« erklärte er ganz ruhig. »Wir müssen nicht alle warten!«

Dann ging er hocherhobenen Hauptes zum Kiosk zurück, gab dem braven Mann die hundert Dollar und bat darum, ihm dafür für fünfzig Mark Kleingeld zu geben.

»Aber das geht doch nicht . . .«

»Natürlich geht das!«

»Aber das kann ich doch nicht machen.«

»Seien Sie einmal clever in Ihrem Leben. Ich brauche etwas, was Sie haben. Also?«

Er bekam die Münzen. Kein Schatz der Welt hätte in diesem Moment wertvoller sein können. Daß er jetzt, da er endlich im Besitz des so kostbaren Kleingelds war, keine freie Telefonzelle fand, erstaunte Michael nicht mehr. An einem solchen Tag gab es kaum einen Stein, den das Schicksal einem nicht zwischen die Beine warf.

Endlich war er dann an der Reihe, doch es kam natürlich so, wie es hatte kommen müssen: Der von ihm erwählte Apparat nahm nur Telefonkarten an, und als Michael sich endlich in der richtigen Schlange angeschlossen hatte und dann auch noch bis Pietra Ligure durchgekommen war, da war Lara schon weg!

Zermürbt ging Michael zum Schalter zurück. Anders, als die Stewardeß gesagt hatte, ging am Mittag nun doch noch eine Maschine nach Nizza. Vermutlich hatte das Mädchen ihm das beim ersten Anlauf vorenthalten, um sich für seine Timbuktu-Attacke zu rächen.

Michael überlegte. In Nizza konnte er sich einen Mietwagen nehmen, so daß er am frühen Nachmittag in Pietra Ligure war ...

Er war erleichtert, ein Gefühl, das jedoch nur von sehr kurzer Dauer sein sollte.

»Buchen Sie!«

Die Stewardeß lachte. »Erst muß ich mal sehen, ob da überhaupt noch ein Platz frei ist«, sagte sie. »Wir sind nämlich ziemlich ausgebucht, wegen der Fußball-Europameisterschaft.«

Michael wurde heiß und kalt zugleich: das auch noch!

»Sobald der Sport die Welt regiert, verblaßt alles andere!«

»Wem sagen Sie das?!« meinte der weißhaarige Herr, der hinter ihm stand.

»Oh!« Erst jetzt fiel Michael auf, daß er laut gesprochen hatte.

»Die Menschheit hat da längst ihre Perspektiven verloren«, erklärte der alte Mann. »Daß in London eine Bombe explodiert und daß es über Wales zum Zusammenstoß zweier Passagierflugzeuge kommt, das passiert nun mal alle Tage. Aber wann geschieht das schon, daß ein Mittelstürmer von linksaußen im Steilpaß flankt und direkt ins lange Eck zielt? Im Schatten einer solchen Tat, junger Mann, da verblaßt sogar ein so vielbeschworenes Wort wie Ökologie. Natürlich ist es bedauerlich, daß wieder mal ein Ölfilm auf dem Rhein liegt, daß auf einer Inselgruppe vor der Südküste Australiens siebentausend Königspinguine auf mysteriöse Weise ums Leben gekommen sind, kein Mensch bestreitet, daß das bedauerlich ist, aber mindestens ebenso bedauerlich sind Fehltritte eines FIFA-Schiedsrichters, wenn er pfeift und niemand hört es oder wenn er einen vom Volk innigst geliebten Vorstopper des Platzes verweist, womöglich auch noch ungerechtfertigte Elfmeter vergibt – das ist, zumindest an solchen Tagen, ebenso bedauerlich wie ein weiteres Erdbeben im Iran...«

Michael starrte den Alten entgeistert an. Ob sein Kaffeeautomat auch kaputt war?

»In der ersten Klasse hätte ich noch was für Sie!« meinte die Stewardess in diesem Moment.

»Ich könnte Sie küssen!« erwiderte Michael und bemerkte nicht, daß sein Gegenüber diese Vorstellung wohl nicht so unbedingt reizvoll fand. »Dann habe ich nur noch ein Problem, ich werde nämlich in Genua abgeholt. Gibt es da irgendeine Möglichkeit, dem Abholer mitzuteilen, daß ich die Maschine verpaßt habe und nun in Nizza ankomme?«

»Selbstverständlich, Herr Landers. Gehen Sie zu meiner Kollegin am Informationsschalter, und die gibt Ihnen dann ein entsprechendes Formular.«

»Danke!«

Michael nahm sein Ticket und nickte dem Alten hinter sich freundlich zu.

Der lächelte. »Das Leben ist eine verdammt anstrengende Sache, junger Mann. Und alles ist so maßlos kompliziert. Finden Sie nicht?«

Ein paar Stunden später bereute Michael, auf diese Worte nicht reagiert zu haben. Der Alte schien ein ganz weiser Mann gewesen zu sein, und bestimmt hätten sie ein sehr anregendes Gespräch miteinander führen können.

Inzwischen war Michael am Ende seiner Kräfte. Mit halbstündiger Verspätung war seine Maschine in Frankfurt gestartet und über Nizza in einen völlig überfüllten Luftraum geraten. Nach sieben Warteschleifen setzte der Flieger dann zur Landung an und kurvte noch einmal zwanzig Minuten, bis er seine endgültige Parkposition erreicht hatte.

Vor dem Schalter der Autovermietung stand eine lange Menschenschlange, und als Michael endlich in einem Wagen saß, war er so nervös, daß er die verkehrte Straße nahm und auf der Autobahn Richtung Marseille landete. An der nächsten Abfahrt kehrte er um und geriet prompt in einen zehn Kilometer langen Stau. Ein Lkw war ins Schleudern geraten und lag quer auf der Straße. Die Bergungstrupps brauchten zwei Stunden, um das schwere Biest wegzuräumen.

Der Rest der Reise verlief dann derart reibungslos, daß es Michael fast schon unheimlich war. Erst als er nach Pietra Ligure hineinfuhr, stellte sich wieder das vertraute Chaos ein: Zuerst mußte er an der Bahnschranke zwei lange Güterzüge abwarten, dann fuhr er versehentlich in die Absperrungen vor dem Dom. *Schrittweise rückwärts!* deutete man ihm, ein Wahnsinns-Unternehmen. Zum krönenden Abschluß fuhr er dann mit überhöhter Geschwindigkeit in die Tiefgarage, etwas, wovor Lara sich selbst immer lautstark warnte. Nun wußte Michael, warum. An der Abfahrt war eine merkliche Erhöhung, die nur noch gerade eben die Ölwanne verschonte ... der Auspuff des Mietwagens brach krachend ab und rollte hinter dem Auto die Rampe hinunter ...

Michael lachte laut auf. Alles hatte seine Grenzen, irgendwann konnte man selbst sein Pech nicht mehr ernstnehmen.

»Gott im Himmel!« rief er aus. »Ich werde gar nicht erst versuchen, ihr das zu erklären, sie würde mir ja doch nicht glauben. Das glaubt kein Mensch!!!«

Signora Palini erschrak fast zu Tode. Gerade hatte sie in Fabrizios Wohnung das letzte Fenster geschlossen, als sie dieses laute Hämmern vernahm. Es war so laut, daß sie glaubte, es direkt hinter sich zu haben.

»Mach auf, Lara! Mach sofort auf!!!«

Die Portinaia hielt sich am Fenstergriff fest und atmete erst einmal tief durch. Die leeren Räume der Testini-Wohnung schallten, so daß diese Hämmern und Brüllen noch weitaus gespenstischer klang, als es ohnehin war.

»Ich weiß, daß du da bist! Mach auf, Lara! Mach auf!!!«

Das war der Amerikaner. Signora Palini schlich zur Tür. Da stand ein Drama ins Haus, und sie wollte nichts verpassen. Sonst behauptete die Signora Bertinotti am Ende wieder, sie bekäme immer nur die Hälfte mit.

Michael war völlig erschöpft. Die unglückselige Anreise, die fehlende Nachtruhe und der viele Alkohol . . . und jetzt das hier! Er wußte, daß Lara zu Hause war. Er hatte von der Autobahn zweimal versucht, sie anzurufen, und es war immer besetzt gewesen, und außerdem stand ihr Auto in der Garage.

»Verdammt!!!« brüllte er und schlug mit beiden Armen so fest gegen die Wohnungstür, daß sie erbebte. »Mach auf, Lara! Sofort!!!«

Im nächsten Moment zuckte er zusammen wie vom Blitz getroffen. Es tippte ihm jemand auf die Schulter, und er drehte sich um, und jedwede Farbe wich aus seinem Gesicht, denn die alte Palini stand plötzlich hinter ihm. Wie immer gewandet in einen bunt gemusterten Kittel, starrte sie ihn an . . . Michael ließ die Hände sinken.

»Hi!«

»*Buon giorno!*« erwiderte die Signora mit blecherner Stimme. »*Cosà c'è?*«

Michael schluckte. »Ist Miss Laddock . . . ich meine . . . sie macht nicht auf, . . . das heißt . . .«

»*Magari è uscita.*«

»Ausgegangen . . . aha . . .«

Verwirrt schaute Michael an der Alten vorbei, hinein in die leere Wohnung, die sich hinter ihr auftat. Sie war wesentlich größer als Laras, und die Treppe, die Michael vom Flur aus sehen konnte, schien zu dem zu führen, was er bisher für den Trockenboden gehalten hatte.

»*E un bel apartamento*«, gurrte die Signora und trat einen Schritt zur Seite. Abdul, der Araber, hatte das Haus hier gebaut und mit dem Verkauf der einzelnen Wohnungen ein Vermögen verdient. Nur das Testini-Penthouse war er auf Dauer nicht losgeworden, weil es einfach zu kostspielig war. Wenn Signora Palini nun in dem Amerikaner einen Käufer köderte, konnte sie dafür vielleicht eine kleine Provision einheimsen . . . heutzutage machten ja alle Geschäfte . . .

»*E veramente bello*«, bekräftigte sie deshalb noch einmal.

»Ja«, entgegnete Michael, »so sieht's aus . . .«

Sie ließ ihn eintreten in jene heiligen Hallen, die einstmals Fabrizio Testini gehört hatten. Im Untergeschoß waren neben Küche und Bad das Wohnzimmer, Eßzimmer und zwei geräumige Schlafräume gewesen. Oben hatte er sein Büro gehabt, und neben der Abstellkammer und der kleinen Toilette war die Tür, die auf die große Dachterrasse führte.

»Ich habe ihn sehr gut leiden können«, sagte die Signora Palini. »Er war ein so ungemein höflicher Mann. Und er hatte jede Menge Geld. Er war Journalist, müssen Sie wissen.« Sie seufzte. »Lara hat ihn so sehr geliebt. Wir haben die Wohnung nach ihm niemandem mehr verkaufen können. Sie ist wohl einfach zu teuer. Einerseits find' ich das schade. Aber ich komme jedes Wochenende herauf und lüfte durch, gucke, ob alles in Ordnung ist, und so . . .«

Sie lächelte Michael an, und er lächelte zurück. Dabei hatte er von all dem, was sie gesagt hatte, nur ein einziges Wort verstanden: Lara. Von der Terrasse aus konnte man auf ihren Balkon sehen. Sie war nicht da, und sie war wohl auch nicht in ihrer Wohnung . . . Michael schnappte nach Luft.

»Da ist sie!«

Er erkannte sie auch aus dieser Entfernung sofort. Lara lief den Strand entlang, mit dem Walkman auf den Ohren. Im nächsten Moment spürte die Signora Palini Michaels Lippen auf der Stirn, dann lief er auch schon davon. Verwirrt sah sie ihm nach. *»Cosà?«*

Es war zu spät. Lara sah Michael schon von weitem, sah, wie er rannte, wie er es eilig hatte, zu ihr zu kommen – aber er kam eben zu spät.

Sie war in Genua gewesen und hatte auf ihn gewartet. Aber er war nicht gekommen. Er hatte es nicht einmal für nötig befunden, ihr eine Nachricht zu hinterlassen oder anzurufen. *»It's my turn . . .«*, donnerte es aus ihrem Walkman. Von jetzt an ging es nur noch um sie.

Michael konnte kaum noch laufen. Er war todmüde, vor allem aber schämte er sich, war wütend, hatte aber auch Angst, und albern kam er sich auch noch vor – alles zugleich. Lara schaute ihm geradewegs in die Augen. Und doch schien sie durch ihn hindurchzusehen, als wäre sie Meilen von ihm entfernt.

». . . Lara?«

Er war völlig außer Atem, und der Schweiß stand ihm auf der Stirn.

Lara zeigte keine Regung. Sie blieb noch einen Moment stehen, dann lief sie strammen Schrittes weiter den Strand entlang. Michael hatte Mühe mitzuhalten.

»Es tut mir leid, Lara ...«

Er sagte es immer und immer wieder, aber sie nahm überhaupt keine Notiz davon. Sie lief immer weiter.

»Mehr kann ich nicht tun, Lara. Ich kann dich nur um Verzeihung bitten. *Lara???*«

Auch jetzt reagierte sie nicht, und Michael blieb erschöpft stehen, legte den Kopf in den Nacken, starrte in den wolkenlosen Himmel ...

»Ich liebe dich!!!«

Er schrie es heraus wie ein Kind. Aber Lara lief weiter. Im ersten Moment konnte er das nicht fassen, dann rannte er ihr nach. Irgendwann würde sie müde werden. Dann mußte sie stehenbleiben, und er konnte ihr alles erklären.

Nachdem er sie eingeholt hatte, marschierten sie im Gleichschritt den Strand entlang, ein nach Luft schnappender Michael und eine völlig in sich gekehrte Lara. Sie waren fast schon am Yachthafen, da blieb sie auf einmal stehen und nahm ihren Walkman ab.

»Die Batterien sind alle. Klingt auf einmal wie meine Musiklehrerin ...«

Michael atmete auf. Sie sprach mit ihm – immerhin. »Hatte ... hatte sie keine so schöne Stimme?«

Statt eine Antwort zu geben, wühlte Lara in ihren Hosentaschen und holte ein paar neue Batterien hervor.

Michael schluckte. »Hast du immer welche als Reserve dabei?« Auch dieses Mal antwortete sie nicht, wechselte die Batterien aus, warf die alten in den Sand.

»He!« Er lächelte sie an. »Wenn das einer von den Greenpeace-Leuten sieht, bist du dran!« Er bückte sich, hob die Batterien auf und streckte sie ihr entgegen.

Trotzig sah sie ihn an. »Mich interessiert das einen Scheißdreck«, fauchte sie. »Ich habe keine Kinder, und deshalb habe ich auch keine Zukunft, und allein schon von daher kann diese beschissene Welt von mir aus gern in die Luft gehen, jederzeit. Ich schau' gelassen dabei zu!«

Michael starrte sie an. »Drückst du deine Zigarettenkippen deshalb immer zwischen Blumen ...?«

Er verstummte. Es konnte doch unmöglich angehen, daß sie jetzt über Ökologie redeten. Er hatte nur irgend etwas sagen wollen, und jetzt schwätzte er so daher.

»Verzeih mir«, flüsterte er, »ich weiß nicht, was mit mir los war, ich . . .«

Sie drehte ihm den Rücken zu und blickte aufs Meer hinaus. Er legte seine Hände um ihre Schultern. Ihr Körper zitterte. »Ich habe mindestens hundertmal angerufen, Lara, aber es war immer besetzt. Warst du in Genua am Flughafen? Sie sollten dich ausrufen, weil ich die Maschine verpaßt habe, und . . . ich mußte über Nizza kommen, und da einen Mietwagen zu kriegen . . . die Fußball-Europameisterschaft, Liebling, die macht die Leute ganz verrückt, sie –«

»Ich habe den Telefonhörer danebengelegt.«

Michael hielt den Atem an.

»Ich kann es nicht ertragen, auf etwas zu warten, was dann vielleicht doch nicht passiert. Es ist einfacher, die Möglichkeit . . . auszuschalten . . .«

Michael überlegte, ob er nun wütend sein müßte, entschied sich aber dagegen. Statt dessen preßte er seinen Körper gegen Laras. »Du zitterst ja . . .«

»Wenn schon! – Ich hänge über einem Abgrund, Mike. Und wenn ich loslasse, dann stürze ich ab . . .«

Er strich mit der Hand über ihr Haar. »Was redest du denn da?«

»Mich hat niemals jemand darauf vorbereitet, einen Platz in diesem Leben einzunehmen. Weil ich keinen Platz haben darf«, wimmerte sie. »Mich darf man nicht lieben. Wenn du mich lieben würdest, könntest du mich nicht verlieren, ohne daß ein Stück von dir selbst stürbe. Und das darf nicht passieren.«

Er küßte ihren Nacken.

»Ich war immer allein . . .«

»Jetzt nicht mehr.«

Sie schloß die Augen, preßte die Lider ganz fest zu. »Sie gehen für den Frieden und für die Rassengleichheit auf die Straße, und dann kommen sie nach Hause und verprügeln ihre Frauen.«

»Ach, Liebling . . .«

»Ja, sie retten Delphine und Braunbären, den Regenwald und Schimmelpilze – aber die Menschen lassen sie verrecken.«

»Lara . . .«

»Was brauchen wir eine schöne Erde, wenn es keine Menschen mehr gibt, die sich an ihr erfreuen?«

»Lara!«

Sie schluchzte laut auf. Mit sanfter Gewalt drehte er sie zu sich und sah in ihr Gesicht. Dicke Tränen rannen über ihre Wangen.

»Ich bin ganz durcheinander . . .«

»Verzeih mir, Lara, bitte.« Er nahm sie fest in die Arme. »Du brauchst Ruhe. Wir brauchen beide Ruhe . . .«

Behutsam führte er sie zum Haus zurück. Sie war wirklich durcheinander. Sie mußte sich hinlegen, und er mußte mit ihr schlafen. Das Bett war der beste Ort der Welt, um Konflikte zu bereinigen. Es war *die* Erfindung schlechthin, die Antwort auf alle Fragen zwischen Mann und Frau – oder zumindest das Ende aller Fragen . . .

Noch zwei Tage, und der Mond hatte seine volle Größe erreicht. Schon jetzt war er riesig und schien geradewegs ins Schlafzimmer hinein.

Die Glocken des Doms schlugen Mitternacht. Michael schlief tief und fest, und es stand zu befürchten, daß er auch noch die süßesten Träume hatte. Sein Kopf lag auf Laras Brust, sein Arm umschlang ihre Taille.

Lara starrte an die weißgekälkte Zimmerdecke. Es war immer das gleiche mit den Männern: Sie bestimmten, was wann getan wurde, und dem hatte man sich als Frau entweder zu beugen, oder man mußte gehen.

Mit voller Wucht richtete Lara sich auf. Michaels Kopf schlug hart auf die Matratze, und er rollte sich brummelnd auf den Bauch.

»Du gottverdammter Mistkerl!«

Lara sprang aus dem Bett und rannte zur Tür, schaltete die Deckenbeleuchtung ein.

»Was ist . . . was ist los . . .?«

Die Starre, die Lara noch vor wenigen Stunden empfunden hatte, war dahin.

»Dachtest du, man könnte jeden Konflikt im Bett lösen?« brüllte sie.

Schlaftrunken drehte Michael sich um und blinzelte sie an. »Was?«

»Du gibst mir Versprechen und hältst sie nicht! Du läßt mich einfach sitzen, und dann tauchst du auf, bittest winselnd um Verzeihung und fickst mich kräftig durch. Bildest du dir ernsthaft ein, damit wäre es getan?«

Michael wußte gar nicht, wie ihm geschah. Entweder er träumte, oder aber die Frau war verrückt geworden. »Weißt du, wie spät es ist, Lara?«

»Ihr Männer seid immer müde, wenn wir Frauen was von euch wollen. Oder ihr habt gerade einen wahnsinnig wichtigen Termin.«

Stöhnend verschränkte Michael die Arme im Nacken. »Du willst also eine Diskussion ...«

»Sag das nicht so gelangweilt, als wäre ich eine Vollidiotin.«

»So benimmst du dich aber«, hob nun auch er seine bislang so ruhig klingende Stimme.

»Und weshalb wohl?« Lara stützte ihre Arme auf das Fußende seines Bettes. »Was glaubst du eigentlich, wie toll das ist«, schimpfte sie. »Die ganze Woche auf dich zu warten. Zu malen oder sich sonst irgendwie abzulenken und dabei ständig daran zu denken –«

»Jetzt hör mir mal zu«, fiel Michael ihr ins Wort. »Ich habe eine Firma, die ohne mich nur Scheiße baut und die ich erst mal wieder hinkriegen muß, und außerdem habe ich auch noch eine Familie am Hals, die ich –«

»Die du nie verlassen wirst!«

Sprachlos sah er sie an.

Lara lächelte. »Gib's zu, Michael! Mach es uns nicht noch schwerer, als es ist.« Sie richtete sich auf und legte den Kopf weit zurück. »Du liebst deine Frau vielleicht nicht«, sagte sie, »das mag sein; aber irgend etwas verbindet euch miteinander, sonst wäret ihr nicht all die Jahre zusammengeblieben. Und ihr werdet auch weiterhin zusammenbleiben.« Sie schluckte und sah ihm in die Augen. »Ich war nur so eine Episode für dich ... ein Abenteuer ... eine Affäre ...«

»Ein Techtelmechtel?« fügte er hinzu und sah unendlich traurig dabei aus. »Das Wort fehlte noch in der Sammlung ...«

Lara senkte den Blick. Dann drehte sie sich um und ging ins Wohnzimmer.

Michaels Zigaretten lagen auf dem Nachttisch. Wütend zündete er sich eine an. Wenn er etwas kannte und haßte, dann waren es solche Debatten. Die führte er mit Aileen seit mehr als zwanzig Jahren.

Lara stand hinter der geschlossenen Terrassentür und blickte hinaus in die Dunkelheit. Ihren Zorn hatte sie nun herausgebrüllt, aber wohler fühlte sie sich deshalb nicht. Sie wußte genau, was jetzt auf sie zukam. Brian hatte sich in solchen Fällen immer über Tage hinweg ausgeschwiegen, und Fabrizio war schnaubend und Türen schlagend entschwunden ... Aus dem Schlafzimmer drang kein einziger Laut.

Lara lugte um die Ecke. Michael saß im Bett und rauchte, und er sah ziemlich wütend aus. Sie beschloß, es schnell hinter sich zu bringen, goß sich einen Whiskey ein, ging zurück ins Schlafzimmer und lehnte sich in den Türrahmen.

»Kannst du mir verraten, warum *du* jetzt so ein Gesicht machst? Du hast doch gar keinen Grund dazu. *Ich* bin hier diejenige, die –«

»Recht hast du!« erklärte Michael und zog die Brauen hoch. »Ich habe nie einen Grund zu irgend etwas, Lara. Ich bin der glücklichste Mensch auf Gottes Erdboden. Ich darf arbeiten gehen, habe eine verständnisvolle Geliebte, Kinder, die mich vergöttern, und – nicht zu vergessen – eine wundervolle Ehefrau ...«

Lara hörte den Zynismus in seiner Stimme, wollte aber nicht darauf eingehen. »Warum bist du bei ihr geblieben, wenn sie so schrecklich ist?« fragte sie deshalb nur.

Michael lachte laut auf. »Du bist doch bei einem Mann geblieben, der dir das Leben zur Hölle gemacht hat.«

»Stimmt.« Sie nahm einen Schluck von dem Whiskey und sah ihn herausfordernd an. »Aber dann hab' ich mich gerächt.«

Er zerdrückte seine Zigarette im Aschenbecher. »Also gut!« meinte er dann. »Wenn du unbedingt willst, werde ich es dir erklären. Ich bin bei Aileen geblieben ... Zuerst habe ich gedacht, ich täte es der Kinder wegen. Man hat als Vater ja gewisse Verpflichtungen. Ich kann schließlich keine Nachkommen in die Welt setzen und mich dann nicht darum kümmern.« Er lachte. »Das war mir jahrelang eine perfekte Ausrede. Und dann ...« Er zündete sich eine neue Zigarette an und spürte, daß es ihm ein merkwürdiges Vergnügen bereitete, all das einmal auszusprechen. »Auf Dauer kann ein Mann wie ich sich damit nicht zufriedengeben«, fuhr er fort, »verstehst du? Manchmal habe ich die Kinder nur einmal im Monat am Wochenende kurz gesehen. Ich wäre vermutlich häufiger mit ihnen zusammengewesen, wenn es nach der Scheidung so eine Besuchsregelung gegeben hätte. Also mußte eine neue Ausrede her!« Er zog an seiner Zigarette, blies genüßlich den Rauch aus. »Und die hieß Geld!« sagte er dann. »Eine Scheidung hätte mich ein Vermögen gekostet. Aileen hätte die Hälfte von allem bekommen, Versorgungsausgleich, Unterhalt für Diana und Andrew, und mit etwas Geschick und einem guten Berater wie Jeff hätte sie mir sogar in meinen Geschäften herumfummeln können ... Bevor ich dich kennenlernte, Lara, war ich sicher, das Geld wäre der Grund für meine immer noch bestehende Ehe. Aber seit ich dich kenne ...« Er warf die Bettdecke zur Seite und stand auf. Ganz langsam ging er auf Lara zu und sah ihr dabei fest in die Augen. »Warum sollte ich mich von einer Frau wie Aileen trennen, wenn an der nächsten Ecke doch nur wieder eine andere Aileen auf mich wartet – die dann Lara heißt! Die ich heiraten soll, damit sie bis zum Ende ihres Lebens ausgesorgt hat. Die mir Kinder ›schenkt‹, obwohl ich sie nicht darum gebeten habe. Die mich dann mit diesen Kindern erpreßt: ›Wenn du mich verläßt, wirst du uns niemals wiedersehen, das schwöre ich dir. Und wenn ich mit Andrew und Diana auf eine einsame Insel in den Pazifik verschwinde ...‹« Michael äffte Aileens dünne, hohe Stimme so nach, daß Lara ein eisiger Schauer über den Rücken lief. Dann rannte er schnellen Schrittes an ihr vorüber ins Wohnzimmer und goß sich seinerseits einen Whiskey ein, stürzte ihn herunter und schenkte gleich nach.

Lara war völlig verwirrt. Bisher hatte sie die Rollen in den Beziehungen von Mann und Frau immer klar verteilt: *Sie* war das Opfer, *er* war der Täter. Aber jetzt, da sie Michael so dastehen sah, irgendwie hilflos und in sich selbst gefangen, da sah sie das plötzlich anders. Er tat ihr leid, und sie fragte sich, ob Brian und Fabrizio vielleicht ähnlich gelitten und das nur nie ausgesprochen hatten. Ein Mann verliebte sich, ein Mann wollte Sex – die Frau wurde schwanger, und von nun an hatte der Mann Verpflichtungen, und die Frau pochte auf ihre Rechte. So war es zwar nicht immer, aber so war es offenbar bei Michael gewesen.

Sie ging ihm nach, ins Wohnzimmer. »Michael . . .?«

Er reagierte nicht, und sie ging auf ihn zu, lehnte ihren Kopf gegen Michaels Rücken.

»Es tut mir leid«, flüsterte sie. »Ich wollte dir nicht weh tun, ich . . .« Sie preßte sich ganz fest an ihn, umschlang mit den Armen seine Brust. Die Seide seines Schlafanzugs war weich und glatt und kühl . . . »Du kannst dir nicht vorstellen, was ich durchgemacht habe . . .« Sie spürte, wie ihr die Tränen kamen. »Ich dachte, du hättest mich verlassen«, sprach sie trotzdem weiter, »und es hat schon zu viele Männer in meinem Leben geben, die mich nicht haben wollten . . .«

»Erzählst du mir jetzt wieder von Brian?«

Michaels Stimme klang hart, und im nächsten Moment löste er sich abrupt aus ihrer Umarmung, drehte sich zu ihr um, und sie sah, daß auch sein Blick hart war.

»Wenn du sentimental wirst, erzählst du mir immer von Brian«, erklärte er und goß den nächsten Whiskey in sich hinein. »›Er hat mich zusammengeschlagen, und dann bin ich nach New York gegangen in das Mekka der vereinsamten Seelen . . .‹«

Lara wich zurück. Nun äffte er ihre Stimme nach wie eben noch die seiner Frau.

»Und zum guten Schluß«, tönte er, »kommt dann die Nummer von dem: ›Brian hat recht gehabt, mich kann man nicht lieben. Ich bin nicht schön genug, und ich bin zu schwierig, und ich bin viel zu anstrengend, und ich –‹«

Michael kam gerade erst so richtig in Fahrt, als ihn das Sofakissen am Kopf traf. Er erschrak, aber da traf ihn auch schon das nächste, und dann folgte die Tischlampe . . . Er duckte sich gerade noch im letzten Moment, da kam auch schon der Aschenbecher geflogen, ging krachend zu Boden . . .

»Du elender Kerl!« brüllte Lara. »Ich lasse nicht zu, daß du so mit mir redest. Ich hab' dich schließlich nicht gesucht, ich hab' dich gefunden, und ich verlange von dir –« Sie stockte, denn Michael schien auf einmal völlig fassungslos zu sein.

Ganz langsam stellte er sein Whiskeyglas auf der Anrichte ab und ging auf Lara zu. »Gar nichts wirst du verlangen!« erklärte er ihr dabei mit tonloser Stimme. »Du *hast* nichts zu verlangen.« Er sah sie an, daß ihr angst und bange wurde. »Du bist genau wie Aileen«, zischte er. »Du willst Garantien, und die kann und will ich nicht geben!«

Der Vergleich mit Aileen schmerzte. Brian hatte Lara auch immer gern mit Menschen verglichen, die er haßte wie die Pest.

Sie holte aus und verpaßte Michael eine schallende Ohrfeige.

»Du Arsch!« schrie sie dabei. »Du gottverdammter Arsch! Glaub nicht, daß ich dich brauche. Du kannst dir deine Garantien sonstwohin stecken. Ich kann für mich alleine sorgen. Ich brauche keinen, der mich aushält! Das hat Brian sich auch immer eingebildet, aber er –«

Michael packte sie bei den Schultern und stieß sie rücklings auf das breite Wohnzimmersofa.

Die Ohrfeige, die sie ihm versetzt hatte, war so heftig gewesen, daß er beinahe das Gleichgewicht verloren hätte, aber jetzt war er wieder ganz Herr seiner Selbst.

»Brian! Brian! Brian!« tobte er. »Ich kann den Namen nicht mehr hören. Es dreht sich immer nur um ihn. Als wäre er der wichtigste Mensch in deinem Leben gewesen.«

Lara rang nach Luft. Sie hatte nicht geahnt, daß Michael so brutal sein konnte. Nun machte er ihr angst, und sie versuchte verzweifelt, ruhig zu wirken.

»Das war er auch«, sagte sie leise und klammerte sich an die Sofakissen. »Er . . . er hat die Puppe aus mir gemacht, die im Schlafzimmer, die du so erschreckend findest . . .«

Michael lachte böse auf. »Nun komm mir nicht mit einer Krüppelnummer, Lara! Wer älter ist als zwanzig, der hat nun mal Blessuren, die haben wir alle. Du kannst von niemandem erwarten, daß er immer nur auf dich Rücksicht nimmt, weil das Leben dir so übel mitgespielt hat. Andere Leute sind auch noch da, und andere Leute haben auch gewisse Rechte.«

»Und was ist mit meinen Rechten?« Zaghaft richtete Lara sich auf und versuchte, Michael in die Augen zu sehen, aber er wich ihrem Blick aus. »Es ist einfach, glücklich zu sein, wenn man gesund ist und schön und reich und verliebt. Aber ich habe gelernt, im Dreck zu sitzen – bis zum Hals, und erst das ist –«

»Wie überheblich du bist!«

»Nein, ich –«

»Du bist herablassend und arrogant. Weil du als Teenager mal krank warst und den falschen Mann geheiratet hast, reitest du jetzt zeit deines Lebens auf deinem Jammer herum, obwohl du schon lange kein Teenager mehr bist. Das ist fast schon peinlich –«

Nun saß Lara aufrecht auf dem Sofa. »Ich kann doch nichts dafür!« kreischte sie. »Ich will doch nicht dafür bewundert werden, daß ich nicht an meiner Krankheit gestorben bin! Das ist schließlich nicht mein Verdienst.«

»Wessen denn?« brüllte Michael.

»Da waren Ärzte und Psychologen, da waren meine Eltern und Krankenschwestern und Priester und –«

»Die heilige Lara! Putzt du den Heiligenschein jeden Morgen? Oder ist er von Natur aus so glänzend hell?«

»Du Schwein, du!«

Das hätte sie nicht sagen dürfen. Michael stürzte sich auf Lara, daß ihr Kopf auf die Sofalehne schlug.

»Ich? Ein Schwein?« schrie er ihr ins Gesicht. »Warum sagst du nicht auch noch, daß ich ein lausiger Liebhaber bin?«

Entsetzt starrte sie ihn an.

»Sag es! Das gehört doch dazu.«

Als Lara auch jetzt noch schwieg, verlor Michael endgültig die Nerven.

»Mit euch Weibern kommt man doch nur klar, wenn man jedes Gefühl verleugnet«, brüllte er. »Nur dann seid ihr fähig, das zu zeigen, was ihr *Liebe* nennt.« Er atmete kurz und schnell. »Und ein guter Deckhengst muß man sein, euch bespringen, wenn euch danach ist, sofort. Und wenn das nicht geht, ... dann sind wir sofort wie Brian ... Schlappschwänze!«

Lara konnte es nicht mehr ertragen. Mit voller Wucht schlug sie ihre Knie in Michaels Unterleib. Er stieß einen lauten Schmerzensschrei aus und bäumte sich auf. Sie rollte sich vom Sofa herunter und kroch über den Fußboden zur Terrassentür. Michael krümmte sich zusammen und fiel von den Polstern; es hätte nicht viel gefehlt, und sein Kopf wäre gegen die Tischplatte geschlagen. Wimmernd lag er neben der Couch auf den kalten Marmorfliesen ... Lara atmete tief durch. Die Gefahr schien gebannt zu sein.

Sie zog sich am Türgriff hoch, ohne Michael dabei aus den Augen zu lassen. Ganz langsam durchquerte sie den Raum. Vor dem Sofa blieb sie schließlich stehen und blickte nieder auf diesen Mann, der sich immer noch vor Schmerzen wand.

»Ich bin damals bei Brian geblieben«, sagte sie leise, »weil ich ihm irgendwann einmal gesagt hatte, daß ich ihn liebe. Und da glaubte ich, das bis an mein Lebensende nicht widerrufen zu dürfen, denn ich wollte ja nicht als wankelmütig gelten. Also blieb ich da. Obwohl er mir weh tat. Und je mehr er mich quälte, desto besser fühlte ich mich . . . zumindest in gewisser Weise. Weil ich ihn *trotzdem* immer noch liebte . . .«

Michael hörte jedes ihrer Worte ganz deutlich, und er begriff zum erstenmal nach zwanzig langen Jahren, warum Aileen all die Zeit bei ihm geblieben war.

»Hilf mir!« stöhnte er.

Lara stand da und wußte nicht, wie ihr geschah. Der Verstand sagte ihr, daß sie besser gegangen wäre, aber das Gefühl zwang sie zum Handeln. Vorsichtig rückte sie den Couchtisch zur Seite und kniete sich neben Michael auf den Fußboden.

»Ich kann dir nicht helfen, Mike. Ich kann ja nicht einmal mir selber helfen . . .«

»Hilf du mir, Lara! Und ich helfe dir – nur dann haben wir eine Chance . . . Ich liebe dich!«

Er fing an zu weinen, was sie schon längst tat, wenn auch nur lautlos.

Sie strich ihm mit der Hand übers Haar. »Warum hast du mir das nicht eher mal gesagt? Ich hab' mir das so sehr gewünscht, Mike . . .«

»Ich *habe* es gesagt!«

»Wann?«

»Ich habe es herausgeschrien, Lara!« Er drehte sich auf den Rücken und sah sie an. »Du hast es nie gesagt.«

»Was?«

»Nie!«

Lara schluchzte laut auf »Aber . . . du bist der beste Mann, den ich je hatte, Mike! Du bist so klug und so sanft. Und du bist so witzig! Und ein toller Liebhaber bist du auch. Und du bist mein bester Freund! Ich hab' dich gern, und ich habe dich sehr lieb . . . und ich liebe dich!«

Er atmete tief durch. »Und warum sagst du das erst jetzt?«

»Vielleicht, weil ich es bisher immer nur gedacht habe und mir einbildete, ich würde es auch . . .«

Lara konnte nicht weitersprechen. Sie legte sich neben Michael auf die Fliesen und nahm ihn fest in die Arme.

»Kennst du die Geschichte von dem Mann, der immer nur Pech hatte?« fragte er nach einer Weile.

Sie antwortete nicht, und er strich ihr mit der Hand durchs Haar.

»Alles, was er wollte, blieb ihm versagt, Lara. Er hatte Ziele, aber er erreichte keines davon, und dann – eines Tages – gewann er eine Million Dollar im Lotto . . . Nur war er so gar nicht glücklich darüber . . .«

Lara hob den Kopf und sah ihn an. »Er holte das Geld ab und ging damit nach Hause . . .«

Michael nickte. »Und auf diesem Weg wurde es ihm gestohlen . . .«

Sie lächelte. »Und da war er dann wieder glücklich, der Mann! Denn sein Leben hatte wieder die alte Ordnung!«

Michael preßte Lara an sich, und sie ließ es geschehen, mußte plötzlich aber wieder weinen.

»Weißt du eigentlich, wer ich bin?« schluchzte sie. »Ich bin eine Frau, die Krebs hatte und die ihn jederzeit wieder bekommen kann. Ich bin im Moment lediglich ›tumorfrei‹, verstehst du? Ich bin ›ohne Befund‹, aber das kann sich morgen schon ändern. Du kannst mir nicht vormachen, daß du anders bist als andere Männer. Und wenn ich dir meine Angst zeige und all meine Schwäche, dann deprimiere ich dich, oder aber du bildest dir ein, ich würde klammern.« Immer fester schmiegte sie sich an ihn. »Ich bin keine wirkliche Frau, Michael. Ich bin nur ein Wesen weiblichen Geschlechts, und erzähl mir nicht, daß du in meiner Gegenwart nicht so was wie Minderwertigkeitskomplexe verspürst. Und die schüren Aggressionen.«

Er hob ihren Kopf und blickte in ihre verweinten Augen.

»Psychopath sucht Brustamputierte, wie?«

Sie schluckte. »Nach außen laufen diese Beziehungen ganz normal ab, Mike. Nur hinter den verschlossenen Türen ist das Chaos. Und die Betroffenen wagen nicht, darüber zu reden, über ihre Demütigungen. Aus Scham. Und aus Angst. Und vor allem aus Sorge, man würde ihnen nicht glauben. Und außerdem könnte es ja sein, daß sie es einfach nicht besser verdient haben im Leben. Karma . . . Wäre ja möglich . . .«

Er gab ihr einen Kuß auf die Stirn. »*Ich* bin dein Karma, Lara!«

»Das wäre wundervoll.«

Noch fester preßte er seine Lippen gegen ihre Stirn, blickte dabei angespannt gegen die Zimmerdecke. Auf einmal mußte er lachen.

»Weißt du eigentlich, daß Aileen wahnsinnig eifersüchtig auf dich ist? Sie hat Jeff gegenüber mehrmals erwähnt, daß du vier Sprachen beherrschst. – Das weiß ich von Cissy . . .«

Lara lächelte. »Bestell Aileen einen schönen Gruß! Zum einen kann man eine Sprache nicht *beherrschen*, nicht einmal seine Muttersprache, und zum anderen sind vier Sprachen ein Klacks, wenn man bedenkt, daß es allein einhundertundfünfzig indianische Sprachen und Dialekte gibt . . .«

Er lachte nur noch mehr und versuchte, sich aufzurichten.

Sie half ihm. »Hab' ich dir sehr weh getan?«

»Ich werde es überleben . . .« Er legte seinen Arm um ihre Schultern und ließ sich ganz bewußt stützen. Es war ein schönes Gefühl, jemanden zu haben, an dem man sich festhalten konnte.

»Ich bring' dich ins Bett!« sagte sie.

Es war kurz vor Mitternacht, als Michael am 1. Juni 1992 nach Hause kam. Es war eine kalte, helle Nacht. Die Kinder schliefen, und in der Wohnung war es totenstill.

Michael wußte genau, wie er vorgehen wollte. Den ganzen Tag hatte er damit verbracht, sich die richtigen Worte zurechtzulegen. Wenn alles gutging, hatte er es in fünf Minuten hinter sich. Er klopfte an Aileens Schlafzimmertür. »Ich bin's!«

Er bekam keine Antwort.

»Aileen?«

Es dauerte einen Moment, bis sie öffnete. Wunderbar sah sie aus in dem zartgelben Seidenhemd, das so tief ausgeschnitten war, daß es gerade mal das Nötigste bedeckte.

»Entschuldige, daß ich dich so spät noch störe –«

Verlegen strich sie sich das Haar aus dem Gesicht und lächelte. »Hast du Hunger?«

»Nein, ich –«

»Ich mache dir gern ein Sandwich oder auch ein paar –«

»Danke, Aileen, ich wollte nur –«

»Komm doch rein!«

Michael atmete tief durch. »Zieh du dir besser was über und laß uns ins Wohnzimmer gehen. Ich muß was mit dir bereden.«

Aileen zuckte merklich zusammen, und sie trat auch automatisch einen Schritt zurück.

»Um diese Zeit?« meinte sie dann. »Kann das nicht bis morgen warten?«

Michael ließ sich nicht aus der Ruhe bringen. »Es dauert nicht lange. Komm bitte! Ich mach' uns einen Drink.«

Als Michael ihr das letzte Mal einen Drink gemacht hatte, waren sie noch nicht verheiratet gewesen. Danach war Aileen dann zum designierten Barkeeper im Hause Landers geworden, wie sie ja seitdem auch die Ämter der Köchin, der Putzfrau und der Kinderschwester innehatte. Zu irgend etwas mußte eine Ehefrau schließlich gut sein. Mehr als einmal hatte Michael so etwas wortwörtlich von sich gegeben.

Nur widerwillig zog Aileen ihren Morgenmantel über. Am liebsten wäre sie Michael nackt gegenübergetreten oder zumindest in diesem durchsichtigen Hauch von Nachthemd. Sollte er jene Pracht doch ruhig ansehen, die er nunmehr seit Jahren verschmähte . . .

Niemand konnte so ungerührt über ihre weiblichen Reize hinwegsehen wie Michael. Und nichts war demütigender als das.

Aileen schnürte den Mantel in der Taille so fest zu, wie es eben möglich war. Nun kamen zumindest ihre Brüste immer noch zur Geltung.

Michael hatte sich in die äußerste linke Ecke des Sofas gesetzt und Aileens Glas neben der äußersten rechten Ecke des Sofas auf das Beistelltischchen gestellt. Damit war die Sitzordnung geklärt.

Aileen nahm stöhnend Platz. »Was kann ich für dich tun, Mike?«

Er konnte nicht umhin, so etwas wie Mitleid für sie zu empfinden. »Du brauchst nicht gleich auf Angriff umzuschalten, Aileen.«

Sie legte den Kopf in den Nacken. »Komm zur Sache! Ich will schlafen!«

Michael atmete tief durch. »Morgen und übermorgen«, sagte er dann, »habe ich unheimlich viel im Büro zu tun, und am Donnerstag abend möchte ich gern mit den Kindern ins Kino gehen. Sie haben *Hook* noch nicht gesehen, und Andrew spricht schon fast von gar nichts anderem mehr.«

»Kein Problem«, erwiderte Aileen. Sie wußte, daß Michael gern mit den Kindern allein war. Wie sehr sie das schmerzte, daß er sie nicht dabeihaben wollte, hatte sie seit Jahren für sich behalten. Und jetzt lohnte es nicht mehr, noch darüber zu sprechen.

»Am Freitag fliege ich dann gleich nach der Arbeit weg«, fuhr Michael fort. »Und genau deshalb wollte ich mit dir sprechen.«

Unvermindert hart sah sie ihn an.

»Ich möchte dich nämlich bitten, Aileen, mit den Kindern über Pfingsten hierzubleiben.«

»Was?« Aileen brauchte einen Moment, bis sie diese Worte verkraftet hatte. »Aber wir wollten nach Castellar, Mike. Diana und Andrew freuen sich seit Wochen darauf, und ich weiß nicht –«

»Ich weiß, daß ihr nach Castellar wolltet!« fiel Michael ihr ins Wort. »Aber ich will über die Feiertage auch dorthin, und ich kann mir nicht vorstellen, daß es dir gefallen würde, die Kinder in einem Haus mit meiner neuen Frau zu wissen.«

Die Formulierung traf Aileen bis ins Mark. »Meine neue Frau.« Es schien Michael wirklich ernst zu sein.

»Nein«, sagte sie mit harter Stimme, »das würde mir in der Tat nicht gefallen.«

»Siehst du . . .«

Aileen griff nach ihrem Drink, führte das Glas zum Mund, im nächsten Moment stellte sie es wieder auf den Tisch zurück.

»Wie stellst du dir das eigentlich vor?« zischte sie ihren Mann an. »Willst du fortan jedes Wochenende mit diesem Flittchen verbringen? Dann sehen dich die Kinder ja bald überhaupt nicht mehr und –«

»Lara ist kein Flittchen!«

Aileen lachte laut. »Wer mit dir schläft, muß ein Flittchen sein!«

Michael sah sie ruhig an. Sie war eine schöne Frau, makellos vom Scheitel bis zur großen Zehe. Aber sie war nicht begehrenswert, und damit mußte sie leben. Wieder empfand er so etwas wie Mitleid für sie.

Und dieses Mitleid stand ihm im Gesicht geschrieben. Mehr noch, Aileen glaubte, seine Gedanken lesen zu können: Er bildete sich ein, sie wäre gern an der Stelle dieser . . .

»So geht das nicht, Michael! Du kannst nicht immer nur an dich, du mußt auch mal an die Kinder denken. Und ich werde nicht zulassen, daß Diana und Andrew mit irgend so einer dahergelaufenen Schlampe zusammenkommen. Ich –«

»Wenn es hart auf hart kommt, wirst du das wohl zulassen *müssen*, Aileen, zumindest jedes zweite Wochenende.«

»Da sei dir nicht so sicher. Wenn ich einem Familienrichter erzähle, was für ein lausiger Vater du bist, kann es dir passieren, daß du die Kinder niemals wiedersiehst. Mach dir das ganz klar, Mike. Wenn ich erst mal den Mund aufmache, bist du –«

»Aileen!« Laut und scharf fuhr Michael ihr ins Wort. »Um diese Dinge geht es hier doch gar nicht, Aileen. Ich bitte dich lediglich –«

»NEIN!« Sie sprang auf und trat ans Wohnzimmerfenster, verschränkte die Arme vor der Brust, senkte den Kopf. »Wir haben uns auf diese Pfingstferien gefreut und werden sie machen – in Castellar!«

»Das kannst du nicht allein bestimmen.«

»Und ob ich das kann!«

»Es ist mein Haus, Aileen. Von meinem Geld gekauft. Von Geld, für das ich ziemlich schwer geschuftet habe.«

»Ich habe die letzten zwanzig Jahre auch nicht gerade in der Hängematte am Strand verbracht, Mike. Und es ist auch mein Haus.« Sie drehte sich um und sah ihn böse an. »Oder haben wir plötzlich eine Gütertrennung?«

Michael hatte sich gründlich vorbereitet auf dieses Gespräch, und das erwies sich nun als Segen. Statt mit den Zähnen zu knirschen oder laut loszubrüllen, blieb er auch jetzt noch ganz ruhig.

»Was ist nun?« fragte er nur.

Aileen gab ihm zunächst keine Antwort darauf. Eine ganze Weile starrte sie vor sich hin, dann holte sie tief Luft. »Also gut . . . fahr! Du würdest es ja so oder so tun. Und daß die Kinder ihren Vater gleich mit zwei Frauen auf einmal erleben, dürfte ihnen wohl kaum zuzumuten sein.«

Michael nahm sein Glas und stand auf. »Danke.« Mehr hatte er nicht mehr zu sagen.

Der Sturm, der über Ligurien hinwegfegte, drohte das gesamte Pfingstgeschäft zu verderben. Viele der Wochenendbesucher, die zumeist aus Mailand oder Turin kamen, hatten nach dem niederschmetternden Wetterbericht vom Donnerstagabend kurzfristig abgesagt. Als Lara am Morgen des 6. Juni aufwachte und ins Wohnzimmer ging, mußte sie gestehen, daß diese Leute klug gewesen waren.

Der Himmel war grau verhangen, und daß nur zwanzig Meter weiter das Mittelmeer war, konnte man nur glauben, zu beweisen war es nicht. Das Regenwasser peitschte mit solcher Wucht gegen die Fenster, daß Lara Sorge hatte, die Scheiben würden dem Druck nicht standhalten. Das war schon einmal passiert. Im Oktober 1991 hatte der Sturm das Glas eingedrückt, und der hereinströmende Regen hatte das halbe Wohnzimmer überschwemmt. Lara holte vorsorglich Badetücher und Wolldecken und dichtete die einzelnen Terrassentüren ab. Dann begann sie, ihren Koffer zu packen und sich reisefertig zu machen.

Zum ersten Mal, seit sie einander begegnet waren, gewährte Michael ihr Einblick in sein Leben. Er ahnte wohl nicht einmal, was ihr das bedeutete. Er kannte alles von ihr: die Wohnung, ihre Kleider und jede einzelne Tasse in ihrem Schrank, ihre Freunde, die Straßen, die sie entlanglief ... Sie wußte nichts von ihm – doch das sollte sich ja nun ändern.

Wegen des schlechten Wetters machte Lara sich schon früh auf den Weg. Normalerweise dauerte die Fahrt bis Nizza nur etwa anderthalb Stunden, aber bei dem starken Wind mußte man gut und gern die doppelte Zeit rechnen.

Die *Autostrada del Sole* lag hoch in den Bergen und führte häufig über Brücken, die voll in den Windschneisen lagen. Alljährlich kamen auf dieser Strecke weit über hundert Menschen zu Tode, und trotzdem starben die Raser nicht aus. Sie ignorierten selbst bei schlechtesten Witterungsbedingungen die Geschwindigkeitsbegrenzungen und trieben so sich selbst und andere in den Tod.

Lara ließ es langsam angehen. Auf den ersten Kilometern glaubte sie noch, es wäre alles halb so schlimm, doch hinter Alassio stellte sie dann fest, daß das ein Irrtum war: Es war wesentlich schlimmer, als sie befürchtet hatte.

Auf dem Viadukt San Bartolomeo mußte sie das Lenkrad mit aller Gewalt festhalten, so sehr beeinträchtigte der Sturm die Straßenlage des Wagens, und dann das ständige Hupen der unbelehrbaren Raser! Lara fühlte sich bedrängt, bedroht . . . so schob sie sich schließlich auf den rechten Fahrstreifen zwischen zwei dicke Lastwagen. Hier ging es gemütlich zu. Die »Brummis« waren wie schwergewichtige, gutmütige Onkel, und Lara fühlte sich regelrecht beschützt.

Drei Stunden und zwanzig Minuten brauchte Lara für die einhundertfünfzig Kilometer, dann hatte sie gesund und unbeschadet den Flughafen von Nizza erreicht. Auch hier hatte es in den letzten Stunden stark geregnet, der Asphalt glitzerte im Licht der Straßenlaternen. Aber jetzt war es trocken, und die Luft roch frisch und ausgeruht.

Michaels Maschine landete pünktlich. Lara wartete jenseits der Zollabfertigung und versuchte verzweifelt, nicht zurückzudenken. Würde Michael wieder nicht kommen? Würde er kommen und irgendeine unverbrauchte Blondine im Arm halten? Jedesmal wenn sich die schwere Schiebetür öffnete, lugte sie ängstlich in die Halle mit den Gepäckbändern, aber sie konnte Michael nirgendwo entdecken, und sogleich schlug ihr Herz ganz wild, und sie mußte krampfhaft die Tränen zurückhalten . . .

»Kann es sein, daß Sie auf einen ganz besonders netten Mann warten, junge Frau?«

Vor Laras Augen tat sich ein gewaltiger Rosenstrauß auf. »Mike!« Sie schlang ihre Arme um die Rosen und seinen Hals. »Na, ich dachte, aus dem ›Komm-in-meine-Arme!‹-Alter wären wir heraus?« Er sagte das, obwohl er seine Rührung kaum verbergen konnte.

»Du verrückter Kerl, du!«

Er gab ihr einen Kuß.

»Ich bin so froh, daß es dich gibt . . .« Sie nahm ihm die Blumen ab. »Sie sind wunderschön.«

»Mir fiel plötzlich auf, daß du noch nie Blumen von mir gekriegt hast. Du hast überhaupt noch nie etwas von mir bekommen.«

Lara lächelte. »Wenn ich dich habe, bin ich wunschlos glücklich . . .«

Wieder gab er ihr einen Kuß, dann schlang er seinen Arm um ihre Taille, und sie steuerten auf den Ausgang zu.

»Weißt du, Lara, ich finde uns köstlich, wenn wir sentimental sind.«

»Köstlich zum Kotzen, nicht wahr?«

»Sag doch so was nicht!« spielte er den Empörten. »Du bist die Sonne meines Lebens und erhellst mir mein Sein selbst in dunkelster Nacht . . .«

»Ach, so meinst du das!« durchschaute sie sein Spiel. »Du bist meine ganze Welt, und wenn ich in deine Augen seh', spiegelt sich darin all die Liebe dieses Universums. – Meinst du das?«

»Solchen Schmarren singen sie immer im Radio. Kein Wunder, daß alle Leute unglücklich sind. Oder kennst du jemanden, der so einen Mist wirklich sagt?«

»Uns kenne ich.«

»Wir sind ja auch Intellektuelle, Frau! Wir dürfen das. Wir tragen schließlich keine bleibenden Schäden davon.«

»Bist du sicher?«

Es war das erste Mal, daß Michael nach der Nacht des 10. April nach Menton zurückkehrte. Wie das sein würde, hatte er sich gerade in den letzten Tagen immer wieder ausgemalt. Er rechnete mit Gewissensbissen, mit Unbehagen oder gar mit Angst. Doch als es jetzt soweit war, empfand er nichts von all dem, und das einzige, woran er denken konnte, als er Laras Wagen die steile Route de Castellar heraufquälte, war, daß er diese Frau an seiner Seite an jenem 10. April noch nicht gekannt und sich seither sein ganzes Leben verändert hatte.

Draußen war es noch taghell, als sie das Haus erreichten. »Das ist ja ein Traum«, schwärmte Lara.

Michael war richtig stolz. »Vor mir hat es einem Maler aus Kiel gehört«, sagte er. Er parkte vor der Garage und führte Lara den schmalen Kiesweg entlang, der zur Haustür führte. »Er nennt sich *Dalli!*«, erzählte er dabei, »als Hommage an Salvador Dali. *Dalli* ist ein Selfmade-Man. Er hat den ›intuitiven Klecks‹ kreiert, eine neue Hochform der modernen Kunst.«

Lara lachte.

»Dalli quält sich maßlos dabei. Zuerst muß ihn die Muse küssen – manchmal ist sie blond, manchmal schwarzhaarig –, dann muß er sich dem Fluß seines Lebens ergeben – was man auch Völlerei und Trunksucht nennen könnte –, und wenn es ihn dann endlich packt, dann rennt er in sein Atelier, tunkt einen Anstreicherpinsel in einen Eimer mit Farbe und schleudert ihn gegen eine zuvor weiß oder auch bunt bemalte Leinwand. Und damit hat er Millionen verdient in den letzten Jahren. Jeder Neureiche hier hat zumindest einen intuitiven Klecks in seiner Sammlung. Eine von Aileens Freundinnen besitzt gleich mehrere, denn Klecks ist hier keineswegs gleich Klecks. Das Ding sieht ja jedesmal ein bißchen anders aus. Es zeigt sozusagen, wieviel Abstand der Künstler zu seinem Werk gehabt hat und wieviel Kraft er in den Schaffensakt investiert hat ...« Michael schloß die Haustür auf. »Aileen wollte auch mal einen Dalli kaufen«, knurrte er, »aber das habe ich ihr schnell wieder ausgetrieben ...«

»Wieso?«

Michael zog die Brauen hoch. »Der Typ hat die Villa hier verkauft, weil sie ihm zu klein und zu primitiv geworden war ...«

Im Haus war es dunkel und still, und während Lara die Diele betrat, versuchte sie, sich vorzustellen, wie viele große und kleine Dramen sich in diesen vier Wänden wohl abgespielt hatten.

Michael zog die Vorhänge auf und öffnete die Tür, die in den Garten führte. »Zuerst zeige ich dir das Beste, was dieses Anwesen zu bieten hat.«

Der Garten war von berauschender Schönheit und erinnerte Lara stark an die parkähnlichen Anlagen auf dem Monte Carmelo.

»Das haben wir dem Jüngsten unserer Nachbarin zu verdanken«, erzählte Michael. »Er ist Landschaftsgärtner und hat uns das hier zu einem Spottpreis hingezaubert.«

Sie sah sich um. Umgeben von den schönsten Magnolien lag ein kleiner Kinderspielplatz mit Sandkasten, Rutschbahn, Schaukel und Wippe. Zwergpalmen schmückten den achteckigen Swimming-pool, der zur Zeit noch mit einer azurblauen Plastikplane abgedeckt war, und von einem zartrosafarbenen Säulenpavillon hatte man einen hinreißenden Blick auf die Weinberge. Wohin Lara schaute, sah sie perfekt gemähten Rasen und formschön gestutzte, runde oder quadratische Sträucher.

»Wer hält das alles in Ordnung?«

»Die Nachbarin«, erwiderte Michael. »Von der muß ich dir mal in Ruhe erzählen.« Er lachte. »Sonst glaubst du noch, du hättest eine Vision, wenn du sie siehst.«

Nach der Besichtigung des Gartens war das Haus an der Reihe. Michael führte Lara in jedes einzelne Zimmer, zog immer sofort die Vorhänge auf, öffnete die Fenster. »Sonst mieft es so nach Tod, findest du nicht?«

Lara sagte nichts und nahm alles in sich auf.

»Gefällt es dir?«

»Im Prinzip schon ... es ist mir nur alles ein bißchen zu plüschig ...«

Michael seufzte. »Das ist Aileen. Sie mag es so. Schau dir nur mal ihr Schlafzimmer an: Biedermeier-Kommödchen und Louis-XVI.-Spiegelchen – grauenhaft!«

»Und wie sieht dein Schlafzimmer aus?«

Laras Herz schlug rasend schnell, als Michael die letzte der vielen Türen öffnete.

Sie wagte nicht, sich irgend etwas vorzustellen, aus Angst, enttäuscht zu werden. Sie haßte Eichenmöbel, und sie haßte Chrom und schwarzes Leder. Aber sie liebte Michael, und wenn der nun mal eine Vorliebe für rustikale Eiche hatte ...

Zum ersten Mal lief er nicht zuerst zum Fenster. Vielmehr hangelte er sich an der Wand entlang und schaltete die Nachttischlampen an. Es waren zwei schwere Messingleuchten mit elfenbeinfarbenen Seidenschirmen. Elfenbeinfarben waren auch die Lackmöbel und der Teppichboden und die Tagesdecke, die auf dem breiten Bett lag. Michael schaute kurz darauf und riß sie im nächsten Moment mit einem festen Ruck herunter. »Dieses Weib scheut auch vor nichts zurück«, schimpfte er dabei.

»Wie?«

»Nichts, Lara. Nichts, was wirklich wichtig wäre.«

Lara stand da und konnte es nicht fassen. Über dem Bett hing ein Ölgemälde. Es zeigte ein Meer, eine Welle, die im Begriff war umzuschlagen.

»Das ist nicht wahr . . .«

»Was?« Michael umfaßte Laras Taille.

»Ich habe mal ein Bild gemalt, das fast genauso aussah . . . kurz vor meiner Krankheit . . . es hing immer in meinem alten Kinderzimmer. Meine Mutter hat es mit nach Deutschland genommen, weil es . . . weil es soviel mit mir zu tun hat . . .« Lara legte ihre Hände auf Michaels und schmiegte sich an ihn. »Du kannst dir nicht vorstellen, wie viele Stunden ich auf diese Welle gestarrt habe«, sagte sie leise. »Wie oft ich mich gefragt habe, was wohl passiert, wenn sie irgendwann umschlägt. Ob sie dann alles fortreißt, oder ob sie etwas an den Strand spült . . .«

»Vielleicht beides . . .«

Michael wußte überhaupt nicht, wovon Lara in diesem Moment sprach, aber es interessierte ihn auch nicht sonderlich. Sie duftete wunderbar, und sie war so warm und so weich, und er hatte sich ihr noch nie so nah gefühlt wie in diesem Augenblick.

Sie drehte sich zu ihm und schob ihre Arme unter seine Achseln. Sie legte ihre Lippen auf sein Kinn. Sie war ihm unendlich dankbar dafür, daß er jetzt weder etwas sagte noch etwas tat.

»Ich mußte in den letzten Tagen immerzu an früher denken«, flüsterte sie, »an diese lange Zeit im Krankenhaus. Meine Freundinnen haben oft stundenlang auf dem Gang gesessen und darüber diskutiert, ob es wohl ein Leben nach dem Tod gibt. . . . Ich wäre froh gewesen, wenn mir jemand hätte sagen können, ob es ein Leben vor dem Tod gibt.«

Im *Lido* herrschte eine Bombenstimmung. »*Pigalle*«, schmetterte eine kräftige Frauenstimme, und zahllose Gäste sangen mit.

»Das ist unsere irre Nachbarin«, schrie Michael Lara ins Ohr, während sie sich durch die dichte Menschenmenge schoben.

»Die den Garten in Ordnung hält?«

»Ja!«

Sie gingen an die Bar, tranken Martinis, und Michael erzählte

Lara von der verrückten Madame Tourreau, von ihrem Leben in der Vergangenheit und von dem, das sie jetzt führte.

»Während der Saison kommt sie an den Abenden oft her, um zu singen. Oder aber sie schneidet die Rosen in ihrem Garten, legt sie in ein Weidenkörbchen und läuft von Restaurant zu Restaurant, um sie zu verkaufen. Mit dem Geld geht sie dann in die Kirche und zündet für Gott und die Welt Kerzen an, für ihre Kinder, deren Ehepartner, für die Enkel, für Freunde und Bekannte ...«

»Du hast sie gern, nicht wahr?«

Er nickte. »Irgendwie schon.«

Lara lächelte. Und dabei hoffte sie inständig, die bislang noch fremde Dame auch gern haben zu können. Es schien wichtig zu sein.

Die alte Tourreau war ganz in ihrem Element. Inzwischen war sie bei *Les feuilles mortes* angekommen, ihrem Lieblingslied. Mit geschlossenen Augen stand sie da und stellte sich vor, sie wäre auf der Bühne des Pariser Olympia, und gleich würden sich alle Leute von ihren Plätzen erheben und ihr Ovationen klatschen, genauso, wie sie es einstmals für ihr großes Vorbild Edith Piaf getan hatten. Madame Tourreau bewahrte sich ihren Traum, bis der letzte Ton verklungen war. Dann begnügte sie sich voller Freude mit der Wirklichkeit des kleinen Mentoner *Lido*. Der Applaus ebbte ab, und sie griff neuerlich zum Mikrophon, einen dramatischen Ausdruck auf dem Gesicht, denn jetzt sollte *L'Hymne à l'amour* folgen. Da glitt auf einmal ein völlig unpassendes Strahlen über ihre Züge.

»Michael!!!«

Im ersten Moment erschrak Lara richtig. Was sich »die verrückte Madame Tourreau« nannte, war klein und dick, hatte roséfarbenes Haar und trug ein bodenlanges, zum Haar passendes Abendkleid, das über und über mit glitzernden bunten Steinen besetzt war. Die Frau stank so sehr nach Maiglöckchen, daß Lara Mühe hatte, nicht zu niesen. Und dann warf sich dieser irrwitzige Schweinchen-Dick-Verschnitt Michael auch noch mit Wucht an den Hals.

»Seid wann seid ihr da? Warum hat mir keiner gesagt, daß ihr kommt? Wie geht es den Kindern?«

Sie schien auf keine ihrer Fragen eine Antwort zu erwarten, nahm

Michaels Gesicht in ihre fleckigen, beringten Hände. »Oh, du siehst wunderbar aus, mein Junge! Das Mittelmeer konnte dir nichts anhaben, das wußte ich. Ich hab' jeden Tag Kerzen für dich angezündet.«

Michael lächelte, und Lara spürte, daß er gerührt war.

»Darf ich vorstellen«, sagte er schließlich mit leicht zitternder Stimme: »Lara Laddock, Geneviève Tourreau.«

Lara reichte dem roséfarbenen Bomber die Hand, und der Alten fiel fast die Kinnlade herunter. Sie griff nach Laras Hand und hielt sie ganz fest, schaute dabei aber nur auf Michael. »Wer ist das? Eine Freundin?«

Michael schwieg.

»Deine Geliebte?«

Auch jetzt schwieg Michael, und die Gesichtszüge der Madame Tourreau erhellten sich. »Sag bloß, du hast es endlich getan . . . du hast es getan?«

Michael nickte.

»Du hast dich von Aileen getrennt?« jubelte die Alte.

»Ja.«

»Kind Gottes!« sagte sie.

Dann wandte sie sich Lara zu. »Ich freue mich. Für euch beide!«

Bis zum frühen Morgen hockten Michael, Lara und die verrückte Madame Tourreau in der so rauchigen Luft des *Lido*. Die Alte sang *Je ne regrette rien* für sie, und sie erzählte von Aileen, wie merkwürdig die sich nach dem Unfall verhalten hätte und wie wütend sie gewesen wäre.

»Nur weil ich mit André Monopoly gespielt habe und für Diana Crèpes gebacken habe. Ist das bekloppt?«

Sie schlug sich an den Kopf, und Michael lachte.

»Aber Geneviève, andere Leute dürfen unsere Kinder nicht bekochen. Das ist für Aileen eine Todsünde.«

»Ernsthaft?« fragte Lara; sie konnte das Ganze nicht so recht glauben.

Michael lachte nur noch lauter. »Und ob, Schatz! Es ist unfein, wenn Diana und Andrew woanders essen als zu Hause.«

»Das ist doch nur ein Vorwand«, schimpfte die Madame. »In

Wahrheit will Aileen die Kinder nicht loslassen. Wenn sie könnte, würde sie sie immer noch stillen. Dann wären sie hundertprozentig abhängig von ihr, und genau das will sie. Von Abhängigen kann man sich Zuwendung erzwingen. Und diese Abhängigkeit kann man Liebe nennen; man muß nur verrückt genug sein.«

Lara war zutiefst beeindruckt von dieser und einigen anderen Stellungnahmen der Alten. Diese verrückte und so geschmacklos wirkende Person schien ausgesprochen klug zu sein. Und warmherzig. Vor allem aber begeisterungsfähig.

»Die kann hundert werden und ist immer noch jünger als so mancher Teenager.«

»Phänomenal, nicht wahr?«

»Sie ist etwas ganz Besonderes, Mike . . .«

»Wie dieses Bett!«

Es war drei Uhr morgens, und Lara und Michael lagen endlich in den Federn.

»Dieses Bett hier ist nämlich noch jungfräulich.«

Lara schaute ihn skeptisch an.

»Das ist wirklich wahr«, beteuerte er. »Ich habe in diesem Haus hier noch nie mit einer Frau geschlafen, weder mit meiner noch mit einer anderen . . .«

Lara sah ihm in die Augen und wußte plötzlich, daß er die Wahrheit sprach. Sie schlug die Bettdecke zurück und glitt mit der Hand über seine Brust. »Na, dann wollen wir hoffen, daß das Ding uns aushält. Nicht, daß es zusammenbricht . . .«

»Eher hebt es ab, Lara . . . und fliegt . . .«

Er küßte sie, und sie schloß verzückt die Augen.

»Ich liebe dich, Michael . . .«

»Das will ich auch schwer hoffen.«

Sie schliefen bis zum nächsten Mittag und fuhren anschließend zum alten Fischereihafen.

Eine Chartergesellschaft aus Menton hatte Michaels Yacht von Savona zurückgebracht. Das Boot war unbeschädigt und lag da, als hätte es die Nacht vom 10. auf den 11. April nie gegeben.

»Willst du sie behalten, Michael?« Sie hatte gedacht, es würde ihn vielleicht an Dinge erinnern, die er lieber –

»Das Boot symbolisiert Freiheit für mich«, sagte er da auch schon.

Sie lächelte.

»Gefällt es dir?«

»Ich liebe Motorboote. Ich habe es immer bedauert, daß Brian es vorzog zu segeln. Nur einmal bin ich mit ihm vor der Küste Miamis herumgekurvt, und dabei habe ich mich gefühlt wie eine Idiotin. Er schrie mich an, ich sollte Steuerbord dies und Backbord jenes tun, und ich konnte einfach nicht behalten, was wo war, weil ich so schnell nicht wußte, wie herum ich gerade stand ... Es war grausig. Und diese dusseligen Segelknoten habe ich auch nie hingekriegt ...«

Michael lachte. »Ich bin auch nie über den Palsteg hinausgekommen!«

»Na, den schaff' ich zur Not auch noch gerade.«

Sie verließen das Hafenbecken und nahmen Kurs auf Monte Carlo. Anlegen konnten sie dort nicht. Zum einen war es unverhältnismäßig kostspielig, zum anderen bekam man nur in den seltensten Fällen überhaupt die Genehmigung, den Hafen anzulaufen.

Es hatte aber auch so seine Reize. Die Kulisse des Märchenlandes war herrlich, und all die vielen Super-Yachten, die davor kreuzten, vermittelten das Gefühl, als wäre man unvermittelt in jene Traumwelt geraten, die es doch eigentlich nur in den Illustrierten gab.

»Glaubst du, daß Prinzessin Caroline wirklich –«

»Ich steh' mehr auf Stephanie!«

»Ach ja?«

»Sie hat so herrlich breite Schultern.«

»Was meinst du, wie mich Alberts hoher Scheitel –«

»Sprich nicht weiter, Lara, ich warne dich!«

Nachdem das Wetter am Vormittag etwas besser gewesen war, zog es sich in den Nachmittagsstunden wieder zu, und Lara und Michael kehrten nach Menton zurück.

Als er den Schlüssel in die Haustür steckte, fing es an zu blitzen und zu donnern.

»Perfektes Timing!« lachte Lara.

»Wir sind halt ein tolles Team!«

Sie hatten noch rasch in der Stadt eingekauft und gingen nun in die Küche.

Gemeinsam bereiteten sie das Abendessen zu. Es gab einen Salade Niçoise mit Eiern, Tomaten, Gurken, Sardellen, Schinken und Käse, und danach Lammkoteletts mit Kartoffel-Gratin. Zum erstenmal seit seiner New Yorker Zeit nahm Michael eine Pfanne in die Hand, und er war erstaunt, wieviel Spaß ihm das machte.

»Klar macht es dir Spaß«, lachte Lara, als er das sagte. »Und wenn ich dich morgen wieder darum bitten würde, machte es dir sicher auch noch Spaß. Übermorgen kriegte ich dann aber sicher schon die gelbe Karte . . .«

Er überlegte sorgfältig, bevor er eine Antwort gab. »Nein!« tönte er dann im Brustton der Überzeugung. »Du kriegtest keine gelbe Karte, sondern die rote!!«

»Männer!«

Nach dem Essen saßen sie auf dem Sofa, tranken Wein und lauschten den Klängen von *La Boheme*. Das Bild war so perfekt, daß Lara es kaum fassen konnte. Sie schmiegte sich an Michael, und dabei wurde ihr auf einmal klar, daß es nichts gab auf dieser Welt, was sie sich sehnlicher wünschte, als an der Seite dieses Mannes alt zu werden.

Michael hatte ähnliche Gedanken. Er erinnerte sich an den Abend des 10. April, an jenen Augenblick, da ihm bewußt geworden war, daß er womöglich in Aileens Armen sterben würde. Der reinste Alptraum war diese Vorstellung gewesen. Jetzt stellte er sich vor, er würde in Laras Armen sterben – und dieser Gedanke machte ihn ruhig.

Wenn das Japan-Projekt so klappte, wie er es sich gedacht hatte . . .

Als Luciano Pavarotti *Che gelida manina* anstimmte, glitt Michaels Hand unter Laras Bluse. Er streichelte ihre Brüste, und sie verspürte sofort wieder jene Lust, die unerschöpflich schien, seit sie einander kannten.

Es war aufregend, die sexuellen Wünsche eines Menschen zu entdecken, den man liebte. Sie legten sich auf den kostbaren chinesischen Seidenteppich.

»Laß dich verwöhnen!« flüsterte Lara, während Pavarotti in immer romantischere Sphären vordrang.

Sie liebte es unbändig, Michaels Glied in den Mund zu nehmen. Sie nannte es »den kleinen Frosch«.

»Weil jedesmal, wenn ich ihn küsse, ein wundervoller Prinz daraus wird!«

Michael genoß die Liebkosungen. Es hatte so manche Frau in seinem Leben gegeben, die ihn auf diese Weise befriedigt hatte, aber keine hatte es so verstanden wie Lara. Sie tat es einfach liebevoll, anders konnte man es nicht nennen. Sie saugte nicht an seinem kostbaren Stück herum, als wäre es ein zu dick geratener Strohhalm. Sie ließ es auch nie ins Leere gleiten oder knabberte daran wie an einer Karotte. Lara hatte da ihre ganz eigene Methode. Mal stieß er sanft gegen ihre gewölbte Zunge, mal hart gegen ihren Gaumen, dann wieder schnell und heftig in ihre Backentaschen, es war ein grenzenloses Vergnügen, bei dem er sich völlig entspannen konnte, bei dem niemand etwas von ihm erwartete. Er wurde geliebt, und in dieser Nacht . . . Das Telefon läutete!

Lara erschrak so sehr über den lauten, schrillen Ton, daß sie zusammenzuckte.

»Das kann nicht wahr sein«, stöhnte Michael.

»Wer könnte das sein?«

Er zuckte mit den Achseln.

»Vielleicht ist es etwas Wichtiges.«

»Am Pfingstsamstag um kurz vor Mitternacht?«

»Gerade deshalb ja . . .«

»O Gott, wenn es bloß nicht Aileen ist . . .!«

»Geh ran!«

»Aber es ist bestimmt Aileen!«

»Geh ran, Michael!«

Das Telefon hörte auf zu läuten, und Michael atmete erleichtert auf.

»Wenn es wirklich etwas Wichtiges sein sollte, Lara, dann ruft der- oder diejenige noch mal an.«

Sie lächelte. »Wollen wir weitermachen?«

»Ich bitte darum. Ich war gerade dabei, in die Himmel der totalen Glückseligkeit –«

Wieder läutete das Telefon. Sie warfen einander einen Blick zu, dann stand Michael auf und nahm widerwillig den Hörer ab.

»Ja?« Seine Miene verfinsterte sich. »Seit wann? – Und was sagt der?« So etwas wie Angst glitt plötzlich über seine Züge. »Ich . . . ich werde darüber nachdenken«, sagte er dann noch. »Ich melde mich.«

Nachdem er den Hörer wieder aufgelegt hatte, stand er eine ganze Weile nachdenklich da. Dann lachte er auf einmal böse auf.

»Das gibt es doch nicht!«

»Was ist denn?« Bisher hatte sie nicht zu fragen gewagt.

»Das war Aileen, ich hatte es ja geahnt. Angeblich ist Diana krank. Sie hat so hohes Fieber, daß sie den Arzt holen mußten, und der befürchtet, sie hätte eine Hirnhautentzündung.«

»Um Gottes willen!«

»Aber Lara!« rief Michael erregt aus und schlug sich dabei mit der Hand an die Stirn. »Diana war noch niemals krank. Sie hat die üblichen Kinderkrankheiten gehabt, das schon, aber die auch nur im Schnelldurchgang. Da soll sie ausgerechnet heute, wo ich mit dir hier bin, nahezu im Sterben liegen? Das kann das Aas mir doch nicht einreden. Das ist doch wieder ein ganz abgekartetes Spiel.«

Er ging zu seiner Bar und nahm sich etwas zu trinken. Lara stand auf und trat neben ihn.

»Das kann natürlich alles sein, Michael. Aber es kann ja auch sein, daß Aileen die Wahrheit sagt. Daß die Kleine wirklich schwerkrank ist. Und wenn du dann nicht hingefahren bist, wirst du dir ein Leben lang Vorwürfe machen.«

»Wie kommst du darauf, daß ich hinfahren soll?«

»Sonst hätte deine Frau doch wohl kaum angerufen, oder?«

Er sah sie nachdenklich an und nickte. »Sie wollen Diana noch heute nacht in die Klinik bringen.«

Lara fuhr ihm mit der Hand durchs Haar. »Ich geh' rauf und pack' deine Sachen zusammen, okay? Ruf du beim Flughafen an! Wann die erste Maschine geht.«

Sie gab ihm einen Kuß auf die Wange und wollte gehen.

Er hielt sie zurück.

»Nenn sie bitte nie wieder meine Frau!«

Der Flughafen von Nizza war bereits geschlossen. Von Genua aus startete die erste Maschine nach Frankfurt erst am Nachmittag. Also blieb nur Mailand.

»Da kann ich ja gleich die ganze Strecke mit dem Wagen fahren«, schimpfte Michael, während Lara mit gnadenlos überhöhter Geschwindigkeit die Autostrada gen Norden raste.

Sie sagte nichts dazu, griff nur kurz nach seiner Hand und drückte sie. »Du bist ja ganz kalt . . .«

»Ist das ein Wunder?«

Michael war ausgesprochen ärgerlich. Mehr noch, was er empfand, war eine Mischung aus Wut und Schmerz. Er war enttäuscht und zugleich auch besorgt, weil er nicht wußte, was ihn erwartete. Er überlegte, ob sie nicht wirklich bis Frankfurt fahren sollten, sie beide, nicht nur er. Seine Ehe mit Aileen war am Ende, folglich gab es keinen Grund, Lara zu verstecken.

Doch wußte er nicht, wie er das den Kindern beibringen sollte, und wenn Diana wirklich so krank war, wie Aileen am Telefon behauptet hatte, dann waren andere Dinge erst einmal wichtiger.

»Wehe, dieses Weib hat mich belogen . . .«

»Wie?«

»Ich bringe sie um.«

Er schaute aus dem Fenster und versuchte, seine Gedanken zu ordnen. Er erinnerte sich an jene Nacht, in der er beschlossen hatte, nach Frankfurt zurückzugehen. Er sah sich noch auf dieser Mickymaus sitzen, Sex mit Lara machen . . . wie damals konnte er es auch jetzt genau spüren: Er vermißte seine Kinder nicht.

»Weißt du«, sagte er, »wenn ich bei dir bin, dann ist mir alles egal, Lara. Kannst du dir das vorstellen? Meine Tochter könnte im Sterben liegen, und doch wär' ich lieber mit dir im Bett.«

»Red keinen Blödsinn!« Sie hatte Mühe, sich auf die Fahrbahn zu konzentrieren; es war so dunkel. »Es gibt Augenblicke im Leben, Michael, da braucht man nicht die Nähe von irgendeinem Menschen, sondern ausschließlich die eines ganz bestimmten Menschen . . .«

Er stutzte. »Warum sagst du das?«

»Wegen Diana. Und weil ich dich liebe!«

»Und warum liebst du mich? Weil ich verantwortungslos, hartherzig und ein notorischer Ehebrecher bin?«

»Weil du dich traust, ein Mensch zu sein.«

Er schaute sie an und verspürte dabei das dringende Bedürfnis, sie in die Arme zu nehmen. Doch war dies wohl weder der rechte Ort noch die rechte Zeit dazu, und so sah er sie einfach nur an und stellte sich den Rest vor.

»Willst du Kinder haben, Lara?«

Sie schluckte. »Wieso fragst du?«

»Nur so . . .«

»Ich bin schon ein bißchen zu alt dazu, findest du nicht?«

»Meine Mutter war fünfundvierzig, als mein jüngster Bruder kam.«

Sie schwieg. Dann sagte sie abrupt: »Bei der nächsten Gelegenheit muß ich unbedingt tanken. Paßt du ein bißchen mit auf. Nicht, daß ich vorbeifahre . . .«

Michael atmete tief durch und blickte aus dem Fenster. Die Autobahn war leergefegt zu der nächtlichen Stunde – als wären Lara und er die letzten Menschen auf der Welt. Der Gedanke, in dieser Einöde mit leerem Tank im Straßengraben zu liegen, war schauerlich.

Michael war stolz gewesen, als Diana zur Welt kam. Er kam sich so männlich vor, als er sie erstmals in seinen Armen hielt. Er hatte die wundersame Tat vollbracht, ein Kind zu zeugen, und das machte ihn nun endgültig zu einem richtigen Mann.

Bei Andrews Geburt war dieses Gefühl einerseits schon nicht mehr so stark gewesen, andererseits hieß es doch, daß ein Mann in seinem Leben dreierlei tun mußte: ein Haus bauen, einen Baum pflanzen und einen Sohn zeugen. Den Baum wollte Michael Landers sich ersparen, denn er hatte es nicht unbedingt mit Gartenarbeit. Die beiden anderen Dinge geschafft zu haben erfüllte ihn jedoch mit einer eigenartigen Form von Befriedigung.

Diese Gefühle ließen sehr schnell nach. Er konnte mit beiden Kindern herzlich wenig anfangen, solange sie klein waren. Ihre Hilflosigkeit beängstigte ihn; auch störte ihn ihre mangelnde Fähigkeit, sich zu artikulieren. Nichts ging ihm schnell genug. Bis sie liefen, sprachen, Fragen stellten . . . Die Ansprüche, die seine Kinder an ihn stellten, verwirrten ihn. Wenn er mit ihnen schmusen wollte, waren sie zu sehr in ihr Spiel vertieft oder gerade hungrig, und dem hatte er sich zu beugen. Wollten sie umgekehrt aber mit ihm schmusen, brüllten sie im Zweifelsfalle so lange, bis sie zu ihrem Recht kamen.

Aileen nahm das alles hin und schien auch noch glücklich damit zu sein. Er verspürte indes manchmal richtigen Ärger. Was er an Diana und Andrew liebte, war das, was sie von ihm hatten. Jede ihrer Entwicklungen, die seiner eigenen entsprach oder aber in wünschenswerter Weise widersprach, machte ihn stolz und glücklich. Wehe aber, die Kinder gaben sich anders, als er es wollte, dann empfand er manchmal richtigen Haß und Abscheu.

Er war kein guter Vater, davon war er überzeugt, und in diesen Stunden neben Lara auf der Autobahn Richtung Mailand, da fragte er sich, ob er eigentlich jemals ein guter Vater hatte sein wollen, ob ihm überhaupt jemals daran gelegen gewesen war, Vater zu werden.

Um kurz nach sechs waren sie in Mailand, und eine knappe Stunde später war Michael im Besitz eines Flugtickets, und Lara begleitete ihn zum Flugsteig.

»Ich ruf' dich an, Liebling!«

Sie nickte. »Denk dran, daß ich gut drei Stunden bis nach Hause brauche!«

Er umarmte sie. »Fahr vorsichtig!«

»Ich versprech's.«

Sie schmiegte sich an ihn, daß er für einen kurzen Augenblick das Gefühl hatte, sie beide wären *ein* Mensch, mit einem Pulsschlag und mit nur einer Seele.

»Michael?«

»Ja.«

Sie sah ihn an und legte ihre Hände auf seine Wangen. Bevor er eine endgültige Entscheidung hinsichtlich ihrer beider Leben traf, mußte sie ihm die Wahrheit sagen, das war sie ihm schuldig. Michael Landers mußte wissen, daß sie niemals Mutter werden konnte. Sie durfte ihm das nicht verschweigen.

»Was ist, Lara?«

Sie fand keine Worte. Für manche Dinge gab es einfach keine Worte.

»Küß mich, Michael!«

Er lächelte. »Mit dem größten Vergnügen!«

Lara stand auf dem Aussichtsturm, als Michaels Maschine auf die Startbahn rollte. Sie faltete unwillkürlich die Hände. Laß ihn heil ankommen, lieber Gott, dachte sie. Mach, daß Diana rasch wieder gesund wird! Und gib, daß Michael und ich glücklich miteinander werden. Und wenn er ein Kind von mir will, Vater im Himmel, dann schenk mir ein Kind. Alles ist möglich, wenn Du es willst . . .

Alitalia 450 rollte ein paar Meter zurück. Sie nahm sozusagen »Anlauf«, um dann mit laut dröhnenden Düsen und einer schier atemberaubenden Schubkraft über die Startbahn zu rasen.

»Beschütz ihn, lieber Gott! Bitte beschütze ihn!«

Das Flugzeug stieß steil in den Himmel, geradewegs hinein in eine dicke, schwarze Wolke. Lara drehte sich um und ging zurück zum Wagen.

Die Fahrt verlief reibungslos, und in Gedanken war Lara schon wieder zu Hause. Sie beschloß, zu Bertinotti zu gehen und ein bißchen einzukaufen. Dann wollte sie sich einen schönen, starken Kaffee brauen und sich ins Bett legen. Die Telefonschnur war lang genug. Sie konnte den Apparat auf den Nachttisch stellen, und wenn Michael dann anrief –

Lara wollte schreien, aber selbst dazu blieb nicht mehr genug Zeit. Es ging einfach alles viel zu schnell. Sie hatten die Ausfahrt von Pietra Ligure gesperrt, aber Lara hatte die Absperrungen erst zu spät gesehen. Mit ihrem gesamten Körpergewicht stemmte sie sich in die Bremse. Der rechte Scheinwerfer rammte eine der Blockaden, sie hörte das Splittern von Glas, und im nächsten Moment schien der Wagen zu fliegen, schlug dann hart auf . . .

»O Gott!«

Lara atmete dreimal tief durch, bevor sie die Fahrertür öffnete. Sie war noch einmal davongekommen, wie es schien. Der Sicherheitsgurt schlang sich wie ein Korsett um ihren Körper, und das tat weh. Sie löste ihn und stieg aus.

Der rechte Scheinwerfer war hin, die Stoßstange war arg verbeult, und der Auspuff hatte sich verabschiedet. Der Topf lag etwa zehn Meter weiter hinten auf einem Sandhäufchen. So ähnlich hatte es bei Michaels Mietwagen in der Tiefgarage ausgesehen, und die Reparatur war ziemlich kostspielig gewesen . . .

Lara seufzte. »Hätte schlimmer kommen können.« Dann sah sie sich um.

Diese Idioten hatten einfach die Ausfahrt gesperrt, nur um lächerliche drei Quadratmeter neu zu asphaltieren. Da hatten sie die Fahrbahn aufgehackt, und wie Lara die Emsigkeit der Italiener kannte, würden sie die bestimmt erst in vier Wochen teeren.

»Porca madonna!« fluchte sie und setzte sich wieder in den Wagen. Der Motor war heil geblieben, und wenn sie auch das Gefühl hatte, einen Traktor zu fahren, so fuhr sie doch zumindest.

»Scusi madonna!« entschuldigte sie sich sogleich, manövrierte den Wagen aus der Kieskuhle heraus auf den Seitenstreifen, schob sich zwischen zwei der Blockaden auf die Fahrbahn zurück.

Der Traktor namens Alfa Spider brauchte eine ganze Stunde, bis er über Albenga und die Via Aurelia in Pietra Ligure war.

Lara hatte keine Lust mehr, nach Bertinotti zu gehen. Und Kaffee wollte sie auch nicht. Ein Riesen-Schnaps mußte her – sofort!

Und dann ins Bett!

Wenn Michael ein Blatt Papier suchte, lag es in aller Regel zuunterst in einem riesigen Stapel, und wenn er dringend ein Flugzeug erreichen mußte, so stand es mit Sicherheit am allerletzten Gate.

Michael kannte sein Glück auf diesem Gebiet, und deshalb verwunderte es ihn nicht, daß die Pädiatrie das letzte Gebäude auf dem gesamten Klinik-Terrain war und Diana zudem auch noch in der obersten Etage im hintersten Zimmer lag.

Er war vom Flughafen aus nach Hause gefahren. An der Tür klebte ein Zettel:

Andrew ist bei Christophs Eltern, wir sind in der Klinik.

Aileen!

Glücklicherweise war das Taxi nicht gleich weitergefahren, so daß Michael sofort wieder einsteigen konnte.

In seinem Kopf drehte sich alles. Eine Hirnhautentzündung war eine hochgradig ansteckende und zudem sehr gefährliche Krankheit.

Diana konnte daran sterben, und das war dann womöglich noch das geringere Übel, denn die Meningitis konnte aus einem intelligenten Menschen ein schwerst behindertes Wesen machen . . .

Mit zitternden Händen zündete er sich eine Zigarette an.

»He, das ist ein Nichtraucher-Wagen!« schnauzte der Taxifahrer ihn an.

Michael machte die Zigarette aus. Dann atmete er tief durch und meinte: ». . . am Arsch.«

Gleich fühlte er sich besser.

Er sah Aileen schon von weitem. Sie saß mit gesenktem Kopf auf einer Bank auf dem Gang, trug eine Sonnenbrille, und der getreue Jeff hockte neben ihr und hielt ihr das Händchen. Zum erstenmal empfand Michael keine Wut bei diesem Anblick. Er hatte andere Dinge im Kopf. Sein Schritt wurde immer schneller; am Ende rannte er nahezu.

Jeff bemerkte ihn als erster und stand auf, warf ihm einen bösen Blick an den Kopf. »Du hast dir ziemlich viel Zeit gelassen . . .«

Michael zwang sich, diese Bemerkung zu überhören; sie war einfach zu dumm. »Was ist mit Diana?« fragte er Aileen.

Sie gab keine Antwort, schluchzte statt dessen laut auf.

»Was mit ihr ist, will ich wissen!!!«

»Schrei sie nicht an!« tobte Jeff. »Sie ist völlig am Ende, siehst du das nicht? Wir –«

»Aileen!!!«

»Sie . . . sie ist außer Gefahr«, stammelte Aileen mit tränenerstickter Stimme. »Es . . . es ist keine Meningitis, aber . . . aber es sah so aus, und heute nacht . . . heute nacht war ihr Zustand so bedrohlich, daß wir . . . daß ich es für besser hielt, sie . . .«

»Ich will zu ihr!«

»Das geht jetzt nicht«, erklärte Jeff und reckte sich dabei wie ein Hahn auf dem Hühnerhof.

Michael atmete tief durch. »Ich will zu ihr!« sagte er dann noch einmal.

»Aber Michael! Du hast doch gehört, was Aileen sagt. Sie lassen ja nicht einmal *uns* zu ihr.«

Uns! Diese Formulierung traf Michael bis ins Mark. Doch waren die Zeiten, da er sich hatte provozieren lassen, dank Lara vorbei. Sie war jetzt sein Halt. Mit ihr konnte er noch einmal von vorn anfangen, wenn er das wollte. Sie würde ihm andere Kinder schenken ... Kinder, die ihn liebten ... großartige, kleine Michaels, auf die dann kein Jeff der Welt einen Anspruch erheben konnte.

Er blickte nieder auf Aileen. Es war nicht sonderlich hell auf dem Korridor, aber sie trug trotzdem diese große Sonnenbrille, die ihm gleich beim Hereinkommen aufgefallen war. Ihr Gesicht sah auch irgendwie anders aus als sonst, so verschwollen ...

»Wo ist das Schwesternzimmer?«

Jeff zuckte zusammen. Mit einer solchen Reaktion hatte er nicht gerechnet. Sonst fuhr Michael doch immer aus der Haut, wenn sich der Freund des Hauses in familiäre Angelegenheiten mischte.

»Da vorn!« sagte er und wies nach links.

Michael drehte sich auf dem Absatz um.

Eine Viertelstunde später hatte er die gewünschte Unterredung mit dem diensthabenden Oberarzt.

Dr. Müller war noch recht jung, aber das hatte offenbar keine Auswirkungen auf seine Kompetenz. Ganz ruhig und mit allgemein verständlichen Worten klärte er Michael über den Zustand seiner Tochter auf.

»Sie zeigte bei der Einlieferung sämtliche Anzeichen einer Meningo-Enzephalitis«, erklärte er, »das ist eine Entzündung der Hirnhaut und des Hirns an sich.«

»O Gott!«

»Sie hatte hohes Fieber, mußte erbrechen, litt unter schweren Kopfschmerzen mit einer beginnenden, typischen Versteifung des Nackens. Aber die Tests, die wir daraufhin gemacht haben, konnten die Diagnose nicht bestätigen.«

»Und was heißt das?« Michael hatte Angst, vorzeitig erleichtert aufzuatmen.

Dr. Müller schaute auf seine Fußspitzen. »Wir haben Ihrer Tochter ein Beruhigungsmittel gegeben, Herr Landers.«

Michael hielt den Atem an.

»Und als es anfing zu wirken, sank das Fieber innerhalb einer halben Stunde.«

Endlich sah er Michael in die Augen. »Wissen Sie, ich habe schon Ihre Frau danach gefragt, aber sie war wohl zu aufgeregt.« Er machte eine lange Pause. »Hat Ihre Tochter irgendwelche Probleme, Herr Landers? Gibt es in ihrem Leben irgendwelche Dinge, auf die sie nicht einwirken kann und die sie deshalb durch Krankwerden zu lösen versucht?«

Michael zögerte nicht lange. »Ja«, erklärte er dem jungen Arzt ohne Umschweife, »solche Probleme gibt es. – Die Ehe ihrer Eltern ist am Ende . . .«

Dr. Müller preßte die Lippen aufeinander und nickte verständig mit dem Kopf.

»Wenn wir in den nächsten Tagen nicht noch etwas finden, Herr Landers, dann würde ich vorschlagen, daß Sie Ihre Tochter zu einem Kinderpsychologen schicken. Wären Sie damit einverstanden?«

Michael schwieg. Dann meinte er nur: »Wir werden eine Lösung finden.«

Der Arzt hob eine Braue, als wollte er sagen: Solche Fälle kenne ich zur Genüge, und da wird nie etwas Gutes bei herauskommen. Aber er enthielt sich eines Kommentars.

Michael ging in die Caféteria. Fast zwei Stunden saß er da, schüttete Kaffee in sich hinein und rauchte eine Zigarette nach der anderen. Dann kehrte er auf die Station zurück.

Diana war in der Zwischenzeit aufgewacht, und Jeff und Aileen saßen an ihrem Bett und redeten auf sie ein.

»Wir haben uns solche Sorgen um dich gemacht.«

»Möchtest du etwas trinken?«

»Wir waren ganz krank vor Angst.«

»Oder möchtest du vielleicht was essen?«

»Du kannst dir gar nicht vorstellen, wie deine Mutter sich aufgeregt hat.«

»Ich könnte dir ein Schinkenschnittchen besorgen.«

»Ich habe gedacht, sie steht es nicht durch, so aufgeregt ist sie gewesen.«

»Oder wäre dir mehr nach Käse, Diana-Schatz?«

Michael blieb eine ganze Weile im Türrahmen stehen und versuchte zu ergründen, was er fühlte. Doch das einzige, woran er denken konnte, war eine Schrotflinte. Er stellte sich vor, wie er sie lud und anlegte und dann auf Jeff und Aileen zielte, abdrückte ...

»Papa!«

Dianas Augen waren rot, ihr Gesicht war schmal und eingefallen, und ihre Lippen waren vom Fieber aufgeplatzt, aber als sie ihren Vater auf einmal im Türrahmen lehnen sah, erhellten sich ihre Züge mit einem Schlag, und sie richtete sich auf, als wäre sie kerngesund.

»Papa!«

Aileen und Jeff erhoben sich synchron von den jeweiligen Bettkanten. »Wir lassen euch zwei dann mal allein«, erklärten sie im Duett. Dann verließen sie im Gleichschritt das Zimmer.

Michael schaute seine Tochter eine ganze Weile an, und dabei wurde ihm ganz warm ums Herz. Sie war ein so hübsches Mädchen, hatte seine Augen, seinen Mund. Bald würde sie erwachsen sein, den ersten Freund haben, heiraten ... Das Leben war grausam. Es machte nicht nur einen selbst unglücklich, sondern auch die, die man liebte.

Langsam ging Michael auf Diana zu und setzte sich zu ihr.

Mit glänzenden Augen sah sie ihn an.

»Ich bin so froh, daß du gekommen bist, Daddy ... ich hab' dich so vermißt ...«

Es kam nur selten vor, daß sie ihn *Daddy* nannte, und Michael strich ihr das Haar aus der Stirn. »Bist du deshalb krank geworden, mein Schatz?«

Fragend sah sie ihn an.

»Weil du mich so sehr vermißt hast?«

Sie senkte hastig den Blick, aber er ließ sich nicht davon beirren, strich ihr weiter über die Stirn. Schließlich hob sie die Lider wieder, ein wenig ängstlich zwar, aber immerhin.

»Ich weiß nicht ...«

Michael lächelte. »Diana ... ich möchte, daß du eins nie vergißt!« Er atmete tief durch. »Was immer auch geschehen mag, du bist die einzige Tochter, die ich habe. Wenn du mich brauchst, egal, wann, wo und warum, dann werde ich immer für dich dasein. Und du kannst immer zu mir kommen. Und du kannst mich auch immer bitten, zu dir zu kommen. Weil ich nämlich trotz allem dein Vater bin. Hast du das verstanden?«

Diana traten Tränen in die Augen. »Du wirst uns verlassen, nicht wahr?«

»Ich werde dich nie verlassen.« Er nahm sie in die Arme und preßte sie ganz fest an sich. »Das habe ich Andrew auch schon mal gesagt. Ich werde euch beide niemals verlassen, solange ich lebe . . .«

»Aber Mama –«

»Ich liebe deine Mutter nicht, Diana.«

»Aber –«

»Ich liebe sie nicht, und ich werde sie niemals lieben. Und das ist kein Verbrechen, Kind, sondern einfach nur eine Tatsache. Erst wenn ich mich zwinge, sie zu lieben, erst dann wird aus der Tatsache ein Verbrechen. Und das begehe ich dann an uns allen – an ihr, an dir, an Andrew und vor allem an mir selbst . . .«

Diana schlang ihre Arme um seinen Hals und nahm sich vor, dieses so ungewohnte Gefühl von Wärme und Nähe zeit ihres Lebens nicht wieder zu vergessen.

»Aber ich liebe euch doch beide«, wimmerte sie. »Und ich will, daß ihr –«

»Liebe ist ein Gefühl, Diana, und Gefühle lassen sich nicht erzwingen.«

»Aber Gefühle können sich doch ändern, das ist –«

»Dazu müßten sie aber doch erst einmal dasein, Kind.«

»Versuch es doch wenigstens! Bitte, Daddy! Bitte!!!«

»Ich habe es versucht, jahrelang! Und guck, was dabei herausgekommen ist: unglückliche Menschen!«

Er löste sich aus ihrer Umarmung und sah ihr ins Gesicht. »Glaub mir, Diana. Ich bin viele Jahre älter als du, und ich weiß, wovon ich spreche. Liebe ist ein Wunder, nichts Alltägliches, du kannst sie nicht –«

»Aber sie muß doch alltäglich sein, sonst ist sie doch viel zu selten . . .«

»Man fühlt aber nun mal nicht jeden Tag gleich.«

»Das meine ich ja . . . du und ich, Mama und Andrew, wir bestehen doch nicht nur aus Gefühlen, wir haben doch auch noch einen Verstand, und wenn die Gefühle uns verlassen, können wir doch immer noch . . .«

»Diana!«

Michael war erschüttert. Nie im Leben hätte er gedacht, daß ein noch nicht einmal dreizehnjähriges Mädchen zu solchen Gedanken und Formulierungen fähig war.

Diana schloß Mund und Augen und senkte ihren Kopf. Wie durch Watte hindurch spürte sie, daß ihr Vater ihre Hände in seine nahm.

»Eines Tages wirst du es verstehen ...«

Als Michael Dianas Zimmer verließ, saß Jeff auf der Bank, mit gespreizten Knien, gekrümmtem Rücken und mit fest gefalteten Händen.

Aileen stand am Fenster und blickte auf die Stadt hinunter. Es war ein grandioser Ausblick – und das auch noch bei nahezu klarer Sicht. Nur ein ganz leichter Dunstschleier lag über Frankfurt, ein zarter Hauch, der alles ein wenig unwirklich und dadurch märchenhaft erscheinen ließ. Die Wolkenkratzer in der Ferne sahen aus wie Riesen, die Grünflächen wie Teile einer Patchwork-Decke, und durch das Ganze schlängelten sich schmale Straßen, auf denen Autos fuhren, die nicht größer zu sein schienen als die aus Andrews Spielzeugkiste.

Michael ging auf seine Frau zu. »Aileen?«

Ruckartig drehte sie sich zu ihm um.

»Ich muß dich sprechen, Aileen. Da hinten ist ein Aufenthaltsraum. Laß uns da hingehen!«

Er faßte ihren Arm und zog sie mit sich. Im Vorübergehen erhaschte er Jeffs angsterfüllten Blick.

»Keine Sorge!« sagte er zu ihm. »Ich tu' ihr nichts ...« Der Raum am Ende des Korridors war klein und schlecht gelüftet. Auf einem der Tische standen leere Kaffee- und ein prall gefüllter Aschenbecher.

Michael drückte Aileen auf einen Stuhl, nahm ihr gegenüber Platz und beugte sich weit vor. »Ich will nicht mehr, Aileen. Und wenn dir die Kinder etwas bedeuten, willst du auch nicht mehr. Verstehst du? So was wie das hier darf sich nicht wiederholen. Wir brauchen klare Verhältnisse.«

Aileen biß sich auf die Unterlippe und preßte die Hände gegen die

Bügel ihrer Sonnenbrille, ganz so, als hätte sie Angst, Michael könnte ihr diesen Schutzschild herunterreißen.

Er sah es voller Groll. Ein Leben lang hatte Aileen in seine Seele schauen wollen, ihm selbst aber nicht einmal einen Blick in ihr wahres Gesicht gestattet.

»Diesmal wirst du mir kein weiteres Kind unterjubeln«, sagte er mit gesenkter Stimme, »diesmal nicht ... nicht noch ein unglückliches Kind.« Er fuhr sich mit den Händen durchs Gesicht.

»Unglückliche Kinder ... und ich bin auch unglücklich. Zumindest wenn ich in deiner Nähe bin. Ich will nicht so weitermachen.« Er schluckte. »Ich werde ausziehen. Noch heute. Und ich bitte dich von Herzen, mir dieses Mal keine Knüppel zwischen die Beine zu werfen.«

Es war gesagt. Michael atmete erleichtert auf, lehnte sich zurück.

Aileen zeigte keine Regung. Noch eine ganze Weile saß sie stumm und starr da, dann schluchzte sie auf einmal laut auf.

»Ob ich glücklich bin oder nicht, ist dir wohl völlig egal, wie?« Ihre Stimme klang schriller denn je.

»Ja«, gab er ruhig zur Antwort. »Ich war so viele Jahre unglücklich mit dir, daß es mir fast vorkommt wie ausgleichende Gerechtigkeit!«

Wieder biß sie sich auf die Unterlippe. »Wie bösartig du bist ...«

Er atmete tief durch. »Willigst du nun ein in die Trennung oder nicht?«

Nun lehnte auch sie sich zurück, und sie versuchte sogar, entspannt zu wirken.

»Ich habe mein Leben lang alles getan, damit du glücklich bist, Mike. Also bitte: Nimm auch das noch!«

»Heißt das, daß du einverstanden bist?«

Sie schluckte, und wieder preßte sie die Hände gegen die Bügel ihrer Sonnenbrille. »Nur eine Frage mußt du mir noch beantworten.«

»Wenn ich kann.«

»Was hat sie, was ich nicht habe?«

Michael konnte nicht umhin, zu lächeln. »Das ist so eine Standardfrage ...«

»Wenn schon!«

Er sah Aileen ruhig an. »Sie braucht mich, weil sie mich liebt. Du hast mich immer nur geliebt, weil du mich brauchst ...«

Es war Mittwoch, der 17. Juni 1992. Eine glühende Hitze lag über der Stadt, und Cissy Andrews träumte davon, am Meer zu sein, nur mit einem Bikini bekleidet im Sand zu liegen und eine kühle Brise zu spüren. Statt dessen schleppte sie sich über die Zeil, Frankfurts wohl bekannteste Fußgängerzone, und um die Mittagszeit war es hier immer ganz besonders voll.

Die Leute nutzten ihre Pausen, um ein wenig frische Luft zu schnappen oder eine Kleinigkeit zu essen: eine Laugenbrezel, ein Stück Pizza, ein Fischbrötchen. Bei den derzeitigen Temperaturen machten die Eisdielen den größten Umsatz.

Auch Cissy gönnte sich im Vorübergehen eine sogenannte Überraschungstüte. Wie sie später befand, trug das Ding seinen Namen zu Recht. Das Eis war aus geheimnisvollen Gründen völlig geschmacklos, dafür war die Schokoladensauce viel zu süß, und was sich Sahnehäubchen nannte, war eine klebrige Schmiere, die stark an frisch gemischten Zement erinnerte. Trotzdem vertilgte Cissy das Ding bis zum letzten Krümel. An diesem Mittwoch konnte nichts ihre gute Laune verderben. Schließlich war es ihr letzter Mittwoch als Fräulein Andrews. Am Samstag würde sie Frau Roesch werden, und damit begann ein völlig neues Leben.

Cissy spürte auf einmal einen gewaltigen Druck im Magen; vielleicht war ihr die Überraschung doch nicht so gut bekommen. Nervös schaute sie auf ihre Armbanduhr. Sie war schon zehn Minuten zu spät ...

Jeff Barton saß an seinem Schreibtisch und blickte hinaus in die Mittagshitze. Michael war am Morgen nach München geflogen. Er traf sich dort mit dem Autor einer potentiellen neuen Show, und mehr wußte niemand bei *Landers & Barton*, nicht einmal Jeff. Er konnte es sich nur denken. Die Hoch-Zeit der Spielshows war vorüber, und es mußte etwas Neues her. Michael hatte dieses Neue offenbar wieder mal vor allen anderen gefunden, so sah es zumindest aus. Es blieb jedoch eine Vermutung, und das machte Jeff mehr zu schaffen, als er zugeben wollte. Michaels Alleingänge degradierten ihn vor den anderen Mitarbeitern zum Erfüllungsgehilfen, und während er früher mit diesem Image hatte leben können, machte es ihn in letzter Zeit immer häufiger aggressiv. Er stellte sich dann vor, Michael in aller Öffentlichkeit zur Rede zu stellen, die vermeintliche Wahrheit aus ihm herauszuprügeln, bis Michael feierlich gelobte, seiner geschäftlichen Geheimniskrämerei für alle Zeiten ein Ende zu machen.

Jedesmal, wenn Jeff einen seiner Tagträume erfolgreich abschloß, fühlte er sich maßlos erleichtert, aber auch irgendwie erschöpft. Dann brauchte er einen Antrieb, und den fand er am besten, indem er sich etwas gönnte. Meist war das die Lektüre eines Buches, wie er es liebte; mal eine neue CD, die er sich dann ein dutzendmal in Folge anhörte; an jenem 17. Juni war es ein exquisites Essen.

Jeff räumte seinen Schreibtisch auf und beschloß, zu *Bense* zu gehen. Er wollte sich zuerst ein paar Austern, dann eine halbe Languste und zum guten Schluß auch noch ein Soufflé leisten – auf Firmenkosten natürlich, das verstand sich ja wohl von selbst. »Bewirtung« nannte man so etwas steuerrechtlich, und manchmal bewirtete man halt sich selbst.

Für Aileen war dieser Mittwoch einer der schlimmsten Tage, die es in ihrem Leben je gegeben hatte. Am Morgen hatte sie – selbst für ihre Verhältnisse – tödlich früh aufstehen müssen. Sie war mit der unglückseligen Fahrgemeinschaft an der Reihe, brachte zuerst Andrew und Konsorten in den Kindergarten, fuhr dann nach Hause zurück und karrte Diana & Co. zur Schule. Um neun mußte sie wieder zu Hause sein. Diana bekam ihr Klavier. Es wurde von einem Möbel-Transportunternehmen geliefert; der Klavierstimmer war zwischen zehn und zwölf angesagt. Nachdem sie vergeblich auf ihn gewartet hatte, mußte Aileen sich sputen, um rechtzeitig quer durch die Stadt zu kommen: Andrew und seine Freunde waren wieder vom Kindergarten abzuholen. Der Junge hatte um halb eins in der Schwimmhalle zu sein; eine Viertelstunde später endete Dianas Schulunterricht, und um halb zwei hatte Diana ihre erste Sitzung bei dem Kinderpsychologen, den Dr. Müller ihnen empfohlen hatte.

Aileen durfte sich gar nicht vorstellen, was dieser Seelenklempner womöglich so alles aus Diana herausquetschte. Sie haßte den Gedanken, ein wildfremder Mensch könnte Einblick nehmen in die tiefsten Geheimnisse ihres Familienlebens, doch hatte sie keine Möglichkeit gehabt, dieses Unternehmen zu verhindern. Michael war dafür gewesen, daß Diana in die Hände eines Fachmanns kam, und dieser junge Doktor Müller war auch dafür gewesen. Also hätte Aileen wie eine Rabenmutter dagestanden, wenn sie dagegen gewesen wäre.

Kaum daß sie Diana in der kinderfreundlich tapezierten Praxis abgeliefert hatte, mußte Aileen zur Schwimmhalle zurück. Andrews Unterrichtsstunde war zu Ende, und wenn sie ihn nicht rechtzeitig abholte, ging er mit den anderen Kindern zum Kiosk und verwandelte sein Taschengeld in Lakritze und Weingummis und billige Schokolade. Das Zeug war ungesund, und es verklebte den Magen, und Andrew war längst schon dick genug für einen Jungen seines Alters . . .

An jenem Mittwoch kam Aileen gerade noch rechtzeitig, um das Schlimmste zu verhindern. Sie fuhr mit Andrew in die Stadt zurück und zerrte ihn durch die Lebensmittelabteilung eines der zahlreichen Kaufhäuser auf der Zeil. Alle paar Minuten schrie es hinter ihr: »Kaufst du mir dies? – Kaufst du mir das?«

Jedesmal, wenn sie laut und deutlich »nein« sagte, brach Andrew in ein Indianergeheul aus, als wäre sie eine böse Stiefmutter, die ihr Kind verhungern ließ.

»Ich halte das bald nicht mehr aus«, kreischte Aileen, als sie endlich an der Kasse standen. »Ihr bringt mich um, ihr zwei . . .«

Cissy fühlte sich wie eine Prinzessin. Die Robe, die sie sich für den größten Tag ihres bisherigen Lebens ausgesucht hatte, war ein Traum. Der Reifrock bestand aus einer Vielzahl von Rüschen, die zu einer etwa zwei Meter langen Schleppe ausliefen. In der Taille war das Kleid eng geschnürt, und das Oberteil war fast schon unanständig tief ausgeschnitten und scheinbar ärmellos. Doch vom Hals bis zu den Handgelenken lag eine nahezu durchsichtige Gaze. Um den Kopf trug sie ein Straßdiadem, an dem ein dreifacher Schleier befestigt war. Die erste Lage war länger als die Schleppe des Kleides, die zweite reichte bis zum Boden, und die dritte ging gerade mal bis zur Taille. Das gab dem Kopfputz ein ganz enormes Volumen.

Mehr als fünftausend Mark kostete das Vergnügen, aber das war es Cissy wert. Einmal im Leben wollte sie die Schönste sein, glanzvoll im Mittelpunkt stehen und bewundert werden.

»Sind Sie aufgeregt?« fragte die Besitzerin des Brautausstattungsgeschäfts, während sie die letzten Stecknadeln in den Saum des Kleides stach.

»Ziemlich«, erwiderte Cissy.

»Die meisten sind bei der letzten Anprobe nervös.«

»Man bemerkt plötzlich, was für ein bedeutungsvoller Schritt das ist, den man da tun will.«

»Sie haben sich nicht gerade das beste Wetter dafür ausgesucht, Fräulein Andrews. Wenn es am Samstag so heiß ist wie heute, dürfte die Spitze schon nach zehn Minuten völlig verschwitzt sein.«

»So was kann man sich halt nicht aussuchen«, entgegnete Cissy und fügte leise zu sich selbst hinzu: »Wie so vieles andere auch nicht!«

Jeff traute seinen Augen nicht und blieb wie angewurzelt stehen. Rein zufällig hatte er diesen Weg gewählt, um zu *Bense* zu gelangen, und nun stand er vor der Schaufensterscheibe dieses Brautausstattungsgeschäfts und sah eine Art von Zauberwesen, das aus geheimnisvollem Grund enorme Ähnlichkeit mit Cissy Andrews hatte. Verzückt preßte er seine Nase gegen das Glas. Das Mädchen sah aus wie ein Geschöpf aus einer anderen Welt, wie eine Fee, die sich gleich in Luft auflösen und in einer gläsernen Kutsche in die Unendlichkeit entschwinden würde.

Es dauerte eine ganze Weile, bis Cissy bemerkte, daß sie beobachtet wurde. Dann stieß sie einen Freudenschrei aus und bat Jeff herein.

»Das trifft sich großartig. Findest du nicht auch, daß das Kleid in der Taille ruhig ein wenig enger sein könnte, Jeff?«

»Nun . . .«

»Heutzutage halten wir die Kleider gern weit in der Taille«, meinte die Besitzerin des Geschäfts, »weil die meisten Paare einfach nur deshalb heiraten, weil –«

»Deshalb will ich ja, daß es in der Taille ganz eng ist«, fiel Cissy ihr ins Wort, »weil ich nämlich nicht heiraten *muß*!«

Jeff schluckte. »Du siehst wundervoll aus.«

»Danke.«

»Du siehst überhaupt wundervoll aus, nicht nur in diesem Kleid . . .«

Cissy spürte einen Kloß in ihrem Hals, der immer dicker wurde. Am Samstag war ihr Leben als Frau vorbei, dann begann ihr Leben als Ehefrau. Vielleicht würde sie bald schon Kinder bekommen und Windeln waschen und Breichen kochen, Übergewicht haben, Probleme, ihren Bauch einzuziehen . . .

Jeff Barton war ein attraktiver Mann. Auf Anhieb hatte er damals wesentlich anziehender auf sie gewirkt als Michael. Sie erinnerte sich noch gut an ihr Vorstellungsgespräch, an die erste Begegnung mit den beiden Männern. Jeff hatte sie immerzu angelächelt, und sie hatte sich vorgestellt, wie seine großen Hände über ihre Schenkel glitten . . . doch am Ende waren es Michaels Hände gewesen, die sie gestreichelt und gehalten hatten, zumindest eine Zeitlang. Jeff war ihr niemals nähergekommen, ganz so, als hätte er sich vor ihr gefürchtet.

Sie lächelte ihn an.

»Darf ich bleiben, Cissy?«

»Nichts würde mich mehr freuen als das. Setz dich doch!«

»Wenn du fertig bist, lade ich dich zum Essen ein.«

»Gern.«

»Ich war gerade auf dem Weg zu *Bense*.«

Die Besitzerin des Brautausstattungsgeschäfts bekam eine handfeste Hitzewelle. »Ein . . . ein alter Aberglaube«, stammelte sie, »besagt, daß . . . daß es Unglück bringt, wenn der Bräutigam vor der Hochzeit . . .«

Cissy lachte. »Aber das ist doch nicht mein Bräutigam.«

Gleich wurde es der Dame nur noch heißer. »Das sind die Wechseljahre«, entschuldigte sie sich, wischte sich den Schweiß vom Gesicht . . . nicht zum ersten Mal erlebte sie eine Situation wie diese. »Traumhochzeiten« warfen oft ihre Schatten voraus, und manchmal waren es lange und dunkle und dräuende Schatten . . .

Diana stand schon eine gute Viertelstunde auf der Straße, als ihre Mutter und Andrew endlich kamen.

»Entschuldige«, rief Aileen ihr von weitem zu, »aber wir waren noch einkaufen und konnten die Sachen nicht schleppen. Wir mußten sie erst zum Auto bringen und dadurch . . .« Sie stockte. Diana wirkte verändert, irgendwie feindselig. »Alles in Ordnung mit dir?«

Das Mädchen preßte die Lippen zusammen und schob den Unterkiefer vor.

»Diana?«

»Ich hab' Durst!«

Aileen versuchte, kräftig durchzuatmen. »Ich habe Wasser im Auto.«

Mißtrauisch sah ihre Große sie an.

»Geh'n wir?«

Genauso habe ich mir das vorgestellt, dachte Aileen, während sie, flankiert von ihren Kindern, zum Parkhaus zurückmarschierte. Es war unerträglich heiß, und sie war todmüde, und nun hatte sie zu allem Überfluß auch noch eine Tochter, die ein neunmalkluger Analytiker sicher gerade darüber aufgeklärt hatte, was für ein unglücklicher Mensch sie war. Aileen war auch unglücklich, aber danach fragte sie niemand. Danach hatte niemals jemand gefragt.

Jeff Bartons Auto war klein. Jeff hatte damals eine Limousine als Dienstwagen haben wollen. Aber Michael war der Ansicht gewesen, für einen alleinstehenden Junggesellen würde ein Kleinwagen völlig ausreichen . . .

Es war angenehm dunkel im Auto – und doch noch hell genug. Jeff und Cissy saßen eng umschlungen da. Das Essen war köstlich gewesen, und den Nachtisch gönnten sie sich jetzt. Sie spürte seine Zunge an ihrem Gaumen, und er genoß die Art, wie sie sein Glied in den Händen hielt.

»Der Wein hat dich wohl ziemlich entfesselt, wie?«

Sie lachte. »Zu voller Form würde ich erst auflaufen, wenn die dämliche Handbremse nicht mehr im Weg wäre.«

Er bog ihren Kopf weit nach hinten und sah sie an. Sie war eine aufregende Frau, da gab es nichts. Ihre blondgesträhnte, schulterlange Mähne verlieh ihr einen Ausdruck von ungebändigter Wildheit, und das bildete einen verwirrenden Kontrast zu ihren großen, runden, wasserblauen Augen . . .

»Fahren wir zu dir oder zu mir?«

Sie lächelte. »Möchtest du Edy etwa dazubitten?«

»Also zu mir!«

Jeff stellte sich vor, wie es sein würde, ihre Brüste zu berühren. Vom ersten Moment an hatte er sie besitzen wollen, aber wie so oft war Michael ihm zuvorgekommen.

»Ich fick' dich tot, Cissy...« Er riß sie in seine Arme. »Verlaß dich drauf!«

Andrew streikte. Er berief sich auf seinen Status, noch ein Kindergartenkind zu sein. »Ich will auf den Arm!« kreischte er alle dreißig Sekunden.

Derweil schritt Diana wie eine taubstumme Heilige neben ihrer Mutter her, gab auf keine Frage auch nur den Hauch einer Antwort, hatte einen völlig starren Blick und schien mit ihren Gedanken in gänzlich anderen Sphären zu sein.

Beides war unerträglich für Aileen. Am liebsten hätte sie ihre Kinder mit den Köpfen gegen die nächste Wand geknallt. Sie wußte ja auch keinen Rat. Es war das vierte Parkdeck, auf dem sie jetzt nach ihrem Wagen suchte. Und sie war sicher gewesen, er stünde im zweiten Untergeschoß auf Platz 411.

»Nein«, schrie Andrew, »wir waren oben.«

»Das war heute mittag!!!«

»Nein!!!«

Sie schnappte sich die Kinder und lief die Etagen ab, kontrollierte eine Parkbox nach der anderen... Plötzlich erstarrte sie. Das Auto kannte sie doch. Das war Jeffs Auto. Oder nicht?

Es war Jeffs Auto, und Aileen hatte auf einmal das Gefühl, ihr Herz müßte zerspringen. Jeff saß hinter dem Steuer und hielt eine Blondine in seinen Armen, küßte sie...

»Guck mal, Mama, da ist Cissy!«

Andrew vergötterte die Sekretärin seines Vaters. Wenn er erst mal groß war, sollte die Frau seiner Träume ganz genauso aussehen wie sie.

»Guck mal, Mama!«

Aileen preßte ihrem Sohn eine Hand auf den Mund. Er sollte still sein, sofort. Sie sah selbst, daß es Cissy war, die da in diesem Wagen saß. Und der Mann an ihrer Seite war Jeff...

Er war also auch nicht besser als Michael! Bei den Männern ging es immer nur ums Ficken! Deshalb war all das passiert. Es hätte die Vorkommnisse des Pfingstsamstags nicht gegeben, wenn Aileen eine von denen gewesen wäre, eine Cissy, eine Lara...

»Kommt, Kinder!« flüsterte sie. »Ich weiß jetzt, wo der Wagen steht.«

Ohne ein wciteres Wort ging sie weiter, und Andrew und Diana folgten ihr. Sie ahnten, daß sie Zeugen eines bedeutungsvollen Ereignisses geworden waren. Aber noch konnten sie sich nicht vorstellen, welche Folgen das für sie haben würde.

Manche Menschen gingen meilenweit für eine gewisse Zigarettenmarke, andere verkauften für Linsen-Eintopf ihre Erstgeburt. Auch in Cissys Leben gab es eine alles verzehrende Leidenschaft, und die hieß Sex. Lange Zeit war sie sich dessen gar nicht mehr bewußt gewesen. Erst jetzt, als sie in Jeffs Armen lag, erst da erinnerte sie sich wieder.

Sie wußte sehr wohl um ihre Reize. Das mit Abstand Schönste an ihr war der Busen. Er war gewaltig, und Jeff schien es maßlos zu genießen, seinen Kopf zwischen diese fleischigen Brüste zu legen, als sei dies ein Versteck, ein Nest, ein Ort auf dieser Welt, an dem er sich wirklich sicher und geborgen fühlte.

Cissy labte sich an Jeffs Anblick. Sie spürte auf einmal wieder, welche Macht ihr Körper über einen Mann hatte, sie sah, wie Jeffs Blick von ihren übergroßen, tiefdunklen Brustwarzen hinabglitt ... Ja, ihre Oberschenkel hätten ein wenig schlanker sein können, aber zwischen diesen Schenkeln war das einzig wahre Paradies auf Erden, ein Dschungel aus rotblonder, dicht gewachsener und stark gekrauster Weiblichkeit ...

»Der Vorhof zum Garten Eden ...«, gurrte sie.

Jeff lachte. »Im Grunde ist es verwerflich, wenn sich eine Frau wie du an einen einzigen Mann bindet. Wo du doch so viele andere Männer glücklich machen könntest ...«

Sie griff mit den Händen in sein Haar und zog sich daran hoch. »Das denke ich mir auch gerade.«

»He, du skalpierst mich ...«

»Das ist ja der Sinn der Sache ...«

Er schlang ihre Beine um seine Lenden und preßte sie fest an sich. »Du kannst ruhig schreien ...«

»Warum sollte ich schreien?« Sie wußte genau, warum er sie dazu aufgefordert hatte. Männer wie Jeff äußerten ihre Wunschträume immer indirekt. Er lebte ja sogar indirekt. Jeff Bartons Zuhause sah aus wie Michael Landers Büro. Jeff definierte sich durch Michael – und vermutlich durch viele, viele andere Männer.

Er stöhnte laut auf. »Ich wollte dich von Anfang an, Cissy.«

»Das hast du mir nur leider nie gezeigt.«

»Waren da viele vor mir?«

Sie lachte laut auf, und er spürte, wie sich so etwas wie Zorn in ihm breitmachte.

»Hattest du niemals Angst?« fragte er.

»Wovor?«

»Vor AIDS zum Beispiel?«

Wieder lachte sie laut auf. »Wenn ich nicht mehr bumsen darf, Jeff, dann macht mir das ganze Leben keinen Spaß mehr. Das ist mir soeben klargeworden. Folglich ist es mir völlig egal, ob ich nun an AIDS oder an Entzugserscheinungen sterbe. Ich will leben. Erst mal will ich leben ...«

»Und Edy?«

Abrupt löste sie sich aus seiner Umarmung und hockte sich auf die Bettkante.

»Mußtest du ihn unbedingt erwähnen?« Sie zerrte am Laken und schlang es sich um den Körper.

»Du liebst ihn nicht, richtig?«

Cissy atmete tief durch. »Liebe ...«, sagte sie dann, »Liebe ist das Schlimmste, was einem passieren kann. Jeder Verkehrsunfall und jede tödliche Krankheit sind leichter zu ertragen.«

Sie spürte Jeffs Lippen auf ihrem Rücken.

»Die Macht der Liebe, Cissy, ist die Macht, mit der man sich selbst zerstört.«

Ihre Augen wurden feucht. »Sehr schön formuliert!«

»Ich weiß halt, wovon ich spreche.«

»Ich auch«, erwiderte Cissy und schloß die Augen, um nicht in Tränen auszubrechen. Aus dem Dunkel trat Mauro ihr entgegen, und sie sah sein Gesicht, seine Hände, seinen wundervollen Körper ...

»Ich heirate Edy! Ich brauche ihn! Ich brauche Sicherheit und eine Zukunft, und ich will eine normale Frau sein ...«

Ihre Stimme klang hysterisch schrill, und Jeff griff unter ihre Arme und drehte sie zu sich wie ein kleines Mädchen.

»Du weinst ja.«

Sie schluckte. »Und wenn schon! Tu so, als würde es dir nicht auffallen, und lös dein Versprechen ein!«

Fragend sah er sie an.

»Du wolltest mich doch totficken ...«

Diana und Andrew hielten einander verängstigt bei den Händen. Sie verstanden die Welt nicht mehr. Mit über hundert Stundenkilometern raste Aileen durch die Stadt, überfuhr eine rote Ampel und einen Zebrastreifen, mißachtete zweimal die Vorfahrt ... Mit einer Vollbremsung hielt sie schließlich vor dem Haus, mitten im absoluten Parkverbot.

»Steigt aus!« schrie sie und warf Diana den Wohnungsschlüssel zu. »Und verschwindet in eure Zimmer. Ich will endlich mal meine Ruhe haben.«

Andrew fing an zu weinen. Diana schob ihn aus dem Auto und kletterte hinterher. Sie zeigte keine Regung. Sie spürte, wie ihr schon wieder so heiß wurde. Pfingsten hatte das auch so angefangen, wenngleich der Grund da ein ganz anderer gewesen war.

Aileen fuhr den Wagen in die Tiefgarage. Am liebsten hätte sie auf einen der vielen Betonpfeiler zugesteuert, doch im Endeffekt fehlte ihr dazu der Mut. So begnügte sie sich mit der Vorstellung, das Krachen des gestauchten Blechs zu hören.

Sie belegte gleich zwei Parkplätze auf einmal, zerrte die Einkaufstüten aus dem Kofferraum. Eine der Plastiktaschen riß und fiel zu Boden. Glas klirrte, und eine Lache blutroten Tomatenketchups ergoß sich auf den grauen Asphalt. Aileen war bedient. Sie fand die Welt und sich selbst nur noch zum Kotzen. In diesem Bewußtsein versetzte sie der gerissenen Plastiktüte genüßlich einen Tritt und klaubte die anderen Taschen zusammen. Es mußte etwas geschehen, unbedingt und am besten sofort.

Andrew stand zitternd hinter der Wohnungstür. Sie fiel fast aus den Angeln, so sehr schlug Aileen mit dem Knie dagegen. »Macht endlich auf, ihr gottverdammten Blagen!!!«

So hatte Andrew seine Mutter noch nie erlebt. Ängstlich drückte er die Türklinke herunter und sprang sofort zur Seite – was sein

Glück war! Wie eine Furie stürzte Aileen herein und füllte, so schlank wie sie war, die gesamte Diele.

»Was fällt euch ein?« kreischte sie. »Mich einfach auszusperren? Ihr braucht wohl mal eine anständige Tracht Prügel! Damit ihr endlich aufhört, mich zu tyrannisieren!!!« Sie lief in die Küche und stellte die Einkaufstüten ab, riß den Schrank auf, nahm ein Glas heraus.

»Ich hab' Hunger«, wimmerte Andrew, der immer noch zitternd in der Diele stand.

Aileen reagierte prompt. »Bin ich dein Dienstmädchen? Mach dir ein Brot, wenn du Hunger hast!«

Zum erstenmal in ihrem Leben hatte Aileen die Absicht, sich zu betrinken, und daran wollte sie sich von nichts und niemandem hindern lassen, auch nicht von ihrem Sohn. Sie ging ins Wohnzimmer und griff nach der erstbesten Flasche. Sie enthielt Cognac, einen ganz besonderen alten und guten Cognac – in diesem Fall war das Beste gerade gut genug.

Aileen goß sich das Glas bis zum Rand voll. Sie hielt sich die Nase zu, während sie das scharfe Zeug herunterschüttete. Es schien ihr die Kehle zu verätzen, und sie konnte noch weniger als vorher verstehen, daß andere Menschen sich so etwas freiwillig antaten und dann auch noch behaupteten, es würde ihnen Genuß bereiten.

Aileen schloß die Augen. Ihre Kindheit und ihre Jugend waren ein einziger Alptraum gewesen. Erst als sie Michael begegnete, hatte sie begriffen, was es bedeutete, ein Ziel zu haben. Sie hatte dieses Ziel hartnäckig verfolgt und schließlich auch erreicht, doch in den letzten Wochen und Monaten war ihr alles nach und nach entglitten. Sie hatte den Gang der Dinge nicht mehr unter Kontrolle, mehr noch, sie hatte auch sich selbst nicht mehr im Griff. Sie wußte nicht mehr, was sie wollte, und das zu wissen war nun mal das Wichtigste im Leben. Nur dann konnte man Pläne schmieden und versuchen, sie in die Tat umzusetzen . . . Aileen goß sich ein weiteres Wasserglas voller Cognac ein.

Michael hatte eine andere Frau. Aber sie, Aileen, sie würde niemals einen anderen Mann finden. Das war ihr seit heute sonnenklar. Sie hatte geglaubt, Jeff würde sie lieben; sie hatte geglaubt, er wäre anders als Michael; daß auch er nichts als ein Mann war, der immerzu an Sex dachte, war ihr erst jetzt bewußt geworden. Jeff und Cissy! Das war lächerlich, das war geschmacklos. Einen Mann, der sich an Cissy Andrews vergriff, den konnte eine Aileen Landers nicht lieben. Da blieb sie besser gleich bei Michael ...

Ja, das war die einzige Lösung. Zum erstenmal seit über einer Woche nahm Aileen vor Sonnenuntergang ihre dunkle Brille ab. Noch immer war der Bluterguß deutlich zu sehen; er verfärbte das gesamte linke Oberlid. Aileen atmete tief ein. Dann schrie sie. Sie schrie so laut, daß die Kristallplatten der riesigen Wohnzimmerlampe klirrten.

Andrew lag vollständig angezogen in seinem Bett und hielt sich mit schmerzverzerrtem Gesicht die Ohren zu. Noch nie hatte er seine Mutter so schreien hören. Es klang so bedrohlich, und es machte ihn so einsam, so vollkommen hilflos.

Diana stand im Türrahmen. Sie kannte diese Schreie sehr wohl. Aber Andrew konnte nichts davon wissen, darum war er so verstört. Sie versuchte, so etwas wie Mitgefühl für ihren Bruder zu empfinden. Es gelang ihr nicht. Mit Schwäche kam man nicht weiter in dieser Welt, das hatte sie längst lernen müssen. Es nutzte nichts zu weinen und zu klagen; es nutzte nicht einmal, krank zu werden oder gar zu sterben. Die Erwachsenen taten trotzdem, was sie wollten, denn sie hatten die Macht. Aber eines Tages würde sie erwachsen sein, bald schon, sehr bald ...

Diana trat ans Fenster und blickte auf den Innenhof hinaus. Die Bäume, deren kahles Geäst im Winter so majestätisch wirkte, standen jetzt in voller Blüte. Es sah schön aus. Diana preßte ihre Stirn gegen die Fensterscheibe. Am Pfingstsamstag hatte sie auch so dagestanden, sie hatte das Gefühl gehabt, es würde sie erdrücken. Der Pfingstsamstag ...

Am Morgen war Andrew mit Christophs Familie nach Holland gefahren. Diana hatte gehört, wie es schellte, wie Mama Christophs Mutter begrüßte und sich lautstark und scheinbar fröhlich von Andrew verabschiedete. Danach wurde es still in der Wohnung, so still, daß Diana nicht wagte, ihr Zimmer zu verlassen.

Es war schon fast Mittag, als es neuerlich an der Tür läutete.

»Ich bin ja so glücklich«, hörte Diana ihre Mutter sagen, und dann hörte sie Jeff sprechen, Jeff, den sie »Onkel« Jeff nennen mußte, obwohl sie viel lieber »Mister Barton« zu ihm gesagt hätte.

Zum Mittagessen gab es Weinbergschnecken in Kräutersauce, Hirschragout mit Mandelplätzchen und Vanille-Eis mit heißen Himbeeren. Danach gab Aileen ihrer Tochter Geld fürs Kino, aber als Diana dort ankam, hatte die erste Vorstellung bereits begonnen, und bis zur zweiten blieben noch mehr als zwei Stunden Zeit. Also ging sie nach Hause zurück.

Schon von der Straße aus hörte sie ihre Mutter schreien. Von panischer Angst erfaßt, rannte Diana auf die Haustür zu und läutete Sturm. Es dauerte eine Ewigkeit, dann endlich machte Aileen auf.

»Was bist du denn schon wieder hier?« meinte sie. Unsicher strich sie sich das Haar aus der Stirn und fuhr sich immer wieder über das Gesicht.

»Mama, ich ...« Es sprudelte aus Diana heraus wie aus einem Wasserfall, aber Aileen lachte nur.

»Aber nein! Ich habe doch nicht geschrien, Kind. Das wüßte ich doch!«

Den Rest des Tages verbrachte Diana in ihrem Zimmer, allein. Sie wußte selber nicht mehr, was sie jetzt glauben sollte. Sie sah fern und spielte mit ihrem Gameboy, und sie schaffte einmal sogar die 100 000-Punkte-Tetris-Rakete, und dabei hörte sie sich immer und immer wieder die Platten von David Hasselhoff an.

Um kurz vor Mitternacht bekam sie dann mit, wie Onkel Jeff sagte, daß er nun gehen würde. Augenblicke später fing Aileen an zu weinen, und Jeff begann zu toben. Und dann gab es einen dumpfen Knall, als wäre irgend etwas gefallen.

Diana wagte nicht zu atmen. Ängstlich stand sie auf, lief auf Zehenspitzen zur Tür, öffnete sie ...

Ihre Mutter lag im Wohnzimmer auf dem Fußboden, beide Hände auf dem Gesicht. Onkel Jeff beugte sich über sie und streichelte ihre Hände, sprach auf sie ein:

»Verzeih mir, Aileen, ich wollte das nicht ... du mußt mir verzeihen ...«

Diana zuckte zusammen. Sie hatte gar nicht bemerkt, daß Andrew zu ihr getreten war, so sehr war sie in ihren Gedanken versunken gewesen. Jetzt stand der Kleine neben ihr und umklammerte ihren Arm.

»Ich hab' Hunger.«

»Den hast du doch immer, Andrew.«

Er schmollte. »Und Angst hab' ich auch«, gab er zögernd zu.

Diana fuhr ihrem Bruder durchs Haar. »Die hab' ich auch«, flüsterte sie und lächelte dabei wie eine Erwachsene.

»Ich will, daß Papa wiederkommt!«

Das war ein hehrer Wunsch, und Diana lächelte nur noch mehr, um nicht weinen zu müssen. Sie war noch nicht einmal dreizehn, aber wie es schien, hatte sie nicht nur für sich selbst, sondern auch für ihren kleinen Bruder zu sorgen.

»Papa ist müde«, sagte sie leise. »Wenn er wiederkäme, würde er nur noch müder, und dann müßte er sterben. Und das wollen wir doch nicht, oder?«

Andrew schüttelte traurig den Kopf, und Diana hatte alle Mühe, die Tränen zurückzuhalten.

»Papa will endlich glücklich sein, Andrew. Wir müssen unsere Sachen jetzt mit uns selbst abmachen. Dazu sind wir alt genug.«

»Du vielleicht.«

Die beiden sahen einander an, und im nächsten Moment umschlang Andrew Dianas Taille und preßte seinen Kopf ganz fest gegen ihren Bauch. Aus dem Wohnzimmer hörten sie lautes Schluchzen.

»Komm, Andrew. Irgendwie muß es weitergehen . . .«

Eine halbe Stunde später hatte Diana das Abendessen zubereitet und den Tisch gedeckt. Sie war stolz auf sich, besser hätte Mama es auch nicht gekonnt.

Aileen hatte die Cognacflasche in der Zwischenzeit bis zur Hälfte geleert. Der gewünschte Erfolg stellte sich nur leider trotzdem nicht ein. Sie konnte zwar kaum mehr auf ihren Beinen stehen, aber ihre Gedanken rasten nach wie vor.

Daß Jeff sie geschlagen hatte, damit wäre sie gerade noch zurechtgekommen. Männer, die prügelten, hatten Probleme, die sie nicht anders bewältigen konnten. Wenn sie sich ausgetobt hatten, waren sie die sanftesten und liebevollsten Menschen überhaupt.

Damit hätte Aileen leben können. Doch die Tatsache, daß Jeff sie mit Cissy betrog, mit dieser Nutte ...

»Mama?«

Aileen wollte sich gerade einen weiteren Cognac einschenken, als sie Dianas Stimme vernahm.

»Kommst du auch, Mama? Ich hab' uns was zu essen gemacht.«

Aileen wollte das Glas auf den Tisch stellen, aber sie verfehlte die Platte. Das schwere Bleikristall fiel auf den Parkettboden und ging zu Bruch. Aileen schrie auf.

»Aber das macht doch nichts, Mama ... Ich räum' das schon weg ... Jetzt komm erst mal und iß was!« Diana half ihrer Mutter beim Aufstehen und führte sie ins Eßzimmer.

Aileen hatte das Gefühl, gar nicht sie selbst zu sein. Es war, als würde sie sich dabei zusehen, wie sie an Dianas Arm durch das Wohnzimmer schlurfte, den Blick starr auf das zerbrochene Glas gerichtet ... Glück und Glas, dachte sie dabei, Glück und Glas ...

Andrew hatte die kurze Abwesenheit der beiden Frauen genutzt und sich eine neue Zwei-Liter-Box Vanille-Eis aus dem Gefrierschrank geholt. Mit einem Suppenlöffel schaufelte er die süße Sünde in sich hinein, und dabei wurde der Genuß von Löffel zu Löffel größer, denn je mehr das Eis taute, desto cremiger wurde es.

»Andrew!« Diana warf ihm einen strafenden Blick zu.

Der Junge nahm es gelassen hin, schaute kurz auf seine schwankende Mutter, dann löffelte er weiter, und Diana sah ein, daß sie ihn unter den gegebenen Umständen gewähren lassen mußte. Sie war ja schon völlig durcheinander. Wie mußte es da erst in ihrem kleinen Bruder aussehen!

Aileen setzte sich an den Tisch und fing an, mit ihrer Serviette zu spielen. Sie mußte auf einmal an ihre Tanzstunden-Zeit denken. Sie war immer die Schönste von allen gewesen, zugleich aber auch die einzige, die niemals eingeladen wurde. Die Jungen bewunderten sie wie eine Statue, die auf einem viel zu hohen Marmorsockel stand. Keiner wagte, sie zu berühren ...

»Ich will nicht allein sein«, stammelte sie mit schwerer Zunge, »ich hab' Angst vor Einsamkeit ...«

Andrew blickte zaghaft auf, und Diana kämpfte mit den Tränen.

»Du hast aber doch uns, Mama, Andrew und mich . . .«

Aileen verzog ihren Mund zu einem gequälten Lächeln. »Ohne einen Mann ist eine Frau nichts wert. Das wirst du auch noch lernen . . . irgendwann . . .«

Sie brach in Tränen aus, und Andrew sprang auf und lief in die Küche.

Jeder seiner Schritte war geübt. Zuerst öffnete er den Backofen und benutzte die Tür als Tritt. Das Knie legte er auf die Spüle, zog sich am Handtuchhalter hoch und kam schließlich auf Mutters Arbeitsplatte zum Stehen. Der Rest war nur mehr eine Kleinigkeit. Es galt, den Oberschrank zu öffnen, die Nuß-Nougat-Creme herauszuholen, den Schrank wieder zu schließen und den Rückweg anzutreten. Ein- bis dreimal täglich vollführte Andrew diese Kletterpartien – und Aileen wunderte sich, daß ihre Vorräte immer so schnell zur Neige gingen und ihr Söhnchen trotz Salat und Magerkäse immer dicker wurde.

Diana hatte ihrer Mutter ein Butterbrot gemacht. Es war Vollkornbrot mit Kräuterquark, das aß sie gern. Sie schnitt kleine Häppchen, so daß Aileen sie nur noch in den Mund stecken mußte.

Das tat sie dann auch, nur wollte es mit dem Kauen nicht so recht klappen und schon gar nicht mit dem Herunterschlucken.

Andrew stellte das Glas mit der Nuß-Nougat-Creme demonstrativ auf den Tisch.

»Was hast du denn jetzt vor?« fragte Diana, obwohl sie sich das vorstellen konnte und ihr schon bei der Vorstellung übel wurde.

Andrew tauchte seinen Suppenlöffel tief in die Creme. Dann rührte er die etwa tausend Kalorien unter das Vanille-Eis und schaufelte das Ganze mit Wonne in sich hinein.

Aileen sah es wie durch einen Nebel. Sie schob den Teller mit dem Brot zur Seite und griff quer über den Tisch.

»Gib mir auch davon!« lallte sie.

Andrew glaubte, sich verhört zu haben.

»Bitte!«

Auch Diana war höchst erstaunt. Seit sie denken konnte, hatte ihre Mutter niemals etwas Süßes gegessen, weder Torte noch

Plätzchen oder Schokolade, nicht einmal Pudding oder Eis, selbst dann nicht, wenn es bei offiziellen Anlässen als Dessert serviert wurde.

»Ich hol' uns Glasschüsselchen«, sagte das Mädchen und stand hastig auf.

»Quatsch!« entgegnete Aileen. »Hol einen Löffel! Wie Andrew ihn hat . . .«

Sie hing mehr am Tisch, als daß sie saß, und dieser Anblick war Diana auf einmal so widerlich, daß sie ihre Mutter am liebsten geschlagen hätte. Aber das durfte sie ja nicht. Man mußte seine Eltern ja lieben. Dazu war man verpflichtet. Also holte sie einen Suppenlöffel aus der Küche und drückte ihn ihrer Mutter in die Hand.

Aileen grabschte nach dem Eiskübel, und das erschreckte Andrew so sehr, daß er das Glas mit der Creme gleich freiwillig hinterherschob. Zum erstenmal in seinem jungen Leben blickte er in einen Spiegel der Erkenntnis: So sah es also aus, wenn ein Mensch fraß wie ein Schwein, wenn er unbeherrscht Nahrung in sich hineinstopfte . . . Es war grauenhaft, und Andrew nahm sich vor, nie wieder zu essen.

»Ich will, daß Papa wiederkommt!« Kaum daß er diese Worte ausgesprochen hatte, rannen ihm dicke Tränen über die Wangen. »Er soll zurückkommen und nie wieder weggehen.« Er fing an zu schluchzen, so heftig, daß sein ganzer Körper zitterte. »Er soll für immer hierbleiben!«

Diana schlug die Hände vors Gesicht. »Sei still!« sagte sie. »Sei bitte still!« Was ihr Bruder da aussprach, war die ganze Zeit auch ihr Gedanke gewesen, doch hätte sie im Gegensatz zu ihm nie gewagt, diesen Gedanken auszusprechen. »Es hilft doch nicht, Andrew. Es hilft niemandem. Halt also den Mund!«

»NEEEIIIN!« Andrew weinte immer mehr und immer lauter.

Aileen schien es gar nicht zu bemerken. Sie schaufelte immer noch das Eis in sich hinein, einen Löffel nach dem anderen, mal mit Creme, mal ohne – es war gar nicht übel, sich auf diese Weise das Leben zu versüßen. »Ich hätte das schon mal eher tun sollen . . .«

Andrew hörte auf zu schluchzen, und Diana sah ihre Mutter erwartungsvoll an. Sie waren also doch noch nicht ganz allein auf dieser Welt. Es gab noch Hoffnung.

»Was hättest du eher tun sollen, Mama?«

Aileen schob den Eiskübel zur Seite und wischte sich mit dem Handrücken den Mund ab.

»Ich hab' mir nie was gegönnt.«

Diana schluckte.

»Ich hab' immer nur für andere gelebt, für euch ...«, sie stockte, und ihr Gesicht nahm einen völlig verbitterten Ausdruck an, »... und für euren Vater!« sagte sie dann, und dabei klang ihre Stimme so hart, daß die Kinder erschraken. »Er hat mich nie geliebt«, fuhr Aileen leise fort. »Und euch hat er auch nie geliebt, er hat immer nur so getan. Wir waren ihm scheißegal. Seine Arbeit ist das einzige, was ihn interessiert, seine Arbeit und seine Huren.«

Andrew wagte nicht, sich zu rühren. Er wußte nicht, was eine Hure war, und er hätte gern danach gefragt, aber er traute sich nicht.

»Euer Vater hat immer nur an sich gedacht. Sein Schwanz ist sein Gott, den betet er an. Und jetzt hat er uns endgültig verlassen. Abgeschoben wie einen Haufen Dreck!«

Aileen stand auf und torkelte ins Wohnzimmer, holte sich die Cognacflasche. »Ihr müßt die Dinge endlich sehen, wie sie sind. Euer Vater ist ein Mistkerl. Er hat sich einfach eine neue Frau genommen, und wenn die nun ein Kind kriegt, dann bleibt uns wahrscheinlich nicht mal mehr genug zum Überleben. Wir werden kein Dach mehr über dem Kopf haben. Verhungern werden wir ...«

Aileen lehnt im Türrahmen und setzte sich die Cognacflasche an den Hals. In ihrem volltrunkenen Zustand sah sie sich mit den Kindern schon unter den Mainbrücken enden, eingewickelt in drekkige, verlauste Wolldecken ...

Diana fing leise an zu weinen. Trotz allem, was sie in den letzten Jahren erlebt hatte, liebte sie ihren Vater, oder besser, sie hatte ihn geliebt, bis jetzt – jetzt konnte sie es auf einmal nicht mehr. »Er hat alles kaputtgemacht«, wimmerte sie. »Aber ich hab' geglaubt, er hätte uns trotzdem lieb ...«

Aileen lachte hysterisch auf. »Euer Vater kann gar nicht lieben«, kreischte sie. »Er hat überhaupt nur sehr wenige Gefühle; und die wenigen, die er hat, die kann er nicht zeigen –«

Es hätte nicht viel gefehlt, und Aileen wäre gestürzt, aber im letzten Moment erreichte sie dann doch noch die rettende Tischkante und ließ sich wieder auf ihren Stuhl fallen.

»Euer Vater hat uns von Anfang an belogen und betrogen. Jedes Wort, das er sagt, ist Lüge.«

»Aber er ist doch trotzdem unser Vater!« schrie Diana.

Stumm starrte Aileen ihre Tochter an. Sie wußte nicht, was sie jetzt noch sagen sollte, da war nichts mehr.

Andrew atmete tief durch. »Ich hasse ihn!« erklärte er dann. »Ich wünschte, er wäre tot.«

Entsetzt schaute Diana zu ihrem Bruder hinüber. Er war ganz ruhig, ja, er wirkte so gelassen, daß man es fast schon gleichgültig hätte nennen können. Das erschreckte Diana so sehr, daß ihr eigener Schmerz mit einem Schlag verging. »Andrew . . .«, hauchte sie.

Der Junge zeigte keine Regung, und Diana wandte sich ihrer Mutter zu, ganz der Hoffnung hingegeben, die würde diesem Alptraum ein Ende machen.

Doch Aileen tat nichts desgleichen. Unverändert saß sie da und sah aus, als hätte sie einen tiefen inneren Frieden gefunden: Bisher hatten Michael und sie gegeneinander gekämpft.

Nun war Krieg!

Edy Roesch war am Ziel. Die standesamtliche Trauung war vollzogen, und somit konnte nun nichts mehr schiefgehen. Der Rest war eine Formsache.

Cissy sah aus wie eine Märchenprinzessin, als sie am Arm ihres Vaters durch das Kirchenschiff schritt. Ihre Mutter saß in der ersten Reihe und weinte, wie sich das gehörte für die Mutter der Braut.

Aileen zupfte die Schleifen im Haar ihrer Tochter zurecht. Diana war eines von Cissys Blumenmädchen, und darauf war sie mächtig stolz.

Andrew gähnte. Er fand zwar, daß Cissy noch toller aussah als sonst, aber er konnte es trotzdem nicht lassen, immer wieder auf seine Mickymaus-Armbanduhr zu schauen. Er wollte das Fußballspiel nicht verpassen. Wenn der kleine Zeiger auf Mickys Daumen und der große auf Mickys Ohr zeigte, fing die Fernsehübertragung an.

Jeff schloß die Augen. Es war wunderbar gewesen, Cissy in den Armen zu halten, ihre Schenkel zu streicheln und ihre Brüste zu küssen ... Er fragte sich, ob man ihm wohl ansah, was in diesem Augenblick in ihm vorging.

Cissy atmete langsam und gleichmäßig. Von diesem Augenblick hatte sie ein Leben lang geträumt, und nun wollte sie ihn sich unvergeßlich machen. Jede Kleinigkeit wollte sie in sich aufnehmen. Das Glück dieses Moments mußte vielleicht reichen, das Unglück ihres gesamten weiteren Lebens auszugleichen. Sie erschrak bei diesem Gedanken und verdrängte ihn sofort wieder, drückte die Hand ihres Vaters. Seit Jahren hatte sie ihn nicht gesehen, jetzt war er da. Und wie es schien, hatte er ihr auch endlich verziehen.

Cissy war die einzige Tochter eines Berufssoldaten. Disziplin, Strenge und sogenannte Moral hatten ihre Kindheit und Jugend gekennzeichnet. Vater Andrews bezeichnete die Unschuld als das höchste Gut eines Mädchens. »Wirf dich ja nicht an den Erstbesten weg!« hatte er ihr immer und immer wieder gepredigt.

Senkte sie dann beschämt den Kopf, trat ein triumphierendes Lächeln auf seine Lippen.

»Was rede ich?« tönte er dann. »Das wirst du ja sowieso nicht tun. Ich weiß schließlich, was ich großgezogen habe! Moral ist nur eine Frage der Erziehung. Und außerdem schlägst du ganz nach deiner Mutter!«

Für Cissys Mutter war das Größte, was eine Frau im Leben erreichen konnte, das, was sie selbst erreicht hatte: Sie hatte einen Ehemann, der sie ernährte, ein schönes Heim und eine Zukunft namens Kind.

»Die Schule ist nicht so wichtig, Mädchen. Hauptsache, du kannst gut kochen und putzen und bist sparsam. Darauf achten die Männer!«

Schon mit zwölf Jahren hatte Cissy ihren ersten Freund, und es folgten viele andere. Daheim rauchte sie nicht, trank keinen Alkohol und spielte das unschuldige Kind, das knapp wußte, woher die Babys kamen. Draußen schlief sie mit jedem, wenn er nur ein Auto hatte oder so viel Geld, daß es für mehr reichte als für die Eisdiele.

Das Doppelspiel funktionierte jahrelang. Doch dann – Cissy war gerade achtzehn – wurde sie schwanger, und da sie nicht wußte, wer der Vater ihres Kindes war, entschloß sie sich zu einer Abtreibung. Die einzige, der sie davon erzählte, war ihre beste Freundin, und die hatte nichts Eiligeres zu tun, als es ihren Eltern zu verpetzen.

Vater Andrews erwog daraufhin, sich zu erschießen, so groß war seine Scham. Die Mutter verfiel in tiefe Depressionen und mußte monatelang zur Therapie.

Cissy konnte den Anblick ihrer leidenden Eltern nicht ertragen. Ohne ihr Abitur zu machen, verließ sie die Schule. Sie ging nach Mannheim und nahm einen Job in einer Werbeagentur an. Dort lernte sie viele schicke Männer kennen, die eine schnelle Mark machten. Das zog sie magisch an. Sie flog auf Männer mit Macht, nur leider flogen die mächtigen Männer immer nur im Bett auf sie, zu mehr wollte es nie reichen.

Jahrelang schlief sie sich in den Nächten durch die Betten und arbeitete tagsüber als Mädchen für alles, das Fotokopiergeräte und Fernschreiber bediente. Dann las sie eine Anzeige von *Landers & Barton.* Sie suchten eine Sekretärin, die sowohl Englisch als auch Deutsch sprach, einen sogenannten *native speaker*.

Auch während ihrer Jahre bei Michael führte Cissy das alte Leben. Mal war es der, dem ihr Herz gehörte, mal ein anderer. Sie war nie sehr wählerisch, Hauptsache, man machte ihr hie und da schon mal ein paar nette Geschenke und gab ihr im Bett das Gefühl, begehrenswert zu sein und geliebt zu werden. Die Hände eines Mannes bedeuteten Wärme. Sein Glied in sich zu spüren war Nähe. So vergaß sie zumindest für kurze Zeit, wie einsam sie sich fühlte.

Im Winter 1989 lernte sie im Ski-Urlaub in Val d'Isère den hübschen Edy Roesch kennen. Er war ein hervorragender Liebhaber, aber leider Gottes ein Hungerleider, der ihr nicht viel zu bieten hatte. Darauf wollte sie sich nicht einlassen. Sie floh nach Florenz, in die Stadt ihrer Träume ... und da begegnete sie Mauro ...

Die Orgel spielte Mendelssohns *Hochzeitsmarsch*, und mit jedem Schritt, den Cissy sich dem Altar näherte, schlug Jeffs Herz lauter und heftiger. Er fragte sich, ob er gern an Edys Stelle gewesen wäre, aber die Antwort darauf war ein klares Nein. Aus den Augenwinkeln blickte er zu Aileen herüber. Jahrelang hatte er sie mehr begehrt als alles andere auf der Welt. Doch jetzt ... Er hatte Angst vor der Ehe. Das wurde ihm in diesem Moment ganz bewußt. Da standen Cissy und Edy. Da war Aileen ... Nein, er konnte so nicht leben, er brauchte ...

Aileen spürte Jeffs Blick. Langsam wandte sie den Kopf. Sofort schaute Jeff wieder auf die Braut und deren Vater, aber Aileen gab nicht auf, sie hielt ihn im Visier, so daß er schließlich gar nicht mehr anders konnte, als sie seinerseits anzusehen.

Cissys Vater legte die Hand seiner Tochter feierlich in die seines Schwiegersohnes.

Aileen lächelte. Jeff verspürte eine tiefe Scham und senkte den Kopf. Da spürte er auf einmal Aileens zarte, kalte Hand, die zaghaft nach seiner griff.

Aileen lächelte nur noch mehr. »Sie ist eine wundervolle Braut, nicht wahr?«

Jeff nahm Aileens Hand und hielt sie ganz fest.

»Ich liebe dich«, sagte er. Obwohl er wußte, daß das nicht stimmte. Aber es beruhigte ihn.

Aileen strahlte. »Ich weiß, Jeff ...«

Der Pfarrer hielt eine beeindruckende Predigt. Er sprach vom heiligen Sakrament der Ehe und davon, daß zwei Menschen auf Erden nur dann ein Haus bauen könnten, wenn Gott im Himmel auch wolle, daß sie eines bauten.

Edy hörte gar nicht hin. Er war mit seinen Gedanken schon ganz auf den Malediven. In fünf Stunden ging das Flugzeug; er konnte es kaum noch erwarten.

Auch Cissy hatte erhebliche Schwierigkeiten, sich auf die Worte des Pastors zu konzentrieren. Sie rauschten an ihr vorüber, und sein Anblick verschwamm vor ihren Augen, und sie hörte und sah ganz andere Dinge in diesem so denkwürdigen Moment, Dinge, die lang vorüber und doch lebendiger waren als jede Gegenwart ... Florenz 1989 ... die Kirche ... ein anderer Mann, der sie am Arm führte ...

»Willst du, Cissy Andrews, den hier anwesenden Edy Roesch zu deinem dir angetrauten Ehemann nehmen?«

Es war soweit. Cissy hielt den Atem an. Für sie war die Trauung auf dem Standesamt nichts als eine Formsache gewesen. Erst jetzt kam es darauf an, ... erst jetzt: vor Gott.

»Ja.«

Sie hatte es gesagt. Ein kleines Wort veränderte ihr Leben für alle

Zeiten. Edy steckte ihr den schmalen Goldreif an den Finger, der von nun an Zeichen ihrer Zusammengehörigkeit war. Er lächelte dabei. Cissy schloß die Augen. Und dann stellte sie sich vor, es wäre Mauro, der sie in diesem Moment zur Frau nahm . . .

Bei der anschließenden Party ging es ausgesprochen steif zu. Vater und Mutter Andrews hatten weder Kosten noch Mühen gescheut, den größten Tag im Leben ihrer Tochter zu einem unvergeßlichen Erlebnis zu machen, aber genau das war wohl der Grund für die fehlende Lockerheit.

Cissys Vater hielt eine lange Rede, in der er immer wieder bekräftigte, wie glücklich er doch wäre. Anschließend sprach auch Edys Vater ein paar Worte.

Dann forderte Mutter Andrews die Hochzeitsgesellschaft auf, dabei zuzusehen, wie nun feierlich die Torte angeschnitten wurde.

Cissy und Edy stachen das lange, spitze Messer in das dreistöckige Kunstwerk aus Sahne und Marzipan.

Der Fotograf hielt das Ereignis im Bild fest.

Aileen stellte ihr Champagnerglas weg und klammerte sich mit letzter Kraft an einen der Fensterrahmen.

»Geht es dir nicht gut?«

Jeff hatte Aileen die ganze Zeit über beobachtet und stand nun prompt neben ihr, hielt sie am Arm.

Sie lächelte. »Nein, nein, alles in Ordnung. Es ist nur die Wärme . . .«

Sie sahen einander tief in die Augen und wußten beide nicht, was sie sagen sollten.

Die Hochzeitsgesellschaft applaudierte. Es war den jungen Roeschs gelungen, zwei Stücke Torte formschön und unversehrt auf jeweils einen Teller zu transportieren.

»Schönes Paar, die beiden, nicht wahr?«

»Ja«, erwiderte Aileen und sah Jeff dabei mit großen Augen an. Sofort fühlte er sich durchschaut. Er wußte zwar nicht, wie sie es angestellt hatte, aber daß Aileen über Cissy und ihn Bescheid wußte, war klar.

»Mach dir keine Gedanken!« sagte sie da auch schon. »Wir sind beide erwachsene Menschen, und ...« Sie sprach nicht weiter, sah ihn nur an.

Jeff schluckte. »Du siehst großartig aus. Tut dein ... tut das Auge noch weh?«

Aileen strich ihm die Krawatte glatt. Es war eine schöne Krawatte, nachtblau mit tiefroten Ornamenten.

»Ich habe in den letzten Tagen sehr viel nachgedacht«, sagte sie dabei. »Und ich bin zu dem Schluß gekommen, daß Michael und ich ... Die Kinder brauchen ihn, Jeff ... und ich, weißt du ...«

»Du liebst ihn immer noch, habe ich recht?«

Aileen überlegte sich ihre Antwort ganz genau. Vieles hing davon ab, vielleicht alles.

Einer der Kellner trat zu ihnen und bot ihnen weiteren Champagner an.

»Sagen wir so«, erklärte Aileen, »ich will ihn wiederhaben!«

Jeff brauchte ein paar Sekunden, um diese Eröffnung zu verkraften. Dann erhellten sich seine Gesichtszüge. »He, bleiben Sie hier!« rief er dem Kellner nach, der sich schon wieder abgewandt hatte, und nahm zwei Gläser von seinem Tablett. »Laß uns darauf trinken, Aileen!«

Ihr fiel ein Stein vom Herzen.

»Auf euch!« sagte er.

»Auf uns!«

Draußen war das herrlichste Sommerwetter. Drinnen schien niemand darüber nachzudenken, daß es so etwas wie *Wetter* überhaupt gab. Der eine las Zeitung, der andere blickte an die kalkweiße Decke des Wartezimmers, eine Frau strickte, eine erzählte ihrem Kind das Märchen vom Schneewittchen.

Dr. Maurizio Carpegna sah alles andere als fröhlich aus. Seit Lara in Ligurien lebte, war sie in seiner Behandlung, denn als Leukämie-Patientin mußte sie alle sechs Monate zu einer Nachuntersuchung. Wie er dem Krankenblatt entnehmen konnte, hatte sie sich in der Zwischenzeit jedoch seit einem ganzen Jahr nicht mehr sehen lassen.

»Seit wann haben Sie die Blutungen in dieser Häufigkeit?«

»Seit Pfingsten«, erwiderte Lara.

»Gab es da irgendeinen besonderen Anlaß?«

Lara zögerte. »Ich kann mir eigentlich nicht vorstellen, daß das eine was mit dem anderen zu tun hat, aber . . .«

Sie erzählte von ihrem kleinen Unfall an der Ausfahrt von Pietra Ligure, von dem Aufprall des Wagens und davon, daß sich der Sicherheitsgurt wie ein Stahlkorsett um ihr Becken geschlungen hatte.

»Wie oft haben Sie seitdem geblutet?«

»Alle vierzehn bis sechzehn Tage.«

»Waren es Schmierblutungen?«

»Im Gegenteil. Es blutete heftig, anderthalb Tage im Schnitt, dann war wieder alles vorbei.«

Carpegna seufzte. »Halten Sie sich eigentlich für eine intelligente Frau, Signora Laddock?«

Lara verzog ihr Gesicht, sie ahnte, worauf er hinauswollte. »Sie wissen genau, daß ich Krankenhäuser hasse!« meinte sie deshalb nur.

»Wer haßt Krankenhäuser nicht?«

»Sie, Herr Doktor! Sonst würden Sie ja wohl kaum in einem arbeiten.«

Sie schwang sich von dem, was sie während ihrer Krankheit *Pflaumenbaum* genannt hatte, und verschwand hinter dem Paravent, um sich wieder anzuziehen. Die junge Ordensschwester namens Innocentia, die bis dahin die Anstandsdame gespielt hatte, huschte wortlos aus dem Behandlungsraum. Vermutlich mußte sie zur nächsten Messe.

Carpegna setzte sich an seinen Schreibtisch. »Wir müssen so ziemlich alle Tests machen«, erklärte er mit sorgenvoller Stimme.

»Das ist mir klar.«

»Und am besten warten wir damit nicht mehr allzu lange. Wie ist es mit nächstem Montag?«

»Wenn Sie mir versprechen, daß ich es dann am Freitag hinter mir habe. Da fliege ich nämlich nach London.«

Lara trat hinter dem Paravent hervor und lächelte Carpegna vielsagend an. Er verstand. Nach all den Jahren des selbstauferlegten Zölibats gab es offenbar wieder einen Mann in Laras Leben.

»Gut, daß Sie mir das sagen. Das bedeutet nämlich, daß wir –«

»Keine Pille!« fiel Lara ihm ins Wort.

»Das meine ich ja auch gar nicht. Es könnte nur sein, daß Ihr Intimleben und die Blutungen in einem Zusammenhang stehen.«

Entgeistert sah sie ihn an und sank auf den unbequemen Holzstuhl, der vor seinem Schreibtisch stand.

»Guter Mann, ich bin fünfunddreißig Jahre alt und nicht gerade frisch entjungfert.«

Carpegna zeigte keine Regung. »Manchmal haben Blutungen rein psychologische Gründe, Signora Laddock ...«

Sie senkte den Blick, und er empfand ein echtes Mitgefühl. Doch nutzte es nicht, sich der Wahrheit zu verschließen. Kaum jemand wußte besser als Carpegna, was Lara in der Vergangenheit durchgemacht hatte.

Sommer 1987: Er traf sie in der Gasse von Pietra Ligure, Arm in Arm mit einem Mann, den sie ihm als Fabrizio Testini vorstellte. Die beiden wirkten sehr verliebt.

Herbst 1988: Auf einer Strandparty traf Carpegna den Mann wieder, doch war er diesmal in Begleitung einer anderen Frau, eigentlich war sie noch ein Mädchen, ein halbes Kind. Zur gleichen Zeit erschien Lara außerhalb ihrer üblichen Nachuntersuchungen. Sie hatte ziemlich zugenommen. Ihre Brüste waren stark geschwollen. Sie war schwanger.

Niemals konnte Carpegna die Nacht vergessen, in der er Laras Baby auf die Welt holte. Es war ein kleiner Junge. Er hatte keine Hände, keine Füße, sein ganzes Körperchen war dicht behaart und völlig verformt. Neun Monate lang hatte Lara alles getan, um dieses Kind zur Welt zu bringen. Sie hatte es geliebt und mit all dieser Liebe erwartet, und noch während der Geburt hatte sie unentwegt gebetet, Gott möge doch noch ein Wunder geschehen lassen.

Doch Gott hatte wohl andere Pläne mit ihr gehabt ...

Carpegna atmete tief durch. »Sehen wir uns also am 6. Juli, Signora Laddock. *Va bene?*«

»Wenn ich es nicht *va bene* fände, würde es mir wohl kaum nutzen, oder?«

Der Doktor schmunzelte. »Um sieben Uhr. Nüchtern.«

»Ich werde aber nicht über Nacht bleiben.«

»Sie erhalten meine ausdrückliche Genehmigung, Heimschläfer zu sein!«

Lara lächelte. Sie mochte Doktor Carpegna. Er war ein schmukker Mann mit tiefschwarzem, lockigem Haar, braunen Mandelaugen, einem dunklen Bartwuchs, der ihm einen Ausdruck von Verwegenheit verlieh, und einem durchtrainierten, schlanken Körper. Mit anderen Worten, er war ganz und gar *der* Italiener, wie man ihn sich vorstellte, und deshalb war es ein wahrer Segen, daß die Krankenschwestern von Santa Corona ausschließlich Nonnen waren. Freie Schwestern hätten sich nach dieser Männer-Schönheit sicher verzehrt, und das wäre ein hoffnungsloses Unterfangen gewesen. Carpegna war seit Jahren glücklich verheiratet und hatte erst kürzlich sein drittes Kind bekommen.

»Was ist es eigentlich geworden?« fragte Lara im Hinausgehen. »Ihr Baby, meine ich.«

»Ein Mädchen, Signora Laddock. Sophia.«

»Meinen Glückwunsch!«

Carpegna sah seiner Patientin fest in die Augen. Sie gratulierte ihm nicht nur mit dem Mund, sie tat es auch mit dem Herzen. Und dafür bewunderte er sie.

Michael saß im Qualm seiner Zigaretten und verfluchte den Tag, da die japanische Unterhaltungsindustrie Herrn Mutsuko Yamagushi hervorgebracht hatte. Seit Montag waren Jeff und Michael in London. Mittlerweile war Donnerstag, und das vereinbarte Treffen war immer noch nicht zustande gekommen. Nach dem neuesten Stand der Dinge sollte es nun morgen endlich soweit sein – ausgerechnet morgen, wenn Lara kam.

Michael zerdrückte seine Zigarette im Aschenbecher und zündete sich gleich eine neue an. Ein wundervolles Wochenende in London hatte er Lara versprochen und anschließend ein paar erholsame Tage in Cornwall. Es sah nicht danach aus, daß er dieses Versprechen halten konnte.

»Meine sehr verehrten Damen und Herren, wir haben unsere Reiseflughöhe verlassen und befinden uns im Anflug auf den Flughafen

London-Heathrow. Deshalb möchten wir Sie bitten, Ihre Sicherheitsgurte wieder anzulegen, die Tische vor sich hochzuklappen und das Rauchen einzustellen, vielen Dank. – *Ladies and gentlemen* . . .

Die Worte trieben Lara eine Gänsehaut über den Körper. Es war Freitag, der 10. Juli 1992, und sie blickte angestrengt aus dem Fenster. Obwohl die Wolkendecke schier undurchdringlich schien, glaubte sie, unter sich erste, vertraute Konturen zu erkennen. London! Sie verspürte eine eigenartige Erregung, eine Mischung aus Angst und Traurigkeit, aus Schmerz und aus Sehnsucht, und mit jedem Meter, den die Maschine an Höhe verlor, überwog mal das eine Gefühl, mal das andere.

Seit ihrer Kindheit war Lara nicht mehr in London gewesen. Aber vielleicht hatte ein Teil von ihr die Stadt ja nie verlassen. Und vielleicht würde sie diesem Teil ihres Ichs ja jetzt wiederbegegnen.

Lara lächelte selig vor sich hin. Ob Michael in diesem Moment an sie dachte? Ob er vielleicht gerade zum Himmel blickte und die *Alitalia* herunterschweben sah?

Sie schloß die Augen und träumte. Das brauchte sie nach den Tagen in Santa Corona. Nichts war konkreter und realistischer als ein Klinikaufenthalt. Nichts machte einen Menschen dankbarer und demütiger. Wenn man so etwas hinter sich hatte, konnte man selbst in den kleinsten Dingen des Lebens die größten Erkenntnisse sehen, in jeder Seifenblase einen schillernden Kristall entdecken.

London-Heathrow war immer noch so hektisch wie vor fünfundzwanzig Jahren. Menschen rannten, und Lautsprecher dröhnten, und wie einst, als sie noch ein Kind gewesen war, fand Lara sich überhaupt nicht zurecht. Als sie endlich ihr Gepäck vom Band gezerrt hatte, saß das Gros ihrer Mitreisenden sicher schon beim Fünf-Uhr-Tee und knabberte Gurken-Schnittchen.

Michael hatte versprochen, Lara vom Flughafen abzuholen, doch er war nicht da. Zum ersten Mal geriet sie in einer solchen Situation nicht sofort in Panik. Bestimmt war ihm irgend etwas dazwischengekommen; vielleicht steckte er in einem Stau. Gemäßigten Schrittes und mit einem erschütternd ruhigen Pulsschlag ging sie zum Informationsschalter und fragte, ob man eine Nachricht für sie hätte.

Die junge Frau jenseits des Schalters trommelte auf ihrem Computer herum. »Lara Laddock?« vergewisserte sie sich.

»Ja.«

»Aus Genua kommend?«

»Ja.«

»Ein Mr. Landers läßt Ihnen ausrichten, Sie möchten ein Taxi nehmen und direkt zum Hotel fahren.«

Lara lächelte. »Vielen Dank!« Am liebsten hätte sie in diesem Augenblick die ganze Welt umarmt. Ein langer Weg war zu Ende gegangen. Sie vertraute Michael. Nach Jahren der Unsicherheit hatte sie durch ihn gelernt, wieder ein richtiger Mensch zu sein.

London. Lara liebte diese Stadt, denn sie hatte so etwas von Grund auf Feines. Die allgegenwärtige Tradition gab ihr in gewisser Weise sogar einen Hauch von Ewigkeit. Mochte der Rest der Welt ruhig untergehen, in London würde sich deshalb noch lange nichts ändern. Lara fand das äußerst beruhigend, und sie fragte sich keinen einzigen Moment, warum sie es wohl so empfand.

Als ihr Taxi die Innenstadt erreichte, wurde es draußen allmählich dunkel. Lara preßte die Nase gegen die Scheibe des Seitenfensters, doch blickte sie weniger nach draußen als vielmehr in die Welt ihrer Erinnerungen. Sie waren jetzt auf der Cromwell Road und fuhren vorüber am National History Museum, am Geological Museum, am Victoria & Albert Museum . . .

Vier Jahre war Lara alt gewesen, als die Familie nach London zog, und in den folgenden Jahren war sie jedes Wochenende mit ihrem Vater in irgendeines der vielen Museen der Stadt gegangen. Niemand hatte sie je gefragt, ob sie nicht vielleicht lieber etwas anderes getan hätte in dieser Zeit, und sie selbst hätte es nie zu sagen gewagt. Papa war ein herzensguter Mensch gewesen, doch hatte er mit kleinen Kindern nie etwas anfangen können. Sie machten ihn nervös, und deshalb reagierte er rasch abweisend. Erst als Lara begann, sich für das Weltgeschehen zu interessieren, erst da hatte ihr Vater es als Bereicherung empfunden, eine Tochter zu haben. Um von ihm geliebt zu werden, trabte sie durch Museen, trällerte Opernarien nach, fragte, ob es in Afrika Tiger gäbe . . .

Die Cromwell Road wurde zur Brompton Road, und somit war

Harrods nicht weit, das Kaufhaus der Kaufhäuser! Mit Schrecken dachte Lara zurück an verregnete Nachmittage, an denen ihre Mutter sie stundenlang von einer Abteilung in die andere gezerrt hatte. Dann lag auf einmal links von ihr der Hyde Park, und rechts war der Green Park ... Bei schönem Wetter hatte sie dort mit ihren Schulkameradinnen manchmal Federball gespielt, oder aber sie waren um die Wette gelaufen, und wer am längsten durchhielt, bekam von den anderen ein Eis spendiert. Lara seufzte. Heute kriegten die jungen Leute Tennisunterricht, und das andere nannte man Jogging ...

Das Hotel, in dem Michael in London wohnte, lag in Mayfair, einem der Nobelviertel der Stadt, und die Suite, in die man Lara führte, war fast so groß wie ihre Wohnung in Pietra Ligure und verfügte auch über eine fast ebenso gigantische Terrasse.

Michael hatte wohl geahnt, daß Laras erster Weg nach draußen führen würde. An der Glastür war ein »Hafti« befestigt, einer jener signalgelben Zettel mit Klebestreifen, ohne die ein moderner Mensch kaum mehr überleben konnte.

»Herzlich willkommen, mein Liebling!« stand darauf geschrieben. »Für den Fall, daß ich mich verspäte: Der Champagner steht im Kühlschrank!«

Lara zog den Zettel ab und steckte ihn in ihre Handtasche. Sie bewahrte jedes Wort auf, das Michael ihr schrieb, wie sie ihn in letzter Zeit auch bei jeder sich bietenden Gelegenheit fotografierte. Wenn er dann nicht leibhaftig bei ihr war, breitete sie all diese Dinge um sich herum aus. Das linderte ein wenig ihre Einsamkeit, eine Krücke, derer sie sich im Grunde ihres Herzens maßlos schämte. Doch hatte sie keine Lust, weiter darüber nachzudenken. Dazu war sie im Augenblick einfach viel zu glücklich.

Es war ein milder Sommerabend, und Lara trat ins Freie. Obwohl ihre Londoner Zeit schon mehr als zwanzig Jahre zurücklag, taten sich die vertrautesten Bilder vor ihr auf. Sie erinnerte sich an neblige Herbsttage und trübsinnige Spaziergänge. Sie wußte aber auch noch, wie herrlich es gewesen war, bei strahlendem Sonnenschein am Themse-Ufer entlangzuschlendern und mit den Schulkameradinnen über die neueste Folge von »Doktor Kildare« zu schwärmen, einer Fernsehserie, in der ein damals noch unbekannter Schauspieler namens Richard Chamberlain die Hauptrolle spielte. Nancy hatte immer ... Laras Gedankenstrom riß, und sie stürmte ins Zimmer zurück, durchwühlte die Schubladen nach einem Telefonbuch. Nancy Williams, Allegra Bennington, Sarah Donovan ... Ob es sie noch gab? Ob sie längst verheiratet waren und andere Namen hatten? Vielleicht lebten sie inzwischen ja ganz woanders ...

Michael kochte vor Wut. Das war an sich zwar schon schlimm genug, doch an diesem Freitagabend fand er es noch wesentlich schlimmer, diese Wut nicht zeigen zu dürfen.

Zum Frühstück hatte Herr Yamagushi eintreffen wollen, zum Mittagessen gab er sich dann endlich die Ehre. Er plauderte episch breit über die Schönheiten Europas und zog sich anschließend eine geschlagene Stunde zurück, um in Ruhe zu telefonieren. Erst um halb sechs begann das eigentliche Verhandlungsgespräch, und das schleppte sich so zäh dahin, daß selbst den Dümmsten sehr schnell klar war, daß dies nicht die letzte Unterredung sein würde.

Erst kurz vor Mitternacht war Michael im Hotel. Lara nahm gerade ein Bad.

»Willst du dir das wirklich antun?« frotzelte sie, als er versuchte, sie aus der Wanne zu heben.

»Ich fühl' mich eh schon, als hätte man mich durch einen Fleischwolf gedreht.«

»Aber du wirst dir deinen Anzug ruinieren ...«

»Und wenn schon!«

Er hob sie aus dem Wasser und trug sie, naß, wie sie war, ins Schlafzimmer.

»Ganz schön schwer, nicht wahr?«

»Du hättest mir nicht verschweigen dürfen, daß du gefrühstückt hast.«

»Das letzte Cornflake reißt einen immer rein.«

Er legte sie aufs Bett und setzte sich zu ihr, nahm ihr Gesicht in beide Hände.

»Du siehst ziemlich bedient aus ...«

»Diese Japse machen mich wahnsinnig«, gab er stöhnend zurück. »Herr Yamagushi leidet ganz offensichtlich an Schlafstörungen. Und auch sonst scheint er die Zeitverschiebung noch nicht so ganz verkraftet zu haben. Er sagt jetzt *ja* und dann *nein*, und er versucht mit allen Mitteln, einerseits den Preis zu drücken, andererseits aber das Paket zu vergrößern . . .«

»Armer Liebling . . .!« Sie strich ihm durchs Haar. »Willst du auf den Arm?«

»Ich bitte darum!« Lausbübisch grinste er sie an. »Sorge dafür, daß dein Leib Herrn Yamagushi vergessen läßt!«

Lara lachte. »Na, ob ich gegen einen Japaner ankomme . . .«

»Bisher habe ich geglaubt, sie hätten nur Schlitzaugen«, knurrte Michael. »Aber ihre Schlitzohren sind viel schlimmer! Wie es aussieht, wird es noch die ganze nächste Woche dauern.«

»Aha . . .« Lara zog ihn aufs Bett und legte sich auf ihn.

»Ich hoffe schwer, daß du hierbleibst und mir zur Seite stehst.«

»Ich hoffe schwer, daß du das hoffst, Michael . . .«

Sie machte sich an seiner Krawatte zu schaffen und öffnete sein Hemd.

»Was tust du da?«

Sie lächelte. »An irgend etwas muß ich mich schließlich abtrocknen.«

»Es ist ziemlich feucht hier, da hast du recht . . .«

»Seide und Wasser haben sich eben noch nie gut vertragen.«

»Die seidene Bettwäsche haben sie nur deinetwegen aufgezogen, Lara. Darum habe ich heute morgen extra noch gebeten . . .«

Sie zog den Reißverschluß seiner Hose auf, und ihm wurde ganz sonderbar zumute.

»Ich glaube, wir sollten die Hausdame anrufen, Lara . . . in dieser Nässe hier kann ja kein Mensch schlafen.«

»Noch wird nicht geschlafen!«

»Ach nein?«

»Nein, Michael!« Sie zog ihm die Hose herunter, und er spürte, wie ihm der Schweiß auf die Stirn trat.

»Hol' uns doch mal den Champagner, Lara, wie wäre das?«

Schmollend blickte sie auf ihn nieder. »Ich steh' gerade, wie?«

»Du hast es erfaßt.«

Michael hatte Lara unvergeßliche Tage und Nächte versprochen. Und da er nun mal ein ganzer Mann war, hielt er auch Wort. So schlief er dann am ersten Abend nach dem zweiten Glas Champagner ein und war dafür am nächsten Morgen schon lange weg, als sie aufwachte. Diesmal klebte auf dem Nachttisch ein Hafti:

»Lade dich zum Mittagessen ein, rufe gegen 12.00 Uhr an.«

Das tat er tatsächlich, doch nur um zu sagen, daß es mit der Verabredung nichts würde.

»Aber wir können uns um 17.00 Uhr im *Dorchester* treffen, Lara!«

»Wundervoll!« hauchte sie. Kaum etwas war stilvoller als ein klassischer »Tea for two« in illustrer Umgebung.

Sie zog sich schick an und gab sich ganz besonders große Mühe mit ihrem Make-up. Das *Dorchester* war schließlich nicht irgendein Hotel.

Gerade als Lara das Zimmer verlassen wollte, läutete das Telefon.

»Ich schaff' es nicht, Schatz. Sei mir bitte nicht böse!«

»Aber nein . . .«

»Laß uns zusammen zu Abend essen, ja?«

»Wann?«

»Um acht?«

»Meinst du denn, das klappt, Michael?«

»Wenn nicht, können wir immer noch in so einen typisch britischen Pub gehen . . .«

Michael klang schon jetzt erschöpft und müde, das letzte, was er brauchte, war wohl eine nächtliche Kneipentour.

»Bring deine Arbeit zu Ende und komm heim!« sagte Lara leise.

Er atmete erleichtert auf. »Und du bist wirklich nicht sauer?«

»Morgen ist schließlich auch noch ein Tag.«

Lara sagte das einfach so dahin, aber sie sollte schon bald voller Groll an diesen Satz zurückdenken. Denn am nächsten Tag wiederholte sich die ganze Geschichte, und das, obwohl Sonntag war.

Mit Beginn der neuen Woche ging es dann erst richtig los. Vom frühen Morgen bis zum späten Abend war Michael mit seinen Geschäften zugange. War er dabei außer Haus, hockte Lara stumpfsinnig vor dem Fernsehapparat und wartete auf seinen Anruf. Arbeitete er im Hotel, mußte sie sich gar ins Schlafzimmer zurückziehen; denn im Wohnbereich schwirrten dann immer schon drei andere Damen herum. Die eine war Yamagushis Sekretärin, eine ungemein kleinwüchsige Person; Lara rannte sie dreimal in Folge um, weil sie so klein war und Lara sie nicht früh genug sah. Die andere Frau war Schreibkraft einer Londoner Zeitarbeitsvermittlung, die *Landers & Barton* engagiert hatten, und die dritte im Bunde war die Dolmetscherin. Wenn es um den Vertrag ging, war Herr Yamagushi nicht bereit, Englisch zu sprechen.

»Fremde Worte machen fremde Gedanken!« erklärte er das mit fernöstlichem Charme.

»Aber Sie können doch ganz hervorragend –«

»Hervorragend ist nicht perfekt!«

»Er müßte bloß sonst mal die Zähne auseinanderkriegen«, schimpfte Michael. »Aber das trauen sich die Japse ja nicht. Da haben sie ja gleich Angst, sie würden zuviel von sich preisgeben.«

Mit vor der Brust verschränkten Armen saß er im Bett und starrte auf die Spätnachrichten.

»Sehen Sie jetzt den Wetterbericht für morgen, Mittwoch, den 15. Juli 1992 . . .«

Lara setzte sich neben ihn und strich ihm durchs Haar. Sofort stieß er einen wohligen Seufzer aus und legte seinen Kopf auf ihre Schulter.

»Kraul mich ein bißchen . . .!«

Das waren seine vorerst letzten Worte. Noch bevor der Wetterbericht am Ende war, schlief er tief und fest. Lara nahm ihm die Brille von der Nase und legte ihn richtig hin, deckte ihn zu wie ein Baby . . . und dann nahm sie sich vor, ab morgen andere Seiten aufzuziehen. Sie war schließlich ein eigenständiger Mensch. Und eigenständige Menschen durften auch eigene Wege gehen.

Am Mittwoch fuhr Lara mit einem Mietwagen zum Schloß Windsor hinaus. Während der Jahre, die sie in London gelebt hatte, war sie zwar häufiger dort gewesen und hatte es nie sonderlich spannend gefunden, doch spannender, als im Hotelzimmer zu sitzen, war die Schloßbesichtigung allemal.

Bevor sie wieder zurückfuhr, machte sie bei einer Riesen-Portion Erdbeeren mit Sahne einen Plan für den nächsten Tag. Was sie sich da nicht so alles gönnen wollte! Doch wie so oft im Leben kam alles ganz anders.

Michael stand an jenem Donnerstagmorgen wohl noch früher auf als sonst und machte auch ungewöhnlich großen Lärm dabei. Das hatte zur Folge, daß Lara aufwachte und nicht wieder einschlafen konnte, und sie fühlte sich entsprechend zerschlagen und hatte Kopfschmerzen, vor allem aber fror sie wie im tiefen Winter. Also beschloß sie, die Hotel-Sauna zu benutzen, schwamm anschließend ein paar Runden durch den Pool und fand, damit hätte sie sich nun ein Frühstück verdient.

Nach zwei Scheiben Toast mit englischer Marmelade kehrten ihre Lebensgeister zurück. Sie ging unter die Dusche, frisierte ihr Haar, warf sich in ein hochelegantes, graues Kostüm, legte ihren gesamten Schmuck an ... Einer ihrer Ringe war weg. Ihr Ehering war verschwunden.

Sie suchte wie eine Irre: im Bett, unter dem Bett, im Safe und in sämtlichen Schränken – aber es war vergeblich. Sie rückte die Frisierkommode und die Nachttische von der Wand, kroch hinter die Vorhänge und klopfte sogar die einzelnen Heizungsrippen ab – nichts. Der Ring war nicht wiederzufinden, und Lara heulte wie ein Schloßhund: Alles, was sie zu besitzen glaubte, wurde ihr geraubt ...

Sie trank drei Gläser warmes Leitungswasser und brach den Marmeladentoast wieder aus. Wer nicht aufpassen konnte, brauchte auch nicht zu essen. Strafe mußte sein!

Mit dick verschwollenen Augen setzte sie sich vor den Fernsehapparat und versuchte verzweifelt, sich auf die neueste Wiederholung von *Star Trek* zu konzentrieren. Doch es wollte ihr nicht so recht gelingen. William Shatner verschwamm vor ihren Augen, und sie sah statt seiner Brian, wie er ihr den schmalen Goldreif an den Finger steckte ...

Nach der Scheidung hatte der Ring jahrelang in einer Schatulle gelegen. Erst als Lara so viel abgenommen hatte, daß auch ihre Finger dünner geworden waren, kramte sie die goldene Fessel wieder hervor. Sie war immer ein wenig zu eng gewesen. Jetzt paßte sie und erfüllte sogar zum erstenmal einen guten Zweck. Lara steckte ihren alten Ehering vor den Brillanten, den Fabrizio ihr geschenkt hatte. Und jetzt war der Sicherheitsreifen weg – wie Fabrizio, wie Brian, wie ihre Jugend; ihr Leben ging verloren ...

Als Michael am Abend nach Hause kam, fand er eine Lara, die gerade vor dem Toilettentopf kniete und verzweifelt versuchte, den Rest des Thunfisch-Sandwiches zu erbrechen, das sie etwa zehn Minuten zuvor in sich hineingestopft hatte.

»Bist du wahnsinnig?« schrie er sie an. »Tust du das etwa häufiger?«

Statt ihm eine Antwort zu geben, schluchzte sie laut auf.

»Hör mal, Lara! Prinzessin Diana tut das, das weiß jedes Kind. Aber ich kann mir nicht vorstellen, daß es an der Londoner Luft liegt.«

Sie putzte sich die Zähne und gurgelte mit Mundwasser, und dann erzählte sie Michael unter Tränen, was vorgefallen war.

Beschützend nahm er sie in die Arme. »Aber, Darling, deshalb kotzt man doch nicht ...«

»Oh, Michael!«

»Schau dir doch mal deine Hände an! Ein Vermögen hast du an den Fingern! Und da sollte dir ausgerechnet einer deinen Hundert-Dollar-Billig-Ehering klauen?«

»Aber es ist so!«

»Du hast sicher nur nicht richtig geguckt.«

»Ich hab' alles abgesucht.«

Er führte Lara ins Wohnzimmer, setzte sie auf die Couch und schenkte ihr einen doppelten Cognac ein.

»Trink das!«

Lara war brav. Derweil ging Michael ins Schlafzimmer und inspizierte in aller Ruhe die Frisierkommode. Sekunden später lehnte er im Türrahmen, und auf seinen Lippen lag ein triumphierendes Lächeln.

»Du hast überall gesucht?«

»Ja.«

»Und was ist das hier?« Er hielt einen schmalen Goldreif zwischen seinen Fingern.

Sie sprang auf. »Wo hast du ihn her?«

»Er lag auf der Frisierkommode, wo du deinen Schmuck jeden Abend ablegst.«

»Aber da hab' ich doch mindestens zehnmal nachgesehen.«

Es war wirklich und wahrhaftig ihr Ehering.

»Er lag hinter einem deiner Parfum-Flakons.«

Lara schämte sich und senkte den Blick. Michael küßte sie und steckte ihr den Reif wieder an den Finger.

»Manchmal sehen vier Augen einfach mehr als zwei.«

Den Freitag verbrachte Lara wie eine echte Londoner Touristin, und sie fühlte sich auch noch wohl dabei.

Gleich am Morgen fuhr sie zur Westminster Abbey. Sie galt als Londons schönste gotische Kirche. Alle englischen Könige waren in der Confessor's Chapel gekrönt worden.

Dann ging es weiter zum Buckingham Palace, dann zum St. James' Palace und schließlich zur St. Paul's Cathedral. Lara kletterte hinauf in die »Flüstergalerie«, wo man dank der raffinierten Akustik ein geflüstertes Wort von der einen bis zur anderen Seite der Halle hören konnte. In dieser Kathedrale waren Prinz Charles und Lady Diana Spencer getraut worden. *For rich and for poor* hatten sie einander geschworen. Jetzt war alles vorbei, und Lara fand, daß sich die beiden als undankbar erwiesen hatten. Wenn sie, Lara Laddock, an der Seite von Michael Landers durch dieses Kirchenschiff hätte schreiten dürfen . . . *for rich and for poor* – bis ans Ende ihres Lebens hätte das dann gegolten.

Nach einem Hot dog mit extrem viel Senf und Ketchup und nach einem großen Hörnchen mit zucker-, fett- und cholesterinfreier Eiscreme besuchte Lara den Tower. Wilhelm der Eroberer hatte diese Festung vor über neunhundert Jahren erbauen lassen. Im sogenannten »Beauchamp Tower« hatten die Gefangenen eingesessen, im »Bloody Tower« waren sie hingerichtet worden; der »White Tower« beherbergte heute eine eindrucksvolle Waffensammlung. Altertümlich gekleidete »Yeomen Warders«, Gefängniswärter, die von den Londoner Bürgern auch »Beefeaters« genannt wurden, führten durch finstere Räume und erklärten haargenau den Ablauf einer Enthauptung. Außerdem zeigten sie die halbzahmen Raben, die überall herumliefen.

»Es gibt da eine Legende«, sagte Lara am Abend zu Michael, »und die besagt, sollten die Raben jemals vom Tower verschwinden, so wird London etwas Schreckliches passieren.«

Michael lächelte sie an. »Ich habe immer gedacht, London wäre unverwüstlich.«

Lara lächelte zurück. »Nichts ist unverwüstlich, nicht einmal ich . . .«

Als sie das ausgesprochen hatte, wurde ihr ganz sonderbar zumute. Sie hätte nicht sagen können, warum, aber sie wollte auch nicht weiter darüber nachdenken.

»Geht es dir gut, Lara?«

»Ja«, antwortete sie hastig.

»Wirklich?«

Michael wirkte ziemlich bedrückt; fast sah er aus, als hätte er ein schlechtes Gewissen.

»Das habe ich auch«, erklärte er auf ihre Frage und stieß dabei einen äußerst bitteren Lacher aus. »Ich wollte mir mit dir eine schöne Zeit machen. Und jetzt . . .«

Er hatte sich inzwischen ausgezogen und ging ins Bad.

Lara folgte ihm. »Wie läuft es denn?«

»Schleppend. Yamagushi ist so furchtbar mißtrauisch. Jede Kleinigkeit wägt er von allen Seiten ab, und das dauert und dauert . . .«

»Vielleicht ist das ja die japanische Art, Geschäfte zu machen.«

»Von wegen!« erwiderte Michael und griff nach seiner Zahnbürste. »Damit schindet das schlitzäugige Schlitzohr Zeit. Er hat seine ganze Familie mitgebracht. Und während der Vater auf meinen Nerven herumtrampelt, machen Mutter und die lieben Kleinen eine Europareise auf Firmenkosten.«

»Ach . . .«

»Tja.« Michael schmierte Unmengen Zahnpasta auf seine Zahnbürste. Das hatte er schon als kleiner Junge immer gern getan, sehr zum Leidwesen seiner Mutter.

»Glaubst du denn, daß ihr am Wochenende zu einer Einigung kommt?«

Er schüttelte zermürbt den Kopf. »Das wäre ein Wunder. Cornwall werden wir vergessen müssen. Willst du nach Hause fliegen?«

»Nein.«

»Ich könnte es gut verstehen, Lara, ich meine –«

»Ich will hierbleiben, Michael. Bei dir!«

Ungläubig sah er sie an. »Aber ich hab' doch kaum Zeit für dich. Wir reden ja kaum noch miteinander, weil ich immerzu –«

»Schsch . . .« Sie legte ihm die Hand auf den Mund und sah ihm tief in die Augen. »Für einen Moment wie diesen hier nehme ich alles andere hin. Ich brauche dich nicht, um glücklich zu sein. Glücklich bin ich auch mit mir allein. Aber mit dir bin ich wesentlich glücklicher . . .«

Sie küßte ihn auf die Wange und ging dann ins Schlafzimmer.

Michael schluckte. Sein Spiegelbild blickte ihm triefäugig entgegen . . . Ach ja, die Zähne hatte er sich putzen wollen. Er wußte doch, daß da noch irgend etwas ganz Profanes gewesen war.

»Sag mal, hast du eigentlich keine Freunde oder Bekannte mehr in der Stadt?« rief Michael, während die überschüssige Zahnpasta gegen den Spiegel und die nilgrünen Fliesen spritzte.

»Ich weiß es nicht genau«, rief Lara zurück. »Im Telefonbuch gibt es zwar eine Nancy Williams, aber ob das die ist, mit der ich damals zur Schule gegangen bin . . .«

»Ruf doch mal an!«

Lara kam ins Badezimmer zurück und fing an, ihr Haar zu bürsten.

»Das habe ich letzten Samstag schon gemacht, aber es nahm niemand ab.«

»Ist da denn sonst niemand? Nur diese Nancy?«

»Freundinnen waren bei mir zu Hause immer ein Problem.«

»Bei mir auch«, erwiderte er, den Mund voller Zahnpasta.

»Allegra kam aus viel zu schlechten Verhältnissen und war deshalb kein Umgang für mich. Und für Sarah galt das gleiche, wenn auch umgekehrt; denn deren Eltern waren reicher als meine, und außerdem war Sarah zu hübsch. Eine Lara Laddock verkehrte nicht mit Mädchen, die eine Konkurrenz darstellten . . .«

»Verstehe!« meinte Michael und spuckte den Zahnpasta-Schaum ins Waschbecken.

Noch immer bürstete Lara ihr Haar. »Nancy war auch nicht richtig«, sinnierte sie dabei. »Sie kam angeblich aus zerrütteten Verhältnissen. Ihr Vater machte unlautere Geschäfte, ihre Mutter war Alkoholikerin . . .«

»Ich würde sie trotzdem mal anrufen«, erklärte Michael und machte sich gähnend auf den Weg ins Bett. »Weißt du, ob es noch irgendwas Gescheites im Fernsehen gibt?«

»›Eine schrecklich nette Familie‹.«

»Die hab' ich zu Hause. Sonst nichts?«

»Die Zeitung liegt auf deinem Nachttisch.«

Lara hatte am Morgen in unmittelbarer Nähe des Hotels die Parfümerie ihres Lebens entdeckt. Dort gab es nicht nur die exklusivsten Düfte und teuersten Cremes, sondern auch Träume von Dessous. Noch nie zuvor hatte sie Wäsche von Christian Dior besessen.

Sie war ganz aufgeregt, als sie den spitzenbesetzten, champagnerfarbenen Slip überstreifte. Das Gros der sogenannten »erotischen« Wäsche sah einfach nur billig aus. Das hier hatte Klasse, und Lara freute sich schon auf die Augen, die Michael machen würde. Schließlich hatte sie sich nur seinetwegen in diese Ausgaben gestürzt. Der Bustier war aus champagnerfarbenem Seidensatin und mit den gleichen Spitzen besetzt wie das Höschen. Sie holte noch rasch ihr neuestes Parfum hervor: *Dune*. Dann blies sie innerlich zum Angriff.

Michael lachte laut auf, als Lara zur Tür hereinkam. »Ist das dämlich!« meinte er.

»Was?«

»Diese dusseligen Guten-Morgen-Grüße!« Er wälzte die letzte der insgesamt neun Tageszeitungen, die er sich täglich von Deutschland nachschicken ließ.

»Was ist damit?«

»Stinker offenbart Affenkind seine große Liebe! Schmusekatze wünscht Knöpfchen ein frohes Blupp! Knurrhahn grüßt seine Prinzessin, und dem schließen sich an Krausköpfchen, Kaka, Knubbel und Wolli, Tümpelchen, Knüffelchen, Graufellchen und Lümmel! Und –«

»Weißt du was, Michael?«

»Wie sollte ich, mein Herz?« entgegnete er, ohne aufzusehen.

Sie kniete sich neben ihn auf das breite Bett und sah ihn lange an. »Wir sind noch nie gemeinsam über eine grüne Wiese gegangen.«

»Stimmt!«

»Ob sich das nachholen läßt?«

»Warum nicht?« Wieder lachte er laut auf. »Hör dir mal diesen Schwachsinn hier an! Da –«

»Magst du die Natur?«

Er stockte. »Warum?«

»Nur so ...«

»Ich finde Natur sehr, sehr schön, Lara. Ich mag Bäume und Wälder und Seen, ich liebe das Meer ... und trotzdem halte ich es innerlich mit Woody Allen: Natur ist toll, aber leider hat sie nach 24.00 Uhr nicht mehr geöffnet.«

Lara lachte, und Michael schaute kurz auf.

»Du bist eine wunderbare Frau«, sagte er dann und fügte lächelnd hinzu: »Hast du auch noch Hunger?«

Lara schluckte. »Im Prinzip schon ...«

»Na, dann laß uns doch den Etagen-Service anrufen! Wie war das Thunfisch-Sandwich, das du wieder ausgekotzt hast? War das gut?«

Er sprang aus dem Bett und hatte das Telefon schon in der Hand, als Lara sich ihm in den Weg stellte.

»Fällt dir nichts auf an mir?«

Erstaunt blickte er an ihr längs. »Du hast einen sehr schönen BH an. Ist der neu?«

Sie nickte. »Wie der Slip.«

»Aha ...«

»Und jetzt wage bloß nicht zu sagen, daß du bei diesem Anblick immer noch an Thunfisch-Sandwiches denken kannst!«

»Ich war noch nie ein Held«, murmelte er, da spürte er Laras Lippen auch schon auf seinen.

In der Nacht tat Lara kein Auge zu. Für ihre Ohren schnarchte Michael, daß man glatt hätte glauben können, eine Hundertschaft arbeitswütiger Holzfäller wäre ausgerückt, um mit ihren Kettensägen dem Rest des Regenwalds den Garaus zu machen.

Noch nie hatte Michael dermaßen geschnarcht, es schien lauter und lauter zu werden. Es lag etwas wie Verzweiflung darin – oder war es nur der viele Gin?

Lara fand keine Ruhe und starrte ins Dunkel. Es war kein Drama, wenn ein Mann mal nicht konnte. Das kam in den besten Beziehungen vor; es hatte nicht viel zu bedeuten. Ihr Kopf wußte das ganz genau. Aber ihr Bauch sagte etwas anderes, und sie hatte Mühe, nicht in Tränen auszubrechen: In dieser Nacht war eine Zeit ihres Lebens zu Ende gegangen. Für Michael und sie hatte der Alltag begonnen.

Der Wecker auf seinem Nachttisch zeigte noch keine sieben Uhr, als Michael aufwachte. Das war ja wieder typisch. Endlich hätte er mal eine Stunde länger schlafen können als sonst, und prompt wachte er vor der Zeit ... Er erinnerte sich auf einmal an die Geschehnisse der letzten Nacht, und diese Erinnerung versetzte ihm einen Faustschlag in die Magengrube. Zaghaft blickte er zu Lara hinüber. Ihr Bett war leer.

Mit einem Satz war Michael auf den Füßen. Es gab Frauen, die männliches Versagen so persönlich nahmen, daß sie gingen. Ob Lara ihn verlassen hatte? Ihre Parfum-Flakons standen alle noch auf der Frisierkommode, und auch ihr Schmuck war noch da. Wie ein Schwein kam Michael sich dabei vor. Er hatte Laras Ehering am letzten Donnerstag dort weggenommen, weil es der einzige ihrer Ringe war, der wirklich paßte, und der alte Mr. Patterns ihre genaue Ringgröße brauchte und nicht nur die ungefähre. Wie sie über dem Klo gehangen und gewürgt hatte! Wie erschüttert sie gewesen war, als er das verloren geglaubte Schmuckstück plötzlich in den Händen hielt. Ingrid Bergman war durch ein ähnliches Verhalten ihres Mannes beinahe dem Wahnsinn verfallen – zumindest in *Gaslicht*.

Auf Zehenspitzen tapste Michael zur Tür, die ins Wohnzimmer führte, öffnete sie zu einem Spalt ... Lara stand draußen auf der Terrasse und rauchte eine Zigarette.

Michael schloß die Tür wieder. Neben seinem Bett stand die Flasche Gin, die er letzte Nacht zur Brust genommen hatte. Ein kleiner Rest war immer noch darin, und getreu dem Rat seines Vaters rückte man einem Kater am besten zu Leibe, indem man am Morgen mit dem begann, womit man am Abend aufgehört hatte.

Kurz bevor Michaels Wecker klingelte, griff Lara zum Telefon. Sie hatte sich ihr weiteres Vorgehen genau überlegt, dazu hatte sie schließlich die ganze Nacht Zeit gehabt.

Der Zimmerkellner brach fast zusammen unter der Last: Kaffee und Orangensaft, Rühreier mit Speck und Schinken, Brötchen, Croissants und Hefeteilchen, Müsli, Yoghurt und Porridge, eine Wurst- und eine Käseplatte, ein Korb mit frischem Obst, das große Marmeladen-Sortiment und eine halbe Flasche Champagner . . .

»Decken Sie bitte auf dem großen Tisch ein!« bat Lara. Dann ging sie ins Schlafzimmer.

Michael kam gerade aus dem Bad.

»Du bist schon angezogen?«

Er bemühte sich, unbefangen zu wirken, und gab ihr einen Kuß auf die Wange. »Guten Morgen!«

Sie lächelte. »Hast du gut geschlafen?«

Er verzog das Gesicht.

»Na, ich hoffe, dein Kater verträgt inzwischen ein bißchen feste Nahrung.«

Michael tat überrascht, als er die Pracht von Frühstück sah, und obwohl es ihm äußerst schwer fiel, stopfte er soviel in sich hinein, wie eben möglich war.

Lara sah es mit Freude. »Schön, daß es dir schmeckt . . .« Sie selbst aß eine Kiwi und drei Löffel Rührei.

»Hast du heute irgendwas Besonderes vor?«

»Ich will noch mal versuchen, Nancy zu erreichen. Sonst gehe ich vielleicht ins Kino.«

Basic Instinct soll gut sein, dachte er, sprach es aber nicht aus. Der Streifen galt als *der* Sexfilm des Jahrzehnts, und an diesem Morgen ausgerechnet über dieses Thema zu reden war sicher nicht günstig.

Michael fühlte sich elend. Bis gestern hatte er geglaubt, ein Mann zu sein, der immer konnte. Aber da hatte er sich ja wohl überschätzt . . .

Er tupfte sich mit der Serviette den Mund ab. »Lara . . .«

»Ja?«

Hilflos sah er sie an. Er wußte nicht, wie er es ihr sagen sollte, er wußte ja nicht einmal genau, was er eigentlich sagen wollte.

»Lara, ich . . .«

Sie griff über den Tisch nach seiner Hand und hielt sie ganz fest. »Ich liebe dich, Michael.«

Er hatte Mühe, sich zusammenzunehmen. »Das weiß ich ...«

»Du bist müde ... da kommt so was vor ...«

»Es liegt nicht an dir, Lara, im Gegenteil. Ich ...« Er stockte. Es war nicht der richtige Augenblick. Und in einem Fall wie diesem war der rechte Moment fast ebenso wichtig wie alles andere. Sie würde es noch früh genug erfahren, und wenn er ihr den Verlobungsring erst an den Finger gesteckt hatte ...

Er drückte Laras Hand und stand auf. Nur noch ein paar Tage, sie brauchten nur noch ein kleines bißchen Geduld, dann würde es perfekt sein.

»Mußt du jetzt gehen?«

»Ja, Schatz.«

Lara begleitete ihn zur Tür und half ihm ins Jackett, zupfte an seiner Krawatte.

»Paß auf dich auf!« sagte sie und gab ihm einen Kuß.

»Ich versprech's. Und mach du dir einen schönen Tag!«

»Ich versprech's.«

Nancy Williams freute sich riesig über Laras Anruf, und sie wußte auch sofort etwas anzufangen mit jener ehemaligen Schulkameradin, von der sie seit fünfundzwanzig Jahren nichts mehr gehört hatte.

»Du bist doch die verklemmte, große Dürre, die unbedingt Malerin werden wollte.«

Lara spürte, daß sie rote Ohren bekam. »Stimmt«, sagte sie. Jedes Leugnen wäre wohl auch sinnlos gewesen.

Was sie ansonsten über sich zu erzählen hatte, dauerte knappe zehn Minuten, und Nancys Lebensgeschichte nahm auch nicht wesentlich mehr Zeit in Anspruch. Sie war nie verheiratet gewesen, hatte aber einige Jahre mit einem Mann zusammengelebt, der wie sie selbst für eine britische Fluggesellschaft arbeitete. Nancy war Stewardeß.

»Ich war die ganze letzte Woche unterwegs und bin morgen auch schon wieder weg.«

»Wohin geht's?«

»Nach Singapur. Aber hör mal, Lara ...«

Nancy sprach immer noch so schnell wie früher, und sie schien auch nach wie vor sehr aktiv zu sein. Als aktiv hatte sie ihr Wesen stets beschrieben, Lara erinnerte sich noch genau daran. Lara nannte es eher nervös oder hektisch, ja, als Kind war Nancy ihr manchmal sogar krankhaft betriebsam vorgekommen.

»Wie wäre es, wenn wir uns treffen würden, Lara? Ich will mir nämlich eine Lampe kaufen, für meinen kleinen Ecktisch im Wohnzimmer. Und ich habe vorletzte Woche bei *Harrods* eine gesehen, die ganz meinen Vorstellungen entsprach, und deshalb denke ich mir, wir sollten vielleicht . . .«

Nancy hatte sich offenbar überhaupt nicht verändert. Lara haßte ihre überdrehte Geschäftigkeit, und noch mehr als das haßte sie *Harrods*, es rief die übelsten Erinnerungen in ihr wach. Und trotzdem war ihr ein stressiger Samstag mit Nancy tausendmal lieber als ein einsamer Samstag im Hotel, schon gar nach der letzten Nacht. Es war abzusehen, daß die Gedanken sie quälen würden.

»Wo wollen wir uns treffen, Nancy?«

»Kennst du *Margaux*?«

»Den Pub auf der Brompton Road?«

»Der ist jetzt zwar noch geschlossen, aber als Treffpunkt ist er ideal. Ich habe mich letzten Monat erst mit einer anderen Freundin dort getroffen, die ist Sekretärin bei einer belgischen Import-/Exportfirma mit Sitz in Brüssel. Wenn ich früher nach Brüssel flog, habe ich Angela immer besucht. Sie . . . wie lange brauchst du, Lara?«

»Ich kann in einer Stunde dasein.«

»So spät erst???«

Lara atmete tief durch. »Ich muß mich erst noch anziehen.«

Das war zwar eine Lüge, aber in Fällen wie diesem hier heiligte der Zweck die Mittel. Schon das kurze Gespräch mit Nancy hatte Lara völlig erschöpft. Bevor sie sich auf einen Einkaufsbummel mit diesem Kraftpaket von Frau einließ, mußte sie sich stärken. Das Rührei war inzwischen zwar kalt, aber Eiweiß tat immer gut. Während sie sich die Wimpern tuschte und ein wenig Rouge auflegte, riß sie einem Croissant die »Beinchen« aus und tunkte sie in ein Töpfchen mit Johannisbeergelee. Kohlehydrate beruhigten die Nerven, und wenn sie die jetzt noch mit ein bißchen Fett schmierte . . . Sie nahm eine halbe

Scheibe Knäckebrot und gab fünfundzwanzig Gramm Butter darauf. Dann schüttete sie ein Glas Orangensaft in sich hinein und streckte sich durch. Das Vitamin C gab ihr den letzten Kick. Jetzt konnte fast nichts mehr schiefgehen.

Das Wiedersehen mit Nancy verlief vergleichsweise undramatisch. Als Laras Taxi bei *Margaux* vorfuhr, stand sie schon da und sprudelte nahezu über vor lauter Tatendrang.

Sie war eine hübsche Frau geworden, nicht gerade hochgewachsen, weiblich gerundet, das schulterlange Haar war hennarot gefärbt, und sie trug zu einer hautengen, schwarzweiß karierten Hose ein gelbrot gestreiftes Hemdchen, das Lara nicht einmal als Unterwäsche an ihren Körper gelassen hätte.

»Nancy?«

»Hi!« rief sie aus und riß Lara in ihre Arme. »Am besten, wir machen uns sofort auf den Weg.«

Verglichen mit *Harrods* waren solche Kaufhäuser wie *Lafayette* in Paris oder *Macy's* in New York die reinsten Kolonialwarenläden. Bei Harrods gab es nämlich wirklich alles, von goldenen Zahnstochern über australischen Känguruhschinken bis hin zur Villa an der Costa Brava.

Schon als Kind hatte Lara *Harrods* ebenso gehaßt wie der Teufel das Kruzifix. Wohin man auch blickte, flimmerte und glitzerte es, und das Angebot war so groß, daß Laras Entscheidungsfreudigkeit gleich auf den Nullpunkt sank. Hatte sie vorher so ungefähr gewußt, was sie wollte, so wußte sie nach fünf Minuten bei *Harrods* nur noch, daß sie nichts wollte. Das war das einzige, was sicher war.

Ihre Mutter hatte dann jedesmal angefangen zu zetern und sie treppauf, treppab geschleppt . . . Nancy machte es nicht viel anders. An jedem Ständer mit Sonderangeboten blieb sie stehen und wühlte.

»Ich dachte, du suchst eine Lampe.«

»Schon, aber sieh mal, was für tolle Taschen da hängen. Und einen neuen Schirm könnte ich auch gebrauchen. Hey, was irre Gürtel! Sind die Pullis billig! Magst du Leggings? Ich bin ganz heiß auf Hüte. Ihr Amerikaner steht doch so auf Erdnußbutter. Ich muß mir unbedingt eine neue Bratpfanne kaufen. Kennst du die neueste CD von Elton John?«

Als die beiden Frauen endlich in der Lampenabteilung ankamen, hatte Lara die erste Blase am Fuß. Sie schalt sich dafür, Pumps und keine Turnschuhe angezogen zu haben. Es war schließlich damit zu rechnen gewesen, daß diese dusselige Lampe der Einkauf des Jahrhunderts werden würde.

Das wurde er dann auch in der Tat. Denn etwas Grausames bahnte sich an. Nachdem Nancy dreimal kreuz und quer durch die Lampenabteilung gerast war, wurde Laras üble Vorahnung zur Gewißheit. Die wunderschöne Stahlleuchte, die Nancy zwei Wochen zuvor bei Harrods gesichtet hatte, war inzwischen verkauft worden, und etwas vergleichbar Wunderschönes war angeblich nicht zu finden! Da war nur dieser Messingleuchter mit den sieben Armen . . .

»Weißt du was, Lara? Wir fahren zur Portobello Road!«

Schon als Kind hatte Nancy es rigoros abgelehnt, unnötiges Geld auszugeben, und Taxi-Kosten waren in ihren Augen ganz besonders unnötiges Geld.

Also nahm man die Underground, fuhr von Knightsbridge mit der *Piccadilly Line* bis Green Park, dann mit der *Victoria* bis Oxford Circus und weiter mit der *Central* bis Marble Arch.

»Es ist zwar ein wenig umständlich . . .«

»Mach dir keine Gedanken, Nancy!« Lara starrte gottergeben vor sich hin. Der einzige Wunsch, der sie beseelte, war der, Nancy möge in der Portobello Road die erträumte Lampe finden. Danach konnten sie sich dann irgendwo hinsetzen, Kaffee trinken und Zigaretten rauchen, die Beine ausstrecken . . .

Wie ein Zombie folgte Lara ihrer alten Freundin von einem Antiquitätengeschäft ins andere. Und davon gab es viele in der Portobello Road! Nur leider führte keines den Beleuchtungskörper, den Nancy im Sinn hatte, und so standen die zwei Frauen schließlich um zwei Uhr nachmittags mitten auf der Oxford Street und hatten immer noch keine Lampe.

»Jetzt reicht es mir!« schimpfte Nancy.

»Mir auch!« pflichtete Lara ihr bei.

»Jetzt gehen wir zu *Sotheby's*!«

»WAS???«

»Und ich weiß auch schon, welchen Weg wir gehen, da können wir nämlich dann zwischendurch ...«

Zwei Kilometer war sie lang, die Oxford Street. Sie war Londons Haupteinkaufsstraße, wo sich ein riesiges Kaufhaus ans andere reihte. Sie ließen keines aus, denn wenn es hie und da vielleicht auch keine Lampen gab, so doch Blusen und Hosen und T-Shirts und Strümpfe ... Laras Füße waren schwer wie Bleiklumpen, als sie in die Regent Street einbogen. Die war ein Pflaster für gehobene Ansprüche. Aber eine Lampe für Nancys Ecktisch war auch hier nicht zu finden.

Halb fünf zeigte Laras Armbanduhr, als sie endlich die Bond Street und somit auch *Sotheby's* erreichten. Es war eines der berühmtesten Auktionshäuser der Welt, und die Ware, die zur Versteigerung kam, konnte zuvor in den Schauräumen besichtigt werden. Also besichtigten Lara und Nancy!

Traumschöne Möbel waren da zu sehen, grandiose Gemälde – nur keine Lampen, oder besser: keine Lampe, die auf Nancys Ecktisch gepaßt hätte.

»Wie spät ist es?« fragte sie, als sie unverrichteter Dinge wieder auf der Straße standen.

»Zehn vor sechs!« erwiderte Lara zermürbt.

»Dann schaffen wir es noch!«

»Was?«

»Wir fahren noch mal zu *Harrods*, und ich nehme dann doch die Messingleuchte.«

»Aber die gefiel dir doch nicht!«

»Heute morgen, Lara! Heute morgen glaubte ich ja auch, ich könnte noch was Besseres finden. Aber es ist halt immer das gleiche. Wenn man bei *Harrods* nicht zurechtkommt, sucht man karierte Maiglöckchen, und die gibt es nun mal nicht. Komm!«

Nancy Williams steuerte schnellen Schrittes auf die U-Bahn-Station Bond Street zu. Dabei erklärte sie beiläufig, daß es ja wiederum sehr umständlich sein würde, mit der Underground zu fahren ... zuerst mit der *Central* bis Oxford Circus, dann mit der *Victoria* bis Green Park ... »Aber zu dieser Uhrzeit ein Taxi zu bekommen wäre noch umständlicher, Lara.«

»Wenn du es sagst ...«

Während des gemeinsamen Mittagessens gab sich Herr Yamagushi gewohnt unterkühlt und unergründlich. Schweigend nagte er an seinem Beef Wellington, und wenn es Jeff nicht gegeben hätte, wäre Michael sicher bei Tisch eingeschlafen. Doch Jeff kämpfte unerbittlich darum, so etwas wie eine Konversation in Gang zu bringen.

»Ich hoffe, Ihre Familie genießt Europa, Herr Yamagushi.«

Der Japaner lächelte – auf seine Art, ohne die Miene dabei zu verziehen.

»Sie sind heute in Hamburg«, meinte er dann.

Wenn es nicht um die Verträge ging, konnte er sich blendend auf Englisch unterhalten.

Michael machte das mit jeder Sekunde wütender. Derweil konnte Jeff offenbar damit umgehen, ja, er blühte bei diesem Small talk mehr und mehr auf.

»In Hamburg?« spielte er den Erstaunten. »Ich dachte, sie wären in Helsinki.«

»Da waren sie Montag. Und Dienstag in Oslo, Mittwoch Stockholm, Donnerstag Kopenhagen . . . meine Frau sagt, alles wäre so frisch und sauber.«

Jeff lächelte – auf seine Art. Man hatte das Gefühl, die hochschießenden Mundwinkel würden sich jeden Moment mit den Ohrläppchen paaren.

»Nun, Herr Yamagushi, ganz Skandinavien gilt als ausgesprochen –« Damit war Jeff ganz in seinem Element. Er redete über Skandinavien, das im eigentlichen Sinne ja nur das Norwegen und Schweden umfassende, nordeuropäische Gebirgsmassiv zwischen dem Nordmeer und dem Bottnischen Meerbusen umfaßte, im Sprachgebrauch aber gleichgesetzt würde mit dem Begriff *Nordeuropa*.

»Aber dazu zählen neben Norwegen und Schweden natürlich auch Finnland und Dänemark. In der Geschichte . . .«

»Sorry, Mister Barton!« würgte Yamagushi ihn schließlich ab und wandte sich Michael zu.

Der stopfte seit einer guten Stunde so ziemlich alles in sich hinein, was ihm in die Finger kam. Er hätte halt nicht frühstücken dürfen. Wenn er sich erst mal eingegessen hatte, war er wie ein Dackel, der so lange fraß, bis ihm schlecht wurde.

»Fahren wir in mein Hotel, Mister Landers?«

Michael wußte gar nicht, wie ihm geschah.

»Und machen die Verträge?«

»Jetzt?«

»Warum noch länger warten?«

Die Frage war mehr als berechtigt. Michael erhob sich wie in Trance.

»Wir gehen schon mal vor, Jeff. Laß du dir die Rechnung geben.«

»Aber . . .«

Michael hatte für Herrn Yamagushi einen komfortablen Mietwagen geordert, einen mit Klimaanlage, Telefon und Bar. Die beiden saßen sicher schon im Fond, als Jeff immer noch wie gelähmt im Restaurant saß, die Serviette in der Hand und den Blick auf Herrn Yamagushis Weinglas gerichtet, das fast noch voll war.

»Haben Sie noch irgendeinen Wunsch, Sir?«

Jeff erschrak, als der Kellner so plötzlich neben ihm stand. Endlich legte er die Serviette aus der Hand.

»Bringen Sie mir bitte einen doppelten Scotch mit Eis. Und machen Sie mir die Rechnung fertig!«

»Gern, Sir.«

Jeff stemmte seine Ellenbogen auf die Tischplatte und stützte seinen Kopf mit beiden Händen. Er war schwer, er dröhnte . . .

Das durfte ja wohl alles nicht wahr sein. Jeff hatte getan, was er konnte, um das Japan-Projekt zum Scheitern zu bringen. Er hatte nicht einmal davor zurückgeschreckt, Yamagushi hinterrücks falsche Informationen zuzuspielen. Und jetzt sollte Michael trotzdem gewinnen? Das durfte nicht passieren. Bei diesem Geschäft würde er mit einem Schlag mehr verdienen als im Verlauf der ganzen letzten zehn Jahre. Das machte ihn völlig unabhängig. Er konnte aufhören zu arbeiten. Oder, was noch wesentlich schlimmer war . . .

Jeff hatte es plötzlich sehr eilig. Er stürzte den Scotch herunter, zahlte die Rechnung und rannte nach draußen. Er brauchte ein Taxi . . .

Die Herren Verhandlungspartner hatten sich in einen der Konferenzräume des Hotels zurückgezogen. Als Jeff zu ihnen stieß, hielt

Yamagushi gerade mal wieder einen seiner Monologe. Was das anging, war er ein wahrer Meister, denn er redete, ohne wirklich etwas zu sagen.

Michael rauchte eine Zigarette nach der anderen. Er schien nervös zu sein, und Jeff schöpfte Mut. Er mußte nun alles auf eine Karte setzen.

»Wie ist es denn nun mit *Heck-Meck*?« fiel er dem Japaner ins Wort.

Yamagushi hielt verstört inne. »Nun, Mister Barton . . .«

»Hör auf damit, Jeff! Es sei denn, du willst unbedingt deinen Job verlieren!« Michael war nahe daran, auszuholen und zuzuschlagen.

»Vergessen Sie *Heck-Meck*!« riet er Herrn Yamagushi. »Die Show hatte nicht mal in Ostfriesland drei Prozent Zuschauer, weil man da nämlich Angst haben muß zu gewinnen. Wer will schon in einem Schlafzimmer aus Eiche rustikal sterben?«

»Man könnte leicht andere Preise anbieten, Herr Yamagushi.«

»Was für welche denn, Jeff? Echte Abenteuer? Sich an einem Gummiband von einer zweihundert Meter hohen Brücke stürzen oder so? So was müßte es nämlich schon sein. Nur dann bekäme das Leben der Arzthelferinnen und Metzgereiangestellten endlich einen Sinn! – Leute mit Verstand wollen bei dem Schwachsinn nämlich gar nicht erst mitmachen, Herr Yamagushi.«

Der Japaner wirkte auf einmal ziemlich verunsichert. Von Anfang an hatte Jeff ihm *Heck-Meck* ans Herz gelegt. Michael weigerte sich indes, diese Show mit in das Paket aufzunehmen, und wie Yamagushi erfahren hatte, gab es da wohl auch noch eine andere, ganz neue Sendung, deren Rechte Landers nicht mitverkaufen wollte.

»Ich will die Übersetzerin!« erklärte Yamagushi.

Das Mädchen kam prompt.

»Wie schätzt Mister Landers die Zukunft der Spielshows ein?« wollte der Japaner wissen.

Die Kleine übersetzte.

»Noch ein, zwei Jahre, und es ist vorbei!« sagte Michael. »Da mache ich niemandem was vor. Aber in der verbleibenden Zeit ist der japanische Markt –«

»Und danach?« fragte Yamagushi.

Michael beugte sich weit vor. »Produktionen sind teuer«, sagte er,

»und Schauspieler sind es auch. Also müssen wir weiterhin das Publikum zu unseren Akteuren machen, nur das senkt die Kosten ...«

Der Japaner hob die Brauen.

»Wissen Sie, Herr Yamagushi, wir müssen vorwärts denken! Fordern Sie die Zuschauer auf, ... beispielsweise ein Video über ihren letzten Urlaub zu drehen ... sie schicken es ein, der beste Film kriegt einen Preis, und wir ... wir haben sechzig Minuten Sendezeit weg und kaum Produktionskosten ...«

Der Japaner ließ sich jedes Wort übersetzen. Dann grinste er.

»Wie heißt die Show?«

»Menschen wie du und ich.«

»Ich will sie dazu!«

Damit war das Thema Heck-Meck für alle Zeiten beendet. Jeff hatte verloren.

Um 16.42 Uhr Ortszeit reichten Michael Landers und Mutsuko Yamagushi einander feierlich die Hände.

»Meine Sekretärin wird die Verträge noch heute ausfertigen.«

»Wenn Sie mir gestatten, würde ich Sie und Ihre Familie heute abend gern zu einer kleinen Feier einladen, Herr Yamagushi.«

»Ich fühle mich geehrt.«

»Da können wir die Verträge dann auch gleich unterschreiben.«

»Es wird mir ein Vergnügen sein, Mistel Landels ...« Yamagushi wußte, daß es das Vorurteil gab, Japaner könnten kein »R« sprechen. Es machte ihm Freude, so zu tun, als wäre dem wirklich so.

Der Japaner und seine Crew gingen. Michael atmete erleichtert auf und griff zum Telefon. Nun war es soweit. Er hatte es geschafft! Und nun galt es, den alten Patterns anzurufen.

Der schien höchst erfreut zu sein, so schnell wieder von Michael zu hören.

»Aber natürlich ist der Ring inzwischen fertiggestellt«, erklärte er in dem ihm eigenen, näselnden Ton. »Ich kann Ihnen versichern, Mister Landers, daß es ein ungeheuer edles Stück geworden ist.«

»Kann ich ihn heute noch abholen?«

»Ich stehe bis 18.30 Uhr ganz zu Ihrer Verfügung. Darf ich mir die Frage erlauben, wie Sie zahlen möchten? Bar oder mit Kreditkarte?«

»Mit Kreditkarte.«

»Danke, Sir.«

»Bis dahin, Mister Patterns.«

Jeffs Ohren waren gespitzt wie die eines bissigen Wachhundes. Patterns war einer der renommiertesten Juweliere der Stadt. Es gefiel ihm gar nicht, daß Michael dort irgend etwas abholen und mit Kreditkarte bezahlen wollte, denn wie Jeff die Sache sah, war dieses Etwas sicher nicht für Aileen bestimmt.

»Haben wir alles?«

»Ja, Mike.«

Jeff hatte in der Zwischenzeit sämtliche Unterlagen zusammengepackt.

»Ich möchte dir gratulieren.«

Michael konnte es kaum fassen. »Deine Gutmütigkeit grenzt fast schon an Schwachsinn«, lachte er.

»Nenn es, wie du willst!«

»Das tu' ich sowieso.«

Jeff hielt ihm seine Hand hin.

»Du machst ernst, wie?«

»Wir mögen zwar manchmal unterschiedlicher Meinung sein, Mike, aber trotzdem betrachte ich dich als meinen Freund.«

Michael wußte nicht, ob er beschämt oder belustigt sein sollte, und er wußte erst recht nicht, ob er Jeffs Hand ergreifen sollte oder nicht. Es wäre zwar höflich gewesen, aber innerlich sperrte er sich dagegen, und das schien ihm ein böses Omen zu sein.

Bevor sein Zögern endgültig peinlich wurde, läutete das Telefon. Michael griff nach dem Hörer wie nach einem Rettungsring.

»Ja?«

Im nächsten Moment wechselte er die Farbe. Er kannte diese so verführerisch klingende Frauenstimme, die da seinen Namen hauchte.

»Hier ist Maureen«, sagte sie. »Erinnerst du dich an mich?«

Michael schluckte. »Natürlich . . .«

»Ein gewisser Japaner hat mir gestern erzählt, daß du in der Stadt bist!«

»Ach ja?«

»Und da dachte ich, daß es dir vielleicht Freude machen würde, mich zu sehen ...«

Michael atmete tief durch. »Nein!« sagte er dann. »Aber das hat nichts mit dir zu tun ... es ist vielmehr so ...«

Er stockte und fragte sich, wie er eigentlich dazu kam, einem Callgirl zu erklären, warum er nicht mit ihr schlafen wollte.

»Einen Moment mal eben!« rief er in die Muschel. Dann wandte er sich an Jeff, der scheinbar gedankenverloren am Fenster stand und auf die Straße hinunterblickte. In Wahrheit war er wohl ganz Ohr, im wahrsten Sinne des Wortes.

Michael haßte diese Form der Unehrlichkeit. Sie war weder sonderlich intelligent noch erfolgreich und, was am ärgsten war, so überhaupt nicht elegant.

»Wie war das eben, Jeff? Trotz aller Meinungsverschiedenheiten betrachtest du mich als deinen Freund?«

Langsam drehte Jeff sich um. In Michaels Augen flackerten kleine Fegefeuer.

»Ich kann solche Dinge sehr viel schwerer aussprechen als du, deshalb lasse ich lieber Taten sprechen, mein Guter. Hast du eine Tischdame für unsere Feier heute abend?«

Jeff ahnte Schreckliches. »Was soll das?«

Michael grinste. »Dann tu' ich dir jetzt was Gutes, Jeffy. Ich bestell' dir die schönste Dose von ganz London und zahl' sie dir sogar ... ich hab' heute nämlich meinen großzügigen Tag! Beweise, daß du ein Mann bist!«

Mit fröhlicher Stimme teilte er Maureen sämtliche Einzelheiten mit, dann legte er auf.

Jeff stand unverändert da. »Wenn ich nicht wüßte, daß du einen Vater und eine Mutter hast, würde ich dich für die Nachgeburt einer Hyäne und eines Skorpions halten.«

Michael kicherte. »Da stelle ich mir die Paarung ein wenig schwierig vor. Aber du weißt ja sicher schon gar nicht mehr, wie das geht, das Paaren. Es vergißt sich leicht, wenn man längere Zeit mit Aileen zu tun hat.«

Er griff nach seinem Jackett, und Jeff atmete tief durch, um nur ja nicht die Beherrschung zu verlieren. Auch er konnte ein Mistkerl sein, er mußte nur wollen.

»Bringst du deine Schnalle heute abend mit?« Er fragte das so freundlich, daß es ihm selbst einen Schauder über den Rücken trieb.

Michael stutzte. »Wie?«

»Na, du hast sie doch extra auf Firmenkosten einfliegen lassen, deine Lara!«

Michael schnappte nach Luft. »Was fällt dir ein, Lara eine Schnalle zu nennen?« Er hatte Jeff noch nie so reden hören.

Der grinste maliziös. »Aber mehr ist sie doch nicht, Mike, da mach dir doch nichts vor. Sie ist eine von vielen Huren, die du im Laufe deines Männerlebens bestiegen hast. Eine Fotze wie tausend andere auch ...«

Im ersten Moment hatte Michael das dringende Bedürfnis, Jeff zu schlagen, doch dann hatte er eine bessere Idee. »Weißt du, Jeffy, du bist ein klassischer Fall von einem Schlappschwanz. Habe ich dir das eigentlich je gesagt?«

»Mehr als einmal, Mike. Du sprichst immer gern von mir, wenn du im Grunde dich selbst meinst.«

Das war zuviel für Michael. Scheinbar gelassen zündete er sich eine Zigarette an und hockte sich auf einen der Tische. Es wurde Zeit, Jeff Barton mal endgültig die Meinung zu sagen.

Die Familie Jeff Bartons stammte aus der New Yorker Mittelschicht. Sein Vater war in der Textilbranche tätig und betrieb mehrere kleine Boutiquen in der Stadt. Sie liefen gut und ermöglichten der Familie ein sorgenfreies Leben.

Jeffs Kindheit verlief unbeschwert; so sah es nach außen zumindest aus. Papa ernährte seine Lieben, Mama war von früh bis spät für alle da, die beiden älteren Schwestern verwöhnten Nesthäkchen Jeff nach Kräften ... er hätte glücklich sein müssen.

»Aber das warst du nicht«, warf Michael ihm an den Kopf. »Ganz im Gegenteil. Dazu hast du viel zu früh hinter die Fassaden geguckt.«

Jeff fing an zu zittern. »Das ist nicht wahr«, zischte er.

»Dein Vater hat deine Mutter bei jeder Gelegenheit betrogen. Ist das etwa auch nicht wahr?«

»Es geht dich zumindest nichts an, Mike.«

»Deshalb wolltest du als Kind auch unbedingt Richter werden.

Um deinen Vater endlich aburteilen zu können, ihn für all das zu bestrafen, was er dir und deiner Familie angetan hat.«

Jeff setzte sich auf einen der Stühle und faltete die Hände so fest, daß die Knöchel hervortraten. Sein Vater hatte die Mutter tatsächlich permanent betrogen, mal mit einem Fotomodell, mal mit einer Verkäuferin. Mama hatte es nach außen hin immer geduldig hingenommen, doch in den Nächten hatte sie oft geweint, und wenn Jeff dann aufwachte, wäre er am liebsten zu ihr ins Bett gekrochen und hätte sie getröstet.

Doch in diesem Bett schlief ja Papa, und den störten die Tränen seiner Frau nicht im geringsten.

Von frühester Kindheit an hatte Jeff nur einen einzigen Wunsch gehabt: Nicht so zu werden wie sein Vater!

»Und deshalb hast du nie ein gesundes Verhältnis zu Frauen entwickelt«, konstatierte Michael. »Du hältst Sex für Schmuddelkram, du bist da völlig –«

»Halt den Mund, Mike, ich rate dir gut!«

»Auf einmal so scharf, Jeffy?«

Jeff atmete tief durch. »Nichts ist peinlicher als Hobby-Psychologie«, erklärte er dann. »Wenn ich Aufschluß über mein Innenleben will, gehe ich zu einem Fachmann.«

»Dann hättest du das längst mal tun sollen. Es hätte Aileen das Veilchen erspart.«

Als Jeff das hörte, sprang er mit soviel Wucht auf, daß sein Stuhl krachend zu Boden fiel. Aileen hatte es Michael also erzählt! Das konnte er nicht fassen . . .

Michael lächelte. »Es hat Zeiten gegeben, da war ich richtig wütend auf dich. Da habe ich dir die Schuld am Scheitern meiner Ehe gegeben. Ich habe nie mit Aileen reden können, weil du immer da warst und sie alles mit dir beredete. Sie hat meinen Haushalt geführt, meine Kinder großgezogen, aber wenn es um Gedanken und Gefühle ging, dann warst du ihr Ehemann. Und jetzt, wo ich dabei bin, mich von ihr zu trennen, geht dir der Arsch in Grundeis, mein Freund! Denn jetzt droht dir die ganze Aileen, und das weißt du auch genau. Du weißt, daß sie einen Mann braucht, der ihr von früh bis spät die heile Welt vorspielt. Und du bist zur Hand. Du warst schließlich die ganzen Jahre der Mann, der ihr vormachte, mit dir hätte sie den

Himmel auf Erden, während sie mit mir schon lange in der Hölle schmorte. Jetzt mußt du mit ihr auf dieser Erde leben ...«

Jeff konnte es immer noch nicht fassen. »Daß sie es dir erzählt hat ...«, sagte er leise vor sich hin. Er hatte das Gefühl, den Boden unter den Füßen zu verlieren.

Michael zündete sich eine Zigarette an. »Sie hat mir nichts erzählt.«

»Wie?«

»Aileen hat kein Wort darüber verloren, daß du sie geschlagen hast.«

»Dann hat also Diana –«

»Diana hat jede Erinnerung mit ihrem Fieber ausgeschwitzt.« Michael lächelte. »Ich habe lediglich logisch gedacht, Jeffy, und wie sich herausstellt, habe ich folgerichtig kombiniert.«

Jeff spürte, wie sein Blut in Wallung geriet. Er war Michael schon häufiger auf den Leim gegangen, aber das hier stellte alles in den Schatten.

»Wenn ich gläubig wäre, würde ich dich jetzt verfluchen!«

Michael sah Jeff nur an, aber gerade dieser Blick war es wohl.

»Fahr zur Hölle, Landers! Brich dir den Hals, oder besser noch: Brich dir in deinem neuen Flittchen den Schwanz ab!«

Michael hatte Jeff noch nie so aufgebracht erlebt. Er war plötzlich ganz rot im Gesicht, ging mit geballten Fäusten auf ihn zu ...

Michael blieb ganz ruhig. »Ich werde Lara heiraten!« Dann drehte er sich um und ging.

Michael war schon lange fort, als Jeff endlich wieder zu sich kam. Sein Zorn schwand, und an dessen Stelle trat Selbstmitleid, gemischt mit Hilflosigkeit: Jeff wollte nicht mehr. Diese Scheiße mußte ein Ende haben; er hatte genug davon.

Er hangelte sich zum Fenster. Er brauchte es nur zu öffnen und sich weit hinauszulehnen. Der Rest würde dann ganz von allein passieren dank eines physikalischen Gesetzes namens Erdanziehungskraft. Das wußte er aus seinen Büchern.

Zum erstenmal seit vielen Jahren verspürte Jeff das Bedürfnis zu beten. Gott schien der einzige zu sein, der ihm jetzt noch helfen konnte. Er hatte Jeff Barton schließlich das Leben geschenkt, und sicher war er, Jeff, nicht von ungefähr so geworden, wie er war. Er selbst konnte nichts dafür. Er wäre ja gern anders gewesen, aber er wußte nicht, wie. Wie lebte man? Wie liebte man? Wie mußte man sein, um geliebt zu werden?

In London tobte die Rush-hour, als Michael das Hotel verließ, und entsprechend schwierig war es, ein Taxi zu ergattern. Endlich entdeckte Michael eines und lief darauf zu, aber eine alte Dame mit zartlila gefärbtem Haar schnappte es ihm vor der Nase weg.

Er überquerte die Straße und winkte ein anderes Taxi herbei. Doch das fuhr vorüber, ohne Notiz von ihm zu nehmen. Nervös schaute er auf seine Armbanduhr. Das Gespräch mit Jeff hatte sehr viel länger gedauert, als er gedacht hatte. Inzwischen war es schon kurz nach sechs, und er mußte sich höllisch beeilen, wenn er noch rechtzeitig bei *Patterns* sein wollte.

»Lara?«

»Ja!«

»Ich möchte dich etwas fragen.«

»Was, Liebling?«

»Willst du mich immer noch heiraten?«

»Ja!«

Er konnte es sich schon ganz genau vorstellen. So richtig schön schmalzig und spießig und doof würde es sein, und so mußte es sein, denn nur dann war es romantisch genug – und damit unvergeßlich.

Als Nancy und Lara an der Station Knightsbridge ausstiegen, war alles nur noch eine Frage von Sekunden. In der Underground war es brechend voll gewesen, und auch jetzt schoben sich die vielen Menschen, dicht gedrängt wie Sardinen in der Dose, die Rolltreppe hinauf.

»Hör mir gut zu, Nancy: Entweder ich bringe dich um, wenn wir lebendig hier herauskommen, oder aber du versprichst mir hier und jetzt, deine dämliche Lampe allein zu kaufen . . .«

Nancy lachte.

»Ich warne dich. Ich mache keinen Spaß!«

»Ich weiß, daß es ein ziemlich anstrengender Tag war, Lara. Aber wir haben es ja gleich.«

»Nancy!!!«

Ein dunkelhäutiger Mann, der Lara schon zweimal unabsichtlich auf die Füße getreten war, drehte sich zu den beiden um.

»Sie meint es ernst, Lady«, sagte er zu Nancy. »Wollen Sie für eine Lampe sterben?«

Nancy bekam den Mund vor Erstaunen gar nicht wieder zu.

Der Mann mit der glänzenden dunklen Haut lächelte sanft. »Ich kenn' mich aus mit solchen Dingen. Ich bin seit zwanzig Jahren verheiratet ...«

Endlich nahm die enge Rolltreppe ihr wohlverdientes Ende, und Lara atmete wieder frische Luft.

»Wie ich diese Katakomben hasse!« knurrte sie.

Nancy stand neben ihr und suchte vergeblich nach Worten.

»Bemüh dich nicht!« meinte Lara. »Geh zu *Harrods*, bleib von mir aus die ganze Nacht da, nur versprich mir, daß ich niemals wieder mit dir einkaufen gehen muß! Würdest du das tun?«

»Niemand hat dich gezwungen, Lara!«

Nun, damit hatte die gute Nancy zwar recht, doch stand Lara in diesem Moment nicht der Sinn nach Fairneß.

»Ruf mich nicht an, dann ruf' ich dich auch nicht an, versprochen?«

»Aber Lara –«

»Vergiß es!«

Dann ließ sie Nancy einfach stehen und machte sich auf den Weg zu *Margaux*. Zuerst wollte sie ein riesiges Ale trinken, dann ein riesiges Guinness, und sie war bereit, jeden Preis der Welt zu bezahlen, wenn man ihr nur erlaubte, die beiden Fleischklumpen, die an ihren Unterschenkeln hingen, auf irgendeinen Stuhl zu legen.

Jeff lehnte immer noch am Fenster und blickte auf die Stadt hinunter. Michael stand auf der gegenüber liegenden Straßenseite. Er sah gut aus in seinem Maßanzug, aber das schien ihm im Moment auch nicht weiterzuhelfen. Vergeblich wartete er darauf, daß ein Taxi anhielt. Jeff spürte, daß er zu lächeln begann. Es gab also doch noch so etwas wie Gerechtigkeit in dieser Welt.

Endlich hielt ein Wagen, und Michael wollte einsteigen, aber ein Neger drückte ihn zur Seite. Jeff lachte laut auf.

»Wenn du den Mund aufmachst, Landers, wird er glatt behaupten, du hättest ihn diskriminiert.«

Michael machte den Mund nicht auf, Jeffs Befürchtung war auch seine eigene gewesen. Zornig lief er zum eigentlichen Taxistand, der direkt neben dem Hotel war, um sich dort in der ordentlichen britischen Reihe anzustellen.

Prächtig! dachte er. Bis er dran war, war es mindestens sieben, und die Pforten von *Patterns* waren geschlossen. Da entdeckte er auf einmal ein weiteres Taxi, lief quer über die Straße ... er hatte den kleinen Sportwagen nicht gesehen, der plötzlich wie aus dem Nichts anbrauste. Er sah ihn erst, als es schon zu spät war. Der Wagen erfaßte ihn und schleuderte ihn durch die Luft; er schlug auf den harten Asphalt. Das letzte, woran er dachte, war der Verlobungsring, den er Lara an den Finger hatte stecken wollen. Er glaubte nicht, daß er das nun noch erleben würde ...

Michaels Anblick war so schmerzlich, daß Lara am liebsten geweint hätte. Doch für Tränen brauchte man Kraft, und die hatte sie nicht mehr. In ihrem Hals war ein dicker Kloß, und in ihrem Bauch schien ein Schwarm von Schmetterlingen zu schwirren. Seit einundzwanzig Stunden saß sie nun schon an Michaels Bett und hielt seine Hand. Zweimal war eine Schwester gekommen und hatte ihr etwas zu essen gebracht, einmal war sie kurz auf der Toilette gewesen ...

Lara haßte Krankenhäuser. Sie haßte weiße Bettwäsche. Und sie haßte den Anblick von Infusionsständern und das Piepsen der elektronischen Überwachungsgeräte. Um nicht durchzudrehen, preßte sie ihre Lippen auf Michaels Hand. Sie war warm, und das bedeutete Leben.

»Wach auf, Liebling! Bitte! Ich bin hier! Ich bin bei dir!«

Kurz nach sechs Uhr war es gewesen, als Lara am Samstagabend *Margaux* erreichte. Im Hereinkommen bestellte sie das Riesen-Ale, von dem sie bereits seit Stunden träumte, ließ sich alsdann auf den erstbesten Stuhl fallen und streckte alle viere von sich.

»Sie sehen ziemlich geschafft aus«, meinte der Wirt.

Lara war inzwischen selbst zu schwach, um zu antworten, und schüttete das Bier wie Wasser in sich hinein.

»Noch eines?«

»Nein.«

»Etwas anderes?«

»Einen doppelten Cognac und einen Kaffee.«

Die Geschäfte schlossen, und Londons zweite Welt erwachte. Die Prostituierten kamen zum Vorschein und die Zuhälter, die Drogensüchtigen und die Dealer. Dieses Wechselspiel machte eine Weltstadt aus. Wo bei Tag das Geld und die Macht regierten, führten bei Nacht die Armut und die Ohnmacht das Zepter. Beide Sphären waren auf geheimnisvolle Weise miteinander verbunden, und beide hatten ein Recht zu existieren. Doch fehlte es Lara an der nötigen Erfahrung, um in der Nachtwelt zu überleben.

Das wurde ihr spätestens klar, als dieses abenteuerlich gekleidete Mädchen auftauchte und zu dem Mann am Nebentisch sagte: »Na, Süßer! Wie wär's mit uns beiden? Fünfundzwanzig ohne Gummi!«

Lara erwartete, daß der Mann nun empört aufspringen würde, doch reagierte er ganz anders.

»Das kann ja wohl nicht dein Ernst sein«, lachte er. »Heute wohl noch nicht in den Spiegel geguckt, wie?«

»Wenn du beleidigend wirst, hetz' ich dir meinen Macker auf den Hals.«

»Fünfzehn Pfund!«

»Dafür pust' ich dir nicht mal 'ne Fliege von der Eichel. Zwanzig!«

Der Mann stand auf. Er trug einen dunkelblauen Anzug, und Lara konnte sich gut vorstellen, daß er den Tag über in einem luxuriösen Antiquitätengeschäft gearbeitet hatte oder in einer Bank – vielleicht sogar bei *Harrods*. Ob Michael so was auch schon mal gemacht hatte? Ob er auch mit Nutten schlief?

Für Lara wurde es Zeit zu gehen.

Als sie ins Hotel kam, war es schon halb acht, und an der Rezeption wartete eine Nachricht auf sie. Sie war von Bosco. Er bat dringend um Rückruf, und Lara sah schon ihre gesamte Wohnung unter Wasser stehen ...

Only dial 9 and you are in touch with the whole world! Dieser Satz stand in fetten Lettern auf dem Zimmertelefon geschrieben, und zwar nur aus einem einzigen Grund, nämlich, um Lara zu verhöhnen. Diese elf Worte und die eine Zahl hatten sehr viel Ähnlichkeit mit einem Schild auf der Autobahn, das einen zwang, nicht mehr als hundert Stundenkilometer zu fahren, während man in einem handfesten Stau stand und nur schrittweise vorwärtskam. Schon wenn Lara die Vorwahl von Italien wählte, ertönte das Besetztzeichen. Sicher stand in den Alpen irgendein Bösewicht auf der Leitung.

Wie es aussah, kam Michael wieder mal spät nach Hause. Lara nutzte die Zeit, nahm eine Dusche, cremte sich ein, fönte ihr Haar. Zwischendurch versuchte sie immer wieder, Bosco zu erreichen, doch das war und blieb ein hoffnungsloses Unterfangen. Gerade erwog sie, sich wieder mal ein Thunfisch-Sandwich servieren zu lassen, als sie den großen, weißen Zettel sah, den man unter der Zimmertür hindurchschob. *Message* stand darauf geschrieben, »Nachricht« ... Das St. Mary's Hospital hatte angerufen ...

Der diensthabende Arzt war ungemein freundlich. »Sind Sie die Ehefrau?«

»Die Schwester!« log Lara wie aus der Pistole geschossen und lobte sich später dafür. Nur dieser Geistesgegenwart hatte sie es zu verdanken, daß sie Auskunft über Michaels Zustand bekam.

»Wie sich der Unfall ereignet hat, kann ich Ihnen leider nicht sagen«, erklärte man ihr. »Mein Kollege hat das Polizei-Protokoll bekommen, und das war vor dem Schichtwechsel.«

Lara zitterte am ganzen Körper. »Sagen Sie mir bitte die Wahrheit!«

Der Arzt seufzte. »Ihr Bruder hat noch mal Glück gehabt, Mrs. Laddock. Keine Brüche, nur ein paar Prellungen, wir hatten ein Schädel-Hirn-Trauma befürchtet, aber das hat sich glücklicherweise nicht bestätigt. Er ist mit einer Gehirnerschütterung davongekommen ...«

Lara schluckte. Sie hatte zuviel Erfahrung mit Ärzten, um nach dieser Eröffnung auch nur einen Hauch von Erleichterung empfinden zu können. »Ich möchte die ganze Wahrheit hören«, sagte sie deshalb, und niemand war erstaunter als sie selbst, wie ruhig ihre Stimme dabei klang.

Wieder seufzte der Herr Doktor. »Ihr Bruder liegt im Koma, Mrs. Laddock. Das ist an sich zwar nicht ungewöhnlich nach solchen Verletzungen, aber wir können natürlich trotzdem nicht ausschließen . . .«

»Daß er nie wieder aufwacht?«

»Nie wieder ist übertrieben.«

»Könnte er Hirnschäden haben?«

»Das ist das Problem. Bevor er nicht aufgewacht ist, können wir das nicht endgültig abklären.«

Lara versuchte zu atmen, aber es klappte erst beim drittenmal. Laut schnappte sie nach Luft.

»Ich will zu ihm.«

Einundzwanzig Stunden war das nun her. Seit einundzwanzig Stunden und neunzehn Minuten saß Lara an Michaels Bett und bewachte seinen Schlaf.

»Wo bist du? Laß mich zu dir kommen! Ich will nicht weiterleben ohne dich!«

Eine Träne tropfte auf Michaels Hand. Sie nahm sie mit dem Finger auf und wischte sie über seine Lippen. Sie waren so trocken. Lara nahm sich vor, die Schwester um ein bißchen Vaseline zu bitten.

Michael hatte einen wunderbaren Traum. Hand in Hand ging er mit Lara über eine große grüne Wiese. Sie hatten beide keine Schuhe an, und die Sonne schien hell und klar, und die Luft war warm und sanft. Sie erreichten das Ufer eines Sees. Zwei Schwäne schlangen ihre langen, schlanken Hälse umeinander, und Michael blickte in Laras Gesicht. Sie lächelte, und er wollte etwas sagen, aber da schoß auf einmal dieses Auto aus dem Wasser, geradewegs auf ihn zu, und Lara war plötzlich nicht mehr da; er war allein, und er wollte schreien, doch brachte er keinen einzigen Ton heraus.

»Darling? Hörst du mich? Hörst du mich, Michael?«

Es war inzwischen Montag nachmittag. In den vergangenen zwei Tagen war jede Stunde einer der Ärzte gekommen, um Michaels Vitalwerte zu kontrollieren und Lara so etwas wie Trost zuzusprechen. Zweimal hatte sie jeweils anderthalb Stunden geschlafen, in einem der Behandlungsräume, auf einem zur Lagerstatt umfunktionierten Untersuchungstisch. Ständig brachte man ihr Essen. Sie nahm kaum davon, war aber klug genug, größere Portionen im Mülleimer verschwinden zu lassen. Sicher durfte sie nur bleiben, wenn sie sich ausreichend ernährte. Als ihr Vater starb, hatte man darauf auch solchen Wert gelegt.

Am Sonntag war Jeff kurz gekommen, um sich nach Michaels Gesundheitszustand zu erkunden. Er hatte den Unfall vom Hotelfenster aus gesehen und schilderte ihn in allen Details. Nachdem er wieder weg war, weinte Lara stundenlang, und sie war sicher, daß sie nie mehr damit aufgehört hätte, wenn da nicht die wundervollen Blumen gewesen wären.

»Sie sind von Herrn Yamagushi«, schluchzte sie der jungen Schwester Alice ins Ohr.

»Sie sind traumhaft.«

»Jeff spricht über den Unfall, als hätte es ihm Spaß gemacht, ihn mit anzusehen . . .«

»Wie bitte?«

Lara schüttelte sich. »Nichts, Schwester. Danke für die Vase.«

In der langen Nacht betete sie ein Vaterunser nach dem anderen, und am nächsten Morgen bat sie Gott mit letzter Kraft, diesem zermürbenden Nervenkrieg endlich ein Ende zu machen.

»Ganz egal, wie!«

Nichts war schwerer zu ertragen als Unsicherheit, diese Sphäre zwischen Hoffen und Bangen, in der man den Tod vor Augen und das Leben im Herzen hatte.

»Hilf mir, Vater im Himmel, bitte . . .«

Und nun, am späten Nachmittag, nach all diesen vielen Stunden des Wartens, spürte sie auf einmal, daß Michaels schwitzige Hand einen leichten Gegendruck bot. Auch sein Pulsschlag wurde plötzlich schneller, und ihr war, als hätte sich in seinem Gesicht etwas geregt.

»Hörst du mich, Michael? Ich bin hier, Schatz, ich bin bei dir . . .«

Laras Stimme klang zittrig und verzerrt, aber Michael erkannte sie sofort. Es war also kein Traum gewesen, sie war wirklich da und hielt seine Hand. Langsam hob er die bleischweren Lider. Das Licht war grell, und ein alles überstrahlendes Weiß stach in seine Pupillen.

»Liebling . . .!«

Er spürte Laras Hand auf seinem Gesicht und wandte den Kopf zur Seite. Ein stechender Schmerz fuhr durch seinen Schädel.

»Du hattest einen Unfall, Michael. Ein Auto hat dich angefahren. Erinnerst du dich?«

Sie strich mit den Fingerspitzen über seine Augenbrauen.

Er schluckte. »Hast du ihn an?«

»Wie?«

Er antwortete nicht.

»Wovon sprichst du, Schatz?«

»Sie haben ihn passend gemacht.«

»Wen?«

»Für Lara und ein ganzes Leben.«

»Was?«

»Das steht drin, es war nicht zu lang.«

»Wovon sprichst du, Michael?«

Lara hatte das Gefühl, den Boden unter den Füßen zu verlieren und trotzdem weiterlaufen zu müssen. Man hörte häufiger, daß Kopfverletzungen schwere Folgen hatten, daß hochintelligente Menschen von einem Augenblick zum anderen zu hilflosen Kindern wurden, nicht mehr allein essen konnten, unzusammenhängendes Zeug faselten . . .

»Sag mir, wie du heißt, Michael! Wie heißt du? Wo wohnst du? Wann bist du geboren? Sag es mir!!!«

Michael zuckte zusammen. Laras Stimme klang auf einmal so scharf.

»Bist du wütend?« flüsterte er.

Sie war der Verzeiflung nahe. »Ich habe Angst!«

»Um mich?«

»Natürlich.«

Er grinste. »Aber Unkraut vergeht doch nicht, Honey. Das weißt du doch.« Ohne das Grinsen vom Gesicht zu nehmen, machte er die gewünschten Angaben zur Person. Lara brach in Tränen aus und legte ihren Kopf auf seine Brust. Jetzt war alles gut. Sie läutete nach der Schwester.

Die ersten Tests deuteten bereits darauf hin, daß Michael wirklich noch mal davongekommen war. Endgültig würde sich das erst ein paar Tage später herausstellen.

Lara blieb noch bis zum späten Abend, bis Michael etwas gegessen und das auch bei sich behalten hatte. Dann beschloß sie, den Rat der Ärzte zu befolgen und ins Hotel zu gehen.

»Sie müssen sich richtig ausschlafen«, sagte die Nachtschwester und gab ihr zwei himmelblaue Pillen. »Nehmen Sie die, das wird helfen.«

Ein letztes Mal setzte Lara sich zu Michael auf die Bettkante. »Hast du Schmerzen?«

»Nein.«

Sie gab ihm einen Kuß auf die Wange. »Gleich morgen früh komme ich wieder, okay?«

»Bringst du mir ein paar von den leckeren Hefeteilchen mit, die wir gestern morgen hatten?«

Sie rollte die Augen. »Das war vorgestern. Aber es scheint wirklich aufwärts zu gehen mit dir. Apfel, Aprikose oder Pudding?«

»Alles.«

»Ich liebe deine Bescheidenheit.« Wieder gab sie ihm einen Kuß und wollte aufstehen, doch er hielt sie zurück. »Was ist?«

Er antwortete nicht gleich, sondern sah sie einfach nur an, und dabei wünschte er sich, in sie hineinsehen zu können, sie ganz und gar zu ergründen, jeden Gedanken, jedes Gefühl, bis in den verstecktesten Winkel ihrer Seele wollte er blicken.

»Versprichst du mir etwas, Lara?«

»Kommt drauf an!«

»Geh nie wieder weg! Versprichst du mir das? Bleib für immer bei mir!«

Sie saß da und blickte auf ihn nieder, und sie spürte, wie ihre Augen immer feuchter wurden. Fünfunddreißig Jahre lang hatte sie sich danach gesehnt, einen Menschen zu lieben und von dem gleichen Menschen wiedergeliebt zu werden. Fünfunddreißig Jahre lang war es ein unerfüllter Traum geblieben . . .

»Ja, Michael, ich verspreche es dir.«

Sie legte ihren Kopf neben seinen auf die Kissen und erinnerte sich dabei an jenen Samstag im April, an dem sie Michael ähnlich nah gewesen war – und doch ganz anders. Denn damals hatte sie noch nicht daran glauben können, daß es so etwas wie Liebe wirklich gab.

»Weißt du, daß sich mein ganzes Leben in Krankenhäusern entschieden hat?«

Michael grinste. »Du magst es halt steril.«

Es war nach 23.00 Uhr, als Lara im Hotel eintraf. Die Leute dort hatten sich große Sorgen gemacht, weil sie nach dem Anruf aus dem Krankenhaus so schnell verschwunden und anschließend nicht wiedergekommen war. Jetzt erwartete sie im Zimmer ein Traum von einem Rosenstrauß und ein Obstkorb mit Kärtchen, auf dem ihr das Management des Hauses alles Liebe und Gute wünschte.

Lara aß zwei Birnen und einen Apfel, erst dann sah sie, daß da noch eine Nachricht war. Bosco hatte noch mehrmals angerufen und bat nun dringendst um Rückruf. Das Wort *dringendst* war dreimal rot unterstrichen. Sie überlegte, was es damit auf sich haben könnte, und kam zu dem Schluß, daß vermutlich ihr Haus abgebrannt war. Vielleicht lag ganz Pietra Ligure in Schutt und Asche. Nun, daran hätte sie ohnehin nichts ändern können, ob sie es wußte oder nicht – und wenn es sich wider Erwarten um etwas anderes handelte, um etwas, was sie hätte ändern können, so wäre sie in ihrem derzeitigen Zustand einfach nicht mehr dazu in der Lage gewesen. Also mußte Bosco bis morgen warten. Basta!

Lara ging ins Bad und nahm eine heiße Dusche. Michael war am Leben und würde wieder völlig gesund werden. Das war das einzige, was in dieser Stunde für sie zählte.

Im Fernsehen lief *Upstairs Downstairs*. Schon vor Jahren hatte Lara gebannt vor dem Apparat gesessen, um die neuesten Ereignisse im Haus am Eaton Place zu verfolgen. Sie liebte den verschrobenen Butler, die deftige Köchin und das schrullige Hausmädchen, und sie verehrte den eleganten Lord Bellamy und seine so wunderschöne Frau, die später beim Untergang der »Titanic« auf so tragische Weise ihr Leben verlor.

Lara nahm die beiden Schlaftabletten aus ihrer Handtasche und legte sie auf den Nachttisch. Dann kroch sie ins Bett, zog das Laken bis zum Hals hinauf – es klopfte an der Zimmertür – einmal, noch einmal ... Ohne Michael fühlte sie sich ziemlich ausgeliefert. Das Hotel verfügte zwar über ein hervorragendes Sicherheitssystem, aber man konnte ja trotzdem nie wissen. Wieder klopfte es. Ängstlich kletterte Lara aus dem Bett, hüllte sich in ihren Bademantel und schlich auf Zehenspitzen zur Tür.

»Wer ist da?« Es war immerhin schon Mitternacht.

»Miss Laddock?«

Lara lugte durch den Spion und sah eine blonde, alles andere als furchterregende Frau. Daraufhin öffnete sie die Tür, ließ vorsichtshalber aber noch die Kette vor.

»Lara Laddock?«

Die Frau war groß und schlank und ausgesprochen attraktiv.

»Ist was mit Michael?«

»Entschuldigen Sie bitte, Miss Laddock, daß ich so spät noch störe, aber ich muß unbedingt mit Ihnen sprechen.«

In Lara krampfte sich alles zusammen.

Die Fremde lächelte. »Ich bin Aileen Landers.«

Alles oder nichts, lautete die Devise für Aileen. Dessen war sie sich voll bewußt, und sie war auch zu allem bereit. Unmittelbar nachdem Michael verunglückt war, hatte Jeff sie angerufen und alles erzählt. Binnen anderthalb Stunden hatte sie für sich und die Kinder ein paar Sachen zusammengepackt, Diana und Andrew zu Christophs Familie gebracht und war zum Flughafen gehetzt.

»Letzter und dringender Aufruf ...«

Noch nie zuvor in ihrem Leben hatte Aileen im letzten Moment etwas doch noch geschafft. Sie hoffte, es möge ein gutes Vorzeichen sein.

Jeff holte sie vom Flughafen ab und brachte sie unbemerkt ins Hotel.

»Ich habe den Schwestern im Krankenhaus ein bißchen Geld gegeben. Sie rufen an, wenn sich was tut. Solange Michael bewußtlos ist, kannst du nichts machen.«

»Ist sie bei ihm?«

»Sie kriecht fast in ihn hinein.«

Zwei Tage und zwei Nächte hatte Aileen gewartet und sich dabei immer und immer wieder überlegt, was sie sagen wollte, und vor allem, wie. Jetzt, als Lara vor ihr stand, schien alles sehr viel einfacher zu sein, als Aileen erwartet hatte.

»Sie sehen müde aus«, begann sie die Unterredung.

Lara überhörte diese gemeine Bemerkung. Sie wußte selbst, daß sie dunkle Schatten unter den Augen hatte, einen Pickel am Kinn und daß das noch immer nasse Haar wie Sauerkraut über ihren Rücken hing.

»Möchten Sie Platz nehmen?«

»Gern.«

Aileen ließ sich aufs Sofa fallen und schlug lässig ihre langen, schlanken Beine übereinander. Sie trug ein enges, blaßblaues Kostüm und farblich genau passende Schuhe mit extrem hohen und dünnen Absätzen.

»Ich denke, Miss Laddock, daß wir uns längst mal hätten unterhalten müssen. Aber Michael hat es bisher ja glänzend verstanden, das zu verhindern.«

Lara hockte sich auf die nächstbeste Sessellehne und starrte Aileen ins Gesicht.

Die lächelte. »Er hat Ihnen erzählt, daß er sich von mir trennen will, nicht wahr?«

Lara wagte nicht zu atmen.

»Wissen Sie, Michael erzählt das jeder Frau. Und davon gab es viele in den Jahren unserer Ehe, das dürfen Sie mir glauben. Er braucht das. Damit habe ich leben gelernt, sonst wäre ich schon lange nicht mehr mit ihm verheiratet.«

Bei den letzten Worten lachte sie, als hätte sie soeben einen ganz besonders köstlichen Witz erzählt.

Lara spürte, wie ihr übel wurde.

»Kann ich Ihnen irgend etwas anbieten?«

»Nein, danke. Ich muß gleich wieder gehen, die Kinder wissen nicht, wo ich bin.«

»Sind Diana und Andrew denn auch hier?«

»Sicher. Dachten Sie, Michael hätte umsonst so wenig Zeit für Sie gehabt?«

Diese Frage traf Lara wie ein Schlag ins Gesicht. Auf einmal schien alles einen grausamen Sinn zu machen, nur wollte sie einfach nicht daran glauben.

Wie eine Furie sprang sie auf lief ins Schlafzimmer und zündete sich eine Zigarette an.

»Möchten Sie auch?«

»Ich rauche nicht.« Aileen stand auf und baute sich vor Lara auf, die kraftlos im Türrahmen lehnte und an ihrer Zigarette saugte.

»Es tut mir ehrlich leid für Sie, Miss Laddock. Ich weiß, wie überzeugend Michael sein kann und wie gut er lügt. Ich glaube, er lügt deshalb so gut, weil er das, was er da so von sich gibt, in dem Moment, in dem er es von sich gibt, auch wirklich glaubt. Ich will damit sagen –«

»Warum sagen Sie mir das alles überhaupt?« Lara war nahe daran durchzudrehen. Das alles klang so unglaublich, so unmöglich, es war einfach unfaßbar.

»Das hat einen sehr simplen Grund«, sagte Aileen, die im Gegensatz zu Lara mit jeder Sekunde ruhiger wurde. »Man kann im Leben anstellen, was man will, Miss Laddock. Auf dem Unglück anderer Menschen kann man nie ein eigenes Glück aufbauen. Unsere Tochter wird psychisch krank, wenn ihr Vater sich uns entzieht, das haben Sie ja mitbekommen. Und Andrew wird von Tag zu Tag aggressiver, und ich . . . die Kinder und ich waren vor Ihnen da, Miss Laddock. Und so wird es auch immer bleiben. Egal, was Michael Ihnen verspricht . . .«

Die Sache wurde immer unfaßbarer.

»Es mag ja sein, daß ich mich wiederhole«, fauchte Lara, »aber ich möchte gern wissen, warum Sie mir all das erzählen. Sie werden es ja wohl kaum aus Güte tun, weil Ihnen mein Seelenfrieden so sehr am Herzen liegt oder weil Sie sich einbilden –«

»Ich bin wieder schwanger, Miss Laddock!«

Lara brauchte einen Moment, bis diese Worte überhaupt zu ihrem Gehirn vordrangen. Dann schwand jedwedes Blut aus ihrem Kopf.

Aileen machte ein mitfühlendes Gesicht. »Ich hätte es Ihnen gern schonender beigebracht«, flüsterte sie. »Aber . . . nun ja, ich erwarte unser drittes Kind. Und ich möchte nicht, daß es in eine Familie hineingeboren wird, in der es etwas zu verbergen gibt. In der *Sie* verborgen werden, Miss Laddock!«

Lara starrte Aileen in die Augen. Sie waren wunderschön, diese Augen, aber eiskalt.

»Warum waren Sie nicht im Krankenhaus?«

»Die Kinder und ich waren über das Wochenende in Cornwall. Dadurch habe ich gerade erst erfahren, was passiert ist. Ich war kurz bei meinem Mann und bin dann gleich hergekommen, um ... nun ja, Michael ist eben, wie die meisten Männer sind. Wenn es wirklich darauf ankommt, Mut zu beweisen und ehrlich zu sein, schicken sie die Frauen vor.«

»Wollte er, daß Sie mit mir sprechen?«

»Er hatte Angst, es selbst zu tun, Miss Laddock.«

»Mrs. Laddock!« verbesserte Lara sie.

Aileen lächelte mitleidig. »Entschuldigen Sie, ... *Mrs.* Laddock!«

Eine ganze Weile sahen die beiden Frauen einander tief in die Augen.

»Würden Sie jetzt bitte gehen!« bat Lara dann auf einmal.

Aileen lächelte verständig. »Natürlich. Und würden Sie mir versprechen, Michael nichts von unserem Gespräch zu sagen? Er mag es nicht, wenn seine Frauen hinterrücks über ihn reden. Das hatten wir schon mal, und da hat er ziemlich verrückt gespielt.«

Lara sagte nichts dazu. Sie begleitete Aileen zur Tür, wünschte ihr bewußt keine gute Nacht und ließ die Tür sacht ins Schloß gleiten, um sich keine weitere Blöße zu geben. Niemand sollte ihr nachsagen, sie hätte die Fassung verloren. Lara Laddock hatte sich voll und ganz unter Kontrolle. Sie wollte nur endlich allein sein, allein mit sich und ihrem Schmerz.

Das konnte doch alles nicht wahr sein! Stumm und starr stand sie da und ließ ihre Zigarettenasche auf den Teppich fallen. Sie liebte Michael, und sie vertraute ihm. Und sie war sicher, daß sie es gespürt hätte, wenn er sie angelogen hätte. Doch Aileen war ausgesprochen überzeugend gewesen, ruhig, bedächtig, undramatisch. Das sprach dafür, daß sie die Wahrheit sagte, und dann war Michael weit mehr als ein Lügner, dann war er das größte Schwein, dem sie jemals begegnet war.

Lara ging ins Schlafzimmer und hockte sich auf die Bettkante. Seit sie und Michael in London waren, hatten sie nur ein einziges Mal miteinander geschlafen, und dieses eine Mal war dann auch noch ein Reinfall gewesen.

Wenn er natürlich Aileen und sie befriedigen mußte, machte das auf einmal einen Sinn, wenn auch einen fürchterlichen.

»Quatsch!« schalt sie sich und erinnerte sich an all die vielen Dinge, die Michael ihr über seine Frau erzählt hatte. Er nannte sie sicher nicht umsonst eine Schlange oder ein durchtriebenes Luder. Die Frau war offenbar zu allem fähig, selbst zu der Lüge, schwanger zu sein.

Schwanger! Das Wort bereitete Lara körperliche Schmerzen. Wenn Aileen wirklich noch mal Mutter wurde? Und wenn Michael wirklich der Vater des Babys war?

Die beiden Schlaftabletten auf dem Nachttisch lachten Lara an. Darüber denke ich morgen nach, sagte sie sich und kam sich dabei vor wie Scarlett O'Hara. Sie mußte jetzt erst mal zur Ruhe kommen. Gleich morgen früh würde sie ins Krankenhaus gehen und Michael erzählen, was vorgefallen war. Er war der einzige, der dieses Rätsel lösen konnte, und wenn er dann tatsächlich verrückt spielte, wie Aileen befürchtete . . .

Lara nahm die Schlaftabletten, streckte sich lang aus und faltete die Hände.

»Laß es mich richtig machen, lieber Gott! Bitte! Laß mich das Richtige tun, und gib mir ein Zeichen, wenn ich einen Fehler mache. Führ mich auf den rechten Weg! Bitte!«

Lara hatte gerade mal eine Viertelstunde tief und fest geschlafen, als sie hochschreckte und senkrecht im Bett saß. Das Telefon! Das Telefon läutete . . . es stand direkt neben dem Bett, so daß sie nur danach zu greifen brauchte.

»Ja?« Ihre Zunge war schwer.

»Lara? Ich bin's!«

Es sollte Monate dauern, bis Lara in der Lage war, sich an das zu erinnern, was Bosco ihr in jener Nacht zu sagen hatte. Seine Worte wehten wie ein Herbststurm über sie hinweg, sie prasselten wie Hagelkörner auf sie nieder, und sie nahm sie auf, aber sie konnte sie nicht wirklich verstehen. Alles in ihr sperrte sich dagegen.

Irgendwann war Bosco mit seinen Ausführungen zu Ende. »Es tut mir so leid für dich«, sagte er abschließend. Es gehörte sich einfach, daß man so etwas sagte.

Lara versuchte zu lächeln. »Weißt du eigentlich, daß es Kulturen gibt, in denen die Überbringer schlechter Botschaften geköpft werden?«

»Du weinst ja.« Bosco atmete schwer. »Tu das nicht, Lara. Nicht weinen!«

»Ich tu', was ich will. Jetzt – oder nie . . .«

Viertes Buch
Cissy, Aileen, Lara

Somewhere out there,
If love can see us through,
Then we'll be together
Out where dreams come true . . .

Es war Mittwoch, der 22. Juli 1992. Cissy Roesch saß hinter ihrem Schreibtisch und lackierte ihre Fingernägel. Sie haßte es, im Büro sein zu müssen, wenn Michael und Jeff unterwegs waren. Es war so verschwendete Zeit. Sie hockte dann da und hypnotisierte das Telefon, und wenn es tatsächlich mal klingelte, so bestand ihre Aufgabe darin, dem Anrufer zu erklären, es wäre außer ihr niemand da, doch könnte sie gern notieren, worum es ginge ...

Cissy pustete entnervt auf ihre Fingernägel, damit der Lack schneller trocknete. Klasse! dachte sie dabei. Wer sie beobachtete, sah ein perfektes Klischee, eine junge, blonde, vollbusige Tippse, die intensiv mit ihrer Maniküre beschäftigt war. Wenn sie nicht so traurig gewesen wäre, hätte sie glatt darüber lachen können.

»Die Malediven liegen sechshundert Kilometer südwestlich von Sri Lanka und sind das kleinste Land Südasiens. Die 1500 Inseln und Inselchen sind von strahlendweißen Sandstränden umkränzt und verfügen über eine äußerst üppige Vegetation. Das tiefe Blau des Indischen Ozeans und das durchsichtig wirkende Türkis der zahlreichen Lagunen ...«

Schon im Flugzeug hatte Edy angefangen, in seinen Reiseführern zu blättern. Die Frau, die er erst vor ein paar Stunden geheiratet hatte, schien ihm schon jetzt völlig gleichgültig zu sein. Sein Interesse galt ausschließlich Nakachafushi, Cocoa Island und Digufinolhu.

Cissy wollte so etwas gar nicht erst einreißen lassen und griff in der Höhe von Athen nach Edys Hand, legte sie auf ihre Schenkel.

Er lächelte sie an. »Die Insel Kuredu ist die einzige im Lhaviyani-Atoll, die von lauter unbewohnten Inseln umgeben ist.«

»Kannst du an nichts anderes denken?«

Edy entzog seine Hand den erotischen Klauen seiner Frau. »So eine Reise macht man schließlich nicht alle Tage«, meinte er dann. »Für die anderen Dinge haben wir noch später Zeit.«

Cissy lachte. »Nur ob es uns dann immer noch soviel Spaß macht, ist fraglich. Oder kannst du dir vorstellen, daß wir beide, wenn . . . wenn wir erst mal achtzig sind . . .« Sie stockte. Ihr Mann hörte ihr schon lange nicht mehr zu. Er informierte sich über die Schnorchel- und Tauchmöglichkeiten auf den Malediven, galten sie doch als *das* Unterwasserparadies der Erde.

Cissy ahnte Schreckliches. Doch es kam noch schlimmer.

Die Insel Veligandu Huraa, auf der Cissy die schönsten Wochen ihres Lebens hatte verbringen wollen, war einhundertundsechzig Meter lang und ebenso breit. Von den sechzehn Bungalows, die Frau Roesch eher für Hütten hielt, waren nur drei belegt. In dem einen wohnten zwei frischverliebte Schwule aus der Schweiz, die einander mehr als genug waren und kaum aus dem Bett kamen, und die beiden anderen Hütten teilte sich eine fünfköpfige Familie aus Rio de Janeiro. Man sprach nur Portugiesisch und hatte die Reise, wie Cissy nach einer Woche mit Händen und Füßen herausfand, in der Lotterie gewonnen.

»Sehr nette Leute!« befand Edy, und Cissy mußte an sich halten.

»Wie kannst du das sagen? Die Kinder schmeißen mich jeden Morgen aus dem Bett mit ihrem Geschrei.«

»Du mußt eben früher aufstehen.«

»Dann sind die Tage ja noch länger.«

Edy zog die Brauen hoch; mehr war ihm das Gerede nicht wert. Er genoß seine Flitterwochen, und zwar jede Minute. Schon vor Sonnenaufgang stand er morgens auf und ging an den Strand. Es war wundervoll, den roten Feuerball aus dem Meer steigen zu sehen. Es war wundervoll, und es machte hungrig.

Der Besitzer der Tauchschule war ihm schnell ein Freund geworden. Edy brachte ihm jeden Morgen eine Schachtel amerikanischer Zigaretten mit und bekam dafür pünktlich auf die Minute ein typisches Insel-Frühstück. In die glühende Mittagssonne gingen nur Esel und Touristen. Auch Edy floh in seine Hütte, bevor die Hitze unerträglich wurde, schaltete den Ventilator auf Hochtouren und schlief eine Runde. Das Tauchen und Schnorcheln machte müde, und außerdem wollte er am Abend wieder fit sein, zum Volleyball, zum Wasserski, zum Surfen . . .

Cissy hatte an Edys sportlichen Aktivitäten nicht den geringsten Spaß. Sie wollte morgens lange schlafen, in der Sonne liegen und braun werden, und abends wollte sie ausgehen, elegant essen, tanzen. Der Holzsteg, der Veligandu Huraa mit der Nachbarinsel Dhigufinolhu verband, rettete ihr in gewisser Weise das Leben. Dort lebten immerhin noch ein paar andere Menschen, und es gab ein richtiges Geschäft und eine Bar mit Live-Musik . . .

»Warum schläfst du nicht mit mir?«

Edy rollte die Augen. Seit ihrer Ankunft auf den Malediven verging kein Tag, an dem Cissy diese Frage nicht mindestens dreimal stellte.

»Morgens ist es dir zu früh, mittags ist es zu heiß, und abends bin ich einfach zu müde.«

»Aber es ist unsere Hochzeitsreise, Edy!«

Ruhig sah er sie an. »Merkst du eigentlich nicht, wie du mich nervst?«

Das Telefon läutete und Cissy erwachte wie aus einem bösen Traum.

»Landers & Barton, Vorzimmer von Mister Landers!«

»Ich bin's!«

»Hallo, Michael.«

»Hat Lara sich inzwischen gemeldet?«

Sie hatte es nicht getan, und Cissy wurde immer unwohler zumute, je häufiger sie Michael das sagen mußte. Sie hatte schon lange aufgehört, seine Anrufe zu zählen. Dreißig- oder vierzigmal hatten sie in den letzten sechsunddreißig Stunden bestimmt schon miteinander telefoniert.

»Ich kann mich auf dich verlassen, ja?«

»Aber natürlich, Mike. Ich rufe dich sofort an, wenn ich etwas höre.«

»Danke.«

Langsam legte Cissy den Hörer auf. Das Leben war so furchtbar ungerecht. Niemals liebte man den Menschen, von dem man auch wiedergeliebt wurde. Niemals wurde man von dem Menschen geliebt, den man selbst auch lieben konnte.

Es war jetzt halb fünf. Eine halbe Stunde mußte Cissy noch im Büro aushalten. Danach konnte sie heimgehen, heim in eine Ehe, die sie sich so ganz anders vorgestellt hatte.

Bei jedem Mal, wenn Michael die Telefonnummer seines Frankfurter Büros wählte, war er voller Hoffnung. Und jedesmal, wenn er den Hörer danach wieder auf die Gabel legte, fühlte er sich hoffnungsloser, ohne jegliche Kraft und völlig entmutigt.

Am Dienstagmorgen hatte er zuerst geglaubt, Lara hätte einfach nur verschlafen. Er bat eine der Krankenschwestern, im Hotel anzurufen.

»Miss Laddock ist heute früh abgereist, Mr. Landers.«

Michael lachte. »Quatsch!«

»Aber das hat mir der Mann am Telefon gesagt.«

»Es ist trotzdem Quatsch. Bringen Sie mir einen Apparat, Schwester, ich rufe selbst an.«

»Aber das darf ich nicht, Sie brauchen Ruhe, der Herr Professor –«

»Ruhig werde ich durchs Telefonieren, junge Dame!«

Eine halbe Stunde später war Michael dermaßen erregt, daß man ihm ein Beruhigungsmittel verabreichen mußte. Die Telefonzentrale, die Rezeption und das Büro der Geschäftsleitung, sie hatten es ihm alle bestätigt.

»Miss Laddock hat das Hotel heute morgen verlassen.«

»Und sie hat nicht gesagt, wohin sie geht?«

»Nein, Sir, ich bedaure.«

Michael zitierte Jeff an sein Bett. »Du mußt sofort zur Polizei gehen. Lara ist nicht die Frau, die einfach so mir nichts, dir nichts verschwindet. Es muß irgend etwas passiert sein. Vielleicht hat man sie entführt . . .«

Jeff fand die ganze Sache ausgesprochen peinlich, tat aber, was man von ihm verlangte.

Die Herren vom altehrwürdigen Scotland Yard lächelten müde. »Was meinen Sie, wie vielen Londoner Männern täglich die Frauen weglaufen?«

Nachdem Lara dann länger als vierundzwanzig Stunden vermißt wurde, schritt die Polizei endlich zur Tat.

»Miss Laddock hat Großbritannien gestern morgen verlassen. Mit Alitalia Flug 932 nach Genua.«

Michael war fassungslos. Der Inspektor, der ihm die Nachricht überbrachte, zupfte sein Oberlippenbärtchen zurecht. Jeff hatte den Eindruck, daß ihn die ganze Sache überhaupt nicht interessierte.

»Es tut mir leid, Mr. Landers.«

Michael zeigte keine Regung, und Jeff räusperte sich. »Ich begleite Sie hinaus, Herr Inspektor. Und vielen Dank für Ihre Mühe.«

Den Nachmittag über lag Michael einfach nur da und versuchte, sich über seine Gefühle klarzuwerden. Er war sicher, Lara zu kennen, und weil er sich dessen so sicher war, konnte er sich ihr Verhalten nicht erklären. Immer und immer wieder versuchte er, sich an die letzten Stunden zu erinnern, die sie miteinander verbracht hatten. Es war alles so harmonisch gewesen, so voller Liebe.

Er rief in Laras Wohnung an. Niemand nahm den Hörer ab. Er rief in Boscos Bar an. Jedesmal wenn er sich meldete, riß die Verbindung ab.

Michael war zum Heulen zumute. Doch er konnte nicht weinen. So lag er einfach nur da und starrte aus dem Fenster auf das kleine Stückchen Londoner Himmel, das sich ganz allmählich verdunkelte, bis es schließlich gar nicht mehr auszumachen war.

»Möchten Sie nicht vielleicht doch eine Kleinigkeit essen?« Die junge Schwester Alice schien fast schon Angst zu haben, diese Frage zu stellen.

»Nein, danke!« antwortete Michael auch diesmal.

»Dann werde ich aber wenigstens die Vorhänge zuziehen.«

Sie stellte das Tablett mit Michaels Abendessen auf den Nachttisch und schaltete das Licht an.

»Morgen dürfen Sie sicher schon fernsehen, Mr. Landers. Wenn die Augen nicht mehr so empfindlich sind. Haben Sie Kopfschmerzen?«

Er antwortete nicht.

»Soll ich Ihnen vielleicht eine Tablette geben?«

Er drehte den Kopf zur Seite.

»Ihre Frau ist draußen, Mr. Landers. Sie hatte Angst, einfach so hereinzukommen, und deshalb hat sie mich gebeten, Sie zu fragen . . . na ja, ob es Ihnen überhaupt recht ist, wenn sie . . .«

Michael glaubte, sich verhört zu haben, und schaute der stammelnden Schwester in die Augen. Er hatte sich offenbar nicht verhört.

»Schicken Sie sie rein!« sagte er. »Sie ließe sich eh nicht davon abhalten . . .«

Michael sah zuerst Aileens Füße, diese langen, schmalen Füße, die in hochhackigen, blaßblauen Pumps steckten. Wenn sie mit ihm ausgegangen war, hatte sie nie so hohe Absätze getragen. Sie wollte vermutlich nicht größer sein als er.

»Hallo, Mike!«

»Hallo . . .«

»Geht es dir gut?«

Er antwortete nicht, glitt mit seinem Blick an ihren Beinen empor, über ihren Schoß, über ihre Brüste . . . »Du siehst gut aus.«

»Danke.«

Aileen lächelte ihn an, und er hatte das Gefühl, sich jetzt gleich übergeben zu müssen. Doch gab ein leerer Magen außer Säure nur in den seltensten Fällen etwas her.

Unwillkürlich schaute Michael auf das Tablett, das auf seinem Nachttisch stand.

»Um Gottes willen!« Aileen brauchte nur drei Worte zu sagen, die sie vorher nicht einstudiert hatte, und gleich klang ihre Stimme wieder schrill. »Du sollst dich nicht aufrichten, Mike, das hat mir die Schwester gerade noch mal *extra* gesagt.«

Eh er sich versah, saß Aileen an seinem Bett, drückte ihn in die Kissen zurück, strich ihm mit der Hand über die Stirn und schob ihm ein Sandwich mit Hühnerfleisch zwischen die Zähne.

»Wenn du etwas anderes willst, brauchst du es nur zu sagen, Schatz. Sie haben bestimmt auch Käse in der Küche und Wurst. Soll ich dir vielleicht ein Salami-Schnittchen besorgen? Das magst du doch so gern!«

Er hatte den Mund so voll, daß er nur grunzen konnte. »Ichchch . . .«

»Hast du Durst?«

»Ichchch . . .«

»Ich werde dir ein Glas Wasser einschenken. Warte!«

Verzweifelt würgte Michael an dem Hühnchen. »Aileen, ich –«

»Trink erst mal einen Schluck!«

Sie hatte das Glas so vollgeschüttet, daß sich prompt die Hälfte des Inhalts auf Michaels Schlafanzug ergoß.

»Oh, entschuldige ... Ich werde das ...«

Sie sprang auf und lief ins angrenzende Bad, kam mit einem kleinen Handtuch zurück, das sie ihm auf die Brust drückte. »Ich werde gleich morgen früh mit dem Arzt sprechen, Mike. Sobald es dir besser geht, hol' ich dich nach Hause. Da wirst du dich wesentlich schneller erholen als hier, mach dir da mal keine Sorgen! Und was meinst du, wie die Kinder sich freuen werden! Sie haben solche Angst um dich gehabt. Diana hat wieder ihr Fieber bekommen und so geweint, und Andrew hat jede Menge Bilder für dich gemalt. Mit Wachsstiften, weißt du? Da gibt es jetzt so neue, die ungiftig sind, falls die Kinder sie mal in den Mund nehmen, und Andrew nimmt ja gern ...«

Aileen redete und redete, und sie fühlte sich so wohl dabei, daß sie gar nicht mitbekam, wie Michael den Kopf zur Seite drehte. Er wollte nicht, daß sie sein Gesicht sah. Noch immer konnte er weder fühlen noch denken, und planen konnte er erst recht nichts. Doch eines ging auf einmal: Michael Landers weinte.

Es sah aus wie eine Szene aus einem Spielfilm von Fellini, und Dr. Maurizio Carpegna blieb ergriffen stehen. Innocentia war eine seine Lieblingsschwestern. Sie war noch recht jung, gerade mal fünfundzwanzig, und über die Geschichte ihres Lebens gab es jede Menge Spekulationen, aber niemand wußte Genaues. Angeblich war sie in jungen Jahren der großen Liebe ihres Lebens begegnet, und der Mann war gestorben, bevor sie heiraten konnten. Daraufhin ging sie ins Kloster.

»Ich hab' es nicht getan, weil das Leben mich enttäuscht hat«, sagte sie einmal, als das Gespräch darauf kam, »sondern weil ich glaube, alles gehabt zu haben, was das Leben da draußen bieten kann. Liebe. Glück. Frieden. Ich hatte das. Da konnte ich nur noch Nonne werden.«

Was Carpegna an ihr vor allem schätzte, war ihre Fähigkeit, auf Patienten einzugehen. Innocentia, die Unschuldige, war seine beste Schwester – und seine schönste allemal. Sie trug eine ziemlich dicke

Brille, und ihr Teint war auch alles andere als klar, aber ihre Schönheit kam von innen und überstrahlte alles andere.

»Guten Morgen, meine Liebe!«

Innocentia zuckte nicht zusammen, als sie Carpegnas Stimme hörte, aber sie reagierte sofort.

»Guten Morgen, Herr Doktor!« erwiderte sie mit fröhlicher Stimme. »So früh schon auf?«

»Ich war noch gar nicht im Bett.«

»Hatten Sie Nachtdienst?«

Carpegna erzählte von den letzten dreißig Stunden, während er Schwester Innocentia dabei zusah, wie sie die Kissen aufschüttelte.

Frische Luft strömte durch die offene Balkontür, und das Licht der aufgehenden Sonne fiel auf das Bett. Es stand leer und einsam mitten im Zimmer.

»Bekommen wir irgendeinen prominenten Neuzugang?«

»Das ist für Signora Laddock, Herr Doktor. Sie hat gestern eigens noch mal angerufen.«

»Was?« Carpegna konnte sein Mißfallen nicht verbergen.

Innocentia lächelte. »Sie kommt heute abend, Herr Doktor.«

»Aber sie sollte –«

»Sie möchte unbedingt allein liegen.«

Das paßte Carpegna überhaupt nicht. Er atmete tief durch. »Wenn wir nicht aufpassen, wird sie in diesem Bett sterben.«

Wieder lächelte die so eigentümlich schöne Innocentia. Und dann machte sie wortlos weiter mit ihrer Arbeit, und Carpegna stellte fest, daß es wirklich aussah wie eine Szene aus einem Spielfilm von Fellini. Sie schüttelte immer noch die Kissen auf. Wie ein Scheinwerferlicht fiel die Sonne auf ihren schwarzen Schleier. Er glänzte. Und Carpegna dachte an Lara. Heute abend würde sie kommen. Und das war dann womöglich der Anfang vom Ende.

Das Wetter in Ligurien war das, was die Einheimischen »durchwachsen« nannten. Im Juli war es häufiger schon mal so. Die Sonne konnte sich dann nicht entscheiden, ob sie die Wolkendecke durchdringen sollte oder nicht, und deshalb kamen immer mehr Wolken von Norden her. Sie zogen über die Gebirgskämme der Apenninen hinweg, und der Südwind machte nur sehr zaghafte Versuche, sie zurückzudrücken. Er hoffte auf die Unterstützung der Sonne, und die verließ sich wiederum ganz auf ihn. Mithin blieb alles, wie es war, durchwachsen halt, bedeckt und schwül.

Hassan, der Neger, haßte dieses Wetter. Es war nicht gut fürs Geschäft. Die Touristen, die am Strand lagen, waren übellaunig, weil sie nicht richtig bräunten, und die anderen, die den Tag für Einkäufe und Ausflüge nutzen wollten, litten unter der drückenden Hitze und der hohen Luftfeuchtigkeit.

Hassan hockte sich mit seinem Bauchladen auf die Begrenzungsmauer der Strandpromenade und schaute zu Laras Wohnung empor. Vorgestern war sie nach Hause gekommen. Er hatte gerade vor dem Haus gestanden, als das Taxi vorfuhr. Seitdem kursierten die wildesten Gerüchte in Pietra. Manche wollten wissen, daß Laras Beziehung zu dem Amerikaner gescheitert war. Andere behaupteten, die beiden hätten heimlich geheiratet und Lara wäre nur noch einmal hergekommen, um dann für immer zu gehen.

»Sie werden in Zukunft in New York leben.«

Hassan wußte nicht, welche der beiden Versionen er glauben sollte. Vermutlich lag die Wahrheit wie so oft irgendwo in der Mitte.

Lara stand in der äußersten Ecke ihrer Badewanne und ließ den dicken, heißen Strahl der Dusche geradewegs in ihr Gesicht prasseln. Das tat gut. Es gab ihr für wenige Minuten das beruhigende Gefühl, immer noch auf der Welt zu sein.

Ihre Wohnung war so gut wie fertig. Sie hatte die Küchenschränke ausgeräumt und sämtliches Geschirr, das Besteck und die Töpfe und Pfannen in Kartons gepackt. Ebenso war sie mit dem Inhalt ihres Wohnzimmerschrankes verfahren, und die Möbel hatte sie mit weißen Leintüchern abgedeckt. Es waren Bettlaken, die noch aus der Erbmasse ihrer Großmutter stammten.

Lara schaltete das Wasser ab und zog den Duschvorhang zur Seite. Das Telefon läutete. Es war mindestens schon das hundertste Mal, seit sie hier war, und sicher war Michael am anderen Ende der Leitung. Lara kletterte aus der Badewanne, griff nach dem erstbesten Handtuch und preßte es vor ihr Gesicht. Seit Boscos Anruf hatte sie nicht mehr aufgehört zu weinen. Ihre Augen waren so verquollen, daß sie Mühe hatte, sie offenzuhalten. Doch war das von allem noch das geringste Übel.

Einen fliederfarbenen Minirock zog sie an und einen fliederfarbenen Baumwollpullover, dazu ein Paar violette Schuhe, die sie in London gekauft hatte. Michael fand sie »geil«, sie hatte sie ihm vorgeführt – so hatte er sie wenigstens mal gesehen.

Wieder läutete das Telefon, und wieder rannen Lara die Tränen über das Gesicht. Es gab so vieles, was sie Michael gern gesagt hätte. Sie liebte ihn, und sie wußte, daß sie auch niemals aufhören würde, ihn zu lieben, nicht in diesem Leben. Sie war ihm dankbar für die wundervolle Zeit, die sie mit ihm verbracht hatte. Sie ging ins Schlafzimmer. Auf dem Bett lag der große, mit Folie beklebte Pappkarton, den sie das »Lebenskistchen« nannte. Sie hob den Deckel ab.

»Für den Fall, daß ich mich verspäte: Der Champagner steht im Kühlschrank!«

Michaels Londoner Haftis lagen obenauf im Lebens-Kistchen. Darunter waren die letzten Fotos, die Lara von ihm hatte: Portofino, Ranzi, vor Monte Carlo auf dem Motorboot . . . sie griff nach der kleinen roten Lederschatulle. Der Brillantring, den sie an ihrem linken Ringfinger trug, war darin gewesen. Niemals würde sie den Augenblick vergessen, als Fabrizio das Kästchen aus der Jackentasche nahm und öffnete.

»Herzlichen Glückwunsch zum Geburtstag, Lara!«

Damals war sie dreißig geworden. Zwei Jahre später . . . Das zartblaue Babyjäckchen war nie getragen worden. Trotzdem sah es verfilzt aus, als hätte es mindestens schon hundert Wäschen hinter sich. Tränen waren halt salzig, und Salz schädigte selbst das beste Gewebe. Auch jetzt schossen Lara wieder die Tränen in die Augen.

Lara hatte sich immer bemüht, dem Schicksal zu verzeihen und mit sich selbst ins Reine zu kommen. Doch in Augenblicken wie diesem ging das nicht. Dann mußte sie weinen und hadern – und hassen. Sie haßte Aileen Landers für ihre fruchtbaren Eierstöcke und ihre elastische Gebärmutter. Und sie haßte den Mann, der seinen Schwanz in ihr Loch gesteckt und sie geschwängert hatte, ganz egal, ob dieser Mann nun Michael oder irgendein anderer gewesen war. Sie haßte diese Normalität, die Selbstverständlichkeit, die dem Kinderkriegen anhaftete, als wäre es die natürlichste und einfachste Sache von der Welt, Leben zu empfangen und zu gebären ...

Voller Zorn knallte Lara den Deckel auf das Kistchen, verschnürte es mit Paketkordel und ließ es im Schrank verschwinden. Dann ging sie in ihr Atelier.

Ihre Bilder hatte sie alle von der Wand genommen und in den Keller gebracht. Die nicht gerahmten Exemplare hatte sie gerollt und in Müllsäcke gepackt. Nur ihre zwei Frauen standen immer noch auf der Staffelei. Sie hatte sich geärgert, das Bild damals mutwillig zerstört zu haben und es einfach noch einmal gemalt, und als sie jetzt davorstand, wußte sie plötzlich auch, warum. Daran gab es noch etwas zu tun ... jetzt ... sofort!

Signora Palini fühlte sich so verunsichert, daß sie jedes Wort aufschrieb, das Lara ihr sagte.

»Ich soll also alle paar Tage nach Ihrer Wohnung sehen und niemanden hereinlassen?«

»Niemanden!«

»Aber wie lange werden Sie denn fortbleiben, Signora Laddock?«

»Ich gehe ins Ausland.«

»Und wann kommen Sie zurück?«

»Wenn Post kommt, geben Sie sie bitte Bosco. Er leitet sie weiter.«

»Aber –«

»Sie sind eine liebe Frau, Signora Palini. Habe ich Ihnen das eigentlich je gesagt?«

Die Signora schluckte. Irgend etwas stimmte nicht mit Lara, das spürte sie, aber sie wagte nicht zu fragen. Was hier vor sich ging, schien wesentlich schwerwiegender zu sein, als man auf Anhieb vermuten mochte. In gewisser Weise kam es der alten Palini vor wie ein Abschied für immer.

Lara gab ihr ihre Wohnungsschlüssel.

»Wollen Sie die nicht mitnehmen?«

»Ich möchte, daß Sie ein neues Türschloß einbauen lassen und den neuen Schlüssel dann Bosco geben.«

»Und die Rechnung?«

»Geben Sie ihm auch!«

»Wie Sie wünschen, Signora Laddock.«

»Tja ...« Lara fuhr sich durch die langen Haare. »Das wäre es dann wohl. Ich gehe noch mal kurz nach oben. Wenn Bosco inzwischen kommt, möchte er bitte einen Augenblick warten, ja?«

Die Wohnungstür war nur angelehnt, und für einen Moment hielt Lara es für keine gute Idee, noch einmal hineinzugehen. Doch es mußte sein. Das ganze Leben war ein einziger großer Abschied, und man konnte nur damit fertig werden, wenn man sich dem auch stellte.

Ein letztes Mal ging sie durch die einzelnen Zimmer. Die Möbel waren nun alle abgedeckt, und die Böden waren frisch gewischt. Gelüftet war auch; es konnte also niemand sagen, Lara Laddock wäre keine gute Hausfrau gewesen.

Ein letztes Mal ging sie auf die Terrasse hinaus. Die Musik des Karussells würde ihr fehlen, und sie durfte gar nicht daran denken, wie es wohl sein würde, morgens aufzuwachen und nicht auf die Isola Gallinara zu blicken. Diese Wohnung war über Jahre hinweg ihr Zuhause gewesen. Viele unglückliche Stunden hatte sie hier erlebt und manche glückliche. Jetzt war es Zeit zu gehen. Ihre nächste Heimat würde zugleich auch ihre letzte sein.

Lara ließ die Terrassentür einen Spalt geöffnet. Das verhinderte, daß die Scheiben eingedrückt wurden, falls es Sturm gab. Der Himmel sah ganz danach aus. Am Morgen war er einfach nur schwer gewesen, aber jetzt hatte er auf einmal eine bleierne Farbe, als würde er gleich herunterstürzen und alles unter sich begraben.

Lara war schon fast an der Wohnungstür, als sie aus den Augenwinkeln einen letzten Blick ins Schlafzimmer warf. Das Foto von Julien stand immer noch auf dem Nachttisch. Sie hatte lange überlegt, es mitzunehmen, sich dann aber doch dagegen entschieden. Jetzt verspürte sie bei seinem Anblick ganz eigenartige Gelüste und war spontan bereit, ihnen nachzugeben. Mit drei Schritten war sie vor dem Bett, griff nach dem Bilderrahmen und schleuderte ihn mit Wucht gegen die Wand. Das Glas zersplitterte, und das Holz ging krachend zu Boden.

»Du warst nur ein Traum, Julien. Aber das Leben ist Wirklichkeit.«

Draußen fing es gerade an zu regnen, als Lara zu Bosco in den Wagen stieg. Sie sprachen kein Wort während der Fahrt; nur das Quietschen der Scheibenwischer war zu hören.

»Ich werde deinen Koffer tragen.«

»Das ist nicht nötig.«

»Aber es regnet, und du kannst nicht beides, den Schirm halten und den –«

»Ich brauch' keinen Schirm.«

»Lara!«

Sie lächelte ihn an und gab ihm einen Kuß auf die Wange.

»Danke, Bosco. Für alles.«

»Wenn du irgend etwas brauchst . . .«

». . . dann rufe ich an.«

»Ich wünsche dir Glück.«

Sie lachte. »Sei nicht albern!«

Die Besuchszeit war zu Ende, als Lara auf das Hauptportal von Santa Corona zuschritt. Niemals wieder würde sie dieses Haus verlassen, zumindest nicht auf ihren eigenen zwei Beinen. Noch konnte sie sich das gar nicht so richtig vorstellen, aber das war im Leben ja oft so. Auf die Dinge, die am wichtigsten waren, konnte man sich nicht gezielt vorbereiten.

Eine italienische Großfamilie verließ das Haus; es sah aus wie eine Massendemonstration. Allen voran schritt die »Nonna«, und zwar mit derart stolzgeschwellter Brust, daß sofort klar war, welchen Grund ihr Krankenhausbesuch gehabt hatte: ein Kind war geboren, vermutlich auch noch ein Junge. Lara zählte im Vorübergehen sechs erwachsene Männer und neun Frauen, vier Teenager und sechzehn Kinder . . .

»Guten Abend!«

Die Nonne jenseits der Pforte öffnete das kleine Glasfenster. »Die Besuchszeit ist zu Ende«, sagte sie und lächelte.

»Ich weiß. Mein Name ist Lara Laddock. Ich bin angemeldet.«

Die Schwester brauchte nicht einmal irgendwo nachzusehen. Sie wußte sofort, worum es ging.

»Sie sind Patientin von Doktor Carpegna, nicht wahr?«

Lara nickte. Sie hörte ein Motorengeräusch. Das war Boscos

Wagen. Bis jetzt hatte er vor dem Portal gewartet. Nun fuhr er weg. Für einen kurzen Moment erwog Lara, zu ihm hinüberzuschauen und vielleicht sogar zum Abschied zu winken. Doch war es noch niemals sinnvoll gewesen, zurückzublicken. Bosco war Vergangenheit. Laras letzte Zukunft hieß Carpegna.

D*onnerstag, 30. Juli 1992. Es ist immer noch unerträglich heiß draußen, und ansonsten – und ansonsten ist alles Scheiße!*

Das letzte Wort unterstrich Michael mit soviel Vehemenz, daß die Mine seines Bleistifts abbrach. Er warf ihn auf den Fußboden und die dicke Kladde gleich hinterher. Es war eine Schnapsidee gewesen, ein Tagebuch führen zu wollen. So was war vielleicht hilfreich für Teenager wie Diana. Erwachsene Männer kamen sich höchstens lächerlich dabei vor.

Aileen stand in der Küche und richtete die Blumen. Es war ein Jammer, daß Rosen nie lange hielten, und auch die Chrysanthemen verloren weit mehr Blätter, als sie gedacht hatte.

»Kann ich mir ein Glas Cola nehmen?«

»Sicher, Diana!« Aileen war stolz darauf, daß ihre Kinder immer noch fragten, bevor sie sich irgend etwas nahmen. »So schön es ist, frische Blumen zu haben, Diana, sie machen einen Dreck . . . Was machst du denn da?« Endlich blickte sie auf. »Du weißt doch, daß ich es nicht gut finde, wenn du so viel Cola trinkst.«

»Aber –«

»Ich habe heute morgen erst frische Milch geholt. Sie steht unten rechts. Und frag deinen Vater, ob er auch was möchte.«

Diana öffnete die Kühlschranktür mit so viel Wut im Bauch, daß die Flaschen klirrten. Ihre Mutter nahm es nicht einmal zur Kenntnis. Dazu war sie viel zu sehr damit beschäftigt, im Wohnzimmer einen geeigneten Platz für ihre Blumengebinde zu finden.

Das war wesentlich schwieriger, als es aussah. Rosen brauchten Licht, durften es aber nicht zu warm haben.

»Schalt das Fernsehen leiser, Andrew! Dein Vater braucht Ruhe.«

Der Junge rollte die Augen. »Ich kann ja Kopfhörer aufsetzen.«

»Oder das!«

Am Sonntagabend waren Aileen und Michael nach Hause gekommen. Für die kurze Zeit und all das, was hinter ihm lag, hatte er sich erstaunlich gut eingelebt, aber das lag natürlich vornehmlich an ihrer Pflege. Sie hielt alles von ihm fern, kochte nur seine Lieblingsspeisen, schuf ihm ein gemütliches Heim. Auch die Kinder verhielten sich vorbildlich. In den letzten drei Tagen hatte es keinen einzigen Streit um den Gameboy gegeben, und Diana verzichtete sogar freiwillig auf das Gekreisch von David Hasselhoff, damit Michael schlafen konnte.

»In der Küche schellt irgendwas, Mama.«

»Oh, ja. Danke.« Wenn Aileen Glück hatte, wurde Diana mal eine ebensogute Köchin wie sie. »Hast du Papa gefragt, ob er etwas trinken will?«

»Er telefoniert gerade.«

Das hörte Aileen gar nicht gern. Nervös lief sie in Michaels Schlafzimmer. Die Tür stand offen, und er lag lang ausgestreckt auf dem Bett, die Arme unter dem Kopf verschränkt.

»Alles in Ordnung, Mike?«

»Ja.«

»Möchtest du irgend etwas haben? Einen Kaffee? Oder ein Glas Saft? Einen Whiskey?«

Michael konnte nicht anders, er mußte lächeln. »Nein, danke, Aileen. Lieber nicht.«

Aileen trat von einem Bein aufs andere. Das tat sie immer, wenn sie am liebsten davongelaufen wäre.

»Wir können in etwa einer Stunde essen, Mike. Es gibt Rindfleisch auf Burgunder Art, das magst du doch so gern. – Vorher gibt es Rotbarben in Weißwein, und hinterher Birnen in Rotwein.«

Michael atmete tief durch. Für fremde Ohren klang diese Speisenfolge sicher eher nach einem Besäufnis statt nach einem Mittagsmahl. Für seine Ohren war es jedoch noch tragischer. Wie es schien, hatte Aileen nämlich das Bocuse-Kochbuch ausgekramt, und das bedeutete, daß ihm in den nächsten Tagen nichts erspart bleiben würde.

»Wo wir gerade mal dabei sind, Mike: Noch hast du Hunger, und da könntest du mir ja vielleicht mal verraten, was du morgen gern essen würdest. Lammragout oder Huhn auf Jägerart?«

Was eben noch eine böse Ahnung gewesen war, wurde nun zur grausigen Gewißheit. Aileen *hatte* das Bocuse-Kochbuch hervorgeholt, und das hieß nichts anderes, als daß er und die Kinder in den nächsten Tagen halbgares Gemüse essen mußten und Fleisch, das in Litern viel zu dünner Weinsauce herumschwamm.

»Lammragout!« stöhnte Michael. Das Huhn hatte er schon mal gehabt, es konnte also nur besser werden.

»Ich könnte auch Kalbsnierenbraten machen. Oder Wolfsbarsch in Blätterteig.«

Michael fuhr sich mit den Händen durchs Gesicht, als Ersatz für eine rituelle Waschung, die jetzt eigentlich angestanden hätte.

»Wolfsbarsch . . .«, sinnierte Aileen derweil, »den ißt Andrew nur so gar nicht gern. Wie wäre es denn mit Hammelkoteletts?«

»Mach, was dir am liebsten ist!«

»Was *mir* am liebsten ist? Dann gibt es Bratkartoffeln.«

»Dann mach Bratkartoffeln!«

»Das war ein Scherz, Mike. Du willst doch wohl nicht behaupten, daß es keinen Unterschied gibt zwischen trockenen Kartoffeln und Haute Cuisine. Außerdem, wenn ich Andrew Kürbissuppe kochte, könnte ich für uns die Lammkoteletts machen . . .«

Michael runzelte die Stirn. Es schien immer schlimmer mit ihr zu werden. Er hatte gewählt und bekam nun mit Sicherheit etwas ganz anderes, das jedoch mit dem Hinweis, er hätte sich das ausdrücklich gewünscht.

»Ich muß mich jetzt ums Essen kümmern, Mike. Wenn du irgend etwas möchtest, brauchst du nur zu rufen. Mach die Augen zu und ruh dich aus.«

Aileen war schon in der Küche, als ihr Redeschwall immer noch durch den Korridor schallte. Michael drehte sich auf die Seite und starrte das Telefon an. Daß Cissy so lange brauchte! Er konnte ihren Anruf kaum noch erwarten. Endlich war er kräftig genug, etwas zu unternehmen, und nun konnte es ihm natürlich nicht schnell genug gehen.

Er öffnete seinen Nachttisch und nahm das kleine Kästchen heraus. Kurz vor der Abreise aus London hatte er schnell noch Laras Verlobungsring von *Patterns* abholen lassen. Er war wirklich ein wunderschönes Stück geworden. In jeder freien Minute sah er ihn an und überlegte, wie er ihn wohl so verstecken konnte, daß Aileen ihn nicht fand ... vielleicht würde er ihn Lara ja doch noch an den Finger stecken ... irgendwann ... bald ...

Die Kinder schwiegen beim Mittagessen, Andrew, weil es ihm nicht schmeckte, und Diana, weil sie sich bei dem Versuch, ihrer Mutter in der Küche zu helfen, den Daumen verbrannt hatte, und nun stumm litt, als wäre mindestens der ganze Arm ab.

Michael konnte sich nicht erinnern, daß Andrew jemals die Nahrung verweigert hatte. Außer Reißbrettstiften und Nägeln stopfte er sonst alles in sich hinein. Und Diana hatte bisher noch nie geflennt und gewimmert, nicht einmal als man ihr vor drei Jahren ohne Betäubung einen völlig vereiterten Backenzahn gezogen hatte.

Unruhig blickte Michael immer wieder zum Telefon hinüber. Die Ehe mit diesem Schweizer schien Cissy noch schlechter zu bekommen, als Michael vorausgeahnt hatte. Kein normaler Mensch brauchte so lange, um einen Anruf zu erledigen.

»Möchtest du noch Brot, Mike?«

»Nein, danke.«

»Du ißt lieber Kartoffelpüree dazu, nicht wahr? Ich wollte erst noch welchen machen, aber dann dachte ich, daß es bestimmt zuviel wäre. Vorher den Fisch und hinterher den Nachtisch, da fand ich ...«

Aileen redete wie ein Wasserfall, und das tat sie schon, seit sie sich an den Tisch gesetzt hatten. Zuerst lamentierte sie, wie fahrlässig Michael mit seiner Gesundheit umginge. Es paßte ihr gar nicht, daß er zum Essen aufgestanden war, denn sie hätte lieber die Familie und das Drei-Gänge-Menü um sein Krankenbett gruppiert. Das wäre ja auch so herrlich dramatisch gewesen. Nachdem dieses Thema weit über Gebühr ausgereizt war – es hätte nicht mehr viel gefehlt und Michael wäre aus dem Fenster gesprungen, nur um endlich so leidend zu sein, wie Aileen ihn gern gehabt hätte –, hob Aileen an zum Loblied auf ihre Kochkunst. Das war der Familie noch bestens vertraut. Früher hatten sie sich diese Hymnen auf Aileen, das Küchenwunder, bei jeder Mahlzeit anhören müssen, und daß sie in den letzten anderthalb Jahren darauf verzichtet hatte, war offenbar kein Zeichen von Läuterung gewesen, sondern eher so etwas wie eine Auszeit. Aileen hatte diese Atempause gebraucht, um nun ein glanzvolles Comeback zu feiern.

»Ist der Fisch nicht köstlich? Sein Fleisch war wunderbar fest, darauf muß man beim Kauf ja immer achten. Oder schmeckt es euch etwa nicht?«

»Doch, Mama.«

»Doch!«

»Es ist wirklich gut, Aileen.«

»Das freut mich. – Ich habe nur zuviel Thymian drangetan, nicht wahr?«

»Aber nein.«

»Ihr könnt mir ruhig sagen, wenn es euch nicht schmeckt.«

»Aber es schmeckt uns doch, Mama.«

»Das sagst du nur so, Diana. Weil du höflich sein willst.«

»Aber normalerweise esse ich doch überhaupt keinen Fisch.«

»Eben. Und du, Andrew? Du magst die Sauce nicht, habe ich recht? Weil Champignons drin sind.«

»Nein . . .«

»Nun hör doch auf, Aileen!«

»Schmeckt es dir etwa auch nicht, Mike?«

»Es ist großartig!«

»Ich habe mir auch ausgesprochen große Mühe gegeben und alles genauso gemacht, wie es im Buch steht. Wenn ihr es nicht mögt, liegt das einfach daran, daß ihr Bocuse nicht mögt.«

»Aber das sagt doch keiner!«

»Ich, für meinen Teil, ich finde den Rotbarben hervorragend. Aber als Köchin kann man das ja nie so richtig beurteilen, weil man voreingenommen ist. Schmeckt ihr die Schalotten?«

»Ja, Mama.«

»Sicher schmecken wir sie.«

»Ihr mögt sie nur nicht, wie?«

So ging es immer weiter, und es wurde auch noch von Gang zu Gang heftiger. Aileen erzwang sich Anerkennung; sie quetschte das Lob förmlich aus ihrer Familie heraus, und versagte man es ihr, weil man entkräftet war oder so, dann brach sie in Tränen aus und schwor, in Zukunft die anderen kochen zu lassen.

»Dann werdet ihr sehen, wie schwer das ist, es immer allen recht zu machen!«

Familie Landers hatte sich schon bis zu den Birnen in Rotwein vorgearbeitet, als das Telefon klingelte. Aileen war gerade dabei, sich dafür zu entschuldigen, Himbeergelee statt des vorgeschriebenen Johannisbeergelees genommen zu haben.

»Dadurch ist es natürlich wesentlich süßer, aber ich finde es lecker. Euch ist es zu süß, nicht wahr?«

»Nein, Mama.«

»Ihr könnt es mir ruhig sagen. – Landers!« rief sie selbstbewußt ins Telefon. »Hallo, Cissy, wie geht es dir?«

Michael fiel ein Stein von der Seele, und er knüllte seine Serviette zusammen.

»Er ist gerade beim Essen, Cissy. Worum geht es denn?«

»Ich mache das schon, Aileen.«

»Um Gottes willen! Bleib sitzen, Mike!« Sie stellte das Telefon auf den Mittagstisch und gurrte in den Hörer: »Was das angeht, sind alle Männer wie die Kinder, Cissy. Sie trauen sich viel zuviel zu, bis sie endgültig auf der Nase liegen. – Ich geb' ihn dir, okay? Bis bald!«

Endlich hatte Michael das Telefon in der Hand.

»Cissy?«

»Entschuldige, daß es so lange gedauert hat, aber es war überall besetzt.«

»Und?«

»Die Maschine geht am Samstagmorgen um 9.55 Uhr und ist um 11.20 Uhr da.«

»Flugnummer?«

»LH 3604. Das Ticket ist am Schalter hinterlegt.«

»Danke, Cissy.«

»Gern geschehen. Und ... viel Glück!«

Michael wußte, daß ihre Wünsche ehrlich gemeint waren, und sofort spürte er, wie seine Augen feucht wurden. Langsam legte er den Hörer auf die Gabel.

Aileen saß hochaufgerichtet da und starrte ihn an. »Du willst weg?« fragte sie schließlich nach einer Ewigkeit.

»Ich fliege nach Genua.«

»Aber das kannst du nicht.«

»Ich muß wissen, was mit Lara ist.«

»Was sollte schon mit ihr sein, Mike? Sie hat dich verlassen, das ist alles.«

Michael atmete tief durch. Wie es aussah, machte es wenig Sinn, Aileen etwas erklären zu wollen, was sie ja doch nicht verstehen würde.

»Ich lege mich jetzt ein bißchen hin«, meinte er deshalb nur.

»Um den Schlangenfraß zu verdauen, den deine Frau für dich gekocht hat?« Aileens Stimme klang auf einmal schrill und scharf wie eh und je.

Michael grinste. »Um *dich* zu verdauen, mein Herz!«

Und kaum, daß er das ausgesprochen hatte, wickelte Diana den Verband von ihrem Finger, und Andrew knallte sich gleich zwei Birnen auf einmal auf seinen kleinen Glasteller. Die Rotwein-Sauce spritzte zu allen Seiten auf das schneeweiße Tischtuch. Familie Landers war zurückgekehrt zu ihren traditionellen Werten.

Es war ein strahlend schöner Tag gewesen. Bei wolkenlosem Himmel, bei Temperaturen um die dreißig Grad Celsius und einem stetigen warmen Westwind hatten die zahlreichen Touristen das Strandleben von Pietra Ligure bis zum letzten ausgekostet. Jetzt schlenderten sie durch die Gassen, gönnten sich hier ein Eis, da ein Stück Pizza, manchmal auch beides . . .

Dr. Carpegna saß an seinem Schreibtisch und warf einen letzten Blick auf Laras Untersuchungsergebnisse. Leider hatte sich all das bewahrheitet, was er und seine Kollegen vorausgesehen hatten.

»Möchten Sie noch eine Tasse Kaffee, *Dottore?*«

Carpegna war erstaunt, Schwester Innocentia um diese Zeit noch hier zu sehen. »Ich dachte, Sie wären längst zu Ihrer Abendmesse gegangen.«

»Von da bin ich schon wieder zurück. Ich habe heute Nachtdienst.«

Carpegna trank gern noch einen Kaffee und ließ sich dabei von seiner Lieblingsschwester erzählen, wie es um den Gemütszustand von Signora Laddock bestellt war.

»Das läßt sich sehr schwer sagen«, meinte Innocentia, »sie spricht nicht viel. Sie ist zwar immer sehr freundlich, und manchmal macht sie sogar einen richtig fröhlichen Eindruck, aber ich glaube nicht, daß sie deshalb auch fröhlich ist.«

»Das kann ich mir auch nur schwer vorstellen«, sinnierte Carpegna.

»Steht es schlecht um sie?«

»Ziemlich. Ich gehe jetzt gleich zu ihr. Haben Sie mal gerade ein Einwilligungsformular zur Hand?«

Innocentia stutzte. »Sie wollen operieren?«

»Das ist ihre einzige Chance.«

Die junge Schwester nahm dem Doktor die leere Kaffeetasse aus der Hand und brachte sie in die Küche. Dann holte sie das gewünschte Formular.

»Sie haben kein gutes Gefühl«, meinte Carpegna, »das sehe ich Ihrer Nasenspitze an. Oder ist die immer so weiß?«

Innocentia schwieg dazu. Was sie in diesem Augenblick empfand, ging weit über das hinaus, was man ein Gefühl nennen konnte. Es hatte eher etwas von einer Vorahnung.

Lara lag da, wie sie immer dalag, wenn jemand über ihre Türschwelle trat. Seit einer Woche war sie nun hier, und in all dieser Zeit hatte sie ihr Zimmer kein einziges Mal verlassen. Sie wehrte sich auch massiv dagegen, daß die Jalousien hochgezogen wurden. Gelüftet wurde, indem die Fenster Tag und Nacht angeklappt blieben; weit öffnen durfte man sie nicht, sonst tobte Signora Laddock ganz fürchterlich. Sie hatte den Kopfteil ihres Bettes völlig heruntergedreht, so daß sie ganz flach lag, wie eine Leiche. Bis zum Hals zugedeckt mit einem dünnen Leinenlaken lag sie da und starrte auf das hölzerne Kruzifix, das ihr gegenüber an der Wand hing.

Carpegna empfand fast so etwas wie Angst, als er an jenem Abend Laras Zimmer betrat. Die Frau war nur wenige Schritte von ihm entfernt, und doch hatte er das Gefühl, als hätte sie die Welt, in der er lebte, lange schon verlassen.

»Guten Abend, Signora.«

Lara drehte den Kopf zur Seite.

»Hi!« sagte sie dann und lächelte. »Wie geht's?«
»Mir geht es gut. Und Ihnen?«
Sie gab keine Antwort, lächelte aber noch ein bißchen mehr.
»Darf ich mich zu Ihnen setzen?«
»Sehen Sie irgendwo einen Stuhl?«
Carpegna lachte und setzte sich zu Lara auf die Bettkante. »Ich müßte da etwas mit Ihnen besprechen, Signora Laddock.«

Lara sah ihren Arzt eine ganze Weile stumm an. Er wagte nicht weiterzusprechen. Das wagten sie alle nicht, wenn sie erst mal so weit vorgedrungen waren. Eine ganze Woche lang hatte man sie von einer Untersuchung zur anderen gehetzt, massenweise Blut entnommen und diverse Lösungen in ihre Venen gejagt, um irgendwelche Reaktionen zu testen. Da hatten sie keine Hemmungen gehabt. Erst jetzt, da die Ergebnisse all dieser Quälereien vorlagen, erst jetzt befiel sie auf einmal diese so typische Mediziner-Scheu.

Lara atmete tief durch. »Ich habe sehr viel Achtung vor Ihnen und Ihren Kollegen, Herr Doktor Carpegna. Wenn Ihresgleichen, die Forschung und der liebe Gott nicht wären, dann hätte ich schon vor siebzehn Jahren ins Gras gebissen. Jetzt bin ich fünfunddreißig, immerhin doppelt so alt, als mir ursprünglich zustand. Was ich damit sagen will . . .«, sie richtete sich ein wenig auf und sah ihm fest in die Augen, »meine Zeit ist mir zu schade für Ihre künstlerischen Pausen. Sagen Sie also einfach, was Sie zu sagen haben, okay?«
Carpegna zögerte nicht lange. »Sie haben Unterleibskrebs, Signora Laddock. Einwandfrei. Die Gebärmutter muß entfernt werden, und von unten können wir das nicht machen, aber von oben wird es auch ziemlich schwierig werden bei den vielen Bauchschnitten, die Sie bereits hatten.«
Lara erwiderte seinen Blick mit der gleichen Festigkeit. »Weiter!« forderte sie ihn auf, und dabei klang ihre Stimme erschreckend sanft.
Carpegna schluckte. »Es ist davon auszugehen, daß der Tumor gestreut hat. Wir müßten also eine Chemotherapie machen, und da Sie gegen viele der Medikamente resistent sind . . . In jedem Fall muß nach der Operation bestrahlt werden. Und wenn die Narbe schlecht heilt, wovon man fast ausgehen kann, . . . dann . . . nun ja . . .«

»Dann bleibt der Bauch bis ans Ende meiner Tage offen!« beendete Lara den Satz. Sie zeigte keine Regung. »Ich hab' so was schon mal gesehen«, fuhr sie mit tonloser Stimme fort, »bei einer Freundin. Man konnte ihr bis auf die Gedärme gucken, und es stank in ihrem Zimmer so erbärmlich nach Kot und Eiter, daß es kaum auszuhalten war. Möchten Sie auch eine Zigarette?«

Carpegna war diesem abrupten Themenwechsel nur knapp gewachsen.

»Ich bin Nichtraucher!«

»Ach ja . . .«

Lara inhalierte den Rauch so tief, wie sie eben konnte. Carpegna sah ihr dabei zu. Augenblicke wie diese gehörten zu seinem Alltag, und doch hatte er sich nie daran gewöhnen können.

Er wollte sich gar nicht vorstellen, was in Lara vorging. Solche Frauen hatten früh gelernt, mit dem Schlimmsten zu rechnen. Bestimmt hatte Lara sowohl die Operation als auch die Chemo- und Strahlentherapie vorausgesehen; bestimmt hatte sie alles genauestens abgewogen, jedes Risiko, jede mögliche Komplikation . . . Und nun konfrontierte er sie mit der einzigen Gefahr, an die sie bisher noch keinen Gedanken verloren hatte. Wie sie dasaß und den Zigarettenrauch in sich aufsaugte . . .

»Wissen Sie, Herr Doktor, seit meiner Ersterkrankung habe ich mich nie wieder vor dem Tod gefürchtet. Doch ich hatte immer Angst vor dem Sterben . . .«

Carpegna schluckte. »Das kann ich gut verstehen.«

»Mir ist aber nie in den Sinn gekommen, daß ich auch verrecken könnte . . .«

Carpegna senkte den Blick. »Das werden Sie nicht.«

»Schwören Sie mir das?«

Er war gläubiger Katholik, und die versprachen nichts, was sie nicht auch hundertprozentig halten konnten.

Lara verstand. »Ich brauche jetzt erst mal ein bißchen Zeit für mich«, sagte sie und zerdrückte ihre Zigarette im Aschenbecher.

»Gut . . . ich habe Sie für morgen auf den OP-Plan gesetzt. Wenn Sie mir nur noch die Einwilligung unterschreiben, dann –«

»Lassen Sie mir den Zettel hier!«

Dem Doktor schwante Fürchterliches. Er brauchte Laras Einwilligung.

»Es ist doch nur eine Unterschrift«, sagte er und versuchte, möglichst unbefangen zu lächeln.

Lara ging nicht darauf ein. »Lassen Sie den Zettel hier!« sagte sie nur noch einmal.

Doktor Carpegna holte langsam und tief Luft. »Wie ... wie lange werden Sie brauchen ...?«

»Das lassen Sie meine Sorge sein. Den Nobelpreis kriegen Sie ja auch nicht von heute auf morgen.«

»Das ist keine Antwort.«

Lara sah ihn eine ganze Weile stumm an. »Das mit morgen können Sie vergessen!« meinte sie dann.

Der Doktor mußte an sich halten. Aus Laras psychologischem Gutachten ging hervor, daß sie schon als Teenager äußerst spitzzüngig und scheinbar gelassen auf Hiobsbotschaften reagiert hatte. Wie es schien, war das ihre Art, Ängste zu bewältigen.

Ihre damaligen Ärzte hatten es verstanden, darauf einzugehen. Dr. Carpegna bezweifelte, daß er diese Fähigkeit hatte. Ihn machte Laras Verhalten einfach nur ärgerlich und nervös – vor allem aber völlig hilflos.

Es gelang ihm, sich das nicht anmerken zu lassen. »Tja ...«, sagte er mit gesenkter Stimme, »dann sprechen wir uns Montag morgen, *va bene*?«

»Ich unterhalte mich gern mal. Und jetzt hauen Sie bitte ab!«

Michael stemmte seine Füße auf den Boden, und mit den Händen umklammerte er die Lehnen seines Sitzes. Die Lippen fest zusammengepreßt, schaute er aus dem Fenster.

»Möchten Sie, Sir?«

Fast war er wütend, daß die Stewardess ihn ausgerechnet in diesem Moment ansprach, und dann auch noch, um ihm ein dampfendes Kampfertuch anzubieten. Das bekam man doch sonst immer nur auf Langstreckenflügen.

»Nein!« erklärte er laut und unwirsch. Er hatte noch nie Gefallen daran finden können, sich einen nahezu kochenden Waschlappen aufs Gesicht zu legen. Daß das erfrischte, konnten doch wohl nur Masochisten behaupten.

Er blickte wieder aus dem Fenster. Ein zarter Dunstschleier lag über Ligurien. Selbst Genua, der Industrie-Moloch, wirkte darunter wie ein romantisches Städtchen mit Meerblick.

Ein letztes Mal atmete Michael tief durch. Dann berührten die Räder des Flugzeugs die Rollbahn.

Er war angekommen. Nun würde sich alles klären.

Die Fahrt nach Pietra Ligure stimmte Michael nur noch sentimentaler, als er es ohnehin schon war. Während er im Fond des Taxis saß und die Landschaft an sich vorübergleiten ließ, mußte er an all die schönen Stunden denken, die er mit Lara verbracht hatte. Es war einfach nicht möglich, daß all das auf einmal zu Ende sein sollte. Lara hatte keinen Grund gehabt, ihn zu verlassen.

Er faltete die Hände. Bestimmt würde sich alles aufklären, er mußte nur noch ein wenig Geduld haben.

Die Pasta rief, als Michael Pietra erreichte. Scharen von Italienern und Touristen strömten in ihre Hotels oder aber in Restaurants, um gleich um Schlag halb eins ihre Ration Spaghetti, Tagliatelle oder Ravioli zu vertilgen. Nur Signora Palini mußte heute auf dieses Ritual verzichten. Sie hatte ausnahmsweise mal durchgängig bis sechs Uhr Dienst, und deshalb gab es bei ihr daheim heute erst am Abend die traditionelle Nudel-Schlacht.

Im ersten Moment glitt ein erfreutes Lächeln über ihr Gesicht, als sie Michael erblickte. Sie erhob sich sogar von ihrem Stuhl und kam ein paar Schritte auf ihn zu, öffnete die Arme – dann ließ sie sie auf einmal wieder sinken, blieb stehen, und ihre Miene verfinsterte sich. Michael hatte diesen Sinneswandel in allen Phasen mitbekommen und versuchte, trotzdem möglichst gelassen zu wirken.

»*Buon giorno!*« sagte er mit fast kindlicher Stimme, während er dem Taxifahrer ein atemberaubendes Trinkgeld gab.

»*Buon giorno!*« erwiderte Signora Palini und lehnte sich in den Rahmen der Haustür. »*Come sta?*«

»*Grazie. Bene.*«

»Molto bene!« sagte die Portinaia, immer noch unwirsch. Dann standen sie da und sahen einander einfach nur an, und dabei überlegten wohl beide, was sie als nächstes tun oder sagen sollten.

Die Signora Palini hatte sich schneller wieder gefangen. *»Signora Laddock non c'è!«* sagte sie und lächelte dabei, als wäre das die schönste Nachricht von der Welt.

Michael hoffte, nicht richtig verstanden zu haben. »Sie ist nicht da?«

»Non c'è!« bekräftigte die Signora noch einmal.

»Aber wo ist sie denn?«

»Cosà?«

»Wo sie ist, Signora Palini! *Dov'è?«*

»Dov'è? Ma non lo so. Io non so niente.«

»Sie wissen nichts?«

»Niente!«

Michael senkte betreten den Kopf. Mit so einer Auskunft hatte er insgeheim zwar gerechnet, aber trotzdem fiel es ihm jetzt sehr schwer, sich damit abzufinden. Mit zitternden Händen fingerte er seinen Wohnungsschlüssel aus der Seitentasche des Jacketts und lächelte die Signora verlegen an. »Ich werde trotzdem mal eben nach oben gehen«, sagte er, »auch wenn sie nicht da ist.«

Die alte Palini zeigte keine Regung. Ein paar Minuten später wußte Michael dann, warum die Frau so gleichgültig gewirkt hatte. Sein Schlüssel paßte nicht mehr. Das Schloß war offenbar ausgewechselt worden. Lara hatte ihn aus ihrem Leben ausgesperrt – im wahrsten Sinne des Wortes. Er wußte nicht, ob er lachen oder weinen sollte. Er preßte seinen Körper in die hinterste Ecke des langen, schmalen, dunklen Flurs und hätte am liebsten laut geschrien.

Die Portinaia telefonierte gerade, als Michael wieder nach unten kam. Wortlos warf er ihr den nutzlosen Schlüssel auf den Tresen, dann trat er ins Freie.

Es war unerträglich heiß draußen, und außer Michael war niemand auf der Straße. Pietra Ligure war eine Geisterstadt, in der er sich als der einzige Überlebende fühlen konnte.

Schweren Schrittes schleppte er sich über die Strandpromenade.

Der Asphalt war an einigen Stellen aufgebrochen, so groß war die Hitze in diesen Tagen.

Bosco sah Michael schon von weitem und hatte somit genug Zeit, sich aus dem Staub zu machen. Er floh in das Büro seines Nachbarn, eines Maklers, der Wohnungen und Häuser in Pietra vermietete und gerade über seinem Henkelmann mit Maccaroni saß.

»Nur ein paar Minuten, Freund!«

»Bleib, solange du willst!«

»Es wird nur ein paar Minuten dauern. Da kommt nur gerade jemand, dem ich nicht begegnen will.«

»Das ist mir oft so gegangen, als ich noch in Neapel wohnte.«

Bosco zuckte die Achseln. »Manchmal ist die Camorra noch das kleinere Übel.«

»Weiß deine Frau Bescheid?«

»Die kommt zurecht.«

Eine gute halbe Stunde dauerte Michaels »Gespräch« mit Boscos Frau, dann war er der Verzweiflung nahe. Die gute Antonella schenkte ihm zwar ein Glas Mineralwasser nach dem anderen ein, doch wußte sie außer *»mi dispiace«* auf keine seiner Fragen etwas zu antworten. Sie sagte nur immer wieder: *»Mi dispiace* – es tut mir leid.«

Nachdem Michael den ersten Liter Wasser intus hatte, platzte ihm der Kragen. »Hören Sie auf, immer wieder das gleiche zu sagen!« schimpfte er. »*Basta*. Und zwar sofort. *Subito!* Wo Lara ist, will ich wissen. Und wenn Sie mir das schon nicht sagen können, dann verraten Sie mir wenigstens, wo Ihr Mann ist. *Dov'è Bosco?*«

»Non c'è!«

»Wo er ist!!!«

»Mi dispiace . . .!«

Antonella traten die Tränen in die Augen, und Michael begriff, daß es keinen Sinn hatte. Wortlos wandte er sich ab und ging.

Es war kein Zufall, daß ihn sein Weg an diesem Samstag zum Monte Carmelo hinaufführte. Es paßte vielmehr ins Bild. Wie alle Menschen, die nicht wirklich gläubig waren, schrie er immer erst dann nach seinem himmlischen Herrn, wenn auf Erden keiner mehr da war, der helfen konnte, und er am liebsten wie ein kleiner Junge auf den Schoß seiner Mutter geklettert wäre.

Hemd und Jackett klebten an seinem Körper, als er das Kloster endlich erreichte. Außerdem schmerzte ihm der Kopf. Nach nahezu zwei Wochen Bettruhe war das hier alles ein bißchen viel. Aber was tat man nicht alles, um sich fertigzumachen!

Die Seitenkapelle, in der Lara so gern betete, war klein. Zwei kurze Holzbänke standen vor einem extrem schmalen, wenn auch hohen Altar. Ihn schmückte eine Christusfigur.

»Ich nenne ihn ›meinen‹ Jesus«, hatte Lara oft gesagt und dabei fröhlich gelacht.

Jetzt betrachtete Michael »ihren« Jesus. Er trug ein blutrotes Gewand, und über seiner rechten Schulter hing ein blauer Mantel. Beide Knie und der Rücken waren gebeugt unter der Last des schwarzen, gewaltig großen Kreuzes. Er umfaßte es mit dem rechten Arm, während der linke zur Seite gestreckt war, die Hand geöffnet, ganz so, als wolle dieser Mann auch noch das hergeben, was er gar nicht mehr besaß, als wolle er seine Hand als Hilfe anbieten, er, der eigentlich nur selbst Halt und Hilfe brauchte. Den Kopf vor Anstrengung in den Nacken gelegt, hatte sein Gesicht dennoch einen entspannten Ausdruck. Er hatte sich ergeben; es gab für ihn nichts mehr zu sagen. Seine Augen blickten bereits in die nächste, die eigentliche Welt . . .

Michael verspürte nichts als Angst bei diesem Anblick und rannte ins Freie. Eine ganze Stunde verweilte er im Klostergarten, lief herum und stellte sich vor, wie es wohl wäre, wenn Lara gleich um die Ecke käme. Er erinnerte sich an den Nachmittag, an dem sie zum erstenmal hiergewesen waren. Er sah Laras Gesicht, und er hörte ihr Lachen . . . kein Panorama der Welt war so schön wie das, das sich unter ihrer Lieblingsbank auftat. Sie stand an einem Abgrund. Ob Lara hinuntergestürzt war?

Bevor sich die Mönche vom Monte Carmelo zur Vesper versammelten, ging Michael in den Ort zurück. Ihm war auf einmal eingefallen, daß Signora Palini ja einen Generalschlüssel für sämtliche Wohnungen hatte. Dieses Ding brauchte er, und dazu mußte er nur auf den geeigneten Zeitpunkt warten.

Er nahm den Hintereingang und wartete im Dunkel des Treppenhauses, bis die Portinaia zum Aufbruch rüstete. Sie war nicht allein. Durch einen schmalen Türspalt konnte Michael die schwatzhafte Signora Bertinotti entdecken. Die beiden Weiber palaverten, als würden sie Geld damit verdienen, und Michael trat unruhig von einem Fuß auf den anderen.

Dann war alles eine Frage von Sekunden. Um Schlag 18.00 Uhr packte die Palini ihre Sachen zusammen, und der Nachtportier trat seinen Dienst an. Er wollte höflich sein und begleitete die beiden Damen nach draußen, gab ihnen noch ein paar nette Worte mit auf den Weg. Zum erstenmal seit langer Zeit meinte es das Schicksal gut mit Michael Landers. Er huschte aus seinem Versteck und lief in die Pförtnerloge. Der Generalschlüssel lag in der kleinen Stahlkassette in der obersten Schreibtischschublade. Diese Weisheit hatte er von Lara, und sie erwies sich als richtig.

Als der Nachtportier ins Haus zurückkam, war Michael längst schon wieder verschwunden. Mit wild klopfendem Herzen lief er die Treppen hinauf ins oberste Stockwerk. Er würde das Rätsel schon noch lösen, irgendwie ... jetzt!

Millimeterweise öffnete Michael die Wohnungstür. Dabei hätte er es eigentlich viel lieber schnell hinter sich gebracht. Doch war seine Angst, erschreckt zu werden oder jemand anderen zu erschrecken, weit größer als seine Neugier.

»Lara?«

Leise rief er ihren Namen, kaum daß er im Korridor stand. »Ich bin's, Lara!«

Nahezu geräuschlos ließ er die Tür hinter sich ins Schloß gleiten.

»Bist du da?«

Er bekam keine Antwort und wischte sich mit dem Handrücken die Schweißperlen von der Stirn.

Ein Hauch von Tod lag in der Luft. Das war das erste, was Michael empfand, und er schalt sich sofort dafür, denn er war schließlich kein gefühlsduseliges Weib. Trotzdem! Draußen war es hochsommerlich warm, und hier drinnen war es kühl und feucht wie in einer Gruft. Alle Möbel waren zugehängt. In alten Spielfilmen war das so, wenn die Hausbesitzer für längere Zeit fortgingen – oder wenn sie gestorben waren ...

Er betrat das Atelier und erschrak. Mitten im Zimmer stand Laras Staffelei, und darauf prangte das Bild ihrer zwei Frauen. Als Michael das Gemälde zum letztenmal gesehen hatte, unterschied es sich kaum von dem ursprünglichen, das Lara seinerzeit in einem Wutanfall zerstört hatte. Aber jetzt ... Leichenblaß war die Gesichtsfarbe der zwei Frauen, und der Hintergrund war tiefschwarz, aus ihren Augen tropfte das Blut, ihre Arme badeten in der roten Flut ... entsetzt lehnte Michael sich gegen den Türrahmen. Irgend etwas Schreckliches mußte passiert sein.

Er stürzte ins Schlafzimmer. Die Betten waren abgedeckt wie alle anderen Möbel auch, und die Jalousien waren halb heruntergelassen. Er riß sie hoch und öffnete die Terrassentür. Er brauchte Luft zum Atmen, Luft, um endlich einen klaren Gedanken fassen zu können.

Was war passiert? Warum war Lara ... Sein Blick fiel auf den Bilderrahmen, der zerbrochen am Boden lag, und er hob ihn auf.

Julien ...

Er erinnerte sich noch gut an all das, was Lara über ihn gesagt hatte. Liebe war ein seltsames Ding. Ihre Möglichkeiten waren grenzenlos. Man konnte sie fühlen, ohne sie wirklich zu erleben, denn sie war das einzige, was jeder Mensch besaß. Liebe zu geben machte glücklich, und Liebe zu empfangen und anzunehmen war manchmal schwieriger, als sie zu entbehren oder zu verlieren.

Michael zog das große Leinenlaken von den Betten und setzte sich auf die kahle Matratze. Jahre seines Lebens hätte er dafür gegeben, wenn Lara jetzt bei ihm gewesen wäre. Er legte sich hin und betrachtete das Foto von Julien. Lara hatte sicher sehr oft so dagelegen und in seine schönen grünen Augen geschaut, und sie hatte ihm sicher auch so manches anvertraut.

»Vielleicht hat sie dir ja auch gesagt, wohin sie geht.«

Julien schwieg.

»Mach die Schnauze auf!«

Julien schien zu grinsen.

»Ich will es wissen, verdammt noch mal!!!«

Er warf das Foto auf den Boden, denn es war ja eh kaputt. Dabei fiel der Bilderrahmen endgültig auseinander und ein anderes Foto kam zum Vorschein. Es zeigte einen Mann, den Michael bisher noch nie gesehen hatte. Er hatte dunkles Haar, große helle Augen, eine markante Nase und einen sanft geschwungenen Mund ... auf der Rückseite war eine Widmung: *Für Lara, mit all meiner Liebe!* Ein Datum stand nicht dabei, und eh er sich versah, stand Michael auf den Beinen. Nun wollte er alles wissen, die ganze Wahrheit.

RAI DUE, das zweite Programm des staatlichen italienischen Fernsehens, zeigte schon seit geraumer Zeit das Testbild. Michael öffnete eine neue Schachtel Zigaretten. Sechzig Stück hatte er an diesem Samstag sicher schon geraucht, und noch war auch kein Ende abzusehen, doch gab es seines Erachtens wichtigere Dinge als das.

Bosco fegte zum drittenmal an diesem Abend den Boden, und Antonella zählte zum mindestens fünften Mal die verbliebenen Vorräte durch. Michael zwang sich zur Ruhe. Er hatte Zeit. Von ihm aus konnte dieses Theater noch Tage dauern. Er hatte genug Geld in der Tasche und vor allem genug Zigaretten.

Endlich schaltete Bosco den Fernseher ab. Er hatte kein gutes Gefühl dabei, aber noch länger war das alles hier einfach nicht hinauszuzögern. Mit barschem Tonfall rief er seine Frau, die sofort herbeihuschte.

»Sag ihm, daß wir jetzt schließen!«

»Aber er versteht mich doch nicht ...«

»Er soll aber nun mal gehen!«

»Aber –«

»Sag ihm, daß wir jetzt schließen!!!«

Antonella atmete schwer und kehrte mit gesenktem Kopf hinter ihren Tresen zurück. Zum sechstenmal kontrollierte sie die Bestände. Dann tippte sie ein paar Zahlen in die Kasse und schob Michael den Bon herüber.

»*Chiudiamo!*«

Michael tat so, als wüßte er überhaupt nicht, worum es ging. »Noch einen Wodka bitte!« sagte er.

»*Ma chiudiamo!*«

»Nein, ohne Eis!«

»Chiudiamo!!!«

Michael lächelte unerbittlich weiter, und Antonella blickte hilfesuchend zu ihrem Mann hinüber. Der hielt sich verbissen am Besen fest und hätte sicher gleich angefangen, ein viertes Mal zu fegen, wenn seine Frau nicht so unwirsch gewesen wäre.

»Warum machst du das nicht selbst?« meckerte sie ihn an. »Du willst ihn schließlich loswerden. Bin ich deine Amme?«

Bosco errötete, denn man wußte ja nie, was diese Ausländer so alles verstanden.

»Halt dich zurück, Frau!« maulte er deshalb seinerseits. »Und vergiß gefälligst nicht, wer hier der Herr im Hause ist!«

Voller Wut drückte er ihr den leidigen Besen in die Hand und quetschte sich an ihr vorüber hinter den Tresen.

Angriffslustig blickte er auf Michael nieder, stemmte seine muskulösen Arme auf die Theke. *»Allora, signore?!«*

Michael wußte genau, was er tat. Ganz langsam griff er in seine Jackentasche, holte das Foto hervor und schob es zu Bosco hinüber. »Wer ist das?«

Der Wirt schluckte. »Wo haben Sie das her?«

»Ach, plötzlich können Sie wieder Englisch?« Michael hatte Mühe, ruhig zu bleiben. »Ich habe es in Laras Wohnung gefunden.«

»Sie waren in ihrer –«

»Wer ist der Mann?«

Bosco sah sein Gegenüber einfach nur an.

»Ist er Laras Liebhaber? Ist sie bei ihm? Ich muß das wissen!«

Antonella brach in lautes Schluchzen aus. Sie hatte zwar kein Wort verstanden, fühlte aber, worum es ging, und das berührte sie so sehr, daß sie die Fassung verlor.

»Hör auf, Nella!« schimpfte Bosco sofort.

»Ich kann nicht . . .«

»Aber es geht mir auf die Nerven!«

»Du mußt es ihm sagen . . .«

Der Wirt seufzte. Ihm blieb auch nichts erspart in dieser Welt.

»Setzen wir uns!« forderte er Michael auf. »Und bring Wein, Frau! So was kann man nur besoffen ertragen . . .«

Die letzten Worte brummelte er mehr, als daß er sie formulierte.

Sie waren nur für ihn selbst bestimmt. Für fremde Ohren waren sie einfach viel zu ehrlich.

Wenn Lara in der Vergangenheit über Fabrizio gesprochen hatte, so war es immer nur um den Sex mit ihm gegangen. Für Michael war er der Mann in ihrem Leben gewesen, der sie im Bett »zu einer richtigen Frau gemacht« hatte. Größer war seine Bedeutung nicht gewesen.

Jetzt wurde er plötzlich eines Besseren belehrt. Laut Bosco hatte Lara diesen Fabrizio von Herzen geliebt, und dann war da plötzlich diese Jele gekommen, und Lara war schwanger gewesen . . .

»Hat sie . . . hat sie das Baby abtreiben lassen?« fragte Michael leise.

»Nein . . .«

»Sie hat es bekommen?«

Bosco atmete tief durch. »Ja.«

Er erzählte, was er wußte, und das war so ziemlich alles. Als er fertig war, saß Michael da, als hätte er soeben eine kräftige Tracht Prügel bezogen.

»Es war nicht einfach für sie«, erklärte Bosco. »Sie hat sehr lange gebraucht, um noch einmal von vorn anzufangen.«

»Das glaube ich gern.«

»Einmal hat sie sich in eine Badewanne mit nahezu kochendem Wasser gesetzt, um sich zu bestrafen . . . Ein andermal hat sie solange mit einer Holzpantine auf sich eingeschlagen, bis sie am ganzen Körper blaue Flecken hatte . . . und sie hat damals eine ganze Weile aufgehört zu essen. Bis wir sie mit Gewalt ins Krankenhaus gebracht haben . . .«

Michael hing förmlich an Boscos Lippen, so grausam das auch war, was der Mann da von sich gab.

Dr. Carpegna und die Mannschaft von Santa Corona waren Laras Problem mit Gewalt zu Leibe gerückt. Man verabreichte ihr Beruhigungsmittel und ernährte sie künstlich, obwohl sie das gar nicht wollte. Fing sie an zu weinen, wurde sie in eine heiße Badewanne gesteckt, tobte sie daraufhin, gab es gleich wieder eine Spritze.

»Es war nicht mit anzusehen«, sagte Bosco, »und wir fühlten uns so schuldig. Deshalb waren wir auch froh, als Lara nach drei Wochen wieder heim durfte ...«

In der ersten Zeit kümmerten sich alle um sie. Die Signora Bertinotti klaubte jeden Abend nach Geschäftsschluß Lebensmittel zusammen, die Signora Palini dann in Laras Wohnung brachte und Antonella anschließend zubereitete.

Lara schien sich zu erholen. Sie nahm ein wenig zu, lächelte wieder ...

»Dann hat die Saison angefangen«, sagte Bosco und leerte sein Weinglas in einem Zug. »Die Touristen kamen, und die sind nun mal unsere Existenz, wir brauchen das Geld ...«

Von einem Tag auf den anderen war Lara sich selbst überlassen. Sie hockte allein in ihrer Wohnung, während draußen das fröhlichste Ferientreiben herrschte.

»Und da ... da ist sie dann durchgedreht ...« Bosco schenkte sich Wein nach. »Wollen Sie das wirklich hören?«

Michael nickte. Er mußte das alles hören, nur dann hatte er vielleicht auch eine Chance zu verstehen ...

Es war die Nacht des 8. Juli 1989 gewesen. Boscos Bar hatte an jenem Tag hervorragende Umsätze erzielt und erst weit nach Mitternacht geschlossen.

Antonella war todmüde. Während sie den abendlichen Kassensturz machte, schenkte Bosco dem letzten Gast – einem etwa dreijährigen Jungen aus Belgien – einen riesigen Dauerlutscher.

»*Ma che carino!*« sagte er dabei immer wieder. »Wie niedlich!«

Antonella war den Tränen nahe. Nichts hatte sich ihr Mann mehr gewünscht als Kinder, aber sie war unfähig gewesen zu gebären, das hatten ihr mehrere Ärzte bescheinigt.

»Und du hast es nie verkraftet!« schluchzte sie einmal mehr an jenem Abend.

Bosco stöhnte. »Nun fang nicht wieder damit an!«

»Aber es ist doch so!«

»Hör auf, Nella!«

»Du hättest mich rechtzeitig verlassen sollen! Ich bin eine taube Nuß! Frauen wie ich –«

Obwohl noch jede Menge Arbeit anlag, nahm Bosco seine Strickjacke und ging. Er war seit sechsundzwanzig Jahren mit Antonella verheiratet, und er konnte dieses Gejammer nicht mehr hören.

Es war eine sternenklare Nacht. Der Mond schien, und die Luft war lau.

Schnellen Schrittes lief Bosco die Strandpromenade entlang. Er liebte seine Frau. Natürlich hätte er gern Kinder mit ihr gehabt, aber nur weil sie keine bekommen konnte, liebte er sie nicht weniger. Sie hatten sich ihr Leben eben anders eingerichtet.

Abrupt blieb er stehen. Es war kurz hinter dem *Bagni Florida.* Da lag irgend etwas im Sand . . . und da war wohl auch irgend etwas im Wasser . . .

Bosco lief zum Strand hinunter. Zwischen Kieselsteinen und Muscheln lag ein Häufchen aus Blue jeans, Pulli und Schuhen. Daneben stand eine halbleere Wasserflasche, und dann waren da noch zwei Tablettenröhrchen . . . Das eine hatte offenbar ein Schlafmittel enthalten, das Antonella auch hin und wieder nahm.

Bosco blickte aufs Meer hinaus. Die Pontons waren draußen, kleine Badeinseln aus Holz, auf denen sich tagsüber die Touristen sonnten. Sie waren mit schweren Seilen am Strand verankert, und wer auch immer in der Dunkelheit hinausgeschwommen war, hatte sich in diesen Seilen verfangen . . .

Nur seine Schuhe zog er aus, dann sprang Bosco ins Wasser . . .

Lara war bereits bewußtlos, als er seine Arme unter ihre Schultern schob. Er wußte nicht einmal, ob sie überhaupt noch lebte, schwamm mit ihr zum Ufer zurück . . . Ihr Herz schlug noch, auch wenn sie sehr viel Wasser geschluckt hatte . . .

»Das Schlimmste war, als sie wieder zu sich kam«, seufzte Bosco und schenkte nun auch Michael weiteren Wein nach. »›Fabrizio, Fabrizio!‹ hat sie immerzu gewimmert, und wir konnten ihr doch nicht helfen . . . Das war das Schlimmste!«

Michael schluckte. »Wo ist sie?« fragte er schließlich. »Ich muß es wissen!«

Der Wirt griff zu seinem Weinglas und nahm einen kräftigen Schluck. »Tut mir leid, Michele. Ich darf es Ihnen nicht sagen.«

»Aber ich brauche Lara. Sie hat mein Leben verändert.«

»Ich weiß. – Und genau deshalb darf ich es Ihnen nicht sagen. Ich mußte es Lara versprechen.«

Michael schnappte nach Luft. »Aber ohne sie hat mein Leben keinen Sinn mehr.«

Bedächtig setzte Bosco sein Glas ab. »Lassen Sie dieses Weibergeschwätz. So was ist eines Mannes nicht würdig!«

Der dickbäuchige Wirt wirkte auf einmal sehr selbstbewußt. Er schien ehrlich überzeugt zu sein von dem, was er da sagte.

Michael erhob sich langsam von seinem Stuhl, ohne Bosco dabei aus den Augen zu lassen. »Lara hat nie aufgehört, diesen Fabrizio zu lieben, nicht wahr? Er ist immerhin der Vater ihres Kindes, und so was bindet. Sie ist zu ihm zurückgekehrt, habe ich recht?«

Bosco gab ihm auf keine seiner Fragen eine Antwort, und Michael stieß einen bitteren Lacher aus. Manchmal sagte das Schweigen halt mehr als tausend Worte.

»Danke. Für alles.«

Er drehte sich um und ging langsam zur Tür, fast war er schon draußen, als ihm auffiel, daß er nicht bezahlt hatte. Er zog einen Hundertmarkschein aus der Hosentasche, das reichte allemal. Antonella nahm ihn an, ohne mit der Wimper zu zucken. Sie hatte gerade die Stühle auf der Promenade hochgestellt.

»Buona notte!« sagte sie und fügte auf italienisch hinzu: »Sie wollte immer so allein sterben, wie sie gelebt hat . . . das war ihr größter Wunsch . . .«

Fragend sah Michael sie an.

Sie wischte sich die Tränen aus den Augen. »Sie hat Sie so geliebt. Aber wenn man etwas Neues anfängt, erinnert man sich auch an all das Alte . . .«

Michael verstand kein Wort. *»Bye«*, sagte er leise.

Seine italienische Zeit war vorüber.

In der Notaufnahme von Santa Corona herrschte Hochbetrieb. Es war Samstag, der 15. August 1992, und das hieß, daß Famagosta war, einer der größten Festtage im Land. Überall wurde wild gefeiert und viel zuviel getrunken, denn am Montag fing für die meisten Arbeitnehmer wieder der Alltag an. Bei den großen Firmen endeten die offiziellen

Sommerferien, und so traf es sich gut, daß dieses Ereignis mit einem Kirchenfest zusammenfiel. Das fanden zumindest die Leute.

Dr. Carpegna sah das grundlegend anders. Für ihn bedeutete Famagosta, daß er seine eigene Station vernachlässigen mußte, um in der Notaufnahme mitzuhelfen. Alte Omas tanzten auf der Straße und zogen sich Knochenbrüche zu; kleine Kinder wurden im Gemenge übersehen und erlitten Platzwunden; es kam vermehrt zu Schlägereien und Alkoholvergiftungen.

»Warten Sie nur ab, Schwester. Heute nacht ist hier die Hölle los.«

Innocentia bekreuzigte sich schon, bevor er den Satz zu Ende gebracht hatte.

Carpegna war das peinlich. »Entschuldigen Sie bitte!«

»Bei *mir* müssen Sie sich nicht entschuldigen . . .«

Um die Mittagszeit wurde es vorübergehend ruhiger.

»Das ist die Ruhe vor dem Sturm. Jetzt schlagen sie sich die Bäuche voll, und spätestens um drei haben wir die erste Gallenkolik hier liegen.«

Doch es war keine Gallenkolik, die der Notarztwagen ein paar Minuten später brachte. Es war ein achtjähriges Mädchen, das mit seiner Luftmatratze ins Meer gegangen und irgendwann darauf eingeschlafen war. Als die Kleine wieder aufwachte, erschrak sie so sehr, daß sie ins Wasser fiel, und der einzige Halt, den sie fand, war die Luftmatratze . . . doch die war über ihr . . .

»Der Bademeister hat ihr die Lungen ausgepumpt und Wiederbelebungsversuche gemacht, aber Sie sehen ja selbst . . .«

Ja, Doktor Carpegna sah es selbst. Das Mädchen war tot. Es hatte sich an ihren Tod geklammert und geglaubt, er wäre das Leben.

Carpegna deckte den Leichnam zu. »Wissen die Eltern Bescheid?«

»Wir haben sie noch nicht erreicht, sie sind irgendwo eingeladen.«

»War das Kind denn allein am Meer?«

»Die Oma war bei ihm. Sie hat einen Schock erlitten.«

Carpegna nahm Schwester Innocentia den Block und den Kugelschreiber aus der Hand. »Ich schreibe den Bericht selbst«, sagte er dabei. »Kümmern Sie sich um die Leiche, und machen Sie anschließend ein bißchen Pause.«

Damit verschwand er.

Carpegna hatte selbst einen achtjährigen Sohn. Nur der Vorsehung war es zu verdanken, daß nicht er auf jener Bahre lag, sondern ein anderes Kind. Dabei war es eigentlich gleich, welches Kind starb, denn jedes starb zu früh. Und jedes hätte gern gelebt.

Carpegna seufzte laut auf. Es war unsinnig, über solche Dinge nachzudenken. Die kleine Marcella war tot, auch wenn sie vielleicht noch so gern gelebt hätte. Und weil diese Welt so ungemein gerecht war, gab es nur wenige Meter weiter Menschen, die hätten leben können, es aber vorzogen zu sterben.

Wutentbrannt schoß Carpegna von seinem Stuhl. Jetzt wußte er endlich, warum er seit Tagen so übellaunig war.

Zwei Wochen war es nun her. Hocherhobenen Hauptes, wie einstmals Johanna von Orléans, hatte Lara Laddock erklärt, daß sie nicht bereit sei, sich operieren zu lassen.

»Aber dann werden Sie sterben.«

»Das tu' ich seit fünfunddreißig Jahren. Jeden Tag.«

»Aber ich bitte Sie! Sie müssen doch bedenken –«

Jedes Wort schien vergeudet. Lara Laddock blieb unnachgiebig, und Dr. Carpegna wußte nicht, wie er ihr beikommen sollte.

Jetzt, zwei Wochen später, sah er das plötzlich anders. Er stürmte in Laras Zimmer. »Also, Signora Laddock, wie ist es nun?«

Sie zog nur müde die Brauen hoch, wußte aber sofort, worum es ging. »Habe ich das nicht laut und deutlich –«

»Und was ist mit den Bestrahlungen?«

Lara lächelte. »Die schlagen Sie sich am besten auch gleich aus dem Kopf! Ich ...«

Wie selbstsicher sie wirkte!

Dr. Carpegna atmete tief durch. »Dann räumen Sie dieses Bett, Signora Laddock! Noch heute!« Der Doktor war selbst erstaunt, wie laut er brüllte. »Packen Sie Ihre Sachen und gehen Sie!«

Alles Blut wich aus Laras Gesicht ... So etwas hatte sie doch schon einmal gehört ... vor vielen, vielen Jahren ...

»Und glauben Sie mir, Signora Laddock: Ich mache keinen Spaß!«

Mit diesen Worten stürmte Dr. Carpegna ebenso kraftvoll aus dem Zimmer, wie er hereingekommen war.

Auf dem Gang traf er Boscos Frau. Sie hatte Lara gerade frische Wäsche gebracht und steuerte nun mit gesenktem Kopf auf den Ausgang zu.

»Signora?« Carpegna kannte ihren Nachnamen nicht, das ging wohl den meisten Leuten so. »Kann ich Sie einen Augenblick sprechen, Signora? Ich bin der Arzt von Lara Laddock.«

Antonella ahnte Fürchterliches. Als sie das letzte Mal etwas ohne vorherige Absprache mit ihrem Mann getan hatte, hatte er anschließend drei Wochen lang nicht mehr mit ihr geredet. Sie preßte den Rücken gegen die Wand.

»Aber ich weiß doch nichts, Dottore. Ich weiß überhaupt nichts.«

Carpegna lächelte. »Kommen Sie trotzdem kurz in mein Büro? Bitte!«

Antonella sah ihn mißtrauisch an, aber er lächelte so freundlich, daß sie sich auf einmal an ihre Jugend erinnert fühlte. Und im gleichen Moment erfaßte sie so etwas wie ein Glücksgefühl bei der Vorstellung, ihr Ehemann würde die nächsten drei Wochen vielleicht nicht mehr mit ihr reden.

»Ihr Mann kennt Signora Laddock recht gut, nicht wahr?«

Lara hatte grenzenloses Vertrauen zu Bosco. Er war ihr ein Vater, ein Bruder, ein Freund und auch ein Kamerad.

»Immerhin hat er ihr mal das Leben gerettet, Dottore, und so was verbindet zwei Menschen natürlich.«

Wenn sonst auch niemand wußte, wo Lara gerade war oder was in ihr vorging, Bosco war immer bestens informiert. Deshalb hatte er Signora Palini auch helfen können, sie in London aufzuspüren, als der Dottore so dringend nach ihr suchte.

»Und er wird doch sicher auch wissen, wo wir diesen Mann finden können.«

Antonella senkte den Blick, wie sie es immer tat, wenn sie sich unsicher fühlte.

»Denn da ist doch ein Mann, Signora. Nicht wahr?«

Sie nickte.

»Signora Laddock liebt ihn sehr, aber sie fühlt sich offenbar nicht wiedergeliebt. Kann das angehen?«

»Er ... er war vor ein paar Wochen hier«, stotterte Antonella.

»Wer?«

»Der Amerikaner.«

»Und?«

Ängstlich sah sie den Doktor an. »Ich weiß nicht. Mein Mann hat mit ihm gesprochen. Aber ich glaube ...«

»Was glauben Sie?«

»Er ist gegangen, Dottore.«

»Einfach so?«

Antonella nickte.

Carpegna starrte geraume Zeit vor sich hin. Er wußte aus Erfahrung, wie schwierig es bisweilen für die Angehörigen war, mit einem Krebskranken umzugehen. Trotzdem wollte er die Hoffnung nicht so einfach aufgeben.

»Sie müssen mir helfen, Signora. Ich muß wissen, wie dieser Amerikaner heißt und wo ich ihn finden –«

»Aber das kann ich doch unmöglich tun«, fiel Antonella ihm aufgeregt ins Wort.

»Ihr Mann hat doch sicher seine Adresse.«

»Natürlich. Ich glaube schon.«

»Geben Sie sie mir!«

»Aber ich kann doch nicht in seinen Sachen wühlen.«

Carpegna sah sie nur an. »Ich versuche hier, ein Leben zu retten, Signora. Wenn Ihnen etwas an Lara liegt, dann helfen Sie mir! Bitte!«

Am liebsten hätte Michael diesen Tag aus dem Kalender gestrichen. Es war der 25. September 1992, und er wurde achtundvierzig Jahre alt. Wenn er einen Wunsch frei gehabt hätte, wäre es der gewesen, alles zu vergessen. Statt dessen wachte er schon mitten in der Nacht auf und konnte nicht wieder einschlafen.

Lara ... auch sie hatte heute Geburtstag. Sie wurde heute fünfunddreißig ..

Er holte sich eine Flasche Bourbon aus dem Wohnzimmer und fing an zu trinken.

Lara und er waren an ein und demselben Tag geboren, mit einem Abstand von dreizehn Jahren. Er hatte um 11.14 Uhr das Licht der Welt erblickt, sie um 11.16 Uhr. Lange Zeit war Michael überzeugt gewesen, daß das etwas zu bedeuten hätte, daß Lara und er füreinander bestimmt gewesen wären, vom ersten Atemzug an ...

Als die Whiskeyflasche zur Hälfte leer war, fühlte er sich besser. Nun konnte er nicht mehr denken, und vor allem konnte ihn nichts mehr schrecken, nicht einmal die nette Feier, die Aileen zu seinen Ehren organisiert hatte.

Die Kinder weckten ihn um kurz vor sieben Uhr. »*Happy birthday*, lieber Daddy ...« Im Wohnzimmer war eine schier erbarmungslose Festlichkeit ausgebrochen. Unter der Decke hingen zehn unterschiedlich große Luftballons in Herzform, auf denen so intelligente Dinge standen wie *Alles Liebe, Alles Gute!*, *Auf die nächsten zwanzig Jahre!* und *Bleib gesund!* Überall baumelten Luftschlangen, und ein dickbäuchiges Plastikmännchen taumelte kopfschwenkend über den Teppichboden und trällerte: »Wie schön, daß du geboren bist ...« Seine Stimme war computergesteuert und der dazu verwendete Chip war mit Sicherheit »Made in Sowjetunion«. Die hatten schließlich immer schon die größten Mikrochips der Welt gehabt.

Andrew hatte seinem Vater ein wunderhübsches Bild gemalt. Die Sonne war blau, das Haus war winzig, der Vater fehlte, und die Mutter sah ganz so aus, als hätte sie sich an ihrem wallenden Schal im Apfelbaum erhängt. Es sah aus wie eines dieser Bilder, die Kinder in therapeutischen Sitzungen malten.

»Hat dieser Psychologe, zu dem Diana geht, sehr viel zu tun?«

Aileen tat so, als hätte sie die Frage nicht gehört.

Zögerlich packte Michael das Geschenk seiner Tochter aus. Auch sie hatte gebastelt. Es war eine Brillenhülle aus echtem Leder.

»Nun scheine ich endgültig alt zu werden ...«

»Quatsch!« lachte Diana. »Deine Arme sind nur bald nicht mehr lang genug zum Zeitunglesen.«

Michael schluckte. »Sehr schön hast du das gemacht.«

»Man kann es so kaufen. Es ist alles dabei, und man braucht es nur zusammenzunähen ...«

»Willst du mein Geschenk nicht auspacken?« Aileen stand da wie die Verführung in Person. Sie hatte sich in ein blutrotes Seidennégligé gehüllt und sah irgendwie lächerlich darin aus.

Michael legte das flache Päckchen an sein Ohr. »Tickt es?«

Aileen lächelte. »Glaubst du ernsthaft, ich könnte dir eine Bombe schenken?«

»Aber ja doch!«

Sie lächelte nur noch mehr. »Und du glaubst ernsthaft, eine Bombe könnte dir etwas anhaben?«

»Dann ist eine Klapperschlange drin. Habe ich recht?«

»Daß du aber auch immer alles erraten mußt!«

Die Kinder lachten, und Michael zog das Schleifenband herunter und riß das dicke, feste Glanzpapier auf. »Das ist ja ... –«

». . . unser Hochzeitsfoto, Mike. Ich habe es vergrößern lassen.«

Er schluckte.

»Ich wünsche dir alles Glück der Welt.«

Ängstlich sah er sie an, blickte dann auf die Kinder. »Irgendwie habe ich Hunger. Ihr nicht?«

Nach dem gemeinsamen Frühstück mit der Familie machte Michael seinen Pflichtbesuch in die Firma. Cissy war krank. Schon in der Nacht hatte sie sich nicht wohlgefühlt und war nun beim Arzt.

Auch Jeff war nicht da. Er hatte einen Termin bei der Bank, wo es um die Finanzierung der neuen Show von *Landers & Barton* ging.

Michael bat die verbliebenen Mitarbeiter auf ein Glas Champagner in sein Büro.

»Wo ist Ludwig?«

Alle senkten die Köpfe, keiner gab ihm eine Antwort. Es dauerte mindestens eine halbe Stunde, bis endlich einer den Mut fand ... Danach fuhr Michael sofort nach Hause zurück und legte sich ins Bett.

»Michael?«

Aileen stand am Fußende und blickte auf ihn nieder. »Du mußt jetzt aufwachen, Mike. Jeff ist da, und die Kinder –«

»Ich komm' ja schon!«

Michaels Geburtstagstorte brach fast zusammen unter all den vielen Kerzen, die Aileen darauf gesteckt hatte.

»Trotzdem sieht sie ganz bezaubernd aus«, meinte sie.

»Du mußt die Kerzen ausblasen und dir etwas dabei wünschen, Papa!«

Andrew war grenzenlos begeistert, einmal im Leben den Geburtstag seines Vaters richtig zu feiern. Die Familie saß komplett am Kaffeetisch, und Jeff war auch da.

Michael holte tief Luft.

»Hast du schon das von Ludwig gehört?« Jeff hatte ein feines Gespür dafür, stets den verkehrtesten Moment zu wählen.

Michael nickte.

»Er ist tot, Aileen«, führte Jeff aus, »stell dir das mal vor!«

»Ach . . .« Aileen zeigte die Form von Regung, zu der sie fähig war; mehr war da nicht.

Michael wurde übel.

»Sie haben es mir heute morgen gesagt«, erklärte Jeff derweil.

»Das ist ja . . . das ist ja schrecklich . . .«

»Er hat seine Familie ins Auto gesetzt und ist mit ihnen in den Wald gefahren. Und dann hat er die Abgase –«

»Er hat seine ganze Familie mit in den Tod genommen?«

Michael saß starr da.

Jeff atmete tief durch. »Aber das war ja im Grunde vorherzusehen, Mike. Der Mann hat sich völlig verschuldet. Zuerst das Haus, dann der große Wagen, letzten Winter haben sie sich auch noch dieses Wochenendhäuschen in der Eifel gekauft . . .«

»Er hat versucht zu retten, was zu retten war.«

»Wie?«

Michael lächelte. »Ludwig war unglücklich«, sagte er leise, »und deshalb hat er das Haus gekauft. Er hoffte, es würde ihn irgendwie glücklicher machen. Und als das nicht klappte, hat er sich den neuen Wagen angeschafft. Mit zweihundert Stundenkilometern von Frankfurt nach München. Aus den Klauen seiner Frau in die Arme einer Hure . . . Das hat auch nichts genutzt. Er fand seine Familie und das Leben zum Kotzen . . . Das Häuschen in der Eifel sollte es bringen. Aber es brachte nur noch mehr Schulden . . .«

Für einen Moment saßen Jeff und Aileen stumm und starr da, dann schrie sie auf einmal laut auf. »Mußt du denn immer so unachtsam sein, Andrew?«

Der Junge fing an zu weinen. Nur seinetwegen hatte seine Mutter neben allem anderen auch noch frische Waffeln gebacken und heiße

Kirschen dazu serviert. Und nun troff die dicke rote Sauce über die blütenweiße Tischdecke.

»Das krieg' ich nie wieder raus! Ist dir das klar? Kirschflecken gehen nicht wieder raus! Das heißt, daß die Decke ruiniert ist. Selbst wenn ich einen Entfärber nehmen würde, es ginge einfach nicht. Siehst du das, Mike? Er hat die Decke ruiniert! Wie ein Kleinkind! Manchmal kann ich es einfach nicht fassen, Andrew! Wenn du in Zukunft nicht aufpaßt ...«

Um vier Uhr nachmittags lag Michael Landers wieder in seinem Bett und schlief. Er träumte nicht einmal. Mithin war sein größter Geburtstagswunsch Wirklichkeit geworden: Für wenige Stunden war er in einer anderen Welt, jenseits von Sehnsucht, jenseits von Schmerz ...

Es war schon später Abend, als Michael wieder aufwachte. Die Kinder waren längst im Bett, und Aileen und Jeff saßen im Wohnzimmer.

»Hast du dich gut ausgeruht, Schatz?«

»Du siehst schon sehr viel besser aus«, pflichtete Jeff ihr bei.

»Jeff und ich sprechen gerade über die Herbstferien.«

Michael goß sich einen doppelten Wodka ein und stürzte ihn herunter.

»Die Kinder wollen natürlich nach Menton, Mike, und ich hätte auch große Lust dazu. Der Oktober ist nach wie vor einer der schönsten Monate, und ich habe gerade schon zu Jeff gesagt, daß wir –«

»Ich muß nach Tokio, Aileen.«

»Das wissen wir.« Mehr denn je hatte Jeff diesen jovialen Ton eines Hausfreundes.

Michael sah ihn an.

»Aileen und ich dachten daran, mit den Kindern vorzufahren, Michael, gleich am Samstag. Du kannst dann ja nachkommen, wenn du mit Yamagushi fertig bist.«

Michael schenkte sich einen weiteren Wodka ein und setzte sich zu den beiden. Der Vorschlag war gut. Die Reise nach Tokio war die letzte Chance, doch noch mit den Japanern ins Geschäft zu kommen. Yamagushi hatte die Geschichte von seinem Londoner Unfall nur bedingt geglaubt. So viele Schicksalsschläge in Folge waren selbst einem überzeugten Zen-Buddhisten nur schwerlich beizubringen. Michael wollte

Jeff in Tokio nicht dabeihaben. Und Aileen hatte Jeff gern in ihrer Nähe, weil sie sich nur mit einem Mann an ihrer Seite komplett fühlte. Die Kinder mochten ihn nicht, Michael störte er nicht.

»Wunderbare Lösung!« meinte er da auch schon, und alsdann ließen sie die Gläser klirren.

»Auf dich, Liebling!«

»Auf dich, Mike! Ach, übrigens, Cissy hat heute abend kurz hier angerufen, um dir zu gratulieren. Ist deine Laune gut genug für eine echt schlechte Nachricht?«

Die Vorhand traf die Linie und die anschließende Rückhand ebenfalls. Edy Roesch lief vor zum Netz und parierte den Volley. Kaum etwas war anstrengender, als gegen eine computergesteuerte Ballmaschine zu spielen, aber das war genau das, was er jetzt brauchte. Er mußte schwitzen, Puls und Blutdruck in gerade noch vertretbare Höhen treiben, das war das einzige, was sein Nervenkostüm jetzt noch zur Ruhe bringen konnte.

Cissy war schwanger. Dieses Luder von einer Frau hatte einfach die Pille abgesetzt. Edy war überzeugt, daß es so passiert war, mochte seine Gattin auch noch so oft behaupten, eine Darminfektion wäre schuld gewesen. Er glaubte ihr nicht. Sie hatte ihn mit purer Absicht hereingelegt, und er war nicht willig, ihr das zu verzeihen.

Das Spiel war zu Ende, und Edy stellte fest, daß er sämtliche Bälle zurückgebracht hatte. Nun ja, das war wenigstens ein Erfolgserlebnis in diesen trübsinnigen Zeiten. Er sprang über das Netz, wie Boris Becker es nach einem gewonnenen Match auch immer so gern tat, und fing an, Aufschläge zu üben. Mitten auf die T-Linie, mitten auf die T-Linie . . . Er wäre gern Tennisprofi geworden, Rennfahrer oder Olympiasieger im Hundert-Meter-Lauf. Seine Eltern hatten diese Wunschträume stets nach Kräften unterstützt, nur war es mit ihren Kräften leider nie weit her gewesen.

Edys Vater war Schauspieler von Beruf. Er hätte gern große Rollen gespielt, und am liebsten natürlich irgendwann den Oscar gewonnen, doch als er Edys Mutter kennenlernte und sie schwanger wurde, mußte er zusehen, wie er die Familie ernährte, und so endete er schließlich als Alleinunterhalter, der auf Hochzeiten, Geburtstagsfeiern und Jubiläen den Clown machte. Er verdiente Geld damit, aber das war auch schon das einzig Positive an der Sache.

Edys Mutter war gerade mal achtzehn Jahre alt gewesen, als sie ihr erstes Kind bekam. Die kleine Familie bewohnte ein Zwanzig-Quadratmeter-Apartment. Wenn Baby Arletta eine neue Windel brauchte, legte die Mama ein Holzbrett auf das Spülbecken, wodurch es zur Wickelkommode wurde. Das gleiche Brett diente auch als Eßtisch. Dann lag es auf zwei Pappkartons, in denen die Schuhe aufbewahrt wurden.

Arletta war drei Jahre alt, als Edy zur Welt kam. Inzwischen hatten die Roeschs eine ordentliche Drei-Zimmer-Wohnung in einem Außenbezirk von Zürich, und der Vater nahm jeden Job an, der sich ihm bot, konnte aber trotzdem nicht genug verdienen, um die Bedürfnisse seiner Frau zu stillen.

Edys Mutter war das, was man in späteren Jahren »kaufsüchtig« nannte. Das Wort »Sonderangebot« zog sie magisch an, und sie kaufte selbst die nutzlosesten Sachen, nur weil sie billig waren. So gab es beispielsweise im Hause Roesch Kaffeeservices für jede Tages- und Jahreszeit.

Auf dem weihnachtlichen waren Sterne und Tannenbäumchen, auf dem österlichen kleine Hennen, es gab mitternachtsblaue Keramiktassen, auf denen ein grinsender Halbmond prangte, und natürlich existierte auch ein Frühstücksservice mit großen, lachenden Sonnen.

»Ich kann mit meinen Händen in einem Monat nicht soviel herbeischaffen, wie du an einem Tag in deiner Schürze heraustägst!«

Diesen Satz sprach Vater Roesch mindestens fünfmal in der Woche, und dann keifte seine Frau ihn an, wenn sie gewußt hätte, was für ein armer Schlucker er wäre, hätte sie sich niemals mit ihm eingelassen. Und wenn der Streit diesen Höhepunkt erreichte, dauerte es meist nur noch Sekunden, und die beiden lagen einander schluchzend in den Armen.

»Verzeih mir, du bist der beste Mann, den man sich vorstellen kann.«

»Nein, du mußt mir verzeihen. Eine Frau wie du hätte ein besseres Leben verdient.«

Was die Eltern nicht erreicht hatten, sollten nun ihre Kinder schaffen. Arletta verfügte über die besten Voraussetzungen. Schon in ihrer Schulzeit zeichnete sich ab, was später dann Gewißheit werden sollte: Sie wurde eine Schönheit. Auf den Kopf gefallen war sie auch nicht, also mußte sie nur die Augen offenhalten und sich einen Mann suchen, der ihrer würdig war. Sie wurde rasch fündig.

Einundzwanzig Jahre war sie alt, als sie den dreißig Jahre älteren Albert heiratete. Er war Geschäftsmann und besaß angeblich mehrere gut florierende Nachtclubs, die sich später dann als Bordelle entpuppten. Arletta nahm es hin. Sie lebte nun in Lugano in einem wunderschönen Haus am See und mußte nur noch durchhalten.

»Mit jedem Jahr, das ich an Alberts Seite überstehe, erhöht sich die Summe, die er im Falle einer Scheidung zu zahlen hat.«

»Daß du so leben kannst!« hatte Edy bei einem ihrer Gespräche dazu gesagt. »Ich könnte das nicht aushalten.«

»Dann hast du keine Wahl, Brüderchen. Dann mußt du selbst Karriere machen!«

Edy machte ein glänzendes Abitur und fing an, Medizin zu studieren. Schon nach einem halben Jahr hatte er die Nase ziemlich voll davon. Das Geld, das seine Eltern ihm monatlich zahlen konnten, reichte nicht aus, so daß er neben dem Studium auch immer noch jobben mußte. Und das war ihm schlicht und ergreifend zu anstrengend. Man war nur einmal jung im Leben, und er wollte seine Jugend genießen.

Arletta lachte laut, als er das bei einer Familienfeier äußerte. »Scheint irgendwie an der Erbmasse zu liegen. Hast du schon eine Vorstellung, wie du es machen willst?«

Die hatte Edy. Wie seine Schwester war auch er ein ausgesprochen schöner Mensch, und das eröffnete ihm ungeahnte Möglichkeiten. Als Vollblut-Sportler, der er immer schon gewesen war, bewarb er sich bei den großen Hotelketten und Reisegesellschaften als »Animateur«. In den Wintermonaten arbeitete er im Val d'Isère als Skilehrer, im Sommer am Genfer See als Tennislehrer. Zwischendurch studierte er auch mal wieder ein paar Wochen, um nicht exmatrikuliert zu werden. Doch allzuviel Zeit blieb dazu nicht.

Schon gleich in seiner ersten Saison stellte Edy fest, daß er einen nahezu magischen Reiz auf alleinreisende Damen ausübte. Sie waren förmlich verzückt, wenn er sie zum Après-Ski einlud, ihnen erlaubte, für ihn zu bezahlen, und ihnen anschließend anbot, sie ins Hotelzimmer zu begleiten. Und je verzückter sie waren, desto bereitwilliger waren sie später auch, ihn für seine Nebendienste zu belohnen. Sie kauften ihm die schönsten Pullover und Anzüge, Goldketten und Armbänder, die teuersten Herren-Parfums.

Nur hatte all das zwei schwerwiegende Nachteile. Der eine bestand im Durchschnittsalter der Gönnerinnen, das bei Fünfzig lag. Der andere war die Macht, die diese Frauen besaßen. Sie nahmen sich so einen Edy, benutzten ihn so lange, wie es ihnen paßte, und anschließend stießen sie ihn dann ab, ja, es kam vor, daß sie dann so taten, als würden sie ihn gar nicht mehr kennen.

Nach fünf Jahren reichte es Edy Roesch. Er legte sich drei feste Freundinnen zu – eine im Val d'Isère, eine am Genfer See und eine in Zürich – und daneben suchte er gezielt nach der Frau fürs Leben. In Cissy Andrew fand er sie. Davon war er zumindest überzeugt gewesen, bis sie ihm freudestrahlend erklärt hatte, daß sie nun bald eine richtige Familie wären.

Dreimal in Folge hatte Edy den letzten Ball ins Netz geschlagen. Jetzt versuchte er ein viertes Mal sein Glück, mitten auf die T-Linie, mitten auf die T-Linie . . .

Cissy hatte einen Traumjob. Sie verdiente weit mehr als andere Frauen in ihrem Alter. Natürlich bekam sie das viele Geld nicht geschenkt. Sie mußte dafür auch sehr viel mehr arbeiten als andere Frauen in ihrem Alter – es konnte also gar nicht besser kommen. Sie stand morgens in aller Frühe auf und fuhr ins Büro; er schlief bis elf und ging ins Bistro nebenan, um zu frühstücken. Danach machte er sich auf den Weg zur Uni. Inzwischen hatte er sich für den Bereich Sportmedizin entschieden, weil er so das Angenehme mit dem Nützlichen verbinden konnte, aber Gott gab ja nur die Zeit – von Eile hatte er nie etwas gesagt. Mehr als eine Vorlesung pro Tag hielt Edy einfach für ungesund, und auch bei dieser einen war er meist nur körperlich anwesend. In Gedanken war er dann meist schon ganz woanders, im Schwimmbad, im Squash-Center, in der Tennishalle . . .

Der letzte Aufschlag ging völlig daneben. Statt die T-Linie zu treffen, geriet er viel zu lang und landete im Papierkorb auf dem etwa fünfzehn Meter entfernten Gang, der die einzelnen Tennisplätze miteinander verband. Edy ließ entnervt den Schläger fallen.

Er eignete sich nicht zum Hausmann. Die Vorstellung, ein Baby versorgen zu müssen, einzukaufen, zu kochen, zu putzen und zu waschen, erfüllte ihn mit nacktem Entsetzen. Und es gab nur einen Ausweg: Cissy gab ihren Job auf, und er ging arbeiten.

Diese Vorstellung war allerdings noch schrecklicher. Er sah sich schon als ungelernte Kraft in irgendeinem Großraumbüro sitzen. Etwas anderes kam ja gar nicht für ihn in Frage. Er hatte schließlich nichts gelernt, es sei denn, die Bundesrepublik Deutschland erhob »abgebrochener Medizinstudent« zu einem neuen Berufsstand.

Cissy hatte eher Feierabend gemacht als sonst. Sie war beim Arzt gewesen, weil sie sich körperlich mal wieder gar nicht wohl fühlte. Die Übelkeit, unter der die meisten Schwangeren in den ersten drei Monaten nur morgens litten, quälte sie den ganzen Tag über, und nachts kam sie auch kaum zur Ruhe, weil sie unentwegt Krämpfe in den Waden und in den Füßen hatte. Die Beine waren auch geschwollen, und obwohl sie erst in der zehnten Woche war, hatte sie bereits sechs Kilo zugenommen. Die Akne, die ihr als junges Mädchen erspart geblieben war, die hatte sie jetzt, und die Haare gingen ihr aus, und die verbliebenen fetteten so schnell, daß sie glaubte, dabei zusehen zu können.

»Ich dachte immer, Schwangerschaft macht schön«, jammerte sie ihrem Gynäkologen vor.

»Nun ja, Frau Roesch, manche Frauen fühlen sich von einer Schwangerschaft eher belastet als andere . . .«

Edy hatte sich inzwischen geduscht und saß im sogenannten »Tennis-Treff«, dem der Halle angrenzenden Restaurant. Umringt von blutjungen Teenagern trank er Radler-Cola und knabberte Kartoffelchips. Die Mädchen himmelten ihn an.

»Bist du morgen auch hier, Tina?«

»Übermorgen.«

»Dann zeige ich dir mal, wie man eine Rückhand schlägt.«

»Bringst du mir das auch bei, Edy?«

»Aber sicher, Karin, wir könnten dann gleich . . .«

Edy, der bisher auf das Charmanteste gelächelt hatte, wurde auf einmal ganz ernst, und er sprach auch erst mal nicht weiter. Dafür erhob er sich aber von seinem Stuhl und räusperte sich.

»Darf ich euch meine Frau vorstellen?«

Cissy fühlte sich schrecklich, wie eine Plumpskuh, fett, pickelig und einfach abscheulich.

»Möchtest du etwas trinken?«

»Nein, danke . . .«

»Aber du setzt dich doch zu uns, oder etwa nicht?«

Zögernd tat sie es, und dabei fragte sie sich, was ihr Frauenarzt wohl damit gemeint haben könnte, daß manche Frauen es als belastend empfanden, schwanger zu sein. Es hieß doch immer, das wäre die Erfüllung für eine Frau.

Edy bestellte sich eine weitere Radler-Cola und den sogenannten »Wimbledon-Teller«, das waren Filetspitzen an Blattsalat. Cissy hatte keinen Hunger. Ihr fiel auf einmal auf, wie glücklich es sie gemacht hätte, wenn dieses Baby in ihrem Bauch von Mauro gewesen wäre. Vielleicht hätte sie sich dann darauf gefreut. Vielleicht hätte sie es dann sogar lieben können.

»O*h, say can you see*«, trällerte Andrew, »*by the dawn's early light, what so proudly we hailed at the . . . at the . . .*«

»*At the twilight's last gleaming?*« beendete Aileen und blickte strafend nach hinten.

Jeff schaute in den Rückspiegel. »Also weißt du, Andrew! Ein guter Amerikaner muß doch seine Nationalhymne kennen.«

»Er ist eben kein guter Amerikaner«, lachte Diana, »sondern ein schlechter Deutscher.«

»Kannst du denn deine Hymne?«

»Klar!« meinte das Mädchen. »*Allons enfants de la patrie* . . .«, hob sie an, die Marseillaise zu singen.

Jeff und Aileen strahlten einander an. Mehr als sie in diesem Moment hatten, konnte ihres Erachtens kein Mensch vom Leben erwarten. Das Wetter war herrlich, die Autobahn war frei, in ein paar

Stunden würden sie in Castellar sein, und das bei bester Laune und mit zwei überglücklichen Kindern im Fond.

»Kommt ein Mann an eine Tankstelle und will –«

»O nein, Mama, laß ihn nicht diesen doofen Witz erzählen!«

»Der ist nicht doof, Mama, er –«

»Total bescheuert ist er, was für Babys, was für –«

»Laß Andrew doch erst mal ausreden, Diana! Vielleicht können Jeff und ich ja über Baby-Witze lachen. Was ist mit dem Mann, Andrew?«

Der Junge warf seiner Schwester einen Sieger-Blick zu. »Da kommt ein Mann an eine Tankstelle«, fing er dann noch mal an, »und will eine violette Deutschland-Fahne kaufen. – Die gibt es nicht, sagt der Besitzer. Wir haben nur schwarz, rot, gold. Da sagt der Mann: Dann geben Sie mir bitte die rote!«

Diana rollte die Augen.

Aileen lachte. »Süß, nicht wahr?«

»Deutscher Humor!« meinte Jeff. »Das schreit nach einem echt amerikanischen Kulturschock!«

Aileen verstand nicht so recht. »Müssen wir schon wieder tanken?« Sie hatte ja von Anfang an gewußt, daß diese deutsche Luxuslimousine viel zuviel Benzin fraß.

Jeff grinste nur und bog mit Schwung in die Abbiegespur ein, ließ die Tankstelle links liegen und hielt mit quietschenden Reifen direkt vor dem Rasthaus.

»Wir müssen nicht?«

»Nein, Aileen! Ich lade die Herrschaften ein zu einer Runde Hot dogs. Eßkultur à la *Stars and Stripes*.«

Die Kinder jubelten. Wenn Jeff es vorschlug, hatte ihre Mutter nicht einmal gegen ungesunde Nahrung etwas einzuwenden.

»Herr Landers, gebucht nach Tokio, wird dringend gebeten, sich zum Ausgang C51 zu begeben. *Mister Landers, booked to Tokio . . .*«

Es war Samstag, der 3. Oktober 1992 um kurz vor fünf Uhr nachmittags. Wie so oft war Michael viel zu spät dran, und das, obwohl er gerade heute lange vor der Zeit hiergewesen war.

Er hatte eingecheckt und sich ins Restaurant gesetzt, einen Wodka getrunken, dann noch einen . . . Tausend Erinnerungen waren über ihn hergefallen, und er hatte versucht, sich vorzustellen, wie es wohl sein würde, wenn Lara jetzt auf einmal vor ihm stünde.

Schon oft hatte er sich das ausgemalt, und es war jedesmal anders gewesen. Mal sah er sie nur flüchtig an und ging dann hocherhobenen Hauptes weiter; denn mehr hatte sie nicht verdient nach allem, was sie ihm angetan hatte. Ein anderes Mal blickte er ihr tief in die Augen, und sie fing an zu weinen, und dann nahm er sie in seine Arme und preßte sie ganz fest an sich, wild entschlossen, sie nie wieder loszulassen.

»Herr Michael Landers, gebucht nach Tokio, wird dringend gebeten ... *Mister Michael Landers, booked to Tokio ...*«

Er erschrak fast zu Tode, als er diese Ansage hörte. Er hatte noch nicht einmal bezahlt. Also mußte er jetzt rennen, jagte über diese elenden Rollbänder, die von den meisten Leuten nur als eine von vielen Flughafen-Attraktionen mißbraucht wurden, und obwohl er in diesem Moment eigentlich ganz andere Dinge im Kopf hätte haben müssen, konnte er nach wie vor an nichts anderes denken als an Lara.

Es war wie eine Krankheit, die einfach kein Ende nehmen wollte. Nicht zuletzt deshalb war er heilfroh, daß der gute Herr Yamagushi ihn diesmal nach Tokio zitiert hatte. Dort waren die Weiber kaum größer als Diana und hatten alle pechschwarze Haare.

Zumindest würde er dort nicht Gefahr laufen, in jeder Geisha Lara zu entdecken ...

Es war Mittwoch, der 7. Oktober, und Cissy war der Verzweiflung nahe. Schon dreimal hatte Edy sie an diesem Morgen im Büro angerufen, jedesmal, um ihr zu sagen, daß es wieder mal nicht geklappt hätte mit dem Job. Er wollte eben einfach nicht arbeiten. Sie konnte noch so viele Zeitungen kaufen und Stellenanzeigen anstreichen, Bewerbungen aufsetzen, tippen und abschicken. Wenn ihr Mann beim entscheidenden Vorstellungsgespräch versagen wollte, so war nichts leichter als das. Er war schließlich kein Dummkopf.

Um nicht schon wieder auf die Toilette zu rennen und sich zu übergeben, versuchte sie, sich irgendwie abzulenken. Mißmutig stopfte sie binnen kürzester Zeit eine Tafel Schokolade in sich hinein und schob dabei die beiden kleinen Papierstapel, die auf ihrem

Schreibtisch lagen, von einer Seite auf die andere. Wenn sie zu viel Arbeit hatte, fiel es ihr manchmal schwer, überhaupt mit etwas anzufangen. Es war ja ohnehin nicht zu schaffen. Noch schlimmer war jedoch, wenn sie zu wenig Arbeit hatte wie jetzt. Dann hatte sie nämlich keine Lust anzufangen, und schob es so lange vor sich her, bis ihre Arbeitszeit zu Ende war, ohne daß sie auch nur einen Finger gekrümmt hatte. Heute würde es wieder so ausgehen, das war abzusehen. Das ganze Leben war abzusehen, und das machte alles erst so richtig schrecklich.

Es war am späten Nachmittag. Das Telefon klingelte, und Cissy sagte ihren üblichen Spruch auf.

»*Landers & Barton*, Vorzimmer von Mister Landers!«

Der Anrufer reagierte nicht sofort, so daß Cissy davon ausging, das Gespräch käme aus dem Ausland.

»*Hello?*« rief sie. »*Who is calling please?*«

In leicht verfärbtem Englisch fragte ein Mann, ob er Michael Landers sprechen könnte.

»Mister Landers ist verreist. Kann ich irgend etwas ausrichten?«

Dr. Maurizio Carpegna wußte nicht, was er tun sollte. Es hatte ihn sehr viel Überwindung gekostet, diesen Weg überhaupt einzuschlagen – aber jetzt hatte er plötzlich völlig unerwartete Probleme.

»Können . . . können Sie mir sagen, wann . . . wann er zurückkommt?« fragte er die Frau am anderen Ende der Leitung.

»Aller Voraussicht nach am Wochenende«, sagte sie und fügte nach einer längeren Pause hinzu: »Aber danach macht er erst noch ein paar Tage Urlaub . . .«

Carpegna atmete tief durch. Wenn er es nicht tat, würde er sicher nie wieder ruhig schlafen können, das wußte er. Also tat er es.

»Cissy?« fragte er mit stockender Stimme. »Bist du das?«

Cissy hatte das Gefühl, jetzt gleich vom Stuhl zu sinken. In ihren Beinen war überhaupt kein Blut mehr, und auch in ihrem Hinterteil hatte sie auf einmal kein Gefühl.

»*Mauro?*« flüsterte sie.

»Ja.«

»Mauro!!!«

Gleich nach ihrem so schicksalhaften Winterurlaub im Val d'Isère war es gewesen. Cissy fühlte sich erdrückt von diesem Schönling von Skilehrer, und doch spürte sie, wie sie seinen nicht unerheblichen Reizen jeden Tag mehr und mehr erlag. Davor fürchtete sie sich. Skilehrer, Kellner und Friseure heiratete man nicht, die kannte man nur. Sie wollte aber endlich heiraten, die große Liebe finden, für immer glücklich sein ...

Von Kindheit an hatte Cissy einmal im Leben nach Florenz gewollt. Jetzt erfüllte sie sich diesen Wunsch. Sie brach ihren Urlaub im Val d'Isère vor der Zeit ab und fuhr in die Stadt ihrer Träume.

Florenz. Cissy verliebte sich auf Anhieb in die Stadt: in ihre schönen Geschäfte, in die wundervolle Architektur, in die Schönheit, die an jeder Straßenecke die tollsten Blüten trieb. An ihrem ersten Nachmittag besuchte sie die Kirche Santa Maria Novella. Schon von außen übte das Gebäude eine nahezu magische Anziehungskraft auf sie aus, und dieses Gefühl verstärkte sich, als sie das heilige Haus betrat.

Das warme Licht der Nachmittagssonne fiel durch das Rosettenfenster ins Innere der Kirche. Zutiefst ergriffen ging Cissy auf den Hochaltar zu, entdeckte plötzlich zu ihrer Linken jene eigenartige Christusfigur. Das Kruzifix war von erschütternder Kargheit, und der Heiland wirkte bedrückend echt. Das Kreuz war dunkel wie sein Haar, sein Körper war weiß wie totes Fleisch, und das Blut troff aus seinen Händen und aus seiner Brust und seinen Füßen ...

»Man nennt es das hölzerne Kruzifix!« hörte Cissy plötzlich jemanden hinter sich sagen. »Filippo Brunelleschi hat es geschaffen, im 14. Jahrhundert ...«

Cissy drehte sich langsam um. Vor ihr stand Mauro.

Die Liebe zu ihm sollte die größte Liebe ihres Lebens werden. Er brachte ihr bei, daß es da auch noch etwas anderes gab als Sex und Geschenke und Spaß und Partys. Mit Mauro erlebte Cissy Zärtlichkeit, Sehnsucht und Leidenschaft ... Zwei Jahre lang fuhr sie jedes zweite Wochenende nach Savona. Sie trafen sich dort in einem kleinen Hotel und liebten sich, bis sie so erschöpft waren, daß sie es nicht einmal mehr bis ins nächste Restaurant schafften.

Zwei Jahre lang war Cissy glücklich und träumte davon, Mauro zu heiraten und mindestens sechs Kinder mit ihm zu haben. Doch er fragte sie nicht. Jedesmal, wenn sie einander trafen, wartete sie umsonst darauf, daß er ihr einen Antrag machte. Und nach zwei Jahren war sie das schließlich leid.

»Selbst ist das Fräulein!« hatte ihre Handarbeitslehrerin immer gesagt, und das war vielleicht der einzige gute Rat gewesen, den diese Frau ihr jemals hatte geben können.

Wochenlang überlegte Cissy, wie sie es anstellen sollte, ersann die unterschiedlichsten Monologe, dann bot sich die lang erhoffte Gelegenheit ganz von allein.

Mauro erinnerte sich noch gut an jenen Sommerabend 1991. Im Glanz der untergehenden Sonne saßen Cissy und er am Strand von Savona. Es war richtig romantisch.

Wenn da nur nicht diese Kinder gewesen wären! Sie spielten Fangen, laut kreischend, und sie bespritzten einander mit Wasser – und er spürte, wie sein schlechtes Gewissen sich regte. Er seufzte.

Gleich fuhr Cissy ihm mit der Hand durchs Haar. »Was ist?«

»Nichts, mein Engel!« behauptete er und gab ihr einen Kuß auf die Wange.

Sie lächelte. Dann sah sie wieder den Kindern beim Spielen zu, wie sie es schon die ganze Zeit über getan hatte.

»Weißt du eigentlich noch, wie das war, als du so jung warst?« meinte sie schließlich.

Mauro war auf eine solche Frage nicht gefaßt gewesen und reagierte deshalb nicht.

»Ich erinnere mich erst jetzt«, fuhr Cissy fort, »wo ich die Kinder sehe. Damals habe ich das alles gar nicht so richtig mitbekommen. Ich war jung, und die anderen haben darüber gelacht, wie toll das doch wäre. Ich selbst fand es überhaupt nicht toll, ich war nur damit beschäftigt, so schnell wie möglich erwachsen zu werden.«

Mauro sah sie einfach nur an. »Ist das nicht bei jedem so?«

»Ich finde es schrecklich.«

»Was?«

»Daß man alles vergißt, Mauro. Die Kindheit zum Beispiel: Sie ist weg. Ich weiß nicht mehr, wie das war, ein Baby zu sein. Ich kann mich nicht erinnern, wie das war, als ich zum erstenmal ›Mama‹ gesagt habe . . . als ich zum erstenmal am Meer war . . . Deshalb muß man Kinder haben, Mauro. Sonst hat man nur halb gelebt – und ich möchte ganz leben! Verstehst du?«

Mauro schluckte. Er hatte von Anfang an gewußt, daß es irgendwann soweit kommen würde, aber als es jetzt geschah, fühlte er sich trotzdem unvorbereitet.

Er umfaßte Cissys Gesicht mit den Händen und bog ihren Kopf sanft nach hinten, legte seine Lippen auf ihre . . . Dieses Mädchen war so ganz anders als die italienischen Frauen, so sehr viel gefühlvoller, oberflächlicher, und so sehr viel leichter zu handhaben . . .

Gleich an ihrem ersten Abend in Florenz hatte sie ihn mit in ihr Hotelzimmer genommen. Und einen so leidenschaftlichen Sex wie mit ihr hatte Mauro noch nie zuvor erlebt.

Sie stellte keine Fragen, zumindest zu Anfang nicht. Erst als sie sich nach den Tagen in Florenz erstmals in Savona trafen, erst da wollte sie wissen, ob es vielleicht noch eine andere Frau in seinem Leben gäbe.

»Wieso?« stellte er sich dumm.

Sie lachte. »Na, weil das hier ein Hotel ist. Oder wohnst du etwa hier?«

Mauro erinnerte sich noch gut daran, wie laut und wie heftig sein Herz in jenem Moment schlug. Nun hätte er die Wahrheit sagen müssen! Er war damals seit sechs Jahren mit Adriana verheiratet, und sie hatten zwei Söhne. Mauro liebte seine Frau von Herzen. Sie hatte Verständnis für seine Arbeit, war eine gute Mutter und eine Ehefrau, wie man sie sich besser gar nicht wünschen konnte. Trotzdem betrog er sie, denn im Bett . . . im Bett war Adriana langweilig. Und Cissy war . . . Er wollte diese kleine Amerikanerin nicht verlieren, und er fürchtete, daß er sie verlieren würde, wenn er ihr die Wahrheit sagte.

»Krankenhausärzte sind arme Schlucker«, erklärte er deshalb mit leicht brüchiger Stimme. »Ich . . . Du darfst aber nicht lachen!«

»Warum sollte ich?«

»Weil ich . . . weil ich mit meinen fünfunddreißig Jahren immer noch bei meinen Eltern wohne . . .«

Cissy sah ihn mit großen Augen an. »Was?«

Er lächelte verlegen. »Und Mama ist sehr konservativ. Sie würde niemals zulassen, daß ich ein Mädchen mit nach Hause bringe, mit dem ich nicht wenigstens verlobt bin ...«

Fürs erste gab Cissy sich mit dieser Erklärung zufrieden. Nach einem Jahr schlug sie dann vor, Mauro solle sich doch einfach mit ihr verloben.

»Dann würde ich deine Familie endlich mal kennenlernen ...«

Er trieb ihr das aus. »Wenn ich mich mit dir verloben würde, wäre das eine offizielle Sache, und dann müßten wir auch gleich einen Hochzeitstermin bekanntgeben; das ist so üblich, Cissy. Und ich verdiene einfach noch nicht genug, um eine Familie zu ernähren ...«

Wieder gab Cissy Ruhe – bis zu jenem Abend im September 1991, wo sie beide eng umschlungen am Strand von Savona saßen. Da ließ sie sich durch nichts mehr vom Thema abbringen, nicht einmal durch Mauros Kuß.

»Heirate mich!« sagte sie laut und deutlich. »Ich will deine Frau werden und viele, viele Kinder mit dir haben ...«

Das war das Ende. Mauro wußte es sofort, und er schob Cissy von sich. Cissy rückte ihm nach und legte ihre Hände auf seine bloßen Schultern.

»Was ist, Schatz? Sag bloß, dir hat noch nie eine Frau einen Heiratsantrag gemacht!«

Nach Mauros Gesichtsausdruck zu urteilen, hatte sie mit dieser Vermutung anscheinend voll ins Schwarze getroffen.

Sie preßte ihren Körper gegen seinen. »Du hast mir nie Gelegenheit gegeben, meine Gefühle dir gegenüber auszusprechen«, gestand sie ihm. »Ich durfte dir ja nicht mal schreiben, weil du Angst hattest, ein anderer könnte es lesen. Jetzt ist mir alles egal, Mauro: Ich liebe dich! Ob du es hören willst oder nicht, ich liebe dich, und ich –«

»Es gibt keine Liebe«, fiel Mauro ihr ins Wort und schnappte nach Luft dabei.

Dann senkte er den Blick. Er konnte Cissy nicht länger in die Augen schauen.

»Wir Menschen sind Einzelwesen«, sagte er leise. »Wir wollen uns frei entfalten, jeder auf seine Art, und sobald wir uns von einem anderen abhängig machen, hat es sich damit.«

Sie entzog ihm ihre Hände. »Du willst mich nicht?« Ihre Stimme zitterte vor Angst und vor Scham.

Er wagte nicht aufzusehen. »Ich will keine Ehe, Cissy, das ist etwas anderes.«

»Nein, das ist das gleiche!«

Endlich schaute er wieder auf. Cissy hatte Tränen in den Augen, und im nächsten Moment rannen ihr diese Tränen auch schon über die Wangen. Mauro wischte sie weg.

»Ich liebe dich«, flüsterte sie.

Er seufzte.

Sie fuhren an jenem Abend nach Portofino und aßen im feinsten Restaurant am Yachthafen, bei Kerzenlicht und Mandolinenmusik. Danach machte Mauro Schluß mit Cissy, es ging ganz schnell.

»Frag mich nicht nach den Gründen!« sagte er beim Abschied. »Ich würde dich doch nur anlügen.«

Jetzt, ein Jahr später, hatte er endlich den Mut, sich ihr zu erklären.

Cissy war fassungslos. Sie saß da, den Telefonhörer in der Hand, und fragte sich, ob sie Mauro und dem Schicksal nicht vielleicht sogar dankbar sein mußte, all das erst jetzt zu erfahren. Keinen einzigen Moment hatte sie in Erwägung gezogen, daß Mauro ein verheirateter Mann sein könnte. Hätte sie das vor einem Jahr erfahren, eine Welt wäre für sie zusammengestürzt. Jetzt war sie nur irgendwie erstaunt, und tief in sich konnte sie sogar so etwas wie Verständnis empfinden.

»Ich bin inzwischen auch verheiratet«, sagte sie leise ins Telefon, »seit Juni. Und im März bekomme ich unser erstes Kind . . .«

Sie redeten noch eine ganze Weile über ihre gemeinsame Vergangenheit, dann fragte Cissy, weshalb er denn nun eigentlich angerufen hätte. »Meinetwegen kann es ja wohl nicht gewesen sein.«

Mauro lachte. »Wer weiß!? Die Wege des Schicksals sind nun mal unergründlich. Allerdings . . .«

Er erzählte von seiner Patientin Lara Laddock und davon, was ein gewisser Bosco über deren Beziehung zu Michael Landers gesagt hatte.

Cissy steuerte ihren Teil der Geschichte bei, und so kamen Mauro und sie bald zu dem Schluß, Michael müßte so schnell wie möglich informiert werden.

»Er ist nur gerade in Tokio, und da ist zur Zeit Nacht«, sagte Cissy.

»Dann ruf ihn gleich morgen früh an, ja?«

»Am besten, ich hinterlasse ihm im Hotel eine Nachricht.«

»*Va bene.*«

»Höre ich wieder von dir?«

Carpegna stutzte. »Ich weiß nicht . . .«

»Wir könnten Freunde werden. Es heißt doch immer, die Freundschaft wäre die kleine Schwester der Liebe. Das ist, glaube ich, irgend so ein Sprichwort, und vielleicht ist es ja wahr.«

Mauro atmete tief durch.

»Ich kenne auch ein Sprichwort«, sagte er dann. »Die Erinnerungen sind das einzige Paradies, aus dem man nicht vertrieben werden kann . . .«

Diana war rundherum glücklich und zufrieden. Am Morgen hatte sie endlich zum Friseur gehen dürfen. Er galt als der beste in Menton und erfüllte ihr für entsprechendes Entgelt auch prompt all ihre Wünsche. Sie hatte jetzt die gleiche Frisur wie Madonna und überdies hellblonde Strähnchen.

»Überleg dir schon mal, wie du das deinem Vater erklären willst!« hatte Aileen dazu gesagt.

Aber Papa kam ja erst zum nächsten Wochenende, und zehn Tage reichten, um ihm einzureden, die Sonne der Côte d'Azur hätte das Haar seines Töchterleins so ausgebleicht.

Diana war ausnahmsweise mal zufrieden mit sich. Sie war jetzt dreizehn Jahre alt, und das war das beste Alter für eine Frau. Ihre Haut hatte sie mit Nußöl behandelt, so daß sie verführerisch glänzte, und ihr Körper, der von Tag zu Tag weiblicher wurde, lag auf einem Badetuch, das David Hasselhoffs Konterfei zierte. Ihre Freundinnen aus der Ballettstunde hatten es ihr zum Geburtstag geschenkt. Verzückt schloß Diana die Augen. Whitney Houston sang *The greatest love of all*, in einer solchen Lautstärke, daß der Walkman nahezu explodierte.

»Daß sie das aushalten kann!« meinte Jeff.

»In diesem Alter halten junge Mädchen so ziemlich alles aus.«

Aileen hatte im Pavillon eine Art von Picknick veranstaltet. Es gab Hühnchen und Kartoffelsalat, belegte Brötchen und Käsehappen, und zu Aileens Leidwesen hatte die alte Madame Tourreau unaufgefordert noch eine Fuhre frisch gebackener Crêpes beigesteuert.

»Darauf hätten wir wirklich verzichten können.«

Jeff lachte. »Ich habe keine abbekommen. Andrew hat sie alle vertilgt.«

»Das ist es ja! Nun müßte er mindestens drei Stunden Gewichte heben, um die Kalorien wieder zu verbrennen.«

»Vielleicht tut es das Gehopse ja auch!«

Andrew hatte den Swimming-pool belagert und genoß es maßlos, ausnahmsweise mal darin tun zu dürfen, was er wollte. Wenn sein Vater in der Nähe war, mußte er immerzu Kopfsprünge üben, und das klappte so gut wie nie, weil er einfach ungelenk war und immer mit dem Bauch aufschlug . . .

»Dann schwimm wenigstens!« schimpfte Papa dann. »Zehn Bahnen, Andrew! Nicht, daß du mal wirst wie deine Mutter!«

Seine Mutter hatte nämlich Angst vor Wasser, und sie konnte nicht sonderlich gut schwimmen, und wenn sie überhaupt schon mal freiwillig in den Pool ging, dann tat sie es über die Treppe, stakste die einzelnen Stufen hinunter, ließ sich mit angewidertem Gesichtsausdruck ins Wasser gleiten und reckte das Köpfchen in die Höh', um nur ja nicht die Frisur zu ruinieren. Meist schwamm sie nur ein paar Stöße, um dann gleich wieder hinauszuklettern, und obwohl Andrew diese Schwäche seiner Mutter im Grunde seines Herzens peinlich fand, war er an diesem Donnerstag ausgesprochen dankbar dafür. Das erlaubte ihm, sich die Zeit mit dem zu vertreiben, was sein Vater »Blödsinn« nannte.

Er stellte sich an den Beckenrand und holte tief Luft. Dann hielt er sich die Nase zu und sprang mit den Füßen voran ins Wasser. Das war toll. Das machte so richtig Spaß. Wenn er auftauchte, kletterte er gleich wieder hinaus und sprang neuerlich hinein. Fünfzigmal hatte er es an diesem Nachmittag schon geschafft. Hundertmal war sein großes Ziel.

»Guck mal, Mama! Onkel Jeff!! Mama???«

Aileen drehte den Kopf. »Ja?«

»Guck mal!«

Andrew präsentierte ihr seinen einundfünfzigsten Sprung, und sie sah ihm gelangweilt dabei zu.

»Sehr schön, mein Junge!« tönte sie, als er wieder auftauchte. Dann wandte sie sich neuerlich Jeff zu.

»Die Kinder sind das einzige, worum ich dich wirklich beneide«, sagte der und beobachtete dabei Andrews zweiundfünfzigsten Sprung.

Aileen lächelte.

»Na ja, vierundzwanzig Stunden pro Tag möchte ich sie nicht um mich haben«, räumte er daraufhin ein. »Und auch nicht, wenn sie krank sind oder wenn sie quengeln . . .«

Aileen sah ihn nachdenklich an.

»Liebst du die beiden?« fragte er.

»Natürlich«, erwiderte sie automatisch.

»Und sie? Lieben sie dich?«

»Ich denke schon.«

»Aber du weißt es nicht.«

Jeff nahm sich ein weiteres Hühnerbein und tunkte es in ein Töpfchen mit hausgemachter Knoblauchsoße.

»Ich denke«, sagte er leise, »daß man immer nur ahnen kann, was ein anderer fühlt oder denkt, es aber niemals sicher weiß. Vielleicht habe ich mich deshalb nie wirklich binden wollen.«

Er biß in den kroß gebratenen Bollen und hatte ihn im Handumdrehen vertilgt. Nur die Knochen und ein bißchen Knorpel waren übrig.

Aileen empfand eine unerklärliche Zärtlichkeit in diesem Moment. »Über solche Dinge habe ich nie nachgedacht«, flüsterte sie und schaute dabei in den wolkenlosen Himmel hinauf. »Wenn es um meine Gefühle ging, war ich mir immer selbst genug.«

»Aber das geht doch gar nicht!«

»Doch, Jeff! Die Liebe, die *ich* für jemanden fühle, zählt. Ob er mir auch Liebe zurückgibt, ist völlig unwichtig. Man liebt richtig, wenn man mit dem Geben zufrieden ist und keine Gegenleistungen erwartet.«

Jeff sah sie fassungslos an, und Andrew rief vom Pool herüber, er wäre jetzt schon bei Sprung Nummer achtundsiebzig und würde sich fortan nur noch »Champion« nennen.

Aileen saß da und lächelte. »Als ich noch ein Kind war«, erzählte sie mit verträumt klingender Stimme, »da hatte ich nur meine Puppen. Ich habe sie bekocht und mehrmals täglich frisch angezogen, und ich habe sie in die Arme genommen und gestreichelt . . . Sie haben mir nie einen Kuß gegeben, und trotzdem hab' ich sie geliebt.«

Jeff griff nach ihrer Hand. »Weißt du, daß ich dich mal mehr wollte als alles andere auf der Welt?«

Aileen lachte und wies demonstrativ auf ihr linkes Augenlid. Es war zwar schon lange nicht mehr blau und geschwollen, aber die Erinnerung daran war natürlich immer noch da.

Jeff küßte ihre Hand. »Verzeihst du mir?«

»Das habe ich längst getan. Und ich bin von Herzen dankbar, daß alles so gekommen ist.«

Sie drückte ihm ein Glas Orangensaft in die Hand und nahm sich selbst auch eines.

»Auf uns, Jeff!«

»Auf uns!«

Es war der 8. Oktober 1992, und das Wetter war so schön wie im Hochsommer. Die Sonne schien, und der Wind war warm, wenngleich ein wenig heftig . . .

»Siehst du die Wolken, Aileen?«

»Es wird bestimmt wieder ein Gewitter geben.«

»Michael und Yamagushi schlürfen jetzt sicher Champagner und feiern.«

»Ob sie die Verträge heute unterschrieben haben?«

»Wenn alles glattgegangen ist . . .«

»Es wird wirklich dunkel da oben.«

»Vielleicht ist das ja schon der Abend.«

»Na, ich weiß nicht . . .«

Aileen begann, den Tisch abzuräumen, und stopfte alles in den großen Picknickkorb.

»Diana? Hol deinen Bruder aus dem Wasser, es gibt Regen. Diana???«

»Was brüllst du?« meinte Jeff, während er die Liegestühle zusammenklappte und nach den Handtüchern griff. »Die hat die Musik so laut, daß sie nicht einmal eine Explosion hören würde.«

Bepackt, wie sie war, lief Aileen zum Haus, und schon fielen die ersten Tropfen. In dieser Gegend ging das meist sehr schnell. Eben noch war das herrlichste Wetter gewesen, jetzt drohte ein Unwetter.

»Diana!!!« Aileens Stimme wurde immer lauter und schriller. »Es gießt in Strömen, wie kannst du da –«

»Was ist denn?«

Das Mädchen stand plötzlich im Rahmen der Terrassentür. Sie frottierte sich die Haare ab und trug einen der seidenen Morgenmäntel ihrer Mutter.

»Habe ich dir erlaubt, den anzuziehen?«

Diana war nicht willig, sich schuldig zu fühlen. Sie legte den Kopf in den Nacken und glitt mit der Zunge über ihre Lippen, wie Madonna das auch immer tat.

Aileen mußte sich an den veränderten Anblick ihrer Tochter erst noch gewöhnen. »Hol deinen Bruder rein!« sagte sie barsch. »Jeff und ich machen den Rest.«

Alles andere wollte sie später mit Diana besprechen. Einfach ihren Morgenmantel anzuziehen! Noch hatte sie hier das Sagen, und das hatte das Mädchen verdammt noch mal zu respektieren.

Diana lief in den Garten hinaus. »Andrew?«

In der Zwischenzeit regnete es so heftig, daß Dianas Seidenmäntelchen binnen weniger Sekunden klatschnaß war.

»Komm rein, Andrew! Ich habe keinen Bock, mir deinetwegen den Tod zu holen!«

Der Junge antwortete nicht, und Diana lief stocksauer ins Haus zurück. Sie kannte diese Spielchen ihres Bruders. Selbst am Tag des Jüngsten Gerichts würde er sich wohl noch im Gebüsch verstecken und erwarten, daß die Welt das lustig fand. Diana nahm ihre derzeitige Lieblingskassette aus dem Walkman und schaltete die Stereoanlage im Wohnzimmer an. Bis zum Anschlag drehte sie die Lautstärke auf. *»The greatest love of all ...«* Ja, die größte Liebe, die es gab, war die, die man für sich selbst empfand. Whitney Houston hatte das schon ganz richtig erkannt, und Diana Landers mußte auch endlich klug werden; sie war auf dem besten Wege.

Aileen ließ die Markise einfahren. »Mach die Musik leiser!« schrie sie ihre Tochter an.

Jeff lief noch mal nach draußen. Er hatte seine Schuhe vergessen, und es waren die einzigen, die er mitgenommen hatte. Sie mußten irgendwo im Pavillon sein. Doch da waren sie nicht. Aber das mußte ja so kommen, denn in der Zwischenzeit war aus dem Regen ein wahres Unwetter geworden. Pfenniggroße Hagelkörner prasselten vom Himmel; sie taten richtig weh auf der Haut. Endlich entdeckte Jeff seine Schuhe. Sie standen am Pool; dort hatte er sie stehenlassen, als er zum letztenmal ins Wasser gegangen war. Mit drei großen Schritten war er dort, griff danach und wollte gleich zum Haus zurücklaufen . . .

Nein! Das war das einzige, was er im ersten Moment denken konnte: *Nein!*

Herr Yamagushi und seine Partner hatten Michael mit der typisch japanischen Höflichkeit empfangen. Im besten Hotel der Stadt brachten sie ihn unter, und jeden Morgen holte ihn ein Chauffeur ab. Er erinnerte sich an den Kaiserpalast und an das Parlament, an den Meiji-Schrein und den Blick vom Tokyo-Tower auf das gigantische Häusermeer . . . Am Abend des 9. Oktober hatten sie alle in Yamagushis Büro gesessen und wechselweise Reiswein und Champagner getrunken. Es war vollbracht. Die Verträge waren unterschrieben, und Michael Landers hatte endlich all das geschafft, von dem er seit seiner Kindheit geträumt hatte: Er war ganz oben. Er hatte es allen gezeigt.

»Da ist ein Gespläch für Sie, Mistel Landels.«

Yamagushis Assistentin verstand es perfekt, dem Klischee der *lollenden* Japanerin zu entsprechen.

Im nachhinein konnte Michael sich an jede Einzelheit erinnern, als wäre er selbst sein bester und vielleicht auch einziger Zuschauer gewesen. Er sah, wie er das Glas mit Reiswein abstellte und Yamagushi kurz um Entschuldigung bat, wie er aufstand und sich durch die engen Stuhlreihen quetschte. Auf dem tiefblauen Teppichboden lag ein silberner Kugelschreiber, und er hob ihn auf. Yamagushis Sekretärin nahm ihn ihm aus der Hand, begleitete ihn zur Tür und wies auf ihren Schreibtisch.

»Hiel, bitte!«

»Danke!« Mit einem strahlenden Lächeln auf den Lippen griff Michael zum Telefon. »Ja, hallo?«

»Mike?«

Jeff war am anderen Ende der Leitung, und er sagte es ohne jegliche Umschweife.

»Dein Sohn ist tot«, sagte er.

Er sagte einfach »dein Sohn ist tot«, und noch jetzt fragte Michael sich unentwegt, warum er es nicht irgendwie anders formuliert hatte. Aber für manche Dinge gab es wohl einfach nicht die richtigen Worte.

Der Abend und die Nacht rauschten an Michael vorüber, als hätte er in dieser Zeit seines Lebens nicht das Geringste verloren. Er war ein Fremdkörper auf diesem Planeten, anders konnte es gar nicht sein; oder aber die Welt um ihn her war ein Trugbild seiner Sinne.

Er versuchte zu weinen, aber das war nicht möglich. Andrew war zweiundvierzig Jahre jünger als er, folglich konnte er unmöglich tot sein.

Michael betrank sich, doch auch das war keine Lösung. Der Alkohol schien auf einmal gar keine Wirkung mehr zu haben, er brannte nicht einmal im Hals. Der Junge war nicht ertrunken. Er konnte schließlich schwimmen. Unfälle kamen zwar immer mal vor, aber warum sollte ausgerechnet seinem Sohn so etwas passiert sein?

Die Maschine startete um halb zwölf Uhr mittags, und Herr Yamagushi blieb bis zuletzt an Michaels Seite. Er hatte ja selbst Kinder und empfand in diesem Moment wohl mehr Schmerz als sein betroffener Geschäftspartner. Die Angst vor dem Verlust war manchmal klarer als der Verlust selbst.

Im Flugzeug schlief Michael seinen Rausch aus, und als er in Frankfurt ankam, hatte er das Gefühl, gerade von ein paar Rockern verprügelt worden zu sein. Er fuhr mit dem Taxi nach Hause und rief in Menton an. Diana war am Telefon und fing sofort an zu weinen, als sie die Stimme ihres Vaters hörte.

»Mama schläft«, schluchzte sie, »aber Onkel Jeff ist auf, er –«

Jeff erzählte ihm noch einmal genau, was vorgefallen war, und sprach immer wieder in allen nur denkbaren Variationen sein Mitgefühl aus.

»Wir müssen noch das Ergebnis der Obduktion abwarten, Mike. Erst danach können wir uns um alles andere kümmern.«

»Ich komme morgen abend.«

»Das ist gut. Aileen braucht dich jetzt mehr denn je.«

Ohne dazu noch etwas zu sagen, legte Michael den Hörer auf. Als seine Maschine aus Tokio gelandet war, war die letzte Maschine nach Nizza schon gestartet, und sonntags ging erst am Abend eine. Nie im Leben würde Aileen ihm das glauben, aber das war jetzt auch gleichgültig.

Er geisterte durch die leere Wohnung, ging schließlich in Andrews Zimmer und setzte sich auf sein kleines, schmales Kinderbett. Auf dem Fensterbrett hockte der kleine rosarote Panther, den Andrew immer so geliebt hatte. Das Tier war völlig abgewetzt, aber gerade deshalb nahm Michael es jetzt in die Arme. Er hatte Andrew nicht gewollt, und trotzdem war er geboren worden. Er hatte seine Tochter immer mehr geliebt als ihn, weil sie ihm so sehr viel ähnlicher war als er. Jetzt war dieser kleine Junge tot, der seinen Vater trotz allem für den Größten gehalten hatte. Er war gestorben, ohne daß Michael ihm hatte sagen können, was er für ihn empfand – und ein Leben lang empfinden würde.

Jeff holte Michael vom Flughafen ab, und sie sprachen während der Fahrt kaum ein Wort miteinander.

»Diana weint die ganze Zeit, und Aileen geht es so schlecht, daß der Arzt ihr Beruhigungsmittel gegeben hat. Und wie kommst du zurecht, Mike?«

Am Montagmorgen wurde das Ergebnis der Obduktion bekanntgegeben. Endlich bekam Michael Gelegenheit, seinen Sohn zu sehen. Aileen wollte sich das nicht antun; sie wollte ihr Kind so in Erinnerung behalten, wie es einmal gewesen war.

»Ich muß ihn sehen, sonst glaube ich es nicht.«

In der Leichenhalle des Mentoner Stadt-Krankenhauses war es kalt und dunkel. Als Michael an der Seite des diensthabenden Pathologen zur Tür hereinkam, wurde die Deckenbeleuchtung eingeschaltet, und ein junges Mädchen lächelte freundlich und wies auf die Bahre, die mitten im Raum stand, zog das weiße Laken herunter ...

Andrew sah friedlich aus, fast lächelte er ein wenig, als hätte er im Augenblick seines Todes etwas unerwartet Schönes gesehen. Nur seine Hautfarbe war so eigenartig, so wächsern, so völlig fremd.

»Nein!« stieß der Herr Pathologe erschrocken aus und packte Michael bei den Schultern. »Bitte nicht!«

»Aber –«

»Sie dürfen ihn jetzt nicht mehr anfassen, Monsieur Landers. Die Leichenstarre hat bereits eingesetzt.«

Noch am gleichen Abend kehrten sie nach Frankfurt zurück, und die nächsten sechsunddreißig Stunden gingen dahin mit Todesanzeigen und Kondolenzbesuchen; es mußten ein Sarg und ein Hemdchen ausgesucht werden; der Pastor kam, der Andrew vom Kindergarten kannte ...

Alle waren gekommen, seine Kameraden aus dem Kindergarten und deren Eltern, seine Freunde, sogar der Turnlehrer, für den er immer so geschwärmt hatte.

»Andrew war ein wunderbarer Junge, Mrs. Landers.«

Auch *Landers & Barton* war komplett angetreten, mit Ausnahme von Cissy. Sie ließ sich von Edy vertreten, der seine Rolle vorbildlich spielte und sich um Diana kümmerte. Sie weinte unablässig; ihre Augen waren so verschwollen, daß sie kaum mehr etwas sehen konnte.

Aileen war stumm und starr. An Jeffs Seite stand sie da und nahm die Beileidsbekundungen entgegen, und wider jedes bessere Wissen hoffte sie insgeheim immer noch, das alles möge ein Alptraum sein.

Sie hatte Diana ins Gesicht geschlagen, weil das Mädchen nicht bereit gewesen war, die gottverdammte Musik leiser zu stellen.

»Noch hast du mir zu gehorchen.«

Die Kleine hatte überheblich gegrinst, wie es nur ein pubertärer

Teenager konnte, doch dann weiteten sich ihre Augen auf einmal, und sie öffnete den Mund, als wollte sie schreien. Aileen blickte zur Terrassentür herüber. Jeff stand da und trug Andrew auf den Armen; sein Kopf hing leblos herunter ...

Der Notarzt konnte nur noch den Tod feststellen, und die Polizei wurde eingeschaltet. Niemand hatte gesehen, was passiert war, aber trotz der schweren Regenfälle ließ sich das Unglück am Ende rekonstruieren. Der Junge war bei einem seiner Sprünge ins Wasser zu nah an den Beckenrand geraten und mit dem Hinterkopf aufgeschlagen. Die Autopsie ergab einen Schädelbruch, und die Mentoner Polizei gab die Leiche frei. Das Kind konnte nun überführt werden, und seine Eltern konnten sich um die Beerdigung kümmern ...

Michael saß neben seinem Vater in der ersten Reihe der Kapelle. Der alte Mann hatte sich doch tatsächlich die Mühe gemacht, nach Europa zu fliegen, um einen seiner Enkelsöhne zu begraben. Sogar Mutter war mitgekommen, wo sie doch so ungern reiste ... Michael hatte keine Kraft mehr für Zynismus, aber er konnte seinen Eltern gegenüber auch keinerlei Dankbarkeit empfinden.

Mit starrem Blick schaute er auf den kleinen, weißen blumengeschmückten Sarg, schloß zwischendurch immer mal wieder die Augen. Sie brannten, und er war so unbeschreiblich müde, und irgendwie kam ihm die ganze Szenerie unwirklich vor.

Von der Predigt bekam Michael kein einziges Wort mit. Irgendwann war dann alles vorbei. Der kleine Sarg wurde aufgebockt, und die Trauergemeinde erhob sich von ihren Plätzen und setzte sich in Bewegung.

Michael spürte die Hand seines Vaters. Sie umfaßte seinen Arm, und es war ihm äußerst unangenehm. Nie war sein Vater dagewesen, wenn er ihn am meisten brauchte, nie hatte er ihn ernst genommen, niemals so geliebt, wie er es gewollt hatte.

Michael löste sich aus dem Griff und ging allein weiter. Er fand es lächerlich, wie all diese vielen Leute einen Fuß vor den anderen setzten, wie sie glaubten, sich zu bewegen, und sich sogar einbildeten, andere oder gar das Weltgeschehen zu bewegen. In Wahrheit gab es nur einen, der all das hier unten regierte und dirigierte. Er entschied; Er hatte die Macht; Er war an allem schuld.

Der Pastor sprach erstaunlicherweise nicht den 21. Psalm. Vielmehr erzählte er an Andrews Grab ein Märchen von Hans-Christian Andersen. Es war die Geschichte einer Mutter, die dem Tod ihr Kind nicht lassen wollte. Sie jagte ihm nach bis ans Ende der Welt, opferte ihm ihr Augenlicht und ihr Haar, und am Ende gab der Tod ihr alles zurück und ließ sie Einsicht nehmen in das, was die Zukunft ihres Kindes gewesen wäre.

»Es war Schrecken und Leid und Elend – und die Mutter bat Gott, sie nicht zu erhören, was immer sie in ihrem Schmerz auch bitten würde. Dein Wille geschehe!«

Aileens Blick wurde nur noch starrer, als sie das hörte, mehr nicht.

Andrews Erzieherin trat vor, und gemeinsam mit den anderen Kindern aus dem Kindergarten sang sie ein Lied von einem kleinen Schmetterling, der immer von der großen Welt geträumt hatte und deshalb eines Tages aus seinem kleinen Garten in den unendlichen der Ewigkeit flog.

Diana trat als erste ans Grab. Gleich nach dem traditionellen Vaterunser führte Edy sie an das klaffende Loch und wollte ihr eines der bereitliegenden Blumensträußchen in die Hand drücken. Sie nahm es nicht an, öffnete statt dessen die Tasche, die sie über der Schulter trug. Mit völlig hilflosem Blick schaute sie zu dem netten Herrn Pfarrer hinüber. Der lächelte, und noch bevor die anderen überhaupt begriffen hatten, was da vorging, schritt er auch schon zur Tat. Er hielt Diana die kleine Schaufel, und sie legte ihren so innigst geliebten Gameboy darauf.

»Der . . . Ich will . . .«

Der Pastor nickte und ging in die Knie, legte das kleine Gerät auf den inzwischen herabgelassenen Sarg. Diana schluchzte laut auf, und Edy führte sie an die Seite. Er war wohl doch kein so schlechter Kerl, wie Michael bisher gedacht hatte. In diesem Augenblick war er ihm zumindest sehr dankbar. In seinem eigenem Schmerz hätte er den von Diana nie und nimmer ertragen können.

Aileen konnte kaum laufen. Wie eine Blinde starrte sie vor sich hin und ließ sich von Jeff an das offene Grab führen. Sie hielt einen Strauß weißer Rosen im Arm. Ohne auch nur eine einzige Regung zu zeigen, warf sie den Strauß in die Gruft, blieb ein paar Sekunden stehen . . .

»Michael? Michael!« Es war typisch, daß sein Vater ihn aufforderte, seine Pflicht zu tun. Das hatte er schon immer am besten gekonnt, Termine bekanntgeben, Aufgaben verteilen, mahnen . . .

Er sah sich auf einmal wieder am Grab seines Bruders stehen, damals, als kleiner Junge von dreizehn Jahren. Damals hatte sein Vater ihm auch nicht helfen können. Es war, als würde sich alles wiederholen, als sei er nur der Gefangene eines unabänderlichen Schicksals.

Michael trat an den äußersten Rand der Gruft. Die aufgehäufte Erde knirschte unter seinen Schuhen, und er griff nach der kleinen Schaufel zu seiner Rechten.

Der Gedanke, Lehm auf den Sarg seines Jungen zu werfen, war ihm unerträglich. Er blickte zu Diana hinüber. Sie weinte nach wie vor und klammerte sich an Edy, der ihr liebevoll über die Haare strich. Michael schob die Schaufel in die Erde zurück.

Er empfand mehr Wut als Schmerz in diesem Moment, und diese Wut richtete sich keineswegs gegen das Schicksal oder gegen Gott, sondern nur gegen sich selbst. Er war immer viel zu vorsichtig gewesen. Er hatte sich viel zu oft etwas vorgemacht, aus purer Bequemlichkeit. Andrew und Diana zuliebe hatte er einen Großteil seines Lebens so gelebt, wie man es von ihm erwartet hatte. Jetzt war eines dieser Kinder tot, und Gott allein wußte, wie lange das andere noch zu leben hatte. Gott allein bestimmte das, wie Er bestimmt hatte, daß er Lara verlor . . .

Mit einem Ruck wandte er sich um und blickte geradewegs in Aileens Gesicht. Entsetzt sah sie ihn an.

»Es war nicht meine Schuld«, kreischte sie. »Es war ein Unfall, Mike, ich bin nicht schuld. Er ist gestürzt. Selbst wenn wir den Sturz gesehen hätten, wir hätten ihn nicht mehr retten können! Es war nicht meine Schuld . . .«

Michael machte sich ganz langsam auf den Weg, Schritt für Schritt. Er wollte weg von hier, weg von diesem Geschrei und von dieser Trauer, weg von diesem vergeudeten Leben.

Er hörte, was sein Vater hinter ihm herrief. Er hörte das Weinen seiner Mutter, Jeffs Beschwörungen und Aileens Vorwürfe. Es war egal.

Es war vorbei.

Cissy hatte sich gerade zum drittenmal an diesem Vormittag übergeben, und wie sie die Sache sah, würde es auch nicht das letzte Mal geblieben sein. Sie hatte den kleinen Andrew immer sehr gern gehabt, und gerade deshalb war sie heilfroh gewesen, daß irgend jemand im Büro hatte bleiben müssen, um das Telefon zu hüten, und die Wahl dabei auf sie gefallen war.

Sie trank einen Schluck Mineralwasser und trat ans Fenster. So elend sie sich in ihrer Schwangerschaft auch fühlte, so groß war doch ihr Mitleid. Insbesondere für Aileen mußte es schrecklich sein. Als Frau hatte man vom ersten Tag an einen Bezug zu seinem Kind. Man spürte es in sich heranwachsen, preßte es dann unter Qualen ins Leben, zog es groß und achtete darauf, daß es nichts Verkehrtes aß, ein gesundes Verhältnis zu anderen Menschen entwickelte und immer schön warm angezogen war – und dann kam eine schwere Krankheit oder ein Auto oder eben die scharfe Kante eines Swimming-pools und zerstörte die Träume und die Mühe eines ganzen Lebens.

Cissy schlug die Hände vor den Mund. Ihr wurde schon wieder übel, obwohl sie überhaupt noch nichts Richtiges gegessen hatte an diesem Tag. Glücklicherweise läutete gerade das Telefon. So zwang sie sich, noch durchzuhalten, und atmete tief durch, wie ihre Mutter ihr das immer riet.

»*Landers & Barton*, Vorzimmer von Mister Landers!«

Was der Mann am anderen Ende der Leitung zu sagen hatte, war ziemlich unwichtig. Trotzdem machte Cissy eine Gesprächsnotiz, versah sie mit Datum und Uhrzeit – und dann erschrak sie nahezu zu Tode, denn hinter ihr öffnete sich plötzlich die Bürotür, und damit hatte sie nun überhaupt nicht gerechnet.

Michael stürmte gleich in sein Büro. Cissy wußte nicht, was sie tun sollte. Sie hatten einander nach Andrews Tod noch nicht wiedergesehen, und sie hielt es für lächerlich, irgendeine Floskel von sich zu geben wie »Herzliches Beileid!«

Sie nahm ihren Notizblock und ging ihm nach. »Hallo, Michael . . .«

»Hallo«, erwiderte er, als wäre alles wie immer. Er schaute nicht einmal auf dabei.

Cissy schluckte. »Es war kaum etwas los«, sagte sie dann. »Nur dieser Mr. Jordan hat angerufen, weil die Sendung nun doch schon nächste Woche aufgezeichnet werden könnte, und außerdem ...«

Sie sprach nicht weiter, und Michael sah sie an. Vollkommen verändert kam er ihr vor. Sein Gesicht hatte eine ganz andere Farbe als sonst, und ihr war, als hätte er auf einmal ganz graue Schläfen, und seine Augen hatten überhaupt keinen Glanz mehr. Cissy hatte Mühe, nicht in Tränen auszubrechen.

»Es tut mir so leid, Mike.«

Er versuchte zu lächeln, was völlig danebenging, und begnügte sich mit einem Kopfnicken.

»Ich weiß nicht, was ich ... Ich fühle mich so hilflos ...«

Michael atmete schwer. Cissy war dick geworden, und sie sah so ganz und gar nicht aus wie eine glückliche werdende Mutter. Ursprünglich war er ins Büro gekommen, um seinen Schmerz mit Arbeit zu ersticken. Jetzt sah er sich auf einmal in einer ganz anderen Rolle.

Bedächtig ging er auf Cissy zu und nahm sie in die Arme. »Ich glaube, das ist generell das Problem«, sagte er leise. »Wir fühlen uns schnell hilflos, weil wir immerzu meinen, etwas tun zu müssen.«

Cissy fing an zu weinen.

»Wir sind alle hilflos, Kleines. Von Geburt an. Und einsam sind wir auch. Bis zum Ende.« Er strich ihr übers Haar. »Sei einfach nur da, Mädchen, für jeden, der es dir wert ist. Damit hilfst du schon genug.«

Cissy preßte ihre Wange gegen seine und spürte deutlich, wie er sich sofort zurückzog.

»War es sehr schlimm?«

Er antwortete nicht, zündete sich eine Zigarette an. »Andrew war ein kleiner Schmetterling, der in die große Welt wollte ... Jetzt ist er hoffentlich da ...«

Cissy konnte es nicht fassen, daß Michael solche Worte aussprechen konnte; so hatte sie ihn nie kennengelernt. Sie klammerte sich an ihren Notizblock, als hinge ihr Leben daran.

»Mike?«

Langsam drehte er sich zu ihr um.

»Lara ist in Frankfurt.«

Lara stand am Fenster und blickte hinab auf den Kaiserbrunnen. Er war wunderschön geworden; die Restauration hatte sich gelohnt ... Noch bevor sie diesen Gedanken ganz zu Ende gebracht hatte, stieß sie einen bitteren Lacher aus. Lara interessierte sich nicht sonderlich für Architektur. Deshalb war es ein Witz, daß sie ausgerechnet jetzt einen alten Brunnen bewunderte. Mit zitternden Händen zündete sie sich eine Zigarette an.

Die letzten Wochen waren eine Tortur gewesen. Jeden Tag hatte Dr. Carpegna aufs neue versucht, sie zu der angeblich lebenswichtigen Operation zu bewegen. Doch Lara hatte jedesmal abgelehnt.

»Das ist Ihr Todesurteil, Signora Laddock.«

»Es geht aber doch um *mein* Leben. Oder etwa nicht?«

»Seien Sie nicht so verdammt überheblich!«

Der gute Doktor drehte oft fast durch und drohte immer häufiger, sie aus dem Krankenhaus hinauszuschmeißen. Einmal fiel sogar das Wort »Entmündigung«.

»Wagen Sie es nie wieder, so etwas zu sagen, Herr Doktor Carpegna!«

»Aber Sie können nicht zurechnungsfähig sein, wenn Sie wider besseres Wissen –«

»Noch ein Wort, und ich ziehe mich aus freiem Entschluß an und gehe!«

»Damit lösen Sie auch keine Probleme, Signora Laddock! Ich will, daß Sie sich operieren lassen. Nehmen Sie doch Vernunft an!«

Sie lieferten sich die reinsten Gefechte, ja, eines Abends stand Lara schon mitten im Zimmer und war wild entschlossen, notfalls sogar mit Fäusten gegen Carpegna vorzugehen.

Schwester Innocentia ging dazwischen und beruhigte die beiden Streithähne. Sie tat es auf ihre Art. Den Doktor bat sie zu gehen, und Lara forderte sie auf, sich wieder ins Bett zu legen.

Anschließend führten die beiden Frauen ein langes Gespräch miteinander. Sie sprachen über Gott und die Welt, über Leben, Sterben, Krankheit und Tod, über Malerei und über das Klosterleben.

»Warum sind Sie Nonne geworden?«

Innocentia lächelte. »Das ist schwer zu erklären«, sagte sie. »Vielleicht weiß ich es selbst nicht genau ... Ich hatte mir in der Welt da draußen so vieles gewünscht und auch vieles bekommen. Aber dann habe ich all das wieder verloren, und damals schwor ich mir, niemals wieder einen Wunsch zu haben ...«

Lara richtete sich langsam auf, ohne die junge Nonne aus den Augen zu lassen.

Ganz ruhig saß Innocentia da, ihre Hände lagen in ihrem Schoß. »Ich war fünfzehn, als ich Massimo kennenlernte«, hob sie leise an, »und wir beide wußten sofort, daß wir für immer zusammenbleiben würden. Es war die berühmte Liebe auf den ersten Blick.« Sie lächelte und blickte an die Wand hinter Laras Bett, als sähe sie dort den Film ihres Lebens. »Ich stamme aus einer fromm katholischen Familie, Signora Laddock, und da wäre es nie in Frage gekommen, daß Massimo und ich vor der Hochzeit ... Sie wissen sicher, was ich meine ...«

»O ja«, seufzte Lara. »Ich stamme aus einer frommen protestantischen Familie.«

Die Schwester atmete tief durch. »Ein paar Tage vor meinem achtzehnten Geburtstag sind Massimo und ich mit Freunden in die Berge gefahren«, erzählte sie, »zum Skilaufen. Und da hat es diesen Unfall gegeben ...« Sie stockte. »Massimo ist ... Er ist von der Piste abgekommen ... Es war ein Halswirbelbruch. Drei Jahre lang hat er bewegungslos dagelegen und jeden Augenblick bewußt erlebt. Dann haben seine Nieren versagt ...«

Schwester Innocentia erzählte das, als hätte es nicht wirklich mit ihr zu tun, als wäre es die Geschichte eines anderen Menschen, den sie irgendwann einmal gekannt hatte.

»So ist es ja auch«, bekannte sie, als Lara danach fragte. »Die Daniela von einst und die Maria Innocentia von heute sind zwei völlig verschiedene Frauen.«

Lara schluckte. Ihr stellte sich die Frage, warum die Schwester ihr all das überhaupt erzählte, aber sie wagte nicht, diese Frage zu stellen.

Innocentia lächelte, als hätte sie Laras Gedanken gelesen.

»Der Grund heißt Michael Landers«, sagte sie.

Lara verlor die Gesichtsfarbe. »Was?«

»Er hat Sie überall gesucht, Signora Laddock? Er hat ganz Pietra Ligure nach Ihnen durchkämmt. Und niemand hat ihm gesagt, wo Sie sind. Niemand hat ihm gesagt, was mit Ihnen ist ...«

Lara spürte einen stechenden Schmerz in Bauch und Brust ... aber ihr Kopf war stärker. Sie war zutiefst enttäuscht von dieser Psychotherapeutin in Schwesterntracht, drehte den Kopf zur Seite und erklärte die Unterhaltung damit für beendet.

Aber Innocentia ließ nicht locker. »Haben Sie ihn jemals wirklich geliebt?« fragte sie mit sanfter Stimme.

Lara hätte von Herzen gern gelogen in diesem Moment. Es wäre einfach nicht so schmerzhaft gewesen wie die Wahrheit. Doch wollte sie keinen Verrat begehen.

»... Ja ...« Sie erstickte fast an diesem einen Wort.

»Dann wissen wir ja beide, wovon wir reden, Signora Laddock.«

Lara kämpfte mit den Tränen. Innocentia ging.

Die nächsten Tage wurden zur Qual. Lara war noch nachdenklicher als sonst. Michael ging ihr überhaupt nicht mehr aus dem Sinn, und sie hätte Schwester Innocentia gern noch so vieles gefragt, wagte aber nicht, das begonnene Gespräch fortzusetzen. Als gäbe es da etwas, das sie sich selber nicht eingestehen wollte, etwas, das sie zum Handeln gezwungen hätte. Ja, fast war ihr, als wartete sie auf irgendeinen äußeren Anstoß für das, was sie aus eigener Kraft nicht vermochte ...

Dann kam die Nacht vom 11. auf den 12. Oktober. Lara hatte schon geschlafen, als sie einen Schatten auf ihrem Bett spürte. Sie schreckte auf, ein Licht ging an. Schwester Innocentia war plötzlich da und setzte sich zu ihr auf die Bettkante.

»Was ist?« Lara rieb sich die Augen.

»Ich muß mit Ihnen sprechen, Signora Laddock! Sehen Sie mich an! Bitte!«

Zögerlich hob Lara den Blick.

»Sehen Sie mir bitte in die Augen!«

»Was ...?«

»Das müssen Sie. Um mir zu glauben!«

»Um Ihnen was zu glauben?« Nun tat Lara automatisch, worum Innocentia sie gebeten hatte.

Die Augen der Schwester glänzten im Schein der Nachttischlampe. »Ich habe es durch Doktor Carpegna erfahren. Er hat es im

Ärztezimmer erzählt, und ich dürfte es Ihnen eigentlich gar nicht sagen, aber ... Ihr Michael hat seinen Sohn verloren ...«

Für einen kurzen Moment war Lara unfähig, irgend etwas zu denken oder zu tun. Sie konnte nicht atmen, ihr Herz schien stillzustehen, und in ihrem Kopf dröhnte es.

»*Was?*«

Innocentia nickte.

»Andrew?«

»Ich weiß nicht, wie sein Name war, aber Gott sei seiner kleinen Seele gnädig ...«

Am nächsten Morgen kämpfte Lara um Carpegnas Einverständnis, nach Frankfurt zu reisen.

»Versicherungstechnisch müßte ich Sie dazu aus der Behandlung entlassen.«

»Dann tun Sie das!«

»Bin ich verrückt? Sie würden doch nie und nimmer freiwillig hierher zurückkehren, und dann wäre ich schuld, wenn Sie –«

»Beurlauben Sie mich!«

»Das geht nicht, Signora Laddock. Frankfurt ist Ausland, und ich –«

»Dann machen Sie meine Entlassungspapiere fertig!«

»Nein!«

»Wenn Sie mir nicht helfen, tu' ich es ohne Ihr Einverständnis.«

Carpegna seufzte. »Das ist mir klar.«

»Geben Sie mir den Schein, oder lassen Sie es bleiben – aber ich fahre nach Frankfurt!«

Nun stand sie da, in einem wunderschönen Zimmer des *Frankfurter Hofs*, in jenem Hotel, in dem sie damals vergeblich auf Jan Reinders gewartet hatte. Sie stand da und blickte hinab auf den berühmten Kaiserbrunnen.

Michael hatte ausnahmsweise mal Glück gehabt und gleich ein Taxi erwischt. Zimmer 332. Er rannte einen Etagenkellner um, und eines der Dienstmädchen fragte erschüttert an, ob sie ihm irgendwie behilflich sein könnte. Mit laut pochendem Herzen hatte er sein Ziel schließlich erreicht. Zimmer 332. Er hätte nur noch zu schellen brauchen, er hatte den Finger schon auf der Klingel.

Tausend Ängste befielen ihn in diesem Moment. Wenn Cissy alles richtig verstanden hatte, dann war Lara eine todkranke Frau, dann mußte er Rücksicht auf sie nehmen, und dazu war er in seiner Verfassung wahrlich nicht in der Lage. Am liebsten wäre er mit dem Kopf gegen die nächstbeste Wand gerannt. Aber da öffnete sich die Zimmertür auf einmal, wie von Geisterhand.

Lara war schmal geworden. Sie trug ein grünes Wollkleid, das er kannte und das ihr früher mal am Körper geklebt hatte wie eine zweite Haut. Jetzt hätte man überall händeweise Stoff abnehmen können. Unter ihren Augen waren tiefe, dunkle Ränder, und ihre Haare waren längst nicht so füllig wie früher.

Michael stand da und sah sie nur an. Er brachte in diesem Moment kein Wort heraus; wie angewachsen stand er vor dieser Tür. Lara zeigte keine Regung. Ganz langsam ging sie auf ihn zu und nahm ihn in die Arme, so vorsichtig, als wäre er aus Porzellan und könnte jederzeit zerbrechen.

»Lara . . .!«

Sie nahm ihn in die Arme und hielt ihn fest.

Das Restaurant bestand aus einem Haupthaus und einem Nebengebäude, das später erst angebaut worden war. So konnte man die »normalen« Gäste, die kamen, um bei leiser Musik gut zu essen und ein wenig Spaß miteinander zu haben, von den Trauergesellschaften trennen, die deshalb so zahlreich erschienen, weil der Frankfurter Westfriedhof nur fünf Gehminuten entfernt war.

Jeff war erstaunt, wie viele Menschen gekommen waren, um von Andrew Abschied zu nehmen und seiner Familie ihr Beileid auszusprechen. Die meisten kannte er gar nicht. Es mußten wohl irgendwelche Nachbarn sein oder flüchtige Bekannte; denn im Gegensatz zu ihrem Appetit und ihrem Durst hielt sich ihr Schmerz offenbar in Grenzen. Das Männlein mit der Halbglatze verzehrte bereits sein drittes Stück Streuselkuchen innerhalb von zehn Minuten, und seine schmächtige Begleiterin kaute noch auf dem Schinkenbrötchen, hatte das mit Käse aber bereits in der Hand. Unentwegt wurde Kaffee nachgeschenkt, und die Kellnerinnen schleppten frisch gezapftes Bier und alle möglichen Schnäpse.

Inmitten der eifrig schlemmenden Leichenschmäusler saß Aileen. Neben ihr war jeweils ein Stuhl frei, wodurch sie nur noch einsamer wirkte, noch verlorener. Den Kopf hielt sie leicht gesenkt, und ihre Unterarme lagen auf der Tischplatte. Niemand nahm wirklich Notiz von ihr, dazu waren alle viel zu sehr mit sich selbst beschäftigt.

Tante Meg wußte es kaum in Worte zu kleiden. Immer wieder schlug sie Diana ihre lauten und nassen Küsse um die Ohren. »Wie groß du geworden bist! Und was für eine hübsche junge Dame du geworden bist! Was haben wir uns lange nicht gesehen!«

Diana schloß die Augen, dann brauchte sie diesen Alptraum nicht auch noch zu sehen. Tante Meg war von Houston hergekommen, und das war ein weiter Weg. Dafür mußte man ihr dankbar sein.

Jeff spürte plötzlich eine Hand auf seiner Schulter und drehte sich um. Michaels Vater hatte sich in den letzten Jahren kaum verändert. Er sah immer noch aus wie bei Andrews erster Geburtstagsfeier, und dabei war er doch immerhin schon Mitte Siebzig.

»Am liebsten würde ich mich bei all diesen Leuten hier entschuldigen, Jeff. Michaels Verhalten war einfach unmöglich . . .«

Der alte Mann seufzte, und Jeff verzog den Mund zu einem verständnisvollen Lächeln.

»Aber ich bin ja nie so richtig mit ihm klargekommen. Als hätten wir zwei verschiedene Sprachen gesprochen.«

Jeff räusperte sich. »Aileen würde gerade jetzt seine Hilfe brauchen, Mister Landers.«

»Die wird sie nur nicht bekommen. Und deshalb ist sie mehr denn je auf Sie angewiesen . . .« Etwas Forderndes lag in diesen Worten.

»Ich . . . ich werde mein Bestes tun . . .«, stammelte Jeff.

Etwas anderes hatte Michaels Vater auch gar nicht erwartet. Er reichte Jeff die Hand.

»Wir müssen jetzt leider los, mein Junge. Meine Frau wartet schon. Seien Sie doch bitte so gut und richten Sie Aileen und Diana unsere besten Grüße aus; ich will da jetzt nicht noch mal stören.«

Der alte Landers ließ sich von einer der Kellnerinnen in den Mantel helfen und ging zur Tür. Jeff hielt sie ihm auf. »Wir haben das ja alles selbst hinter uns, mein Junge. Ein Kind zu verlieren ist so ziemlich das Schlimmste, was einer Familie passieren kann. Es reißt ein unbeschreibliches Loch, und keines der Familienmitglieder kann dem anderen helfen, weil ja jeder auf seine Art leidet . . .«

Michaels Mutter saß im Fond der großen, schwarzen Limousine und starrte in ihren Schoß. Sie hatte kein einziges Mal in Aileens Gesicht gesehen, denn sie wußte ja auch so, wie es aussah. Auch ihrem Sohn war sie bewußt ausgewichen. Sein Anblick hätte doch nur Erinnerungen geweckt, die besser im Verborgenen blieben. Das Schicksal war ein blutrünstiges Tier. Es schien sich davon zu ernähren, den Menschen das wegzunehmen, was sie am meisten liebten.

Aus den Augenwinkeln sah sie ihren Mann. An Jeffs Seite trat er aus dem Restaurant und kam auf den Wagen zu. Endlich! Sie wollte endlich weg von hier. Fünfunddreißig Jahre waren vergangen, seit sie ihr eigenes Kind zu Grabe getragen hatte, aber es kam ihr auf einmal so vor, als wäre es erst gestern gewesen. Sie fühlte sich plötzlich wieder so schuldig. Andrews Tod hatte alles aufgefrischt. Wenn sie damals vorsichtiger und aufmerksamer gewesen wäre, dann hätte sie heute vier und nicht nur drei Söhne gehabt. Und wenn Aileen besser aufgepaßt hätte . . . Sie atmete tief durch. Sie war jetzt zweiundsiebzig Jahre alt, und sie hatte genug gelitten im Leben. Sie wollte nur noch weg von hier.

Noch einmal reichten Vater Landers und Jeff Barton einander die Hände.

»Ich wünsche Ihnen einen guten Flug!«

»Danke, Jeff. Und für den Fall, daß Michael fragen sollte: Seine Brüder wären wirklich gern gekommen, aber ihr wißt ja selbst, wie das ist. Eric hat gerade seinen ersten großen Strafprozeß, und da kommt es jetzt natürlich drauf an, und Robert ist mit Orson im Trainingslager. Sie wissen ja vielleicht, daß mein Enkel große Chancen hat, bei den nächsten Junioren-Weltmeisterschaften zu starten.«

Bisher hatte Jeff nichts davon gewußt.

»Nein?« Der alte Landers straffte sich, so groß war der Stolz, den er in diesem Moment empfand. »Orson läuft die zweihundert

Meter in einer fabelhaften Zeit, Jeff. Wenn er weiter so fleißig trainiert –«

Er stockte. Aileen trat aus dem Haus. Langsamen Schrittes, mit tief gebeugtem Kopf und vor der Brust verschränkten Armen ging sie in den kleinen Garten, der an das Hauptgebäude grenzte.

Es war empfindlich kühl geworden in den letzten zwei Tagen, aber Aileen trug nur ein wadenlanges Baumwollröckchen und eine dünne, halbärmelige Bluse.

Vater Landers schluckte. »Es ist schwer, mit einer Frau umzugehen, die . . . Aber Sie machen das schon, Jeff. Und wenn Sie irgend etwas brauchen, dann wissen Sie ja, wo Sie mich erreichen können. Sie haben meine Nummer doch noch, oder etwa nicht?«

Bevor Jeff eine Antwort geben konnte, hatte der Alte schon die Tür der Limousine geöffnet und stieg zu seiner Frau in den Wagen.

Die beiden hatten es nun hinter sich.

»Jeff, mein Junge!«

Tante Meg schwitzte so sehr, daß das Taschentuch, mit dem sie immerzu über ihr Gesicht fuhr, schon ganz naß war.

»Mein lieber Junge!«

Jeff fletschte die Zähne. Ihm blieb aber auch nichts erspart an diesem 14. Oktober, wie eine Dampfwalze rollte Tante Meg auf ihn zu.

»Wir haben uns ja noch gar nicht richtig begrüßt, mein Junge. Und jetzt muß ich auch schon wieder weg.«

Sie zerrte an seinem Jackett und nötigte ihn so, sich zu ihr herabzubeugen, damit sie ihn in Ruhe mit ihren nassen Küssen bombardieren konnte. Erfreulicherweise war die Qual schneller vorüber, als Jeff befürchtet hatte. Tante Meg war wohl schon ausgeküßt.

Mit glänzenden Augen strahlte sie ihn an. »Was für ein gestandenes Mannsbild du geworden bist! Wenn ich noch ein paar Jahre jünger wäre . . .« Ihre Gesichtszüge stürzten ein wie eine Pyramide aus Bierdeckeln, und auf einmal sah Tante Meg ganz genau so aus, wie sich das für eine Beerdigung gehörte.

»Es ist ein Jammer, daß man sich immer nur bei so traurigen Anlässen trifft!« Formschön wischte sie sich mit dem Taschentuch über die Augen. »Aber der Pastor hat es schon ganz richtig gesagt. Gott allein weiß, was dem Jungen erspart geblieben ist . . .«

»Das denke ich auch«, erwiderte Jeff.

»Ah, mein Taxi!« Wieder zerrte sie ihn zu sich herunter. »Mach es gut, mein Junge! Und grüße Michael von mir! Und kümmere dich ein bißchen um Aileen und das Kind! Bis zum nächsten Mal!«

Sie lief dem Taxi entgegen, als wäre sie wild entschlossen, sich davorzuwerfen. Doch leider tat sie es nicht. Jeff knirschte mit den Zähnen, wartete noch, bis die Texas-Lady eingestiegen war, dann wandte er sich um.

Aileen stand in dem kleinen Garten und blickte empor in das herbstlich gefärbte Blattwerk einer Birke. Sie wirkte so verloren. Niemand war da, um ihr Halt zu geben.

Ganz langsam ging Jeff auf sie zu.

Eigentlich wäre das hier Michaels Aufgabe gewesen. Er hätte sich um seine Frau kümmern und den Schmerz mit ihr teilen müssen. Aber wenn man Michael brauchte, war er ja nie da.

Jeff Barton war mit dem Problem Aileen allein – wie immer!

Taghell war es im Zimmer, und es gab keinen Champagner; sie hatten nicht einmal romantische Musik. Michael war ganz in sich gekehrt, und Lara ging es ebenso, und trotzdem waren sie einander in diesem Moment näher als jemals zuvor.

Er war ganz und gar auf ihren Körper konzentriert. Der kleine Knochen an ihren Schulterblättern, den andere Frauen nicht hatten, weil er bei denen im Fett lag, dieser kleine Knochen war immer noch da, er war sogar noch ein wenig größer geworden. Auch ihre Brüste waren unverändert. Klein und schmal und spitz, wie sie waren, hätten gut drei davon in seine Hand gepaßt. Die Narben auf ihrem Bauch waren rot und dicker als früher, und irgendein gedankenloses Monstrum hatte ihre Schamhaare abrasiert. Er strich mit seinen Händen über ihre Schenkel. Wie lang sie waren und wie schlank! Nie wieder wollte er diesen Körper entbehren. Er wollte in ihn hineinkriechen, um ein Teil von ihm zu werden; dann konnte er nicht mehr verlieren, sondern nur noch mit verlorengehen.

Lara konnte nicht aufhören, in Michaels Gesicht zu sehen. Ihren eigenen Körper spürte sie ebensowenig wie den seinen; sie sah nur seine Augen und seinen Mund und fuhr ihm mit den Fingern durch das Haar.

Er nahm es gar nicht wahr. Wie ein Besessener drang er in sie ein, als könnte er damit das Schicksal abwenden. Noch nie in ihrem Leben hatte Lara solche Hingabe empfunden. Sie legte ihre Hände auf seine Wangen, aber in ihrem tiefen Inneren umarmte sie in diesem Moment seine Seele. Die durfte nicht zerbrechen, niemals.

Irgendwann war es vorüber. Lara konnte kaum atmen. Schwer wie ein Stein lag Michael auf ihr; dann ließ er sie auf einmal los, schaute ihr flüchtig ins Gesicht, legte sich neben sie und wandte ihr den Rücken zu.

Eine ganze Weile nahm sie das hin. Er atmete ruhig, und sie hätte ihn gern berührt, wußte aber, daß es nicht richtig gewesen wäre. So stand sie auf und ging ins Bad, zog sich etwas über und holte das »berühmte« Handtuch. »Ich weiß zwar, daß das eigentlich Männersache ist . . .«

Michael preßte die Lippen zusammen und nahm das Tuch dankbar in Empfang.

Wieder strich sie ihm durchs Haar. »Magst du einen Drink?«

Er nickte. Sie spürte seinen Blick auf sich ruhen, während sie zum Kühlschrank ging und eines der vielen Fläschchen herausnahm, die in der Minibar standen. Sie war sich bewußt, wie dünn ihre Beine waren und daß man durch den Stoff des Morgenmantels die spitz hervortretenden Beckenknochen sehen konnte und jede einzelne Rippe.

Sie setzte sich zu ihm und reichte ihm das Glas. Sie selbst durfte keinen Alkohol trinken, solange sie therapiert wurde.

Er leerte das Glas in einem Zug und schloß die Augen.

»Ich schäme mich so«, sagte er plötzlich.

Lara nahm ihm das Glas aus der Hand. »Weil du mit mir geschlafen hast, wo dein Sohn erst knapp unter der Erde ist?«

»Ja.«

»Als mein Vater starb, habe ich das gleiche gemacht. Sex ist Leben, Michael. Bei nichts sonst spürst du mehr, daß es dich gibt.«

Er sah sie an. »Trotzdem schäme ich mich. Vor Andrew. Vor dir. Am meisten vor mir selbst.«

Sie legte ihren Kopf auf seine Brust.

»Ich habe all die Jahre Aileen die Schuld für unsere Ehe gegeben«, sagte Michael. »Dabei war ich derjenige, der diese Ehe so unbedingt aufrechterhalten wollte. Ich habe mich nicht scheiden lassen, weil ich mir ständig einredete, gute Gründe zu haben, es nicht zu tun. In Wahrheit war ich nur bequem und feige. Es war so einfach, mit einer Frau zu leben, die mir nichts bedeutete. Ob sie da war oder nicht, war völlig belanglos.«

Er griff zum Nachttisch hinüber, suchte seine Zigaretten – aber da waren keine.

»Ich erinnere mich gut, daß Aileen irgendwann mal übers Wochenende zu einer Freundin nach Hamburg gefahren ist«, fuhr er fort. »Es war das einzige Wochenende in vierzehn Jahren, an dem sie mal was für sich getan hat und ich die Kinder gehütet habe. Auf dem Rückweg hat sie von unterwegs angerufen, um zu fragen, ob alles in Ordnung wäre, und dann hat sie gesagt, sie wäre in etwa einer Stunde da. Aber vier Stunden später war sie immer noch nicht da, und ich habe mir nicht die geringsten Sorgen gemacht. Wenn sie tot war, dann war sie eben tot, es störte mich nicht . . . Hast du irgendwo Zigaretten?«

Ohne sich von der Stelle zu rühren, öffnete Lara den Nachttisch und reichte Michael Zigaretten und ein Feuerzeug.

»Gib mir bitte auch eine!« sagte sie.

Michael hatte im Verlauf seines Männerlebens viele Frauen gehabt, sowohl vor als auch während seiner Zeit mit Aileen. Doch all diese Frauen waren in einer Hinsicht wie ein und dieselbe gewesen, nämlich wie Aileen. Sie verdrehten die Augen vor lauter Verliebtheit und wollten mit ihm leben, ihn lieben, ihn heiraten, ihm Kinder schenken, ihn binden, anketten und einsperren.

»Mit sechzehn habe ich das erste Mal mit einer Frau geschlafen«, sagte Michael und steckte Lara die Zigarette zwischen die Lippen. »Und im Verlauf der folgenden zweiunddreißig Lebensjahre habe ich mich intensiv umgesehen. Ich sah nur Aileens, so weit das Auge reichte. Es hätte also nicht viel gebracht, sich von ihr zu trennen und eine andere Frau zu nehmen. Es wäre nur ein Wechsel von einem

Übel zum anderen gewesen. Erst du hast mir gezeigt, daß es auch noch etwas anderes gibt als Aileens. Du bist anstrengend. Mit dir kann ich mich streiten, ohne das Gefühl zu haben, etwas zu verlieren. Mit dir kann ich sentimental sein, ohne daß mir das später vorgeworfen wird. Du läßt mich ungerecht und cholerisch sein; bei dir darf ich die Welt und die Menschen hassen.«

Er sah ihr in die Augen. »Und dafür liebe ich dich, Lara! Ich liebe dich, weil du mir erlaubst, mich selbst zu lieben. Du hast dem Egoisten, der ich bin, das Recht auf Leben geschenkt.«

Lara lächelte.

»Als ich Fabrizio begegnet bin«, sagte sie dann, »habe ich mich geöffnet, so wie ich es dir gegenüber getan habe. Aber er hat die wahre Lara, die ich war, nicht gemocht. Er war vielmehr entsetzt, und er wurde immer entsetzter, je mehr Türchen ich öffnete.«

»Und dann hast du sie wieder dichtgemacht.«

»Ich habe angefangen, wieder Spiele zu spielen, moderat zu sein, mich mit dem Mittelweg zu begnügen, jede Stimmungsschwankung sofort auszugleichen. Aber das war es dann auch nicht. Da war ich dann nicht mehr dieselbe.«

Eine ganze Weile schwiegen sie. Dann nahm er ihr auf einmal die Zigarette aus der Hand und legte sie mit seiner eigenen in den Aschenbecher.

»Hast du ein Telefonbuch?«

Lara hatte keine Ahnung, wovon er sprach.

»Ich möchte meinen Anwalt anrufen. Und ein paar Makler.«

Mit großen Augen sah sie ihn an.

»Ich will die Scheidung, Lara! Die wollte ich schon in London. Und ich will mit dir zusammensein. In einem schönen großen Haus oder in einer Wohnung.«

Ohne den Blick von ihm zu wenden, stand sie auf und ging zum Schrank, holte das dicke, gelbe Telefonbuch heraus, hielt dann plötzlich inne.

»Ich bin krank, Michael. Ist dir das klar?«

Er wagte nicht zu atmen.

»Es kann sein, daß ich sterbe.«

Er atmete tief durch. »Ich werde mit Sicherheit sterben.«

»Das meine ich nicht, Michael, ich will damit sagen –«

»Gib mir das Buch!«

Zögernd kam sie auf ihn zu. »Ich bin unfruchtbar, Michael. Ich kann keine Kinder kriegen . . .«

Im ersten Moment schockierte es ihn, daß sie das so deutlich aussprach. Dann lächelte er.

»Ich selbst habe nie wirklich Kinder gewollt, Lara. Trotzdem war ich stolz, als Diana und Andrew zur Welt kamen. Aber glaub mir«, er senkte den Blick, »Stolz rechtfertigt nicht, Kinder in die Welt zu setzen, und ich weiß, warum ich das sage. Ich bin kein guter Vater. Wenn ich mit Andrew über die Straße gehe und die Leute bewundernd zur Kenntnis nehmen, was für einen wohlerzogenen, intelligenten Sohn ich doch habe, dann bin ich –«

Er stockte. Erst jetzt fiel ihm auf, was er tat. Er sprach über seinen toten Sohn, als wäre der noch am Leben.

Lara nahm ihn fest in die Arme. »Das wird dir noch sehr, sehr oft passieren«, flüsterte sie. »Es dauert lange, bis du es wirklich begriffen hast, und es tut furchtbar weh . . .«

Er schmiegte sich an sie. »Kannst du dir vorstellen, daß ich keine einzige Träne geweint habe? In den ganzen Tagen, kein einziges Mal . . .«

»Das kommt noch, mein Liebling. Je tiefer der Schmerz sitzt, desto länger dauert es, bis er hochkommt. Irgendwann wirst du aus scheinbar heiterem Himmel zusammenbrechen und laut schluchzen.«

»Und dann?«

»Tritt das Leiden in eine neue Phase. Enden wird es nie. Es wird nur anders.«

Er sah sie an und gab ihr einen Kuß. »Laß mich telefonieren, ja?«

Sie hatten gewartet, bis der letzte Gast gegangen war. Jeff hatte die Rechnung bezahlt und danach den Wagen geholt, um Aileen und Diana nach Hause zu fahren. Das Mädchen hing mehr im Fond des Autos, als daß es saß. Ihr Körper schien überhaupt keine Spannung zu haben, und ihr verschwollenes Gesicht bibberte.

Aileen dagegen wirkte völlig verkrampft. Ihre Füße standen nebeneinander auf dem Boden, sie preßte die Knie zusammen, hatte ihre straff gefaltenen Hände fest darauf gelegt. Ihre Augen waren rot gerändert und hatten jedweden Glanz verloren. Wie tot starrten sie in eine Leere, deren Ausmaß Jeff sich nicht vorstellen mochte.

Er hielt an und stellte den Motor ab. Aileen und Diana rührten sich nicht. Er löste seinen Sicherheitsgurt und zog den Zündschlüssel ab.

»Wir sind da . . . Aileen?«

Sie schaute ihn an, als hätte er sie aus tiefstem Schlaf geweckt. Dann blickte sie aus dem Seitenfenster. Sie waren tatsächlich da, zu Hause . . . Sie wußte, daß es nie wieder ein Zuhause sein würde.

Jeff half Diana, die so kraftlos war, daß sie kaum aus dem Auto klettern konnte.

»Geht schon mal rauf. Ich fahre den Wagen nur noch eben in die Garage, dann komme ich nach.«

Diana schien seine Worte kaum wahrzunehmen, und als Jeff wieder aufblickte, war Aileen bereits im Haus verschwunden.

Sie lief die Treppe hinauf, als wäre der Teufel hinter ihr her, stürzte auf die Wohnungstür zu, schaffte es nicht, das Schlüsselloch zu treffen, schlug mit den Knien gegen das Holz. Sie wußte, daß sie nahe daran war durchzudrehen, aber das durfte nicht passieren. Sie mußte sich zusammennehmen. Noch einmal versuchte sie, den Schlüssel in das Schloß zu stecken, und diesmal klappte es.

Diana schleppte sich in die dritte Etage hinauf. Die Beine taten ihr weh, und das Atmen fiel ihr so schrecklich schwer. Sie hörte nichts, und sie sah auch nichts; sie bekam nicht einmal mit, daß die Nachbarin durch den Türspion blickte, und geübt zur Seite wich, als Diana ihren Treppenabsatz erreichte. Sie war nur froh, daß alles vorbei war.

Jeff fand schnell einen Parkplatz und war dankbar dafür. Irgendwann mußte er schließlich auch mal Glück haben.

Er war nervös. Einerseits wollte er Aileen in dieser schweren Zeit eine Stütze sein, andererseits wollte er sich nicht zu sehr auf sie einlassen; denn Michael schien plötzlich wieder ein echtes Risiko zu sein. Nicht daß er am Ende eigene Wege ging und Aileen . . .

Er ging die Treppe in bedächtigen Schritten hinauf, immer zwei Stufen auf einmal nehmend.

Die Wohnungstür stand offen. Diana saß im Wohnzimmer und starrte auf den abgeschalteten Fernsehapparat. Aus Aileens Schlafzimmer drangen eigenartige Geräusche, und Jeff ging den Korridor hinunter. Aileen stand vor dem Spiegel. Sie trug einen dunkelroten Rock und eine roséfarbene Seidenbluse. Die schwarzen Sachen lagen auf dem Boden, und auf ihrem Bett türmten sich jede Menge anderer Kleidungsstücke.

Sie spürte, daß Jeff plötzlich im Türrahmen stand, brachte ihr Werk aber erst noch zu Ende, legte ein bißchen Rouge auf, schminkte ihre Lippen. Dann schaute sie zu ihm hinüber.

»Wie sehe ich aus?«

Er wußte nicht, was er darauf antworten sollte.

»Sieht man es mir immer noch an?«

Jeff wußte nicht, was sie meinte, und Aileen zeigte erstmals Anzeichen von Zorn. So hatte er sie noch nie erlebt. Wie eine Furie stürzte sie auf ihn zu, drängte ihn zur Seite und rannte ins Wohnzimmer.

»Diana? Guck mich an, Diana! Sehe ich normal aus?«

Das Kind wandte langsam den Kopf, öffnete den Mund, brachte aber kein Wort heraus.

Aileen fuhr sich hysterisch mit den Händen durchs Haar. »Ich will nicht, daß man es mir ansieht«, kreischte sie. »Kann das denn keiner begreifen? Ich will keine mitleidigen Blicke! Und ich will auch keine dummen Sprüche! Kann das denn keiner verstehen?«

Jeff packte Aileen bei den Schultern und preßte sie ganz fest an sich. Diana hielt sich die Ohren zu. Sie konnte das Geschrei ihrer Mutter nicht ertragen, und sie war heilfroh, daß Onkel Jeff da war. Sollte er ihre Mutter trösten! Sollte er ihr das geben, was sie bisher von Andrew bekommen hatte.

Mit einem Satz stand sie auf und rannte ins Kinderzimmer. *The greatest love of all* war genau das, was sie jetzt brauchte. Und dann wollte sie mit ihren Freundinnen zusammensein, so tun, als ob nichts passiert wäre, lachen, mit Jungen flirten . . .

Durch die Verbindungstür blickte sie auf Andrews Bett. Whitney Houston erklärte, Kinder wären die Zukunft. Und Diana Landers nahm den Walkman von ihren Ohren und die Kassette aus dem Laufwerk. Ein einziger Ruck genügte. Dann war das Band zerstört, und sie konnte es herausreißen, Meter für Meter . . .

Den ganzen Abend saßen Jeff und Aileen im Wohnzimmer, den ganzen Abend und die halbe Nacht. Gegen zwei Uhr morgens hielt er den Zeitpunkt dann für gekommen.

»Es hat keinen Zweck, Aileen, Irgendwann muß es sein.«

»Ich weiß . . .« Sie versuchte zu lächeln, aber es klappte nicht. »Als mein Vater starb, war es genauso«, flüsterte sie. »Bis zur Beerdigung war so viel zu tun, und dann waren so viele Leute da, und erst als das alles vorbei war, erst da . . . erst da kam die Leere.«

Jeff erhob sich von seinem Sessel und blickte auf Aileen nieder. »Ich bin jederzeit für dich da. Du kannst mich Tag und Nacht anrufen. Und wenn du irgendeine Ablenkung brauchst, Aileen . . .«

Er stockte, denn jetzt konnte sie auf einmal lächeln.

»Er war mein Sohn, Jeff. Wenn ich nicht einmal um ihn trauern würde, hätte sein Leben ja überhaupt keinen Sinn gehabt . . .«

Jeff fühlte sich noch schlechter als bisher. Aileen nahm es zur Kenntnis. Mit einem Blick, den er noch nie bei ihr gesehen hatte, schaute sie auf das Hochzeitsfoto, das sie Michael zum letzten Geburtstag geschenkt hatte. Ganz langsam griff sie danach und preßte es an ihre Brust. »Es war ein so schönes Fest . . .«

Die Wohnung war ein einziger Traum. Von der geräumigen Diele gelangte man links in eine voll eingerichtete Küche und rechts in die Gästetoilette. Ein breiter Korridor führte zu den beiden Schlafzimmern und ins Bad, und geradeaus war das Wohnzimmer, ein sechzig Quadratmeter großer Raum mit breitem Balkon und Blick auf den Main.

»Wunderbar«, schwärmte Michael, und Lara schaute ergriffen auf die großen Fenster, durch die das Herbstlicht hereinströmte.

»Was sagst du, Schatz?«

Sie schwieg.

»Der Raum ist so riesig, daß wir ihn unterteilen könnten. Verstehst du, Lara? Hier ein Eßbereich, da ein Wohnzimmer mit Fernseher und so, und da drüben . . . verstehen Sie, wie ich das meine?«

Der Makler, der Michael und Lara begleitete, schien im Stehen zu schlafen. Er lehnte mit dem Rücken an der Wand, hielt die Augen halb geschlossen, und seine Arme hingen schlaff herunter . . .

»He, junger Mann!!!«

Der Knabe schreckte hoch und starrte Michael an. »Verzeihen Sie bitte, Mr. Landers.«

»Lange Nacht gehabt, wie?«

»Ich habe nur lange Nächte. Und ebenso lange Tage.« Er bot Michael eine Zigarette an und zündete sich selbst auch eine an. »Was möchten Sie wissen?«

Michael grinste. »Neuling, habe ich recht?«

Der junge Mann atmete schwer. »Mein Vater hat ein Bauunternehmen, außerhalb. Ich selbst habe Architektur studiert und ein bißchen Betriebswirtschaft, und da haben wir uns gedacht –«

»Daddy baut, und Sohnemann dealt!«

Der junge Mann lächelte. »Genau. Und eigentlich macht mir der Sechzehn-Stunden-Tag auch gar nichts aus ...«

Michael grinste.

»Denn es geht ja nichts über die schönen Dinge des Lebens, Mister Landers: eine Villa mit Meerblick, einen Ferrari Testarossa ...«

»Das haben Sie in Ihrem Alter schon erkannt?«

Lara war längst auf den Balkon hinausgetreten. Der Himmel über Frankfurt war dunstverhangen an diesem Tag, aber gerade das machte alles noch sehr viel verlockender, als es ohnehin schon war. Lara stellte sich vor, wie es wohl sein würde, wenn die Sonne schien, wenn große Dampfer den Main herunterfuhren und die Brücken zu ihrer Rechten und Linken in glühendes Abendrot getaucht waren.

»Na?« Sie spürte Michaels Lippen auf ihrem Nacken.

»Es ist ... ein Traum ...«

Er schlang seine Arme um ihre Taille. »Wenn du es auch so siehst, haben wir jetzt eine Wohnung.«

»Aber nein, Michael. Sie wird doch viel zu teuer sein. Bei den Preisen hier –«

»Schschsch!« Er drehte sie zu sich und legte seinen rechten Zeigefinger auf ihre Lippen. »Wissen Sie, Miss Laddock ... es gibt nichts auf dieser Welt, was zu teuer ist ... für Menschen, die man liebt ...«

Der Frankfurter Himmel hatte sich immer mehr zugezogen. Dicke Regentropfen prasselten nieder, und Lara und Michael hopsten unter den Markisen der einzelnen Geschäfte her, als wäre dies eine neue Folge von *Spiel ohne Grenzen.*

»Wir müßten nur in eines der Kaufhäuser gehen«, schrie er ihr nach. »Die haben da so viele Schirme, die müssen welche verkaufen!«

Lara lachte. »Schau dir das an!«

Vor einem Schaufenster blieb sie stehen und zeigte auf die dort ausgestellte Couchgarnitur.

»Würde sie dir gefallen?«

Die Sofas und die Sessel waren mit champagnerfarbener Seide bespannt, und davor stand ein Messingtisch mit einer großen Rauchglas-Platte.

»Toll!«

»Aber meine Mutter würde sagen, daß so was nicht geht bei zwei Kettenrauchern wie uns«, wandte Lara ein.

»Das würde meine Mutter auch sagen und hinzufügen: Keine vier Wochen, und der Stoff ist quittegelb.«

Sie lächelte. »Okay. Laß uns reingehen!«

Sie entschieden sich für die Garnitur und für einen dazu passenden Schrank, sie suchten sich ein Eßzimmer aus und die Möbel für das Gästezimmer, die Diele wurde eingerichtet, und Schlafzimmer sahen sie sich auch an.

»Ziemlich frustrierend, findest du nicht?«

Lara hätte es nicht besser formulieren können. Das Gros der Betten sah aus wie Ufos. Sie waren viel zu breit, und die eingebauten Lichtleisten und Radios machten angst vor Stromschlägen; man sah sich schon zitternd dem Tode entgegensabbern.

»Haben Sie nichts anderes?«

Der Verkäufer spitzte die Lippen. »Nun ja . . .« Er war ein feistes Kerlchen, das während der Arbeitszeit auf Fröhlichkeit programmiert war. Er hatte die ganze Zeit über einen Witz nach dem anderen gerissen, und Lara und Michael hatten sich insgeheim gefragt, wie anstrengend das wohl war.

»Da hätten wir noch etwas ganz Besonderes. Ausgesprochen individuell.«

Individuell ging diese Welt zugrunde, und alles, was individuell war, hatte seinen Preis. Das abgerundete Kopfteil, die besonders harten Matratzen, die gesteppte Tagesdecke und die Deko-Kissen . . .

»Unterschreibst du die Verträge?«

»Sicher.«

»Dann geh' ich mal gerade telefonieren, Lara.«

Sie sah ihm nach. Und irgendwie hatte sie das Gefühl, es würde nichts Gutes bedeuten.

»Sie können natürlich zwischen jeder Menge Bezugsstoffe wählen«, meinte der Verkäufer. »Wäre Ihnen lieber etwas Schlichtes oder ein aufwendigeres Material? Wir könnten Ihnen beispielsweise –«

»Ein Glas Wasser!«

»Wie bitte?«

»Könnte ich bitte ein Glas Wasser haben?«

Den Abend verbrachten sie bei *Bense*. Michael bestellte Austern und Langusten auf Blattspinat und dazu natürlich Champagner. Lara knabberte an einer Scheibe Weißbrot und rührte nicht einmal ihr Mineralwasser an. Mit Gewalt drückte er ihr schließlich das Glas in die Hand.

»Wenigstens anstoßen will ich mit dir!«

»Weil du ein Vermögen für Möbel ausgegeben hast?«

»Aus einem anderen Grund, oder besser: aus gleich drei anderen Gründen.«

»Ach ja?«

Er sah sie so verheißungsvoll an, daß sie befürchtete, gleich vom Stuhl zu fallen.

»Nummer eins«, sagte er und ließ die Gläser klirren, »meine Scheidung läuft.« Er nahm einen großen Schluck und dachte, wie schön es gewesen wäre, wenn er Lara in diesem Moment den Verlobungsring an den Finger hätte stecken können. Aber der Ring war in Aileens Wohnung, und da wollte er jetzt nicht hin.

»Nummer zwei!« fuhr er deshalb rasch fort. »Die Wohnung gehört uns!«

Lara wagte nicht, von dem Wasser zu trinken, sie tat nur so.

»Und Nummer drei?« fragte sie leise.

Michael sah sie ruhig an, und auf einmal wurde er ganz ernst, als wäre alle Fröhlichkeit, die er eben noch verspürt hatte, von ihm gewichen.

»Du bist für mich wichtiger als alles andere auf dieser Welt«, erklärte er mit fester Stimme. »Und weil das so ist . . . werde ich dich jetzt ins Krankenhaus bringen!«

Dr. Carpegna schrieb Liesegangs Adresse auf den großen braunen Briefumschlag. Soviel Glück auf einmal hatte er gar nicht erwartet.

»Ich weiß, daß sie bei Ihnen in den besten Händen ist«, erklärte er. »Die Unterlagen gehen noch heute abend per Kurierdienst raus.«

Er klebte den Umschlag zu, verabschiedete sich in aller Form und legte den Telefonhörer auf.

»Nun kommen Sie schon rein, Schwester! Ich weiß doch genau, daß Sie gelauscht haben . . .«

Ganz langsam öffnete sich die Tür. Innocentia schämte sich. Horchen war ebenso schändlich wie Lügen.

»Signora Laddock und der Amerikaner sind wieder zusammen.«

Die Schwester schwieg.

»Und ab Montag wird Professor Liesegang von der Frankfurter Universitätsklinik ihre Behandlung übernehmen. Sie hat also eine reelle Chance. Und das verdankt sie Ihnen . . .«

Regungslos blieb Innocentia im Türrahmen stehen.

»Was ist?« fragte Carpegna.

»Wo der Herr nicht das Haus baut, Herr Doktor, da bauen vergeblich, die daran bauen . . .«

»Aber ich bitte Sie!«

»Er liebt sie.«

»Und sie liebt ihn.«

»Und Gott will offenbar, daß es so ist. Nur deshalb ist es so.«

Carpegna stand auf. Innocentia war seine beste Schwester, und es bereitete ihm geradezu körperliches Mißbehagen, daß sie auf einmal so schwach wirkte, so zerbrechlich, so überhaupt nicht belastbar . . .

»Ich freue mich für Signora Laddock, Herr Doktor, aber bei allem, was es ihr vielleicht gebracht hat, habe ich gesündigt.«

»So dürfen Sie das nicht sehen.«

»Aber ich habe hinter Ihrem Rücken gehandelt, ich –«

»In manchen Fällen heiligt der Zweck eben die Mittel.«

»Doktor Carpegna!!!«

Mauro hatte Innocentia noch nie so schreien hören. Erschüttert sah er sie an.

Sie lächelte. »Sie kennen meine Geschichte, nicht wahr? Sie wissen, was mir passiert ist. Aber daß es meine Schuld war, wissen Sie nicht. Ich war es nämlich, die damals die waghalsige Abfahrt hinunterfuhr. Ich! Ich habe den Mann verloren, den ich liebte. Und Signora Laddock hat den Mann, den sie liebt, dank meiner Hilfe wiedergefunden.«

Carpegna sah sie fragend an.

»Ich bitte Sie, sich eine neue Schwester zu suchen. Ich habe das Mutterhaus gebeten, mich zurückzurufen.«

Sie drehte sich um und wollte gehen.

Der Doktor stand mit offenem Mund da. »Hat Ihnen das der Bischof befohlen?«

Ein letztes Mal sah Innocentia ihn an. »Nein. Mein Gewissen . . .«

Cissy haßte die Klinik. Immer wenn sie herkam, hatte sie das Gefühl, ein schlechter Mensch zu sein, und dieses Mal war es ganz besonders schlimm.

»Sie dürfen da wirklich beruhigt sein«, erklärte ihr der junge Arzt, der an ihrer Seite den Korridor entlanglief. »Sie sind völlig gesund, Frau Roesch, und Ihr Baby wird es auch sein.«

Wohin Cissy auch blickte, sah sie Frauen mit dicken Bäuchen. Männer waren schuld an ihrer Verformung; ein Mann war auch an ihrem Jammer schuld.

»Manchmal, Frau Roesch, manchmal sind Probleme, wie Sie sie haben, rein psychologischer Art.«

Cissy hörte diese Worte, doch rauschten sie an ihr vorüber. Ein Mann interessierte sich nicht für die Belange einer Frau. Männer liebten es vielmehr, am Ende auch noch dabei zuzusehen, wie Söhne an den Brüsten ihrer Mütter hingen, sie aussaugten und leerten, bis nichts mehr übrig war.

»Oder wollen Sie Ihr Kind vielleicht gar nicht haben?«

Auf diese dumme Frage gab Cissy erst recht keine Antwort.

»Es gibt Frauen, Frau Roesch, die froh wären, ein Baby zu bekommen . . .«

Cissy ging ihres Weges, ohne sich umzudrehen, ohne eine Regung zu zeigen. So langsam aber sicher sah ein jeder, was mit ihr los war. Und sie fühlte sich schrecklich. Sie beneidete die große, schlanke Frau, die ihr entgegenkam. Die war bestimmt nicht schwanger. Die wirkte so zerbrechlich, als könnte ein einziger Windhauch sie umpusten. Vor einem der Hinweisschilder blieb die Fremde stehen und sah sich hilflos um. Wenn das Baby erst mal auf der Welt war, wollte Cissy auch nicht mehr essen, das nahm sie sich vor. Schlank wie ein Mannequin wollte sie dann sein, mit eingefallenen Brüsten und flachem Bauch, mit dürren Beinen und schmalen Wangen . . .

Das Büro von Professor Liesegang wirkte wie der Ausstellungsraum eines Möbelhauses, von denen sie in der letzten Zeit so viele gesehen hatten. Lara empfand alles als so steril und so keimfrei, so leer und so einsam, als würden hier überhaupt keine Menschen leben.

Aber dem war ja auch so. Hier wurden Menschen zum Tode verurteilt.

Michael saß an ihrer Seite. Er hatte am Morgen noch kurz ins Büro gemußt, um etwas zu erledigen, was Cissy eigentlich hätte tun müssen, aber die hatte einen Arzttermin gehabt. Im Endeffekt war er dann ziemlich früh in Liesegangs Büro gewesen und entsprechend nervös geworden, weil Lara erst im letzten Moment kam; er hatte schon befürchtet, sie würde überhaupt nicht erscheinen.

Michaels Hand hing leblos über der Stuhllehne. Endlich fing er an, sich ein wenig zu entspannen, dabei bestand eigentlich gar kein Grund dazu. Jetzt ging es ja erst richtig los. Aber der Morgen war eben sehr stressig gewesen, überall Staus, kein Parkplatz, besetzte Telefonleitungen . . .

Die Professoren dieser Welt waren alle gleich. Sie ließen sich Zeit mit ihrem Auftritt, und wenn sie dann endlich auftraten, wirkten sie so ungemein wichtig und vor allem so aufgeräumt, als wäre ihr Leben ein einziger Spaziergang durch eine wunderschöne Welt.

»Gnädige Frau«, sagte Professor Liesegang und bat Lara, doch nur ja Platz zu behalten. »Herr Landers!« Er reichte Michael die Hand, und alsdann unterhielten sie sich eine ganze Weile darüber, wie schön es doch war, Immobilien in Frankreich zu besitzen.

»Aber um zur Sache zu kommen . . .«

Liesegang bestätigte Diagnose und Prognose seines italienischen Kollegen und riet wie Carpegna dringend zu einer Operation.

»Danach werden wir dann mit Strahlen behandeln und noch einmal eine Chemotherapie machen. Eine andere Möglichkeit sehe ich zur Zeit nicht . . .«

Lara hatte das Gefühl, soeben zum Tode verurteilt worden zu sein. Wenn die Gebärmutter erst einmal weg war, war alles vorbei. Dann durfte sie nicht einmal mehr träumen. Das Wunder konnte dann nicht mehr geschehen, dieses Wunder, an dem sie sich seit ihrer Totgeburt immer wieder festhielt, wenn sie drohte abzustürzen.

Sie spürte, wie Michael nach ihrer Hand griff, und sie sah vor ihrem geistigen Auge, wie man sie nach draußen führte, in einen grauen Hinterhof, kein Lichstrahl drang je bis hierher vor. Jemand legte ihr eine Binde über die Augen, und sie hörte aus der Ferne das Zwitschern der Vögel und eine harte Männerstimme: *Gewehr anlegen!*

»Es muß sein, gnädige Frau . . .«

Entsichern!

»Sie brauchen da wirklich keine Angst zu haben. Eine Hysterektomie ist heutzutage reine Routine.«

Uuunnnddd SCHUSS!!!

Lara öffnete die Augen und blickte geradewegs in Liesegangs Gesicht. Er hatte sie wohl gerade etwas gefragt, vielleicht hatte er auch nur etwas gesagt, in jedem Fall hatte sie in keinster Weise reagiert. Ganz langsam entzog sie Michael ihre Hand.

»Ich bin mit allem einverstanden, Herr Professor.«

Von nun an war sie allein. Das wußte sie.

Durch die Ritzen der Jalousien fiel gespenstisches Licht. Aileen lag im Wohnzimmer auf dem Sofa und starrte an die Decke. Ihre Augen tränten, und auch aus ihrer Nase tropfte es immerzu. Auf dem Fußboden häuften sich die benutzten Papiertaschentücher, und auf dem Couchtisch stapelten sich die Medikamente. Sie fanden Heilmittel gegen Krebs und gegen AIDS, aber einem Schnupfen war immer noch nicht beizukommen. Wenn nicht alles so unbeschreiblich traurig gewesen wäre, hätte Aileen glatt darüber lachen können. Als wären ihre seelischen Qualen noch nicht genug gewesen, mußte sie sich jetzt auch noch mit so was herumplagen.

Es läutete an der Tür.

Diana stand in der Küche und preßte Orangen und Zitronen aus. Ihre Mutter brauchte jetzt Vitamine, um schnell wieder zu Kräften zu kommen.

»Ich geh' schon!« Das Mädchen rannte zur Wohnungstür.

Es war der Postbote. »Morschen!« erklärte er mit typisch Frankfurter Akzent. »Is dei Mutter da?«

»Sie ist krank. Erkältet.«

»Isch musse drotzdem persönlisch spresche.«

»Aber sie kann jetzt nicht!«

Diana war verzweifelt. Nun hatte sie schon ihren Bruder verloren, und ihr Vater war auch fort, und ihre Mutter war krank und würde vielleicht auch sterben ...

»Sie hat eine schwere Grippe, sie –«

»Guten Morgen!« Plötzlich und unerwartet stand Aileen mitten in der Diele, und der Postbote atmete tief durch.

»Isch weiß zwar, daß Sie Aileen Landers sind, aber ... könne Sie sisch ausweise?«

Zögernd griff Aileen zu ihrer Handtasche, die an der Garderobe hing, und holte ihren Personalausweis heraus.

»Wenn Sie mir den Empfang dann bidde bestätige ...«

Aileen blieb ganz ruhig. Sie leistete die gewünschte Unterschrift und schlug dem Burschen von der Post alsdann die Tür vor der Nase zu.

»Leg dich wieder hin, Mama! Du bist nicht gesund. Ich habe dir Saft gepreßt, ich –«

Aileen nahm ihre Tochter gar nicht zur Kenntnis. *Scheidungsbegehren* stand auf dem großen, weißen Blatt Papier. Michael Landers, geboren am ... und wohnhaft in ... begehrte die Scheidung von Aileen Landers, geborene Caufield, geboren am ... und wohnhaft in ...

Bleich wie ein Gespenst, schlich Aileen ins Wohnzimmer zurück, und dabei las sie die verhängnisvollen Zeilen immer und immer wieder.

Diana stürzte in die Küche und füllte den frisch gepreßten Saft in ein Glas. Die Hälfte ging daneben, aber das war jetzt egal.

Aileen schrie, als hätte ihr jemand ein Messer zwischen die Rippen gestoßen.

»Mama!!!«

Diana rannte ins Wohnzimmer und warf sich vor ihrer Mutter auf die Knie. »Was ist, Mama? Was hast du?«

Aileen sah ihre Tochter an, als wäre sie ein Wesen aus einer anderen Welt.

»Mama?«

»Diese Hure!«

»Was?«

»Ich will, daß sie stirbt!«

»Aber was –«

»Ich will, daß sie beide sterben!!!«

In Laras Nase steckten Schläuche, und ihr Mund wurde von einer Plastikmaske bedeckt. Auf ihrer entblößten Brust klebten Elektroden, und aus ihrem Körper tropften die unterschiedlichsten Flüssigkeiten in Klarsichttüten, während zur gleichen Zeit die verschiedensten Flüssigkeiten in ihre Armvenen gepumpt wurden.

Michael fühlte sich wie eine Figur aus einem Science-Fiction-Thriller. Einen viel zu großen blauen Kittel hatte er an, und auf seinem Kopf thronte ein kleines Mützchen, einen Mundschutz trug er, und über seine Schuhe hatte man Plastiktüten gestülpt, und das alles nur, damit er vor einer Glasscheibe stehen und auf ein Wesen starren konnte, das noch vor wenigen Stunden seine Lara gewesen war. Ob sie es jemals wieder sein würde?

Michael preßte seinen Kopf gegen die dicke Glasscheibe. Am liebsten hätte er ihn dagegengeschlagen . . .

»Wie ein Stier, der durch die Wand will!«

Professor Liesegang sah kaum anders aus als Michael, er trug nur keinen Mundschutz, und so war sein Gesicht frei. Es wirkte entspannt.

»Sie wird es schaffen, Herr Landers. Sie brauchen sich keine Sorgen zu machen.«

Michael wußte nicht, ob er lachen oder weinen sollte, und vor allem wußte er nicht, ob er das glauben sollte.

»Sind Sie sicher, Herr Professor?«

»Menschen, die sterben, sehen anders aus.«

»Ich habe noch nie einen Menschen sterben sehen ...«

Liesegang sah Michael eine ganze Weile von der Seite an, sah, wie er seine Handflächen auf das Glas legte, auf dieses durchsichtige und doch so undurchdringliche Glas.

»Wissen Sie, Herr Landers, die Laras dieser Welt sind sehr viel stärker, als unsereiner glaubt. Sie wissen nämlich, was es heißt, bei lebendigem Leibe zu sterben, und sie kennen ihren Körper – und seinen Stellenwert. Können Sie mit ihrer Krankheit umgehen?«

Michael sah den Professor fragend an.

»Wissen Sie überhaupt, worauf Sie sich da einlassen?«

Michael zog sich den Mundschutz herunter. »Warum lassen Sie mich nicht zu ihr? Ich hab' mich so verkleidet, um da hineinzukommen, um mich zu ihr zu setzen und ihre Hände zu halten, und jetzt ...« Wieder blickte er durch das dicke Glas.

Liesegang atmete tief durch. »Heute nachmittag dürfen Sie zu ihr. Für ein paar Minuten. Morgen früh bringen wir sie dann wieder auf die ganz normale Station.«

»Und dann?«

»Dann kommt es auf Sie an.«

Seit dem 1. November hatte *Landers & Barton* einen neuen Finanzchef. Sein Name war Hannes Geizig, und Jeff hatte ihn eingestellt. Der Hauptgrund war sein Name gewesen; Jeff hatte ihn so ungemein witzig gefunden. Außerdem verfügte der junge Mann über ausgesprochen gute Umgangsformen, und seine Voraussetzungen waren perfekt. Nach einem glänzenden Abitur hatte Geizig den Wehrdienst verweigert und eine Ausbildung zum Bankkaufmann absolviert, anschließend Volks- und Betriebswirtschaft studiert und in letzterem diplomiert. Er sah phantastisch aus, und er hatte immer die großartigsten Ideen – mehr aber auch nicht.

»Jung, dynamisch und erfolglos!« tönte Michael, als er Geizig zum ersten Mal sah. »Und ich will hoffen, daß es ein einmaliges Gastspiel bleibt.«

»Aber ich hab' ihn eingestellt, Mike, er –«

»Dann schmeiß du ihn auch wieder raus! Der Junge ist ein Spinner, Jeff, ein Theoretiker. Der kann sich auf dem Papier die tollsten Sachen ausdenken, kriegt praktisch aber nicht das Geringste geregelt.«

»Das braucht eben Zeit.«

»Und mein Geld, wie?«

»Michael –«

»Hör dir doch nur an, wie der spricht, Jeff. Er tut nichts, und er sagt nichts – nein, er würde sagen, er zieht in Betracht zu tun, und er trägt Gedanken herein oder greift sie auf, er –«

»Er ist eben noch jung, Mike!«

»Schmeiß ihn raus!«

Das war Michaels erstes und zugleich auch letztes Wort zu Herrn Hannes Geizig gewesen. Seither war eine Woche vergangen, und so langsam aber sicher fing Jeff an, Michael zu verstehen. Dieser Hannes geriet zu einer echten Gefahr für die Firma. Vom frühen Morgen bis zum späten Abend saß er geschniegelt und gestriegelt hinter seinem Schreibtisch und arbeitete Konzepte aus. Er überlegte, was man sagen könnte, wenn man etwas sagen würde, und warum man es unbedingt sagen sollte . . . Bis er endlich auf den Punkt kam, hatte eine Stubenfliege ein Pfund Gehacktes vertilgt, und das Geschäft, um das es ging, hatte ein anderer gemacht.

Jeff raufte sich die Haare. Er war kein Finanzgenie. Und ohne fachmännische Hilfe konnte er auch diese Firma nicht leiten. Er brauchte Michael im Rücken; denn Jeff war das, was in Bonn die Opposition war, gleich welcher Partei. Er war nicht fähig, selbst Entscheidungen zu treffen; er konnte aber hervorragend die Entscheidungen anderer kritisieren. Da fiel ihm immer sofort etwas ein, und das war meist auch gut. Doch sobald Michael nicht in seinem Dunstkreis war . . . Aber der war ja nur noch mit seiner Lara beschäftigt.

Jeff knirschte mit den Zähnen. Er haßte sich in der Rolle des Einzelkämpfers, der er nicht gewachsen war. Er brauchte selbst Cissy, auf die er kleinere Mißgeschicke im Notfall abwälzen konnte, aber die war zur Zeit ja auch kaum zu gebrauchen, weil sie hauptberuflich schwanger war.

Voller Wut betätigte er die Gegensprechanlage. »Cissy?«

»Ja, Jeff?«

»Wann kommt Mike?«

»Heute überhaupt nicht mehr. Er wollte sich das Studio für die Aufzeichnung nächsten Monat ansehen und danach dann –«

Im Hintergrund läutete das Telefon.

»Einen Moment bitte, Jeff!«

Er hörte, wie Cissy zum Apparat griff und ihren Spruch herunterleierte. Wie ein Tier in der Falle fühlte er sich. Die Geschäfte wuchsen ihm über den Kopf, er und die Firma drohten unter ihrer Last zusammenzubrechen ...

»Jeff?«

»Ja?«

»Aileen ist am Telefon ...«

Jeff atmete tief durch. Jeder Mensch bekam soviel aufgebürdet, wie er tragen konnte – aber was zuviel war, war zuviel.

»Sag ihr bitte, ich wäre in einer Besprechung!«

Cissy schluckte. »Gut. Kann ich danach dann gehen?«

Er gab ihr keine Antwort darauf. Er schaltete nur die Anlage ab. Um endlich Ruhe zu haben. Von allem.

Es war Freitag, der 13. November 1992, aber Edy Roesch war gottlob nicht abergläubisch – nur hoffnungslos. Für ihn war es ohnehin der schwärzeste Freitag, den es in der Menschheitsgeschichte jemals gegeben hatte.

Das Geschäft war groß, und das Angebot reichte von Gymnastikschläppchen bis hin zu elektronisch gesteuerten Golfmaschinen. In Stunden wie diesen war hier kaum etwas los. Eine alte Dame wollte für ihren Enkel einen Tennisschläger kaufen.

»Daß es da so große Unterschiede gibt, habe ich gar nicht gewußt.«

»Nun ja, ...«, meinte der Verkäufer.

»Worin besteht denn der Unterschied zwischen dem Schläger für 99 Mark und dem für 698 Mark?«

»Nun ja . . .«

»Trifft man damit vielleicht besser?«

Edy saß schon eine ganze Weile in dem kleinen Büro, das an die Geschäftsräume grenzte. Der Personalchef des Sporthauses war hellauf begeistert von ihm.

»Qualifizierte Kräfte sind unverzichtbar in unserer Branche, Herr Roesch. Aber es ist so schwer dranzukommen. Wenn ein Kunde kommt und ein Paar Laufschuhe will, muß der Verkäufer einfach wissen, wofür er die Schuhe will und wie oft er sie benutzen möchte, und daraus kann nur eine Fachkraft mit eigener Erfahrung blitzschnell ableiten, welches Modell am besten in Frage kommt. Sie mit Ihrer Vorbildung, Herr Roesch, Sie sind sozusagen . . .«

Edy versuchte zu lächeln. Aber es wurde nur ein verzweifeltes Grinsen daraus. Eine ganz große Karriere hatte er gewollt, gleich, auf welchem Gebiet. Die Aussicht, ein erfolgreicher Sportartikelverkäufer zu werden, löste da nicht unbedingt Begeisterungsstürme in ihm aus.

»Also, wie gesagt, Herr Roesch: Dreitausendachthundert brutto sind das, was ich Ihnen anbieten kann. Dreizehnmal im Jahr. Sie arbeiten vier Tage in der Woche voll, haben einen ganzen und einen halben Tag frei – das müssen Sie mit Ihren Mitarbeitern abklären –, und darüber hinaus: Wir haben hier einen Aufenthaltsraum für unsere Angestellten mit Kaffemaschine, Kühlschrank, einer Mikrowelle – Sie können sich also . . .«

Edy hörte gar nicht richtig zu. Er unterschrieb den Arbeitsvertrag und hatte dabei das Gefühl, seine Seele zu verkaufen.

Der Personalchef des Sporthauses war beglückt. Es kam nur selten vor, daß er einen Verkäufer anheuerte, der auch wirklich wußte, was er verkaufen sollte. Echte Sportler lebten zumeist von Werbeverträgen.

»Herzlichen Glückwusch, Herr Roesch!«

Edy schluckte.

»Wir sehen uns also am 2. Januar. Das ist der erste geschäftsoffene Samstag im neuen Jahr, und wir wissen aus Erfahrung . . .«

Noch immer war sich die Tennis-Oma nicht schlüssig, welchen Schläger sie für ihren Enkel nehmen sollte.

»Der Junge ist immerhin erst sechs Jahre alt.«

»Nun ja . . .«

Edy blieb stehen, den Arbeitsvertrag in der Hand, und beobachtete seinen Kollegen, der eine ziemlich klägliche Figur abgab. Mit hängenden Schultern, Hohlkreuz und krummen Knien stand er da . . . Das konnte ja nichts werden.

Edy faltete das Papier und ließ es in der Innentasche seiner Lederjacke verschwinden. Dann wandte er sich der kaufinteressierten Dame zu.

»Wenn ich Ihnen vielleicht behilflich sein dürfte . . .«, sagte er, nahm ihr das Neunundneunzig-Mark-Racket aus der Hand, gab ihr das sechshundert Mark teurere . . .

»Merken Sie, wieviel leichter das ist? Liegt an dem Alu-Rahmen. Und jetzt nehmen Sie noch mal den anderen, zum Vergleich!«

Die Tennis-Oma ergab sich bedingungslos.

»Gerade bei Kindern sollte man nicht sparen, gnädige Frau. Wenn der Schläger zu schwer ist, führt das zu Schleimbeutelentzündungen im Ellenbogen, dem sogenannten Tennisarm, davon haben Sie doch sicher schon gehört . . .«

»Ja . . .«, hauchte die Dame und konnte den Blick gar nicht mehr abwenden von diesem schmucken, sonnengebräunten Jüngling.

Edy erinnerte sich an diesen Blick. So lange lag seine Zeit als Skilehrer schließlich noch nicht zurück.

»Also?« fragte er leise.

Die Tennis-Oma lächelte. »Ich nehme natürlich den leichten . . .«

Draußen wurde es schon langsam dunkel, und die Luft war unangenehm kühl und feucht. Cissy bereute, keine Handschuhe angezogen zu haben. Ihre Finger waren so kalt, daß sie kaum noch Gefühl darin hatte. Mit ihren Füßen war es ähnlich, da half auch nicht mehr, von einem Bein aufs andere zu treten. Seit einer Stunde stand sie nun schon im Hauseingang dieser Herren-Boutique. Die Verkäufer sahen sie schon ganz komisch an, aber damit mußte sie leben, denn nur von hier aus konnte sie das Sportgeschäft beobachten. Wenn Edy aus der Tür trat, war sie mit fünf Schritten bei ihm, das hatte sie ausprobiert. Und irgendwann mußte er ja wieder herauskommen. Kein Vorstellungsgespräch dauerte ewig.

Cissy spürte, daß es ihr schon wieder übel wurde. Edy wollte nicht arbeiten. Das hatte er ihr bei ihrem letzten Streit klipp und klar gesagt. Er wollte aber auch nicht Hausmann sein, das hatte er ebenfalls lautstark erklärt.

»Wie stellst du dir dein Leben denn dann vor?« hatte sie daraufhin geschrien.

»Wie das Wort es sagt, Cissy. Ich will *leben*. Jeden Tag genießen, als wäre es mein letzter.«

»Mit anderen Worten: Du willst ein bißchen Sport machen, ein bißchen herumstudieren, dich mit den Mädels vergnügen und tiefschürfenden Gedanken nachhängen ...«

»Das *ist* Leben!«

»Du Spinner, du! Du hast eine Frau, und du wirst bald Vater sein, und deinem Kind gegenüber hast du eine Verpflichtung – mir gegenüber vielleicht nicht, aber dem Kind gegenüber. Also, entweder ich bleibe bei Michael, und du versorgst das Baby, oder aber du gehst arbeiten, und ich kümmere mich um den Haushalt!«

Edy hatte seine Entscheidung getroffen. Seitdem sprachen sie nur noch geschäftlich miteinander, wie sie das nannte. Man sagte die Tageszeit, gab Antwort auf solche Dinge wie »Wann gehst du? Wann kommst du?«, und darüber hinaus vermied man jedweden Kontakt. Am Morgen hatten sich ihre Hände durch Zufall berührt, und Edy war zusammengezuckt, als hätte ihn eine Vogelspinne geküßt. Cissy war erschrocken zurückgewichen und hatte sich anschließend ihre Hände unter warmem Wasser gewaschen. Aber vielleicht würde sich das ja jetzt alles wieder zum Besseren wenden.

Es fing an zu regnen, als Edy aus dem Sportgeschäft trat. Er stellte seinen Kragen hoch und vergrub die Hände tief in seinen Jackentaschen. Mit gesenktem Kopf ging er die Straße hinunter, geradewegs auf die Bushaltestelle zu.

»Hallo!?«

Wie angewurzelt blieb er stehen, als er Cissys Stimme vernahm.

»Ich dachte, es würde dich vielleicht freuen, wenn ich dich abhole.«

Er öffnete den Mund, um etwas zu sagen, ließ es dann aber doch sein und ging einfach weiter.

Cissy folgte ihm. »Schau mal, was ich gekauft habe, Schatz! Es war im Angebot, und da wir bisher noch überhaupt keine Babysachen haben, dachte ich mir . . . ich . . .«

Mit dem zartgelben Strampelanzug in der Hand stand Cissy mitten auf der Straße. Ihr Haar war vom Regen schon ganz naß, und der Strampler lief bestimmt ein, so daß kein Kind der Welt ihn jemals würde tragen können . . .

Edy blieb stehen.

»Ich hab' den Job«, sagte er, und dabei klang seine Stimme so ungewohnt blechern und fremd.

Cissy bemühte sich, nicht zu strahlen. »Ja?« fragte sie nur.

»Das wolltest du doch wissen. Deshalb bist du doch hier.«

Sie fühlte sich durchschaut, und ohne daß sie etwas dagegen tun konnte, füllten sich ihre Augen mit Tränen. »Ich . . .«

»Ich hätte dich nie heiraten dürfen, Ciss. Ich habe den gleichen Fehler gemacht wie mein Vater. Und ich werde dafür bluten müssen wie mein Vater. Meine Träume begraben. Dir monatlich meinen Gehaltsscheck geben und mir anhören, daß er nicht hoch genug ist. Du wirst mir ständig sagen, daß ich ja jederzeit gehen könnte. Aber das werde ich niemals können, denn dann verliere ich ja mein Kind. Und das weißt du genau. Du weißt es schon jetzt. Dein Bauch ist mein Gefängnis.«

Er wandte sich ab.

Das war zuviel. »Ich habe dich nie geliebt!« schrie Cissy. »Du warst nur –«

Endlich blieb Edy stehen, drehte sich langsam zu ihr um.

». . . eine Notlösung!« beendete sie den Satz.

Er brauchte einen Moment, um das zu verkraften. Dann fing er auf einmal an zu lächeln.

»Bis daß der Tod uns scheidet!« sagte er leise.

Sie sahen einander eine ganze Weile tief in die Augen. Es hörte auf zu regnen, und die Leute schlüpften aus ihren Schutzecken.

»Millionen Menschen leben wie wir, Cissy. Ohne Hoffnung, aber mit jeder Menge Illusionen, mit Kindern und Ehegatten, aber ohne Liebe.« Er ging auf seine Frau zu, legte ihr den Arm um die Schultern und führte sie weiter in Richtung Bushaltestelle. »In fünfzig Jahren fragt uns keiner mehr, ob wir glücklich waren. Dann zählt nur noch, ob wir es hingekriegt haben! Und wehe, unsere Kinder wagen es jemals, mir zu sagen, daß sie unglücklich sind. Dann würde ich nämlich – oh, da kommt der Bus!«

Für Edy schien auf einmal alles ganz einfach zu sein. Er hatte sich mit dem abgefunden, was sich da »Zukunft« nannte.

Cissy stand da und sah den großen Omnibus auf sie zukommen. Das war das Ende. Sie spürte es ganz deutlich.

Nun laß doch diesen Unsinn!« lachte Lara; es war ihr peinlich. Aber Michael ließ sich nicht bremsen. »Entweder ich darf dich in aller Form über die Schwelle tragen, oder aber ich esse niemals deine kalorienverminderten, fett- und zuckerfreien Fertiggerichte.«

Damit hatte er sie zwangsläufig überredet. Sie legte ihre Arme um seinen Hals und spürte, wie er vorsichtig ihre Taille umfaßte und mit der anderen Hand ihre Beine vom Boden hob. Sie legte ihre Wange gegen seine und schloß die Augen, um nur ja nicht weinen zu müssen. Nicht jetzt.

Daß die neue Wohnung groß war, hatte Lara gewußt, doch nach den drei Wochen Krankenhaus kamen ihr die Zimmer nun schier riesig vor. An Michaels Seite schritt sie durch die einzelnen Räume und nahm verzückt zur Kenntnis, daß alles ganz genau so geworden war, wie sie es sich vorgestellt hatte.

»Hast du das ganz allein gemacht?«

»Klar!« Michael reckte sich wie Superman höchstpersönlich. »Ich hatte lediglich die unbedeutende Hilfe eines Umzugunternehmers, einer Schreinerei und eines Elektrikers, eines Klempners, einer Putzkolonne . . . aber alles andere ist mein Werk.«

Lara stand in der Wohnzimmertür und wagte auf einmal nicht mehr weiterzugehen. Mitten im Zimmer stand eine Staffelei, abgedeckt von einem weißen Laken, und sie konnte sich denken, was darunter war.

»Willkommen zu Hause, Lara!«

Sie schluckte. »Ich hatte mir so gewünscht, es hier zu haben . . .« Sie zog das Tuch herunter und blickte auf die Bleistift-Skizze, die sie ganz zu Anfang von ihren zwei Frauen angefertigt hatte.

»Cissy hat deine Signora Palini angerufen«, sagte Michael und lächelte. »Ich hab' gar nicht gewußt, daß sie so gut Italienisch kann. Zwei Tage, und das Bild war da ...«

»Ich werde es noch mal malen, Mike. Beim dritten Mal muß es einfach klappen ...«

Lara lächelte ihn an, daß er Mühe hatte, die Fassung zu bewahren. Er wollte jetzt nicht losheulen wie ein pubertärer Teenager, er wollte es vielmehr genießen, daß die erste Hürde genommen war. Lara war wieder zu Hause. Die Operation war gut verlaufen und hatte keine weiteren Befunde erbracht. Alles andere mußte nun die Zeit bringen.

Lara öffnete die Balkontür und ging nach draußen. Es regnete, und es war so kalt, daß man den Atem sehen konnte, aber nach all der Zeit in scheinbar luftdicht verschlossenen Räumen fand sie es trotz allem einfach herrlich. Sie hatte so lange keine frische Luft mehr gehabt.

»Es ist nur leider überhaupt nicht gut für dich.« Michael war ihr gefolgt.

»Ein paar Minuten werden schon nicht schaden.«

»Du könntest dich erkälten, Schatz.«

»Aber nein. Ist das Wiesbaden da drüben?«

Er wußte nicht, ob das Wiesbaden war oder München oder Anchorage oder nur ein anderer Stadtteil von Frankfurt.

»Bitte!!!« flehte er.

Sie spürte die Verzweiflung in seiner Stimme und wandte langsam den Kopf. Sie wußte selbst, daß ein Schnupfen sie derzeit umbringen konnte. Dazu war ihr Allgemeinzustand einfach zu schlecht und die Zahl der weißen Blutkörperchen zu gering. Aber sie wollte daran nicht vierundzwanzig Stunden am Tag erinnert werden, und sie wollte auch nicht immerzu in besorgte Gesichter blicken, in Augen, die ihr ein schlechtes Gewissen machten.

»Liebst du mich, Michael?«

Er wußte gar nicht, wie ihm geschah. »Wie kannst du das fragen? ... Nun komm erst mal rein!«

Sie zögerte noch einen Moment, gab seinem Drängen dann aber nach.

»Und jetzt mach die Augen zu, Lara ...« Er griff nach ihrer Hand. »Und nicht blinzeln!«

»Wohin gehen wir?«

»In den einzigen Raum, den wir bisher noch nicht besichtigt haben ...«

Lara erinnerte sich noch gut an den Tag, an dem sie die Möbel ausgesucht hatten. Das Schlafzimmer war die letzte Tat gewesen, da hatte sie schon ganz wunde Füße gehabt und insgeheim davon geträumt, sich lang auszustrecken und eine Runde probezuschlafen, während der Verkäufer die Verträge ausfertigte.

Mahagoni-Schränke und hell geblümtes Dekor, das von den Vorhängen über die Tapeten und Lampenschirme bis hin zu den Bettdekken reichte. Die Betten waren jeweils anderthalb Meter breit. Mehr als einmal hatte Lara sich in den letzten Wochen danach gesehnt, mit Michael in diesen Betten zu liegen und sich zu lieben, immer wieder und stundenlang.

»So, und jetzt darfst du die Augen aufmachen!«

Es war alles so, wie sie es sich vorgestellt hatte, der Flügelschrank, die Frisierkommode, die Nachttische –

»Was soll das?« Wie ein einziger Schrei schossen diese drei Worte aus ihrem Mund.

Michael atmete tief durch.

»Was soll das bedeuten?«

Er gab ihr keine Antwort, er sah sie nur an und hielt ihre Hand noch ein bißchen fester als bisher.

Mit einem Ruck befreite Lara sich von ihm und stob ein paar Schritte vor. Es war alles so, wie sie es sich vorgestellt hatte – mit einer Ausnahme: Nur eines der schmucken Polsterbetten stand im Raum. Wo das andere hätte stehen sollen, fand sich so ein ekelhaftes Krankenhausbett, das elektrisch zu heben und zu senken war; sogar der Galgen fehlte nicht.

»Das ... das ist die Antwort auf deine Frage, Lara. Ob ich dich liebe ...«

Sie schluckte. »Das kannst du nicht machen«, flüsterte sie dann. »Das werde ich nicht zulassen. Wenn ich diese Therapie überhaupt über mich ergehen lasse, dann nur in der Klinik.«

»Du *wirst* sie über dich ergehen lassen, *hier*!

Langsam drehte sie sich zu ihm um und sah ihn an. »Du weißt gar nicht, worauf du dich da einläßt, Michael. Bei meiner letzten Strahlenbehandlung wußte ich nicht mehr, wo oben und unten ist, und ich habe mich von früh bis spät bekotzt und irres Zeug geredet.«

»Eben. In einem solchen Zustand könnte ich dich unmöglich allein in einer fremden Umgebung lassen.«

»Aber du mußt arbeiten!«

»Liesegang hat gesagt, das schlimmste wäre der zweite Tag, und den nehme ich frei. Und ansonsten fahre ich dich morgens in die Klinik und gehe danach ins Büro, und abends koche ich für uns, wir essen und reden und . . . na ja . . .«

Wie ein hilfloses Kind stand er da.

Sie ging auf ihn zu und strich ihm mit den Händen übers Gesicht. »Und wann willst du einkaufen?« fragte sie ihn. »In der Mittagspause?«

»Warum nicht?« In seinen Augen lag ein Wille, dem offenbar nicht beizukommen war.

Sie lächelte. »Was macht die neue Show?«

»*Heck-Meck* ist Jeffs Sache. Er hat den Mist gewollt, nun muß er zusehen, wie er damit fertig wird.«

»Aber Michael . . .« Nahezu mitleidig sah sie ihn an. »Du kennst doch den schönen Spruch: Das Wort *Kunst* kommt von *können* und nicht von *wollen*, sonst hieße es *Wulst*. Jeff wird nie und nimmer –«

»Das ist nicht mein Problem«, fiel er ihr ins Wort. »Und erst recht nicht deines . . .« Er preßte sie an sich, als wollte er sie nie wieder loslassen.

»Im Endeffekt wird alles an dir hängenbleiben.«

»Ach was!«

»Versteh doch, Mike, in deinem Leben ist kein Platz für eine kranke Frau wie mich.«

»Red doch nicht!«

»Du würdest dich um mich kümmern müssen, aber du wirst keine Zeit dazu haben und deshalb zwangsläufig ein schlechtes Gewissen bekommen.«

»Sei still!« Er küßte sie, als könne er nicht nur ihre, sondern auch seine eigenen Zweifel damit vertreiben.

»Und was, wenn ich es nicht schaffe?«

Der Gedanke war ihm so schrecklich, daß er sich gar nicht damit beschäftigen wollte.

»Du wirst es schaffen, Lara!«

Sam Leeland hatte sich leider überhaupt nicht verändert. Dumm, dreist und sehr überzeugt von sich selbst, stand er inmitten der Dekoration und tat das, wovon er glaubte, es wäre, was man von ihm erwartete.

»Wer Kinofilme liebt wie ich«, tönte er, »der hat ja auch immer einen Lieblingsfilm. Und es gibt auch immer so Lieblingsszenen, die man sich tausendmal angucken könnte. Meine stammt aus dem Film *Hausboot* mit Cary Grant und Sophia Loren. Da geht der Grant auf einen Maskenball und verkleidet sich als Monster, und er versucht, in dieser Verkleidung die dicke Frau zu erschrecken, die neben ihm sitzt. Rrrrrrr . . . knurrt er wie ein tollwütiger Hund, und die Frau sieht ihn an – und schaut gelangweilt wieder weg. Daraufhin nimmt Grant die Maske ab und räuspert sich, und die Alte schaut noch einmal zu ihm hinüber, und dann schreit sie, und sie schreit und schreit . . .«

Leeland wollte sich nahezu ausschütten vor Lachen.

»Aus!« schrie Michael und rannte zornig auf die Bühne. »Sag mal, merkst du Idiot nicht, daß deinen Humor keiner teilt?«

Genau sechsundachtzig Leute saßen auf der provisorischen Tribüne, die erst in der letzten Nacht fertig geworden war, an den letzten Sitzen wurde noch gearbeitet.

»Sie müssen klatschen, meine Herrschaften«, wandte Michael sich an das Publikum. »Wenn die Dame da drüben, die mit dem geschwollenen Bäuchlein, das Plakat hochhält, dann müssen Sie klatschen. Das macht man so . . .« Er machte es vor und blickte zu Cissy herüber. »Hast du das wieder nicht getan? Ist dir die Pappe zu schwer in deinem Zustand?«

»Ich dachte –«

»Du dachtest!« Michael raufte sich die Haare und forderte Jeff auf, ihm zu folgen. »Am besten in den Keller!«

Sie gingen in die hinterste Ecke der Dekoration.

»Entweder du ziehst jetzt selbst den Schlußstrich, Jeffy, oder aber ich mache dich vor allen Leuten zum größten Arsch, den diese Welt je gesehen hat.«

Michael sprach diese Worte so leise, daß es wesentlich bedrohlicher klang, als wenn er sie herausgebrüllt hätte.

Jeff schluckte. »Ich . . . Mike . . . ich . . .«

»Hör auf herumzustammeln!«

»Aber –«

»Und hör auch endlich auf herumzustümpern!« Michael atmete tief durch. »Ab jetzt führe ich hier die Regie! Sag den anderen, du hättest Kreislaufprobleme!«

Sein nächstes Gespräch führte Michael mit Sam Leeland.

»Entweder wir finden eine Lösung«, erklärte er ihm, »oder aber du mußt fortan um dein Leben fürchten. Ich mache keinen Spaß.«

Leeland senkte den Kopf. »Ich bin gut«, erklärte er trotzig.

»Das müßte man nur auch merken.«

»Ich versuche es jeden Tag aufs neue.«

»Schreibst du deine Texte selbst?«

Der schöne Sammie erstarrte. Schon seit Jahren hatte man ihn das nicht mehr gefragt. »Natürlich nicht ...«

»Vielleicht liegt es daran.«

»Aber ich habe einen hervorragenden Autor, Mike, er –«

»Was für einen Lieblingsfilm hast *du*? Erzähl mir mal *deine* Lieblingsszene!«

Eine halbe Stunde später berichtete Sam Leeland vor laufenden Kameras von einer mißlungenen Entführung. Eine Gruppe chinesischer Untergrundkämpfer nahm einen amerikanischen Universitätsprofessor gefangen und brachte ihn mit einem Privatflugzeug nach Peking. Vor dem Start erklärte man der Geisel auf das Genaueste den Gebrauch der Sauerstoffmasken und der Schwimmwesten ...

»Chong wong dai li neng plong woi tu ...«

Michael saß kettenrauchend in der Dekoration und lachte Tränen. Und das Publikum klatschte begeistert Beifall, ohne daß Cissy ihr »Applaus!«-Plakat heben mußte.

»Erstaunlich, wie er mit Menschen umgehen kann!« sagte Cissy und legte ihre geschwollenen Füße hoch. »Was er aus ihnen herausholt ...«

Jeff, der neben ihr in der Kulisse lehnte, lachte laut auf. »Leeland?«

»Ich spreche von Michael.«

»Ach so.« Mehr fiel ihm dazu nicht ein. Er hatte gerade darüber nachgedacht, ob er Geizig, den neuen Finanzchef, wieder entlassen sollte. Damit entsprach er dann zwar Michaels Willen, aber vor den Mitarbeitern würde es aussehen, als wäre es Jeffs Entscheidung.

Cissy seufzte. »Wenn Mike nur nicht so reizbar wäre. Im Moment ist es gräßlich mit ihm. Findest du nicht?«

Jeff grinste. »Das macht das schlechte Gewissen. Aileen in dieser Situation allein zu lassen, das ist . . .« Verständnislos schüttelte er den Kopf.

»Ich hab' mal gehört, daß sich viele Paare nach dem Tod eines Kindes trennen . . .«

»Statistik interessiert mich nicht.«

Verwirrt schaute Cissy zu Jeff auf. Er sah ziemlich verbittert aus.

»Ihre Ehe war niemals gut, Jeff, das wissen wir doch alle. Und ich glaube nicht, daß es jemals einen richtigen Moment für eine Trennung gibt . . .« Wieder seufzte sie. »Schon gar nicht, wenn Kinder da sind.«

»Mag sein. Aber das schlechte Gewissen bleibt. Es wird ihn umbringen, wetten wir?«

Cissy erschrak bei soviel Haß. Sie wußte seit Jahren, daß es zwischen Jeff und Michael knirschte, aber daß es so schlecht aussah, wurde ihr erst jetzt bewußt.

»Glaubst du wirklich noch daran, daß es gute und schlechte Menschen gibt?«

»Natürlich«, lachte Jeff.

»Und den Guten lockt das Glück und den Schlechten die Verdammnis?«

»Wenn nicht in dieser Welt, dann in irgendeiner anderen.«

Sie war fassungslos. »Dann rate mir bitte! Was ist günstiger? Wenn ich mich hier unten erwürgen lasse, um als Opfer das ewige Leben zu erheischen? Oder ob ich besser einer anderen den Mann ausspanne, ein paar Jahre glücklich bin und es dann für immer ein bißchen zu warm habe?«

Jeff wußte gar nicht, warum Cissy auf einmal so aggressiv war.

»Du bist genau, wie meine Eltern immer waren«, keifte sie ihn da auch schon an. »Ihr habt alle die Weisheit des Lebens mit dem Löffel gefressen und nicht gemerkt, daß es ein Schaumlöffel war. Ein Gott, der hier auf der Erde nicht richtet, der wird es da oben im Himmel wohl auch nicht tun. Das wird Er dir selbst überlassen, und dann kannst du sehen, wie du damit fertig wirst, wenn du plötzlich in einen Spiegel siehst und erkennen mußt, was für ein Mensch du gewesen bist. Daß du nur gut warst, weil du zu feige und zu bequem warst, schlecht zu sein. Ich glaube nicht, daß du dann immer noch an den Wert eines schlechten Gewissens glauben kannst ...«

Jeff sah Cissy fassungslos nach, wie sie quer über die Bühne auf die andere Seite watschelte und Michael irgend etwas fragte oder sagte. Früher war sie nie so nachdenklich gewesen, schon gar nicht philosophisch. Aber die Schwangerschaft veränderte ja viele Frauen, so hieß es.

Sie war wirklich sehr dick geworden, fiel Jeff auf einmal auf. Ihr Körper hatte ja gar keine Form mehr, war richtig aufgedunsen ... Er durfte sich gar nicht vorstellen, mit so einer Frau das Bett teilen zu müssen. Schon die Vorstellung machte ihm soviel angst, daß er glaubte, nicht mehr atmen zu können.

»Und weiter geht's!« rief Michael, trat auf die Bühne und klatschte in die Hände. Die erste Sketchrunde war im Kasten, jetzt war die nächste Spielrunde an der Reihe.

Erwartungsvoll verschränkte Jeff die Arme vor der Brust. Mit dieser Show hatte er nichts mehr zu tun.

Für einen kurzen Moment trafen sich Jeffs und Michaels Blicke. Es war eine Energie, so stark und so hell wie gebündeltes Scheinwerferlicht. Sie zerbrach durch Michaels Eifer, er wandte sich wieder seiner Arbeit zu. Und Jeff stand da und beobachtete ihn.

»Du siehst nicht gut aus«, murmelte er dabei, »du siehst ganz und gar nicht gut aus ...«

Es war sieben Uhr morgens und so dunkel, daß Michael keinerlei Hoffnung hatte, es könnte jemals wieder hell werden. Er war noch gar nicht richtig wach. Nur mit größter Mühe gelang es ihm, sich auf die Fahrbahn zu konzentrieren. Die Straßen sahen alle gleich aus; er wußte gar nicht genau, wo er war.

»Jeff ist so blöd, Schatz ... Kürzlich hat er sich auf dem Weg zum Büro verfahren. Stell dir das mal vor! Er kennt die Strecke seit zehn Jahren ...«

Lara atmete tief durch. »Du hättest an der letzten Kreuzung rechts abbiegen müssen . . .«

»Ehrlich?«

Das Licht einer Ampel fiel so auf die Windschutzscheibe, daß sich ihr Gesicht darin spiegelte, deutlich erkennbar und eingetaucht in ein blutiges Rot. Sie fühlte sich entsetzlich, und in den letzten Tagen kamen ihr all die vielen Anstrengungen immer häufiger fürchterlich unsinnig vor. Ob sie nun morgen starb oder erst in zwanzig Jahren, das Ende war das einzig Sichere, und es schnell und sauber hinter sich zu bringen war vielleicht das einzig Richtige. Es ersparte so manches Leid.

Die Ampel sprang auf Grün, und Michael fuhr weiter. Zaghaft blickte sie zu ihm hinüber. Dunkle Schatten lagen unter seinen Augen, und die Haut war so zerknittert wie bei einem alten Mann. Tagsüber schuftete er im Studio, dann ging er ins Büro, abends versorgte er sie, und in den Nächten kam er kaum zur Ruhe . . .

»Ich liebe dich«, flüsterte sie.

Er lächelte. »Soll ich aufs Gelände fahren?«

»Bis zum Hauptportal genügt.«

In der Finsternis wirkte die Frankfurter Universitätsklinik noch bedrohlicher als sonst. Michael haßte es, dort vorzufahren. Er wünschte sich, es nie wieder tun zu müssen, wünschte sich aber zugleich, eines schönen Tages auf diesen Gebäudekomplex zu blicken und dabei ein Gefühl von Glück zu verspüren.

»Ich danke dir, mein Schatz!«

Er spürte Laras kalte Hand im Nacken und ihre Lippen auf seiner Wange.

»Paß auf dich auf«, sagte sie.

»Aber ja doch!«

Langsam stieg sie aus. Ihre Bewegungen wurden von Tag zu Tag langsamer. Sie wurde auch immer dünner, und ihre Haare, die inzwischen nur noch bis zu den Schultern reichten, wurden täglich weniger. Wie sie sich zum Hauptportal schleppte! Und wieviel Kraft es sie kostete, den Arm zu heben und ihm zuzuwinken! Er winkte zurück und gab Gas.

Ein paar Meter weiter hielt er an und legte den Kopf auf das

Lenkrad. Er wollte schreien, so laut, daß die ganze Stadt es hörte, aber er brachte keinen Laut heraus. Er hatte sich all das hier so ganz anders vorgestellt. Die Frau, die er liebte, wurde von Tag zu Tag kränker statt gesünder. Sie wurde schwächer und schwächer und kam trotzdem nur selten zur Ruhe. In den Nächten übergab sie sich, oder sie tobte, sie weinte, sie wimmerte – manchmal wäre er am liebsten davongelaufen, in irgendeine Kneipe, um sich dort so zu besaufen, bis er alles vergessen hatte.

Lara hatte sich auf die erstbeste Bank gesetzt und saß nun da, um erst mal zu verschnaufen.

»Es wird täglich besser mit uns, nicht wahr?«

Angela war einundvierzig Jahre alt und hatte wie Lara eine Rückfallerkrankung. Sie war verheiratet und hatte zwei Kinder von acht und fünf Jahren, für die sie an manchen Tagen insgeheim nach einer neuen Mutter suchte. Dann gab es andere Tage, an denen sie sich mit ihrem Mann stritt, weil der endlich lernen sollte, Schnitzel zu braten und ein Hemd zu bügeln; schließlich lag ja eine Zukunft als alleinerziehender Vater vor ihm. Es gab auch Tage, an denen ihr alles scheißegal war. Sollte ihre Familie doch sehen, wie sie nach ihrem Tod zurechtkam! Sie hatte ihre eigenen Probleme.

»Am seltensten habe ich Hoffnung«, seufzte Angela an jenem Morgen auf der Bank. »Ich habe mich auf meine Gefühle immer verlassen können. Und meine innere Stimme sagt mir seit Monaten, daß ich es diesmal nicht schaffen werde. Ich spüre das einfach.«

»Es hat sich aber doch viel getan in den letzten fünfzehn Jahren.«

»Nur weil es moderner wird, wird es nicht zwangsläufig auch besser.«

»Die Medizin hat Fortschritte gemacht, Angela.«

»Für dich vielleicht.«

Die Strahlenkammer hatte Lara schon immer mehr gehaßt als alles andere. Sie haßte das Gefühl, von der Welt isoliert und für die Welt vergiftet zu werden. Und sie haßte es, wenn junge, hübsche, gesunde Mädchen mit bunten Stiften auf ihrem Bauch herummalten.

»Kennen Sie einen Herrn Doktor Reinders?« Schon seit vier Wochen hatte sie das mal fragen wollen, sich aber nie getraut.

Die kleine Brünette mit dem Malstift runzelte die Stirn. »Den aus der Gynäkologie?«

»Ja.«

»Der früher mal hier war?« Sie machte ein weiteres Kreuzchen. »Ist er das jetzt nicht mehr?«

Die Kleine blickte auf. »Sie meinen doch diesen Bullen, oder? Der knapp durch die Tür ging und so ziemlich jede Schwester –« Sie stockte, und dann räusperte sie sich, als hätte sie etwas Verbotenes gesagt oder ein großes Geheimnis verraten.

Lara schluckte. »Er . . . er hat mich mal operiert«, stammelte sie. »Vor Jahren. Und dabei –«

»Ist was schiefgegangen!«

»Woher wissen Sie das?«

Die kleine Brünette lachte. »Weil bei dem eine Menge schiefgegangen ist. Wenn die Pharma-Vertreter kamen, hat er denen Präparate abgenommen, die noch nicht durch die endgültige Testreihe waren, und die hat er an Patientinnen ausprobiert, die keine Ahnung davon hatten. Und als sogenannte Ergebnisse hat er die Texte deklariert, die ihm die Firmen vorgegeben hatten. Und dafür hat er jede Menge Geld kassiert. Irgendwann sind sie ihm hier auf die Schliche gekommen und haben ihn rausgeschmissen.«

Die Kleine malte einen formschönen Kringel, und Lara versuchte, tief durchzuatmen.

»So etwas . . . so was hätte ich ihm nie zugetraut.«

»Irgendwie mußte er wohl mit seinen Schulden klarkommen, Frau Laddock. Er hatte schließlich eine Frau, für die er aufkommen mußte, und ein schwerbehindertes Kind. Sauerstoffmangel bei der Geburt. Er hat im Ärztezimmer mit einer Schwester rumgemacht, während seine Frau im Kreißsaal in den Wehen lag. Und dann kam er im Endeffekt einfach zu spät . . . Kannten Sie ihn gut, den Doktor Reinders?«

Zum erstenmal in ihrem Leben bekam Lara die bedrückenden Umstände einer Kobalt-60-Bestrahlung gar nicht mit. Wie durch einen Nebel zog alles an ihr vorüber, und jenseits dieses Nebels sah sie immer nur Jans Gesicht.

Sie hatte ihn so geliebt. Sie hatte geglaubt, ihn zu lieben. Dabei hatte sie ihn gar nicht wirklich gekannt . . .

»Guten Morgen, meine Liebe!«

Lara hatte das Gefühl, aus einem Traum zu erwachen, und blickte verstört zur Tür.

Professor Liesegang stand da und lächelte sie freundlich an. Dieses Lächeln kannte sie. Sie hatte es schon zu oft auf den Gesichtern zu vieler Ärzte gesehen.

»Machen Sie schnell!« Das war das einzige, was ihr in diesem Moment noch einfiel.

Michael saß allein in dem nunmehr leeren Zuschauerraum und blickte nieder auf sein Werk. Die Show war im Kasten. Sie hatten allesamt gut gearbeitet. Aber Michael hatte die mit Abstand schwerste Arbeit geleistet. Nur schien das niemand zu würdigen. Er war der einzige, der nicht mitmachte bei der Abschluß-Party, und das fiel nicht einmal auf.

Die Technik hatte den Ton bis zum Anschlag aufgedreht; man konnte sehen, wie die Lautsprecher vibrierten. Sechsundachtzig Zuschauer und dreiundzwanzig Angestellte hopsten zu der Filmmusik von *Flashdance* in der Dekoration herum.

Sam Leeland schwofte mit Cissy, und Jeff plauderte mit einer alten Dame, die offenbar schon zu gebrechlich war, um noch das Tanzbein zu schwingen. Der Champagner floß in Strömen. Selbst die Kabelträger schütteten ihn in sich hinein, denn sie mußten ihn ja nicht bezahlen. Und da machte es dann auch nichts, wenn man aus Pappbechern trank, Hauptsache, man bekam genug ab.

Michael hätte heulen können. Er schuftete bis zum Umfallen, und wenn dann alles vorbei und gut gelaufen war, brauchte ihn niemand mehr. Dann feierten sie allein und vermißten ihn nicht einmal. Vermutlich erwarteten sie sogar, daß er rasch heimging, um ein neues Projekt zu erarbeiten.

Immerhin, dachte er und blickte auf das Champagnerglas in seiner Hand. Immerhin hatte er davon etwas abbekommen und mußte es nicht nur bezahlen.

»Prost!« sagte er leise zu denen da unten, setzte das Glas an und leerte es in einem Zug. Dann stand er auf. Es war Zeit zu gehen.

Es war Freitag, der 11. Dezember, und die Welt rüstete unerbittlich zum Fest der Liebe. Überall blinkten Sternchen und bunt geschmückte Tannenbäume, keine Straßenecke, an der nicht »Stille Nacht, heilige Nacht« erklang, und nicht mehr lange, und die Bundespost würde ihr alljährliches Supergeschäft machen. Tonnen von Weihnachtskarten wurden verschickt, die das traute hochheilige Paar zeigten, jeder wünschte jedem ein frohes Fest, frohes Fest, frohes . . .

Michael wußte, daß er viel zu schnell fuhr, aber er wäre gern noch sehr viel schneller gefahren. Er brauchte das jetzt, und nichts kam ihm in seinem Zustand gelegener als diese Frau, die schwer bepackt den Zebrastreifen überquerte. Sie war bestimmt glücklich, diese Frau, führte eine gute Ehe, hatte gesunde Kinder. Sicher hatte sie Weihnachtseinkäufe gemacht für ein harmonisches Fest mit der ganzen Familie . . .

Das Quietschen der Bremsen war so laut, daß es für einen kurzen Moment selbst das Weihnachtsgedudel übertönte. Um Haaresbreite hatte Michael einen Menschen überfahren, eine wildfremde Frau, die er nicht kannte und die ihm niemals etwas getan hatte. Mit angstgeweiteten Augen sah sie Michael an, dann ging sie langsam zur anderen Straßenseite, und er fuhr weiter.

Er wollte jetzt nicht nach Hause, eigentlich wollte er nie wieder nach Hause . . . Er schrie so laut, daß die Windschutzscheibe bebte.

Lara lag zusammengekrümmt in ihrem Bett und starrte auf den Wecker. In fünf Minuten würde er klingeln. Es war gleich sieben Uhr, und in etwa einer Stunde kam Michael nach Hause. Sie mußte aufstehen und sich anziehen, damit er sie nicht so sah.

Sie schob ihren Körper zur Bettkante und ließ das linke Bein heruntergleiten. Die Zehen berührten den Teppichboden, und sie versuchte, sich einen festen Halt zu verschaffen. Ihre Arme waren völlig kraftlos. Nur mit äußerster Mühe gelang es ihr, sich aufzustützen und aufzurichten. Das rechte Bein berührte nun auch den Boden. Sie hatte es geschafft; sie saß – und prompt schellte der Wecker. Sofort schaltete sie ihn ab, starrte auf die Kleidung, die sie vorsichtshalber schon am Morgen auf den Stuhl neben dem Bett gelegt hatte. Schwarze Leggings wollte sie tragen, und einen orangefarbenen Wollpullover. Es würde mindestens eine Stunde dauern, bis sie die Sachen angezogen, ihr Haar gebürstet und die Lippen ein wenig geschminkt hatte . . .

Michael haßte Bahnhöfe. Er hatte als Kind auch niemals Lokomotivführer werden wollen wie die meisten anderen Jungs. Züge waren Monster für ihn. Sie wirkten so bedrohlich, und sie hatten so einen eigentümlichen Gestank, und sie schlängelten sich wie giftige Vipern über ein schmales Schienennetz, das ihm so ganz und gar nicht vertrauenswürdig erschien.

Der Frankfurter Hauptbahnhof war für Michael einer der schlimmsten, die er kannte. Die vielen Gleise und die vielen Menschen, die vielen Penner und Zuhälter und Drogensüchtigen . . . Michael kaufte sich eine Flasche Wodka und setzte sich auf eine der Bänke von Bahnsteig vier. Die Leute starrten ihn an, als er die Flasche öffnete und ansetzte.

Seine Kindheit und seine Jugend waren Scheiße gewesen und die Jahre danach ein einziger Kampf. Er hatte seinen Sohn verloren, und die Frau, die er liebte, starb an Krebs.

Vor ihm stand der Schnellzug nach Amsterdam. Er brauchte nur einzusteigen, und schon war alles vorüber. Er sah wunderhübsche Grachten vor seinem geistigen Auge; er sah sich dasitzen mit im Wasser baumelnden Beinen, im Schoß einen Beutel voller Krabben, die er nacheinander pulte und in den Mund steckte.

Er stellte die Wodkaflasche auf der Bank ab und stand auf. Er mußte diesen Zug nehmen; ein paar Tage Amsterdam würden alles verändern . . .

Es war kurz nach acht Uhr, und Lara saß mit geschlossenen Augen im hellerleuchteten Wohnzimmer, die Farbpalette in der Hand. Als sie den Schlüssel in der Wohnungstür hörte, schreckte sie hoch und stellte sich an die Staffelei, schwang den Pinsel.

»Hi!«

Michael sah noch müder aus als sonst, und deshalb bemühte Lara sich um ein ganz besonders strahlendes Lächeln.

»Hallo, mein Schatz!«

»Geht es dir gut?«

»Aber ja . . .«

Er nahm sie in die Arme und gab ihr einen Kuß auf die Stirn. Nur ein einziger Pinselstrich auf der Leinwand war naß. Der Rest war trocken. Ganz fest preßte er sie an sich. Solange er sie noch hatte, wollte er jeden Augenblick mit ihr genießen.

Lara spürte, wie sehr er zitterte. »Wie war dein Tag?«

»Wir haben alles geschafft, Darling . . .«

»Wunderbar.«

»Ich hab' uns was zu essen mitgebracht, von dem Chinesen, der da neu aufgemacht hat. Schau mal!« Er holte zwei kleine Kartons, die er in der Diele abgestellt hatte, und öffnete einen davon. »Peking-Ente mit Reis und –«

Lara hielt sich an der Staffelei fest. Bisher war ihr schon nicht gut gewesen, aber jetzt, da ihr der Gestank dieser Ente in die Nase stieg, war es endgültig vorbei. Ihr Magen wölbte sich, und im nächsten Moment füllte eine bittere, heiße Flüssigkeit ihren Mund, und in ihrem Kopf drehte sich alles . . .

Michael hätte nie gedacht, daß er jemals solche Fähigkeiten entwickeln würde. Lara erbrach auf sein Jackett, und ihm selbst wurde nicht schlecht dabei. Vielmehr wischte er ihr auch noch den Mund ab, trug sie danach ins Schlafzimmer und holte einen feuchten Waschlappen aus dem Bad und ein Handtuch, das er über das Kopfteil des Bettes breitete.

»Möchtest du einen Schluck trinken?«

»Ja . . .«, gurgelte Lara, ». . . Schnaps!«

Er lachte. »Klar.«

Sie hielt ihn am Arm fest. »Ich will 'n Schnaps, Michael!«

»Aber . . .«

Ihr Blick war fest und duldete keinen Widerspruch. Er holte ihr einen kleinen Cognac; eigentlich sah man nur an der hellbraunen Färbung des Kristalls, daß überhaupt etwas im Glas war. Lara bemerkte das sofort und warf ihm einen strafenden Blick zu, trank.

»Es brennt wie Feuer.«

»Ich habe gerade fast eine Frau überfahren.«

»Was?«

Michael lächelte, als wäre alles halb so tragisch. »Ich habe dann ja noch rechtzeitig gebremst, nur . . . im Grunde wollte ich sie umfahren, mir war danach. Ich wollte sie dafür bestrafen, daß sie noch nicht mehr in ihrem Leben zu beklagen hatte als vielleicht den Tod ihres Dackels ... Aber sie war gar nicht glücklich. Ich habe kurz in ihr Gesicht gesehen, und da sah sie eigentlich eher unglücklich aus ...«

»Alle Menschen sind unglücklich, Michael.«

»Ich weiß nicht.«

»Sie wachen morgens auf und reden sich ein, es würde bestimmt ein großartiger Tag werden.«

»Das rät jeder Psychiater: Denke positiv!«

»Aber wenn man so denkt, kann man nur enttäuscht werden. Nimm die Kraft, die du brauchst, um dir Illusionen zu machen, und beginne den Tag mit einem lauten und deutlichen: Wer weiß, was für eine Scheiße heute wieder passiert! Dann kannst du am Abend vielleicht auf so manch angenehme Überraschung zurückblicken ... oder auch nicht ...«

Bei den letzten Worten war Laras Stimme so leise, daß Michael Angst bekam. Das hatte irgend etwas zu bedeuten, das spürte er genau. Noch bevor er fragen konnte, stellte sie das Cognacglas auf den Nachttisch.

»Ich habe heute mit Professor Liesegang gesprochen, Michael ... Das heißt, eigentlich hat er mit mir gesprochen ...«

Sie verschränkte die Arme vor der Brust und blickte angestrengt auf die Bettdecke.

Michael wagte nicht zu atmen. Im ersten Moment wäre er am liebsten aufgestanden und weggegangen. Doch dann legte er seinen Kopf auf Laras Bauch und umfaßte mit den Händen ihre Arme.

»Es ist nicht so schlimm.« Sie hatte Mühe, das auszusprechen. »Wir müssen ja alle irgendwann sterben, und wenn ... ich geh' halt einfach schon mal vor, Michael ... Und du kommst dann irgendwann nach, ich ...«

Sie schluchzte laut auf, und Michael nahm sie fest in die Arme. Er roch so gut, sie liebte es, wenn er nach sich selbst roch und nicht nach irgendeinem Rasierwasser.

»Ich kann es mir nicht vorstellen, Michael, aber er hat gesagt, daß es nicht gut aussieht ... Wenn in nächster Zeit keine Besserung eintritt, dann ... dann sollen wir uns darauf vorbereiten ...«

»Es wird nicht passieren, Lara!« Sie konnte es sich vielleicht nicht vorstellen, aber er wollte nicht.

Sie fuhr mit den Händen durch sein Haar. »Glaubst du, daß es eine Verbindung zwischen den Welten gibt? Wenn du aus dem Fenster siehst und dir einen ganz besimmten Stern aussuchst und hinaufschaust, vielleicht blicke ich von irgendwoher auf den gleichen Stern. Und wenn wir es uns dann beide genug wünschen, können wir uns da ja dann treffen ... Glaubst du, daß das geht?«

Michael schwieg zunächst. »Ich habe jemanden gefunden, der sich für deine Bilder interessiert«, sagte er dann.

Lara glaubte, nicht richtig zu hören.

»Er hat eine ziemlich große Galerie in der Innenstadt.«

Verwirrt schaute sie in sein Gesicht. Seine Augen waren voller Tränen, aber er wagte wohl nicht, sie herauszulassen.

»Du könntest bei ihm deine erste Ausstellung machen.«

Lara war sprachlos. »Gibst du mir noch einen Cognac«, flüsterte sie nach einer ganzen Weile.

Michael schluckte. »Ich habe auch mit Liesegang gesprochen, gestern, und *mir* hat er gesagt, du hättest immer noch eine kleine, aber reelle Chance ...«

Lara atmete tief durch. »Wenn ich die nächsten Tage überstehe.«

Er griff zu dem kleinen Cognacschwenker und betrachtete ihn von allen Seiten, als wäre er ein kulturhistorisches Dokument. Dann sah er sie an. »Bis dahin gibt es keinen Schnaps! Weder für dich noch für mich!«

Das Weihnachtsfest war gelaufen, und wer es unbeschadet an Leib und Seele überstanden hatte, raffte sich nun ein letztes Mal auf, um auch noch den Rest des Jahres hinter sich zu bringen.

Die Geschäftsleute rieben sich die Hände. Zum Fest der Liebe gab es in den meisten Familien die größten Kräche. War sie die Leidtragende, kaufte sie Dessous und tief ausgeschnittene, viel zu kurze Kleider. Er erstand Lederjacken oder eine neue Uhr oder den heimlich immer schon so heiß ersehnten Siegelring. Den meisten Umsatz machten freilich die Spirituosen-Händler. Denn bei denen kauften sie vom letzten Geld, das sie nicht den Kindern für Raketen und Knallfrösche gegeben hatten, überteuerten Schampus im Sonderangebot, um das alte Jahr zu vergessen.

Es war Mittwoch, der 30. Dezember 1992, und Andrews ehemalige Spielkameraden brannten schon am hellichten Tag ein paar Wunderkerzen ab. Dabei sangen sie irgendeinen Rap-Song, wie er derzeit so beliebt war. Aileen konnte den Rhythmus schon nicht ertragen und war dankbar, daß die Worte nicht bis zu ihr heraufschallten. Sie stand am Wohnzimmerfenster und blickte auf die Straße hinunter.

Ihr Weihnachtsfest war eine einzige Qual gewesen. Michael hatte am Heiligabend kurz angerufen, Jeff war am 1. Feiertag zum Kaffee gekommen, und am 2. Feiertag war Aileen dann mit ihrer Tochter auf den Friedhof gegangen.

Diana war in ihrem Zimmer und packte ihre Sachen zusammen. Sie freute sich maßlos auf die Tage mit ihrem Vater. Zum erstenmal nach langer Zeit würde sie mal wieder richtig mit ihm zusammensein. Als Auftakt war ein Besuch im Zoo geplant und als Abschluß die Galavorstellung von *Holiday on Ice*.

»Zieh dein hübsches blaues Kleid dazu an«, meinte Aileen, die plötzlich im Türrahmen lehnte, »das mit dem Spitzenkragen.«

Diana erschrak. Sie hatte ihre Mutter gar nicht kommen hören. »Das ist mir zuviel zum Tragen, Mama.«

»Aber du brauchst die schwere Tasche doch nicht durch den Zoo zu schleppen, Papa kann sie doch ins Auto stellen.«

Dianas Augen begannen zu strahlen. In den letzten Wochen hatte Mama ihr gegenüber immer nur von »deinem Vater« gesprochen, jetzt sagte sie endlich wieder »Papa«.

»Ich darf mit ihm im Schlafzimmer schlafen«, sagte Diana. Das sagte sie nun seit Heiligabend bestimmt schon zum zwanzigstenmal, und es fiel ihr nicht einmal auf. »Lara geht ins Gästezimmer.«

Aileen versuchte, ruhig zu bleiben. »Nimm trotzdem das blaue Kleid mit für *Holiday on Ice*.«

Die Kleine schien sie gar nicht wahrzunehmen. »Papa war so glücklich«, seufzte sie. »Lara muß wohl ziemlich krank gewesen sein. Wußtest du das?«

Aileen gab ihrer Tochter keine Antwort darauf. Sie drehte sich auf dem Absatz um und ging, und Diana wußte, daß sie etwas Falsches gesagt hatte – wie so oft. Dieses Leben hier schien ein einziges großes Fettnäpfchen zu sein.

Aileen ging in die Küche und holte den Wasserkessel aus dem Schrank. Sie füllte ihn mit Milch und stellte ihn auf den Ofen. Ihr Entschluß stand fest. Am Morgen war sie noch nicht ganz so sicher gewesen, aber jetzt gab es kein Zurück mehr. Sie zog das Tablettenröhrchen aus ihrer Hosentasche und ließ drei der unglasierten Pillen in eine Tasse fallen. Dann drehte sie den Wasserhahn auf. Wenn sie lange genug wartete, kam das Wasser fast zum Kochen, und genau das brauchte sie jetzt, ein paar Tropfen kochendes Wasser . . . Die Tabletten lösten sich im Nu darin auf. Nun waren sie eine zartblaue, geruchlose Flüssigkeit. Aileen nahm den Kakao aus dem Schrank. Die Milch war nun heiß, und ein bißchen Sahne hatte sie auch noch . . .

Es war kurz nach zwei Uhr nachmittags, als Diana in voller Montur ins Wohnzimmer kam. Ihre Mutter hatte nicht gewollt, daß Papa sie abholte. Die Vorstellung, er und sein Flittchen stünden vor ihrem Haus, war ihr unerträglich gewesen. Diana fand das zwar albern, hatte sich aber damit abgefunden. Von allem war das noch das kleinste Übel.

»Rufst du mir dann ein Taxi, Mama?«

Aileen saß auf dem Sofa und lächelte. »Hübsch siehst du aus, mein Kind . . .«

»Danke!«

»Trinkst du erst noch eine heiße Schokolade mit mir?«

Diana ließ ihre schwere Sporttasche zu Boden sinken. Schon lange hatte ihre Mutter keinen Kakao mehr für sie gemacht.

Laras Augen hatten ihren alten Glanz noch lange nicht wieder, und ihr Gesicht war immer noch schmal und eingefallen. Trotzdem hätte Michael jubeln können vor lauter Glück. Es ging ihr jeden Tag besser; er konnte förmlich dabei zusehen, und das mußte einfach ein gutes Zeichen sein.

Es war schon nach drei Uhr, und Lara fror. Unentwegt lief sie zwischen dem Affenkäfig und den Eisbären hin und her, um in Bewegung zu bleiben.

»Wer ist eigentlich auf die blödsinnige Idee gekommen, daß man sich hier trifft«, schimpfte sie mit deutlich vernehmbarem Humor in der Stimme.

Michael lachte. »Wer wohl? Aileen hat das bestimmt mal in irgendeinem Spielfilm gesehen. Da treffen sich geschiedene Väter mit ihren Kindern ja immer im Zoo. Oder im Kino. Aber Kino kommt bei uns gar nicht erst in Frage.«

»Ach ja ...« Mit einem strahlenden Lächeln auf den Lippen tänzelte Lara auf ihn zu. »Wegen dem Schweinekram auf der Leinwand und vor allem wegen der Fast-Food-Restaurants, die es da gibt, nicht wahr?«

»Genau, mein Engel! Diana äße womöglich zuviel fettige Pommes und tränke zuviel süße Cola, und dann würde die Mama den Papa natürlich auf Körperverletzung verklagen.«

»Jetzt wird die Geliebte die Mama verklagen. Zoo im Dezember ist Mord!«

Er umarmte sie. »Sei froh, daß Winter ist«, frotzelte er und lüftete ihr Mützchen. Das ehemals so lange Haar war jetzt ganz kurz und so licht, daß man an manchen Stellen bis auf die Kopfhaut sehen konnte. »Stell dir vor, es wäre Sommer und du hättest den Deckel nicht auf!«

»Die Eisbären würden vor Schreck zum Äquator fliehen!«

Er konnte nicht anders, er mußte sie in diesem Moment einfach küssen, und sie fand es wunderbar – bis sie den kleinen Mann erblickte, der gerade die Affen fütterte. Er starrte sie an, und das war Lara peinlich.

»Schluß jetzt!« Sie drückte Michael von sich weg. »Stell dir vor, das Kind kommt! Was soll Diana von uns denken?«

»Daß du tierlieb bist! Gut zu vögeln, allemal.«

»Mistkerl!«

Sie alberten eine ganze Weile herum, dann schaute Michael neuerlich auf seine Armbanduhr. Um drei waren sie mit Diana verabredet gewesen; jetzt war es schon fast vier. Und das Mädchen war immer noch nicht da.

»Wenn nur nichts passiert ist!« meinte Lara.

Michael stieß einen bitteren Lacher aus. »Der Anwalt hat Aileen ganz klar gesagt, daß sie mir Diana lassen *muß*. Und sie hat es zugesagt.«

»Vielleicht hat sie sich mit der Uhrzeit vertan.«

Michael warf Lara einen mitleidigen Blick zu, und sie schloß verlegen die Augen.

»Ruf sie am besten an, Schatz! Vielleicht hat sie ja geglaubt, es wäre erst nächste Woche.«

Er atmete tief durch. »Bleibst du solange hier?«

»Ich geh' rüber zu den Schimpansen und fresse ihnen die Bananen weg.«

Die Jalousien waren zur Hälfte heruntergelassen, so daß das kalte Winterlicht nur in scharf geschnittenen Scheibchen hereindringen konnte. Und auch diese Scheibchen wurden immer schwächer, was Aileen äußerst beruhigend fand. Sie saß immer noch im Wohnzimmer auf dem Sofa und hielt ihre Tasse Kakao in der Hand. Das Telefon läutete schon die ganze Zeit. Es läutete und läutete, aber Aileen nahm nicht ab. Statt dessen stand sie auf und ging den Korridor hinunter zu Dianas Zimmer. Behutsam schloß sie die Tür.

Endlich war das Telefon still, und Aileen lehnte sich erschöpft gegen die Wand. Es war alles so furchtbar lange her, ihr Leben war schon so lange Zeit vorüber, und es war ihr bisher nicht einmal aufgefallen.

Wieder läutete das Telefon. Langsamen Schrittes ging Aileen ins Wohnzimmer zurück, stellte ihre Kakaotasse neben Dianas auf den Tisch. Dann holte sie tief Luft.

»Landers!«

Aileen klang abgehetzt, und Michael fühlte sich irgendwie beschwichtigt.

»Ich habe schon zigmal angerufen«, schimpfte er trotzdem. »Wo ist Diana?«

»Diana?« Aileen war mit einem Schlag starr wie eine Salzsäule. »Was heißt: Wo ist Diana? Die ist doch bei euch.«

»Das ist sie nicht, Aileen, und das weißt du auch ganz genau.«

»Erlaube mal, Mike! Diana ist um kurz vor drei hier weggefahren, wie wir es abgesprochen hatten. Ich habe ein Taxi bestellt, und ich bin sogar mit ihr –«

»Wohin ist sie gefahren?«

»Na, in den Zoo! Darüber haben wir doch lang und breit –«

»Sie ist aber nicht im Zoo, Aileen!«

Sie hielt den Atem an. »Um Gottes willen!«

»Wo ist sie also?«

»Ich weiß es nicht ...«

»Wo könnte sie sein?«

»O mein Gott!« stöhnte Aileen. »Wenn ihr etwas zugestoßen ist! Wenn sie sich etwas angetan hat! Was machen wir denn jetzt?«

Aileen fing an zu weinen, und Michael hatte Mühe, auch nur einen klaren Gedanken zu fassen. Er mußte die Polizei anrufen, aber die würden nach so kurzer Zeit bei einer Dreizehnjährigen wohl doch nichts unternehmen. Zu viele Mädchen in diesem Alter verschwanden plötzlich und unerwartet.

»Bleib du zu Hause, Aileen!« sagte er schließlich. »Ruf ihre Freundinnen an, vielleicht wissen die ja, wo sie ist. Ich werde rumfahren und sie suchen. Ich melde mich.«

Er legte auf. *Ich suche eine Fotze zum Ficken!* stand an der Wand der Telefonzelle. Michael schloß die Augen. Was war das nur für eine Welt!

Lara hockte auf dem Mauervorsprung des Affenkäfigs und rauchte eine Zigarette. Eine kleine Gruppe von Kindern lief an ihr vorüber. Sie waren etwa sieben, acht Jahre alt, genauso alt, wie ihr kleiner Sohn jetzt gewesen wäre ... Alessandro Testini ... Alexander Laddock ...

Sie wandte sich um und schauten den Affen zu, wie sie sich von einem Ast zum anderen schwangen und einander lausten. Auf dem Boden saß breitbeinig eines der Affenbabys und starrte sie mit großen Augen an.

»Na, mein Kleiner?! Wer von uns beiden ist gefangen hinter Gittern? Du oder ich?«

Michael war sehr erregt. Ruhig war er fortgegangen, jetzt kam er den breiten Kiesweg heruntergerannt. Lara stand auf.

»Geht es dir gut genug, daß du noch ein bißchen hierbleiben kannst?«

»Was ist passiert?«

»Ich muß Diana suchen, die Straßen abfahren –«

»Das darf nicht wahr sein . . .«

»Bleib du bitte hier, Lara! Wenn sie doch noch kommt, muß sie irgend jemand in Empfang nehmen.«

»Aber ich kenn' sie doch gar nicht.«

Michaels Augen waren riesengroß vor lauter Angst und Verzweiflung.

»Vergiß es«, flüsterte sie, »ich werde sie erkennen.«

Er gab ihr einen Kuß auf die Wange. »Wenn sie bis sechs nicht da ist, fahr bitte nach Hause, okay? Ich melde mich, sobald ich kann.«

»Okay.«

Noch einmal gab er ihr einen Kuß, dann ging er. Lara sah ihm nach. Wie seine Hosenbeine flatterten! Wie steif sein Körper war! Am liebsten wäre sie ihm nachgerannt und hätte sich ihm an den Hals geworfen. Aber das durfte sie nicht, nicht jetzt!.

Sie hockte sich wieder auf den Mauervorsprung des Affenkäfigs und fingerte eine neue Zigarette aus ihrer Jackentasche. Vor ihren Augen zündete die Flamme eines Feuerzeuges.

»Madame!«

Der Tierpfleger, der die Schimpansen versorgt hatte, war Algerier. Er war sehr nett, und er hatte auch noch eine Banane übrig, die er mit Freuden mit Lara teilte.

Wenn es irgendeine Stadt in Deutschland gab, die sich rühmen konnte, es mit einer amerikanischen Metropole aufnehmen zu können, so war es Frankfurt am Main.

Bisher hatte Michael das immer reizvoll gefunden, aber am Abend des 30. Dezember 1992 hätte er die Stadt dafür verfluchen können. An jeder Straßenecke änderte sich das Milieu. Hier waren die Junkies, da stiefelten ein paar arglose Bürger ins nächste Steakhouse, Prostituierte und ihre Zuhälter säumten den Straßenrand, und minderjährige Kids steuerten auf das nächste Kino zu. Mehr als einmal glaubte Michael, Diana zu entdecken. Aber die Mädchen sahen heutzutage ja alle aus wie Madonna. Es war zum Kotzen!

Es war kurz vor zehn, als Michael aufgab. Die Nacht mußten sie durchhalten, das war klar, aber gleich morgen früh würde er die Polizei einschalten. Vielleicht hatte Diana ja längst einen Freund und war bei ihm geblieben. Vielleicht hatte sie ja nie die Absicht gehabt, diese Tage mit ihrem Vater zu verbringen. Man wußte so wenig von seinen Kindern.

Es war ein eigenartiges Gefühl, wieder zu dem alten Haus zu fahren, in der alten Garage zu parken und durch das alte Treppenhaus in die alte Wohnung zurückzukehren.

Aileen war völlig aufgelöst. Sie stand im Türrahmen und weinte und weinte, und damit war auch Michaels letzte Hoffnung dahin.

»Sie ist nicht wieder aufgetaucht?«

». . . Neeeiiin . . .«

Er führte sie zum Sofa und drückte sie in die Kissen.

»Sie ist das einzige, was ich noch habe, Mike. Ich kann sie nicht auch noch verlieren, das halte ich nicht aus.«

Michael atmete tief durch und reichte ihr sein Taschentuch.

»Danke.«

Sie wischte sich über das Gesicht, so daß sämtliche Farbe verlief. Die Wimperntusche war auf den Wangen, das Rouge war fest in die Poren gepreßt, der Lippenstift klebte auf dem Kinn.

»Hast du irgendein Beruhigungsmittel im Haus, Aileen?»

»Natürlich.«

»Möchtest du was nehmen?«

»Das hab' ich heute nachmittag schon getan . . . Gib mir einen Drink, ja?«

»Sicher.« Michael stand auf. »Darf ich mal kurz telefonieren?«

»Sicher.«

Er machte ihr einen Whiskey mit sehr viel Eis. Dann nahm er das Telefon und verschwand damit in den Korridor. Aileen wagte nicht zu trinken. Sie hörte, wie seine Finger auf die Wahltasten schlugen . . . einmal . . . kurz darauf noch einmal . . . noch einmal . . .

Das Telefon läutete nicht, es schrie. Es schrie so laut, daß nicht viel gefehlt hätte, und Laras »zwei Frauen« wären von der Staffelei gefallen.

»Das war wahnsinnig nett von Ihnen«, sagte Lara und stieg aus dem klapprigen, alten VW-Bus.

»Keine Ursache, Madame.« Dem jungen Algerier hatte es ehrliche Freude gemacht, sie nach Hause zu bringen. »Ich habe mich lange nicht mehr so gut unterhalten.«

Lara seufzte. »Erzählen Sie mir nichts davon, wie es ist, in einem fremden Land zu leben! Damit kenn' ich mich aus.«

Sie winkte ihrem Chauffeur nach, bis sein Auto in der Dunkelheit verschwunden war.

Seufzend schloß Lara die Haustür auf und stieg in den Aufzug. Die Türen schlossen sich langsamer als sonst, davon war sie überzeugt. Vielleicht war sie aber auch nur nervöser als sonst. Sie hatte Angst vor einer Wahrheit, die sie nicht würde ertragen können. In den anderthalb Stunden vor dem Affenkäfig hatte sie jede Menge Zeit zum Nachdenken gehabt.

Irgend etwas ging hinter ihrem Rücken vor. Aileen intrigierte mal wieder, das war offensichtlich. Sie hatte alles von vornherein sehr geschickt eingefädelt. Nicht umsonst hatte sie als Treffpunkt für Michael den Zoo gewählt. Da war nicht an jeder Ecke ein Telefon. Und nicht umsonst hatte sie sich hysterisch gebärdet, als es darum ging, wie ihre Tochter abgeholt werden sollte. Das Taxi hatte eine Bedeutung, davon war Lara überzeugt. Aileen wollte Michael zurückhaben, und zwar mit allen Mitteln. Und das einzige Mittel, ihn zurückzubekommen, war Diana.

Als der Aufzug oben hielt, hatte Lara für eine kurzen Moment den Eindruck, das Telefon würde läuten. Aber als sich die Türen öffneten, war alles still.

Aileen hörte, wie Michael den Telefonhörer auflegte, und sie war erleichtert. Die Whiskeyflasche hatte sie inzwischen auf den Tisch gestellt und ebenso ein zweites Glas, das bis zum Rand gefüllt war.

Michael kam zur Tür herein. »Hast du auch wirklich all ihre Freundinnen angerufen, Aileen?«

»Soll ich es noch mal tun?«

»Du weißt, wie die Polizei ist ...«

Sie nahm einen Schluck. »Ist ... ist Lara nicht da?« Es fiel ihr schwer, diesen Namen auszusprechen, aber in dieser Situation ließ es sich einfach nicht vermeiden.

Michael schüttelte den Kopf.

»Aber es ist schon gleich acht Uhr.«

Michael überhörte diese Bemerkung, er machte sich schon so genug Sorgen. »Wie hieß noch mal dieser Freund von Andrew, Aileen? Der, dessen Schwester mit Diana zur Schule geht?«

»Christoph?«

»Hast du ihn angerufen?«

Aileen lächelte sanft. »Ich kann es noch mal tun, Mike. Wenn dich das beruhigen würde.« Sie stand auf. »Ich habe dir was zu trinken hingestellt.«

»Danke.«

Sie ging in den Korridor. Michael griff zu seinem Whiskeyglas. Er hatte Angst um Diana, aber ebensoviel Angst hatte er um Lara. Es konnte nicht angehen, daß sie immer noch nicht zu Hause war. Aber vielleicht war Diana ja doch noch in den Zoo gekommen, und die beiden führten in irgendeiner Kneipe ein Gespräch von Frau zu Frau. Er ließ sich in den Sessel fallen.

Aileen lugte um die Ecke und sah, wie Michael den ersten Schluck nahm. Jetzt würde alles gut werden. Das wußte sie.

Es war zwei Uhr morgens, und Lara wußte kaum noch, wie sie sich ablenken sollte. Sie saß im Wohnzimmer und mischte Farbe. Ein sattes Grün, aber sie machte immer wieder einen Fehler, denn sie starrte zwischendurch immer und immer wieder auf das schweigende Telefon. Das konnte Michael ihr nicht antun, dazu kannte er sie zu gut. Das würde er ihr niemals antun, dazu liebte er sie viel zu sehr.

Aber wenn Aileen ...

Sie lief in die Diele und holte ihre Handtasche. Darin war das kleine blaue Notizbuch, und darin stand Aileens Telefonnummer. Sie nahm den Hörer ab und wählte. Nach den ersten drei Zahlen legte sie wieder auf.

»Telefoniere nie wieder hinter mir her!« Lara erinnerte sich noch gut an diese Worte. Michael hatte fürchterlich geschimpft und von Vertrauen geredet. Er würde sich schon melden, hatte er gesagt, sobald er konnte. Daß es bisher nicht geschehen war, hieß nur, daß er noch keine Gelegenheit gehabt hatte.

Für wenige Sekunden wich der Druck von ihr, und der schwere Stein, der auf ihrer Brust lastete, war zumindest vorübergehend ein bißchen leichter.

Sie starrte ihre »zwei Frauen« an. In den letzten Tagen hatte sie sehr viel daran gearbeitet. Die beiden sahen jetzt aus wie beim ersten Mal, und sie hatte auch wieder diese schwarzen Balken gemalt. Und auf einmal wußte sie, was diese zu bedeuten hatten, nach all der Zeit: Diese schwarzen Balken waren ein Spiegel! Die Frau im Hintergrund wußte endlich, was das wirkliche Leben war, was *ihr* wirkliches Leben war. Deshalb lächelte sie so verheißungsvoll, deshalb lockte sie die andere so sehr. Die andere war eine zerrissene Seele. Sie wollte nichts anderes als das Leben, aber sie wußte nicht, wie sie es bekommen sollte.

Lara krempelte die Ärmel hoch. »Gleich wirst du es wissen, Kleines! Denn ich weiß es jetzt.«

Nichts brauchte sie weniger in diesem Moment als sattes Grün. Die Frau, deren Gesicht sie seit nahezu einem Jahr durch ihre Nächte begleitete, diese Frau traf endlich eine Entscheidung. Sie löste sich von der Welt, in der sie lebte. Und sie wurde eins mit dem Spiegel. Sie trat ein in ihren Traum.

Draußen wurde es langsam hell. Es war ein Wintermorgen wie aus dem Bilderbuch. Frankfurt lag unter einem blaßblauen Himmel, und eine fahle Sonne schob sich zwischen die Häuserschluchten.

Michael lag auf dem Wohnzimmersofa, und Aileen kniete neben ihm und deckte ihn fest zu. Er schlief wie ein Baby, und sie fand, daß er aussah wie ein kleiner Engel, der noch niemals etwas Böses erlebt oder gar getan hatte.

Die Whiskeyflasche war leer, und in der Cognacflasche fehlte auch die Hälfte. Kein Wunder, daß er schlief.

Aileen legte ihre Finger auf seinen Mund und strich sanft über seine Lippen. Dann stand sie auf und ging in die Küche.

Das erste, was Michael spürte, war sein Bauch. Er zitterte. Es war, als würden tausend kleine Zwerge darin hüpfen, und je mehr er sich darauf konzentrierte, desto mehr wurden es, und sie schwärmten aus, huschten in seine Arme und Beine, trampelten in seiner Brust herum. Das Herz schlug so laut, daß er das Gefühl hatte, es würde gleich zerspringen. Er hatte Angst, richtete sich hastig auf . . .

Sein Kopf dröhnte, und seine Lider waren schwer wie Blei. Er war . . . Die Erinnerung traf ihn wie ein Pistolenschuß. Es dauerte nur den Bruchteil einer Sekunde, und Michael war hellwach.

Diana war verschwunden. Er war in seiner alten Wohnung, und Lara . . . Aus der Küche hörte er leises Geschirrklappern und das Stöhnen der Kaffeemaschine, das Kreischen des Entsafters . . .

Aileen . . .

Er stand auf und ging ins Bad. Der Mann im Spiegel sah aus, als hätte er die letzten drei Nächte auf einer Parkbank verbracht. Er mußte Lara anrufen. Das war wichtiger als eine Rasur. Er lief in den Korridor zurück und blieb auf einmal wie angewurzelt stehen.

Dianas Zimmer . . .

Andrews Zimmer war schon leer, und er durfte sich nicht vorstellen, daß mit ihrem nun vielleicht das gleiche passieren würde . . ., daß seine Tochter nie zurückkam. Er sah sie in irgendeinem Gebüsch liegen, vergewaltigt und erwürgt. Man hörte so oft von solchen Dingen und kam doch nie auf die Idee, daß es auch einen selbst treffen konnte.

Michael drückte die Türklinge herunter. Dieses Zimmer durfte nicht leer bleiben. Diana mußte gesund zurückkommen.

Vielleicht hatte sie ja wirklich schon einen Freund und war über Nacht bei ihm – für einen kurzen Moment schien Michaels Herz stillzustehen. Noch einmal drückte er die Türklinke herunter. Aber es blieb dabei. Er hatte sich nicht geirrt.

Die Tür war abgeschlossen.

Es war keine Ahnung und erst recht kein Gedanke. Es war nur ein Gefühl. Mit drei Schritten war Michael in Andrews Zimmer, lief zur Verbindungstür . . . Aber auch dieser Zutritt zu Dianas Reich war versperrt.

Aileen hatte ein Frühstück gezaubert, wie man es sonst nur in einem Sechs-Sterne-Hotel erwarten durfte. Alles war so kunstvoll angerichtet, daß es im Grunde schon fast schändlich war, dieses Kunstwerk zu zerstören, indem man davon aß.

»Gib mir den Schlüssel!«

Aileen stieß einen schrillen Schrei aus, und ihre Knie wurden weich wie Butter. Michael stand im Türrahmen. »Mein Gott, hast du mich erschreckt . . .«

»Gib mir den Schlüssel!« Seine Stimme klang so hart, und sein Gesichtsausdruck war richtig böse, und er wirkte so groß und so bullig; dabei war er doch eigentlich –

»Du sollst mir den Schlüssel geben, Aileen! Und zwar sofort! Ich will in Dianas Zimmer, und du kannst dir sicher denken, warum.«

Sie wagte nicht, sich zu rühren. Als sie noch ein kleines Mädchen gewesen war, hatte sie sich oft so gefühlt, so bedroht und so einsam und so völlig hilflos . . .

»Das New Yorker Wetter war meist schuld«, stammelte sie. »Wenn es so schwül war, und der Himmel so grau und schwer, als würde er herunterfallen, wenn kein Wind ging –«

Michael packte sie bei den Schultern und schüttelte sie, daß ihr Hören und Sehen verging. »Den Schlüssel!« brüllte er. »Oder ich bring' dich um. Den Schlüssel!!!«

Sie sah ihn an, als wüßte sie überhaupt nicht, wovon er sprach.

»Okay . . .« Er stieß sie mit soviel Wucht gegen den Küchentisch, daß sie sich nur wie durch ein Wunder auf den Beinen halten konnte. Doch klammerte sie sich an das Tischtuch, wodurch es rutschte und zwei ihrer wunderhübschen Frühstücksplatten zu Boden gingen. Das Roastbeef klebte auf dem Küchenboden, die kleinen Cocktail-Tomaten rollten Richtung Geschirrspülmaschine.

Wie durch einen Nebel sah sie Michael hinauslaufen, und Augenblicke später hörte sie ein mörderisches Krachen. Es war Holz, das da barst, es war . . .

Aileen begann zu schreien. Sie hatte das alles doch nur aus Liebe getan . . . aus Liebe . . .

Es war kurz nach neun Uhr morgens, und Andrews kleiner Freund Christoph konnte die Szenerie kaum fassen. Er und seine Spielkameraden hatten nur noch mal ausprobieren wollen, ob ihre Silvesterknaller nun auch wirklich funktionierten. Nur deshalb waren sie so früh auf die Straße gegangen. Und da erlebten sie nun etwas, was man sonst immer nur im Fernsehen sah.

Ein Notarztwagen kam und ein Polizeiauto, Sirenen heulten, und Blaulichter blinkten, und Männer in Uniform forderten die Schaulustigen auf, doch bitte weiterzugehen. Die Kinder setzten sich trotz der Kälte auf die Bordsteinkante. Bestimmt war bei den Landers wieder mal was passiert.

»Meine Mutter hat gesagt, daß Herr Landers seine Frau sicher mal erschlägt«, sagte Christoph zu seinem Freund Manuel.

»Du meinst, so richtig ermordet?«

»So was kommt vor.«

Michael lag auf Dianas Bett und hielt das leblose Mädchen in seinen Armen. Diana war leichenblaß, und das, obwohl sie nun schon seit geraumer Zeit mit Sauerstoff versorgt wurde.

»Blutdruck neunzig zu sechzig, Puls vierzig und flach ...« Der Notarzt legte eine Infusion.

Michael strich seiner Tochter übers Haar. »Komm, Kleines ... komm ... Es wird alles gut, das verspreche ich dir ... nur komm jetzt, komm ...!«

Aileen hockte im Türrahmen zwischen Wohnzimmer und Korridor. Ihren Rücken preßte sie fest gegen das Holz, ihr Kopf lag auf den Knien, und mit den Armen umklammerte sie ihre Schienbeine.

»Frau Landers?« Der junge Polizeibeamte gab sich alle Mühe. »Frau Landers? Hören Sie mich, Frau Landers? Ich bin Wachtmeister Eberts vom vierten Revier. Frau Landers, hören Sie mich?«

Aileen hörte jedes Wort, aber sie wollte nicht hören, und sie wollte auch nichts sehen.

»Geh mal zu dem Arzt!« sagte Wachtmeister Eberts zu seinem Kollegen. »Wenn er da drüben fertig ist, sollte er besser gleich mal hierher kommen.«

Dianas Augenlider begannen zu flattern.

»Jetzt haben wir sie gleich!« frohlockte der Notarzt.

Michael spürte, wie ihm die Tränen kamen. »Diana, Mäuschen … Mach die Augen auf!«

Die Kleine fühlte sich gestört. Es war plötzlich so laut um sie her, und ihr Arm tat weh, und auf ihrem Gesicht klebte irgendein widerlicher Gegenstand, der – mit einem Ruck riß sie die Augen auf.

»Sehr schön, junge Dame!«

Ein hübscher Mann, der sehr viel Ähnlichkeit mit David Hasselhoff hatte, blickte auf sie nieder und befreite sie von der Maske auf ihrem Gesicht. Eine Hand strich über ihren Bauch, und eine andere Hand lag auf ihrem Kopf …

»Papa …?«

»Ja, mein Schatz!«

»Ich bin so müde …«

»Ich weiß, mein Liebling.«

»Gehen wir jetzt in den Zoo?«

Der Notarzt sah Michael fragend an.

»Wir … wir wollten uns gestern im Zoo treffen«, erklärte der und wirkte ziemlich verstört dabei.

»Daß sie sich daran erinnert, ist ein gutes Zeichen, Herr Landers. Wir warten jetzt noch ein paar Minuten und bringen sie dann in die Klinik, um ganz sicherzugehen. Aber vermutlich wird sie sich nur ausschlafen müssen.«

Michael hätte am liebsten geweint vor lauter Erleichterung, aber er tat es nicht. Er preßte Diana nur noch fester an sich und küßte sie, wie er es seit Jahren nicht mehr getan hatte.

Diana streichelte seine Hand. Sie hatte es zwar immer gehofft, aber jetzt wußte sie es endlich ganz sicher: Ihr Vater liebte sie!

Aileen hatte ein Beruhigungsmittel bekommen und lag nun lang ausgestreckt auf dem Wohnzimmersofa. Mit toten Augen starrte sie an die Decke. Es war alles so karg und so kalt, so leer …

Wachtmeister Eberts hatte die Tabletten sichergestellt, die Frau Landers ihrer Tochter am Vortag verabreicht hatte.

»Eine mehr, und wir hätten jetzt eine Leiche!« sagte er zu seinem Kollegen.

»So haben wir zwei«, meinte der und blickte dabei auf Aileen. »Daß eine Mutter zu so was fähig ist ...«

»Eltern sind auch nur Menschen, und Menschen sind zu allem fähig.«

Der Mann, der da so plötzlich im Türrahmen stand, mußte Jeff Barton sein. Irgend jemand mußte sich um Frau Landers kümmern, und da ihr Ehemann dazu nicht bereit war, hatte er Eberts gebeten, diesen Herrn Barton anzurufen.

Jeff war völlig fassungslos. Noch wußte er gar nicht, was genau passiert war, aber im Grunde wollte er das auch gar nicht wissen. Ihm reichte, was er sah: Männer in Polizei-Uniform; Männer in weißen Kitteln; Aileen, die ihn gar nicht wahrnahm; Diana, die man auf eine Trage legte und festschnallte; Michael, unrasiert ...

Jeff setzte sich zu Aileen aufs Sofa und nahm ihre Hand. »Was hat er dir angetan, Liebes? Hörst du mich? Ich bin's, Jeff! Hab keine Angst! Alles wird gut.«

Michael wurde fast schlecht, als er das hörte, aber er hatte weder Lust noch Kraft, dieses einzigartige Mißverständnis aufzuklären. Er sah, wie Jeff Aileen in die Arme nahm und an sich drückte. Willenlos ließ sie es geschehen.

»Können Sie mal gerade weggehen?«

Michael stand im Türrahmen und versperrte den Männern vom Rettungsdienst den Weg.

Hastig trat er zur Seite. »Ich komme mit ins Krankenhaus.« Er strich Diana über die Wangen. »Ich bin gleich bei dir, Kleines ...«

Das Mädchen lächelte. Sie hatte nicht die geringste Ahnung, was mit ihr geschehen war, und sie verstand auch den ganzen Aufruhr nicht. Sie war doch nur müde und wollte schlafen. Aber was sollte sie sich unnötige Gedanken machen?! Ihr Vater war da, und das war wichtiger als alles andere.

Michael sah, wie man Diana aus der Wohnung brachte, und er fragte sich, ob sie wohl ahnte, daß sie nie wieder hierher zurückkehren würde. Er selbst würde auch nie wiederkommen.

Ein letztes Mal ging er in sein altes Schlafzimmer und öffnete die Nachttischschublade. Das Kästchen von *Patterns* lag unangetastet da, aber Michael wußte natürlich, daß Aileen es mindestens schon hundertmal in der Hand gehalten und sich dabei jedesmal gewundert hatte, daß es leer war.

Er nahm das Kästchen und ging zum Fernsehapparat, griff unter den Antennen-Anschluß. Ein kleiner Ruck genügte. Mit einem Klebestreifen hatte er Laras Ring dort befestigt; so groß war seine Angst gewesen, Aileen könnte ihn irgendwann finden und mit einem einzigen Blick für immer entweihen. Noch vor drei Monaten hatte er geglaubt, das irgendwann mal mit einem Psychiater besprechen zu müssen. Jetzt wußte er es besser.

Wachtmeister Eberts hatte seinen Bericht geschrieben. Damit war seine Arbeit getan; der Rest lag nun beim Familienrichter, und wie der entscheiden würde, war klar. Herr Landers verzichtete darauf, seine Noch-Ehefrau anzuzeigen. Er wollte die Scheidung und das Sorgerecht für seine Tochter, und daß ihm das unter den gegebenen Umständen zugesprochen wurde, stand eigentlich jetzt schon fest.

»Machen wir uns vom Acker?« fragte Eberts seinen Kollegen.

Der nickte.

»Bleiben Sie bei Frau Landers?«

»Aber natürlich!« erwiderte Jeff, als fände er diese Frage schlichtweg empörend.

Michael kam ins Wohnzimmer. »Danke, daß Sie so schnell gekommen sind, Herr Wachtmeister!«

»Dafür sind wir ja da . . .«

Für einen kurzen Moment schaute Jeff geradewegs in Michaels Augen und erschrak. Irgend etwas stimmte hier nicht.

»Mach es gut, Jeffy. Viel kannst du nicht verkehrt machen. Es ist schon alles kaputt . . .«

Das waren Michaels letzte Worte. Er ging, und Jeff spürte, wie er zu zittern begann. Er konnte Aileen plötzlich nicht mehr halten, sie war ihm zu schwer. Aber je mehr er sich bemühte, sie wieder in die Polster zu drücken, desto heftiger klammerte sie sich an ihn. Ihre Arme waren so fest um seinen Hals geschlungen, daß er das Gefühl hatte, sein Genick würde brechen.

Doch am Ende war er der Stärkere. Aileen gab auf. Das war gut so. So brauchte er ihr nicht weh zu tun.

Niemals! Jeff würde sie nie im Stich lassen, das wußte sie, aber er würde sich auch niemals auf sie einlassen, *niemals!*

Aileen kam endgültig zur Besinnung. *Niemals!* Jeff würde ihr nie mehr sein als ein guter Freund.

Mit letzter Kraft richtete sie sich auf und sah ihn an. »Ich koch' uns einen Kaffee, Jeff. Okay?«

Es war ein wunderschöner Tag geworden. Das Jahr 1992 verabschiedete sich mit Sonnenschein und frühlingshaften Temperaturen.

Es war kurz nach elf Uhr morgens, als Michael aus der Klinik nach Hause kam. Diana mußte ein paar Tage dortbleiben, das hatte der Kinderarzt geraten. Michael war einverstanden gewesen; denn so blieb ihm Zeit, erst einmal alles andere in Ordnung zu bringen – wenn da überhaupt noch etwas in Ordnung zu bringen war.

Ängstlich steckte er den Schlüssel in die Wohnungstür. Er hatte mehrmals versucht, Lara aus dem Krankenhaus anzurufen, aber es war vergeblich gewesen.

Ihr Mantel hing nicht an der Garderobe, aber vielleicht hatte das ja nichts zu bedeuten. Er ging ins Wohnzimmer. Bestimmt lag sie auf dem Sofa und machte ihm gleich die wildesten Vorwürfe . . .

Das Wohnzimmer war leer; das einzige, was davon zeugte, daß es je eine Lara gegeben hatte, war die leere Kaffeetasse, die auf dem Tisch stand und an der noch Spuren von Lippenstift waren.

Sein Herz schlug mit jeder Sekunde lauter und heftiger. Er mußte sich dazu zwingen, ins Schlafzimmer zu gehen, er umklammerte mit beiden Händen die Türpfosten . . .

»Lara?«

Zaghaft blickte er um die Ecke. Er hatte Angst, sie könnte tot sein. Er wollte nicht erleben, daß sie irgendwo auf dem Boden lag und vielleicht schon diese wächserne Gesichtsfarbe hatte, die er damals bei Andrew . . .

Das Krankenhausbett hatten sie letzte Woche in den Keller verbannt und dafür das andere aufgestellt. Es war unbenutzt.

Für einen kurzen Moment verspürte Michael so etwas wie Erleichterung. Dann riß er den Kleiderschrank auf. Laras Sachen waren weg, nicht alle, aber einige, und das gleiche galt für ihre Unterwäsche, ihre Schuhe . . .

Michael sank aufs Bett und brach in Tränen aus. Es war ein regelrechter Anfall, kurz und heftig, und er endete ebenso abrupt, wie er begonnen hatte. Es war ja doch alles zwecklos. Da nutzten auch Jammern und Wehklagen nicht mehr. Sein Sohn war tot, seine Frau war verrückt geworden, Diana lag im Krankenhaus und würde sicher einen Schaden fürs Leben davontragen, wenn sie erst mal die ganze Wahrheit erfuhr. Und nun hatte Lara ihn auch noch verlassen . . .

Michael schlurfte ins Wohnzimmer und goß sich einen doppelten Wodka ein. Wenn um Mitternacht das neue Jahr begann, wollte er so betrunken sein, daß er nichts mehr fühlte und zu keinem einzigen Gedanken fähig war. Gerade wollte er den ersten Schluck nehmen, als ihm der Geruch von frischer Farbe in die Nase stach. Er wandte den Kopf und blickte zur Staffelei herüber.

Laras »zwei Frauen« hatten sich unglaublich verändert. Sie mußte stundenlang daran gearbeitet haben, vermutlich hatte sie die ganze Nacht damit verbracht, während sie auf seinen Anruf wartete . . .

Die Frau im Vordergrund wirkte auf einmal so entrückt, als wäre sie nicht von dieser Welt. Und die Frau im Hintergrund trug ein siegessicheres Lächeln auf den Lippen. Sie hatte gewonnen, sie zog die andere mit sich . . .

Michael stellte sein Glas mit soviel Wucht auf dem Couchtisch ab, daß die Eiswürfel klirrten. Dann griff er zum Telefon. Er mußte mit Liesegang sprechen.

»Der Herr Professor ist heute nicht im Hause«, erklärte Liesegangs Sekretärin.

Aus dem Hintergrund drang Musik. Auch in Krankenhäusern wurde Silvester gefeiert, und Michael konnte sich bildhaft vorstellen, wie die Sektflaschen kreisten und die Luftschlangen flogen.

»Können Sie ihn irgendwo erreichen?«

»Worum geht es denn, Herr Landers?«

Michael erklärte, was er erklären konnte, und bat dringend um Rückruf. Dann legte er auf und wandte sich noch einmal dem Ölgemälde zu. Es mochte verrückt sein, daraus Rückschlüsse ziehen zu wollen, aber Verrücktheit war vielleicht das einzige, was in dieser Lage noch Sinn machte: Michael glaubte, seinen Augen nicht zu trauen. Die Frau im Vordergrund trug ein Amulett um den Hals. Aus der Nähe betrachtet, waren nur ein paar grüne Punkte darauf zu sehen, aber als er zwei Schritte zurückging . . .

Auch in Ligurien war Winter geworden. Nur machte sich das längst nicht so bemerkbar wie anderswo. Selten sanken die Temperaturen unter fünfzehn Grad Celsius, die Palmen waren wie immer grün, und da über die Feiertage jedes Jahr viele Touristen kamen, war auch richtig was los. Den Tag über war die Promenade von Pietra Ligure regelrecht »weiß« gewesen. So nannten es die Einheimischen. Die vielen alten weißhaarigen Leute, die in dieser Jahreszeit herkamen, machten mit ihren Enkeln Spaziergänge, zogen sich danach aber zurück, um für die nächtliche Feier schon mal vorzuschlafen.

Bosco hatte Tische und Stühle auf die Promenade gestellt und alles mit bunten Lampions geschmückt. Er war sogar auf eine Leiter geklettert, um die Palmen mit Lichterketten zu schmücken.

»Fall da runter und brich dir was!« hatte Antonella gekeift.

»Das könnte dir wohl so passen . . .«

»Keinen Finger würde ich krümmen.«

»Hör auf zu zetern, Weib!«

»Erst wenn mein alter Esel wieder mit beiden Beinen auf der Erde steht!«

Es war Donnerstag, der 31. Dezember 1992, und die Carabinieri fingen an, die Altstadt abzusperren. Fünf Minuten später, und Michael hätte seinen Wagen am Dom parken und den Rest zu Fuß gehen müssen, und das wäre genau das gewesen, was ihm jetzt noch gefehlt hätte. Aber blinde Hühner fanden schließlich auch schon mal ein Korn, und nach Ansicht des Schicksals war er sicher mal wieder fällig gewesen für einen Hauch von Glück.

Im Schrittempo fuhr er die Uferstraße entlang. Er war so froh, wieder hier zu sein, aber er hatte Angst, sich zu früh zu freuen, im letzten Moment doch nur wieder enttäuscht zu werden, und am Ende vielleicht gar alles zu verlieren.

Die ersten Gäste hatten sich bei Bosco eingefunden. Es waren alte Italiener, die jedes Jahr zu Silvester herkamen, und entsprechend herzlich war die Begrüßung. Die »Nonna« wurde auf ein dickes Kissen gesetzt und in eine Wolldecke gehüllt, dem »Nonno« wickelte man einen handgestrickten Schal um den Hals und drückte ihm den Hut noch ein bißchen tiefer in die Stirn. Dann wurde die Bestellung aufgegeben.

»Viermal Kamillentee, ein Viertel Weißwein und vier Gläser.«

»Wie jedes Jahr!« witzelte Bosco.

Gerade als er die Uferstraße überquerte, sah er den Wagen auf sich zukommen. Er kannte dieses Auto, und da es ein Frankfurter Kennzeichen hatte, bestand überhaupt kein Zweifel mehr. Mitten auf der Straße blieb Bosco stehen und schlug begeistert in die Hände.

»Michele!«

Michael glaubte zu träumen. Bei ihrer letzten Begegnung war Bosco alles andere als freundlich zu ihm gewesen, und wenn Lara und er in den letzten Monaten schon mal miteinander telefoniert hatten, hatte er Michael kein einziges Mal Grüße ausrichten lassen. Und jetzt auf einmal das!

Michael zog die Handbremse an und stellte den Motor ab, dann stieg er aus.

»Was für eine Freude!« erklärte Bosco und umarmte ihn auf das Herzlichste. »Warte einen Moment!«

Er verschwand in seiner Bar, und einen Augenblick später schoß Antonella ins Freie.

»Michele!« jubelte auch sie. *»Ma come sta? Sta bene? – Aspetti!«*

Sie wühlte in ihren Schürzentaschen und holte zuerst ein Taschentuch hervor und dann einen Packen 5000-Lire-Scheine, den sie Michael in die Hand drückte.

»Was ist das?« fragte der perplex.

»Sono i soldi!« erwiderte Antonella und schneuzte sich die Nase.

»Natürlich ist das Geld, aber wofür?«

»Sono i soldi dell'altra volta!«

»Was für *soldi*?«

»Das Wechselgeld vom letzten Mal«, lachte Bosco, »da haben Sie uns doch viel zuviel bezahlt. – Hier!« Der Wirt drückte Michael eine Flasche Champagner in die Hand. »Von mir!« sagte er. »Auf ein frohes neues Jahr! Wo ist Lara?«

Michael schluckte. Bisher hatte alles dafür gesprochen, daß sie hier war, aber jetzt war er sich auf einmal nicht mehr sicher. Er wollte sich ein Herz fassen und einfach fragen, aber bevor er das tun konnte, hatte sich hinter ihm eine laut hupende Autoschlange gebildet, die von Antonella mit den wildesten Flüchen bedacht wurde.

»Cretino!« schrie sie. *»Idiota! Fa'n culo! Va t'anegare!«*

Arme Kerle, dachte Michael und stieg in seinen Wagen. Den Arsch zu machen und sich danach zu ertränken, solche Vorschläge konnte wohl nur eine Italienerin machen.

Von der Strandpromenade aus konnte man nicht sehen, ob in Laras Wohnung Licht brannte. Michael beklagte das zwar nicht zum erstenmal, aber diesmal beklagte er es ganz besonders.

Er parkte den Wagen vor dem Haus. Sein Herz schlug so heftig, daß es ihm richtig weh tat.

»Allahu-akbar, Signor Landers!«

Michael drehte sich um, und aus der Dunkelheit trat ihm ein strahlender Abdul entgegen.

»Guten Abend!« Er hielt Boscos Champagner wie ein Baby im Arm.

»Sind Sie gerade erst angekommen?« fragte Abdul.

»Ah ... ja ... und –«

»Im Winter ist es hier sehr viel angenehmer als in Deutschland. Da ist es zu feucht und zu kalt. Hier ist es immer schön, und im Augenblick haben wir auch gerade mal wieder ein paar Touristen, ich habe heute ein paar richtig gute Geschäfte gemacht. *Inshallah!*«

Endlich faßte Michael sich ein Herz. »Hören Sie«, flüsterte er, als dürfte es außer Abdul niemand hören, »ist Lara ... ist sie hier?«

Der Araber lächelte. »Wir haben hier in Ligurien ein Sprichwort, das heißt: Wenn du Tomaten essen willst, mußt du sie vorher pflücken!«

Michael atmete tief durch. Nun reichte es. Er hatte die Nase voll von ligurischen Sprichworten und bunt bemalten Amuletten, von geistesgestörten Ehefrauen und gesperrten Straßen ...

»*Happy new year!*« sagte er und wollte gehen, aber Abdul hielt ihn zurück. Er drückte ihm ein Bild in die Hand. Es war eine Kohlezeichnung, die einen Mann und eine Frau beim Liebesakt zeigte, und sie war wunderschön.

»Auch ich wünsche ein frohes neues Jahr, Signor Landers, und ... *al-hamdu lillah* ...«

»Warten Sie! ... Würden Sie mir einen Gefallen tun?«

Abdul fühlte sich zurückversetzt in die wunderbaren Jahre seiner Kindheit, da er als Sproß einer wohlhabenden Kaufmannsfamilie den Souk von Marrakesch unsicher gemacht hatte. Es gab kaum eine Schandtat, die er und seine Freunde damals nicht begangen hatten, und er dachte an jede einzelne mit tausend Freuden zurück.

»Sie machen mich zum glücklichsten Mann der Welt«, jubelte er und legte seine Bilder auf die Motorhaube von Michaels Wagen.

»Hören Sie mir ganz genau zu, Signor Landers!«

Das Kinderkarussell vor dem Haus war abgedeckt, und die ersten Kleinen schrien auch schon wieder, sie wollten auf die Maus. Ein paar Knallfrösche flogen auf die Straße und machten einen Höllenlärm, und der Senioren-Gesangsverein probte ein feierliches *Ave Maria* ... Pietra Ligure rüstete zum großen Finale von 1992.

Der Nachtportier wußte gar nicht, wie ihm geschah. Abdul, der Araber, war einer der reichsten Männer weit und breit, und noch niemals hatte dieser Mann auch nur ein einziges Wort mit ihm gewechselt. Jetzt sprudelte es nur so aus ihm heraus. Ob das zweite Penthouse eigentlich immer noch zu verkaufen wäre, wollte er wissen, und ob es nicht schwierig wäre, über ein so großes Haus wie dieses hier zu wachen.

»Da bewundere ich Sie!« tönte Abdul. »Das braucht Mut, und wer hat den heute noch? Hätten Sie vielleicht gerade mal ein Glas Wasser für mich? Es gab heute Lamm zum Abendbrot, und das war wohl ein bißchen zu würzig ...«

Der Nachtportier stürzte förmlich in die jenseits des Treppenhauses gelegenen Räume für das Personal. »Es dauert nur eine Sekunde, Signore ...«

Abdul grinste und gab Michael den verabredeten Wink. Der huschte auch prompt zur Tür herein, lief in die Portiersloge, entwendete mit geübtem Griff den Generalschlüssel ...

Als der Alte mit dem Wasser zurückkam, hatte Abdul noch genug Zeit gehabt, sich in aller Ruhe eine Zigarette anzuzünden. Das sollte ihm mal einer nachmachen! Er war und blieb halt Abdul der Große!

»Vielen Dank, lieber Freund!« Er leerte das Glas in einem Zug und dankte für die Gastfreundschaft.

»Frohes neues Jahr, Signore, und schauen Sie mal wieder herein!«

Wie beim letzten Mal nahm Michael den Hintereingang und die Treppe. Er durfte sich gar nicht vorstellen, daß sich die ganze Geschichte womöglich wiederholte, daß er voller Hoffnung in eine leere Wohnung kam ... Auf Zehenspitzen ging er den Flur hinunter. Er legte das Ohr an die Wohnungstür. Es war nichts zu hören.

Mit zitternden Händen schloß er auf. Es war dunkel im Korridor, und auch in der Küche und im Wohnzimmer brannte kein Licht, die Schlafzimmertür und die zum Atelier waren verschlossen. Das durfte nicht wahr sein ...

»Ich habe dir mal etwas versprochen, erinnerst du dich?«

Lara hatte hinter der Tür gestanden, nur einen halben Meter von ihm entfernt, und er hatte sie nicht bemerkt.

»Ich habe dir versprochen, sollte es jemals wieder einen Mann in meinem Leben geben, dem ich vertrauen und den ich bedingungslos lieben könnte, würde ich mich nackt auf das Dach des Empire State Buildings stellen und die amerikanische Nationalhymne singen. Erinnerst du dich?«

Michael erinnerte sich, und so langsam aber sicher kehrten auch seine Lebensgeister zurück. Er schloß die Korridortür und schaltete das Licht ein. Lara trug ein blutrotes Abendkleid, das wie eine zweite Haut an ihrem Körper klebte. Sie sah ihn an, und er sah sie an, aber sie rührten sich beide nicht von der Stelle. Erst nach einer ganzen Weile machte Lara der Starre ein Ende.

Sie hatte keine Schuhe an. Auf nackten Füßen ging sie durch die Küche und öffnete die Terrassentür.

»Komm!«

Es war wunderschön draußen, mild wie an einem Sommerabend.

Lara hatte auf der Terrasse ein Abendessen zubereitet. Es stand Brot auf dem Tisch, wie Michael aus den Augenwinkeln sofort registrierte. Er stellte den Champagner dazu und legte das Bild von Abdul zwischen die Teller. Damit war das Menü eigentlich schon perfekt, mehr durfte man in diesem Haushalt ja nicht erwarten.

»Ich hatte große Angst, du würdest nicht kommen.« Laras Stimme, die bisher so fest geklungen hatte, zitterte jetzt merklich.

»Wenn ich das Motiv auf dem Amulett nicht gesehen hätte, wäre ich bestimmt auch nicht gekommen. Das satte Grün von Gallinara . . .« Er blickte zur Insel hinüber, als könnte er sie trotz der Dunkelheit deutlich sehen.

»Ich hatte keine andere Wahl, Michael.«

»Ich weiß.« Er zündete sich eine Zigarette an. »Willst du wissen, was passiert ist?«

Lara schluckte. »Natürlich will ich das wissen. Ich traute mich nur nicht . . .« Sie fing an zu weinen.

»Warum läufst du immer weg, wenn es schwierig wird?«

Sie schluchzte laut. »Weil ich Angst habe, verletzt zu werden. Ich kann das nicht mehr ertragen.«

»Also rennst du einfach davon und verletzt die anderen.«

Erschrocken sah sie ihn an.

»Hast du ernsthaft befürchtet, ich würde nach allem, was war, zu Aileen zurückkehren? Hast du so wenig Vertrauen zu mir?«

»Sie ist immerhin die Mutter deines Kindes.« Es fiel Lara äußerst schwer, das auszusprechen. »Und das kann ich dir niemals sein, ganz egal, was ich anstelle.«

Nun wurden auch seine Augen feucht, er konnte nichts dagegen tun. Er warf die Zigarette über die Brüstung und ging den entscheidenden Schritt auf Lara zu, nahm sie in die Arme.

»Doch«, flüsterte er, »das wirst du sein. Wenn du es willst.«

Sie schlang ihre Arme um seinen Körper, als hinge ihr Leben

davon ab, seine Nähe zu spüren. Ganz fest schmiegte sie sich an ihn. Erst dann kamen ihr seine Worte zu Bewußtsein.

»Willst du etwa ein Kind adoptieren, nur damit ich –«

»Ich meine damit, daß ... Diana wird in Zukunft bei uns leben, Lara ... wenn du unter diesen Umständen überhaupt noch bei mir bleiben willst ...«

Es dauerte eine Weile, bis sie diese Worte nicht nur gehört, sondern auch verstanden hatte. Dann schaute sie ihn an und mußte gleich nur noch mehr weinen.

»Und ob ich das will! Es ist nur so ... Professor Liesegang hat gesagt, es ... es sähe nicht allzu gut aus mit mir, und –«

»Ich weiß, Lara. Ich weiß.«

»Es kann morgen zu Ende sein, Michael.«

»Es kann aber auch noch zwanzig Jahre dauern.«

Sie lächelte. »Hat er dir auch das von dem Walzer gesagt? Der letzte Walzer kann der schönste sein ...«

Er preßte sie an sich, daß sie kaum mehr atmen konnte, und Lara wünschte sich in diesem Moment, die Zeit würde stehenbleiben. Es war im Grunde lächerlich, langfristige Lebenspläne zu schmieden, von der Zukunft zu träumen und damit einer Hoffnung zu erliegen, die sich aller Wahrscheinlichkeit nach ja doch nicht erfüllen würde.

»Wenn du Aileen das Haus in Castellar überläßt«, hörte sie sich da auch schon sagen, »könnten wir hierbleiben, Michael. Wir verkaufen diese Wohnung und nehmen die nebenan, weil die wesentlich größer ist, so daß Diana dann auch ein eigenes Zimmer hätte ...«

Er nahm ihren Kopf in beide Hände und sah sie an. »Lara! Du bist ein egoistisches Luder, aber vielleicht gerade deshalb die einzige Frau, die mir je begegnet ist, die einzige, die es verdient, so genannt zu werden!«

»Gehen wir ins Bett?«

Er hob die Augenbrauen.

»Meine Großmutter hat immer gesagt, kleine Konflikte lassen sich am besten im Bett lösen. Und damit hat die Frau unbedingt recht gehabt. Oder hatten wir keinen ›kleinen Konflikt‹?«

Er schloß die Augen und tat so, als würde er nachdenken.

»Erst will ich was essen«, meinte er dann.

»Du profaner Saftsack, du . . .!«

Michael lachte wie der Teufel höchstpersönlich und griff in die Seitentasche seines Jacketts.

»Wir spielen jetzt das schöne, alte Spiel *Manus manum lavat*, Eine Hand wäscht die andere! Hol du was zu essen aus der Küche, und wenn ich mit der dargebotenen Nahrung zufrieden bin, gebe ich dir dann zum Ausgleich auch etwas.«

Lara liebte solche Inszenierungen und ging sofort darauf ein. Sie holte Butter.

»Ist das alles?«

»Nicht, daß ich mich übernehme. Nachher besteht deine Gegenleistung nur darin, den Reißverschluß deiner Hose zu öffnen.«

»Biete mehr, Lara! Glaub mir, es lohnt sich.«

Sie brachte eine Platte mit Lachs.

»Meine Güte, hast du den selbst gemacht?«

»Das Fangen war einfach, nur das Räuchern war mühselig. Es sind zwei Packungen Zigaretten draufgegangen.«

Er grinste. »Hast du dich zufällig auch melken lassen und anschließend in der Kunst des Käsens geübt?«

»Man sieht es meinen Brüsten also tatsächlich an . . .«

Während Lara ein drittes Mal in der Küche verschwand, öffnete Michael die Champagnerflasche, schenkte ein und zündete die Windlichter an.

»So, und jetzt bist du fällig, mein Lieber! Dein *Manus manum lavat* hat nämlich schon jetzt eine Siegerin.«

Michael traute seinen Augen nicht. Lara schleppte ein Tablett, auf dem so ziemlich alles zu finden war, was Herz und Magen begehrten.

»Ich habe heute nachmittag halb Bertinotti leergekauft«, tönte sie und stellte die Last ab. »Das hier ist Tintenfischsalat, und das sind Scampi in Knoblauchsauce, gefüllte Champignons, Carpacchio, Vitello tonnato und Straßburger Wurstsalat, und das hier –«

»Setz dich hin! Bitte!« Er drückte sie förmlich auf ihren Stuhl und kniete sich davor.

»Was denn nun?«

Er atmete tief durch. »Erwarte nicht, daß ich jetzt irgendeinen Schwachsinn rede, das kann ich nicht, aber . . .« Er öffnete die kleine *Patterns*-Schatulle, die er schon die ganze Zeit in der Hand hielt. »Das ist mein Danke für die Vergangenheit und mein Bitte für die Zukunft. Es ist meine Antwort auf deine Frage, ob ich dich liebe, und es ist meine Frage, ob du bereit bist, uns beiden eine Chance zu geben.«

Laras Augen wurden größer und größer. »Ist der echt?«

»Das will ich hoffen.«

Verzückt sah sie ihn an. »Davon habe ich immer geträumt, Michael, daß mir der Mann, den ich liebe, einen solchen Ring an den Finger steckt.«

»Es ist aber doch schon dein dritter. Eigentlich müßtest du doch schon eine gewisse Übung darin haben.«

»Brians war zu billig, und Fabrizios ist mit den Jahren . . . schmutzig geworden . . . Ja, so kann man es nennen.«

»Wer weiß, was du von dem hier mal sagst!?«

»Happy-Ends gibt es halt nur im Kino. In der Wirklichkeit geht das Leben weiter, und damit ist die Katastrophe dann auch schon vorprogrammiert.«

Sie sprach so schnell, daß Michael Mühe hatte zu folgen.

»Ich sehe mich schon für Diana kochen, und sie ißt dann nicht. Ich höre schon, wie du und ich uns streiten, weil wir uns nicht einig werden können, wohin wir in Urlaub fahren, oder ob deine Mutter netter ist als meine. Nur das hier, das sollten wir nie vergessen . . . Wie war das noch gleich? ›Das ist mein Danke für die Vergangenheit, und . . .‹ – ich habe Angst, den genauen Wortlaut zu vergessen. Die wichtigsten Dinge vergißt man ja immer, man . . .«

Sie stockte, denn Michael zog auf einmal einen kleinen Zettel aus seinem Jackett. Er war völlig zerknittert, und viele Worte waren durchgestrichen oder überschrieben. »Ich habe eine ganze Woche dafür gebraucht, das zu formulieren . . .«

Er hatte gefürchtet, der Ring wäre inzwischen viel zu weit, weil Lara so sehr abgenommen hatte, aber er paßte wie angegossen.

»Er ist wunderschön.« Sie strich ihm durchs Haar. »Ich nehme an, daß du mich damit fragen willst, ob ich dich heirate, wenn du erst einmal geschieden bist. Stimmt das?«

»Ich liebe es, intelligente Menschen um mich zu haben.«

»Und ich nehme des weiteren an, daß du jetzt wissen möchtest, was ich davon halte.«

»Wär' schon gut.«

Sie atmete durch. »Nun, da ich diesen Ring um jeden Preis der Welt behalten möchte, heißt meine Antwort *ja.*«

Ihm wurde ganz sonderbar zumute. Es gab so viele Dinge, die er ihr jetzt gern gesagt hätte, aber das war alles so sentimental.

»Darf ich mich jetzt wieder erheben, Mam? Meine Knie. Ich bin eben nicht mehr der Jüngste.«

Sie lächelte. »Ich werde frühzeitig einen Kurs im Rollstuhlschieben belegen.«

Er griff gerade zu den Champagnergläsern, als es zu donnern und zu krachen begann.

»O mein Gott!« Lara sprang vom Stuhl auf. »Es ist soweit.«

Michael schaute verwirrt auf seine Armbanduhr und stellte fest, daß sie recht hatte. Es war wirklich schon Mitternacht. Über dem Meer erstrahlten Pfeile und Rosetten in den schillerndsten Farben. Das Silvester-Feuerwerk war den Liguriern heilig, und sie hatten den ganzen Tag über am Strand ihre Raketen aufgebaut, die jetzt nach einem genauen Plan gezündet wurden. Es war wunderbar, als wäre es gar nicht von dieser Welt.

Michael und Lara stießen an. »Frohes neues Jahr, Frau!«

»Frohes neues Jahr – und daß wir nie verlernen zu reden, zu zanken, zu lieben und zu hassen . . . zu leben . . .«

Sie leerten ihre Gläser und warfen sie nach altem Brauch über die linke Schulter nach hinten auf den Boden. Das sollte Glück bringen. Schon das Klirren klang wie Musik in ihren Ohren.

»Ich habe keine Schuhe an, Michael.«

»Ich werde dich tragen – wenn du morgen schrubbst!«

Sie spürte seine Lippen auf ihren und mußte auf einmal an einen Satz denken, den sie vor langer Zeit mal irgendwo gelesen hatte:

»In jedem neuen Anfang wohnt ein Zauber inne, der uns beschützt und der uns hilft zu leben . . . Kitschig, nicht wahr?«

Da wagte er nicht, zu widersprechen.